वाकाटक–गुप्त युग

भारतीय जन का इतिहास

(लगभग २००–५५० ई० तक)

सम्पादक–मण्डल
डा० रमेश चन्द्र मजूमदार
डा० अनन्त सदाशिव अल्तेकर

पुनरीक्षण
राय कृष्णदास

मोतीलाल बनारसीदास
दिल्ली, मुम्बई, चेन्नई, कोलकाता, बंगलौर,
वाराणसी, पुणे, पटना

प्रथम संस्करण: १९६८
पुनर्मुद्रण : दिल्ली, २००२

८ महालक्ष्मी चैम्बर, २२ भूलाभाई देसाई रोड, मुम्बई ४०० ०२६
४१ यू०ए० बंगलो रोड, जवाहर नगर, दिल्ली ११० ००७
२३६ नाइंथ मेन III ब्लाक, जयनगर, बंगलौर ५६० ०११
सनाज प्लाजा, १३०२ बाजीराव रोड, पुणे ४११ ००२
१२० रायपेट्टा हाई रोड, मैलापुर, चेन्नई ६०० ००४
८ केमेक स्ट्रीट, कोलकाता ७०० ०१७
अशोक राजपथ, पटना ८०० ००४
चौक, वाराणसी २२१ ००१

नरेन्द्रप्रकाश जैन, मोतीलाल बनारसीदास, बंगलो रोड, दिल्ली ११० ००७
द्वारा प्रकाशित तथा जैनेन्द्रप्रकाश जैन, श्री जैनेन्द्र प्रेस,
ए-४५ नारायणा, फेज-१, नई दिल्ली ११० ०२८ द्वारा मुद्रित

दो शब्द

हिन्दी के विकास और प्रसार के लिए शिक्षा-मंत्रालय के तत्त्वावधान में पुस्तकों के प्रकाशन की विभिन्न योजनाएँ कार्यान्वित की जा रही हैं। हिन्दी में अभी तक ज्ञान-विज्ञान के क्षेत्र में पर्याप्त साहित्य उपलब्ध नहीं है, इसलिए ऐसे साहित्य के प्रकाशन को विशेष प्रोत्साहन दिया जा रहा है। यह तो आवश्यक है ही कि ऐसी पुस्तकें उच्च कोटि की हों, किन्तु यह भी जरूरी है कि वे अधिक मँहगी न हों ताकि सामान्य हिन्दी पाठक उन्हें खरीद कर पढ़ सकें। इन उद्देश्यों को सामने रखते हुए जो योजनाएँ बनाई गई हैं उनमें से एक योजना प्रकाशकों के सहयोग से पुस्तकें प्रकाशित करने की है। इस योजना के अधीन भारत सरकार प्रकाशित पुस्तकों की निश्चित संख्या में प्रतियाँ खरीदकर उन्हें मदद पहुचाती है।

प्रस्तुत पुस्तक इसी योजना के अन्तर्गत प्रकाशित की जा रही है। इसके अनुवाद और कापी राइट इत्यादि की व्यवस्था प्रकाशक ने स्वयं की है तथा इसमें शिक्षा-मंत्रालय द्वारा स्वीकृत शब्दावली का उपयोग किया गया है।

हमें विश्वास है कि प्रकाशकों के सहयोग से प्रकाशित साहित्य हिन्दी को समृद्ध बनाने में सहायक सिद्ध होगा और इस व्यवस्था के फलस्वरूप ज्ञान-विज्ञान से सम्बन्धित अधिकाधिक पुस्तकें हिन्दी के पाठकों को उपलब्ध हो सकेंगी।

आशा है, यह योजना सभी क्षेत्रों में लोकप्रिय होगी।

ए. चंद्रहासन

केन्द्रीय हिन्दी निदेशालय

(ए० चन्द्रहासन)
निदेशक

आमुख

उन्नीसवीं शताब्दी के मध्य में भारत के प्रायः सभी भाग एक राजदंड की छत्रछाया में एकसूत्रता में बंध गये। फिर भारत के राजनीतिक जीवन और चिंतन में एक परिवर्त्तन आया जो क्रांतिकारी था। इसी समय के आस-पास भारतीय इतिहास लेखन के क्षेत्र में भी क्रांतिकारी परिवर्त्तन आने लगा। इसके पूर्व हमारे इतिहासकारों की पूँजी मुख्य रूप से कुछ पुराण कथाओं, प्राचीन अनुश्रुतियों और अत्युक्तिपूर्ण प्रशस्तियों तक ही सीमित थी, इनके अतिरिक्त परवर्त्ती काल की कुछ ऐसी सामग्री भी थी जिसमें तथ्य और कहानियों का ऐसा गड्डमड्ड है कि एक का दूसरे से अलग करना मुश्किल था। जिसे हिन्दूकाल कहते हैं–जिसकी अवधि प्रायः 2000 वर्ष है– वह अंधकार से आच्छन्न था। संस्कृत आख्यानों के कारण इस अंधकार में रास्ता ढूढ़ना प्रायः असंभव ही था। मुस्लिम काल के संबन्ध में भी मूल सामग्री की नहीं अपितु लोकप्रिय कहानियों के संक्षेप की ही प्रमुखता थी।

किन्तु सिपाही विद्रोह के ठीक पूर्व इस क्षेत्र में नवयुग का प्रभात हो चुका था। जेनरल अलेक्जंडर कनिंघम ने बौद्ध, जैन और हिन्दू स्मारकों को खोदकर निकालना प्रारम्भ कर दिया था। सर हेनरी एम. इलियट ने भारतीय इतिहासकारों के मुख से इस देश के इतिहास संबंधी स्मारक ग्रन्थों की शृंखला का अनुवाद शुरू कर दिया था। यह एक विशाल कार्य था जिसका प्रारम्भ सन् 1849 में Bibliographical Index to Historians of Mohammadan India' शीर्षक के उनके प्रथम प्रकाशन से हुआ था। इलियट की मृत्यु के बाद उसके सहयोगी एक अन्य विद्वान (डाउज़न) ने सन् 1877 में इस माला का समापन किया। इस सारी सामग्री का उपयोग करने वाला पहला विद्वान स्टेनली लेन-पूल था। इसके ग्रंथ का नाम Mediaeval India under Mohammadan Rule (1903) था। स्टेनली की पुस्तक को एलिफंस्टन के

इसी विषय के निबंध के साथ पढ़ने पर यह बात स्पष्ट हो जाती है कि विगत 50 वर्षों में ज्ञान का प्रसार कितना अधिक हो गया था ।

हिन्दूकाल के संबंध में अभिलेखों, सिक्कों, स्थापत्य के अवशेषों आदि के रूप में विपुल सामग्री का एक भंडार देशभर में बिखरा पड़ा था जिसे अनेक सरकारी और गैर सरकारी लोगों ने प्रकाश में लाना प्रारम्भ कर दिया था। Early History of India नामक अपनी पुस्तक में विंसेंट ए० स्मिथ ने पहली बार इसका उपयोग किया। इसमें संदेह नहीं कि उससे पहले भारतीय पाठकों को हरप्रसाद शास्त्री की पुस्तक School History of India के रूप में इसकी एक झलक मिल चुकी थी। किन्तु स्मिथ का कैनवास उससे काफी बड़ा था और उसकी रचना में काफी ब्यौरे और निर्देश भी दिये गये थे। अतः सच्चे अर्थों में उसकी पुस्तक को ही युग-प्रवर्त्तक रचना माना जा सकता है।

इतिहास लेखन के क्षेत्र में प्रगति का अन्त यहीं नहीं हुआ । भारतीय विद्वानों की एक पूरी जमात ही अपने-अपने क्षेत्र में कनिंघम के कार्य को आगे बढ़ाने के लिये उत्साह से जुट गयी थी। इनमें कुछ तो इस कार्य के लिये विशेष रूप से शिक्षित थे। किंतु शेष उत्साही अताई ही थे । इन विद्वानों ने खोज की समीक्षा भी प्रस्तुत करना प्रारम्भ कर दिया। स्मिथ को जितनी सामग्री उपलब्ध थी उससे काफी अधिक सामग्री अब प्रकाश में आ चुकी थी और हमारा ज्ञान तब की अपेक्षा काफी विस्तृत और यथातथ होने लगा था। यह सारा ज्ञान अनेक पत्र-पत्रिकाओं, पुस्तक-पुस्तिकाओं आदि में निखरा हुआ है। अंग्रेजी के अतिरिक्त अन्य भाषाओं में भी यह सामग्री छपी है। हमारी समस्या इस सारी बिखरी सामग्री को संगठित करने की रही है ताकि इतिहास के क्षेत्र में सभी शोधों का समन्वय हो सके। जैसा कि प्रो० पैट्रिक गेड्डीज हमारे वैज्ञानिक छात्रों को चेतावनी देते हुए कहते थे: "हमारे पास बहुत से कातने वाले हैं और उन्होंने बढ़िया सूत भी तैयार किया है। अब हमें बिनकारी के एक आचार्य की आवश्यकता है जो इस सारी सामग्री को जो बिखरी हुई

है संगठित कर सके। आधुनिक वैज्ञानिक युग की तात्कालिक और सबसे बड़ी आवश्यकता है "बुनो! बुनो।"

इस सारी सामग्री के ताजे से ताजे गवेषणों के आधार पर जो इतिहास रचा जायेगा, निश्चय ही वह कई भागों में समाप्त होगा। इसके स्वरूप को देखते हुए यह किसी एक विद्वान के बूते की बात नहीं। इस काम में तो अनेक विद्वानों का सहयोग अपेक्षित होगा। इस प्रकार के सहकार्य द्वारा इतिहास लेखन की चर्चा सन् 1908 में मैंने मनोमोहन चक्रवर्त्ती से की थी। इसके पूर्व Cambridge History of India का प्रथम भाग प्रकाशित हो चुका था, जिसने इस दिशा में हमारा मार्ग दर्शन कर दिया था। इस योजना पर बड़े विस्तार से चर्चा हुई। स्वर्गीय डा० राखाल दास बनर्जी के सहयोग से मैंने दो बार, एक बार सन् 1918 ई० में और फिर 1920 ई० में इतिहास के अध्यायों का भी विभाजन कर लिया था। एक चौथी योजना की चर्चा भी मैंने पादरी जे० फर्कुहर से की थी जो Heritage Series की भांति सांस्कृतिक इतिहास-लेखन की थी। किंतु ये सभी योजनाएं प्रगति न कर सकीं क्योंकि हमने अनुभव किया कि अभी इसके लिए समय नहीं आया है क्योंकि विभिन्न अध्यायों को अधिकार-पूर्वक लिखने वाले विद्वान पर्याप्त संख्या में उपलब्ध नहीं हैं।

अंत में सन् 1937 ई० में डाक्टर राजेन्द्र प्रसाद ने इतिहास की वर्त्तमान योजना की घोषणा की। 28 दिसंबर 1937 को बनारस में हमने इसका विधिवत् उद्घाटन किया। योजना के प्रबंध और द्रव्यादि का चार्ज डाक्टर राजेन्द्र प्रसाद का था और संपादक मंडल के अध्यक्ष के रूप में इसके संपादनादि का दायित्व मेरा हुआ। भारत के धनी-मानी व्यापारी वर्ग ने सदा ही ऐसे महत्त्वपूर्ण कार्यो के लिए मुक्तहस्त धन दिया है, सो तत्काल ही इतिहास के लिए पर्याप्त धन एकत्र हो गया। हमने योजना के ब्योरे तैयार किये और प्रारंभिक तैयारियों के बाद लेखकों से पत्र-व्यवहार प्रारंभ हुआ। लेखन-कार्य प्रारंभ ही हुआ था कि सन् 1941 का जापानी हमला हो गया। विद्वान इधर उधर बिखर गये

और सार्वजनिक पुस्तकालय या तो बंद हो गये या उनके बहुमूल्य ग्रंथ अन्यत्र भेज दिये गये। अंत में सन् 1945 में कहीं जाकर दो भाग (चौथा और छठाँ) तैयार हो गये। पूरा इतिहास 20 भागों में प्रकाशित करने की योजना है। एक तीसरा भाग (माला का बारहवाँ, अकबर पर) आधा तैयार हुआ है। अब जमीन पूरी तरह तैयार हो चुकी है, इसलिए लेखन और प्रकाशन दोनों क्षेत्रों में तेजी से प्रगति होगी। मेरा स्वप्न रहा है कि प्रत्येक भाग की कीमत इतनी हो (जैसे 4 रुपये) कि सभी लोग खरीद सकें। रोज नई नई सामग्री प्रकाश में आती जा रही है। इसलिए थोड़े-थोड़े अंतराल से संशोधित संस्करण निकालने होंगे ताकि ज्ञान कहीं अवरुद्ध न हो। यदि दाम कम रहा तो लोग नये संस्करण खरीदते जायेंगे। किंतु द्वितीय विश्व युद्ध से उत्पन्न आर्थिक व्यवधान के कारण यह संभव नहीं हो पाया है।

इस इतिहास के लेखकों में सभी भारतीय हैं। कोई योजना पर संदेह न कर सके इसलिए अपना उद्देश्य स्पष्ट करने के लिए निम्नलिखित पत्र-व्यवहार उद्धृत करना चाहेंगे :

सर जदुनाथ सरकार का पत्र, डा० राजेन्द्र प्रसाद के नाम, ता० 19 नवंबर सन् 1937 ई०—

'जहां तक तथ्यों और व्याख्या का प्रश्न है, किसी भी राष्ट्रीय इतिहास को—कहें तो इतिहास की कोटि की किसी भी रचना के लिए—यथातथ और तर्कसंगत होना आवश्यक है। राष्ट्रीय इतिहास का यह मतलब नहीं कि हमारे इतिहास में जो भी दोष होंगे उन्हें छिपाया जायेगा। हम उसे स्पष्ट ही स्वीकार करेंगे, पर साथ ही यह भी दिखलायेंगे कि इस धारा में अन्य उदात्त तत्त्व भी हैं जो इस कलंक को धो देते हैं और ये इनसे किसी कदर घटकर नहीं। किसी देश के बारे में नाबदान के इन्स्पेक्टर की रिपोर्ट ही सत्य नहीं है। राष्ट्रीय इतिहास के लेखकों का प्रथम कर्त्तव्य होगा कि जिन तथ्यों की विदेशी लेखकों ने प्रायः अनदेखी कर दी है, उन्हें प्रकट करें। विदेशी लेखकों की दृष्टि में हमारे इतिहास में खून खराबे और राजवंशों के संघर्ष के अतिरिक्त और कुछ है ही

नहीं। हमारे इतिहास में सामाजिक जीवन और चिंतन तथा कला और साहित्य का कम महत्त्व न होगा। इनके अतिरिक्त हम इन बातों का भी खुलासा करेंगे कि हमारे पूर्वजों ने यदि कोई कार्य किया तो उसके पीछे उनका क्या मंतव्य था। यह कार्य तो कोई देशी विद्वान ही कर सकता है। विदेशी विद्वानों में कुछ ने हमारे इतिहास के प्रति सहानुभूति अवश्य दिखलायी है जैसे सिस्टर निवेदिता ने। इस प्रकार.... इतिहास लेखक जज है। वह राष्ट्रीय चरित्र के किसी दोष पर पर्दा नहीं डालेगा। किंतु वह चित्र का एक अंश नहीं, बल्कि सर्वांश में दर्शन करायेगा। दोषों के साथ गुण-कथन भी किया जायेगा ताकि राष्ट्र का समग्र व्यक्तित्व उभर कर सामने आये।"

डा० राजेन्द्र प्रसाद का पत्र, सर जदुनाथ सरकार को, ता० 22 नवंबर 1937.

'मैं आपसे पूरी तरह सहमत हूँ। जहां तथ्य को छिपाया गया हो या तोड़ा मरोड़ा गया हो, वह इतिहास नहीं हो सकता। जो इतिहास को यह सोचकर कि इस प्रकार वह अपने देश का लाभ करता है, ऐसा काम करता है, अंततोगत्वा वह देश की हानि ही करता है। भारत जैसे देश में तो, जिसने अपनी बुराइयों के कारण काफी हानि उठायी है, हमें वास्तविकता का ज्ञान होना ही चाहिये ताकि हम अपने दोष दूर कर सकें।"

हम डा० रमेश चन्द्र मजूमदार और डा० अ० स० अल्तेकर का धन्यवाद करते हैं जिन्होंने इस भाग का संपादन ही नहीं किया है, बल्कि अधिकांश अध्याय भी लिखे हैं। इस भाग के 23 अध्यायों में डा० मजूमदार ने 8 और अल्तेकर ने 10 अध्याय लिखे हैं। अन्य लेखकों के सहयोग का भी लाभ हमें मिला है जो अपने विषयों के मान्य विद्वान हैं। रा० ब० के० एन० दीक्षित ने पुरातत्त्व के अवशेषों पर, प्रो० नीलकंठ शास्त्री ने दक्षिण भारत पर, डा० दि० च० सरकार ने पूर्वी डेक्कन पर, डा० प्र० च० बागची ने चीन से संपर्क पर, डा० परण वितान ने लंका पर, डा० च० शिवराम मूर्त्ति ने दक्षिण भारतीय कला पर तथा डा० वासुदेव शरण अग्रवाल ने गुप्तयुगीन कला पर निबंध लिखे हैं जिनके लिए हम इनके आभारी हैं। पुरातत्त्व विभाग के महानिर्देशक,

निजाम राज्य के पुरातत्त्व विभाग तथा मथुरा म्युजियम के अधिकारियों के प्रति हम कृतज्ञता ज्ञापित करते हैं जिन्होंने ऐसे चित्रों को छापने की अनुमति दी है जिनका कापी राइट उनके पास है।

यदुनाथ सरकार

सम्पादकीय प्राक्कथन

आगामी पृष्ठों में जो इतिहास प्रस्तुत किया गया है, उसकी सीमाएं क्या हैं, और उसका स्वरूप कैसा है, इसे स्पष्ट करने के लिए कुछ शब्द कहने की आवश्यकता है। संपादक-मंडल की योजना के अनुरूप इस भाग में 200 से 550 ई० तक का इतिहास समाविष्ट है। इस काल को वाकाटक-गुप्त युग नाम दिया गया है। इस भाग का यह नाम केवल सुविधा के लिए चुना गया है। हमारा यह दावा नहीं है कि वाकाटकों की राजनीतिक और सांस्कृतिक सफलताएं गुप्तों के तुल्य हैं अथवा उतनी ही महत्त्वशाली हैं, कि इस युग के नाम के साथ उनके संयोग को न्यायसंगत कहा जा सके। यद्यपि इस भाग में 200 से 550 ई० के काल का समावेश अभीष्ट है, तथापि सभी स्थानों पर तिथियों की इन सीमाओं का अनुवर्त्तन संभव नहीं रहा है। पश्चिमी क्षत्रपों का इतिहास रुद्रदामन् की मृत्यु (160 ई०) से प्रारंभ किया है, क्योंकि क्षत्रपों के इतिहास के लिए वही तिथि सुविधाजनक थी। सिंहल का इतिहास 66 ई० से शुरू किया गया है, क्योंकि उस काल में स्थापित राजवंश प्रस्तुत युग के प्रायः अंत तक निरंतर शासन करता रहा। कौशांबी के मघों का इतिहास उनके शासन के आरंभ (120 ई०) से लिया गया है, क्योंकि मघ-वंश का सारा इतिहास एक स्थान पर ही निपटा लेना अधिक सुविधाजनक था, विष्णु कुंडियों और मैत्रकों के शासन का आरंभ लगभग 500 ई० से होता है। कई स्वतंत्र राज्यों का जिनमें नेपाल और असम के राज्य प्रमुख हैं, उदय भी इसी काल में हुआ। इनका प्रारंभिक इतिहास इस भाग में सम्मिलित न कर अगले भाग में विस्तारपूर्वक विचार के लिए छोड़ दिया गया है, जबकि भारतीय इतिहास में उन्होंने विशेष प्रभावशाली भाग लिया। किन्तु मौखरियों और पिछले गुप्तों का हमारे युग के समाप्त होने तक के प्रारंभ का इतिहास यहां दिया गया है, क्योंकि गुप्त साम्राज्य के ह्रास के प्रसंग में यह निरूपण आवश्यक था। हाल में ही यह

सुझाव सामने आया है (इ० हि० क्वा० 19, पृ० 19) कि गुप्तों के पतन में असम के शासक एक मुख्य कारण थे। किन्तु इस अद्भुत स्थापना के समर्थन में कोई निर्णायक प्रमाण नहीं दिया गया है।

जिन्होंने भारत अथवा योरोप के मध्यकालीन या आधुनिक इतिहास का अध्ययन किया है, उन्हें इस भाग में वर्णित राजनीतिक इतिहास निःसंदेह अपेक्षाकृत अपूर्ण और रेखांकन मात्र लगेगा। किन्तु इस युग के बारे में हमें जो कुछ पता है, उसे देखते हुए इससे अधिक वर्णन देना संभव नहीं। सिक्कों, अभिलेखों और स्मारकों की एक बड़ी संख्या की उपलब्धि के बाद भी स्वीकार करना ही होगा कि विवेच्य युग में कई वंश ऐसे हुए हैं, जिनके अधिकांश शासकों के नाम तक का पता नहीं। उदाहरण के लिए मथुरा के नाग और उत्तरी महाराष्ट्र के आभीर वंशों के नाम लिये जा सकते हैं। कहीं कहीं हमें एक ही वंश के अनेक राजाओं के नाम तो मालूम हैं, किन्तु यह पता नहीं कि उनकी तिथियां क्या थीं, और उनमें पारस्परिक संबंध क्या था। पिछले कुषाण और आरंभिक पल्लवों के विषय में भी ऐसा ही है। कहीं-कहीं तो प्रमाण इतने संदिग्ध हैं कि इतिहासकार के लिये निश्चयपूर्वक कुछ कहना कि अमुक घटना हुई या नहीं, अथवा कोई विशेष पुरुष—उदाहरणार्थ राजा रामगुप्त—ऐतिहासिक व्यक्ति भी है या नहीं, संभव नहीं है। कभी प्रमाण इतने अल्प और संशयपूर्ण रहते हैं कि उनके विभिन्न अर्थ निकल सकते हैं। ऐसी परिस्थितियों में इतिहासकार के लिए किसी एक का चुनाव करना कठिन हो जाता है, दृष्टांत के लिए स्कंदगुप्त के उत्तराधिकारियों के इतिहास के संबन्ध में यही कठिनाई उपस्थित होती है। अतएव प्रस्तुत चित्र यदि कई स्थानों पर अस्पष्ट लगे या विवेचन संक्षिप्त और अनिर्णायक मालूम पड़े, तो दोष मुख्यतः मूल प्रमाणों का है, न कि लेखकों का। उन्होंने तो इतिहास के बिखरे हुए सूत्रों को फिर से जोड़ने का यत्न मात्र किया है। तत्वतः इस भाग में आए इतिहास के प्रथम खंड अर्थात् 200 से 300 ई० तक के भारतीय इतिहास को प्रायः 'अन्धकार-युग' की संज्ञा दी जाती है। किन्तु इस काल के इतिहास को भी प्रकाश में लाने का यथासंभव प्रयत्न किया गया है।

विवेच्य युग के कई वंशों का प्रमाणों के नितांत अभाव के कारण केवल प्रासंगिक निर्देश मात्र ही किया गया है। उन पर और अधिक विस्तार से विचार संभव नहीं हो पाया है । आभीर और त्रैकूटक वंश इसके प्रमुख उदाहरण हैं। त्रैकूटकों के कुछ सिक्के और गिनेचुने अभिलेख उपलब्ध हैं। किन्तु उनके आधार पर दो या तीन राजाओं के नामों से अधिक उनके विषय में हमारा कुछ भी ज्ञान नहीं है। आभीरों की सूचना एक अभिलेख और कुछ प्रासंगिक उल्लेखों से मिली है। यद्यपि 248-49 ई० में प्रारंभ होने वाले तथाकथित कलचुरि संवत् के प्रवर्त्तन का श्रेय उन्हें दिया जाता है, और हाल ही में यह सिद्ध करने का यत्न भी हुआ है, (ए. भ. ओ. रि. इं. xxv, 161) कि उन्होंने एक साम्राज्य की स्थापना भी की थी तथापि उनके बारे में अब तक का हमारा ज्ञान अत्यंत अल्प है। उनके संबंध में यत्किंचित् जो भी हमारा ज्ञान है, वह पश्चिमी क्षत्रपों और वाकाटकों के इतिहास के उन अध्यायों में दे दिया गया है। स्मरण रखने की बात यह है कि प्रस्तुत ग्रंथ एक सामान्य इतिहास के रूप में लिखा गया है । यह विवेच्य युग में हुए प्रत्येक वंश का विश्वकोशात्मक वृत्त नहीं हैं । इस स्पष्टीकरण से युग के अनेक महत्त्वहीन सामंतों और नरेशों के उल्लेख न किये जाने का कारण भी स्पष्ट हो जाएगा।

अतिसंदिग्ध और अनिश्चित प्रमाणों के आधार पर आश्रित इस तरह के सहोद्योगीकार्य में भिन्न-भिन्न लेखक (और इनमें इस भाग के दोनों संपादक भी है,) विभिन्न सम्मतियाँ प्रकट करें अथवा कम-से-कम भिन्न-भिन्न मत भी रखें तो वह एक बिल्कुल स्वाभाविक बात है। परस्पर लम्बे-लम्बे विचार-विमर्शों के बाद भी दोनों संपादको के बीच विद्यमान मतभेदों का पूर्ण निराकरण संभव नहीं हुआ। मतभेद के मुख्य विषयों में से कुछ गिनाये जा सकते हैं। इनमें एक तो "वाकाटक साम्राज्य का विस्तार" (पृष्ठ 94 तथा आगे) ही है। साथ ही संपादकों में इस विषय पर भी मतभेद है कि वाकाटक वंश की मूल शाखा का प्रवरसेन द्वितीय कालिदास की अनुश्रुति का कुन्तलेश था। (पृष्ठ 106, पा० टि० 2)। यौधेय आदि गणराज्यों द्वारा कुषाणों के विरुद्ध स्वतंत्रता के

लिए संघर्ष की बात, पृष्ठ 17 तथा आगे), पीरो और रामगुप्त के परस्पर संबंध तथा विशेषतः पीरो के सिक्कों से उसके चरित्र के विषय में किये गये अनुमान (पृष्ठ 11-12) आदि अन्य ऐसे प्रश्न हैं, जिन पर संपादकों में मतभेद है। जिन विषयों पर पूरी सहमति संभव नहीं हुई है उनमें चन्द्रगुप्त प्रथम के सिंहासन त्याग के विषय में व्यक्त मत (पृष्ठ 136-37), समुद्रगुप्त के साम्राज्य की यथार्थ पश्चिमी सीमा (पृष्ठ 144), अपने शासन के अन्तिम दिनों में उसके द्वारा विक्रम के विरुद का धारण (पृष्ठ 156) और तोरमाण की राष्ट्रीयता (पृष्ठ 206) भी हैं।

सतर्क पाठकों को इस ग्रन्थ में ऐसे अन्य उदाहरण भी मिल सकते हैं, जिनसे प्रकट होगा कि जहाँ वस्तुतः मतभेद है, वहाँ सैद्धान्तिक मत के अभिमान के कारण एक विचार को प्रामाणिक और अन्तिम मानकर दूसरों के मतों को ठुकरा देने का कोई यत्न नहीं किया गया है।

प्रस्तुत भाग की त्रुटियों और उसकी अपूर्णताओं से हम पूरी तरह परिचित हैं, इसके अधिकांश अध्याय द्वितीय महायुद्ध से उत्पन्न उन असाधारण परिस्थितियों के दिनों में लिखे गये थे, जब कि हमारे कतिपय लेखकों को अच्छे निर्देश ग्रन्थों वाले पुस्तकालयों की सुविधा भी प्राप्त न हो सकी थी, क्योंकि बहुत से पुस्तकालयों में अपनी महत्त्वपूर्ण पुस्तकें सुरक्षा की दृष्टि से अन्यत्र भेज दी थीं। समयाभाव के कारण कतिपय लेखकों के पास उनके अध्यायों के प्रूफ भेजना भी संभव न हो सका। पूरा इतिहास 20 भागों में पूरा करने की योजना है। इतिहास का छठवाँ भाग आपके हाथों में है। इसे पहले के पाँच भागों की अपेक्षा पूर्व ही प्रकाशित करना पड़ रहा है। इस कारण कुछ विशेष कठिनाइयाँ भी हमारे सामने आयी हैं। पिछले युगों के वे विवादग्रस्त प्रश्न जिनका प्रभाव इस युग पर भी पड़ता है, इनमें प्रमुख हैं। हम यह भी नहीं जान सकते हैं कि इस भाग में विवेचित सांस्कृतिक प्रवृत्तियों के प्रारम्भिक इतिहास पर पहले भागों के अन्य लेखक किस प्रकार विचार करेंगे। इन कठिनाइयों के बावजूद भी हमने इस युग के राजनीतिक और सांस्कृतिक इतिहास का एक सर्वांगीण और व्यापक चित्र—जैसा पाँच सौ पृष्ठों में संभव था, उपस्थित करने का यथा-

शक्ति प्रयत्न किया है। युद्धों और विजयों से भरे राजनीतिक इतिहास को इस चित्र में उचित से अधिक गहरा रंग न देकर सांस्कृतिक इतिहास को भी समान महत्त्व और स्थान दिया गया है, जिसमें धर्म और दर्शन, सामाजिक और आर्थिक स्थिति, साहित्य और विज्ञान की प्रगति तथा इस युग की कला और स्थापत्य का पूरा वर्णन हुआ है। अपने देश के इस इतिहास को हमने किसी त्रिविक्तिवादी दृष्टिकोण से उपस्थित नहीं किया है। पूरब और पश्चिम के पड़ोसी देशों से भारत के व्यापारिक, सांस्कृतिक और धार्मिक संबंधों और उन देशों पर पड़े भारतीय प्रभाव का भी यथोचित निरूपण किया गया है।

हमारे लेखकों ने अपने अध्यायों के भेजने में जो शीघ्रता दिखलाई है, उसके लिए हम उनका साधुवाद करते हैं। प्रो० नीलकंठ शास्त्री के हम ऋणी हैं, जिन्होंने तामिल साहित्य से आवश्यक सामग्री हमें दी। उस सामग्री का उपयोग इस युग के सांस्कृतिक इतिहास वाले अध्यायों में किया गया है। अन्त में सर यदुनाथ सरकार के परामर्श और सुझावों के लिए कृतज्ञता प्रकट करते हुए हमें विशेष प्रसन्नता है।

र० च० मजूमदार
अ० स० अल्तेकर

विषय-सूची

अध्याय 3

पश्चिमी भारत के शक शासक

डा० अ० स० अल्तेकर

अध्याय 4

पूर्वी दकन

डा० दिनेश चन्द्र सरकार

अध्याय 5

वाकाटक-वंश

डा० अ० स० अल्तेकर

अध्याय 6

डा० रमेश चन्द्र मजूमदार

अध्याय 7

गुप्त-साम्राज्य की संस्थापना

डा० रमेशचन्द्र मजूमदार

अध्याय 14

शासनप्रणाली

डा० अ० स० अल्तेकर

अध्याय 15

मुद्राएं

डा० अ०स० अल्तेकर

II. आर्थिक दशा

अध्याय 19

धर्म और दर्शन

डा० अ०स० अल्तेकर

अध्याय 20
शिक्षा, साहित्य और विज्ञान
डा० अ०स० अल्तेकर

अध्याय 22

ललितकलाएं

I. दक्षिण भारत की कला

श्री सी. शिवराम मूर्ति

फलक सूची

संक्षिप्तियां

अ०भं०ओ०रि०इं०	अनल्स आफ दि भंडारकर ओरियंटल रिसर्च इन्स्टिटच्यूट, पूना
अहम्	अहनानुर्ड्ड्
अ०हि०आ०का	अर्ली हिस्ट्री आफ दि आन्ध्र कंट्री, गोपालाचारी मद्रास 1941
अ०हि०इं०	अर्ली हिस्ट्री आफ इंडिया, स्मिथ (चतुर्थ०) आक्सफोर्ड 1924
आयंगर०कोमे०वाल्यू	एस० कृष्णस्वामी आयंगर कोमेमोरेशन वाल्यूम
आर्क० सर्वे इं०, क०	आर्कलाजिकल सर्वे आफ इंडिया कनिंघम रिपोर्ट
आर्क० सर्वे इं० (आ०स०रि०)	आर्कलाजिकल सर्वे आफ इंडिया ऐनुअल रिपोर्ट्स
आर्क० सर्वे इं० वे० स०	आर्कलाजिकल सर्वे आफ इंडिया वेस्टर्न सर्किल ऐनुअल रिपोर्ट्स
आर्क० सर्वे वे०इं० iv.	रिपोर्ट आफ दि बुद्धिस्टक टेंपुल्स एण्ड देअर इन्स्क्रिप्शन्स जे० वर्गेस (आर्क सर्वे आफ वेस्टर्न इंडिया रिपोर्ट्स खंड iv), लंदन 1883
इंडि०, आर्क बुद्धि० हिन्दू०	इंडियन आर्किटेक्चर बुद्धिस्ट एंड हिन्दू पर्सी ब्राउन बंबई, 1942
इ० ए०	इंडियन एन्टिक्वेरी, बंबई
इं० क०	इंडियन कल्चर, कलकत्ता
इं० हि० इं०	इंपीरियल हिस्ट्री आफ इंडिया इन ए संस्कृत टेक्स्ट, का० प्र० जायसवाल, लाहौर, 1934.

इं० हि० क्वा०	इंडियन हिस्टारिकल क्वार्टर्ली, कलकत्ता
एं० इं० सी०	एंशियंट इंस्क्रिप्शन्स आफ सीलोन—ई० मूलर, लंदन 1883.
ए० इं० गु०	एज आफ दि इंपीरियल गुप्ताज रा० दा० बनर्जी, बनारस 1933
ए० इं०	एपिग्राफिया इंडिया
ए० क०	एपिग्राफिया कर्नाटिका
ए० जी०	एपिग्राफिका जीलानिका, कोलंबो
एं० हि० डे०	एंशियन्ट हिस्ट्री आफ डेक्कन, पांडिचेरी, 1920
का० इ० इं०	कार्पस इन्स्क्रिप्शनम इंडिकेरम०, III. (इंस्क्रिप्शन्स आफ दि अर्ली गुप्त किंग्स एंड देअर सक्सेसर्स) फ्लीट०, कलकत्ता 1888
कुमार०	कुमारसंभव
कै० एं० इं०	कैटलाग आफ दि क्वायंस आफ एंशियंट इंडिया (इन दि ब्रिटिश म्युज़ियम)—जान एलन, लंदन 1936.
कै० गु० डा०	कैटलाग आफ दि क्वायंस आफ गुप्त डाइनेस्टीज एंड आफ शशांक किंग आफ गौड़ (इन दि ब्रिटिश म्युज़ियम)—जान एलन, लंदन 1914
ज० अ० रि० सो०	जर्नल आफ असम रिसर्च सोसायटी, गोहाटी
ज० आ० हि० क०	जर्नल आफ दि आंध्र हिस्ट्री एंड कल्चर
ज० आ० हि० रि० सो०	जर्नल आफ दि आंध्र हिस्टारिकल रिसर्च सोसायटी, राजामुंद्री
ज० इं० हि०	जर्नल आफ इंडियन हिस्ट्री
ज० इ० सो० ओ० आ०	जर्नल आफ दि इंडियन सोसायटी आफ ओरियंटल आर्ट, कलकत्ता
ज० ए०	जर्नल एशियाटिक

ज० ए० सो० बं०	जर्नल आफ दि एशियाटिक सोसायटी आफ बंगाल, कलकत्ता
ज० ए० सो० बं० न्यू सि०	जर्नल आफ दि प्रोसीडिंग्स आफ दि एशियाटिक सोसायटी आफ बंगाल न्यू० सिरीज
ज०ओ०रि०	जर्नल आफ ओरियंटल रिसर्च्
ज० ग्रे० इं० सो०	जर्नल आफ दि ग्रेटर इंडिया सोसायटी, कलकत्ता
ज० न्यू० सो० इं०	जर्नल आफ दि न्यूमिस्मैटिक सोसायटी आफ इंडिया
ज० बा० ब्रा० रा० ए० सो	जर्नल आफ दि बांबे ब्रांच आफ रायल एशियाटिक सोसायटी
ज०बा०ब्रा०रा०ए०सो०,न्यूसि०	जर्नल आफ दि बांबे ब्रांच आफ दि रायल एशियाटिक सोसायटी, न्यू सिरीज
ज० वि उ० रि० सो०	जर्नल आफ दि बिहार एंड उडीसा रिसर्च सोसायटी, पटना
ज० वि० रि० सो०	जर्नल आफ दि बिहार रिसर्च सोसायटी, पटना
ज० म० यू०	जर्नल आफ दि मद्रास युनिवर्सिटी, मद्रास
ज० रा० ए० सो०	जर्नल आफ दि रायल एशियाटिक सोसायटी आफ ग्रेट ब्रिटेन, एंड आयरलैंड, लंदन
ज० रा० ए० सो० बं० ले०	जर्नल आफ दि रायल एशियाटिक सोसायटी आफ बंगाल : लेटर्स, कलकत्ता
ज० रा० ए० सो०, सी० ब्रा०	जर्नल आफ दि रायल एशियाटिक सोसायटी : सीलोन ब्रांच, कोलम्बो,
डा० क० ए०	डाइनेस्टीज आफ दि कलि एज—पार्जिटर
डे० लि०	डेस्क्रिप्टिव लिस्ट्स आफ दि इन्स्क्रिप्शंस इन सी०पी० एंड बरार—राय बहादुर हीरालाल, नागपुर, 1914

ढाका० युनि० स्ट०	ढाका युनिवर्सिटी स्टडीज., ढाका
नारद०	नारद स्मृति
न्यू० सप्लि०	न्यूमिस्मैटिक सप्लीमेंट टु ज० ए० सो० बं० अथवा ज० रा० ए० सो० ब०
प्ररम्	प्ररन्नानुड्डु
पोरुनार	पोरुनार—आड्ड्प्पड़इ
पी० हि० एं० इं०	पोलिटिकल हिस्ट्री आफ एंशियंट इंडिया, हे० च० राय चौधरी (चतुर्थ), कलकत्ता
प्रो० ए० बं०	प्रोसीडिंग्स आफ दि एशियाटिक सोसायटी आफ बंगाल
प्रो० ओ० कां०	प्रोसीडिंग्स आफ दि ओरियन्टल कान्फ्रेन्स
फर्कुहर आउट लाइन्स	आउट लाइन्स आफ रेलिजियस लिटरेचर आफ इंडिया—फर्कुहर
फाहियान	रेकर्ड आफ दि बुद्धिस्टिक किंगडम्स बीइंग ऐन अकाउ ट आफ दि चाइनीज मंक फाहियान्स ट्रैवेल्स—जे० एच० लेग्गे, आक्सफोर्ड 1886.
बील—रेकार्ड्स	सियुकि, बुद्धिस्ट रेकार्ड्स आफ दि वेस्टर्न वर्ल्ड, चीनी भाषा से बील का फाहियान का अनुवाद
भंडा० कोमे० वाल्यू०	कोमेमोरेटिव एसेज प्रिजेंटेड टु सर रा० गो० भंडारकर, पूना, 1917
भंडारकर लिस्ट	लिस्ट आफ दि इंस्क्रिप्शंस आफ नार्दर्न इंडिया (ए०क्के० का परिशिष्ट)
म० को० प्रो०	महाकोशल हिस्टारिकल सोसायटी, प्रोसीडिंग्स
म० भा०	महाभारत
मालवीय कोमे० वा०	मालवीय कोमेमोरेशन वाल्यूम, बनारस

मे० आ० स० इं०	मेमायर्स आफ दि आर्कलाजिकल सर्वे आफ इंडिया
मै० आ० रि०	मैसूर आर्कलाजिकल रिपोर्ट्स
याज्ञ०	याज्ञवल्क्य
रघु०	रघुवंश
विंटरनिट्ज़ हिस्ट्री	हिस्ट्री आफ संस्कृत लिटरेचर विंटरनिट्ज (अंग्रेजी अनु०) कलकत्ता 1927 और 1933
वैटर्स०	आन युवाङ्च्वाङ्स ट्रैवेल्स इन इंडिया टी वैटर्स, लंदन 108
शत० ब्राह्म०	शतपथ ब्राह्मण
सक्से० सात०	सक्सेसर्स आफ दि सातवाहनाज़ इन लोअर डेक्कन, डी० सी० सरकार, कलकत्ता, 1939
सा० इं० इं०	साउथ इंडियन इंस्क्रिप्शंस
सा० इं० ए०	साउथ इंडियन एपिग्राफी (वार्षिक रिपोर्ट)
सी० ज० सा०	सीलोन जर्नल आफ साइंस खंड जी, कोलंबो
से० इं०	सेलेक्ट इन्स्क्रिप्शंस, डी० सी० सरकार, कलकत्ता 1943
हि० इं०	हिस्ट्री आफ इंडिया 150—350 ई०, का० प्र० जायसवाल
हि० इं० इं० आर्ट	हिस्ट्री आफ इंडियन एंड इंडोनेशियन आर्ट —आनंद कुमार स्वामी, लंदन 1927
हि० इं० सा० इं०	हिस्टारिकल इन्स्क्रिप्शंस आफ साउथ इंडिया —आर० डी० सेवेल
हि० ना० इं०	हिस्ट्री आफ नार्थ ईस्ट इंडिया —राधागोविन्द बसाक
हि० फा० आ० इं	हिस्ट्री आफ फाइन आर्ट्स इन इंडिया, एंड सीलोन —विंसेट स्मिथ, आक्सफोर्ड 1911

हि० बं०	हिस्ट्री आफ बंगाल, रमेशचंद मजूमदार, ढाका, 1943
है० आ० सि	हैदराबाद आर्कलाजिकल सिरीज सं० 14 (वाकाटक इन्स्क्रिप्शंन इन दि केव xvi ऐट अजंता —वी०वी० मीराशि

भूमिका

'भारतीय जन के इतिहास' के इस भाग का विषय "वाकाटक-गुप्त-युग" (लगभग 200 ई० से लगभग 550 ई० तक) है। इसमें संदेह नहीं कि यह भारतीय इतिहास का अत्यन्त महत्त्वपूर्ण युग है। प्रायः चार शताब्दियों से विदेशी प्रभुत्व और राजनीतिक विघटन की समाप्ति पर इस युग में एक नई राजनीतिक चेतना का उदय और राष्ट्रीय एकता की पुनः स्थापना हुई थी। हमारे इस काल के प्रारम्भ में (लगभग 200 ई० से) कुषाण और पश्चिमी क्षत्रप देश की प्रमुख शक्ति थे। यह सच है कि इस समय तक वे हिन्दुत्व के रंग में रंगे जा चुके थे और दूसरे भारतीय राजवंशों की भांति हिन्दू धर्म और संस्कृत साहित्य के उत्साही समर्थक और प्रशंसक बन चुके थे, किन्तु संभवतः इनकी भिन्नमूलता अभी तक भुलाई नहीं जा सकी थी। जो भी हो, एक शती पहले अधीन किये गये स्थानीय राज्य और वहां की शक्तियां उनके आधिपत्य का विरोध त्यागने के लिए प्रस्तुत न थी। तीसरी शताब्दी के बढ़ने के साथ कुषाण क्रमशः अन्तर्वेद और पूर्वी पंजाब से खदेड़ दिये गये थे और वहां मघों, नागों, यौधेयों और कुणिन्दों ने फिर अपनी स्वतंत्र सत्ता स्थापित कर ली थी। दूसरी ओर ईरान में सासानी वंश का प्रादुर्भाव कुषाणों के ह्रास का कारण बना और तीसरी शताब्दी के अन्त तक कुषाण एक तुच्छ शक्ति मात्र के रूप में रह गये थे।

पश्चिमी भारत में भी शक सत्ता क्षीण हो चली थी। रुद्रदामन् प्रथम की मृत्यु (लगभग 170 ई०) के समय शक उत्तरी महाराष्ट्र, काठियावाड़, गुजरात, मालवा, सिन्ध, और राजस्थान के अधिकांश भाग के स्वामी थे। किन्तु शीघ्र ही सातवाहन पुनः प्रबल हो उठे और गौतमीपुत्र यज्ञश्री सातकर्णी के शासन में उत्तरी महाराष्ट्र सातवाहनों द्वारा पुनः जीत लिया गया। 225 ई० के आसपास मालवों के नेतृत्व में राजस्थान ने भी अपनी स्वतन्त्रता घोषित कर

दी। प्रवरसेन प्रथम सम्राट (लगभग 275-330 ई०) की अधीनता में वाकाटकों के उदय से शकों की शक्ति और भी क्षीण हो गयी। यहां तक कि चौथी शताब्दी के पूर्वार्ध में शक-शासक एक सामंत की सी स्थिति में रह गये, यद्यपि रुद्रसेन तृतीय के समय में गुप्त-शासकों ने उन्हें पूर्णतः नामशेष कर दिया।

तीसरी शताब्दी विदेशी सत्ता को मिटाने में सफल हुई थी, चौथी शताब्दी के आरम्भ में (लगभग 320 ई०) गुप्त शक्ति का उदय हुआ। जितना उन दिनों संभव था, देश में राजनीतिक एकता और संघठन का श्रेय गुप्तों को है। इसमें सन्देह नहीं कि यौधेयों, नागों, कुणिन्दों और मालवों ने अपनी स्वतन्त्रता पुनः पा ली थी। किन्तु उनकी राजनीतिक दृष्टि अपने घर के संकुचित क्षितिज से बाहर नहीं पहुंचती थी। उनका उद्देश्य एक ऐसे शक्तिशाली राज्य की स्थापना न था जो विदेशी आक्रमणों के लिए सुदृढ़ प्राचीर बनकर देश में शान्ति स्थापित कर सके जिससे उसकी समृद्धि होती। किन्तु गुप्त सम्राट निश्चिय ही एक ऐसे सुदृढ़ एकात्मक (unitary) राज्य का निर्माण करना चाहते थे, जो उक्त उद्देश्यों की पूर्ति कर सके। प्राचीन काल से चला आता राजनीतिक सिद्धान्त था कि विजेता को विजित राज्यों को सामंत के रूप में शासन करते देना चाहिए। परन्तु गुप्तों ने अजातशत्रु और मौर्यों की भांति इस सिद्धान्त का बहुत कम आदर किया। उन्होंने बिहार, बगाल, मध्य भारत और उत्तर प्रदेश के तत्कालीन राजाओं को समूल समाप्त कर उनके राज्यों को अपने साम्राज्य में मिला लिया। समुद्रगुप्त के शासन में पांच सौ वर्षों के अन्तराल के बाद मगध एक बार फिर भारत की एक प्रमुख शक्ति बन गया। किन्तु समुद्रगुप्त ने राज्य ग्रहण की यह नीति सब जगह नही बरती। उसने यौधेय, आर्जुनायन, मद्र, मालव तथा कुछ अन्य राज्यों को सामंत के रूप में शासन करने दिया। साथ ही छत्तीसगढ़, उडीसा और आन्ध्रप्रदेश के विजित राजाओं को पुन प्रतिष्ठित कर दिया। संभवतः समुद्रगुप्त ने यह समझ लिया था कि यातायात के तत्कालीन साधनों के रहते दूर के प्रान्तों पर सुदृढ़ शासन

व्यावहारिक न होगा। यदि इस असंभव बात को संभव करने के प्रयत्न किये भी गये तो केन्द्र में शक्तिशाली सत्ता बनाये रखने का उद्देश्य ही नष्ट हो जाएगा।

समुद्रगुप्त के पुत्र चन्द्रगुप्त द्वितीय ने अपने पिता के आदर्श को और अधिक सफलता से चरितार्थ करने का प्रयत्न किया। मालवा, गुजरात और काठियावाड़ की उसकी विजयों से गुप्त साम्राज्य का विस्तार कहीं अधिक हो गया, यदि हम यह मान लें—और इसकी पर्याप्त संभावना भी है कि मेहरौली अभिलेख का राजा चन्द्र चन्द्रगुप्त द्वितीय के अतिरिक्त दूसरा कोई नहीं है, तो यह अनुगत होगा कि वह पंजाब को भी अपने प्रभाव क्षेत्र में लाने में सफल हुआ था। जब उसके जामाता वाकाटक नरेश प्रवरसेन द्वितीय की अकाल मृत्यु हो गयी, तो दकन का शासन-प्रबन्ध भी उसकी अधीनता में आ गया। उसकी पुत्री प्रभावतीगुप्ता के पच्चीस वर्ष के राजकाल में वाकाटक-शासन चन्द्रगुप्त के ही मार्गदर्शन और निरीक्षण में चलता रहा। जो भी हो गोदावरी और सतलज के मध्य के विशाल भू-भाग उसके राजदण्ड की छाया में कुछ समय के लिए एक हो गये थे और अधिकांश पड़ोसी राज्य उसका नेतृत्व स्वीकार करने के लिए उत्सुक थे।

इस प्रकार चन्द्रगुप्त द्वितीय के शासन के अन्त तक गुप्तवंश वस्तुतः भारत की सर्वोपरि शक्ति बन चुका था। किन्तु यह एकता चिरस्थायी न रही। इसका एक सीमा तक शासक सम्राट की योग्यता से संबंध होता है। न तो कुमारगुप्त प्रथम और न स्कंदगुप्त में ही चन्द्रगुप्त द्वितीय या समुद्रगुप्त की-सी योग्यता थी। इन दोनों ने चन्द्रगुप्त द्वितीय के समान एक बड़ी राजनीतिक भूल की और जिसका फल इन्हें भुगतना पड़ा। चन्द्रगुप्त ने शेष भारत की अखंडता को स्थिर रखने की दृष्टि से पंजाब और खैबर दर्रे पर प्रवल नियन्त्रण रखने की महत्त्वपूर्ण आवश्यकता को नहीं पहचाना। गुप्तों ने इस विषय में मौर्यों की अपेक्षा कम राजनीतिक दूरदर्शिता दिखाई। मौर्यों ने तब तक अपने प्रयत्नों में ढील नहीं आने दी, जब तक उन्होंने खैबर और बोलन दर्रों पर अपना प्रभावकारी

अधिकार स्थापित नहीं कर लिया। यदि गुप्तों ने उनका अनुकरण किया होता तो पांचवीं छठी शताब्दी में हुए हूण-आक्रमणों से देश की तबाही न होती। यदि उन्होंने खैबर दर्रे की अच्छी तरह से किलेबन्दी की होती, तो हूणों से भीषण युद्ध मध्यभारत और मालवा में नहीं, बल्कि सिन्ध के पार लड़े गये होते।

राजनीतिक क्षेत्र में गुप्तों का आधिपत्य एक शताब्दी (लगभग 360 से 460 ई० तक) से अधिक न टिक सका। पिछले गुप्त सम्राटों में अपने पूर्वजों की-सी योग्यता न थी। स्थानीय शासक धीरे-धीरे अर्ध-स्वतंत्र सामन्त बनने लगे। दूसरी ओर वाकाटकों की मित्रता से प्राप्त बल का भी पांचवीं शती के मध्य में ह्रास प्रारम्भ हुआ। धीरे-धीरे वाकाटक शक्ति भी दकन में समाप्त हो गई। छठी शताब्दी के पूर्वार्ध में स्पष्टतः गुप्तों और वाकाटकों के दिन लद चुके थे। सम्राट का स्थान ग्रहण करने के लिए उत्तर में पिछले गुप्तों, मौखरियों, हूणों और औलिकरों तथा दक्षिण में नलों, कदंबों और कलचुरिबों में छीना-झपटी आरंभ हो गयी। भारतीय इतिहास में एक बार पुनः प्रभुत्व के लिए विरोधी शक्तियों में युद्धों का सिलसिला चल पड़ा। इस छीना-झपटी से किसी शक्ति को लाभ तो न हुआ, हां राष्ट्रीय शक्ति क्षीण से क्षीणतर होती गयी। इस परिस्थिति के लिए मुख्य रूप से युगयुगों से चला आता वह आदर्श ही दोषी था, जिसमें माना यह जाता था कि शक्तिसम्पन्न केन्द्रीय राज्य स्थापित करने के लिए प्रादेशिक शक्ति की बलि नहीं देनी चाहिए। हूणों के आक्रमण इस काल में सरल हो गये थे, क्योंकि गुप्त शासक खैबर और पंजाब पर नियंत्रण रखने में असफल रहे थे। इस कारण स्थिति और भी बुरी हो गयी।

भारतीय इतिहास की धारा में उत्तर भारत की शक्तियों द्वारा दक्षिण भारत पर प्रभुत्व-स्थापना के प्रयत्न प्रायः देखे जाते हैं। विवेच्य युग में गुप्तों ने भी ऐसा ही एक प्रयत्न किया। किन्तु यह प्रयत्त थोड़े समय के लिए ही सफल हो सका। इसके बाद के एक युग में दक्षिण की एक शक्ति—राष्ट्रकूटों

ने उत्तर भारत पर राजनीतिक प्रभुत्व स्थापित करने का प्रयास किया। किन्तु विवेच्य युग में दक्षिण की किसी शक्ति द्वारा वैसा कोई प्रयत्न नहीं हुआ।

देश में स्थायी राजनीतिक एकता का अभाव तो रहा ही, पर इसके मुकाबले सर्वव्यापी सांस्कृतिक एकरूपता का पलड़ा भारी था। देश भर में एक-सा शासन-तन्त्र था। राजा के अधिकार, कर की मदें और स्थानीय स्वायत्त संस्थाओं की अधिकार-सीमाओं में विशेष भिन्नता नहीं आई। गुप्तों, वाकाटकों या पल्लवों के शासन में इस प्रकार की समान संस्थाएं प्रचलित थीं। जो भी विदेशी आते, चाहे वे बंगाल में भ्रमण करते, अथवा महाराष्ट्र में, सभी स्थानों पर उन्हें हिन्दू, बौद्ध और जैन ये तीनों धर्म दृष्टिगोचर होते थे। नयी धार्मिक और दार्शनिक विचारधाराएं विद्युत गति से देश के एक छोर से दूसरे छोर को आप्लावित कर रही थीं। इस सांस्कृतिक एकता के पोषण में साधुओं, संन्यासियों और प्रचारकों की सेवा-भावना और धार्मिक चेष्टाओं का निःसंदेह बहुत हाथ था। इस युग में पेशावर के किसी वसुबंधु को हम महायान दर्शन के प्रचार के लिए अयोध्या की ओर प्रयाण करते तथा कांची के किसी धर्मपाल को नालंदा में बसकर आचार्य रूप से वहां के शिक्षा-सूत्र का संचालन करते देखते हैं। लंका के भिक्खु भगवान तथागत की जन्मभूमि में उनकी गाथाओं के संदेश सुन रहे थे, और सद्धर्म की चर्चा कर रहे थे। बुद्धघोष तथा बुद्धदेव जैसे भारतीय बुद्ध भी इसी प्रकार सिंहल के साहित्यिक और धार्मिक इतिहास में नवयुग का प्रवर्त्तन करने के लिए वहीं बस रहे थे। हिन्दू धर्म में भी नये विचारों और आन्दोलनों का प्रभाव देशभर में देखा जा सकता था। ईसा की तीसरी शताब्दी में वैदिक यज्ञों का जैसा उत्साह राजस्थान में दिखाई पड़ता था, वैसा ही तमिल देश में भी पाया जाता था। कुछ समय पश्चात् भक्ति की एक वैसी ही धारा दक्षिण और उत्तर में समान रूप से बह निकली। इसके साथ-साथ यह बतलाना अनावश्यक है कि देशभर में परिवार का ढांचा, जाति-व्यवस्था और धार्मिक विधिविधान भी प्रायः एक समान थे जिनसे सांस्कृतिक एकता की और भी अभिवृद्धि हो रही थी।

सांस्कृतिक कार्यों में इस दिशा में संभवतः सबसे बड़ी शक्ति एक राष्ट्र-भाषा के रूप में कार्य कर रही थी। ईसा की तीसरी शताब्दी तक प्राकृतों में कुछ सामान्य भेद आ चुके थे। फिर भी वे उक्त उद्देश्य की पूर्ति करती थीं। किन्तु शीघ्र ही संस्कृत ने उनका स्थान और अच्छी तरह ग्रहण कर लिया। शासन की भाषा के साथ दार्शनिकों, वैज्ञानिकों और कवियों के भावों के प्रकाशन का भी वह प्रिय माध्यम बन गयी। यह जानना भी रुचिकर होगा कि इस युग में बौद्धों और जैनों ने भी पालि और प्राकृतों का पुराना मोह छोड़कर परिष्कृत भाषा में लिखना प्रारंभ किया। इस समय तक भारतीय द्वीपसमूह में अनेक भारतीय उपनिवेश बस चुके थे। भारत और इन उपनिवेशों के बीच वह संपर्क की भाषा तो थी ही, यही नहीं बल्कि इन उपनिवेशों में भी संस्कृत ही राष्ट्र-भाषा थी। संस्कृत जब बौद्धधर्म के पवित्र ग्रन्थों की भाषा बन गयी तो चीनी भी इसका अध्ययन करने लगे।

संस्कृत की लोकप्रियता से प्राप्त सांस्कृतिक एकता आज की राजभाषा अंग्रेजी द्वारा बनी एकता से कहीं अधिक गहरी थी। अंग्रेजी को साधारण जनता नहीं समझ पाती, किन्तु संस्कृत के संबन्ध में ऐसी बात न थी। इसे सामान्य जन भी समझते थे। इस युग की प्राकृत बोलियों और संस्कृत में पर्याप्त सादृश्य था। किन्तु एक राष्ट्रभाषा से प्राप्त यह सांस्कृतिक एकता विवेच्य युग के बहुत बाद तक स्थिर न रह सकी, क्योंकि छठीं शताब्दी से दक्षिण भारत में प्रशासनिक अभिलेखों में द्रविड़ भाषाएं संस्कृत का स्थान लेने लगीं। उत्तर में बोलचाल की प्राकृतों और अपभ्रंश भाषाओं की अपनी जननी संस्कृत से दूरी निरंतर बढ़ती गयी। लगभग 800 ई० के पश्चात् तो इनके बोलने वाले संस्कृत समझ ही नहीं पाते थे।

वाकाटक-गुप्त-युग में पूर्वी एशिया में भारतीय धर्म और सभ्यता के प्रसार के सफ़ल प्रयत्न हुए। इस युग के अपने पूर्वजों के प्रति भारतीय जनता सदा कृतज्ञ रहेगी। यद्यपि इसमें सन्देह नहीं कि हिन्दुओं ने उपनिवेश के प्रयत्न इस युग के बहुत पहले ही प्रारंभ कर दिये थे, तथापि ईसा की तीसरी शताब्दी

के प्रारंभ के बाद से ही इनके निश्चित मार्गों और सफलताओं का पता हमें मिलता है । मातृभूमि के किसी राज्य से किसी प्रकार की सहायता पाये बिना स्वतंत्र व्यापारी, कप्तान और धर्म-प्रचारकों ने जावा, सुमात्रा, कम्बोडिया, कोचीन, चीन, अनाम, और बोर्नियों में हिन्दू धर्म और संस्कृति का प्रचार किया और हिन्दू संस्थाओं की स्थापना की । चीन में बौद्ध प्रचारकों ने सद्धर्म के प्रचार में अनथॉक प्रयत्न किये और कई महत्वपूर्ण ग्रन्थों का वहां की भाषा में अनुवाद किया। यदि आज भी भारत और चीन में प्रशंसनीय सांस्कृतिक एकता विद्यमान है, यदि हिन्द-चीन, जावा और सुमात्रा और बोर्नियों में भारतीय संस्कृति की महत्ता के साक्षी स्मारक आज भी सर्वत्र बिखरे देखे जा सकते हैं, तो इसका श्रेय गुप्त-युग को है, जिसने भारतीय संस्कृति का भारत से बाहर विस्तार करने में गति दी । यहां यह भी उल्लेख करना आवश्यक है कि इस विषय में दक्षिण भारत का अंशदान उत्तर भारत से किसी प्रकार कम नहीं है। ध्यान रखने की रोचक बात यह है कि इस युग में ब्राह्मणों को समुद्र-यात्रा पर कोई आपत्ति न थी । हम उन्हें जावा, सुमात्रा, बोर्नियों के से दूर देशों में जाते और वहां की स्त्रियों से विवाह करते पाते हैं । कुछ ब्राह्मण बोर्नियों में वैदिक मंत्रों का अनुष्ठान भी करते थे । चौथी शताब्दी के प्रारंभ तक पश्चिम एशिया में हम हिन्दू मन्दिरों में ब्राह्मण पुजारियों की उपस्थिति के प्रमाण पाते हैं ।

हमारे युग का एक दूसरा महत्त्वपूर्ण पहलू था, एक सर्वव्यापी बौद्धिक पुनर्जागरण । इससे संगठित शिक्षा-संस्थाओं के उदय और अग्रहार ग्रामों के दान में पर्याप्त सहायता मिली । फलस्वरूप उच्च शिक्षा के क्षेत्र में बड़ी गति प्राप्त हुई । नये विद्यापीठों को अन्तर्राष्ट्रीय पद और ख्याति मिलने लगी । इस युग की साहित्यिक उपलब्धियों में अनेक श्रेष्ठ कृतियां आती हैं। **अभिज्ञान-शाकुन्तल, रघुवंश,** और **मृच्छकटिक** की रचना इसी युग में हुई । पुराणों के नये संस्करण हुए । इसके अतिरिक्त महत्व की अनेक स्मृतियों का निर्माण भी इसी युग में हुआ । यद्यपि इस युग का दर्शन प्रायः आलोचनात्मक ही है, किन्तु बौद्धों के महायान सम्प्रदाय में तो विलक्षण रचनात्मकता के दर्शन होते हैं । इस

सम्प्रदाय के जिन आचार्यों ने भारतीय दर्शन की प्रगति में अत्यन्त मौलिक, विशिष्ट, साहसपूर्ण और पर्याप्त दूरगामी स्थापनाएं की हैं, वे इसी युग में उत्पन्न हुए।

किन्तु यह बौद्धिक पुनर्जागरण केवल साहित्य, धर्म और दर्शन के क्षेत्रों में ही प्रकट नहीं हुआ, विज्ञान के क्षेत्र में भी यह उसी प्रकार गतिशील था। अंक-लेखन में शून्य के महत्व के साथ-साथ दाशमिक पद्धति का युग-प्रवर्त्तक आविष्कार इस युग के हिन्दुओं ने ही किया, इस के फलस्वरूप विश्वभर की अंकगणित की प्रक्रियाएं सरल हो गयीं। बीजगणित और अंकगणित के क्षेत्रों में वे अपने युग के विद्वानों से काफी आगे थे। खगोल ज्योतिष में भी उनकी प्रगति आश्चर्यजनक थी। पांचवीं शताब्दी में आर्यभट्ट ने यह आविष्कार किया था कि पृथ्वी अपनी धुरी पर चक्कर लगाती है। आर्यभट्ट द्वारा निर्धारित सौर वर्ष का काल टालमी द्वारा अनुमान किये काल की अपेक्षा वास्तविकता के अधिक निकट है। हिपर्किस और टालमी की ज्योतिष की गणनाओं की तुलना यह प्रकट करती है कि हिन्दुओं के परिणाम न केवल स्वतंत्र थे, वल्कि अधिक यथार्थ भी थे। भौतिकी, रसायन और धातुविज्ञान में भी हिन्दुओं की प्रगति उल्लेखनीय थी। दिल्ली के पास कुतुबमीनार के साथ का लौहस्तंभ गुप्त-युग के अद्भुत धातु कौशल का साक्षी है।

यदि समुद्रगुप्त और चन्द्रगुप्त द्वितीय अपने युग के आदर्श प्रतिनिधि थे, जैसा कि प्राय: निश्चित है, तो मानना होगा कि विवेच्य युग में बौद्धिक तेज और शारीरिक शक्ति का समन्वय होता था और शौर्य की भावना साहित्यिक और कलात्मक रुचि से संगत रखती थी। इस प्रकार इस युग के नेता संस्कृति शब्द का व्यापक अर्थ ग्रहण करते थे। अत: उन्होंने चतुर्दिक उन्नति की।

इस युग के हिन्दू पंडितों की एक महत्वपूर्ण विशेषता यह थी कि वे आत्मतुष्टि से दूर थे और उनके दृष्टिकोण में संकीर्णता न थी। हिन्दू विद्वान विदेशी पंडितों द्वारा की गयी ज्ञान की प्रगति को जानने और उसका अध्ययन करने को उत्सुक रहते थे। यूनानी लोगों को म्लेच्छ तो माना जाता था, किन्तु

खगोल-विज्ञान के क्षेत्र में अपनी प्रज्ञा के कारण वे ऋषिवत् पूज्य भी माने जाते थे। हिन्दू विद्वान् इस तत्त्व को समझते थे कि ज्ञान-विज्ञान की अभिवृद्धि के लिए यदि आवश्यक हो तो विदेशियों द्वारा की गयी प्रगति का अध्ययन करने और उससे लाभ उठाने में कोई दोष नहीं है।

विवेच्य युग की बौद्धिक प्रेरणा का स्वाभाविक परिणाम समाज में युक्तिवादी दृष्टिकोण की दृढ़ता में हुआ। धार्मिक चिन्तनों के नेता केवल शास्त्रों की दुहाई देने में संतुष्टि न मान कर युक्ति के आधार पर ऐसे संप्रदायों का विकास करते थे जिनके सिद्धान्त तर्क की कसौटी पर खरे उतर सकें। हिन्दुओं के छहों दर्शनों का शास्त्रीय रूप इसी काल में व्यवस्थित हुआ। प्रत्येक दर्शन अपने समय के नवीन प्रचलित सिद्धान्तों की परीक्षा और यदि आवश्यक हो तो उनका खण्डन करने में प्रतिक्षण उत्सुक और जागरूक रहता था। इस युग में सिद्धांतों और विचारों का जो टकराव हो रहा था, निश्चय ही वह बड़ा ही रुचिकर और आनन्ददायक था। इतना होते हुए भी भिन्न-भिन्न धर्मों के अनुयायी परस्पर मित्रता से रहते थे और उनमें पूर्ण सहिष्णुता विद्यमान थी। हिन्दू राजा बौद्ध-विहारों के लिए दान देते थे और बौद्ध राजा हिन्दू धार्मिक कृत्यों का सम्पादन करते थे। एक ही परिवार में कोई बौद्ध धर्म का अनुयायी होता, तो दूसरा वैदिक धर्म का पालन करता था।

इस युग तक हिन्दुओं का यही विश्वास था कि धर्म और दर्शन की योजना मनुष्य मात्र के लिए बनी है। अतः जावा-सुमात्रा और पड़ोसी द्वीपों में भी इनके प्रचार में उनको सफलता मिली। स्वयं मातृभूमि में भी इस युग तक विदेशी जातियां हिन्दू धर्म ग्रहण कर रही थीं। शक राजा हिन्दुत्व के रंग में इतने अधिक रंगे हुए थे कि इस युग में उनकी राजकुमारियां कट्टर हिन्दू घरानों में ब्याही जाने लगी थीं। भारत में बसने के दो पीढ़ियों के अन्दर ही हूण उत्साही और पक्के शैव बन चुके थे।

धर्म, अर्थ, काम और मोक्ष इन चार पुरुषार्थों को हिन्दू अपना लक्ष्य मानते हैं। प्रत्येक व्यक्ति से आशा की जाती थी कि वह इनकी प्राप्ति के

लिए प्रयत्न करेगा। गुप्त युग में इन चारों में उचित सन्तुलन वर्त्तमान था। जैसाकि बाद के युगों में हो गया था, गुप्त काल में धर्म का अर्थ वर्षभर क्रियानुष्ठानों और व्रतों का कभी समाप्त न होने वाली प्रक्रियामात्र न था। समाज में जिस उत्साह से अर्थ और काम की सिद्धि के लिए प्रयत्न होते थे वैसे ही धर्म और मोक्ष की ओर भी ध्यान दिया जाता था। इसी कारण इस युग में कला और शिल्प के क्षेत्र में जैसी अद्भुत उन्नति हुई, वैसी ही दर्शन में भी हुई। प्राचीन भारत की श्रेष्ठ मूर्तियां और श्रेष्ठ चित्र निःसंदेह गुप्त युग की ही कृतियां हैं। कलाकारों ने अपने शिल्प की पूर्णता के साथ दुरूह और आध्यात्मिक आदर्शवाद की अभिव्यंजना के लिए पूर्णतः उपयुक्त पारिभाषिक भाषा के विकास में भी सफलता पाई थी। यहां भी सौन्दर्य और आध्यात्मिकता में पूर्ण सामंजस्य था। इस युग की उत्कृष्ट मूर्तियां और चित्र जितने ओजपूर्ण हैं उतने ही शांत और सुन्दर भी और वैसे ही आध्यात्मिक भी मालूम पड़ते है। उदाहरण के लिए सारनाथ संग्रहालय की बैठी बुद्धमूर्ति में शिल्पी, जिसने अपना नाम भी हम तक पहुंचाने की चिन्ता नहीं की, दृढ़-विश्वास, शान्ति, और करुणा के भावों के साथ-साथ असीम आध्यात्मिक आनंद के निदर्शक उस अनिवर्चनीय प्रभामण्डल को जो महात्माओं के मुखाकृति का परिचायक है चित्रित करने में आश्चर्यजनक रूप से सफल हुआ था। इस युग ने भारतीय कला के आदर्श को भी विकसित करने में सफलता पायी, जिसकी विशेषताएं संयम, भव्यता, नैसर्गिकता, अभिव्यंजकता और सौन्दर्य हैं। इस कला का प्रभाव मध्य एशिया के रेगिस्तानों और भारतीय द्वीपसमूह में भी पड़ा था।

इस युग के हिन्दू नये दर्शन शास्त्रों के विकास में जितने सफल हुए थे, उतने ही महासागरों में माल ढोने वाले बड़े जहाजों के निर्माण में भी हुए। विदेशी व्यापार से राष्ट्रीय आय बढ़ गयी थी। गुप्तों द्वारा बड़ी मात्रा में सोने के सिक्कों का प्रचलन और रोम के बहुसंख्यक सोने के सिक्कों का दक्षिण भारत में पाया जाना, यह प्रकट करता है कि व्यापार का पलड़ा भारत के पक्ष में था और देश में स्वर्ण की प्रचुरता हो रही थी। सोने और मोतियों

के आश्चर्यजनक भिन्न-भिन्न प्रकार के आभूषण इस युग में लोकप्रिय थे। ये इस बात के निदर्शक हैं कि लोगों के पास बहुमूल्य आभूषणों पर व्यय करने के लिए पर्याप्त धन था। देश की अधिकांश सम्पत्ति व्यापार और उद्योग-धंधों से अर्जित थी जो सुसंघठित श्रेणियों की विद्यमानता के कारण दिन-दूनी, रात-चौगुनी उन्नति कर रहे थे।

कुछ शब्द इस युग के प्रशासन के विषय में भी कहने आवश्यक हैं। शासन सुचालित होने के साथ-साथ जनप्रिय भी था। इसके कानून और कार्य जहां मानवीय थे, वहां प्रभावी भी थे। यह सच है कि राजा और मन्त्रियों के नियम के लिए कोई केन्द्रीय संसद न थी। किन्तु हमें स्मरण रखना चाहिए कि सरकार अद्भुत रूप से विकेन्द्रित थी और इसके अधिकांश कार्य जिलों के शासन द्वारा पूरे किये जाते थे। जिले के केन्द्र में उपस्थित केन्द्रीय अधिकारी स्थानीय परिषदों से सहायता पाते थे। वस्तुत: इन्हीं परिषदों का इन पर नियन्त्रण होता था, वहां तक कि यदि राज्य अपनी ऊसर पड़ी भूमि को भी बेचना चाहता तो इन परिषदों का अनुमोदन आवश्यक था। ग्रामों की अपनी परिषदें होती थीं जो प्राय: सभी क्षेत्रों में ग्राम का प्रशासन करती थीं। यही परिषदें कर एकत्र करतीं और गाँवों के झगड़े निबटाती थीं। गरीबों और बीमारों के लिए खैराती औषधालय और अन्य संस्थाएं थीं। सरकार सड़कों की रक्षा करती थी और व्यापार, कृषि आदि को बढ़ावा देती थी। विद्या, शिल्प को भी प्रोत्साहन मिलता था। सामान्यतया लोग सुखी और समृद्ध थे। शासन के विरुद्ध अत्याचार और अकुशलता के आक्षेपक के मौके बहुत कम आते थे।

किन्तु इस युग की कतिपय ऐसी बातों की ओर ध्यान दिलाना भी आवश्यक है जिनकी वजह से अंततोगत्वा हिन्दू सभ्यता और संस्कृति का ह्रास हुआ। इस युग में वैश्यों और क्षत्रियों के उपनयन को निरुत्साहित किया गया। जब कतिपय सदियों में उनके उपनयन प्राय: बंद हो गये तो उच्च वर्ग और आम जनता के बीच की दरार काफी बढ़ गयी और समाज में शिक्षा और संस्कृति का मानदंड काफी गिर गया। इससे व्यापार, उद्योग और उपयोगी कलाओं

के विकास के मार्ग में बड़ी बाधाएं आयीं । लड़कियों के विवाह की उम्र 12 या 13 वर्ष हो गयी थी । इससे व्यवहार में लड़कों के विवाह की उम्र भी गिरने लगी । इस प्रकार शिक्षा की समाप्ति तक ब्रह्मचर्य का पालन असंभव हो गया । विभिन्न जातियों के बीच खानपान और विवाह होते रहे पर स्मृतिकार इनके विरुद्ध अपना आक्रोश प्रकट करने लगे थे । इसलिए अगली कुछ सदियों में ये प्रथाएं भी बंद हो गयीं । इससे समाज में विभिन्न वर्गों के बीच दरार और भी गहरी हो गयी । विदेशियों के लिए हिन्दू धर्म ने अपने दरवाजे बंद ही कर लिये ।

हिन्दू सभ्यता के उपर्युक्त सर्वेक्षण से प्रकट होगा कि यह युग हमारे इतिहास का बड़ा महत्त्वपूर्ण युग था । इसमें विदेशी दासता और राजनीतिक विघटन का अंत हुआ । राज्य की ताकत बढ़ गयी और एक ऐसे तंत्र का विकास हुआ, जिससे शताब्दियों तक देश विदेशी हमलों से बचा रहा । इस युग की सरकारें कुशल ही नहीं, बल्कि लोकप्रिय भी थीं । उन्होंने देश में शांति और समृद्धि की वृद्धि की । इस प्रकार भारतीयों ने विदेशों में, जैसे चीन, मध्य एशिया, और भारतीय द्वीप समूह में भारतीय संस्कृति का प्रचार किया । इससे इन देशों से भारत के नये संबन्ध बने जो काफी दृढ़ हुए ।

हमारे युग में भारतीय मस्तिष्क विशेष रूप से उर्वर था, इसकी सफलताएं जैसी धर्म, दर्शन और साहित्य के क्षेत्रों में उल्लेखनीय थीं, वैसी ही विज्ञान, कला और शिल्प के क्षेत्र में भी थीं । धर्म, अर्थ, काम और मोक्ष में उचित संतुलन रखा जाता था । जिसके कारण समाज पवित्र और धार्मिक जीवन बिताने के साथ-साथ आर्थिक समृद्धि और राजनीतिक महत्व की प्राप्ति के भी योग्य हो सका । भिन्न-भिन्न धर्म और सम्प्रदाय परस्पर शांति और मेल से रहते थे, तथा शिक्षा और सभ्यता का स्तर भारतीय इतिहास के किसी भी काल से उत्कृष्ट था। वस्तुतः उक्त विशेषताओं के कारण ही इस विशिष्ट युग को भारतीय इतिहास का स्वर्ण युग कहा जा सकता है ।

भारतीय जन का इतिहास

(लगभग 200-550 ई० तक)

अध्याय 1

पंजाब, सिन्ध और अफगानिस्तान

(लग० 180 ई० से लग० 450 ई० तक)

वासुदेव प्रथम की मृत्यु लगभग 180 ई० में हुई। इसके बाद के पंजाब, अफगानिस्तान और सिन्ध का इतिहास मूलस्रोतों के अभाव के कारण काफी अन्धकार में है। ईसा की तीसरी शती का कोई अभिलेख प्राप्त नहीं हुआ है जो इन प्रान्तों के समसामयिक राजनीतिक इतिहास की घटनाओं पर प्रकाश डालने वाला हो। इसमें सन्देह नहीं कि पुराण इस काल में उत्तर-पश्चिम में राज्य करने वाले शक, यवन और तुषार राजाओं का निर्देश करते हैं, किन्तु उनके नाम या राज्यकाल के विषय में वे मौन हैं। विदेशी स्रोतों से इस विषय में हमें अधिक निश्चित सूचना अवश्य मिलती है, किन्तु वह सामग्री बहुत थोड़ी है और उसकी व्याख्या करना प्रायः कठिन है। हमारे ज्ञान के एकमात्र विश्वसनीय आधार इन प्रान्तों के शासकों तथा उनके समकालिक ईरान और बैक्ट्रिया के राजाओं के सिक्के हैं। इन पर तिथियाँ नहीं हैं और लेख प्रायः अधूरे और अस्पष्ट हैं। इस प्रकार यह प्रकट है कि अभी हम इस काल के इतिहास की बाह्य रूप-रेखा का ही पुनर्निर्माण कर सकते हैं; बाद की खोजें हमारे वर्तमान परिणामों में परिवर्तन ला सकती हैं।

1. कनिष्क तृतीय

(लग० 180 ई० से लग० 210 ई० तक)

प्रस्तुत इतिहास के लिए स्वीकृत तिथिक्रम के अनुसार कनिष्क तृतीय का राज्यारोहण 180 ई० में हुआ।[1] इस शासक के सिक्के बड़ी संख्या में प्राप्त

---

1. वासुदेव प्रथम की अन्तिम ज्ञात तिथि 98 (शक संवत्) है। उसको तब गद्दी पर बैठे कम से कम 24 वर्ष हो चुके थे, इसलिए हम कनिष्क

हुए हैं, इसलिए यह कहना युक्तिसंगत होगा कि उसका शासक-काल काफी लम्बा था और उसने 30 वर्षों तक (लग० 210 ई० तक) राज्य किया होगा। ये सिक्के पंजाब, सीस्तान और अफगानिस्तान में मिले हैं, इसलिए ये प्रदेश अवश्य उसके राज्य में सम्मिलित रहे होंगे। कश्मीर और बैक्ट्रिया भी उसके राज्य के अन्तर्गत थे।[1] कश्मीर तो कई शताब्दियों तक कुषाणों का स्वदेश रहा। दक्षिण-पूर्व में सम्भवतः मथुरा प्रायः 200 ई० तक कुषाण शासन में रही। किन्तु इसके तुरन्त बाद ही यौधेयों और नागों के विद्रोह के कारण दक्षिण-पूर्वी पंजाब और अन्तर्वेद कुषाणों के हाथ से निकल गये। ये किस प्रकार अपनी पड़ोसी शक्तियों की सहायता से कुषाणों को अपने स्वदेश से खदेड़ने में समर्थ हुए, यह दूसरे अध्याय में बतलाया जायगा।

तृतीय का राज्यारोहण 102 श० सं० या 180 ई० रख सकते हैं। कनिष्क प्रथम और द्वितीय से भिन्न कनिष्क तृतीय का होना केवल सिक्कों के साक्ष्य के आधार पर ही सिद्ध हुआ है, तथापि वह प्रामाणिक है। इसके सिक्कों पर वासुदेव प्रथम का मोनोग्राम है कनिष्क प्रथम का नहीं, इसलिए वह अवश्य ही वासुदेव प्रथम का उत्तराधिकारी रहा होगा, पूर्वज नहीं। उसके सिक्कों की ग्रीक लिपि बिलकुल अस्पष्ट है और उन पर ब्राह्मी अक्षर मिलते हैं जो वासुदेव प्रथम या उससे पहले के किसी राजा के सिक्कों पर नहीं पाये जाते। इस प्रकार यह कनिष्क जिसके सिक्कों पर अस्पष्ट ग्रीक भाषा तथा ब्राह्मी अक्षर मिलते हैं, निश्चय ही वासुदेव प्रथम का उत्तराधिकारी था। इस कनिष्क को इसी नाम के पहले दो शासकों से भेद करने के लिए कनिष्क तृतीय नाम दिया गया है।

1. यह विचार कि वासुदेव प्रथम का अधिकार बैक्ट्रिया और अफगानिस्तान पर नहीं रहा था क्योंकि उसके अभिलेख केवल मथुरा के आस-पास ही मिले हैं, गलत सिद्ध हुआ है क्योंकि उसके उत्तराधिकारी कनिष्क तृतीय के सिक्के उक्त प्रदेशों से पर्याप्त संख्या में मिल चुके हैं।

कनिष्क तृतीय अपने राज्य का शासन क्षत्रपों (=राज्यपाल) के माध्यम से करता था। इनमें से कुछ के नामों के संक्षिप्त रूप उसके प्राप्त सिक्कों में मुख्यतः ब्राह्मी लिपि में आते हैं। वासु (देव); विरू (पाक्ष) [फलक I, 1] और मही (श्वर) या मही (धर) उनमें से कुछ एक हैं। इनमें वासु (देव) सम्भवतः उसका पुत्र रहा होगा जो उसके पीछे वासुदेव (द्वितीय) के नाम से गद्दी पर बैठा।[1] यह भी असम्भव नहीं कि महीश्वर या विरूपाक्ष अथवा दोनों ही वासुदेव के भाई रहे हों। वासुदेव सीस्तान में शासन करता था, क्योंकि इस क्षत्रप के नाम के साथ कनिष्क तृतीय के सिक्के प्रायः उसी प्रान्त से मिले हैं।[2] विरूपाक्ष और महीश्वर सम्भवतः पंजाब और अफगानिस्तान के कुछ भागों के शासक थे। कनिष्क तृतीय के सिक्कों पर राजा की खड़ी मूर्ति के दायें वि, सि और भृ अक्षर भी प्रायः उसके दूसरे क्षत्रपों के नामों के पहले अक्षर ही हैं जो उसके विशाल साम्राज्य के दूसरे भागों में शासन करते थे। कुषाण राजा और उसके प्रायः सभी क्षत्रपों के नाम भारतीय हैं, इससे प्रकट होता है कि अब कुषाण भारतीयता के रंग में पूर्णतः रँगे जा चुके थे।

क्षत्रपों के नामों के अतिरिक्त कनिष्क तृतीय के सिक्कों पर कुछ और भी अक्षर जैसे प, न, ग, चु, खु, थ, वै आदि मिलते हैं जिनका ठीक तात्पर्य अभी अज्ञात है। यह सम्भव है कि इनमें से कुछ उन नगरों के नामों के प्रथमाक्षर हों जहाँ से ये जारी किये गये थे, अथवा उन जातियों या प्रान्तों के नामों के पहले अक्षर हों जिनमें ये प्रचलित थे। यदि यह मानें तो पु पुरुषपुर (पेशावर) न नगरहार (जलालाबाद), ग गन्धार के प्रदेशों तथा चु और खु सिन्ध की ऊपरी और मध्य घाटी की चुत्स और क्षुद्रक जातियों के लिए संकेत हो सकते

डा० राखालदास बनर्जी ने वासु को वासुदेव द्वितीय से भिन्न माना है (ज० ए० सो० बं०, न्यू० स० 4, 87-88) जिसे युक्तिसंगत नहीं कहा जा सकता।

2. वही, 83-86।

हैं।[1] यदि हमें इस काल के इतिहास और भूगोल का कुछ अधिक प्रामाणिक ज्ञान होता तो सम्भव था कि पिछले कुषाण राजाओं के सिक्कों के इन रहस्य-भरे अक्षर-संकेतों की अधिक निश्चित व्याख्या हो जाती।

कनिष्क तृतीय ने दो प्रकार के सिक्के-चलाये। पहला तो अपने पूर्वज वासुदेव प्रथम का अनुकरण है, जिसमें उलटी तरफ नन्दी के पास शिव खड़े हैं। दूसरे प्रकार में शिव के स्थान में रोम की देवी आर्दोक्षो बैठी है। पहले प्रकार के सिक्के बैक्ट्रिया और अफगानिस्तान में और दूसरे गन्धार, सीस्तान और पंजाब में प्राप्त हुए हैं। इन सिक्कों के प्राप्तिस्थानों की जानकारी महत्त्वपूर्ण है, क्योंकि इस काल के इतिहास की कुछ घटनाओं की गुत्थी सुलझाने में इनसे सहायता मिलती है।

कनिष्क तृतीय के सिक्कों पर क्षत्रपों के नामों के प्रथमाक्षरों अथवा अंशों का लिखा जाना एक नई बात है जिसका अधिकार इससे पूर्व किसी कुषाण सम्राट् ने अपने क्षत्रपों को नहीं दिया था। इससे स्पष्ट है कि कनिष्क तृतीय के राज्यकाल में प्रान्तीय शासक पंजाब में भी अधिक प्रबल हो रहे थे और केन्द्रीय शासन को उन्हें सन्तुष्ट करने के लिए प्रचलित सिक्कों पर उनके नामों के प्रथमाक्षर अंकित करने की अनुमति देना आवश्यक हो गया था। उनमें से बहुत से अनुकूल अवसर देख अपने स्वतन्त्र राज्य स्थापित करने के अभिलाषी अवश्य रहे होंगे। कनिष्क तृतीय की मृत्यु से वैसा अवसर आ उपस्थित हुआ।

2. वासुदेव द्वितीय

(लग॰ 210 ई॰ से लग॰ 230 ई॰ तक)

कनिष्क तृतीय के बाद वासुदेव द्वितीय गद्दी पर बैठा। जो सम्भवतः उसका पुत्र था किन्तु वह पहले सीस्तान के महत्त्वपूर्ण, अव्यवस्था भरे प्रान्त

1. वही, 84

का शासक रह चुका था। इसका अस्तित्व भी केवल सिक्कों से ही ज्ञात है।[1]

ऐसा प्रतीत होता है कि वासुदेव द्वितीय के शासन-काल में कुषाण-साम्राज्य क्षत्रपों के अधीन अनेक टुकड़ों में बँट गया। ये क्षत्रप पिछले शासन में भी अपनी स्वतन्त्र सत्ता स्थापित करने को उत्सुक थे। वासुदेव द्वितीय के सिक्के बहुत थोड़ी संख्या में प्राप्त हुए हैं। उनमें भी शिव-नन्दी वाला प्रकार जो बैक्ट्रिया और अफगानिस्तान में प्रचलित था, मिलता है। फलतः सम्भावना यह प्रतीत होता है कि वासुदेव द्वितीय केवल उक्त दोनों प्रान्तों को ही अधिकार में रख सका था, और उसके क्षत्रप पंजाब और सीस्तान में स्वतन्त्र शासक बन बैठे थे। उसके कुछ सिक्कों पर प्राप्त होने वाले **रद, फ्रि** और ह अक्षर उसके उन क्षत्रपों के नामों के अंश प्रतीत होते हैं जो राजभक्त बने रहे।

वासुदेव द्वितीय के शासन के अन्तिम काल में कुषाणों की स्थिति बहुत शोचनीय हो चुकी थी। गंगा का मैदान पहले ही हाथ से निकल चुका था[2] और प्रान्तीय शासक पंजाब में स्वतन्त्र बन बैठे थे। जोआन-जोआन नाम की एक जाति आमू के पार उत्तर-पूर्व में भय का कारण बनी हुई थी।[3] ईरान में एक शक्तिशाली राज्य की नींव रखकर सासानी अब आमू दरिया की उपजाऊ घाटी पर गृद्ध-दृष्टि डाल रहे थे, क्योंकि वह कभी अखमनियों के अधीन ईरानी

---

1. वासुदेव प्रथम के सिक्कों से वासुदेव द्वितीय के सिक्कों को भिन्न मानता होगा, क्योंकि इनमें ग्रीक लिपि और भी भद्दे रूप में पाई जाती है और इनमें क्षत्रप नामों के प्रथमाक्षर भी मिलते हैं। इनका मोनोग्राम वासुदेव प्रथम से भिन्न है।
2. यौधेय और नागों ने किस प्रकार इन प्रदेशों में फिर से अपनी स्वतन्त्रता प्राप्त कर ली इसका वर्णन दूसरे अध्याय में किया जायगा।
3. न्यू० स० 47, 25।

साम्राज्य का एक भाग रह चुकी थी। ऐसी स्थिति में वासुदेव द्वितीय का बाहर से सहायता पाने को प्रयत्नशील होना बिलकुल स्वाभाविक था। इसलिए उसकी अभिन्नता कुषाणों के उस पो-शिया-ओ सम्राट् से करना अयुक्त न होगा जिसके लिए प्रसिद्ध है कि उसने लग० 230 ई० में सहायता पाने के लिए चीनी दरबार में एक दूतमण्डल भेजा था। किन्तु कुषाणों के दिन अव लद चुके थे और कोई बाहरी सहायता उनका बचाव नहीं कर सकती थी। जोआन-जोआन जाति से उन्हें कठिन संघर्ष करना पड़ा जिससे वे क्षीण हो गये। धन-धान्यपूर्ण भारतीय प्रदेश पहले ही उनके हाथ से निकल गये थे जो उनका राज्यकोष भरते थे। आर्देशीर प्रथम इस अवसर का लाभ उठा कर लगभग 238 ई० में बैक्ट्रिया पर अधिकार स्थापित करने में सफल हो गया। उसने 600 वर्ष पूर्व की अखमनियों की परम्परा के अनुसार युवराज को नये प्रान्त का शासक बनाकर भेजने की प्रथा फिर प्रचलित की। शासक युवराज ने जो सिक्के चलाये उनमें अपने आपको उसने कुषान शाह की उपाधि से भूषित किया। लग० 252 ई० से यह उपाधि कुषान-शाहन्शाह, कुषाण राजाओं का राजा, में बदल गई।

बैक्ट्रिया के इन युवराज शासकों द्वारा चलाये कुषाण सासानी सिक्कों की बनावट से यह प्रायः निश्चित है कि वह कुषाण राजा वासुदेव द्वितीय ही था जिसे सासानियों ने हराया।[1] इस प्रकार के सिक्कों के उलटे भाग में शिव और नन्दी हैं। वासुदेव द्वितीय ने केवल इसी प्रकार के सिक्के जारी किये और जैसा कि ज्ञात है ये सिक्के बैक्ट्रिया में प्रचलित रहे। प्राचीन बैक्ट्रिया और भारत के विजेताओं की सामान्य रीति के अनुसार सासानियों ने विजित राजा के सिक्कों की ही नकल की। इस प्रकार वह राजा वासुदेव द्वितीय के अतिरिक्त कोई दूसरा नहीं हो सकता।

---

1. हेर्त्सफेल्ट—**कुषाणो सासेनियन कॉयन्स**, पृ० 33।

3. सासानी प्रभुत्व का युग

सासानी युवराजों द्वारा प्रचलित कुषाण-सासानी सिक्के[1] केवल बल्ख, मर्व और समरकन्द में चलते थे, इनका कोई नमूना अफगानिस्तान या पंजाब में नहीं मिला है (फलक I, 3)। इससे यह स्पष्ट है कि कुछ समय तक सासानी कुषाणों के मूल प्रान्तों को दखल कर ही सन्तुष्ट रहे। उनके सिक्कों पर की उपाधियों **कुषान शाह** और **कुषान शाहन्शाह** से प्रतीत होता है कि उन्होंने कुषाणों को बैक्ट्रिया से बाहर नहीं खदेड़ा अपितु केवल उस प्रान्त पर अपनी अधिसत्ता मात्र स्थापित की। बहुत संभव है कि कुछ कुषाण शासक सामन्त रूप से उनके अधीन शासन करते रहे हों।

सासानी सम्राट् वरहरान द्वितीय ने कुषाण-साम्राज्य के कुछ भारतीय प्रान्तों पर आक्रमण किया और उन्हें विजय करने में सफलता पाई। इसने इस प्रकार अफगानिस्तान, उत्तर-पश्चिमी सीमाप्रान्त, सीस्तान और सिन्ध के प्रदेश लग० 284 ई० तक सासानी साम्राज्य में मिला लिये। वरहरान द्वितीय ने तब युवराज वरहरान तृतीय को सीस्तान का शासक बना और शकानशाह, (शकों का राजा) की उपाधि वाले सिक्के जारी करने का अधिकार देकर भेजा। हमें मालूम है कि सिन्ध और सीस्तान लगभग दो सौ वर्षों से शक शासकों के अधिकार में थे। अतः हम युवराज की इस उपाधि के महत्त्व को समझ सकते हैं। पंजाब पर सासानियों का दखल नहीं हुआ; उनके सिक्के वहाँ केवल नाममात्र को ही मिलते हैं।

अफगानिस्तान और सिन्ध की घाटी प्रायः 80 वर्ष, (लग० 360 ई०) तक सासानियों के शासन में रही। इस अवधि में उत्तराधिकार के लगातार चलने-वाले युद्धों से पहले यह अनुमान किया गया था कि सिन्ध की घाटी में सासानी शासन बहुत थोड़े समय तक रहा होगा। हाल ही में पर्सीपोलिस (ईरान) से मिले

1. इन सिक्कों का नाम कुषाण-सासानी रखने का कारण यह है कि इनकी सीधी तरफ सासानी सिक्कों की नकल है और उलटी तरफ कुषाण सिक्कों की। कनिंघम ने इन्हें शक-सासानी नाम दिया था, पर कुषाण-सासानी निस्सन्देह अधिक उपयुक्त नाम है।

अभिलेखों से प्रकट हुआ है कि लग० 310-11 ई० में, जब कि सासानी सम्राट् शापुर द्वितीय अभी शिशु ही था, उसका बड़ा भाई **शकस्तान शाह** सिन्ध, शकस्तान-तुखारिस्तान के मीरन-मीर की उपाधियाँ धारण किये सीस्तान में शासन कर रहा था। हेर्त्सफेल्ट द्वारा प्राप्त पर्सिपोलिस-अभिलेख में काबुल स्थित एक उच्च न्यायाधीश और शकस्तान स्थित एक शिक्षा-मंत्री (**शकस्तान अन्दर्ज़पेत**) के उल्लेख से प्रतीत होता है कि इन प्रदेशों का सासानी शासन दृढ़ और सुसंघटित था।[1]

इसका उल्लेख करना भी आवश्यक है कि अफगानिस्तान और सिन्ध नदी के काँठे में सासानी शासक के समय में कुछ कुषाण राजा उनके तुच्छ सामन्तों के रूप में शासन कर रहे थे। काबुल में भी एक ऐसा ही कुषाण-वंश राज्य करता था, क्योंकि सासानी सम्राट् शापुर द्वितीय (लग० 303 से 309 ई०) की रानी उक्त वंश की एक राजकुमारी थी। यह भी सम्भव है कि सिन्ध के काँठे में भी सासानियों के कुछ और भी कुषाण और शक सामन्त रहे हों।

4. पंजाब
(लग० 230 से ई० 340 ई० तक)

हम यह देख चुके हैं कि सासानी ठेठ पंजाब तक विजय नहीं कर पाये थे। इस प्रान्त के विजय का दावा किसी भी सासानी शासक ने नहीं किया और न यहाँ से प्राप्त तीसरी शती के सिक्कों से ही सासानी प्रभुत्व का कोई प्रमाण मिलता है। तो भी यह कहना कठिन है कि वासुदेव द्वितीय के बाद पंजाब में उसके वास्तविक उत्तराधिकारी कौन थे। इस विषय को स्पष्ट करनेवाला कोई अभिलेख प्राप्त नहीं हुआ है और हमारी जानकारी का एकमात्र आधार सिक्के ही हैं।

उपलब्ध सिक्कों से प्रकट होता है कि इस काल में पश्चिमी और मध्य पंजाब में तीन शक घराने राज्य कर रहे थे। पश्चिमी पंजाब में शाक (शक नहीं)

---

1. हेर्त्सफेल्ट, वही पृ० 35-36।

वंश का शासन था। इनके शासकों द्वारा चलाये बहुत से सिक्कों पर सीधी तरफ **शाक** शब्द अंकित है। इनकी राजधानी पेशावर थी, जहाँ से हाल में इनके सिक्कों का एक बड़ा संग्रह प्राप्त हुआ है। शाक-वंश के सिक्कों की कनिष्क द्वितीय और वासुदेव द्वितीय के सिक्कों से समानता इतनी अधिक है[1] कि हम निस्संकोच कह सकते हैं कि वासुदेव द्वितीय के तत्काल बाद, लग० 230 ई० में इस वंश का शासन प्रारम्भ हुआ। **शयथ, सित** और **सेन** इस घराने के तीन राजाओं के नाम या नामों के अंश हैं। **प्र, मि, भृ** और **भ** सम्भवतः दूसरे चार नामों के प्रथमाक्षर होंगे। इस वंश में, जैसा इसके सिक्कों से ज्ञात होता है, सात राजा रहे होंगे जिन्होंने प्रायः 100 वर्ष तक शासन किया।

सिक्कों की साक्षी से प्रकट होता है कि मध्य पंजाब में इस समय शीलद और गडहर वंश राज्य कर रहे थे। शीलदों के भद्र, बचर्ण और पासन तथा गडहरों के पेरय और किरद राजाओं के नाम सिक्कों से ज्ञात होते हैं। इसके अतिरिक्त और भी राजा रहे होंगे जिनके सिक्के अब नहीं मिलते। एक गडहर शासक के सिक्कों पर सम्राट् समुद्रगुप्त का नाम मिला है, इससे स्पष्ट है कि ये दोनों वंश समुद्रगुप्त के समय तक मध्य पंजाब में शासन करते रहे। बीच में, लगभग 325 ई० से पहले कभी स्यालकोट में फिर से मद्रों का गणराज्य स्थापित होने पर इनके राज्य का कुछ भाग छिन गया था।

पुराणों के वर्णन से मालूम होता है कि आन्ध्रों के पतन के बाद 8 यवन, 14 तुषार और 13 मुरुण्ड शासकों ने अनुमानतः पंजाब में राज्य किया।[2] संभवतः उक्त वर्णन लिखते हुए पुराण-लेखकों का अभिप्राय शाक, शीलद और गडहर वंशों से ही रहा होगा। पुराणों का इनमें से एक वंश को यवन कहना, प्रत्यक्षतः अद्भुत-सा प्रतीत होता है, क्योंकि यूनानियों का शासन युगों पहले नामशेष हो चुका था। फिर भी यह सम्भव है कि यवन शब्द से चीनी लेखकों

---

1. कनिंघम, **लेटर इंडोसीथियन्स**, फलक 2, 11।
2. **डा० क० ए०**, पृ० 45।

की वह जोआन-जोआन जाति अभिप्रेत हो, जो लगभग 320 ई० में कुषाणों के भय का कारण बनी थी। सम्भवतः अंत में इस जाति ने कुषाणों के विनाश के बाद की अव्यवस्था में पंजाब में प्रवेश किया था।

यह भी ध्यान में रखना चाहिए कि इन शकवंशियों के सिक्के (फलक 1.4) पंजाब से बाहर कहीं नहीं मिलते। उधर सिक्कों और अभिलेखों से यह ज्ञात होता है कि तृतीय शती में यौधेय, आर्जुनायन और मालव गण पूर्वी पंजाब, उत्तरी अंतर्वेद और राजस्थान में शक्तिशाली होकर स्वतंत्र हो चुके थे। इसलिए यह निस्संन्दिग्ध रूप से कहा जा सकता है कि तीसरी शताब्दी के प्रारभ में इन प्रदेशों से शक खदेड़े जा चुके थे। इस सन्दर्भ में हिन्दू शासकों ने जो भाग लिया, उस पर दूसरे अध्याय में विचार किया जायगा।

5. किदार-कुषाण

शाकों और शीलदों का शासन छोटे कुषाण या किदार-कुषाण कही जाने वाली जाति के उत्थान के साथ-साथ लग० 340 ई० में समाप्त हो गया। इनका नायक किदार[1], जिसकी राजधानी पेशावर थी, प्रारम्भ में अफगानिस्तान और सिन्ध के कांठे के शासक सासानियों का एक सामन्त था। किदार के प्रारंभिक सिक्कों में उसका ऊर्ध्व चित्र दक्षिणाभिमुख है। इस रीति का पालन, सासानी साम्राज्य के प्रत्येक सामन्त को करना पड़ता था। किन्तु कालान्तर में किदार ने कश्मीर और मध्य पंजाब जीत लिये।[2] जब उसने देखा कि उसमें पर्याप्त शक्ति

1. कनिंघम ने किदार का समय लग० 425 ई० में रखा है (**लेटर इण्डोसीदियन्स**, पृ० 185), किन्तु मेजर मार्टिन ने अब सिक्कों की निर्णायक साक्षी पेश करके दिखाया है कि यह शासक लगभग एक सदी पहले हुआ होगा। देखिये **न्यू० स०** जिल्द 47, पृ० 30।
2. पुराणों में गुप्तों के समकालिक इन प्रदेशों के शासक एक म्लेच्छ राजा का वर्णन आता है, डा० क० ए०, पृ० 55। बहुत संभव है कि वही किदार हो।

है कि वह स्वतंत्र हो सकता है तो उसने सिक्कों में अपना मुख सामने रखना शुरू किया जो अधिकार केवल सासानी सम्राट् को ही था । संभवतः लगभग 355 ई० में उसके इस कार्य से सम्राट् कुपित हुआ और दण्ड देने को तैयार हुआ । शापुर द्वितीय को लगभग 356-57 ई० में हम काबुल में डेरा डाले अपने विद्रोही सामन्त के विरुद्ध आक्रमण की तैयारी करते देखते हैं।[1] वह अपने इस अभियान में सफल भी हुआ । किदार को उसका प्रभुत्व मानना पड़ा क्योंकि हम लग० 359 ई० में उसे अपने प्रभु को मेसोपोटामिया की मुहिम पर मदद भेजते पाते हैं ।

सम्राट् की सेना के निकट सम्पर्क से संभवतः किदार को उसकी सेना की कमजोरियाँ ढूँढ़ लेने का अवसर मिला और उसने पुनः स्वाधीन होने की योजनाएँ बनानी प्रारंभ कीं । समुद्रगुप्त इस समय तक अपना प्रभावक्षेत्र पंजाब तक बढ़ा चुका था । किदार ने उसे उपहार भेजा और उसकी अधीनता मानने का वचन दे उसके भरोसे लग० 367-68 ई० में शापुर द्वितीय पर चोटें कीं । वह अपने कार्य में सफल हुआ । उसने एक सासानी सेना का नाश कर दिया और दूसरी को, जिसका नेतृत्व स्वयं शापुर कर रहा था, भगा दिया । इन विजयों से किदार को गंधार, कश्मीर तथा पश्चिमी और मध्य पंजाब में अपनी शक्ति दृढ़ करने का अवसर मिल गया । उसने इन प्रदेशों के शासन के लिए कई क्षत्रप नियत किये । उनमें से तीन वरोशाहि, पिक्षेच और बुद्धत्रल के नाम उसके सिक्कों से प्राप्त हुए हैं ।[2] ऐसे ही और भी क्षत्रप रहे होंगे ।

किदार के बाद उसका पुत्र पीरो लगभग 375 ई० में गद्दी पर बैठा । स्वाभाविक था कि समुद्रगुप्त की मृत्यु के बाद प्रायः इसी समय उसने अपना राज्य पंजाब में पूर्व की तरफ बढ़ाने का प्रयत्न अवश्य किया होगा । ऐसा प्रतीत होता है कि इस बढ़ते हुए खतरे को रोकने के लिए समुद्रगुप्त के उत्तराधिकारी

1. न्यू० स० 47, 31 ।
2. वही 41-42 ।

रामगुप्त ने पंजाब में उसके विरुद्ध मोर्चा लिया, किन्तु बुरी तरह हार खाकर उसे गुप्त पट्टमहिषी के समर्पण की अपमानजनक संधि करनी पड़ी। पीरो के चेहरे पर एक दृष्टि[1] डालने से प्रतीत होता है कि वह क्रूर और कामी शासक था, जो अपने हारे हुए प्रतिपक्षी पर इस प्रकार की शर्त लगा सकता था।

पीरो की सफलता स्थायी नहीं हुई। शापुर तृतीय (383–88 ई०) ने अपने पूर्वज की हार का बदला चुकाना तय किया और पीरो की शक्ति तोड़ दी। उसे पुनः सासानी अधीनता स्वीकार करनी पड़ी और एक सामन्त की तरह सम्मुख के स्थान में दक्षिणाभिमुख चित्र वाले अपने सिक्के जारी करने पड़े। प्रतीत होता है कि चद्रगुप्त द्वितीय ने भी पूर्व से उस पर चोट की,[2] किन्तु हम नहीं कह सकते कि उसका आक्रमण शापुर तृतीय की विजय से पहले हुआ या पीछे। ऐसा प्रतीत होता है कि गुप्त सेनाओं ने सिंध नदी तक उसका पीछा किया था।

पंजाब की विजयों के परिणाम-स्वरूप गुप्तों को उस प्रान्त को अपने राज्य में सम्मिलित कर खैबर दर्रे की मोर्चेबन्दी की ओर ध्यान देना चाहिए था जो उन्होंने नहीं किया। सच तो यह है कि हमें शोरकोट अभिलेख के अतिरिक्त, जो संभवतः 83 गुप्त-संवत् का है, पंजाब में गुप्तों के प्रभाव के कोई प्रमाण उपलब्ध नहीं होते। पंजाब सासानी प्रभावक्षेत्र में भी नहीं था, क्योंकि शापुर तृतीय के बाद के किसी सासानी सम्राट् या उसके सामन्त के सिक्के पंजाब या अफगानिस्तान के स्तूपों से नहीं प्राप्त हुए हैं।

सिक्कों की साक्षी से मालूम होता है कि कृतवीर्य, शीलादित्य, सर्वयश, भास्वन् कुशल और प्रकाश आदि कई छोटे-छोटे शासक पंजाब में पांचवीं सदी के पूर्वार्ध में शासन कर रहे थे। ये संभवतः किदार-कुषाण शासक रहे होंगे,

1. न्यू० स० 47 फलक 1, 2 सं० 15-21।
2. मेहरौली-स्तंभलेख के राजा चंद्र को चंद्रगुप्त द्वितीय मानकर ही यह लिखा गया है; यह स्थापना सत्य के बहुत निकट प्रतीत होती है, किन्तु कुछ विद्वान् अभी इसे स्वीकार नहीं करते।

क्योंकि उनके सिक्कों की सीधी तरफ 'किदार' नाम लिखा मिलता है। इनके नामों से प्रकट है कि वे अब हिन्दू-धर्म को पूर्णतः अपना चुके थे। अनिवार्य होने की दशा में वे संभवतः गुप्तों की अधीनता भी स्वीकार कर लेते थे। यह मानना पड़ेगा कि चंद्रगुप्त द्वितीय और कुमार गुप्त, किसी ने भी पंजाब को अच्छी प्रकार काबू में रखने की तरफ विशेष ध्यान नहीं दिया। चन्द्रगुप्त द्वितीय का सिंध तक अभियान एक धावे से अधिक प्रतीत नहीं होता, क्योंकि उसने पंजाब पर अधिकार करने या उत्तर-पश्चिमी सीमान्त की मोर्चेबन्दी के लिये प्रयत्न नहीं किया। ऐसी दशा में ऊपर वर्णित स्थानीय क़िदार-शासक पाँचवीं सदी के मध्य में हूणों के तूफानी प्रवाह के आगे नहीं ठहर सके और पूरी तरह नष्ट हो गये।

अध्याय 2

राजस्थान और मध्यदेश के भारतीय राज्य

(लग० 200 से लग० 350 ई० तक)

तीसरी शताब्दी के उत्तरप्रदेश का इतिहास अभी तक पर्याप्त रहस्य से आच्छादित है। 81 ई० में कनिष्क सम्भवतः बनारस तक शासन कर रहा था, पर उसके किसी उत्तराधिकारी का कोई अभिलेख मथुरा के पूर्व में नहीं मिला है। किन्तु फिर भी यह सम्भावना है कि वासुदेव प्रथम की मृत्यु (लग० 180 ई०) तक मध्यदेश अथवा उपरला गंगा-मैदान कुषाणों के प्रत्यक्ष शासन में नहीं तो उनके प्रभाव-क्षेत्र में बने रहे, क्योंकि हुविष्क के 17 सिक्के और वासुदेव के सिक्कों का एक साँचा इलाहाबाद जिले के भीटा स्थान में मिला हैं।[1] वासुदेव प्रथम के उत्तराधिकारी कनिष्क तृतीय के समय उपरला गंगा-मैदान कुषाणों के हाथ से निकल गया। कनिष्क तृतीय या उसके किसी वंशज का सिक्का इस प्रदेश से उपलब्ध नहीं हुआ।

किन्तु कुषाण-साम्राज्य के पूर्वी भाग किन कारणों से और किन परिस्थितियों में साम्राज्य से अलग हुए, इस सम्बन्ध में विद्वान एकमत नहीं हैं। मध्यदेश और राजस्थान से कुषाणों को निकालने वाली कौन-कौन-सी शक्तियाँ थीं, उसमें से प्रत्येक का इस कार्य में कितना भाग रहा और वे ठीक कहाँ-कहाँ शासन कर रही थीं, ये ऐसे प्रश्न हैं जिन पर विद्वानों में तीव्र मतभेद है।

1. क्या भारशिवों ने कुषाणों को निकाला ?

कुषाणों को उपरले गंगा-मैदान से उखाड़ फेंकने का श्रेय किसी समय

---

1. आ० स० इं० 1911-12, पृ० 63-65।

गुप्तों को दिया गया था,[1] किन्तु वह मत अस्वीकृत हो चुका है। इसका पोषक कोई प्रमाण नहीं हैं कि लग० 180 ई० के बाद गंगा-काँठा कुषाण-साम्राज्य का अंग बना रहा। समुद्रगुप्त के प्रयागस्तम्भ से यह निश्चित हो जाता हैं कि जब मगध या अन्तर्वेद में गुप्त-साम्राज्य की नींव रक्खी जा रही थी तो वहाँ कुषाण-शासन नाम को भी नहीं था। आर्यावर्त्त के जिन राजाओं को समुद्रगुप्त ने बल से उखाड़ा वे सभी भारतीय थे, उनमें कोई भी कुषाण या शकवंशी न था।

स्वर्गीय डा० जायसवाल ने इस मत का प्रतिपादन किया है कि कुषाण-साम्राज्य का पतन भारशिवों के हमलों से हुआ और उनके शेष कार्य को पीछे सम्राट् प्रवरसेन प्रथम के नायकत्व में वाकाटकों ने पूरा किया।[2] पाँचवे अध्याय में यह दिखाया जायेगा कि यह वाकाटक-सम्राट् कभी कुषाणों के सम्पर्क में ही नहीं आया। इसका भी कोई प्रमाण नहीं कि देश को विदेशी शासन से बन्धन-मुक्त करने में भारशिव अग्रणी रहे। निस्सन्देह उन्होंने दस अश्वमेघ यज्ञ किये, किन्तु ये यज्ञ इस युग में प्राय: ऐसे छोटे-मोटे शासक भी करते रहे जिन्होंने न कभी कोई साम्राज्य बनाया या विजयें ही कीं।[3]

---

1. रा० दा० बनर्जी, **दी एज ऑफ दी इम्पीरियल गुप्ताज**, पृ० 5।
2. डॉ० जायसवाल की भारशिव कल्पना का एकमात्र आधार सिक्के ही हैं। प्रस्तुत लेखक ने अन्यत्र विस्तार से सिद्ध किया है कि उपलब्ध सिक्कों से उक्त कल्पना का किंचित मात्र पोषण नहीं होता दे०, ज० न्यू० सो० इं०, 5, 111-134।
3. इक्ष्वाकु राजा शान्तमूल, जिसने लग. 225 ई० में एक अश्वमेघ यज्ञ किया, दो या तीन जिलों से अधिक के प्रदेश का स्वामी नहीं था। लग. 450 ई० में अश्वमेध करने वाला कदम्ब राजा कृष्णवर्मा स्वयं स्वतन्त्र शासक भी न था। विष्णुकुण्डी राजा माधववर्मा प्रथम, जिसने लग. 425 ई० में 11 अश्वमेघ किये, एक बहुत छोटे राज्य का शासक था।

डॉ० जायसवाल के अनुसार भारशिव पुराणों के नवनागवंश का ही दूसरा नाम है। उनका कथन है कि इसका संस्थापक राजा नव था जिसकी राजधानी कान्तिपुरी, मिर्जापुर जिले में आधुनिक कन्तित, थी। इस मत के समर्थन के लिए कोई आधार नहीं है कि किसी नागवंश ने कभी कान्तिपुरी में शासन किया अथवा सिक्कों का राजा 'नव' एक नागवंशी शासक था जिसका कान्तिपुरी से कोई सम्बन्ध रहा। उसका कोई सिक्का न तो कान्तिपुरी से उपलब्ध हुआ है और न किसी ज्ञात नाग-सिक्के से कुछ भी समानता रखता है। नाग-शासक अपने सिक्कों पर, यद्यपि वे बहुत छोटे हैं, नाम के साथ अनिवार्य रूप से 'नाग' उपाधि लगाते हैं, किन्तु राजा नव के सिक्कों पर वैसा नहीं है, यद्यपि वे आकार में अपेक्षाकृत बड़े हैं। नव का वंशज वीरसेन कान्तिपुरी, पद्मावती और मथुरा में शासन करने वाले घरानों का असल संस्थापक था, यह अनुमान अभी साध्य ही है। उसके सिक्के मथुरा में पाये गये हैं। इससे प्रायः यह निश्चित है कि वह एक स्वतन्त्र नाग-शासक था। किन्तु उसने कुषाणों को पूर्वी पंजाब से निकाला था इस बात का कोई प्रमाण नहीं मिला, क्योंकि यमुना के पार उसके बहुत ही कम सिक्के मिल पाये हैं। इस मत के समर्थन के लिये रत्ती भर भी आधार नहीं है कि वीरसेन के उत्तराधिकारी त्रयनाग, हयनाग और बर्हिनाग ने कुषाणों को इतने जोर से दबाया कि वे सासानी सम्राट् शापुर प्रथम की शरण में जाने को बाध्य हुए। इन शासकों के सिक्के पंजाब से, जिसे इनकी विजयस्थली कहा गया है, नहीं मिले। यही नहीं, हमें उनके सिक्के भी प्राप्त हुए हैं, यह बात भी बहुत सन्दिग्ध है, क्योंकि उनके बताये जानेवाले सिक्कों के लेख बहुत ही अस्पष्ट हैं और उनका निश्चित पाठ नहीं हो सकता।

इसलिए कुषाण साम्राज्य के विघटन पर विचार करते हुए हमें इस भ्रम में नहीं रहना चाहिये कि कान्तिपुरी के भारशिवों ने कुषाण साम्राज्य का विनाश किया। गंगा के मैदान से कुषाणों की सत्ता उठ जाने की पहेली का हल निकालने के लिये समकालीन शक्तियों के सिक्कों और अभिलेखों का सावधानी से अध्ययन करना होगा। यदि हम ऐसा करें तो देखेंगे कि यौधेय, कुणिन्द, मालव,

नाग और मघों[1] ने, जिन्होंने तीसरी ईसा की शताब्दी में स्वतन्त्र शक्तियों के रूप में अपने सिक्के चलाने शुरू किए, कुषाणों को बाहर निकालने में अपना-अपना योग दिया।

भारतीय इतिहास के अन्य वंशों की तरह कुषाणों का भी, प्रायः डेढ़ सौ वर्षों के शासन के बाद लग. 200 ई० में ह्रास हो चला। निश्चय ही वे अब तक हिन्दू हो चुके थे, फिर भी संभवतः उनके प्रति यह भाव शेष था कि वे विजातीय नस्ल के हैं। दूसरी तरफ यौधेय तथा उनके पड़ोसी अपनी चिरकाल से चली आती गणतन्त्रीय परम्परा के कारण कुषाण-साम्राज्य की कमजोरी का लाभ उठाकर फिर से अपनी राजनीतिक स्वाधीनता पाने का स्वर्ण अवसर खो देना नहीं चाहते थे। उपलब्ध प्रमाणों से इस विचार का समर्थन नहीं होता कि कुषाणों को हराने के लिए ऊपर कही सब शक्तियों का किसी नेता के अधीन कोई बड़ा संघ निर्मित हुआ था। इनमें यौधेय सबसे अधिक शक्तिशाली थे और संभवतः अपने पड़ोसी कुणिन्द और आर्जुनायनों के साथ मिलकर उन्होंने ही पहली और जोरदार चोट की। इस सफलता से उत्साहित हो पद्मावती के नाग और राजस्थान के मालवों ने यौधेयों के अनुकरण में अपनी स्वतन्त्रता फिर से घोषित की। अब हम इसका वर्णन करेंगे कि तीसरी शती के पूर्वार्घ में ये घटनाएँ किस प्रकार घटीं।

2. यौधेय, कुणिन्द और आर्जुनायन-गणतन्त्र

कुषाण-साम्राज्य को पहली चोट पहुँचाने का श्रेय वस्तुतः यौधेयों को है। किन्तु अचरज की बात यह है कि इस विषय में उनका महत्त्व अधिकांश आधुनिक इतिहासकारों के ध्यान में नहीं आया। कुषाण-साम्राज्य के निर्माण से पहले यौधेय एक बड़ी शक्ति थे जो दक्षिण-पूर्वी पंजाब और उत्तरी राजस्थान

1. जैसा कि इसी अध्याय में आगे दिखाया जायगा, मघों ने पहले ही लग. 160 ई० में स्वतंत्रता घोषित कर दी थी, किन्तु सम्भवतः कुषाणों ने उनके विद्रोह के प्रति आँखें मूँद लीं, क्योंकि मघों का मूल प्रदेश रीवाँ के दुर्गम जंगलों से घिरा था।

के विस्तृत प्रदेश पर शासन कर रहे थे।[1] किन्तु कनिष्क के नेतृत्व में शीघ्र ही कुषाणों ने उनकी कमर तोड़ दी और यदि अधिक नहीं तो वे बनारस तक अधिकार करने में तो निश्चय ही सफल हो गये थे।

कनिष्क और हुविष्क के शासनों में कुषाण-शक्ति अपने यौवन पर थी, इसलिए लगभग आधी शताब्दी तक यौधेय सिर नहीं उठा सके। किन्तु वीर और स्वातंत्र्यप्रिय यौधेय विदेशी जूए को अधिक देर झेल नहीं सकते थे। उन्होंने लग. 145 ई० में उत्तर-पूर्वी राजस्थान के किसी स्थान से कुषाणों के विरुद्ध विद्रोह का झंडा उठाया। उनको कुचलने का काम शक महाक्षत्रप रुद्रदामा प्रथम को सौंपा गया जो अपने जूनागढ़ के अभिलेख में बड़े गर्व से लिखता है कि किस प्रकार उसने "सब क्षत्रियों में प्रसिद्धता प्राप्त करने से जिनका दिमाग फिर गया था और जो किसी के अधीन न होते थे, उन यौधेयों को जबरदस्ती उखाड़ फेंका।"[2] इस पहली हार से यौधेय हतोत्साह नहीं हुए। कुछ दशकों तक वे मौके की ताक में रहे और दूसरी शताब्दी के अन्त में उन्होंने स्वाधीनता के लिए फिर एक प्रयत्न किया। इस बार वे अपने उद्योग में सफल हुए और उन्होंने अपनी मातृ-भूमि को स्वाधीन कर, कुषाणों को सतलज से परे भगा दिया।

यद्यपि उक्त कथन केवल सिक्कों के साक्ष्य पर ही आधारित है, किन्तु फिर भी पर्याप्त विश्वसनीय है। यह ठीक है कि कुषाणों और यौधेयों के संघर्ष का अन्य कोई प्रत्यक्ष प्रमाण नहीं मिलता, किन्तु सिक्कों से प्राप्त परिणाम प्रामाणिक रूप से यह प्रकट करते हैं कि यौधेयों की सत्ता कुषाणों को हराने पर ही पुनः स्थापित हो सकती थी। कनिष्क तृतीय (लग. 180 ई० से लग. 210 ई०) और वासुदेव द्वितीय (लग० 210 से 240 ई०) के सिक्के सतलज के पूर्व में नहीं मिलते। इससे स्पष्ट है कि सतलज के दक्षिण का सब प्रदेश उनके हाथ से निकल चुका था। इसके विपरीत तीसरी और चौथी शती की

1. म० भा० 2, 35, 4 तथा आगे।
2. सर्व्व-क्षत्राविष्कृतवीर शब्दजातोत्सेकाविधेयानां यौधेयानां प्रसह्योत्सादकेन। दि० च० सरकार: सेलेक्ट इंस्क्रिप्शंस, पृ० 170।

लिपि के लेख वाले यौधेयों के, कुषाण काल के बाद के सिक्के, बड़ी ढेरियों में सतलज और यमुना के मध्यवर्त्ती प्रदेश—उनके स्वदेश सहारनपुर, देहरादून, दिल्ली, रोहतक, लुधियाना और कांगड़ा के जिलों—में मिलते हैं।[1] इससे यह बिलकुल स्पष्ट है कि वे तीसरी सदी के प्रारम्भ से निश्चय ही यहाँ स्वतन्त्र रूप में शासन कर रहे थे। पर यह कुषाणों को निकाल कर ही हो सकता था। आज भी बहावलपुर रियासत की सीमा तक का सतलज के किनारे का प्रदेश यौधेयों के नाम से ही जोहियाबार कहलाता है। इस प्रकार यह स्पष्ट है कि भूतपूर्व पटियाला स्टेट और उतरी राजस्थान का बड़ा हिस्सा पुनर्जीवित यौधेयगण के राज्य में अवश्य सम्मिलित रहा होगा।

यौधेयों की यह विजय बड़ी मार्के की थी। जिनका साम्राज्य बैक्ट्रिया से बिहार तक फैला था, जिनके साधन अपरिमित थे और जिनके शासक एक सदी से अधिक काल तक 'देवपुत्र' नाम से आदृत थे ऐसी शक्ति से टक्कर लेना कोई खेल न था। कुषाणों ने उन्हें दबाने के प्रयत्न में संभवतः उतर-पश्चिमी सीमान्त और मध्य एशिया की अपनी चुनी हुई रक्षित सेनाएँ भी लगा दीं, किन्तु विद्रोही गण की वीरता और देशप्रेम के आगे उन्हें मुँह की खानी पड़ीं।

कुषाण-सम्राट् पर विजय पाने से यौधेयों की ख्याति और सम्मान को स्वभावतः चार चाँद लग गये। वे पहले ही सब क्षत्रियों में 'वीर' प्रसिद्ध थे अब ऐसा समझा जाने लगा कि उनके पास कुछ ऐसा विजयमन्त्र है जो सब परिस्थितियों और प्रतिकूलताओं में भी निश्चयपूर्वक सफल होता है।[2]

यौधेयों ने स्वाभाविक ही स्वतन्त्रता पाने के उपलक्ष्य में नये सिक्के

---

1. आ० सा० इं 2, 14, 77।
2. लुधियाना के पास सुनेत से यौधेय सिक्कों के साथ मिली मिट्टी की मुहर पर 'योधेयानां जयमंत्र धराणाम्' यह लेख अंकित है। प्रो० ए० सो० बं० 1884, पृ० 139।

जारी किये (फलक 1, 6)।[1] अतः इन्हें कुषाणों के सिक्कों मुद्राओं का स्थान लेना था इससे दोनों के भार और बनावट में विलक्षण समता पाई जाती है। केवल विदेशी ग्रीक और खरोष्ठी लिपियों की जगह, राष्ट्रीय ब्राह्मी अक्षरों ने ले ली और 'यौधेय गणस्य जयः' यह लेख गौरव से नये गणराज्य की विजय-घोषणा करता हुआ अंकित है। देवसेनापति कार्त्तिकेय सिक्कों पर प्रतिष्ठित हैं जैसा कि स्वाभाविक भी था, क्योंकि वही महाभारतकाल से यौधेयों के कुलदेव थे।[2]

सतलज-व्यास नदियों के ऊपरी दोआब में रहने वाले अपने उत्तरी पड़ोसी कुणिन्दों से यौधेयों ने स्वाधीनता के प्रयत्न में सम्भवतः विशेष सहायता और सहयोग पाया था। प्रथम शती के मध्य में कुणिन्द एक स्वतन्त्र गण-राज्य के रूप में थे, जिन्हें लग० 70 ई० में कुषाणों की अधीनता स्वीकार करनी पड़ी थी। एक कुणिन्द शासक छत्रेश्वर के सिक्के लग. 200 ई० की लिपि में **महात्मन्** और **भागवत** उपाधियों सहित प्राप्त हुए हैं। ये सिक्के नमूने, बनावट और आकार में कार्त्तिकेय मूर्त्तिवाले समकालिक यौधेय सिक्कों से बहुत अधिक मिलते हैं।[3] सिक्कों की यह अद्भुत समानता कुछ हद तक इस कल्पना की समर्थक है कि कुणिन्द और यौधेय एक ही समय में हुए और उन्होंने तीसरी सदी ई० के प्रारम्भ में पुनः स्वाधीनता पाने के लिए सम्मिलित उद्योग किया। यौधेयों की अपेक्षा कुणिन्दों का गण छोटा था और स्यात् इसी से वे अन्त में यौधेयों में ही घुल मिल गये, क्योंकि लग. 250 ई० के बाद के उनके सिक्के नहीं मिले हैं और न समुद्रगुप्त के प्रयागस्तम्भ में वर्णित गणराज्यों में ही उनका उल्लेख है।

---

1. इन सिक्कों की तिथि के सम्बन्ध में देखिए एलेन, कै० इं० क्वा० ऐ० इं० भूमिका, पैरा 184।
2. म० भा० 2, अ० 35, श्लोक 4 प्र०।
3. एलन, कै० क्वा० ए० इं० फलक 23, 11-16; फलक 39, 22; 40, 10-14।

यौधेयों के दक्षिण-पूर्व में आर्जुनायन नामक एक और गण था, जिसका राज्य आगरा-जयपुर क्षेत्र में था। इन्होंने भी कुषाणों के विरुद्ध विद्रोह कर स्वतंत्र राज्य स्थापित किया था। यह चौथी सदी ई० के मध्य तक अच्छी अवस्था में विद्यमान रहा, क्योंकि सम्राट् समुद्रगुप्त के कर-दाताओं में इसका भी उल्लेख है। किन्तु कुषाणों के बाद के आर्जुनायनों के कोई सिक्के न मिलने का क्या कारण है, यह अब तक स्पष्ट नहीं हो सका है।

इस समय के कुछ यौधेय सिक्कों पर **यौधेयगणस्य जयः** लेख के बाद रहस्य भरे **द्वि** या **तृ** शब्द अंकित हैं। इनकी कोई संतोषजनक व्याख्या अभी नहीं की जा सकती। परम्परा से चले आते विश्वास के अनुसार आर्जुनायन और यौधेय पाण्डव धर्मराज और उनके अनुज अर्जुन की संतान थे।[1] यह सम्भव है कि दोनों पड़ोसी गणों में मैत्री बने रहने में उक्त विश्वास का भी हाथ रहा हो। हम यह पहले देख चुके हैं कि किस प्रकार लगभग 250 ई० के पश्चात् कुणिन्द संभवतः यौधेयों में घुल-मिल गये थे। ऐसा प्रतीत होता है कि कभी तीनों गणों का परस्पर एक शिथिल-सा संघ बन गया था। यह संभवतः शकों के फिर से संभावित खतरे का अच्छी तरह मुकाबला करने की दृष्टि से एक प्रबल राज्य के निर्माण की आवश्यकता समझ कर हुआ था। पिछले यौधेय सिक्कों पर मिले **द्वि** और तृ संभवतः यौधेय संघ के दूसरे और तीसरे सहयोगी अर्थात् कुणिन्दों और आर्जुनायनों के लिए संकेत शब्द हो सकते हैं।

ईसा की चौथी शती के तीसरे पाद तक यौधेय एक शक्तिशाली गणराज्य के रूप में बने रहे। तीसरी-चौथी शती के अक्षरों में उनके सिक्के बहुत बड़ी संख्या में उत्तरी राजस्थान और दक्षिण-पूर्वी पंजाब से मिले हैं जिससे प्रकट है कि इस सम्पूर्ण अवधि में वे एक अजेय शक्ति बने रहे। यह हमारा दुर्भाग्य है कि उनके गणतन्त्रीय शासन-प्रबन्ध के विषय में हम अभी विस्तार से कुछ नहीं जानते। जैसा ऊपर दिखा चुके हैं, यह सम्भवतः यौधेय, आर्जुनायन और कुणिन्द तीन गणराज्यों का एक संघ था। प्रतीत होता है

---

1. म० भा० 1, अ० 15 श्लोक 75 (बंबई संस्क०)।

कि संघ के प्रत्येक सदस्य अपने-अपने क्षेत्र में पूर्ण स्वाधीन थे और उनकी पृथक्-पृथक् सत्ता लुप्त नहीं हुई थी। वैदेशिक नीति और युद्ध का संचालन सम्भवतः तीनों राज्यों के चुने हुए गणमुख्यों से बनी समिति की देख-रेख में होता था। गणमुख्य **महाराज** और **महासेनापति** की पदवी से विभूषित किये जाते थे। यौधेयगण के निर्वाचित एक ऐसी ही **महाराज-महासेनापति** का एक खण्डित अभिलेख भरतपुर में एक स्थान से प्राप्त हुआ है।[1] यदि इस यौधेय महाराज का नाम और वंशावली सुरक्षित होती तो सम्भवतः हम कह सकते कि उक्त पद आनुवंशिक था अथवा निर्वाचित।

3. मद्र-गण

ईसा चौथी शती की प्रारम्भ में मध्य पंजाब में मद्रों ने गडहरों से उनके राज्य का एक भाग छीन लिया। यौधेयों की सफलता से कुछ साहस पा मद्रों ने भी इसी समय अपनी स्वाधीनता के लिए प्रयत्न किया और अन्त में वे रावी-चिनाब के दोआब में अपना स्वतन्त्र गणराज्य स्थापित करने में सफल हुए। सम्भवतः स्यालकोट उनकी राजधानी थी। शायद मद्रों ने कोई सिक्के नहीं चलाए; कम-से-कम अब तक उनका कोई सिक्का प्राप्त नहीं हुआ। उनके गणतन्त्रीय राज्य की स्थापना की निश्चित सूचना समुद्रगुप्त के प्रयाग-स्तम्भ-अभिलेख से मिली है जिसमें उन्हें उत्तर-पश्चिमी छोर पर अवस्थित गणराज्य के रूप में रखा गया है।

कुषाण-साम्राज्य के उदय से पूर्व पंजाब के कांगड़ा, गुरदासपुर और होशियारपुर जिलों में औदुम्बरगण का शासन था। इनके कुषाण-पूर्व काल के सिक्के बड़ी संख्या में प्राप्त हुए हैं, किन्तु कुषाणों के बाद का कोई सिक्का नहीं मिलता। इसकी व्याख्या इसी अनुमान पर सम्भव है कि औदुम्बर तीसरी और चौथी सदी ई० में पुनः स्वतन्त्र राज्य की स्थापना में असफल रहे होंगे। सम्भवतः वे मद्रगण में ही मिल गये थे।

---

1. का० इं० इं० III, 252.

4. मालव-गण

सिकन्दर महान् के समय मालव रावी-सतलज दोआब में अवस्थित थे; पीछे वे सम्भवतः विदेशी दबाव के कारण दक्षिण की ओर हट आये। कुछ समय बाद हम उन्हें अजमेर-टोंक-मेवाड़ क्षेत्र में देखते हैं जहाँ वे एक स्वतन्त्र गणराज्य के रूप में लगभग पहली सदी ई० के अन्त तक सफलतापूर्वक शासन करते रहे। कुषाणों और उनके सामन्त पश्चिमी क्षत्रपों की चढ़ती के युग में लगभग एक शताब्दी तक मालवों की शक्ति को ग्रहण लग गया था। पश्चिम-क्षत्रपों ने उन्हें हराया और उनका राज्य भी अपने राज्य में सम्मिलित कर लिया।

किन्तु मालवों ने क्षत्रपों को चैन की नींद नहीं सोने दिया। उन्होंने जगह-जगह पर विद्रोह किए और विजेताओं के मित्र राज्यों पर भी छिपे-छिपे धावे मारते रहे। ऐसे ही एक मित्र उत्तमभद्रों के छुटकारे के लिए, जिन्हें मालवों ने त्रस्त कर रखा था, नहपान को अपने जामाता उषवदात को भेजना पड़ा। परन्तु मालव शकों के मुकाबले ठहर न सके और दूसरी शती ई० के अन्त तक वे शकों की अधीनता में रहने को बाध्य हुए।

इसी समय शकराजा जीवदामा और उसके चाचा रुद्रसिंह में उत्तराधिकार सम्बन्धी लम्बे झगड़े खड़े हुए। इस गृहयुद्ध ने क्षत्रपों की शक्ति को बड़ा धक्का पहुँचाया (दे० अध्याय 3)। इससे मालवों को स्वाधीन होने का सुनहरा अवसर हाथ लगा। एक मालव नेता श्री (?) सोम ने विद्रोह का झंडा उठाया और अपने गण की स्वाधीनता घोषित करने के लिए एकषष्टि यज्ञ किया।[1] इस लेख में विजय का वर्णन होते हुए भी विचित्रता यह है कि हारे हुए शत्रुओं का उल्लेख नहीं मिलता; किन्तु यह स्पष्ट है कि वे पश्चिमी

1. यह बात प्रस्तुत लेखक द्वारा सम्पादित नांदसा यूप-अभिलेखों के आधार पर कही गई है। दे० ए० इं० भाग 27, पृ० 252–267.

क्षत्रपों के अतिरिक्त दूसरे नहीं हो सकते। इसके बाद मालवों पर पश्चिमी क्षत्रप या कुषाणों में से कोई प्रभुत्व नहीं जमा सका।

लग० 225 ई० से समुद्रगुप्त के समय तक मालव एक स्वतन्त्र गणराज्य के रूप में शासन करते रहे। मालवों के अभ्युदय में अतीत गौरव की भावना का भी बड़ा हाथ था। हम देखते हैं कि श्री (?) सोम अपने को गर्व से इक्ष्वाकुओं का वंशज कहता है, जो सम्भवतः विदेशी शकों की लम्बी वंशावली के मुकाबले में था। यौधेयों की तरह मालव-गण भी चुने हुए गणमुख्यों द्वारा शासित होता था। ये गणमुख्य कभी-कभी वंशानुगत भी होते थे। मालवों को स्वाधीन कराने वाले श्री (?) सोम को पूर्वजों से चले आते जनशासन के धुरे को वहन करने वाला कहा गया है। किन्तु यह बात ध्यान में रखने योग्य है कि उसके पिता या दादा के नाम के साथ महाराज या महासेनापति जैसी कोई राजकीय अथवा सैनिक पदवी नहीं है। यह स्पष्ट है कि मालवों में गणतन्त्र की परम्पराओं का अधिक मान था; यहाँ तक कि देश को विदेशी जुए से मुक्त करने वाले यशस्वी नेता को, विशेषतः अपनी महत्त्वपूर्ण विजय को घोषित करने के लिए लिखे गये लेख में भी, अपना कोई राजकीय विरुद अंकित करने का साहस नहीं हुआ।

ईसा की तीसरी-चौथी शती में मालवों ने बहुत-से सिक्के जारी किये (फलक 1, 7) जो सिद्ध करते हैं कि इस काल में उनकी सत्ता बराबर बनी रही।[1]

प्रायः यह माना जाता है कि समुद्रगुप्त के प्रयाग-स्तम्भलेख में वर्णित यौधेय, मद्र, आर्जुनायन और मालव गण-राज्यों का गुप्तों की साम्राज्यवादी महत्त्वा-

1. इन सिक्कों पर प्राप्त मगज, मपोजय, मगजय आदि मालव-राजाओं के नाम उनके विदेशी मूल को सिद्ध करते हैं, ऐसा कुछ विद्वानों का मत है। किन्तु इस काल में मालव अपने को इक्ष्वाकुओं का वंशज कहते थे। इन रहस्य भरे लेखों की अभी संतोषजनक व्याख्या नहीं की जा सकती।

कांक्षा और विस्तार के कारण अन्त हो गया । किन्तु इस विचार के समर्थन में कोई निश्चित प्रमाण प्राप्त नहीं हुआ । समुद्रगुप्त ने केवल यही उल्लेख किया है कि इन गणों ने उसकी प्रभुता मानी और करद बने। उनके आन्तरिक स्वशासन से इसकी पूर्ण संगति है और इसकी पूरी सम्भावना है कि चन्द्र-गुप्त द्वितीय और कुमारगुप्त प्रथम के युग में भी इन गणों की सत्ता बनी रही। इस संबंध में यह ध्यान में रखना आवश्यक है कि इन गणराज्यों के प्रदेशों को कभी गुप्त-साम्राज्य में शामिल किये जाने का कोई प्रमाण उपलब्ध नहीं हुआ । गुप्तों के किसी स्मारक का राजस्थान में या मथुरा से परे न मिलना सूचित करता है कि उनका इन गणराज्यों पर कोई विशेष नियन्त्रण नहीं था । उनकी अर्धस्वतन्त्र सत्ता 5वीं शती ई० के मध्य तक बराबर बनी रही होगी जब कि स्यात् वे हूणों के भयंकर आक्रमणों के शिकार हो गए ।

5. पद्मावती और मथुरा के नाग

तीसरी और चौथी शती ई० में पश्चिमी उ० प्र० और ग्वालियर के प्रदेशों में दो नागवंश शासन कर रहे थे । इनमें से एक की राजधानी मथुरा थी और दूसरे की पद्मावती जिसे आजकल ग्वालियर का पदमपवाया गाँव सूचित करता है जो मथुरा से लग० 125 मील दक्षिण में है। सम्भव है कि इन दोनों नागवंशों का परस्पर कोई सम्बन्ध हो, किन्तु हमारे पास इसका कोई निश्चित प्रमाण नहीं है ।

पुराणों के अनुसार गुप्तों के उदयकाल में (लग० 325 ई०) मथुरा में सात और पद्मावती में नौ राजा राज्य कर चुके थे ।[1] इससे यह प्रकट है कि इन वंशों का शासन दूसरी शती ई० के उत्तरार्ध में शुरू हुआ । इनके प्रारम्भिक राजा अवश्य कुषाणों के सामन्त रहे होंगे। दोनों वंशों में पद्मावती का वंश अधिक महत्त्व का रहा होगा और इसके शासक सम्भवतः भारशिव नाम से भी प्रसिद्ध थे । यह सुविदित है कि भारशिव किस प्रकार सदा अपने कंधों पर

1. डा० क० ए०, पृ० 53 ।

शिवलिंग धारण करते थे । पद्मावती के नाग भी शिव के आयुध त्रिशूल और वाहन नंदी को अपने सिक्कों पर प्रमुख स्थान देते हैं । एक मात्र ज्ञात भारशिव शासक भवनाग के नाम के अंत का 'नाग' शब्द उसके नाग-मूल का सूचक है । उसके सिक्के पद्मावती के दूसरे नाग शासकों के सिक्कों के साथ ही मिले हैं । उन पर की लिपि से अनुमान होता है कि नाग शासक भवनाग चौथी शती ई० के पूर्वार्ध में हुआ । इस बात की पुष्टि वाकाटक इतिहास से होती है कि भारशिव शासक भवनाग भी ठीक इसी काल में हुआ होगा । इस प्रकार यह बिलकुल निश्चित है कि भारशिव शासक, जिन्होंने गंगा तक का प्रदेश विजित किया और दस-दस अश्वमेध यज्ञ किये, पद्मावती के नाग शासकों से भिन्न नहीं थे ।[1]

पुराणों में 9 नागराजाओं के पद्मावती में शासन करने का उल्लेख है, किन्तु किसी राजा का नाम अथवा उनका वंशक्रम नहीं दिया गया है । सिक्कों से 10 नाग-शासकों—भीमनाग, विभुनाग, प्रभाकरनाग, स्कन्दनाग, बृहस्पतिनाग, व्याघ्रनाग, व्रसुनाग, देवनाग, भवनाग और गणपतिनाग का पता मिलता है । **हर्षचरित** में ग्यारहवें नाग शासक नागसेन का संकेत आता है जो समुद्रगुप्त के प्रयाग-स्तम्भ में भी उल्लिखित है। प्रयाग-स्तंभ-लेख में सम्भवतः एक बारहवें नाग शासक नागदत्त का नाम भी है ।[2] पद्मावती और मथुरा में लगभग 125 मील का अंतर है, इसलिए यह असम्भव नहीं कि इनमें के कुछ सिक्के मथुरा के नागवंश के भी हों । गणपतिनाग के सिक्के पद्मावती की अपेक्षा मथुरा में अधिक प्राप्त हुए हैं, इसलिए बहुत सम्भव है कि वह मथुरा के वंश का ही रहा होगा ।

---

1. इस विषय पर अधिक विस्तार के लिये दे० ज० न्यू० सो० इं०, 5, 21-27 ।
2. यह सम्भव है कि वीरसेन, जिसके सिक्के (फलक 2, 1) मथुरा से प्राप्त हुए हैं, 13वाँ नाग शासक रहा हो ।

उक्त नागराजाओं का क्रम न मालूम होने से अभी यह अनुमान व्यर्थ होगा कि कौन कुषाणों के सामन्त थे और कौन वे विख्यात वीर थे जिन्होंने अपने पराक्रम से अभिषेक के लिये गंगाजल प्राप्त किया और दस अश्वमेध यज्ञ किये। अभिषेक और अश्वमेध की घटनाएँ निश्चय ही तीसरी शताब्दी के पूर्वार्ध में ऊपरी गंगा-मैदान के कुषाणों के हाथ से निकल जाने के बाद घटी होंगी। इसी समय दक्षिण में मघ और उत्तर में यौधेय अपनी खोई स्वतन्त्रता पाने में सफल-मनोरथ हो रहे थे। नागों अथवा भारशिवों ने भी अवश्य उनके पद-चिन्हों का अनुसरण किया होगा। जैसा ऊपर वर्णन कर चुके हैं, कुषाण साम्राज्य पहले ही यौधेयों की चोटों से लड़खड़ा रहा था, इसलिए नागों को स्थानीय कुषाण-शासकों को हटाकर उत्तर में मथुरा और पूरब में गंगा तक अपना शासन खड़ा कर लेने में कुछ भी कठिनाई न हुई होगी। उन्होंने विजयोत्सव मनाने के लिए दस अश्वमेध यज्ञ किये। किन्तु यज्ञों की अधिक संख्या को इस बात का प्रमाण नहीं समझना चाहिए कि कुषाणों को उखाड़ने में भी वे प्रमुख शक्ति रहे होंगे, क्योंकि अश्वमेध तो इस काल में प्रायः छोटे-छोटे शासकों द्वारा भी किये गये थे। सच तो यह है कि कुषाण-साम्राज्य से उसके पूर्वी प्रान्तों का छिन जाना यौधेयों, मालवों और नागों सबके एकाएक उठ खड़े होने से ही सम्भव हुआ, जिसमें प्रमुख भाग, जैसा ऊपर देख चुके हैं, यौधेयों का था।

पद्मावती के नाग राजाओं में निश्चित ऐतिहासिक सूचना केवल भवनाग के विषय में ही प्राप्त हुई है जिसने लग० 305 से लग० 340 ई० तक शासन किया। लग० 300 ई० में उसकी लड़की का ब्याह वाकाटक युवराज गौतमी पुत्र से हुआ। रुद्रसेन प्रथम के नाना के रूप में भवनाग का वाकाटक लेखों में अनिवार्य रूप से वर्णन आता है। राज-वंशावली में नाना का वर्णन प्रायः तभी आता है जब वह विशेष प्रसिद्ध हो अथवा उसने अपने नाती को कोई महत्त्वपूर्ण सहायता दी हो। यहाँ ये दोनों ही कारण प्रतीत होते हैं। लगभग एक शताब्दी के शासन के बाद पद्मावती का नागवंश पर्याप्त प्रबल शक्ति बन चुका था। प्रवरसेन के लिए यह सोचना स्वाभाविक था कि युवराज से

भवनाग की कन्या का पाणिग्रहण करा वह अपने वंश की शक्ति बढ़ाने में सफल हो सकेगा। हमें यह ज्ञात नहीं कि भवनाग ने प्रवरसेन या उसके लड़के गौतमीपुत्र के किसी धावे में भाग लिया अथवा नहीं, किन्तु उसका ऐसा करना कुछ असंभव नहीं मालूम होता।

भवनाग का जामाता गौतमीपुत्र अपने पिता से पहले मर गया। इसलिए उसका बेटा रुद्रसेन प्रथम गद्दी पर बैठा। नये राजा ने गद्दी सँभालते ही अपने को विपत्तियों में घिरा पाया और इस समय उसे अपने कुशल नाना से महत्त्वपूर्ण सहायता प्राप्त हुई, जिससे वह सिंहासन पर अपना अधिकार स्थिर रख सका। पूरी स्थिति का स्पष्टीकरण पाँचवें अध्याय में किया जायगा।

भवनाग की मृत्यु (लग० 340 ई०) तक नाग अन्तर्वेद में काफी प्रबल हो चुके थे। भवनाग द्वारा वाकाटकों को दी गई सफल सहायता ने उनका मान बढ़ा दिया था। दोनों नागवंश मिल कर मथुरा, धौलपुर, आगरा, ग्वालियर, कानपुर, झाँसी और बाँदा के प्रदेशों पर शासन कर रहे थे।

चौथी शती ई० के मध्य में दो नाग राजा नागसेन और गणपति नाग शासन कर रहे थे। इनमें से पहला पद्मावती का और दूसरा मथुरा का राजा प्रतीत होता है।[1] वे गुप्तों की बढ़ती शक्ति के आगे न ठहर सके। दोनों को समुद्रगुप्त ने हराया और उनका राज्य दखल कर लिया।

---

1. **हर्ष-चरित्र** में निश्चित रूप से कहा गया है कि नागसेन पद्मावती में शासन कर रहा था; किन्तु उसका टीकाकार लिखता है कि एक मन्त्री ने ही षड्यन्त्र से उसका वध कर दिया और राज्य भी छीन लिया, किसी बाहरी आक्रमण से ऐसा नहीं हुआ। उसके सिक्के भी अब तक नाग सिक्कों के संग्रहों से नहीं मिले हैं। इसलिए यह निश्चयपूर्वक नहीं कहा जा सकता कि वह पद्मावती में शासन कर रहा था। गणपति के सिक्के मथुरा के बाजारों में अब भी प्रायः मिलते हैं। मैंने स्वयं वे सिक्के वहाँ सैकड़ों की संख्या में देखे हैं।

नाग राजधानी पद्मावती नाग-शासन में एक समृद्ध नगरी बन गई। सिंधु और पारा नदियों के संगम के निकट स्थित होने के कारण यह तीन ओर से प्रकृत्या सुरक्षित थी। बहुत-से भव्य प्रासाद और देवालय इसकी शोभा बढ़ाते थे। यह संस्कृति और शिक्षा का भी एक प्रसिद्ध केन्द्र थी। इस सम्बन्ध में इसकी ख्याति नागवंश के पतन के अनंतर भी कम न हुई। विदर्भ के कुछ मंत्री अपने लड़कों को उच्च शिक्षा के लिए 8वीं शती ई० में भी इसी नगरी में भेजते पाये जाते हैं।[1]

अहिच्छत्रा (रुहेलखण्ड) में अच्युत नाम का एक राजा चौथी शती ई० के मध्य में शक्तिशाली बन बैठा था। उसके सिक्के (फलक 2, 2) कुछ नाग सिक्कों से बहुत अधिक समता रखते हैं और यह असंभव नहीं कि वह स्वयं एक नाग शासक हो जो शायद मथुरा से सम्बद्ध शाखा का एक वंशज था। उसने समुद्रगुप्त का कड़ा मुकाबला किया, किन्तु सफल न हो सका (अध्याय 8)। उसका राज्य गुप्त-साम्राज्य में मिला लिया गया।

समुद्रगुप्त द्वारा पराजित आर्यावर्त्त का नागदत्त भी नामतः एक नाग राजा जान पड़ता है, किन्तु वह ठीक किस स्थान का शासक था, हम निश्चित रूप से कुछ नहीं कह सकते। सम्भवतः वह भी मथुरा के नागवंश की किसी शाखा से सम्बद्ध था और ऊपरी दोआब में किसी स्थान का शासक था।

गुप्तों का दावा है कि सब नागवंशों को उन्होंने जड़ से उखाड़ दिया, किन्तु पुराने घरानों के कुछ लोग गुप्तों के सामंत रूप से अथवा पदाधिकारी होकर गुप्त साम्राज्य के ह्रास के समय तक बने रहे। समुद्रगुप्त ने स्वयं अपने पुत्र चन्द्रगुप्त द्वितीय का विवाह-सम्बन्ध एक नाग-सामन्त की लड़की से लग०

---

1. **मालती माधव** चतुर्थ अङ्क। भवभूति निस्सन्देह 8वीं शती ई० के नगर का वर्णन करता है किन्तु उसके अवशेषों तथा स्तर-रचना से प्रतीत होता है कि यह दूसरी शती ई० से ही एक समृद्ध नगर था, (आ० स० ई० 1915-16, पृ० 100 प्र०)।

370 ई० में किया और इसके एक शताब्दी पश्चात् शर्वनाग गंगा-यमुना दोआब का गुप्त-शासक हुआ।

6. बडवा के मौखरि

नाग राजधानी पद्मावती से लग. 150 मील पश्चिम भूतपूर्व कोटा रियासत का बडवा स्थान है। तीसरी शती ई० के पूर्वार्ध में वहाँ मौखरियों का एक छोटा-सा राज्य था।[1] 239 ई० में वहाँ का शासक महासेनापति बल[2] अपने तीन युवा पुत्रों की मदद से शासन कर रहा था। इस युग में महासेनापति पद सामान्यतः एक सामन्त के अधिकार का बोधक था जो प्रायः एक जिले जितने प्रदेश का शासक होता था। इसलिए बडवा के मौखरि सम्भवतः एक सामन्त ही रहे होंगे जो उज्जयिनी के पश्चिमी क्षत्रपों अथवा पद्मावती के नागों की अधीनता मानते थे। यह वंश, स्यात् वैदिक मत का अनुयायी था। बल के प्रत्येक पुत्र ने 239 ई० में त्रिरात्र यज्ञ का अनुष्ठान किया था। इन यज्ञों के स्मारक रूप बने पाषाण-यूपों ने ही इस वंश का विस्मृति के गर्भ से उद्धार किया है, क्योंकि अब तक इस वंश का नाम केवल इन यूपों पर खुदे लेखों द्वारा ही ज्ञात हो सका है। इनका पहला और बाद का इतिहास एकदम अज्ञात है। इसलिए यह कहना असम्भव है कि वे मौखरि. जो पीछे बिहार और कन्नौज में शक्तिशाली हुए, बडवा के मौखरियों से सम्बद्ध थे या नहीं।

---

1. देखिए एपि० इं०, 23, 42-52।
2. व्याकरण के निश्चित नियमों के अनुसार महासेनापति पद का अन्वय बल के स्थान में उसके पुत्रों के साथ लगना चाहिए। किन्तु इसमें संदेह नहीं कि **महासेनापतेः मौखरेः बलपुत्रस्य सोमदेवस्य यूपः** में सापेक्ष समास का उदाहरण है। 239 ई० में बल के सभी पुत्रों ने महासेनापति पद पा लिया हो इसकी कोई सम्भावना नहीं।

७. बघेलखण्ड और कौशाम्बी के मघ

पद्मावती के नागराज्य के दक्षिण-पूर्व मघों[1] का राज्य था जो प्रारम्भ में केवल वर्तमान बघेलखंड तक सीमित था। इस वंश के शासकों के तिथिक्रम के विषय में बड़ा मतभेद है, किन्तु यह सम्भावना ठीक मालूम होती है कि वे शक संवत् का प्रयोग करते थे, चेदि या गुप्त संवत् का नहीं।[2]

---

1. इस वंश को पुराणों में मघ कहा गया है। इस वंश के अब तक ज्ञात राजाओं में 4 के नामों के अंत में मघ आता है।
2. श्री ननी गोपाल मजूमदार और श्री कृष्णदेव का मत है कि प्रयुक्त संवत् सम्भवतः चेदि संवत् है जो 248 ई० में प्रारम्भ होता है (एपि० इं० 24, 146, 253)। रा० ब० दयाराम साहनी इसे गुप्त् संवत कहते हैं (वही, 28, 159)। मार्शल, कोनो और डा० मोतीचन्द इसे शक संवत् मानते हैं (आ० सा० इं०, 1911-12, पृ० 417; एपि० इं० 23, 247; ज० न्यू० सो०, 2, प्र० 95)। चेदि और गुप्त संवत् के पक्ष में सबसे पुष्ट प्रमाण लिपि-सम्बन्धी है। यह सन्देह-रहित है कि मघ अभिलेखों के अक्षर गुप्ताक्षर ही हैं, किन्तु लिपि की युक्ति विश्वसनीय नहीं है, क्योंकि कनिष्क के 14वें वर्ष (92 ई०) के एक अभिलेख में भी गुप्ताक्षरों की बनावट के अक्षर देखने में आते हैं; दे० एपि० इं० 21,2। इन तिथियों को चेदि या गुप्त संवत् की मानने के विरुद्ध सबसे बड़ा आक्षेप यह है कि तब मघों के कुछ शासक गुप्तों के समकालिक हो जाते हैं। गुप्त-साम्राज्य के दूर के प्रान्तों के सामन्त भी अपने लेखों में गुप्त सम्राट् का नामोल्लेख अवश्य करते हैं। ऐसी अवस्था में क्या यह कभी सम्भव है कि गंगा-मैदान के सब राजाओं को 'जड़ से उखाड़ देने वाले' समुद्रगुप्त से बचकर भीमवर्मा 339-358 ई० में कौशाम्बी में स्वतन्त्र राज्य कर सका होगा ? किसी गुप्त-सामन्त को सिक्के ढालने का अधिकार नहीं था। भला यह किस प्रकार सम्भव हो सकता है कि गुप्तों ने कौशाम्बी के सामन्त शासकों के वंश को सिक्के

इस वंश के ज्ञात राजाओं में सबसे पहला वाशिष्ठीपुत्र भीमसेन था; उसका बेटा कौत्सीपुत्र पोठसिरी हुआ। पिता की ज्ञात तिथियाँ 51[1] और 52[2] हैं तथा बेटे की 86, 87 और 88[3]। इस आधार पर हम भीमसेन का राज्य-काल लग० 120 ई० से लग० 140 ई० तथा पोठसिरी का लग० 140 ई० से लग. 170 ई० नियत कर सकते हैं।

उक्त काल के बड़े भाग में कुषाण-शक्ति पराकाष्ठा पर थी और उनका साम्राज्य बनारस तक पहुँचता था, इसलिए उस समय उस पवित्र नगरी को जाने वाले राजपथ पर अवस्थित कौशाम्बी का मघ-वंश के अधीन रहना संभव नहीं दीखता। यह जानना रोचक होगा कि भीमसेन का कोई अभिलेख गिञ्जा स्थान से उत्तर में नहीं प्राप्त हुआ है जो प्रयाग से 40 मील दक्षिण में है। भीटा से प्राप्त इसकी मिट्टी की मुहर किसी पत्र के साथ वहाँ गई प्रतीत होती है; उससे वहाँ इसका प्रभुत्व सिद्ध नहीं होता। स्पष्ट है कि पिछले समय में मुगलों की भाँति कुषाणों ने बघेलखंड और रीवाँ रियासत के जंगलों में घुसने की चिंता नहीं की और भीमसेन को प्रायः एक स्वतन्त्र शासक के रूप में वहाँ शासन करने दिया।

भीमसेन के बेटे महाराज कौत्सीपुत्र पोठसिरी का पता छः अप्रकाशित अभिलेखों से मिलता है जो सभी बघेलखंड के मध्य में बाँधोगढ़ से प्राप्त हुए

जारी करने की अनुमति दी हो? दूसरी तरफ यदि हम अभिलेखों के संवत् को शक संवत् मानें तो मघों और गुप्तों में 50 वर्ष से अधिक काल का अन्तर पड़ेगा। इससे मघों की गुप्तों से स्वतन्त्र सत्ता भी सिद्ध हो जायगी और यह भी स्पष्ट होगा कि मघ सिक्कों का गुप्तों की ताम्रमुद्रा पर प्रभाव क्यों नहीं है।

1. बाँधोगढ़ के एक अप्रकाशित अभिलेख से प्राप्त।
2. गिञ्जा अभिलेख से प्राप्त, एपि० इं०; 3, 302।
3. इन अप्रकाशित लेखों का सार कृपापूर्वक भेजने के लिए मैं डा० एन० पी० चक्रवर्ती का आभारी हूँ।

हैं। उसकी ज्ञात तिथियों शक सं० 86, 87 और 88 हैं। इसलिए उसका शासन-काल लग० 140 ई० से लग० 170 ई० रहा जब हुविष्क और वासुदेव प्रथम कुषाण सम्राट् थे। पोठसिरी एक योग्य शासक था। राजधानी बांधोगढ उसके शासन में बड़ी समृद्ध नगरी बन गई। मथुरा-जैसे दूर के स्थानों से भी व्यापारी वहाँ आते और धर्म लाभ के लिए संपत्ति का दान करते थे।

पोठसिरी का परराष्ट्र मंत्री मघ, उसके उत्तराधिकारी भद्रमघ या भट्टदेव[1] की महत्वाकांक्षी वैदेशिक नीति के आयोजन और उसे पूर्ण करने में प्रमुख था। इस नीति का उद्देश्य वासुदेव प्रथम के समय में कुषाण-साम्राज्य के क्रमिक ह्रास से लाभ उठाकर अपनी सीमाएँ उत्तर की ओर बढ़ाना था। लग० 155 ई० तक भद्रमघ कुपाणों से कौशाम्बी छीन चुका था। हमें वहाँ उसके अभिलेख (शक) संवत् 81 (159 ई०) से मिलने लगते हैं।[2] एक विचित्र बात हम यह देखते हैं कि पिता पोठसिरी बाँधोगढ़ में 166 ई० तक राज करता है और बेटा भद्रमग इस बोच 159 ई० में कौशाम्बी का शासन देखता है। इस पहेली को हम यह मानकर सुलझा सकते हैं कि युवराज भद्रमघ ने अपने साहस या नीति से कौशाम्बी से भी आगे राज्यविस्तार किया होगा और पिता ने अपने जीवन-काल में ही पुत्र को कौशाम्बी में स्वतंत्र रूप से शासन करने की अनुमति दे दी होगी। भद्रमघ संभवतः वासुदेव प्रथम के विरुद्ध खुले विद्रोह की अपेक्षा नीतिपूर्वक कौशाम्बी को हथियाने में सफल हुआ। साम्राज्य पर दूर के एक कोने में हुए इस आघात से वासुदेव प्रथम ने वैसे ही आँखें मूँद लीं जैसे कि शिवाजी के उदय के समय, संभवतः उपर्युक्त-जैसे कारणों से ही, बीजापुर के सुल्तान ने किया था।

---

1. 81, 86 और 87 संवत् के कौशाम्बी-लेखों का भद्रमघ, बांधोगढ़ के 90 संवत् के एक अभिलेख का भद्रदेव और वहाँ के उक्त तिथि के एक अन्य अभिलेख का भट्टदेव या भद्रदेव एक ही व्यक्ति हैं।
2. भद्रमघ के लेख 81, 86, 87 और 90 संवत् के तथा पोठसिरी के 86, 87 तथा 88 संवत् के हैं।

वंश के बढ़ते हुए महत्त्व के फलस्वरूप पोटसिरी ने संभवत: अपने शासन की सांध्यवेला में सिक्के प्रचलित किये।[1] किन्तु मघ-सिक्कों का नमूना निश्चित कर उनकी वह परम्परा जो अगली कई पीढ़ियों तक जारी रही उसके पुत्र भद्र-मघ ने ही प्रारम्भ की।

भद्रमघ ने कितने वर्ष राज्य किया, यह अभी निश्चित रूप से ज्ञात नहीं है। उसके पिता की मृत्यु लग० 168 ई० में हुई। इस समय से उसके अभिलेख बाँधोगढ़ में भी मिलने लग जाते हैं। उसका स्वतंत्र रूप में राज्य-काल बहुत लंबा नहीं रहा और लग० 175 ई० से पहले ही समाप्त हो गया प्रतीत होता है।

भद्रमघ के वाद संभवत: गौतमीपुत्र शिवमघ राजा हुआ। इसकी कोई तिथि ज्ञात नहीं है और न भद्रमघ से उसके सम्बन्ध के बारे में हमारे पास कोई निश्चित सूचना है। अनुमान है कि वह उसका बेटा था और उसने लग० 175 से 184 ई० तक राज्य किया।[2] उसके शासन-काल की किसी घटना का पता नहीं मिलता।

यह विचार कि गौतमीपुत्र शिवमघ, वाकाटक सम्राट् प्रवरसेन का छोटा लड़का था जो कौशाम्बी में प्रान्तीय शासक बनकर रहा, स्वीकार नहीं किया जा सकता। इसमें संदेह नहीं कि प्रवरसेन के बड़े लड़के की माता का नाम भी गौतमी था और वैसा ही शिवमघ के विषय में होने से इस कल्पना को कुछ

---

1. इस धारणा के पीछे मूलभूत मान्यता यह है कि भीटा से प्राप्त घिसा हुआ सिक्का जिस पर प्रष्ठश्रिय लेख है उसी के द्वारा जारी किया गया होगा। वह लेख अस्पष्ट है; आ० स० इं०, 1911-12 पृ० 66।
2. शक संवत् 107 अर्थात् 185 ई० अगले शासक वैश्रवण की सबसे पहली ज्ञात तिथि है। यह सम्भव है कि भद्रमघ उस वर्ष तक शासन करता रहा हो। किन्तु तब हमें शिवमघ का शासन लग० 230 ई० के पश्चात् कभी समाप्त हुआ मानना पड़ेगा जो कि भीमसेन (125 ई०) और शिवमघ की मुहरों में अत्यन्त समता देखते हुए असम्भव प्रतीत होता है।

आधार मिल जाता है । किन्तु शिवमघ निश्चय ही मघवंश का था क्योंकि भीटा से पाई गई उसकी मिट्टी की मुहर पर वे ही चिह्न हैं जो भीमसेन की मुहर पर मिले हैं।[1] शिवमघ ने बहुत-से नये सिक्के चलाये किन्तु वाकाटक राजाओ का स्वयं एक भी सिक्का न चलाना, जब कि उनका प्रान्तीय शासक वैसा करता रहे, अद्भुत दीखता है। इसलिए शिवमघ के सिक्के स्पष्टतः मघ सिक्के ही ठहरते हैं और उस वंश से अलग कर उनका गँठजोड़ वाकाटकों से नहीं किया जा सकता ।

शिवमघ के पश्चात् वैश्रवण 185 ई० से पहले किसी समय गद्दी पर बैठा। वह महासेनापति भद्रबल का पुत्र था, किन्तु शिवमघ और उसका ठीक क्या सम्बन्ध था सो कहना कठिन है। यह कहने का प्रलोभन होता है कि महासेनापति भद्रबल और शिवमघ का पूर्ववर्त्ती भद्रमघ एक ही व्यक्ति है। इस अवस्था में वैश्रवण उसका छोटा भाई हो सकता है । किन्तु सम्भावना यह है कि भद्रबल राज-परिवार का ही कोई सामान्य व्यक्ति रहा हो जिसके पुत्र वैश्रवण ने षड्यन्त्र द्वारा गद्दी पर दखल कर लिया हो।[2]

---

1. ये चिह्न मुहर में दाईं तरफ खड़ी स्त्री, बायें नन्दी-वृष और गले के नीचे अर्द्धचन्द्र हैं। भीमसेन की मुहर में चिह्नों के नीचे लेख है और शिवमघ को मुहर में चिह्नों के ऊपर, आ० स० इं०, 1910-11, पृ० 50-51। शिवमघ के भद्रमघ का पुत्र या सम्बन्धी होने का प्रमाण उपलब्ध होने पर यह बात निर्विवाद रूप से सिद्ध हो जायगी ।
2. बाँधोगढ़ से प्राप्त राजा वैश्रवण के एक लेख में उसके पिता भद्रबल को राजा या महाराज न लिखकर केवल महासेनापति लिखा गया है। शिवमघ के पूर्ववर्त्ती भद्रमघ ने अपने कई लेखों में महाराज पद प्रयुक्त किया है। यह सम्भव नहीं कि यदि वैश्रवण कौशिकीपुत्र भद्रमघ का लड़का हो तो वह अपने पिता का, महासेनापति के हीन पद से उल्लेख करे, जब कि वह अपने शासन के अन्तिम भाग में महाराज पद धारण कर चुका हो। इस प्रकार वैश्रवण का पिता महासेनापति भद्रबल शिवमघ के पूर्ववर्त्ती महाराज भद्रबल से भिन्न प्रतीत होता है ।

वैश्रवण का राज्यकाल लग० 185 से लग० 205 ई० है। शायद उसके ही शासन में राज्य की सीमा उत्तर में कम-से-कम फ़तहपुर जिले तक जा पहुँची थी। कुषाण-साम्राज्य के शीघ्रता से होते विघटन के कारण यह विस्तार हुआ था। मघ अब पद्मावती के नागों के पूर्वी पड़ोसी हो गये। कौशाम्बी के शासक प्रायः मिर्जापुर और बनारस पर भी शासन करते थे किन्तु मघों ने अपनी चढ़ती कला के दिनों में ऐसा किया हो सो ज्ञात नहीं है। कोई मघ सिक्का या पुरातन-चिह्न इन जिलों से नहीं मिला। मघ राज्य की दक्षिणी सीमा केवल अस्पष्ट रूप से ही मालूम है। पुराणों में लिखा है कि वह दक्षिण कोसल के शासक थे। किन्तु इस प्रान्त की दक्षिणी सीमाएँ भी बड़ी अस्पष्ट हैं। फिर भी यह असम्भव नहीं कि बांधोगढ़ के दक्षिण लग० 150 मील तक मघ राज्य की सीमाएँ पहुँचती हों।

अपने से पूर्ववर्त्ती राजाओं की तरह वैश्रवण ने भी बहुत-से सिक्के चलाये जो उसके शासन की समृद्धि और सुव्यवस्था सूचित करते हैं। उसका शासन लग० 205 ई० में समाप्त हुआ।

वैश्रवण के पश्चात् बहुत सम्भव है कि भीमवर्मा[1], राजा हुआ जिसकी 208 और 217 तिथियाँ हमें ज्ञात हैं। इस आधार पर हम कल्पना कर सकते हैं कि उसने लग० 205 से 225 ई० तक राज्य किया।

अब तक हमने मघवंश के 6 राजाओं का उल्लेख किया है, किन्तु पुराणों के अनुसार इस वंश के 9 राजा थे। स्पष्ट है कि तीन अज्ञात राजाओं में से दो अवश्य शतमघ और विजयमघ रहे होंगे जिनके सिक्के मैंने 1943 में प्रकाशित किये थे।[2] ये सिक्के निश्चित रूप से शिवमघ द्वारा चलाई शृंखला

---

1. यह सम्भव है कि बाँधोगढ़ के एक तिथिरहित खण्डित अभिलेख से ज्ञात वासिठीपुत सिरी विचितसेन ने भीम वर्मा से पूर्व कुछ काल तक राज्य किया हो। एक दानी पुष्य द्वारा पोठसिरी और विचितसेन दोनों के समय में किए दान के लेख मिले हैं।
2. ज० न्यू० सो० इं०, 4, पृ० 10-11।

के हैं, इसलिए हम निस्संकोच इन शासकों को मघवंशी कह सकते हैं। इन दोनों की तिथियाँ अज्ञात हैं, किन्तु उन्हें उपर्युक्त छह राजाओं के बीच में कहीं नहीं रक्खा जा सकता। अतएव अवश्य उन्हें भीमवर्मा के बाद, लग० 225 और 265 ई० के मध्य, रखना होगा। यह सम्भव है कि मघवंशी एक-दो और भी शासक रहे हों, किन्तु 300 ई० के पश्चात् मघ शक्तिशाली बने रहे हों इसकी कोई सम्भावना नहीं है।

सिक्कों से पता चलता है कि कौशाम्बी में मघों के अनन्तर नव नाम के राजा का शासन हुआ। उसका सिक्का मघ नमूने की ठीक नकल है, अर्थात् सीधी तरफ वेदिका में वृक्ष और तीन मेहराब वाली पहाड़ी और दूसरी ओर वृषभ नंदी। इसका शासन लग० 300 से 320 ई० के बीच रख सकते हैं। नव का उत्तराधिकारी कौन था, हम नहीं कह सकते किन्तु चौथी शती के मध्य में एक राजा पुष्व श्री को हम कौशाम्बी में राज्य करता पाते हैं। मैंने अभी हाल में इस शासक के सिक्के प्रकाशित किये हैं।[1] समुद्रगुप्त द्वारा हराया गया शासक सम्भवतः इसका उत्तराधिकारी रहा होगा।

1. वही, 4, 13-17।

अध्याय 3

पश्चिमी भारत के शक शासक

१. दामजद प्रथम, जीवदामा और रुद्रसिंह प्रथम (लग० 170 ई० से लग० 400 ई० तक)

अपने सबसे प्रबल शासक रुद्रदामा प्रथम की मृत्यु (लग० 170 ई०) के समय पश्चिमी क्षत्रपों की शक्ति पराकाष्ठा पर पहुँच चुकी थी। रुद्रदामा का एक अद्भुत सफल जीवन था। बिना किसी पितृदाय के प्रारम्भ कर 25 वर्ष से भी कम में उसने अपने राज्य में मालवा, काठियावाड़, उत्तरी कोंकण, पश्चिमी राजस्थान और सिन्ध के प्रदेश सम्मिलित कर लिये थे। उसका पुत्र और उत्तराधिकारी दमघसद या दामजद[1] प्रथम इस सारे विशाल प्रदेश पर शासन करता रहा। वह अपने पिता के शासन-काल में क्षत्रप था और बहुत संभव है कि उसने उसके साथ कुछ युद्धों में भी सक्रिय भाग लिया हो। दामजद के महाक्षत्रप के रूप में चलाये सिक्के बहुत कम मिले हैं और सिक्कों पर के चित्र से मालूम होता है कि राज्याभिषेक के समय वह बूढ़ा हो चुका था। फलतः शायद उसका शासन लग. 175 ई० से आगे नहीं चला। इस पाँच वर्ष के छोटे-से शासन में उसके राज्य में सम्भवतः शान्ति बनी रही। सातवाहन राजा अभी ई० 150 के आस-पास रुद्रदामा द्वारा की गई चोटों से सँभल न पाये थे और कुषाण सम्राट् प्रतिदिन कमजोर होते जा रहे थे। सासानी राज्य अभी गर्भ में ही था। इस प्रकार देश में पश्चिमी क्षत्रपों की सर्वोपरि सत्ता का विरोध करने योग्य कोई शक्ति नहीं थी।

---

1. उसके अपने सिक्कों पर नाम का शकरूप दमघसद मिलता है, उसके वंशजों द्वारा उसका भारतीयकरण 'दामजद' के रूप में कर दिया गया।

दामजद प्रथम के दो पुत्र जीवदामा और सत्यदामा थे। इनमें जीवदामा बड़ा था जो पिता के पीछे लग० 175 ई० में महाक्षत्रप हुआ। जीवदामा राज्य सँभालते समय नवयुवक ही था और उसे शासन का कुछ अनुभव भी न था।[1] महत्वाकांक्षी और अनुभवी चाचा रुद्रसिंह भी उसके मार्ग में एक काँटा था। उसके राज्याभिषेक के कुछ महीने तक तो रुद्रसिंह भक्तिपूर्वक अधीन होकर एक क्षत्रप के रूप में शासन करता रहा, किन्तु साथ ही वह गद्दी पर अधिकार जमाने के लिये षड्यन्त्र भी कर रहा था। इन प्रयत्नों में उसे आभीरों[2] से, जिनके नेता उस समय क्षत्रप सेनाओं में सेनापतियों के रूप में थे, बड़ी सहायता मिली। उनकी सहायता से वह अपने भतीजे जीवदामा[3] को गद्दी से उतारकर स्वयं महाक्षत्रप बन बैठा। जीवदामा क्षत्रप के रूप में भी शासन नहीं कर सका और सम्भवतः उसे अपने छोटे भाई सत्यदामा के साथ देश छोड़ना पड़ा।

किन्तु रुद्रसिंह प्रथम भी अन्याय से प्राप्त राज्य का सुख बहुत देर तक न भोग सका। एक दूसरा आभीर सेनापति ईश्वरदत्त, जिसने नासिक में अपना स्वतन्त्र राज्य स्थापित किया था, रुद्रसिंह को राज्यच्युत कर 188 ई० में स्वयं महाक्षत्रप बन बैठा। रुद्रसिंह प्रथम ने और चारा न देख विजेता की अधीनता मान ली तथा एक क्षत्रप के रूप में शासन करना स्वीकार किया। इस अवस्था

---

1. पिता के शासन-काल में उसके क्षत्रप रूप से जारी किये कोई सिक्के न मिलने से ऐसा अनुमान किया गया है।
2. 181 ई० के गुण्डा-अभिलेख में आभीर सेनापति रुद्रभूति क्षत्रप रूप से रुद्रसिंह का तो उल्लेख करता है किन्तु तत्कालीन महाक्षत्रप जीवदामा का नाम भी नहीं देता। रुद्रभूति अवश्य ही रुद्रसिंह के पक्ष का रहा होगा। दे०, ए० इं०, 16, 233।
3. डा० दे० रा० भण्डारकर का यह मत कि जीवदामा 181 ई० से पहले महाक्षत्रप नहीं बन पाया था स्वीकार नहीं किया जा सकता। दे०, ज० न्यू० सो० इं०, 1, 18-20।

का लाभ उठाकर उसने अपनी शक्ति और प्रभाव बढ़ा लिया और लग० दो वर्ष में ईश्वरदत्त को निकाल बाहर किया ।[1] 191 ई० में हम उसे फिर महाक्षत्रप रूप से राज्य करता पाते हैं और 197 ई० तक वह बराबर गद्दी पर बना रहा ।

चाचा और भतीजे का सिंहासन के लिए परस्पर संघर्ष और राजधानी के विप्लव, जिससे दो वर्ष तक आभीर शासक बने रहे, पश्चिमी क्षत्रपों के भाग्य के लिए राहु ही सिद्ध हुए । समकालिक सातवाहन राजा यज्ञश्री शातकर्णि एक योग्य और महत्वाकांक्षी व्यक्ति था । उसने अवसर देख क्षत्रपों से उत्तरी कोंकण को फिर छीन लिया ।[2] उदयपुर-अजमेर प्रदेश के मालवों में भी अशान्ति के चिह्न दिखाई देने लगे ।

197 ई० में रुद्रसिंह प्रथम का उत्तराधिकारी उसका राज्यच्युत भतीजा

---

1. ईश्वरदत्त की प्रमुखता में आभीरों के हस्तक्षेप की घटना रैप्सन के अनुसार 236-38 ई० में हुई, जिस अवधि में पश्चिमी क्षत्रपों ने कोई सिक्के जारी नहीं किए । किन्तु क्योंकि आभीर लगभग 180 ई० में क्षत्रपों के अधीन सेनापति रूप से कार्य करते थे इसलिए, जैसा डा० दे० रा० भण्डारकर की सम्मति है, अधिक सम्भावना यह है कि 178-180 ई० में रुद्रसिंह प्रथम का पतन ईश्वरदत्त की नायकता में आभीरों की चोट से हुआ होगा (आ० स० इं०, 1913-14, पृ० 227-245) । रैप्सन के मत में रुद्रसिंह के इस पतन का कारण—उसके भतीजे जीवदामा का पुन: शक्ति प्राप्त करना है, किन्तु 178-181 ई० में जीवदामा का महाक्षत्रप रूप से जारी किया कोई सिक्का न मिलने से यह बात सर्वथा अप्रामाणिक-प्रतीत होती है ।
2. यज्ञश्री के सिक्के और अभिलेख उत्तरी कोंकण से मिले हैं । ये सिक्के क्षत्रपों की नकल के हैं और इस बात के साक्षी हैं कि क्षत्रपों से प्रदेश छीन कर सातवाहनों ने अपना राज्य-विस्तार किया ।

जीवदामा महाक्षत्रप हुआ (उसके सिक्कों के लिए दे० फलक 2, सं० 3-4)। चाचा और भतीजे में कोई संधि हुई अथवा चाचा को हराकर भतीजा गद्दी पर बैठा, यह अभी अज्ञात है। पहली बात अधिक सम्भव प्रतीत होती है, क्योंकि हम रुद्रसिंह के लडके रुद्रसेन को जीवदामा के शासन के अन्तिम भाग में उसके अधीन क्षत्रप रूप से कार्य करता देखते हैं।[1] पिछले इतिहास में हुमायूँ की तरह जीवदामा ने भी दुबारा सिंहासन पाने के बाद अधिक दिन शासन नहीं किया, क्योंकि 200 ई० में हम उसके भतीजे रुद्रसेन प्रथम को महाक्षत्रप रूप से शासन करता पाते हैं।

2. रुद्रसेन
(लग० 200 ई० से 222 ई० तक)

रुद्रसेन प्रथम ने 22 वर्ष तक शांतिपूर्वक शासन किया और इस लम्बे शासन में कोई पारस्परिक युद्ध नहीं हुआ। उसके संघदामा और दामसेन दो भाई तथा पृथिवीसेन और दामजद दो लडके थे। इस प्रकार सिंहासन के लिए परस्पर संघर्ष की परिस्थिति बहुत अनुकूल थी, किन्तु प्रतीत होता है कि पिछली पीढ़ी के उत्तराधिकार के युद्ध से, जिसमें राज्य की सीमाएँ बहुत घट गई थीं, सीख लेकर पश्चिमी क्षत्रपों ने निश्चय किया था कि महाक्षत्रप के बड़े लड़के को राज्य न मिलकर उसके छोटे भाइयों को क्रमशः गद्दी मिला करे। इस प्रकार रुद्रसेन के बाद हम उसके छोटे भाइयों—संघदामा

---

1. जीवदामा के दूसरी बार गद्दी पर आने के बाद उसका छोटा भाई सत्यदामा भी उसके अधीन क्षत्रप था। सत्यदामा के एक-मात्र प्राप्त सिक्के पर के उसके चेहरे से ऐसा लगता है कि क्षत्रप होने के समय उसकी आयु लग० 45 वर्ष रही होगी और यह 198 ई० के आसपास ही होना सम्भव है। इसके विपरीत अन्य मत के विषय में कि सत्यदामा बड़ा भाई होगा, जो अपने पिता के अधीन कुछ समय तक क्षत्रप रहा, दे० रैप्सन कैटेलॉग भूमिका, पृ० 128-129।

और दामसेन को क्रमश: राज्य करता पाते हैं। एक पीढ़ी पीछे विश्वसेन के बाद उसका भाई भर्तृदामा शासक हुआ। मालूम होता है कि यह प्रबन्ध अधिक अच्छा समझा गया, क्योंकि इससे राजगद्दी पर अनुभवी शासक बैठते थे और महाक्षत्रप के भाइयों को उसके विरुद्ध विद्रोह करने का अवसर भी घट गया। किन्तु इससे राजा के ज्येष्ठ पुत्र का महाक्षत्रप बनना प्राय: असम्भव हो गया, यद्यपि उसे अपने चाचाओं के नीचे क्षत्रप का अधिकार मिलता होगा। इस प्रकार पृथिवीसेन और दामजद द्वितीय ने क्रमश: अपने चाचा संघदामा और दामसेन के अधीन क्षत्रप रूप में शासन किया।

रुद्रसेन प्रथम के शासन-काल में मालवा, गुजरात, काठियावाड़[1] और पश्चिमी राजपूताना पश्चिमी क्षत्रपों की अधीनता में रहे। सिंध के सम्बन्ध में निश्चित रूप से कुछ नहीं कहा जा सकता कि वह भी अब तक इनके शासन में था अथवा नहीं। पिछले दशक में उत्तरी कोंकण सातवाहनों के हाथ में जा चुका था। कुछ देर बाद वहाँ आभीरों का एक छोटा राज्य उठ खड़ा हुआ। प्रारम्भ में वे अवश्य अपने आपको सातवाहनों का सामन्त कहते रहे होंगे पर पीछे वे स्वतन्त्र हो गए। वे तीसरी शती में उत्तरी कोंकण और महाराष्ट्र के शासक रहे।[2] इस वश के शासकों के नाम या उनके कार्यों के सम्बन्ध में बहुत कम ज्ञात है।

उज्जयिनी पहले की तरह पश्चिमी क्षत्रपों की राजधानी रही और पिछली पीढ़ी की हलचलों के बावजूद एक महती शक्ति के रूप में उनकी प्रतिष्ठा बनी।

---

1. रुद्रसेन प्रथम के बहुत-से अभिलेख काठियावाड़ से प्राप्त हुए हैं।

2. पुराणों में लिखा है कि सातवाहनों के पतन के बाद 10 आभीर राजा 67 बरस तक शासन करेंगे। आभीरों के राज्यकाल का निदर्शक यह वचन ठीक नहीं मालूम होता; क्योंकि एक आभीर राजा ने सासानी सम्राट् नरसेह को 293 ई० में राजसिंहासन के लिए हुए एक युद्ध में सफलता पाने पर एक दूतमंडल भेजकर बधाई दी थी।

इस समय तक वे न केवल हिन्दुत्व को ही पूरी तरह अपना चुके थे, अपितु संस्कृत और हिन्दू धर्म के संरक्षक के रूप में प्रसिद्ध थे। अतएव यह कुछ आश्चर्यजनक नहीं कि सुदूर प्रान्तों के नृपति भी उनकी कुमारिकाओं के पाणि-ग्रहण को उत्सुक रहे हों। आंध्रदेश के इक्ष्वाकु राजा वीरपुरुषदत्त (लग० 240 ई० से 265 ई०) ने एक शक राजकुमारी रुद्रधर भटारिका से विवाह किया था। वह अभिलेख में उज्जयिनी-राज की पुत्री कही गई है।[1] सम्भवतः वह रुद्रसेन प्रथम की पुत्री थी जिसका विवाह पिता की मृत्यु के बाद हुआ; अथवा वह उसकी पोती रही होगी। मोद नाम के एक शक की बहन ने अमरावती में बुद्ध के पद-चिह्नों की प्रस्तरमूर्ति दान की जिसका अभिलेख में उल्लेख है; यह शक सम्भवतः राजकुमारी को पतिगृह ले जाने वाली मण्डली का एक सदस्य था। वैशाली से मिली एक मुहर[2] पर रुद्रसेन की एक बहन प्रभुदामा का नाम है। उस में उसे महादेवी अर्थात् पटरानी लिखा है, किन्तु उसके पति का नाम नहीं दिया गया है। यह असम्भव नहीं कि वह शकराजकुमारी से विवाह करने वाला वह व्यक्ति पूर्वी भारत का अब तक अज्ञात कोई हिन्दू शासक हो अथवा नव-हिन्दू कोई कुषाण सरदार हो जो कुषाण साम्राज्य के पतन के बाद उसके अवशेष रूप मगध के एक छोटे राज्य का स्वामी रहा हो।[3]

3. संघदामा और दामसेन
(लग० 222 से 238 ई० तक)

रुद्रसेन प्रथम के पृथिवीसेन और दामजद दो पुत्र थे। पहला पिता के शासन काल के अन्त में उसके अधीन क्षत्रप भी रहा था, किन्तु ऊपर वर्णित

1. एपि० इं०, 20, 19।
2. आ० स० इं०, 1913-14, पृ० 136।
3. एपि० इं, 20, 37। शक वेषध में दो योद्धाओं की मूर्त्तियाँ भी इसी कारण से मिली हैं।

उत्तराधिकार की रीति के अनुसार गद्दी उसके चाचा संघदामा को ही मिली। यद्यपि संघदामा उस समय 40 से अधिक आयु का नहीं था किन्तु उसका शासन लगभग डेढ़ बरस ही रहा, क्योंकि 223 ई० में हम उसके छोटे भाई दामसेन को महाक्षत्रप बना देखते हैं।

यह असम्भव नहीं कि संघदामा की असामयिक मृत्यु हो गई हो, किन्तु अधिक सम्भावना है कि अजमेर-उदयपुर प्रदेश में मालवों के साथ युद्ध करते हुए उसका प्राणान्त हुआ। मालवों ने प्रायः इसी समय स्वतन्त्र होने के लिये बड़ा प्रयत्न किया था, जिसमें उन्हें सफलता मिली। प्रमाण मिले हैं कि एक मालव सरदार (श्री ?) सोम ने उदयपुर राज्य के नांदसा स्थान में स्वदेश को बन्धनमुक्त कराने के उपलक्ष्य में एक महत्वपूर्ण यज्ञ का अनुष्ठान किया था।[1] इस शासक का 226 ई० का एक अभिलेख अभी हाल में प्राप्त हुआ है जिसमें लिखा है कि किस प्रकार उस समय मालव देश में स्वतन्त्रता और समृद्धि का पुनरागमन हुआ, और उसकी विजय से प्राप्त लूट द्वारा पृथ्वी और आकाश के बीच का अन्तर पट गया। अभिलेख में मालवों के शत्रु का नाम, नहीं आया है किन्तु वह पश्चिमी क्षत्रपों के अतिरिक्त दूसरा नहीं हो सकता क्योंकि रुद्रदामा प्रथम के समय से पश्चिमी राजस्थान उनके ही शासन में चला आता था। मालवों का स्वतन्त्रता-युद्ध सम्भवतः तीन-चार बरस चलता रहा और 226 ई० में समाप्त हुआ। संघदामा की इस युद्ध में लग० 223 ई० में मृत्यु हुई होगी।

अजमेर-उदयपुर प्रदेश के साथ, लगभग इसके तुरन्त बाद, सिन्ध भी पश्चिमी क्षत्रपों के हाथ से निकल गया होगा। उक्त मालव प्रदेश के छिन जाने के बाद वे इसको कुशलतापूर्वक नियन्त्रण में नहीं रख सकते थे, किन्तु

---

1. यह सूचना नांदसा यूप अभिलेख से मिली है जो प्रस्तुत लेखक ने एपि० इं० भाग 29 पृष्ठ। 252-67 में प्रकाशित किया है। स्वतन्त्र हुए मालव-प्रदेश में उदयपुर, जयपुर, टोंक रियासतों के अंश और आजकल का अजमेर जिला सम्मिलित था।

हम नहीं कह सकते कि पश्चिमी क्षत्रपों के बाद 284 ई० तक, जब कि वह प्रान्त सासानी अधिकार में आया, वहाँ कौन शासक रहा। बहुत सम्भव है कि इस अवधि में स्थानीय शक सामन्त वहाँ शासन करते रहे हों।

इस प्रकार दामसेन के शासन में पश्चिमी क्षत्रपों का राज्य मालवा, गुजरात और काठियावाड़ तक सीमित रहा। उज्जयिनी अब भी उनकी राजधानी बनी रही।

दामसेन के मृत बड़े भाई रुद्रसेन **प्रथम** के लड़के पृथ्वीसेन और दामजद द्वितीय उसके शासन के पहले दस बरस में उसके अधीन क्षत्रप रहे। किन्तु अन्तिम चार बरस के शासन में उसने अपने पुत्र वीरदामा को क्षत्रप बना दिया। प्रतीत होता है कि वीरदामा की मृत्यु अपने पिता की मृत्यु से पूर्व ही हो गई क्योंकि उसके बाद 238 ई० में उसका छोटा भाई यशोदामा पिता का उत्तराधिकारी महाक्षत्रप बना।[1]

4. यशोदामा प्रथम, विजयसेन, दामजद तृतीय और रुद्रसेन द्वितीय (238 ई० से 279 ई० तक)

गद्दी पर बैठते समय यशोदामा लगभग चालीस वर्ष का था, किन्तु वह दो वर्ष ही शासन कर पाया। 240 ई० में उसका छोटा भाई विजयसेन महाक्षत्रप हुआ, जिसने 250 ई० तक राज्य किया। अपने बड़े भाई के शासन में वह एक वर्ष तक क्षत्रप भी रह चुका था।

वीरदामा और यशोदामा की दो वर्ष ही में असामयिक मृत्यु से ऐसा प्रतीत होता है कि उस समय शासनतन्त्र में कुछ आन्तरिक अव्यवस्था थी। किन्तु वह ठीक-ठीक क्या थी, यह अभी निश्चत रूप से नहीं कहा जा सकता। राजगद्दी के उत्तराधिकार के सम्बन्ध में पूर्व वर्णित रीति बरती जाती थी। शकराज्य

---

1. 236 से 238 ई० के बीच का महाक्षत्रपों का कोई सिक्का नहीं मिला है। रैप्सन के अनुसार इस समय में ईश्वरदत्त आभीर ने गद्दी पर अधिकार कर लिया था। दे० रैप्सन, **कैटेलॉग**, भूमिका, पृ० 123-271।

में किसी प्रकार की अशान्ति पैदा करने की सामर्थ्य उस समय की किसी बाहरी शक्ति में नहीं थी। किन्तु विजयसेन के राज्य में बड़ी शांति और समृद्धि रही। क्योंकि उसके सिक्के गुजरात और काठियावाड़ में एक सिरे से दूसरे सिरे तक बड़ी संख्या में मिले हैं।

विजयसेन के बाद उसका कनिष्ट भाई दामजद तृतीय 250 ई० में महाक्षत्रप बना। अपने चारों भाइयों में सबसे छोटा होने के कारण स्वभावतः उसका राज्यकाल बहुत ही छोटा अर्थात् केवल पाँच वर्ष था। उसके बाद 255 ई० में उसके बड़े भाई वीरदामा का पुत्र रुद्रसेन द्वितीय महाक्षत्रप हुआ और 22 वर्ष तक शासन करता रहा, किन्तु उसके समय की राजनीतिक घटनाएँ ज्ञात नहीं हैं।

हम पहले देख चुके हैं कि किस प्रकार इस वंश के प्रारम्भ से छोटे राजकुमार को क्षत्रप का पद देकर शासन से सम्बद्ध कर दिया जाता था। किन्तु 239 से 275 ई० के समय में कोई राजकुमार महाक्षत्रप के अधीन क्षत्रप नियुक्त नहीं किया गया, इसलिए अनुमान किया जाता है कि शासन-तन्त्र में कुछ परिवर्तन हो गया था और क्षत्रप या युवराज का पद ही हटा दिया गया था, जिसके वास्तविक कारण अभी अज्ञात हैं। परन्तु रुद्रसेन द्वितीय ने अपने शासन के अन्तिम समय में इसे फिर से लागू किया, क्योंकि उसका पुत्र विश्वसिंह अपने पिता की मृत्यु से कुछ काल पूर्व क्षत्रप के रूप में शासन करता है।

लग० 230 से 275 ई० के क्षत्रप-इतिहास के सम्बन्ध में मूल उपादान मौन हैं। किन्तु यह प्रायः निश्चित है कि इस काल के अन्तिम भाग में राज्य-सीमाएँ और भी संकुचित हो गईं। पश्चिमी क्षत्रपों के ताँबे के सिक्के, जो केवल मालवा में प्रचलित थे, 240 ई० से एकाएक वहाँ मिलने बन्द हो जाते हैं। यह बात कुछ हद तक इस स्थापना का समर्थन करती है कि इस तिथि के शीघ्र बाद मालवा शकों के हाथ से निकल गया। वाकाटक-राज्य के संस्थापक विन्ध्यशक्ति ने लग० 255 से 275 ई० तक प्रायः बीस वर्ष राज्य किया। वह रुद्रसेन द्वितीय का समकालिक था। प्रतीत होता है कि उसने

पूर्वी मालवा का कुछ भाग अपने राज्य में मिला लिया था। श्रीधरवर्मा नामक एक नया शक सामन्त सम्भवतः लग० 266 ई० से भोपाल के समीप साँची में एक स्वतन्त्र राजा के रूप में शासन कर रहा था।[1] मालवा के हाथ से निकल जाने के बाद क्षत्रप-राज्य की राजधानी उज्जयिनी की जगह अवश्य ही काठियावाड़ में गिरिनगर (जूनागढ़) हो गई होगी।

यह विचार कि तीसरी शती के उत्तरार्ध में सातवाहनों के पतन के बाद क्षत्रपों ने महाराष्ट्र को अपने अधीन कर लिया था[2], असंगत है। अभिलेखों और पुराण की साक्षी से सिद्ध है कि तीसरी शती में महाराष्ट्र में आभीर शक्तिशाली हो गये थे। क्षत्रपों ने लग० 250 ई० में उन्हें हराया और उनके प्रदेश अधिकृत कर लिये, इसे प्रकट करने वाला कोई प्रमाण नहीं है। सतारा जिले के करहाड़ स्थान के पास क्षत्रप-सिक्कों का एक संग्रह मिला है जिसमें तीसरी शती के उत्तरार्ध के क्षत्रप राजाओं के सिक्के हैं, किन्तु इसकी व्याख्या दूसरी प्रकार से भी हो सकती है। करहाड़ एक प्रसिद्ध तीर्थ था। यहाँ के ब्राह्मणों की विद्वता प्रसिद्ध थी और सुदूर राजदरबारों में भी उन्हें सम्मान प्राप्त था। लग० 394 ई० में क्षत्रप राज्य में एक क्रांति हुई, जिसका वर्णन यथास्थान किया जायगा। सम्भव है कि भय से भागे किसी ब्राह्मण प्रवासी द्वारा वे सिक्के उस समय करहाड़ में लाये गये हों।

5. विश्वसिंह और भर्तृदामा
(लग० 279 से 304 ई० तक)

प्रतीत होता है कि रुद्रसेन द्वितीय का कोई छोटा भाई नहीं था, इसलिए ज्येष्ठ पुत्र विश्वसिंह लग० 279 ई० में उसका उत्तराधिकारी बना। किन्तु

---

1. यह तिथि राखालदास बनर्जी के मतानुसार है (एपि० इं०, जि० 16, प 232)। श्री ननीगोपाल मजूमदार उसे चालीस वर्ष और पीछे रखते हैं (ज० ए० सो० बं०, न्यू० स० 19, 343)
2. ज० बं० ब्रा० रा० ए० सो० 7, 16-17; B. G. 1, 48-49।

उसने केवल तीन वर्ष के लगभग राज्य किया, क्योंकि 282 में हम उसके भाई भर्तृदामा को महाक्षत्रप बना देखते हैं। राज्यारोहण से पूर्व चार वर्ष वह क्षत्रप रूप में भी शासन कर चुका था।

बहुत सम्भव है कि भर्तृदामा का शासन 304 ई० तक रहा। उसका पुत्र विश्वसेन 294 ई० से उसके अधीन क्षत्रप रूप में शासन कर रहा था। भर्तृदामा और विश्वसेन के क्रमशः महाक्षत्रप और क्षत्रप रूप से चलाये सिक्के बड़ी सख्या में प्राप्त हुए हैं, इससे हम अनुमान कर सकते हैं कि अपने वंश के नष्ट वैभव को फिर से स्थापित करने में वे पर्याप्त सीमा तक सफल हुए थे।

284 ई० में सासानी सम्राट् वरहरान द्वितीय ने सीस्तान और सिन्ध को विजित कर अपने पुत्र वरहरान तृतीय को शकानशाह की उपाधि दे नये प्रान्त का शासक नियुक्त किया। इस घटना से पश्चिमी क्षत्रपों की शक्ति कुछ विशेष क्षीण नहीं हुई, क्योंकि संभवतः कई दशक पहले सिंध उनके हाथ से निकल चुका था। सिंध और सीस्तान के स्थानीय शक राजाओं ने इस विजय के बाद सासानियन सम्राट् की अधीनता स्वीकार करली।[1]

बरहरान द्वितीय की सिंध की विजय से पश्चिमी क्षत्रपों का सासानियों से सम्पर्क और निकट का हो गया। इससे भर्तृदामा ने स्वाभाविक ही अपने नये पड़ोसियों से मित्रता स्थापित करने की अवश्यकता का अनुभव किया होगा। उसने सासानियों के आपसी झगड़ों में किसी पक्ष का समर्थन नहीं किया। जब

---

1. इस बात का कोई प्रमाण नहीं है कि ईसवी सन् की तीसरी शताब्दी में किसी सासानी सम्राट् के पूरब में पंजाब या गुजरात और काठियावाड़ को जीतकर अपने अधीन कर लिया था। पंजाब में केवल एक सिक्का मिला है जिस पर सासानी प्रभाव है। इससे उस प्रांत के सासानी विजय का समर्थन नहीं होता। इसमें शक नहीं कि काठियावाड़ और अवंती के राजा नरसेह की उपाधि को मान्यता देते हैं, पर पैकुली अभिलेख में उनका वर्णन स्वतंत्र शासकों के रूप में हुआ है।

वरहरान तृतीय और नरसेह में उत्तराधिकार के प्रश्न पर संघर्ष हुआ तो उसने उसमें कोई हिस्सा नहीं लिया ।[1] किन्तु जब नरसेह इसमें जीत गया तो भर्तृदामा उसे बधाई देने से नहीं चूका । उसने नये राजा को मान्यता दे दी । सासानी इतिहास की घटनाओं का भर्तृदामा के शासन की शान्त गतिविधि पर कोई प्रभाव नहीं पड़ा ।

6. एक नये शक घराने का उदय
रुद्रसिंह द्वितीय और यशोदामा द्वितीय
(लग० 304 ई० से लग० 345 ई०)

भर्तृदामा के शासन की सांध्यवेला में कुछ ऐसी घटनाएँ घटीं जिनसे गुजरात और काठियावाड़ में पौने दो सौ वर्ष से अधिक काल से राज्य करते चष्टन के घराने की समाप्ति हो गई । हम देखते हैं कि भर्तृदामा का पुत्र विश्वसेन, जो लगभग दस वर्ष अपने पिता के अधीन क्षत्रप रहा, उसके पीछे महाक्षत्रप नहीं हो सका; किन्तु 'राजा' या 'क्षत्रप' की राजकीय उपाधि से रहित स्वामी जीवदामा नामक एक व्यक्ति का पुत्र रुद्रसिंह द्वितीय महाक्षत्रप बना । रुद्रसिंह द्वितीय का भर्तृदामा से क्या सम्बन्ध था, यह अज्ञात है । ऐसा प्रतीत होता है कि अपने घराने का वह पहला राजा था अथवा अधिक से अधिक राज-वंश की किसी शाखा से संबद्ध था । 304 ई० में वह शान्तिपूर्ण अवस्था में सिंहासन पर नहीं बैठा । सिंहासन की प्राप्ति के लिए उस समय कठिन संघर्ष हुआ, जिससे राजधानी के लोगों का जानमाल सुरक्षित न रहा और उन्हें अपनी बहुमूल्य चीजें भूमि में दबाकर जान बचाने को भागना

---

1. पैकुली अभिलेख में वर्णन है कि अवंती के राजा ने उत्तराधिकार के इस संघर्ष में वरहरान तृतीय का पक्ष लिया था । किन्तु अवन्ती या उज्जयिनी उस काल में पश्चिमी क्षत्रपों के अधीन न थी । अवन्ती के किसी स्थानीय राजा ने वरहरान तृतीय का साथ दिया होगा । हो सकता है कि वह शक रहा हो ।

पड़ा।[1] किन्तु रुद्रसिंह द्वितीय ने एक वर्ष से भी कम समय में राज्य पर पूर्ण अधिकार कर लिया और वह 316 ई० तक शासन करता रहा। उसके बाद उसका पुत्र यशोदामा द्वितीय गद्दी पर बैठा। 332 ई० तक उसका राज्य करना तो निश्चित है। संभवतः उसने इसके बाद भी कुछ वर्षों तक और राज्य किया।

किन्तु रुद्रसिंह द्वितीय और यशोदामा द्वितीय दोनों ने कभी महाक्षत्रप की उपाधि धारण नहीं की। 332 ई० के बाद 16 वर्ष की अवधि के क्षत्रपों के सिक्के प्राप्त नहीं हुए। इस अवधि में किसी शासक द्वारा क्षत्रप या महाक्षत्रप के रूप में सिक्के जारी किये जाने को सूचना नहीं मिली है। 348 ई० में जब पर्दा उठता है तो हम एक नये सरदार रुद्रसेन तृतीय को महाक्षत्रप के रूप में सिंहासन पर बैठा देखते हैं। किन्तु यह निश्चित रूप से कहा जा सकता है कि उसके पिता रुद्रदामा द्वितीय ने 348 ई० से पूर्व कुछ महीने या कुछ वर्षों तक महाक्षत्रप के रूप में शासन किया था, यद्यपि अब तक उसका कोई सिक्का उपलब्ध नहीं हुआ।

अभी तक इस बात का ठीक-ठीक पता नहीं चल सका है कि किन परिस्थितियों के कारण विवश होकर रुद्रसिंह द्वितीय और यशोदामा द्वितीय क्षत्रप की हीन उपाधि से ही सन्तुष्ट रहे और 332 से 348 ई० की अवधि में क्षत्रपों की मुद्राओं का प्रचलन क्यों बिलकुल बन्द रहा। एक मत है कि सासानी हस्तक्षेप के कारण[2] पश्चिमी क्षत्रपों की शक्ति का क्रमिक ह्रास और अन्ततः पूर्ण विनाश हुआ। यह मत युक्तिसंगत प्रतीत नहीं होता। नरसेह 293 ई० से 303 ई० तक सासानी सम्राट् था जिसे रोम के सम्राट् गालेरियु ने बुरी तरह हराया था। नरसेह का परिवार शत्रु के हाथ में पड़ गया था। उसे अपने परिवार को वापस लेने के लिए अपने साम्राज्य के विस्तृत प्रदेश

1. 520 सिक्कों का एक संग्रह, जो भर्तृदामा के शासन के अन्त में भूमि में दबाया गया, जूनागढ़ में मिला है। न्यू० स० 47, 97।
2. पो० हि० ए० इं०, चतुर्थ सं० पृ० 428।

विजेता के हवाले करने पड़े थे। ऐसी अवस्था में नरसेह के हाथों भर्तृदामा का पतन संभव नहीं था। उसके उत्तराधिकारी होर्मुज्दश्य ने केवल सात वर्ष (303 ई० से 310 ई०) शासन किया। पूरब की ओर उसके किसी अभियान का उल्लेख नहीं मिलता। उसके बाद शापुर द्वितीय जब 310 ई० में गद्दी पर आया तो वह एक वर्ष से भी कम आयु का शिशु था। जब वह युवा हुआ तो 337-38 ई० में वह रोम के साथ युद्धों में फँस गया। इसलिए 304 से 348 ई० के मध्य पश्चिमी क्षत्रप शक्ति के ह्रास और विनाश का कारण सासानी हस्तक्षेप प्रतीत नहीं होता। यह भी ध्यान में रखना चाहिए कि इस काल का कोई सासानी सिक्का गुजरात और काठियावाड़ से नहीं मिला है और न रुद्रसिंह द्वितीय और यशोदामा द्वितीय के सिक्कों पर ही कोई सासानी प्रभाव लक्षित होता है।

अधिक संभव यह प्रतीत होता है कि चौथी शती ई० के प्रारम्भिक दशकों में क्षत्रप शक्ति का ह्रास वाकाटक सम्राट् प्रवरसेन प्रथम की विजयों के कारण हुआ। किन्तु पश्चिमी क्षत्रयों ने प्रवरसेन प्रथम की अधीनता स्वीकार की इसका सीधा प्रमाण नही मिलता। उधर वाकाटक शासकों में वही एक ऐसा हुआ जिसने सम्राट् पद धारण किया और अपनी भिन्न-भिन्न विजयों के उपलक्ष्य में चार अश्वमेध किये। उसके पिता विन्ध्यशक्ति ने मालवा के एक भाग से क्षत्रपों को निकाल दिया था। प्रवरसेन ने अपना प्रभाव-क्षेत्र और पश्चिम में वढ़ाने के लिए नये उम्मीदवार रुद्रसिंह द्वितीय का समर्थन कर गद्दी के न्याय्य अधिकारी भर्तृदामा या उसके पुत्र विश्वसिंह अथवा दोनों को निकाल बाहर करने में अवश्य उसकी सहायता की होगी। साम्राज्यवाद अपना प्रभाव क्षेत्र बढ़ाने के लिए प्रायः ऐसी रीति का अनुसरण करता है। यह बात विश्वास योग्य नहीं कि रुद्रसिंह द्वितीय और यशोदामा द्वितीय स्वेच्छा से क्षत्रप की हीन उपाधि से सन्तुष्ट रहे होंगे, जो उस समय एक सामन्त की स्थिति को सूचित करती थी। दूसरी कोई पड़ोसी शक्ति क्षत्रपों को अपनी अधीनता मनवाने में समर्थ नहीं थी। रुद्रसिंह द्वितीय और यशोदामा द्वितीय कुछ समय के लिए वाकाटकों के सामन्त हो गये थे, इस स्थापना का समर्थन मध्य-प्रदेश

के छिन्दवाड़ा नामक स्थान से मिले क्षत्रपों के एक मुद्रा-संग्रह से भी होता है। इस संग्रह में जितने शासकों के सिक्के हैं उनमें सबसे हाल के सिक्के उक्त दोनों क्षत्रपों के ही पाये गये हैं।[1] यह असंभव नहीं कि उक्त दोनों शासक समय-समय पर प्रवरसेन प्रथम को कर भेजते रहे हों जिससे क्षत्रप सिक्कों का वाकाटक राज्य में प्रवेश हुआ हो। प्रवरसेन प्रथम और यशोदामा की मृत्यु के साथ जब वाकाटकों का प्रभुत्व क्षत्रपों पर से हट गया, यह कर भेजा जाना भी बंद हो गया। इसीलिए बाद के किसी क्षत्रप राजा के सिक्के उक्त संग्रह में प्राप्त नहीं हुए। यह अच्छी तरह समझ लेना चाहिए कि प्रवरसेन प्रथम का क्षत्रपों पर प्रभुत्व केवल एक मत मात्र है जो अन्य मतों की अपेक्षा निश्चित ही अधिक संभव प्रतीत होता है। इस मत को सिद्ध करने के लिए अभी किसी पुष्ट प्रमाण का अभाव है।

178 ई० से० 332 ई० तक क्षत्रप मुद्राओं की तिथियाँ निरन्तर मिलती आती हैं और उनमें कहीं दो-तीन वर्ष से अधिक का व्यवधान नहीं पड़ता। ऐसो अवस्था में प्रश्न यह है कि 332 से 348 ई० के वीच की तिथियों का एक भी सिक्का न मिलने का क्या कारण है। अवश्य ही इस काल में किसी गंभीर राजनीतिक उथल-पुथल का संदेह होता है। यह सामान्य विचार कि क्षत्रप-शक्ति का इस समय पूर्ण विनाश हो चुका था; ठीक प्रतीत नहीं होता, क्योंकि वाकाटकों या सासानियों में से कोई भी क्षत्रप-शक्ति का पूर्ण पराभव करने में समर्थ नहीं था। वाकाटक राजा रुद्रसेन प्रथम जो लग० 335 ई० में सम्राट् प्रवरसेन प्रथम का उत्तराधिकारी हुआ, अपेक्षाकृत एक निर्बल शासक था। उसने क्षत्रपों के विरुद्ध कोई अभियान किया हो, इसकी संभावना नहीं प्रतीत होती। सासानी सम्राट् शापुर द्वितीय 337-38 ई० में रोम से युद्धों में फँसा था। प्रतीत होता है कि क्षत्रप सिंहासन से लिए आंतरिक संघर्ष था, जिससे इसमें कुछ समय तक सिक्के जारी नहीं हुए। यह असंभव नहीं कि भविष्य में ऐसी सामग्री खोजने से मिल जाय, जिससे यशोदामा द्वितीय का 332 ई० के कुछ

1. न्यू० स०, 47, 97।

वर्ष बाद तक और रुद्रदामा द्वितीय का 348 ई० से कुछ वर्ष पहले से शासन करना सिद्ध हो और यह अन्तर कम हो जाए। इस अवधि में विरोधी दावेदारों में गद्दी के लिए खूब संघर्ष हुआ होगा और किसी के लिए भी अपने सिक्के जारी करना संभव न हुआ होगा। हमें यह स्मरण रखना चाहिए कि 348 ई० में शासन करने वाले रुद्रसेन तृतीय के पिता महाक्षत्रप रुद्रदामा द्वितीय और 332 ई० के क्षत्रप शासक यशोदामा द्वितीय के परस्पर किसी सम्बन्ध का हमें ज्ञान नहीं है। संभवत: वह उसी कुल की किसी शाखा का एक विरोधी दावेदार था जिसने अपने पक्ष की पुष्टि में हथियारों का सहारा लेना उचित समझा। ऐसी अवस्था में कटु संघर्ष अनिवार्य था। मुद्राओं के क्षेत्र में सोलह वर्ष के इस व्यवधान का कारण विदेशी विजय के स्थान पर यही गृहयुद्ध प्रतीत होता है। किन्तु भविष्य की खोजें ही अंतिम रूप से इस पहेली को सुलझा सकती हैं।

7. रुद्रदामा द्वितीय और उसके उत्तराधिकारी (लग० 345 ई० से 395 ई०)

बहुत संभव है कि यशोदामा द्वितीय को हटाकर गद्दी पर बैठने वाला रुद्रदामा द्वितीय चष्टन वंश की ही संतान था। रुद्रसिंह द्वितीय ने उस वंश का संभवत: वाकाटक सम्राट् प्रवरसेन की सहायता से 304 ई० में अंत कर दिया था। 335 ई० में प्रवरसेन प्रथम की मृत्यु के बाद वाकाटक-शक्ति के निर्बल पड़ जाने से उनके द्वारा नियुक्त क्षत्रप के बेटे को हटाकर रुद्रदामा द्वितीय को स्वयं महाक्षत्रप बनने का सुयोग मिला होगा। रुद्रदामा द्वितीय ने कितने वर्ष राज्य किया यह अभी निश्चित रूप से नहीं कहा जा सकता क्योंकि उसका कोई सिक्का अभी तक प्राप्त नहीं हुआ। अनुमान है कि 348 ई० में अपने पुत्र रुद्रसेन तृतीय के महाक्षत्रप बनने से पूर्व वह कम से कम दो या तीन वर्ष तक उसका शासन रहा होगा। रुद्रदामा द्वितीय ने काठियावाड़ और उत्तरी गुजरात पर शासन किया।

रुद्रसेन तृतीय ने 30 वर्ष से भी लम्बी अवधि (लग० 348 से लग० 380 ई०) तक राज्य किया। किन्तु यह सारा समय शान्तिपूर्ण न था। 351 ई० के बाद

एक भारी राजनीतिक उथल-पुथल हुई, जिससे समूचे राज्य में धन-जन अरक्षित हो गया। राज्य के केन्द्र और सीमांत नगरों में लोग बचाने के लिए खजाने जमीन में दबाने लगे।[1] यह अव्यवस्था 13 वर्ष (लग० 351 से लग० 364 ई०) तक चलती रही और इस बीच रुद्रसेन तृतीय अपना कोई सिक्का जारी नहीं कर सका। किन्तु उसने 364 ई० में फिर से अपनी स्थिति सुदृढ़ कर ली और हम उसे 378 ई० तक बराबर अपने नाम के सिक्के चलाते देखते हैं।

रुद्रसेन तृतीय की शक्ति को अचानक यह ग्रहण कैसे लगा इसका कोई कारण अभी निश्चित रूप से ज्ञात नहीं। यह वाकाटकों का आक्रमण नहीं हो सकता, क्योंकि वे इस समय स्वयं इतने अशक्त थे कि ऐसे किसी साहस की बात सोच ही नहीं सकते थे। डा० काशीप्रसाद जायसवाल की सम्मति में यह समुद्रगुप्त द्वारा क्षत्रपों पर आक्रमण रहा होगा। यह विचार भी युक्ति-युक्त प्रतीत नहीं होता। पूरबी मालवा के काक और सनकानिक गुप्तों के पश्चिमी पड़ोसी थे। यह संभव नहीं कि उसने उनके भी पश्चिम जाकर गुजरात और काठियावाड़ के क्षत्रप राज्य पर आक्रमण किया हो। यह महत्व की बात भी ध्यान में रखने योग्य है कि समुद्रगुप्त की प्रयाग-प्रशस्ति में, जिसमें उसकी सम्पूर्ण विजयों का ब्योरेवार उल्लेख है, पश्चिमी शकों को करारी हार देने का कहीं नाम तक नहीं है। समकालिक सासानी सम्राट् शापुर द्वितीय ने 356-57 ई० में पूर्व की तरफ अभियान किया था, यह विदित है। क्या यह संभव है कि 357 ई० में पंजाब के किदार राजा को जीतने के बाद, सिंध को आधार बनाकर, वह काठियावाड़ की तरफ मुड़ा हो, और कुछ समय के लिए उसने रुद्रसेन तृतीय का पूर्ण पराभव कर दिया हो? यदि सासानी सिक्के काठियावाड़ से मिलते तो यह कल्पना संभव हो सकती थी, किन्तु अभी इस कल्पना की पुष्टि के लिए कोई आधार नहीं है। यह विचार कि तथाकथित वलभी मुद्राएँ जारी करने वाले शर्वभट्टारक ने कुछ समय के लिए रुद्रसेन तृतीय को

1. ज० बं० ब्रा० रा० ए० सो०, 1899, 203-209 ऊपर कोट संग्रह के लिए और आ० स० इं० 1913-14 सर्वाणिया संग्रह के लिए देखिए।

दबा लिया हो शंका रहित नहीं है ।[1] इसलिए यह मानना पड़ेगा कि 351 से 364 ई० के बीच रुद्रसेन की शक्ति के अस्थायी उच्छेद का कारण अभी अज्ञात है । हम यह भी नहीं जानते कि अपना प्रभुत्व वह पुनः किस प्रकार स्थापित कर सका ।

रुद्रसेन तृतीय की अंतिम ज्ञात तिथि 378 ई० है । उसने इसके बाद दो-एक वर्ष और राज किया होगा इसलिए हम उसका मृत्युकाल लग० 380 ई० रख सकते हैं ।

रुद्रसेन तृतीय की मृत्यु के बाद का पश्चिमी क्षत्रपों का इतिहास फिर अन्धकाराच्छन्न है । उसका भानजा सिंहसेन उसका उत्तराधिकारी हुआ, इसलिए गद्दी के लिए झगड़े अवश्य खड़े हुए होंगे । हम 382 ई० में सिंहसेन को महाक्षत्रप के रूप में शासन करता देखते हैं, किन्तु 6 साल के भीतर न केवल उसका, किन्तु उसके पुत्र रुद्रसेन चतुर्थ का भी शासन समाप्त हो गया, क्योंकि 388 ई० में अथवा उसके तुरन्त बाद ही हम रुद्रसिंह तृतीय को महाक्षत्रप रूप से गद्दी पर बैठा देखते हैं । इसमें और पहले शासक रुद्रसेन चतुर्थ में क्या सम्बन्ध था सो अज्ञात है । यह असंभव नहीं कि रुद्रसिंह तृतीय का पिता सत्यसिंह तृतीय का भाई रहा हो और इसलिए उसने अपने को रुद्रसेन तृतीय के भानजे रुद्रसेन चतुर्थ की अपेक्षा गद्दी का अधिक न्याय्य अधिकारी समझा हो । रुद्रसेन चतुर्थ पिछले महाक्षत्रप की बहन के माध्यम से अपना स्वत्व जता रहा था ।

रुद्रसिंह तृतीय बहुत देर तक शासन नहीं कर सका । 388 ई० के बाद दस वर्ष से कम समय में ही वह चन्द्रगुप्त द्वितीय द्वारा पूर्ण रूप से पराजित हुआ । चन्दगुप्त द्वितीय ने गुजरात और कठियावाड़ को गुप्त-सामाज्य में सम्मिलित कर लिया और शक-शासन को सदा के लिए समाप्त कर दिया । इस विजय का वृत्तान्त आठवें अध्याय में दिया जाएगा ।

---

1. ज० न्यू० सो० इं० 6, 19-23 ।

अध्याय 4

पूरबी दकन

1. आन्ध्र

पिछले सातवाहन युग में आन्ध्रदेश के हृदय कृष्णा तथा गोदावरी के मुहानों के आस-पास के जिलों की राजधानी, धान्यकटक में रही प्रतीत होती है। इस नगर की पहचान कई विद्वानों ने बेजवाड़ा से की है, जबकि कुछ और ने कृष्णा जिले के आधुनिक अमरावती धरणीकोट क्षेत्र में इसकी स्थिति सुझायी है जो अधिक सम्भव है।[1] उक्त प्रदेश से सातवाहन शासन का अन्त प्रायः 220-25 ई० के आसपास रक्खा जाता है। इसमें सन्देह नहीं कि अपने पिछले सातवाहन शासकों की दुर्बलता के परिणामस्वरूप उनके स्थानीय सामन्त जोर पकड़ते जा रहे थे। सातवाहनों के पतन में इन सामन्तों का मुख्य हाथ रहा होगा। परन्तु सातवाहनों की प्रभुसत्ता पर संभवतः सबसे अधिक प्रबल आघात कृष्णा-गुण्टूर को इक्ष्वाकुओं ने पहुँचाया था।

इक्ष्वाकु-वंश

सबसे पहला इक्ष्वाकु राजा जिसका हमें पता है वाशिष्ठी पुत्र शान्तमूल (छान्तमूल) प्रथम था। वह प्रायः तीसरी शती के द्वितीय चरण में—दूसरे शब्दों में, धान्यकटक के आस-पास के क्षेत्र में सातवाहन-सत्ता की समाप्ति के

1. इक्ष्वाकु वीरपुरुषदत्त के अमरावती अभिलेख (सा० इ० ए० वा० वि० 1937-38, सं० 529) में धंञकड (धान्यकट) महाविहार के पूर्वीय प्रवेश द्वार पर दो धर्मचक्रों की स्थापना का उल्लेख मिलता है। केत द्वितीय के 1182 ई० के अमरावती स्तम्भ-लेख में श्री धान्यकटक का इसके शिव अमरेश्वर के मन्दिर और बुद्ध के भव्य चैत्य के साथ उल्लेख हुआ है।

तुरन्त पश्चात् हुआ। मध्यकालीन भारत में जब कोई मुस्लिम शासक अपने अधिपति से स्वतत्र होने की घोषणा करता था तो वह अपने सिक्के चलाता और अधिपति के स्थान में अपने नाम के खुतबे (शुक्रवार की नमाज़ के बाद किये गये उपदेश) पढ़वाता था। इसी भाँति ईसा की प्रारम्भिक शतियों में भारत में जब कोई राजा नई-नई स्वतंत्रता प्राप्त करता तो प्रायः अश्वमेघ का अनुष्ठान करता था। ध्यान देने की मजेदार बात यह है कि शान्तमूल प्रथम भी अश्वमेघ का अनुष्ठाता था।

शान्तमूल प्रथम के पूर्वजों के विषय में हमारा ज्ञान प्रायः नगण्य है। असंभव नहीं कि आन्ध्रदेश के इक्ष्वाकु अयोध्या से दक्षिण में आकर यहीं बस गये हों और सचमुच अयोध्या के प्रख्यात इक्ष्वाकु-वंश की ही एक शाखा रहे हो। प्रतीत होता है कि सुदूर दक्षिण के इक्ष्वाकुओं की राजधानी नागार्जुन कोंडा पहाड़ियों की घाटी में अवस्थित विजयपुरी में थी।[1] शान्तमूल के समय का कोई आलेख अभी तक उपलब्ध नहीं हुआ। अतः इस राजा के राजनीतिक चरित की अवान्तर घटनाएँ तथा उसके राज्य का विस्तार अविदित है। शान्तमूल प्रथम एक कट्टर ब्राह्मण धर्मानुयायी था और उसने न केवल अश्वमेघ ही रचाया अपितु वाजपेय तथा अन्य वैदिक यज्ञों का भी अनुष्ठान किया। कदम्बों और पिछले चालुक्यों की भांति उसे भी "महासेन (स्कन्द-कार्त्तिकेय) का प्रिय" कहा गया है। शान्तमूल प्रथम की कम से कम दो बहनें थीं जिनमें प्रथम एक सामन्त शासक प्रकीय वंशीय **महासेनापति महातलवर** को ब्याही गई थी। शान्तमूल की पुत्री अटवी शान्तिश्री का विवाह एक राज कर्मचारी से हुआ था जिसे महासेनापति महादण्डनायक कहा गया है। वह धनकों के उच्चवंश का था। पुकीय शब्द का सम्बन्ध कुछ विद्वानों ने पुंगी जिले से स्थापित किया है जिसमें दक्षिणी गुण्टूर के कुछ हिस्से तथा पड़ोसी प्रदेश शामिल हैं। इक्ष्वाकुओं से सम्बद्ध हिरण्यक वंश को भी इसी प्रकार

1. इक्ष्वाकु सम्भवतः पुराणों के श्रीपर्वतीय आन्ध्र थे। श्रीपर्वत नल्लमलूर श्रेणी का प्राचीन नाम था।

हिरण्यराष्ट्र से जोड़ा गया है जिसमें नल्लोर जिले के उत्तरी और पश्चिमी भाग तथा साथ के क्षेत्र भी अवश्य सम्मिलित रहे होंगे।

शान्तमूल प्रथम का उत्तराधिकारी उसका पुत्र माठरी पुत्र वीरपुरुषदत्त (तीसरी शती का तृतीय चरण) था जिसका शासन कम से कम उसके 20वें राज्य-वर्ष तक रहा। उसकी रानियों में एक रुद्रधरभट्टारिका थी जिसका वर्णन उज्जैन के महाराजा की पुत्री के रूप में किया गया है।[1] यह असंभव नहीं कि रुद्रधरभट्टारिका पश्चिमी भारत के शक शासक रुद्रसेन द्वितीय (लग० 254–74 ई०) या रुद्रसेन प्रथम (लग० 199-220 ई०) से सम्बन्धित हो। वीरपुरुषदत्त ने अपनी कन्या का ब्याह बनवास के महाराज से किया था। बनवास की पहचान उत्तरी कनाडा जिले में आधुनिक बनवासी से की गयी है। इक्ष्वाकु राजा का जामाता चुटु वंश का ही एक शासक रहा होगा। चुटु वंश को शातवाहन राजवंश की एक शाखा मानते हैं जो प्राचीन कुन्तल देश में बस गयी थी। उज्जैन तथा बनवासी के राजघरानों में वैवाहिक सम्बन्धों से वीरपुरुषदत्त के राज्यकाल में इक्ष्वाकुओं की सत्ता निस्सन्देह दृढ़ हो गई थी, यद्यपि संभव है कि इन सम्बन्धों की स्थापना का श्रेय वस्तुतः राजा के पिता शान्तमूल प्रथम को ही हो।

वीरपुरुषदत्त के शासनकाल के पुरालेख अमरावती, जग्गयपेट और नागार्जुन कोण्डा के बौद्ध अवशेषों के स्थानों से प्राप्त हुए हैं।[2] अभिलेखों द्वारा उपस्थापित सबसे अंतिम तिथि राजा का 20वां राज्य वर्ष है। परन्तु ये अभिलेख सरकारी नहीं हैं, अपितु अनेक बौद्ध धर्म संस्थाओं के गैर-सरकारी व्यक्तियों द्वारा दिये गये दानपत्र हैं। नागार्जुन कोंडा अभिलेखों

---

1. यह देखकर हैरानी होती है कि वीरपुरुषदत्त की रानियों में तीन उसकी चाचियों की लड़कियां थीं। स्पष्ट है कि इस प्रकार के सम्बन्ध इस प्रदेश में प्राचीन युग में भी होते थे। तुल० **बौधायान धर्मसूत्र 1. 2. 1—4**।
2. ए० इं० **20**, 1 तथा आगे; **21**, 60 तथा आगे।

में अधिकांश इक्ष्वाकु-वंश की महिलाओं द्वारा राजधानी विजयपुरी के निकट अवस्थित बौद्ध महाविहार को दिये दानों के आलेख हैं। ये देवियां स्पष्टः ही बौद्ध थीं परन्तु स्वयं राजा वीरपुरुषदत्त और उसका पुत्र भी बौद्ध था या नहीं यह अज्ञात है। किन्तु इस प्रसंग में इस तथ्य की ओर ध्यान दिलाया जा सकता है कि शान्तमूल प्रथम की भांति इन शासकों में से किसी को भी किन्हीं ब्राह्मण यज्ञों के अनुष्ठाता एवं देव महासेन के प्रिय के रूप में उल्लिखित नहीं किया गया है। अतः यह असंभव नहीं कि शान्तमूल प्रथम के उत्तराधिकारी बौद्ध थे। अपने पूर्वज की भांति वे कट्टर ब्राह्मण-धर्मी नहीं थे।

माठरी पुत्र वीरपुरुषदत्त का उत्तराधिकारी उसका पुत्र वाशिष्ठी पुत्र एहुवुल[2] शान्तमूल द्वितीय हुआ जिसने कम से कम अपने 21वें राज्य वर्ष तक शासन किया। प्रतीत होता है कि आन्ध्र देश के केन्द्र में इक्ष्वाकुओं का स्वतंत्र शासन ईसा की तीसरी शती के अंत के आसपास समाप्त हो गया। यह संभावना मयिडवोलु शासन-पत्र से प्रकट है, जिसमें धान्यकटक स्थित आन्ध्र पथ के राज्यपाल के नाम काञ्ची के पल्लव युवराज शिवस्कंदवर्मन का एक आदेश अंकित है। यद्यपि शिवस्कन्द वर्मा[2] तथा उसके पिता की तिथि के सम्बन्ध में जिसके शासनकाल में यह दान-पत्र जारी हुआ विद्वानों में मतभेद है तथापि इक्ष्वाकुओं के उच्छेद तथा कृष्णा-गुन्टूर प्रदेश पर पल्लव आधिपत्य का समय तीसरी शती के अन्त के आस-पास में रखना युक्तियुक्त प्रतीत

---

1. एहुवुल तथा एहुवल इन दोनों रूपों में पहला अधिक ग्राह्य है। तुल० नाम है हङ्गुणवुल देवन, स० सात० पृ० 391।
2. कुछ विद्वानों की सम्मति में इसे ईसा की तीसरी शती ई० के मध्य में रखा जाना चाहिए। इस प्रश्न की समीक्षा और इस मत के पक्ष में युक्तियों के लिए कि क्यों उसे चौथी शती ई० के पूर्वार्ध में रखना उचित है दे०, स० सात० पृ० 161-68।

होता है। किन्तु स्वयं एहुवुल शान्तमूल भी पलवों द्वारा उखाड़ फेंका गया था यह बात अनिश्चित है।[1]

इस बात के प्रमाण हैं कि इक्ष्वाकु वंश एक स्थानीय शक्ति के रूप में देर तक नाम मात्र को जीवित रहा। उत्तरी मैसूर के पाँचवीं शती के केकय वंशीय एक शासन-पत्र में केकय राजाओं तथा इक्ष्वाकु वंश के राजर्षियों में विवाह सम्बन्धों का उल्लेख किया गया है। इन इक्ष्वाकुओं को प्रायः निश्चित रूप से शान्तमूल प्रथम के वंशजों से अभिन्न मानना चाहिए। इस सम्बन्ध में स्मरणीय मनोरंजक बात यह है कि अयोध्या के इक्ष्वाकुओं तथा रामायण में पंजाब के गिरिव्रज तथा नन्दिग्राम के केकयों में वैवाहिक मैत्री के उदाहरण हैं। दक्षिण इक्ष्वाकुओं की धुंधली स्मृतियाँ, संभवतः बहुत बाद में नयसेन द्वारा लिखे गये कन्नड काव्य **धर्मामृत** में भी खोजी जा सकती हैं।

बृहत्फलायन-वंश

कृष्णा जिले और उसके साथ के इलाके के आधुनिक बन्दर (मछलीपट्टणम) तालुक में फैला एक पुराना राज्य था जिसकी राजधानी मछलीपट्टणम् से कुछ दूर स्थित पिकुण्ड (पृथू ?) थी।[2] हाथी गुम्फा अभिलेख के अनुसार कलिंग के राजा खारवेल ने, जिसे ई० पू० की पहली शती के उत्तरार्ध में रखा जा सकता है, राजधानी पिथुण्ड का विध्वंस किया था। दूसरी शती

---

1. गुण्टूर जिले में गुर्जला स्थान के एक अभिलेख (ए० इं० **26**, 123 प्र०) में उल्लिखित महाराज रुळपुरुष दत्त संभव है। एहुवुल द्वितीय का उत्तराधिकारी रहा हो। शासन-पत्र की लेखनशैली और नामान्त दत्त उसका सम्बन्ध इक्ष्वाकुओं के राजवंश, विशेषतः वीरपुरुषदत्त से जोड़ते प्रतीत होते हैं।
2. टॉलमी ज्योग्रैफी (7,1, § 79, 93) के अनुसार पितुन्द्र=पिथुण्ड मैसुलोइ जाति के देश में अवस्थित था। इस देश का नाम मैसुलिया दिया गया है जो स्पष्टतः मछलीपट्टणम नाम के प्रथमांश से अभिन्न है।

ई० के मध्य के लगभग यूनानी भूगोल शास्त्री टॉलमी (Ptolmy) मछलीपट्टणम् क्षेत्र में अवस्थित "पितुन्द्र के महानगर" का उल्लेख करता है। इनमें तनिक भी सन्देह नहीं है कि खारवेल का अभिलेख तथा टॉलमी दोनों एक ही राजधानी का निर्देश करते हैं। ईसा की तीसरी शती के अन्तिम भाग में, जयवर्मा नाम के एक राजा के उपर्युक्त प्रदेश पर शासन करने का पता है। बहुत संभव है उसकी राजधानी पिथुण्ड नगरी ही थी।[1] राजा जयवर्मा बृहत्फलायन गोत्र का था किन्तु इसके वंश के अन्य किसी राजा का अब तक ज्ञान नहीं है।

जयवर्मा के दसवें राज्य वर्ष का एक ताम्र शासन कृष्णा जिले के तेनाली तालुक में कोण्डमुडि स्थान से प्राप्त हुआ है।[2] इसमें उसे महेश्वर (शिव) का भक्त कहा गया है। इसकी घोषणा कुदूर के विजय स्कंधावार से कुडूर आहार (जिला) के राज्यपाल के नाम कुछ ब्राह्मणों के लिए भूमिदान के सम्बन्ध में हुई थी। कुडूर उसी नाम के जिले का मुख्य नगर प्रतीत होता है। इसकी पहचान मछलीपट्टणम् के पास के आधुनिक गुडूरु नामक स्थान से की गयी है। कुछ विद्वान् इसे समुद्र तट पर घण्टसाल—जो पुराने लेखों के कण्टक-शैल अथवा कण्टक शैल और यूनानियों के कण्टक स्सुलोस से अभिन्न है—से अनतिदूर कोड्डुरु से मिलाते हैं।

दुर्भाग्य से इस काल के इतिहास का हमें जो कुछ ज्ञान है उसके आधार पर हम निश्चय पूर्वक कुछ भी नहीं कह सकते कि बृहत्फलायनों का, उनके पड़ोसी इक्ष्वाकुओं और काञ्ची के पल्लवों से क्या सम्बन्ध था? ऐसा प्रतीत होता है कि पिथुण्ड के प्रारम्भिक राजाओं ने पिछले शातवाहनों और पीछे

---

1. कुछ विद्वानों का विश्वास है कि कुडूर, जहाँ से कोण्डमुडि दानपत्र जारी हुआ था, बृहत्फलायनों की राजधानी थी। दे०, दुब्रिउल, ए० हि० डे० पृ० 84-85। इस मत की आलोचना के लिए तुल० स० सात० पृ० 41-49 देखिए।
2. ए. इं. 6,315।

चलकर संभवतः इक्ष्वाकुओं के भी अधिपत्य को स्वीकार किया था। ऐसा प्रतीत होता है कि आन्ध्रापथ के पल्लव-शासन में जाने के पूर्व कुछ समय तक जयवर्मा बृहत्फलायन एक स्वतन्त्र राजा के समान शासन कर चुका था। यह भी हो सकता है कि बृहत्फलायनों के सहसा अभ्युदय का मूल्य इक्ष्वाकुओं को ही चुकाना पड़ा हो। किन्तु मालूम पड़ता है कि बहुत शीघ्र ही दोनों वंश कांची के पल्लवों की अधीनता में आ गये। परन्तु इस सम्बन्ध में निश्चय के साथ कुछ कह सकना असभव है क्योंकि ईसा की प्रारम्भिक शतियों के मछलीपट्टनम प्रदेश के इतिहास के लिए जो सामग्री हमें प्राप्त है वह बहुत ही अल्प है। प्रतीत होता है कि वेङ्गी के शालङ्कायनों के अभ्युदय के साथ कुछ प्रदेश जो पहले बृहत्फलायनों की अधीनता में थे, वे शालंकायनों के हाथ लग गये होंगे।

आनन्द-वंश

अभिलेखों के साक्ष्य से संकेत मिलता है कि प्रायः चौथी शती के उत्तरार्ध और पांचवीं शती के भी कुछ अंशों में गुण्टूर जिले में एक राजवंश की शासन-सत्ता विद्यमान थी।[1] अभिलेखों से इस राजवंश के केवल तीन राजाओं का पता मिलता है। गुण्टूर के पश्चिम में चेज़र्ला नामक स्थान के कपोतेश्वर मन्दिर के एक अभिलेख में आनन्द महर्षि के गोत्र में उत्पन्न राजा कन्दर के दौहित्र सत्सभामल्ल का उल्लेख हुआ है। अत्तिवर्मा के गोरन्तल ताम्र-शासन में राजा का इस प्रकार वर्णन हुआ है—"राजा कन्दर के कुल में

1. आनन्द राजाओं के तिथिक्रम के सम्बन्ध में विद्वानों में मतभेद है। गोपालाचारी उन्हें छठी-सातवीं शती ई० में रखते हैं। उनकी धारणा है कि लेखनशैली की दृष्टि से चेजर्ला का अभिलेख पल्लव राजा महेन्द्रवर्मा प्रथम (लग. 600-30 ई०) के शासन-पत्रों से मिलता-जुलता है। दे. अ० हि० आ० क० पृ० 185। रामाराव (ज० आ० हि० क० 1, 11) आनन्दों को 375-500 ई० के समय में रखते हैं।

उद्‌भुत" जबकि वंश को स्वयं "महर्षि आनन्द गोत्रोत्पन्न" कहा गया है। दामोदर वर्मा के मत्तेपद दान-पत्र की घोषणा कन्दरपुर (संभवतः कन्दर द्वारा स्थापित एक नगर) से हुई थी जिसमें राजा को, आनन्द गोत्रीय कहा गया है। इस प्रकार ये तीन राजा कन्दर, अत्तिवर्मा तथा दामोदरवर्मा– एक ही वंश के माने जाने चाहिये जिसे हम गुण्टूर जिले का आनन्द वंश कह सकते हैं।[1] परन्तु यह ध्यान रहे कि पुराणों तथा अन्य प्राचीन ग्रन्थों में उल्लिखित **गोत्रर्षियों** की अनुक्रमणी में आनन्द का नाम नहीं मिलता। स्पष्ट है कि यह राजवंश किसी पुराने सम्मत गोत्रर्षि से अपने सम्बन्ध बताकर गर्व न कर सकता था।

आनन्द-वंश के तीनों राजाओं में कन्दर—जिसने सम्भवतः कन्दरपुर नगर बसाया था प्रत्यक्षतः पूर्वतम है। परन्तु अत्तिवर्मा तथा दामोदरवर्मा के बीच कालक्रमा की दृष्टि से कौन पहले और कौन बाद में हुआ इस सम्बन्ध में विद्वानों में मतभेद है। यह देखकर विस्मय होता है कि स्वयं अपने **आलेखों** में

---

1. कुछ आधुनिक लेखकों को इस राज-वंश का नाम आनन्द की अपेक्षा आनन्द-गोत्र नाम अधिक रुचता है, किन्तु स्पष्ट ही वे इस तथ्य को भूल जाते हैं कि गोत्र का अर्थ है परिवार और शालङ्कायन गोत्र के राजा अपने सरकारी लेखों में स्वयं अपना उल्लेख केवल **शालङ्कायन** के नाम से ही करते हैं। इस प्रसंग में इक्ष्वाकु जैसे राजवंशीय नामों की ओर भी ध्यान दिलाया जा सकता है जिनका नामकरण अपने वंश के एक पहले प्रख्यात सदस्य के नाम पर हुआ। इसलिए 'बृहत्फलायन **गोत्र** के राजा' या 'आनन्द **गोत्र** के राजा' इस प्रकार लिखा जाना किसी प्रकार स्वीकार नहीं किया जा सकता। तुल० बी० एस० रामचन्द्र मूर्ति, ज० आ० हि० रि० सो० 11 43 प्र०; रामाराव, पूर्व उद्धृत। गोपालाचारी का झुकाव वंश को "कन्दर" कहने की ओर है पूर्वोद्धृत। यद्यपि स्वयं राजा कन्दर को "कन्दर वंश" का कहकर वर्णन नहीं किया जा सकता। हाँ, कन्दर के वंशज इस नाम से शोभित किये जा सकते हैं।

दामोदरवर्मा का वर्णन "हिरण्यगर्भोद्भवोद्भव" कहकर किया गया है अर्थात् जिसके पिता ने हिरण्यगर्भ नाम के **महादान** का अनुष्ठान किया था। दूसरी ओर अत्तिवर्मा का आलेख उसे "हिरण्यगर्भप्रसव" अर्थात् हिरण्यगर्भ के अनुष्ठाता रूप में उपस्थित करता है। इसलिए यह भी सम्भव है कि दामोदरवर्मा वस्तुतः अत्तिवर्मा का एक पुत्र हो, किन्तु कुछ विद्वानों के मत में दामोदरवर्मा अत्तिवर्मा का उत्तराधिकारी न होकर पूर्वाधिकारी था।[1]

कन्दर-कन्धर, **कन्धार**, **कन्हर**, **कन्हार** और **कन्नर** की भाँति—संस्कृत नाम **कृष्ण** का, **स्कन्ध** (प्राकृत **कन्धर**) के समान शब्दों से प्रभावित, प्राकृत अपभ्रंश है। कन्दर तथा अतिवर्मा के प्राकृत नाम तथा विशेषतः यह तथ्य कि दामोदरवर्मा के मत्तेपद दानपत्र के ग्रहीता अनेक ब्राह्मणों के नाम उनके प्राकृत रूपों में दिये गये हैं, यह सुझाते हैं कि ये राजा ईसा की चौथी शती के मध्य के बाद में नहीं रक्खे जा सकते जबकि दक्षिणी भारतीय अभिलेखों में संस्कृत ने प्राकृत का स्थान ले लिया था।

चेज़र्ला अभिलेख[2] राजा कन्दर को कृष्णवेण्णा (अर्थात् कृष्ण), त्रिकूट पर्वत, कन्दरपुर (नगरी) तथा दो **जनपदों** (प्रान्तों) के अधिपति के रूप में उपस्थित करता है। एक सुझाव यह है कि चेज़र्ला अभिलेख का त्रिकूट पर्वत विष्णुकुण्डी अभिलेख में उल्लिखित त्रिकूटमलय ही है और कावूर के समीप के आधुनिक कोटप्पकोण्ड से अभिन्न है।[3] कन्दर के शासनाधीन दो

---

1. गोपालाचारी के मत में दामोदरवर्मा अत्तिवर्मा से लग० एक शती पूर्व हुआ (पूर्वोद्धृत पृ० 194) रामाराव कन्दर और उसके पोते को 375-400 ई० में, दामोदरवर्मा को 435-460 ई० में और अत्तिवर्मा को 480-500 ई० में रखते हैं।
2. सा० इं० इं० 6 सं० 594। उक्त अभिलेख की एक भिन्न व्याख्या के लिए दे० पूर्वो० पृ० 5, तुल० स० सात० पृ० 396 प्र०।
3. कृष्णाराव अ० डा० आ० प्र० 430।

प्रान्तों में एक तो कन्दरपुर के चारों ओर का जिला मालूम पड़ता है जिसकी सन्तोषप्रद पहचान अभी नहीं हो सकी है।[1] कहा जाता है कि राजा कन्दर के ध्वज पर **गोलाङ्गूल** (बंदरों की एक जाति) का चित्र अंकित रहता था। और क्योंकि एक राजवंश के ध्वज और मुकुट के चिह्न प्रायः एक ही पाये जाते हैं, इसलिए यह असंभव नहीं कि गौरंट्ला तथा मत्तेपद दानपत्रों की घिसी मुद्राओं पर **गोलाङ्गूल** की ही आकृति रही हो। राजकुमार सत्तसभा-मल्ल कन्दर का दौहित्र था और संभवतः किसी उपराज-वंश से सम्बद्ध था। कन्दर को पृथिवी युवराट् कहा गया है। सम्भवतः धान्यकटक के कुछ युद्धों में विजय का श्रेय भी उसी का रहा हो। इससे सम्भव लगता है कि चौथी शती के मध्य के आसपास कन्दर और उसके सामन्तों ने पल्लवों को धान्यकटक से, जो आन्ध्रपथ में पहले पल्लवों की राजधानी के रूप में विख्यात था, अपदस्थ किया।

गोरंट्ला अभिलेख[2] से प्रतीत होता है कि अत्तिवर्मा तथा उसके पूर्वाधिकारी भी शिव के भक्त थे। यद्यपि वकेश्वर नामक उस स्थान की पहचान अभी तक नहीं हो पायी है जहाँ कभी वंश-देवता का मंदिर प्रतिष्ठित था। सम्भवतः हमें चेज़र्ला की ओर दृष्टि केन्द्रित करनी पड़ेगी जो कि कपोतेश्वर के मन्दिर के लिये प्रख्यात है। उस दशा में, आनन्द राजाओं की राजधानी कन्दरपुर, चेजर्ला से सम्भवतः कुछ बहुत दूर न थी।

---

1. रामाराव कन्दरपुर की मिलान गुण्टूर तालुक के कन्तेरु स्थान से करते हैं (पूर्वोद्धृत पृ०12)। सोमशेखर शर्मा के मत में गुण्टूर जिले के बापटला तालुक का गाँव चेब्रोलु जो स्कन्द के मंदिर के लिये प्रसिद्ध है, वह देवता के नाम पर स्कन्दपुर, कन्दपुर और कन्दरपुर कहकर विख्यात हो गया होगा। चेब्रोलु को जिसे स्थानीय अभिलेखों में चेम्ब्रोलु या ताम्रपुर कहा गया है, उन्होंने पहले पल्लव शासन पत्रों के ताम्ब्राप से मिलाया है। दे० ज० म० युनिव 12, 154।
2. इ० ए० 9, 102 तथा आगे।

दामोदरवर्मा निश्चित रूप से बौद्ध था।[1] विद्वानों का अनुमान है कि चेज़र्ला का कपोतेश्वर का मन्दिर मूलतः एक बौद्ध चैत्य मंडल था। जिसे पीछे से हिन्दू रूप दे दिया गया।[2] इसे चौथी शती के लगभग रक्खा जाता है। यह तिथि सम्भवतः आनन्द राजाओं से उसका सम्बंध जोड़ देती है।

आनन्दों का अन्त अन्धकाराच्छन्न है। संभवतः वे शालङ्कायनों से पराभूत हुए, यद्यपि प्रारम्भ में दोनों वंश आन्ध्रदेश के हृदय में पल्लवों का अभिभव करने में उत्तरदायी रहे। इस अनुमान की भी संभावना है कि पल्लवों के साथ निरन्तर युद्धों के कारण आनन्दों का पतन हुआ।[3]

शालङ्कायन-वंश

टालमी की ज्योग्रैफी[4] जिसे विद्वान् ईसा की दूसरी शती के मध्य में रखते हैं—के अनुसार सलकिनोइ नाम की एक जाति मैसुलोइ के उत्तर की ओर बसती थी जो स्पष्टतः मछलीपट्टणम प्रदेश की थी। सलकिनोइ शब्द भारतीय नाम शालङ्कायन का यूनानी अपभ्रंश प्रतीत होता है।[5] पुनश्च यह असंभव नहीं है कि बेनगूरों जो टालमी के अनुसार सलकिनोइ का मुख्य नगर था, वेंगौरों ही हो जिसे लेखक ने भूल से बेनगूरों लिख दिया हो।

बेगोरों अभिवेंगपुर=वेंगीपुर में शालङ्कायन महाराजाओं के राजधानी होने का पता है। अब तक के उपलब्ध सब के सब शालङ्कायन शासना-पत्र वेङ्गी अथवा वेङ्गीपुर से जारी किये गये थे, और शालङ्कायन राजा तो वस्तुतः

---

1. तु० मत्तेपद दानपत्र, इ० इ०, 18, 327 प्र०)
2. तु० कुमार स्वामी हि० इ० इ० आ० पृ० 77।
3. तु० रामचन्द्रमूर्त्ति, ज० आ० हि० रि० सो० 11, 43-50, तथा सरकार वहीं पृ० 129-30।
4. 7, 1, 79।
5. पो० हि० ऐ० इं० p. पृष्ठ 419 टि०।

समुद्रगुप्त के प्रयाग स्तम्भ-लेख में वैङ्गेयक पद से उल्लिखित हुआ है जिसका तात्पर्य निस्सन्देह "वेङ्गी का अधिपति" है। वेङ्गी नगरी का स्थान गोदावरी जिले में एलोर के समीप आधुनिक पेद्दावेगी ग्राम में निर्धारित किया गया गया है।

कुछ एक शालङ्कायन लेखों में, शासक राजाओं का उल्लेख उनके पूर्वजों के नामों के बिना ही मिलता है। इसलिए वंशानुक्रमणी में इन शासकों की स्थिति निर्धारण कर सकना कठिन है। ये हैं—एलोर दानपत्र का देववर्मा,[1] कन्तेरु दानपत्र (सं० 1) का नन्दिवर्मा[2] और कन्तेरु दानपत्र (सं० 2) का स्कन्दवर्मा।[3] किन्तु कोलेयर दानपत्र[4] एक राजा नन्दिवर्मा द्वारा जारी हुआ है; जिसे राजा चण्डवर्मा का ज्येष्ठ पुत्र कहा गया है, जबकि पेड्डवेगी दानपत्र[5] में स्पष्टतः उसी शासक को नन्दिवर्मा द्वितीय कहा गया है और उसे न केवल चण्डवर्मा का ज्येष्ठ पुत्र ही अपितु नन्दिवर्मा प्रथम का पोता और हस्तिवर्मा का प्रपौत्र भी लिखा गया है। हमें यह ज्ञात नहीं कि कन्तेरु दान-पत्र (सं० 1) का नन्दिवर्मा और कोलेयर तथा पेड्डवेगी दानपत्रों के नन्दिवर्मा द्वितीय एक ही हैं या नहीं। परन्तु यह अनन्यता असंभव नहीं मालूम पड़ती क्योंकि पुर-लिपि के साक्ष्य के अनुसार तीनों अभिलेख एक ही युग के हैं, और वंश के अन्य सदस्यों की प्रथा के विपरीत सभी दानपत्रों में शासक राजा को **परनभागवत**—अर्थात् विष्णु का भक्त—कहा गया है। हमारे ज्ञान की वर्तमान अवस्था में इस काल के इतिहास के बारे में हमें जो कुछ पता है उसके आधार पर एलोर दान पत्र के देववर्मा तथा कन्तेरु दान-पत्र (सं० 2) के स्कन्दवर्मा का अन्य चार राजाओं में किसी से भी कोई निश्चित सम्बन्ध

1. ए० इं० 9, 56 प्र०।
2. ज० आ० हि० रि० सो० 5, 21।
3. वहीं।
4. इ० ए० 5, 176।
5. ज० आ० हि० रि० सो० 1, 92।

निर्धारित नहीं किया जा सकता। एलोर दान-पत्र प्राकृत में है जब कि वंश के शेष समस्त प्राप्त आलेख संस्कृत में अङ्कित किये गये हैं। इससे स्पष्ट हो जाता है कि देववर्मा का शासन नन्दिवर्मा तथा स्कन्दवर्मा दोनों से पूर्व रहा होगा क्योंकि चौथी शती ई० के मध्य से आसपास निचले के दक्खिन के अभिलखों प्राकृत, संस्कृत द्वारा अपदस्त' थी और यदि यह अनुमान किया जाय कि हस्तिवर्मा से नन्दिवर्मा तक उत्तराधिकार शृंखला में कोई भंग नहीं हुआ तो यह मानना पड़ेगा कि देववर्मा ने हस्तिवर्मा से पूर्व राज्य किया[1] और स्कन्दवर्मा ने नन्दिवर्मा द्वितीय के पश्चात्। किन्तु यह तो स्वीकार करना ही पड़ेगा कि पुरालिपिक दृष्टि से देववर्मा तथा नन्दिवर्मा द्वितीय और स्कन्दवर्मा के बीच अधिक समय के अन्तर की संभावना नहीं।[2]

पुरालिपिक साक्ष्य के अतिरिक्त एक और मज़ेदार उल्लेख है जिससे हमें अभिलेखों से ज्ञात शालङ्कायन राजाओं के काल निर्धारण में सहायता मिलती है। पेड्डवेगि के दानपत्र के नन्दिवर्मा द्वितीय के प्रपितामह शालङ्कायन हस्तिवर्मा के साथ, प्रयाग स्तंभलेख के अनुसार समुद्रगुप्त द्वारा पराजित वेङ्गी के राजा हस्तिवर्मा की पहिचान में तनिक भी सन्देह का स्थान नहीं हो सकता। प्रायः मानते हैं कि समुद्रगुप्त का दक्षिण अभियान ईसा की चौथी शती के मध्य में हुआ। इसी काल में शालङ्कायन हस्तिवर्मा को रखना होगा।

भगवान चित्ररथ स्वामी, शालङ्कायन महाराजाओं से कुलदेव थे। यह जानना रुचिकर है कि 1902 में जब हुल्श ने पेड्डवेगि की यात्रा की थी तो उस समय गाँव वालों ने उन्हें एक टीला यह कहकर दिखलाया था कि यह चित्र-

---

1. कुछ विद्वानों के मत में देववर्मा हस्तिवर्मा का उत्तराधिकारी, संभवतः पुत्र, था; तुल०, स० सात० पृ० 73 नोट।
2. शालङ्कायन राजवंश में बुद्धवर्मा नाम के राजकुमार की कल्पित सत्ता के विषय में, तु० सरकार इ० हि० क्वा० 1933 पृ० 208 तथा आगे स० सात० पृ० 63-68। स्कन्दवर्मा साधारणतः नन्दिवर्मा द्वितीय का छोटा भाई मान जाता है।

रथ स्वामी के प्राचीन मन्दिर का स्थान है।[1] चित्ररथ का शब्दार्थ है सूर्य। इस प्रकार शालङ्कायनों का कुलदेव सूर्य रहा होगा। किन्तु शालङ्कायन राजाओं के संबंध में हमें पता है कि इनमें कुछ शैव और अन्य वैष्णव थे।

शालङ्कायन शासन पत्रों से संलग्न मुद्राओं पर वृष की मूर्ति अंङ्कित है जो उक्त शासक-वंश का लांछन प्रतीत होता है। शालङ्कायन शब्द का संकेत शिव के बैल नन्दी से हैं। अतः यह असंभव नहीं कि शालङ्कायन राजाओं का लांछन उनके वंश के नाम से सम्बद्ध हो। ठीक ही मानते हैं कि **शालङ्कायन** वंश का **गोत्र** नाम है, यद्यपि राजाओं को अभिलेखों की सामान्य परिपाटी के अनुआर **शालङ्कायन सगोत्र** के स्थान में सीधा-सादा **शालङ्कायन** ही पुकारा गया है।

परम माहेश्वर महाराज देववर्मा का एलूड दानपत्र उसके 13वें राज्य वर्ष में जारी हुआ था। दानपत्र में देववर्मा अश्वमेध यज्ञ के अनुष्ठाता के रूप में वर्णित है। इसका संभवतः यह संकेत है कि उसने किन्हीं शत्रुओं को—जो संभवतः आंध्रपथ के पल्लव विजेताओं के सिवाय दूसरे न होंगे,—परास्त करके अपने वंश की महत्ता प्रतिष्ठापित की थी।

नन्दिवर्मा द्वितीय (5वीं शती के पूर्वार्ध) की ज्ञात तिथियाँ हैं उसका 7वाँ तथा 9वाँ राज्य-वर्ष। इस प्रकार उसने कम से कम 9 वर्षों से अधिक शासन किया।

प्रदेश के अन्य राजवंशों की भाँति शालङ्कायनों का अन्त भी अन्ध-काराच्छन्न है। बहुत संभव है कि विष्णुकुण्डियों ने इन्हें पाँचवीं शती के अन्त के आसपास दबोच लिया। विष्णुकुण्डियों का इतिहास अगली जिल्द में प्रस्तुत किया जायगा।

2. कलिङ्ग

कलिङ्ग के चेदि अथवा चैद्य वंश के—जिसमें महान् खारवेल हुआ था—अधःपतन के उपरान्त कलिंग देश (मोटे तौर पर महानदी तथा गोदावरी के

1. ए० इं० 9, 51।

बीच का तटीय प्रदेश) अनेक छोटी-छोटी राज सत्ताओं में बँट गया था। समुद्रगुप्त के प्रयाग स्तंभ अभिलेख से जिसमें ईसा की चौथी शती में गुप्त-सम्राट् की दक्षिण भारत के कतिपय राजाओं पर विजय का उल्लेख है ऐसी ही वस्तु स्थिति का अनुमान होता है। समुद्रगुप्त के दक्षिणपथ के समसामयिक जिन्हें प्रायः कलिंग प्रदेश में स्थापित किया जाता है, थे—कोट्टूर का स्वामिदत्त पिष्टपुर का महेन्द्रगिरि, एरण्डपल्ल का दमन और देवराष्ट्र का कुबेर।[1] कोट्टूर की पहिचान गंजाम ज़िले में महेन्द्रगिरि के निकट कोठूर से की गयी हैं और कुछ विद्वानों के मत में उसी ज़िले में चिकाकोल के समीप एरण्डपल्ल अवस्थित था। परन्तु इन राज्यों के विषय में हमारा ज्ञान न के बराबर है। तथापि ऐसे प्रमाण मिले हैं जिनसे ज्ञात होता है कि पिष्टपुर तथा देवराष्ट्र राज्यों की सत्ता बाद में भी बनी रही। इनकी पहिचान क्रमशः गोदावरी जिले के पिठापुरम् तथा विशाखापट्टणम् ज़िले के मेल मञ्चिलि तालुक से करनी होगी। इन राज्यों के कुछ राजाओं का पता उनके ताम्रपट्टों से मिला है। ये दानपत्र पुरालिपि शास्त्र के आधार पर विद्वानों द्वारा ईसा की 5वीं शती के आसपास रक्खे गये हैं। उसी काल के अन्य लेखों में एक सिंहपुर राजधानी का नाम मिलता है। जो प्रयाग-स्तंभ में इसका उल्लेख नहीं है। यह संभवतः ईसा की चौथी शती के मध्य के पश्चात् फूली फली। इस सिंहपुर की पहचान चिकाकोल के पास के सिंगुपुरम् से की गई है। अनुमान है कि 12वीं शती तक यह कलिंग की राजधानी के रूप में बनी रही।[2]

पितृभक्त-वंश

सिंहपुर के विजय स्कंधावार से राजा के छठे राज्य-वर्ष में कभी जारी किये गये कोमर्त्ति दानपत्र[3] से किसी चण्डवर्मा नामक महाराज का पता मिलता

1. इनका विवरण अध्याय 7 में दिया गया है।
2. र० च० मज़ूमदार—ढा० यु० स्ट० जि० 2 सं० 2, 1 तथा आगे में आउट लाइन ऑफ़ दी हिस्ट्री आफ़ कलिङ्ग।
3. ए० इं० 4, 142 प्र०।

है। उक्त लेख में चण्डवर्मा का उल्लेख **कलिङ्गाधिपति** के रूप में हुआ है; और उसकी मुद्रा पर अङ्कित पद है—**पितृभक्त**। उक्त शासन-पत्र की सभी विशेषताएँ उसी नाम के एक राजा के चतुर्थ राज्य वर्ष के तिरित्थन ताम्रपत्र[1] में उपलब्ध होती हैं—यह राजा कोमर्त्ति दानपत्र के चण्डवर्मा से भिन्न कोई दूसरा प्रतीत नही होता। पर चूँकि द्वितीय शासन पत्र की लिपि कुछ भिन्न है, अतः सिंहपुर के शासकों के वंश में चण्डवर्मा नाम के दो राजाओं की सत्ता संभावित की गई है। सिंहपुर (यहाँ प्राकृत रूप में प्रस्तुत सीहपुर) से जारी किये कलिंग के अधिपति महाराज उमावर्मा के 30वें राज्यवर्ष की तिथि का एक और आलेख है बृहत्प्रोष्ठ दानपत्र[2]। उसी नाम के एक राजा द्वारा क्रमशः सुनगर और वर्धमानपुर (विशाखापट्टणम ज़िले में पलकोण्ड तालुक का आधुनिक वडम) से जारी 9वें राज्य के धवलपेट दानपत्र[3] और तेक्कलि शासन पत्र[4] संभवतः बृहत्प्रोष्ठ[5] दानपत्र से ज्ञात सिंहपुर के महाराज उमावर्मा के ही हैं। सुनगर और वर्धमानपुर संभवतः राजा की गौण राजधानियाँ अथवा अस्थायी आवासस्थान थे। उमावर्मा तथा चण्डवर्मा एक ही वंश के थे यह तेक्कलि शासन की मुद्रा पर प्राप्त होने वाले **पितृभक्त** शब्द से निर्दिष्ट है। इन दोनों शासकों के शासन-कालों की निकटता न केवल पुरालिपिक प्रमाण द्वारा लक्षित है, अपितु एक और तथ्य द्वारा भी पुष्ट हो जाती है। यह जानना रुचिकर होगा कि चण्डवर्मा के तिरित्थन दानपत्र में मातृवर के पुत्र किसी रुद्रदत्त का उल्लेख हुआ है; यह मातृवर उमावर्मा के बृहत्प्रोष्ठ दानपत्र वाले हरिदत्त के पुत्र मातृवर से अभिन्न प्रतीत होता है। यदि यह सुझाव मान लें तो उमावर्मा का एक निकट पूर्वज (संभवतः

1. आ० स० इं० 1934-35 पृ० 64।
2. ए० इ० 12, 4 प्र०।
3. ज. आ. हि. रि. सो. 10, 143-44।
4. वहीं 6, 53 प्र०।
5. इं० ए० 13, 48 प्र०।

पिता) चण्डवर्मा माना जा सकता है। किन्तु कुछ विद्वान् बृहत्प्रोष्ठ अभिलेख के मातृवर को तिरित्थन ताम्रपट्टों के उसी नाम के व्यक्ति का पोता और महाराज उमावर्मा को राजा चण्डवर्मा का पुत्र मानते हैं।

उपरोक्त शासकों से सम्बद्ध एक और राजा चिकाकोल दानपत्र का महाराज नन्द प्रभञ्जनवर्मा प्रतीत होता है। यह दानपत्र न केवल उसी युग का है, अपितु इसकी मुद्रा पर उमा वर्मा और चण्डवर्मा के कुछ शासन पत्रों की भांति **पितृभक्त** पद भी अंकित है। राजा को 'सकल कलिंग का अधिपति' भी कहा गया है। उसका शासन पत्र विजयी सारपल्लिका के **वासक** (राज आवास अथवा शिबिर) से घोषित हुआ था। उमावर्मा, चण्डवर्मा और नन्द प्रभञ्जनवर्मा की मुद्राओं पर उपलब्ध **पितृभक्त** पद संभवतः यह सूचित करता है कि ये सब एक ही वंश के थे और उक्त पद का राजवंश के नाम के रूप में व्यवहार में आता था। इस अनुमान का भी प्रलोभन हो आता है कि नन्द प्रभंजनवर्मा यह नाम नन्द वंश के प्रभञ्जनवर्मा का संकेत करता है। इस प्रसंग में यह निर्देश किया जा सकता है कि खारवेल के हाथी गुम्फा अभिलेख में पाटलिपुत्र के किसी नन्दराज का कलिंग से सम्बन्ध किया गया हैं और एक नन्द अथवा नन्दोद्भव वंश के उड़ीसा के जयपुर-नन्दपुर में कम से कम ईसा की 9वीं शती तक शासन करने का पता है।[1]

माठर-वंश

मध्य कलिंग में सिंहपुर के पित्र भक्तों का प्रायः समसामयिक माठरों का राजकुल राज्य कर रहा था। इनकी राजधानी मूलतः पिष्टपुर थी। महाराज वाशिष्ठी पुत्र शक्तिवर्मा का रगोलु दानपत्र,[2] जिसमें चिकाकोल के पास एक भूमि के दान का उल्लेख है, राजा को कलिंग का अधिपति और माठर राजवंश का अवतंस कहा गया है। यह दान-पत्र पिष्टपुर नगर से राजा

1. सं० सात०, पृ० 77 नो०।
2. ए० इं० 12, 1 प्र०।

के 13वें राज्य वर्ष में जारी हुआ था। इस प्रकार प्रतीत होता है कि इस राजा के समय तक दक्षिण कलिग के माठरों ने मध्य कलिग में पितृभक्तों के राज्य के केन्द्र को विजित कर लिया था। मजेदार बात है कि महाराज अनन्त शक्तिवर्मा के 28 वें राज्य वर्ष का सकुनक दानपत्र[1] सिंहपुर से जारी हुआ है जो कि पितृभक्तों की राजधानी थी। इस दान-पत्र में राजा को कलिगाधिपति और माठर-वंशावतंस कहा गया है। वह अनन्त शक्तिवर्मा या तो रगोलु ताम्रपट्टों के शक्तिवर्मा से अभिन्न था अथवा जैसा कि अधिक संभव है, उसका सद्यः उत्तराधिकारी (संभवतः पुत्र) था। इसका संकेत इस बात से प्रतीत होता है कि अनन्त शक्तिवर्मा के सकुनक दानपत्र में जिस उच्च अधिकारी को **देशाक्षपटलाधिकृत तळवर** अर्जुन दत्त कहा गया है उसका ही उल्लेख शक्तिवर्मा के रगोलु ताम्रपट्टों में एक मामूली उपाधि के साथ **अमात्य** अर्जुन दत्त के रूप में किया गया है। यह अमात्य अपने जीवन के पिछले दिनों में उच्चतर पदों पर अधिष्ठित कर दिया गया प्रतीत होता है। कुछ विद्वानों के मत में अनन्त शक्तिवर्मा नाम वस्तुतः अनन्तवर्मा के पुत्र राजा शक्तिवर्मा संकेत सूचक है, जबकि कुछ दूसरों का विचार है कि अनन्त शक्तिवर्मा का शक्तिवर्मा का उत्तराधिकारी था और संभवतः दोनों के बीच अनन्तवर्मा नाम का एक राजा रहा होगा।

वाशिष्ठ-वंश

एक और 'कलिगाधिपति' जिसका **अधिष्ठान** (राजधानी) पिष्टपुर में था **परममाहेश्वर** अनन्तवर्मा हुआ जिसने सुङ्गवर पुकोत[2] और सिरीपुरम् के दान पत्र[3] जारी किये थे। पुरा-लिपि शास्त्र की दृष्टि से इन्हें पांचवीं शती के उत्तरार्ध अथवा छठीं के प्रारम्भ में रक्खा जाता है। राजा अनन्तवर्मा महाराज

1. आ० स० इं० पूर्वो० पृ० 65।
2. ए० इं० 23, 56 प्र०।
3. ए० इं० 24, 47 प्र०।

प्रभञ्जनवर्मा का पुत्र और गुणवर्मा का पौत्र था। पिष्टपुर से जारी शृङ्ग-वरपुकोत शासन-पत्र में गुणवर्मा को देवराष्ट्र का अधिपति और प्रभञ्जन वर्मा को वशिष्ठ वंश का चन्द्रमा उल्लिखित किया गया है। देवपुर—प्रत्यक्षतः विशाखपट्टणम जिले में देवराष्ट्र की राजधानी—से घोषित श्रीपुरम् दान-पत्र में गुणवर्मा को वाशिष्ठ वंश का चन्द्र तो कहा गया है परन्तु देवराष्ट्र का अधिपति नहीं। ऊपर कहे तथ्यों से ऐसा प्रतीत होता है कि प्रारम्भ में तो वाशिष्ठ कुल के राजा मध्य कलिंग के शासक थे किन्तु आगे चलकर उन्होंने माठरों से दक्षिण कलिंग जीत लिया और अपनी राजधानी पिष्टपुर ले आये। यद्यपि यह अनिश्चित है कि वाशिष्ठों का सिंहपुर के उस राजवंश से क्या था, संम्बन्ध जिसमें उमावर्मा, चण्डवर्मा और नन्द-प्रभंजनवर्मा राजा हुए थे। किन्तु यह कहने का प्रलोभन होता है कि वाशिष्ठ राजा प्रभंजनवर्मा और नन्द-प्रभञ्जनवर्मा एक ही व्यक्ति थे। यदि इस सुझाव को स्वीकार कर लिया जाय तो मानना होगा कि यह राजा संभवतः नन्द कुल की किसी राजकुमारी का पुत्र रहा होगा।[1] परन्तु इस पहचान को अभी हमें अनंतिम ही मानना पड़ेगा क्योंकि अनन्तवर्मा के लेखों की मुद्रा पर उमावर्मा, चण्डवर्मा और नन्द-प्रभञ्जनवर्मा के शासन पत्रों की मुद्राओं की तरह **पितृभक्त** शब्द अङ्कित नहीं है। कलिंग के वाशिष्ठ तथा माठर कई राज वंशों से विवाह सम्बन्धों द्वारा बद्ध थे जिनके मातृक्रमागत नाम वाशिष्ठी-पुत्र तथा माठरी-पुत्र थे।

अन्य राजवंश

विश्वकर्मा नामक एक राजा द्वारा अपने सातवें राज्य वर्ष में विजयी श्रीपुर से—जिसकी विशाखपट्टणम् जिले के आधुनिक श्रीपुरम् से पहचान की गई है—कोशेषण्ड दानपत्र[2] जारी किये जाने का पता है। वह अपने को कलिंगा-

---

1. तु० सरकार, ज० इं० हि० 15, 270; र० च० मजूमदार हि० ब० 1, 190।
2. ए० इं० 21, 23 प्र०।

धिपति नहीं रहता और उसके तद्देशीय और तत्कालिक अन्य राजाओं से सम्बन्ध किसी निश्चित सीमा तक निर्धारित नहीं किए जा सकते।

प्रतीत होता है कि पाँचवी शती के आस-पास कलिंग के इतिहास में उच्च सत्ता के लिए पिष्टपुर तथा सिंहपुर के राजघरानों में संघर्ष हुए। शासकों में से अधिकांश द्वारा कलिंगाधिपति की उपाधि का निरन्तर प्रयोग निस्सन्देह उस समय के राजनीतिक आदर्श का द्योतक है जो चाहे चरितार्थ हुआ हो या न हो सका हो। नन्द प्रभंजन वर्मा के नाम के साथ सकल कलिंगाधिपति के विरुद का प्रयोग सम्भवतः यह प्रकट करता है कि कलिंगाधिपतियों में से कुछ का राज्य देश के केवल कुछ भागों पर ही प्रभुत्व था। जिस समय मध्य तथा दक्षिण कलिंग के राजा सर्वोच्च सत्ता के लिये संघर्ष-रत थे, देश के उत्तरी भाग में एक नवीन राजवंश–कलिंग नगर, जिसकी पहिचान प्रायः गंजाम जिले के मुखलिंगम से की जाती है, के गंगों का––प्रतिष्ठित हो चुका था। गंग वंश के राजा अपना ही निजी संवत् प्रयुक्त किया करते थे जिसका प्रवर्त्तन, कुछ विद्वानों का अनुमान है कि लग० 496 ई० में हुआ। इन्द्रवर्मा का जिर्जिङ्गी दानपत्र[1] (वर्ष 39=लग० 535 ई०) गंग संवत् की तिथि वाला सम्भवतः सब से पहला लेख है। गंगों ने ही मध्य कलिंग के शासकों को छठी शती में अधीन कर लिया था जबकि दक्षिण कलिंग के शासकों का स्थान सातवीं शती के प्रारम्भ में चालुक्यों ने ले लिया। हम नहीं जानते कि पिष्टपुर के प्रारंभिक शासकों और उस राज्य के चालुक्य विजेताओं के तन्दिवद[2] ताम्रपट्टों (पिष्टपुर से 46वें वर्ष में जारी और पुरालिपि शास्त्र की दृष्टि से सातवीं शती के प्रारम्भ में रक्खे गये) के राजा पृथिवी महाराज से क्या सम्बन्ध थे। पृथ्वीराज विक्रमेन्द्र का पुत्र और महाराज रणदुर्जय का पोता था।

कलिंग के अधिपतियों के अतिरिक्त राज महेन्द्री से लग. 20 मील पर अवस्थित सरभवरम् में उपलब्ध एक अभिलेख[3] में एक 'चिकुराधिपति' का

1. सि० इं० 1, पृ० 458 प्र०।
2. ज० ओ० रि० 9, 188 प्र०।
3. ए० इं० 13, 304।

उल्लेख मिलता है। इस अधिपति का नाम नहीं दिया गया है। वह शायद पिष्टपुर के राजाओं का एक सामन्त था। एक और अभिलेख[1] जयपुर एजेन्सी (जि. विशाखपट्टणम्) के पोदगढ़ स्थान से मिला है जो नलवंशी राजा भवदत्त के पुत्र के बारहवें राज्य वर्ष का है। यह विदित नहीं है कि इन नलों का बरार में नन्दिवर्धन के उन शक्तिशाली नलों से कोई सम्बन्ध था कि नहीं जिन्होंने वाकाटकों को पराजित किया था और जो छठी शताब्दी के उत्तरार्ध में स्वयं बादामी के चालुक्यों द्वारा परास्त कर दिए गये थे।

उत्तरी कलिंग में गंजाम तथा पुरी जिलों के कुछ भागों पर राज करने वाले शासकों का एक और वंश **शैलोद्भवों** का था जिनकी राजधानी गंजाम जिले के कोंगोद नामक स्थान पर थी। खुर्दा दानपत्र[2] और गंजाम पट्टों (619 ई० की तिथि वाले)[3], के अनुसार **महाराज महासामन्त** सैन्यभीत माधवराज द्वितीय जो गौड के राजा शशाङ्क का एक सामन्त था, अयशोभीत का पुत्र और सैन्यभीत माधवराज प्रथम का पोता था।[4] सैन्यभीत माधवराज द्वितीय बुगुद, पुरी और कटक संग्रहालय के दानपत्रों[5] को जारी करने वाले सैन्यभीत द्वितीय

1. सा० इं० ए० 1921-22, 5.95; ए०इं० 19, 101।
2. ज० ए० सो० बं०, 72 भा० 1, 283 प्र०।
3. ए० इं० 6, 148 प्र०।
4. गंजाम-दानपत्र में उसे माधवराज कहा गया है और खुर्दा-पट्टों में सैन्यभीत।
5. ए० इं० 3, 43 प्र०; भण्डारकर सूची सं० 1674; ए० इं० 24, 149। पुरी दानपत्र में राजा को श्री निवास भी कहा गया है। कुछ विद्वान् बुगुद तथा परिकुद के दानपत्रों (जिन्हें पुरालिपि के आधार पर पीछे का समझा जाता है) के सैन्यभीत द्वितीय माधववर्मा को खुर्दा और गंजाम लेखों के बहुत बाद के समय में रखते हैं; तुल० ज० आ० हि० रि० सो० 10, 1 प्र०। किन्तु लेखों के दोनों वर्गों में उल्लिखित शैलोद्भव वंशावली की चामत्कारिक समरूपता को किसी भी व्याख्या से टालना सम्भव नहीं है। शासन पत्रों के द्वितीय वर्ग में सैन्यभीत प्रथम तथा

माधववर्मा से कोई भिन्न व्यक्ति प्रतीत नहीं होता। सैन्यभीत माधव वर्मा के पुत्र के परिकुद शासन पत्र[1] की तरह बुगुद अभिलेख में भी इस वंश के कुछ सदस्यों का उल्लेख पाया जाता है; उनके नाम हैं–पुलिन्दसेन, जो कलिंग जनपद में प्रसिद्ध था; शैलोद्भव, रणभीत और उसका पुत्र सैन्यभीत प्रथम तथा अयशोभीत और उसका पुत्र सैन्यभीत द्वितीय—,पिछले दोनों वर्गों के राजाओं में और इन सब में परस्पर तथा इनके अपने पूर्ववर्तियों से उनका निश्चित सम्बन्ध निर्दिष्ट नहीं किया गया है। प्रतीत होता है कि शशाङ्क की मृत्यु के बाद उसके शैलोद्भव सामन्त ने कुछ समय तक शासन किया, जबकि सम्भवतः उसने एक स्वतन्त्र 'कलिंगाधिपति' के रूप में खुर्दा दान-पत्र जारी किया; तथापि यह अनिश्चित है कि उसके पुत्र अयशोभीत द्वितीय मध्यमराज ने वाजपेय तथा अश्वमेध यज्ञों का अनुष्ठान 643 ई० से पहले किया अथवा बाद में उस वर्ष में किया जब हर्ष ने गौड़ों को परास्त कर उनके अधिकृत कोंगोद को जो हाल ही में उनके शासन से निकल गया था पुनः प्राप्त करने का प्रयत्न किया। सैन्यभीत-माधववर्मा द्वितीय 610-630 ई० के आसपास वर्धमान रहा प्रतीत होता है। उसके प्रपितामह रणभीत ने कोंगोद का शैलोद्भव वंश छठीं शती के पूर्वार्ध में स्थापित किया होगा। शैलोद्भव (सम्भवतः एक उपनाम) और पुलिन्दसेन के नाम ऐतिहासिक प्रतीत नहीं होते। सैन्यभीत माधवराज द्वितीय के पूर्वजों के नाम के साथ कभी-कभीं **महासामन्त** उपाधि का प्रयोग मिलता है जो सम्भवतः इस बात का सूचक है कि शशाङ्क के समय (लग०

उसके उत्तराधिकारी अयशोभीत के सम्बन्ध के विषय में आई 'तस्यापि वंशे' (अर्थात् उसके वंश में [उत्पन्न]) पदावली संभवतः इस बात की द्योतक है कि शैलोद्भव वंश का एक सदस्य अयशोभीत सैन्यभीत प्रथम का दत्तक पुत्र था। पुरालिपि सम्बन्धी समस्या का समाधान कटक संग्रहालय के दानपत्र संभव होता है जिसमें गंजाम दानपत्र से मिलती जुलती लिपि मिलती है और बुगुद शासन पत्र जैसी वंशावली दी गई है।

1. ए० इं० 11, 284 प्र०।

600-625 ई०) से पूर्व भी कोङ्गोद गौड़ का आधिपत्य स्वीकार करता था। और यह भी असम्भव नहीं है कि शैलोद्भव मूलतः उन माण राजाओं के सामन्त रहे हों, जिन का आदि राज्य मेदिनीपुर और गया जिलों के बीच के पहाड़ी प्रदेश में कहीं था किन्तु जिन्होंने छठीं शती के अंतिम भाग तक प्रायः सम्पूर्ण आधुनिक उड़ीसा पर धीरे-धीरे अपना प्रभुत्व बढ़ा लिया था।[1]

3. कोसल (दक्षिण-कोसल) तथा मेकल

दक्षिण, कोसल जिसमें मोटे तौर पर मध्य प्रदेश तथा उड़ीसा के वर्त्तमान रायपुर, विलासपुर और सम्बलपुर जिले सम्मिलित थे—दक्षिण में आर्यों की सब से प्रारम्भिक बस्तियों में से एक था। देश का नाम यह संकेत करता है कि इसे उत्तर प्रदेश के फ़ैज़ाबाद प्रदेश में कोसल (उत्तर कोसल, महाकोसल[2]) **जनपद** की

---

1. तुल० ज० रा० ए० सो० बं० ले० 11, 4-5। सोरो (579 ई०) तथा पतिया केल्ल (602 ई०) दानपत्रों (ए० इं० 23, 197; 9, 285) से ज्ञात मुद्गल अथवा मौद्गल्य वंश के राजा शंभुयशाः का राज्य माणवंश के राजाओं के एक सामन्त रूप में दक्षिण तोसली (पुरी और कटक जिलों के धौली के आसपास का प्रदेश) तथा उत्तर तोसली (बालासार जिले में सोरो प्रदेश) पर था। माण तथा मुद्गल घरानों की नींव संभवतः शंभुयशाः के समय से बहुत पूर्व रखी गई थी। उत्तरतोसली में सोरो क्षेत्र—जो ओड्र विषय का एक भाग था—शीघ्र ही मुद्गलों से सोमदत्त और भानु दत्त के हाथों में चला गया, जिनका अधिकार उत्कल (उत्तर पूर्वी वाला-सोर और साथ के प्रदेश) पर और कुछ समय गौड़ के राशाङ्क के अधीन दण्ड मुक्ति (मेदिनीपुर जिले में दान्तन के चारों ओर का क्षेत्र) पर भी रहा। मानभूम का नाम संभवतः माणों पर से पड़ा।
2. आधुनिक लेखक कभी-कभी दक्षिण कोसल के भूल से महाकोसल लिख बैठते हैं; तुल० इ० क० 8, 57। कभी-कभी यह नाम कोशल लिखा जाता है और राजधानी को कोशल कहा जाता है; तु० मेकल और मेकला।

राजधानी आयोध्या के इक्ष्वाकुवंशी राजकुमारों ने बसाया था। दक्षिण कोसल का प्रारंभिक इतिहास अन्धकार में आवृत है। भारत में आये चीनी यात्रियों द्वारा लिखी अनुश्रुतियों के अनुसार प्रख्यात महायान आचार्य नागार्जुन कुछ समय के लिए दक्षिण कोसल की राजधानी के निकट एक बौद्ध विहार में रहे थे। यह क्षेत्र उन दिनों सातवाहन वंश के एक राजा के शासन में था। नागार्जुन का समकालिक सातवाहन राजा, जिसे दूसरी शती ई० में वर्त्तमान बताते हैं, **हर्षचरित** में **त्रिसमुद्राधिपति** कहा गया है और उसकी पहिचान नासिक के एक अभिलेख[1] में **त्रिसमुद्रयपीत वाहन** कहे गये दक्षिणापथपति गौतमी पुत्र शातकर्णि (लग० 106 से 130 ई०) से की जा सकती है। किन्तु यह स्वीकार करना होगा कि उन देशों की संपूर्ण नामावलि में, जिन पर कि नासिक के अभिलेखानुसार गौतमीपुत्र शातकर्णी का सीधा शासन था, कोसल का नाम नहीं है। ईसा की चौथी शती के मध्य के आसपास जब गुप्त-सम्राट् समुद्रगुप्त दक्षिणापथ के राज्यों को जीत रहा था, महेन्द्र नामक एक राजा दक्षिण कोसल देश में शासन कर रहा था। गुप्तों का सिक्कों के दक्षिण कोसल के सिक्कों[2] पर प्रभाव और साथ ही इस देश में गुप्त संवत् के चलन से प्रायः यह सूचित होता है कि दक्षिण कोसल के शासक गुप्त और उसके परिवर्ती उत्तराधिकारियों के अधीनस्थ मित्र बन गये थे। महाराज भीमसेन द्वितीय के अरंग (जि० रायपुर म० प्र०)—पट्ट[3] सुवर्ण नदी (सोन नदी) से गुप्त संवत् 282 तदनुसार 609 ई० में जारी किये गये थे। उक्त अभिलेख में **महाराज** सूर, उसके पुत्र **महाराज** दयित प्रथम उसके पुत्र **महाराज** विभीषण, उसके पुत्र **महाराज** भीमसेन प्रथम, उसके पुत्र **महाराज** दयितवर्मा द्वितीय और उसके पुत्र **महाराज** भीमसेन द्वितीय का उल्लेख है। जैसी कि प्रथा है, यदि प्रत्येक पीढ़ी को शती का एक

---

1. तुल० पो० हि० इ० इ० 4 पृ० 391 नोट।
2. प्रसन्नमातृ के चाँदी के सिक्कों पर चक्र तथा शंख के चिह्नों के साथ गरुड़ की आकृति अङ्कित है।
3. हीरालाल **डे० लि०** पृ० 100 सं० 127।

चतुर्थांश दें तो इस राजवंश के प्रवर्त्तक राजा सूर को पाँचवीं शती के उत्तरार्ध में रखखा जा सकता है जबकि गुप्त सम्राटों के वंश का ह्रास प्रारंभ हो चुका था। ऐसा प्रतीत होता है कि सूरवंश दक्षिण कोसल के उत्तरी भाग में राज्य करता था।

शरभपुरीय शासक

सूरवंश का समकालिक एक और राजवंश था जिसकी राजधानी शरभपुर थी। शरभपुर की पहचान सन्तोष प्रद ढंग से अभी नहीं हो पायी है; विभिन्न विद्वानों ने इसे सम्बलपुर, सरनगढ़, सर्पगढ़ तथा अन्य स्थानों में बताया है।[1] परन्तु शरभपुर से जारी शासनपत्र क्योंकि मध्य प्रदेश के रायपुर जिले के आसपास से ही प्राप्त हुए हैं, अतः राजधानी उसी जिले के आधुनिक सिरपुर (प्राचीन श्रीपुर जो शरभपुरीयों की बाद की राजधानी हुआ) से वहुत दूर न रही होगी।

शरभपुर नगर की स्थापना स्पष्ट ही शरभ नाम के किसी राजा ने की जो शरभपुर के राज वंश का संस्थापक भी रहा होगा। ऐसा ज्ञात होता है कि राजा शरभ वस्तुतः महाराज नरेन्द्र का पिता होगा जिसने शरभपुर से अपने तृतीय राज्य वर्ष में पिपर्दुल दानपत्र[2] जारी किया और फिर भी यह शरभ, गोपराज के नाना शरभराज से अभिन्न माना जा सकता है।[3] गोपराज गुप्त सम्राटों के वंश के भानुगुप्त का अधीनस्थ राजा था। 510 ई० में एरण में उसकी मृत्यु हुई थी। यदि यह पहचान मान ली जाय तो शरभ और नरेन्द्र दोनों राजाओं को संभवतः पाँचवीं शती के पिछले भाग में रक्खा जा सकेगा जबकि गुप्तों का प्रभुत्व अपने अधीनस्थ मित्र राजाओं पर कमजोर होने लगा था। शरभपुर राजाओं का वंश-लाँछन गजलक्ष्मी था, जो उनके ताम्रशासन पट्टों में संलग्न मुद्राओं पर उत्कीर्ण है।

---

1. इं० हि० क्वा, 19, 144 नोट।
2. वही पृ० 139 प्र०।
3. का० इं० इं० 3, 91।

एक पिछला राजा जिसने शरभपुर में राज किया, प्रसन्न का पुत्र जयराज था, जिसे प्रायः महाजयराज भी पुकारा जाता था। वह अपने अंरग दानपत्र[1] और साथ ही अपने भतीजे सुदेवराज जिसे कभी महासुदेवराज भी कहा गया है के शासन पत्रों में संलग्न अपनी मुद्राओं से ज्ञात है। प्रसन्न के पोते और मानमात्र के पुत्र राजा सुदेव ने अपने खरियर, अरंग, सरनगढ़ और रायपुर के दानपत्र[2] शरभपुर से जारी किये थे। इन शासन-पत्रों में सबसे अंतिम तिथि उसका 10वाँ राज्य वर्ष है। प्रसन्न का पूरा नाम प्रसन्नमातृ था जो उसके चाँदी के सिक्कों से ज्ञात होता है। अभी तक इसके बहुत थोड़े सिक्के उपलब्ध और प्रकाशित हुए हैं।[3] हम नहीं जानते कि प्रसन्न मात्र महाराज नरेन्द्र का उत्तराधिकारी था या नहीं, परन्तु स्पष्टतया दोनों शासकों के शासन काल में लम्बा अन्तर नहीं था।

राजा प्रसन्नमात्र के कम से कम दो बेटे थे—जयराज तथा मानमात्र, जिनमें प्रथम ने चार वर्ष से अधिक राज्य किया। यह अभी तक अनिश्चित है कि मानमात्र राजा जयराज का छोटा भाई था बड़ा और उसनें शरभपुर के राजा के रूप में राज्य भी किया कि नहीं। निस्सन्देह, साधारणतः उसे "राष्ट्रकूटावतंस" राजा मानाङ्क से मिलाया जाता है जो (मानाङ्क) हमें मानपुर (रीवा में बाँधोगढ़ के समीप आधुनिक मनपुर सम्भावित है)

1. कॉ० इ० इ० 3, 193 प्र०।
2. ए० इं० 9, 172 प्र०; म० को० सो० प्रो० 2, 39-40; ए० इं० 9, 283 प्र०; कॉ० इं० इ० 3, 197 प्र०।
3. प्रसन्नमातृ की दो मुद्राएँ महाकोसल हिस्टॉरिकल सोसाइटी ने खोजी थीं; तु० म० को० सो० प्रो० 2, परिशिष्ट का पृ० 24। दो और सिक्के कलकत्ता युनिवर्सिटी के एस० के० सरस्वती के अधिकार में ज्ञात हैं। इनमें से एक बहुत ही सन्तोषप्रद सुरक्षित अवस्था में है और उस पर पिटक शीर्ष आकृति के अक्षरों में 'श्री प्रसन्नमातृ' यह लेख पूर्णतः स्पष्ट है।

निवासी उसके प्रपौत्र अभिमन्यु के उण्डिकवाटिका दानपत्र[1] से ज्ञात है। माकाङ्क देवराज (कुछ विद्वानों के मत में शरभपुर के सुदेवराज से अभिन्न) का पिता, भविष्य का दादा और अभिमन्यु का परदादा था। इन राजाओं का आनुवंशिक नाम स्पष्ट ही **राष्ट्रकूट** था जो सूचित करता है कि इस वंश का प्रवर्त्तक किसी राजा के अधीन **राष्ट्रकूट** (एक **राष्ट्र** अथवा प्रान्त का राज्यपाल) था। परन्तु शरभपुर के राजा कभी भी अपना निर्देश राष्ट्रकूट वंशीय के रूप में नहीं करते, और जिन प्रदेशों पर इन दोनों वंशों का शासन रहा वे एक नहीं, और शरभपुर शासन-पत्रों के विपरीत उण्डिकवाटिका दान पत्र अपनी सिंहाकृति की मुद्रा सहित पिटक शीर्ष लिपि में नहीं लिखा गया, ये सब तथ्य यह प्रकट करते हैं कि राष्ट्रकूट राजा मानाङ्क की शरभपुर के मानमात्र से समता प्रायः असंभव है।[2]

---

1. ए० इं० 18, 165 प्र०; दुब्रिउल, ए० हि० दे०, पृ० 77।
2. उण्डिकवाटिका—दानपत्र के **मानाङ्क** की पहचान **देवराज** के पिता और कोल्हापुर के पास से उपलब्ध पाण्डरंगपल्ली—दानपत्र के प्रवर्त्तक अविधेय के दादा मानाङ्क से बहुत संभव है। यद्यपि पाण्डरंगपल्ली के शासनपत्र में राजाओं के राष्ट्रकूट वंश का उल्लेख नहीं; किन्तु दोनों शासनपत्रों को लिपि तथा मुद्रा की समता अद्भुत है। मानाङ्क इस अभिलेख में विदर्भ और अश्मक (रायचौधरी के अनुसार भूतपूर्व हैदराबाद रियासत में बोधन-प्राचीन पौदन्य—के आसपास का जिला) के विजेता के रूप में वर्णित है। उसे सम्भवतः कुन्तलों—संकेत निस्सन्देह बनवासी के कदम्बों की ओर है—को दण्ड देने वाला (**प्रशासिता**) भी कहा गया है। सम्भवतः इन राष्ट्रकूटों का शासन मैसूर के पश्चिमी भाग में कहीं रहा हो। मिराशी उन्हें सतारा जिले के आसपास रखते हैं, तु० ए० भ० ओ० रि० इ० 25, 36 प्र०। उनका यह सुझाव कि मानाङ्क और उसके उत्तराधिकारी 'कुन्तलेश्वर दौत्य' और वाकाटक दानपत्रों में निर्दिष्ट 'कुन्तलाधीश्वर' थे और कि देवराज को चन्द्रपुर (गोआ के निकट चन्दोर) से सिरोदा–दानपत्र के प्रवर्त्तक गोमी वंश

मानमात्र के दो पुत्र निश्चय ही राजा बने। इनमें ज्येष्ठ सम्भवतः सुदेव था जिसने कम से कम लगभग दस वर्ष तक राज्य किया। सम्भवतः मानमात्र का एक छोटा लड़का **महाराज** प्रवरराज था जिसका पता श्रीपुर (आधुनिक सिरपुर) से अपने तीसरे राज्य वर्ष में जारी ठाकुरदिया दानपत्र[1] से मिलता है। राजा प्रवर एक नई राजधानी का संस्थापक मालूम पड़ता है जहाँ वह अपने पूर्वजों की राजधानी शरभपुर से अपने मुख्य कार्यालय को उठा लाया। वह सम्भवतः छठीं शती के मध्य में हुआ। छठी शती के उत्तरार्ध में पाण्डुवंशी राजा—जो मूलतः दक्षिण कोसल के पश्चिम और उत्तर पश्चिम की भूमि के शासक थे—दक्षिण कोसल के स्वामी बन बैठे। शरभपुरीयों के शासन की समाप्ति संभवतः पाण्डुवंशी शासक तीवर द्वारा हुई जिसने अपने शासन-पत्र श्रीपुर से जारी किये हैं। तीवर ने शरभपुरीयों के राज्य पर या तो राजा प्रवर अथवा उसके किसी उत्तराधिकारी के राज्यकाल में अधिकार कर लिया होगा।[2]

पाण्डुवंशीय शासक

पाण्डु वंश के राजा तीवर[3] (जिसे प्रायः तीवरदेव अथवा महाशिव-तीवरराज कहा जाता है) की तिथि के सम्बन्ध में मतभेद है। कुछ विद्वान् उसके आलेखों

के देवराज से मिलाया जा सकता है, अविश्वसनीय हैं। इन राष्ट्रकूटों के 'सम्राट्' के विषय में कुछ अप्रभावित सम्मतियों के लिए, दे० आ० स० म० 1929 पृ० 197 प्र०।

1. ए० इं० 22, 15।
2. दे० नीचे, पृ० 90। मिराशी ने प्रवर के लिए लग० 515-30 ई० और कोसल विजेता तीवर के लिए लग० 530–50 ई० तिथियाँ सुझाई हैं।
3. वंश को पुराने लेखों में पाण्डुवंश या पाण्डव वंश कहा गया है किन्तु पिछले लेखों में यह चन्द्रकावंश **"चन्द्रान्वय, शशधरान्वय, सोमवंश"** इस प्रकार निर्दिष्ट हुआ है। किन्तु इन राजाओं को कोसल के पिछले सोमवंशियों से पृथक् करने के लए, पाण्डुवंशी कहना श्रेयस्कर है।

को आठवीं शती का ठहराते हैं। सम्भवतः यह स्थापना इस बात से प्रभावित प्रतीत होती है कि तीवर के ताम्र शासनपत्रों में प्रयुक्त पिटक शीर्ष लिपि वाकाटक प्रवरसेन द्वितीय—जिसे पहले लेखकों ने आठवीं शती में ही रक्खा था—के शासन पत्रों से मिलती जुलती है। अब यह सुज्ञात है कि वाकाटक प्रवरसेन द्वितीय चन्द्रगुप्त द्वितीय (376-414 ई०) का दौहित्र था और अवश्य ही पांचवीं शती में हुआ। इसी भाँति पाण्डुवंशी राजा तीवर को भी पांचवी या छटीं शती में रक्खा जा सकता है।[1] इस शासक की छठी शती के मध्य में होने का अनुमान उसकी विष्णुकुण्डी राजा माधववर्मा प्रथम (लग० 535 से 585 ई०) और मौखरि राजकुमार सूर्यवर्मा (553 ई०) के साथ सम्भावित समकालिकता से किया जाता है। इपुर और पोलमुरु दानपत्रों के अनुसार माधववर्मा प्रथम—जिसका शासनकाल पूर्वीय चालुक्य राजा जयसिंह (लग० 633-63 ई०) से एक पीढ़ी से भी अधिक पहले रहा—त्रिवर नगर अर्थात् राजा त्रिवर (तीवर) की राजधानी पर अधिकार जमा लेने का दावा करता है। बालार्जुन—जो तीवर का एक पौत्र (यथार्थ में भाई का पौत्र) था—के सिरपुर अभिलेख में राजा के नामा सूर्यवर्मा का उल्लेख मिलता है। सूर्यवर्मा उस वर्मा वंश का एक शासक (**नृप**) था जो मगध पर आधिपत्य के कारण महत्त्वशाली हो गये थे।[2] क्योंकि वर्मा मौखरियों से कुछ भिन्न प्रतीत नहीं होते, तीवर का समकालिक सूर्यवर्मा सम्भवतः मौखरि ईशानवर्मा के उसी नाम के पुत्र से अभिन्न है जो (मौ० सूर्य वर्मा) 553 ई० के हाहा अभिलेख के अनुसार सम्भवतः पूर्वी उत्तर प्रदेश के एक अंश पर अपने पिता के प्रतिनिधि के रूप में शासन कर रहा था। पाण्डुवंश का राजा तीवर इस प्रकार छठी शती ई० मध्य के आसपास (लग० 565-80 ई०) हुआ प्रतीत होता है।

1. स० सात० पृ० 129, 400 इं० हि० क्वा० 19, 143 प्र०। माधववर्मा द्वितीय के पोते शैलोद्भव धर्मराज मानमात्र के कोंडेड्डु दानपत्र में उल्लिखित तीवर से उसकी पहचान सम्भव नहीं है।
2. पो० हि, ए० इं० 4 पृ० 512 नो०; इं० हि० क्वा० 19, 278 नो०; ए० इं० 11, 190 प्र०।

तीवर, जिसने अपने राजिम और बलोदा दानपत्रों[1] को क्रमशः अपने सातवें तथा नवें राज्य वर्षों में जारी किया, राजा नन्न, (जिसे नन्न देव, नन्न राजाधिराज तथा नन्नेश्वर कहा गया है) का पुत्र, राजा इन्द्रबल का पौत्र तथा राजा उदयन का प्रपौत्र था। यदि तीवर छठी शताब्दी ई० के मध्य में राज कर रहा था तो उसके प्रपितामह उदयन को पाँचवीं शती के अंत से और पीछे के काल में रखना कठिन है। उत्तर प्रदेश के बाँदा जिले में कालिंजर से प्राप्त एक अभिलेख[2] में पाण्डव वंश के राजा उदयन का उल्लेख है। पल्लव नन्दिवर्मा (लग० 717-79 ई०) के एक सेनापति से परास्त उसके समनाम शबर की उससे एकता पाण्डुवशियों की कल्पित पिछली तिथि पर आश्रित है।[3] बालार्जुन के सिरपुर अभिलेख[4] में इन्द्रबल को उदयन का पुत्र कहा गया है। नन्न के समय के एक शासनपत्र[5]—मूलतः महाराष्ट्र के चान्दा जिले के मण्डक से उपलब्ध—के अनुसार इन्द्रबल के कम से कम चार पुत्र प्रतीत होते हैं। इनमें से ज्येष्ठ अपने पिता का उत्तराधिकारी हुआ और कहा जाता है कि उसने "पृथिवी की विजय की"। उसी लेख में नन्न के चौथे भाई भवदेव का रणकेशरी और चिन्तादुर्ग के रूप में भी उल्लेख है, जिसने मण्डक प्रदेश के एक पुराने राजा सूर्यघोष द्वारा स्थापित एक जीर्ण देवालय का पुनरुद्धार किया। दक्षिण कोसल में पाण्डुवंशियों का सबसे पहला आलेख नन्न के एक दूसरे भाई ईशानदेव का खरोद (जि० बिलासपुर) अभिलेख प्रतीत होता है। इससे ऐसा प्रतीत होता है कि पाण्डुवंशी मूल में मध्य भारत के विस्तृत प्रदेशों पर शासन करते थे और उन्होंने नन्न के शासनकाल में दक्षिण कोसल पर आक्रमण किया। परन्तु तीवर को उसकी मुद्रा पर **कोसलाधिपति** तथा उसके

1. कौ० इ० इ० 3, 294; ए० इं० 7, 104 प्र०।
2. ए० इ० 4, 257 नो०।
3. शबर उदयन नेलवेली (तिन्नेवेली) स्थान पर पराजित हुआ था इस तथ्य से उसका मूलतः दाक्षिणात्य होना सूचित होता है।
4. इं० ए० 18, 179 प्र०।
5. ज० रा० ए० सो० 1905, पृ० 624 प्र०।

शासनपत्रों में **प्राप्त सकल कोसलाधिपत्य** (समूचे कोसल पर आधिपत्य प्राप्त करने वाला) कहा गया है। इसलिए सम्भव है कि उस देश का दखल इस राजा द्वारा संपूर्ण हुआ।[1]

राजा बालार्जुन (इसे कभी-कभी महाशिव गुप्त बालार्जुन अथवा शिवगुप्त बालार्जुन भी कहा गया है) जिसने सिरपुर अभिलेख के अनुसार अपने भाई रणकेशरी की सहायता से 'पृथ्वी को जीता'—सूर्यगुप्त और वासटा (मगध के वर्माविंशीय सूर्यवर्मा की पुत्री) का पुत्र तथा तीवर के एक भाई चन्द्रगुप्त का पौत्र था। यह अनिश्चित है कि चन्द्रगुप्त तीवर का छोटा भाई था या बड़ा, परन्तु प्रतीत होता है कि उसने राजा बनकर शासन किया। यदि उसके भाई तीवर को छठी शती मध्य के आसपास रखें तो संजान दानपत्र में राष्ट्रकूट गोविन्द तृतीय (लग० 794–814 ई०) द्वारा पराजित रूप में उल्लिखित चन्द्रगुप्त से उसकी अनन्यता स्वीकार नहीं की जा सकती। चन्द्रगुप्त के पौत्र बालार्जुन को 7वीं शती के पूर्वार्ध में रखा जा सकता है। उसको स्वयं या उसके उत्तराधिकारियों में से किसी को चालुक्य पुलकेशी द्वितीय के हाथों पराजित होना पड़ा होगा।[2] जिसने 634 ई० से कुछ समय पहले कोसल के विरुद्ध अभियान किया था। इस राजवंश का अंत कैसे हुआ और दसवीं, ग्यारहवीं और बारहवीं शती ई० में हुए कोसल के पिछले सोमवंशियों से इस वंश का क्या सम्बन्ध था इन विषयों में हमारा ज्ञान नहीं के बराबर ही है।

आधुनिक अमरकण्टक पहाड़ियों के चारों तरफ के प्रदेश को मेकल कहते थे। यहाँ के पाण्डुवंशियों के साथ इस वंश के संबंध के बारे में भी हमारा ज्ञान वैसा ही है। मध्य प्रदेश में रीवा में सोहागपुर तहसील के बाह्मनी नामक एक गाँव से प्राप्त एक ताम्र शासन पत्र[3] में इस वंश के चार सदस्यों के

---

1. हीरालाल, डे० लि० पृ० 113 प्र० सं० 149।
2. एक सिरपुर अभिलेख में नित्यानन्द के पुत्र तथा राज्यपाल शिवनन्दी—जिसे बालार्जुन से अभिन्न सिद्ध किया गया है—का उल्लेख है। तु० भण्डारकर की सूची पृ० 396 नो०।
3. भारत-कौमुदी, पृ० 215 प्र०

नाम दिये गए हैं वे हैं—जयबल, उसका पुत्र वत्सराज, उसका पुत्र **महाराज** नागबल और उसका **पुत्र महाराज** भरत या भरतबल (अपर नाम इन्द्र)। पिछले दोनों राजाओं को 'महाराज' ही नहीं कहा गया है, अपितु उनके साथ **परम माहेश्वर** '**परमब्रह्मण्य**' और '**परम गुरुदेवताधिदैवत** विशेष' विशेषण भी जुड़े हुए हैं। चौथे राजा भरतबल की पत्नी महिषी लोक प्रकाशा को कोसला की एक राजकुमारी तथा दिव्योद्भूवा के रूप में वर्णित किया गया हैं। यह सुझाया गया है कि वह कोसल के पाण्डुवंशियों से सम्बद्ध थी परन्तु उस देश पर पाण्डुवंशियों का अधिकार बहुत पीछे की तिथि का होने की दृष्टि से यह संभव नहीं। बाह्मनी अभिलेख की लिपि शैली से ऐसा संकेत मिलता प्रतीत होता है कि मेकल में उपर्युक्त नामों वाले पाण्डुवंशी राजा पाचवीं शती ई० में शासन करते थे। और यह पाण्डुवंशियों के विषय में ऊपर कहे मूल और प्रारंभिक इतिहास के साथ अच्छी प्रकार संगत हो जाता है। यह निष्कर्ष निकाला जा सकता है कि जहाँ जयबल तथा वत्सराज गुप्तों के अथवा वाकाटकों के सामान्त मात्र थे। नागवल ने मेकल में पाचवीं शती के उत्तरार्ध में एक स्वतंत्र राज्य स्थापित कर लिया था और वह वंश की अन्य शाखा के प्रवर्त्तक उदयन का प्रायः समकालिक था।

वाकाटक राजा नरेन्द्र सेन ने (पाँचवीं शती का उत्तरार्ध), अपने वंश के वैभव को पुनः प्रतिष्ठित किया, उसका दावा है कि कोसल, मेकला और मालव के राजा उसके अधीनस्थ मित्र थे। प्रत्यक्षतः पाण्डुवंशी इस समय के लगभग मेकला में राज्य कर रहे के। सुझाया गया है कि बाह्मनी दानपत्र में नरेन्द्र सेन की ओर प्रच्छन्न निर्देश है जिससे संकेत मिलता है कि भरतवल उसको अपना अधीश्वर मानता था; किन्तु यह कल्पना नितान्त सन्देहपूर्ण है।

अध्याय 5

वाकाटक-वंश

1. लग० 250 ई में दकन

ईसा की तीसरी शती के पूर्वार्ध में बरार तथा मध्य प्रदेश का इतिहास अभी तक पर्याप्त रूप में रहस्याच्छादित है। इन प्रदेशों में वाकाटक राज्य का केन्द्र भाग था परन्तु उस राजवंश के उत्थान से पूर्व उन पर कौन राज्य कर रहा था, यह हमें मालूम नहीं हैं। प्रायः 225 ई० में जब सातवाहन साम्राज्य का पतन हुआ, तो हम जानते हैं कि किस प्रकार इक्ष्वाकु, चुटुसातकर्णि और आभीर मध्य आन्ध्रदेश, दक्षिणी कर्णाटक और पच्छिमी महाराष्ट्र सरीखे उनके प्रत्यन्त प्रान्तों में छोटी-छोटी रियासतें स्थापित करने में सफल हो गए; परन्तु साम्राज्य के भीतरी प्रदेशों का क्या हुआ, सो पता नहीं। संभवतः प्रत्येक स्थानीय अधिकारी स्वतंत्र हो गया और वे अपने पड़ोसी को खदेड़कर अपना राज्य बढ़ाने की धुन में लगे हुए था।

इस प्रकार तीसरी शती के उत्तरार्ध में जब वाकाटक शक्ति का अभ्युदय हुआ तो दकन में एक नये साम्राज्य की स्थापना के लिए परिस्थितियाँ अनुकूल थीं। ऊपर निर्दिष्ट राज्यों के शासकों में से किसी में भी यह सामर्थ्य न थी कि वह अपनी छोटी रियासत की परिधि से बाहर राज्य विस्तार करके अथवा प्रभाव क्षेत्र बढ़ाकर एक ऐसे साम्राज्य की स्थापना करता जो सारे दकन में फैला रहता। रुद्रदामा प्रथम के नेतृत्व में पश्चिमी क्षत्रपों ने जो बड़ी सफलता प्राप्त की उससे निस्सन्देह प्रकट हो गया था कि उक्त उद्देश्य के उपयुक्त आवश्यक दृढ़ता एवं नेतृत्व के गुण उनमें थे। परन्तु तीसरी शती के मध्य तक पहुँचते-पहुँचते उनकी शक्ति का सूर्य ढलने लगा। मालवों ने उन्हें मुंह की खिलाई थी (पूर्व, पृ० 24) और उनके राज्य में कई जिले हथिया लिये थे। इस प्रकार शक दकन की राजनीति अथवा भाग्य विधान के नियंत्रण के स्वप्न न देख

सकते थे। यौधेयों, आर्जुनायनों, नागों तथा मालवों ने कुछ ही समय पूर्व अपनी स्वतन्त्रता पुनः घोषित कर दी थी, किन्तु प्राचीन काल में विन्ध्य पार की किसी शक्ति के लिए दकन में एक सुदृढ़ साम्राज्य स्थापित करना प्रायः असंभव सा था। इस प्रकार लग० 250 ई० तक राजनीतिक वातावरण पर्याप्त अनुकूल बन चुका था कि कोई उत्साही एवं महत्त्वाकाँक्षी नायक एक ऐसे नये सामाज्य को स्थापित करे जो विगत सातवाहन शक्ति की गौरव गाथाओं का पुनः स्मरण करा सके। अन्ततः वाकाटक वंश के प्रथम दो शासक इस लक्ष्य तक पहुँचने में सफल हुए।

वाकाटक-तिथिक्रम

इसके पूर्व कि वाकाटकों के इतिहास का कथा प्रसंग चलाया जाय हमें कुछ शब्द इसके तिथिक्रम के संबंध में कहने होंगे जिसका निर्धारण अभी तक निश्चित रूप से नहीं हो पाया है। 248–49 ई० में प्रवर्तित चेदि संवत् वाकाटक[1] शक्ति की स्थापना का द्योतक है, यह सिद्धान्त हमें एक निश्चित प्रस्थान बिन्दु दे सकता था, किन्तु यह सर्वथा अग्राह्य है। यदि वाकाटकों ने इस संवत् का प्रवर्त्तन किया होता तो कम से कम अपने सरकारी आलेखों में तो अवश्य ही इसका प्रयोग करते, यह आशा करना पूर्णतः युक्त संगत है। परन्तु जैसी कि वस्तुस्थिति है एक भी वाकाटक ताम्रपट्ट नहीं मिला जिस पर चेदि संवत् तिथि अंकित हो। प्रत्येक में दानी के राज्य वर्ष का ही उल्लेख होता है।[2] इस प्रकार

1. जायसवाल, हिस्ट्री आफ़ इंडिया 150-350 ई० पृ० 108-11; पै, ज० इ० हि० 14, 184 प्र०।

2. निस्सन्देह पै तथा जायसवाल की युक्ति है कि भीटा में उपलब्ध सम्राट् प्रवरसेन की एक मुद्रा चेदि संवत् के 37वें वर्ष में अंकित है (वहीं)। मुद्रा पर केवल **महाराजाधिराज** उपाधि ही है, किसी राजा का पूरा नाम नहीं है, सिर्फ 'रक' अक्षर ही बचे हैं। और जैसा कि मुद्राओं में प्रायः नियम-सा है, इस पर कोई तिथि भी अंकित नहीं।

जायसवाल का तर्क है कि उनके पास रुद्रसेन प्रथम का चेदि संवत्

यह कल्पना असंगत हो जाती है कि वाकाटकों ने चेदि संवत् का प्रवर्त्तन अपनी शक्ति की स्थापना के स्मारक रूप में किया और यह युक्ति भी नहीं दी जा सकती कि वे 248-49 ई० में शक्तिशाली हुए क्योंकि वह समय चेदि संवत् का आरभ काल है।

वाकाटक तिथि-क्रम की मुख्य रूपरेखा को हम केवल वाकाटक राजा रुद्रसेन द्वितीय की महारानी और गुप्त सम्राट् चन्द्रगुप्त द्वितीय (लग० 375-414 ई०) की पुत्री प्रभावती गुप्ता की ज्ञात तिथि की सहायता से ही निर्धारित कर सकते हैं। प्रभावती गुप्ता अपने जीवन के प्रभात में ही विधवा हो गई थी और उसका बचा हुआ पुत्र लग० 410 ई० में शासन की बागडोर संभाल सका था। उसके पति रुद्रसेन द्वितीय की मृत्यु संभवतः लगभग 390 ई० में हुई होगी। उसका अल्पकालिक राज्य लगभग पांच वर्ष तक रहा। किन्तु उसके पिता पृथ्वीसेन का राज्य पर्याप्त लम्बा और समृद्धिशाली था और हम उसे प्रायः 360 ई० और 385 ई० के बीच रख सकते हैं। अनेक वाकाटक शासन पत्रों में इस शासक के सम्बन्ध में प्रयुक्त एक उक्ति[1] से स्पष्ट होता है कि लग० 360 ई० में उसके राज्यरोहण के प्रायः सौ वर्ष पहले से यह वंश समृद्धिपूर्वक राज्य करता आ रहा था। तदनुसार इस वंश के प्रवर्त्तक विन्ध्य शक्ति के राज्यकाल को हम लग० 255 और 275 ई० के बीच रख सकते हैं। उसके पुत्र प्रवरसेन प्रथम का राज्य जिसने विस्तृत विजयों के द्वारा सम्राट् पद धारण किया, चिरकालिक हुआ। पुराणों का कथन है कि उसका शासन 60 वर्ष

के 100वें वर्ष में अंकित तिथि का एक सिक्का विद्यमान है। किन्तु उक्त सिक्के पर कोई तिथि नहीं है और इसे कौशाम्बी में इस शासक के जन्म के प्रायः 400 वर्ष पहले जारी किया गया था। इसी प्रकार जायसवाल द्वारा चेदि संवत् के 76वें वर्ष में अअंकित और प्रवरसेन का बताया गया सिक्का वस्तुतः मथुरा के राजा वीरसेन का चलाया तिथि रहित सिक्का है। ज० न्यू० सो० इं० 3, 130-4।

1. समुदितस्यवर्षशतमभिवर्धमानकोषदण्डसाधनसन्तानपुत्रपौत्रिणः, ए० इं० 3, 261।

तक रहा और हम इस कथन को बखूबी स्वीकार कर सकते हैं, क्योंकि अभिलेखों से विदित होता है कि प्रवरसेन का उत्तराधिकारी उसका लड़का नहीं, अपितु पोता हुआ। परिणामतः प्रवरसेन प्रथम का राज लग० 275 और 335 ई० के बीच और उसके पोते रुद्रसेन प्रथम का राज लग० 335 से 360 ई० के बीच रखा जा सकता है। हम पहले ही दिखा चुके हैं कि इसके बाद के शासक पृथ्वीषेण प्रथम द्वारा लगभग 360 से 385 ई० तक शासन करने का हमें पता है। रुद्रसेन द्वितीय की चन्द्रगुप्त द्वितीय से ज्ञात समकालिकता और अन्य उपर्युक्त पर्याप्त विश्वसनीय साक्षियों से हमें वंश के प्रवर्त्तक विन्ध्यशक्ति की निकटवर्त्ती तिथि लग० 225-257 निश्चित करने में सफलता मिलती है। नये अभिलेखों की उपलब्धि ऊपर अनुमित तिथिक्रम में कुछ हेरफेर कर दे सो संभव है, किन्तु यह अन्तर कुछ विशेष न होगा।

3. वाकाटकों का अभिजन

पूर्व काल के शुङ्ग, काण्व और सातवाहन शासकों की भाँति वाकाटक भी ब्राह्मण थे। इनका गोत्र विष्णुवृद्ध था। उनके अभिजन का अभी निश्चित ज्ञान नहीं हुआ। एक मत यह है कि वाकाटक बुन्देलखण्ड के बिजनौर बगाट नामक गाँव के थे।[1] बहुत संभव है कि बगाट अथवा वकाट ग्राम से प्रकट हुए वंश की ख्याति वाकाटक के रूप में हुई हो, किन्तु प्राचीन वाकाटकों का इस प्रदेश से सम्बन्ध निश्चित रूप से सिद्ध नहीं हो सका है। जैसा कुछ विद्वानों ने प्रतिपादिन किया है, कुरेहा अभिलेख में वाकाटकों का संकेत नहीं है[2] और न ही, जैसा कि मान लिया गया है, पुराणों में इस राजवंश के पहले शासकों, का, पन्ना की किलकिला नदी से किसी प्रकार के सम्बन्ध का उल्लेख है।[3] आन्ध्र प्रदेश में अमरावती से उपलब्ध एक अभिलेख में एक वाकाटक तीर्थयात्री का हवाला आया है जो वहाँ एक स्तूप के दर्शनार्थ गया था; इससे सुझाव मिलता

---

1. जायसवाल, हि० इं० पृ० 66-68।
2. इसका पाठ वङ्कत्रिक है, वाकाटक नहीं; दे० जा० हि० इं० फलक 5।
3. पुराणों का कथन है कि विन्ध्यशक्ति किलकिल राजाओं के अनंतर आया न कि किलकिल देश से; डा० क० ए० पृ० 48।

है कि वकाट गाँव, जहाँ का वह निवासी था, विन्ध्य के उत्तर के बदले इसके दक्षिण कहीं रहा होगा। वाकाटकों के अभिजन के प्रश्न का सन्तोषप्रद समाधान करने के लिए अभी और अनुसन्धानों के फलों की प्रतीक्षा करनी होगी।

4. विन्ध्य शक्ति
लग० 255-275 ई०

वाकाटकों का अभिजन कुछ भी रहा हो, इस विषय के प्रमाण स्पष्ट हैं कि उनके प्रारंभिक क्रियाकलापों का क्षेत्र न तो बुन्देलखण्ड में था और न आन्ध्र देश में, अपितु पच्छिमी मध्य प्रदेश में था। राजवंश के संस्थापक विन्ध्यशक्ति का उल्लेख पुराणों में विदिशा (भोपाल के निकट वर्त्तमान भेलसा) के एक शासक के रूप में है और विदिशा की प्राचीन राजधानी के रूप में वर्णित पुरिका का सम्बन्ध प्राचीन भूगोल शास्त्री विदर्भ और अश्मक से जोड़ते थे।[1] इस प्रकार हम भलीभाँति मान सकते हैं कि वाकाटकों का मूल शासनस्थान पश्चिमी मध्य प्रदेश या बरार में था।

विन्ध्यशक्ति संभवतः राजवंश के संस्थापक का वैयक्तिक नाम नहीं अपितु उसका विरुद है और उसको यह विरुद सम्भवतः इसलिए मिला होगा क्योंकि वह अपने प्रारम्भिक रिक्थ में विन्ध श्रेणी के सीमावर्ती प्रदेशों को भी सम्मिलित करने में सफल हुआ था। परन्तु उसे एक नया राज्य स्थापित करने की प्रेरणा कैसे मिली हमें इसका पता नहीं। संभवतः यह उसकी व्यक्तिगत महत्त्वाकांक्षा थी जिसमें एक ऐसे ब्राह्मण-राज्य की स्थापना की इच्छा का आभास भी था जो सनातन वैदिक मत को प्रोत्साहन दे सके।

पुराण विन्ध्यशक्ति का वर्णन वंश के संस्थापक के रूप में करते हैं, और एक राजकीय अभिलेख में उसे 'वंशकेतु' कहा गया है।[2] इस प्रकार स्पष्ट है

---

1. **बृहत्संहिता** (14, 20) में पुरिका को दशार्ण के साथ रक्खा गया है और **मार्कण्डेय पुराण** (107, 48) में विदर्भ और अश्मक के साथ।
2. हैदरा० आ० सि०, सं० 14।

कि उसने ही समकालिक शासकों में वंश की स्थिति स्थिर की। वह किस प्रकार इस कार्य में सफल हुआ और उसके जीवन की मुख्य घटनाएँ क्या थीं, यह अभी तक एक रहस्य है जिसका समाधान केवल नये अनुसंधानों से ही हो सकता है। तथापि हम अनुमान कर सकते हैं कि विन्ध्यशक्ति के पूर्वज संभवतः विगत सातवाहन साम्राज्य के स्थानीय कर्मचारी रहे होंगे जो उक्त शक्ति के नष्ट हो जाने पर भी अपने प्रबन्ध में चले आ रहे प्रदेशों पर शासन करते रहे। विन्ध्यशक्ति का रिक्थ संभवतः बरार अथवा पश्चिमी मध्य प्रदेश के एक दो जिलों तक ही सीमित था; उसकी सफलता इसमें थी कि उसने इसकी सीमाओं का विस्तार विन्ध्यमेखला के पार तक कर दिया जिससे उसमें मालवा का एक भाग भी आ मिला। इससे संभवतः यह स्पष्ट हो सकेगा कि पुराण विन्ध्यशक्ति का वर्णन पूर्वी मालवा के विदिशा के राजाओं में क्यों करते हैं।

विन्ध्यशक्ति द्वारा विजित जिले उस समय प्रायः एक प्रकार के निर्जन प्रदेश थे जिन पर किसी का शासन न था और पैतृक राज्य का प्रसार सम्भवतः अधिकांश रूप से शक्ति के स्थान पर कूटनीति से सिद्ध हुआ होगा। किन्तु विन्ध्य-शक्ति ने कोई राजकीय पदवी नहीं ली थी और सम्भवतः नियमानुसार उसका अभिषेक भी नहीं हुआ था। शीघ्र ही उसके प्रख्यात पुत्र के यशस्वी कर्मों ने उसकी सफलताओं को भी मात कर दिया और इसलिए, उसकी मृत्यु के लगभग 125 वर्ष बाद जब पहले-पहल ताम्र शासन पत्रों के लिए राजकुल का वंश वृक्ष संकलित किया गया तो उसमें से उसका नाम छोड़ दिया गया।

5. सम्राट् प्रवरसेन प्रथम

(लग॰ 275–लग॰ 335 ई॰)

विन्ध्यशक्ति का उत्तराधिकारी उसका पुत्र प्रवरसेन प्रथम हुआ। राजवंश में वही एक मात्र शासक है जिसने सम्राट् पद धारण किया और इसलिए हम सुनिश्चित रूप से यह मान सकते हैं कि वाकाटक शासन को दक्षिण के अधि-कांश भागों पर फैलाने में वही सफल हुआ। किन्तु, इस कार्य में उसने किस

प्रकार सफलता प्राप्त की यह अभी ज्ञात नहीं। पुराण और अभिलेख उसके चार अश्वमेधों का मुक्तकण्ठ से उल्लेख करते हैं, परन्तु किन असाधारण पराक्रमों के कारण उन यज्ञों का विधान न्याय-सिद्ध हुआ, पुराणों में उनका वर्णन ही नहीं है।

प्रवरसेन प्रथम के चरित का पुनर्निर्माण करने के लिए जो प्रमाण उपलब्ध है वे अत्यल्प हैं। उसका पौत्र जो उसका उत्तराधिकारी था मध्य प्रदेश के अधिकांश भाग पर शासन कर रहा था। उसके पुत्रों में एक सर्वसेन था। इसने इस वंश की एक दूसरी शाखा भी स्थापित की। दक्खिनी बरार तथा उसके दक्षिण के प्रदेशों पर उसके राज्य का ज्ञान अन्यत्र हमें है।[1] पुराणों का कथन है कि उसके दो और पुत्र थे जिन्हें पृथक् राज्य दे दिए गए थे। इस प्रकार प्रवरसेन प्रथम का साम्राज्य उसकी मृत्यु के समय पर्याप्त विस्तृत था और यह शोचनीय ही है कि हम निश्चित रूप से उसकी सीमाएँ भी स्थिर न कर सकें।

पश्चिमी मध्य प्रदेश में प्रवरसेन के छोटे से पैतृक राज्य का इस साम्राज्य के रूप में विस्तार संभवतः कई चरणों में हुआ। यह ज्ञात है कि उसने चार अश्वमेध यज्ञों का अनुष्ठान किया और संभवतः इन से चार युद्धों की सफल समाप्ति निर्दिष्ट होती है।

इनमें से एक का रुख संभवतः पूर्व की तरफ रहा हो जिसके परिणाम-स्वरूप मध्यप्रदेश में के जबलपुर और बालाघाट तक के जिले अधीन हो गये कुछ समय बीतने पर यह प्रदेश एक राजकुमार के अधीन कर दिया गया।

दूसरी लड़ाई की दिशा दक्षिण की ओर रही होगी जिससे उत्तरी और पूर्वी महाराष्ट्र राज्य में सम्मिलित हुए होंगे। अभिलेखों की स्पष्ट गवाही है कि पूर्वी महाराष्ट्र वाकाटक-शासन के अन्तर्गत था और इस प्रदेश पर प्रवरसेन के एक अन्य पुत्र सर्वसेन का, जिसने अन्ततः वंश की एक शाखा की संस्थापना

1. उक्त शासक के बसोमताय पट्टों में भूतपूर्व हैदराबाद रियासत के नांदेड जिले में एक ग्राम का उल्लेख मिलता है। अजंटा में वाकाटकों के अनेक आलेख मिलते हैं।

की, राज्य था। किन्तु यह भी असम्भव नहीं कि इसका विस्तार दक्षिण की तरफ और दूर तक हुआ हो। **श्रीशैलस्थलमाहात्म्य** में उल्लिखित एक अनुश्रुति के अनुसार राजा चन्द्रगुप्त की चन्द्रावती नाम की पुत्री कृष्णानदी पर कर्नूल जिले में अवस्थिति श्री शैल के देवता मल्लिकार्जुन की पूजा में प्रतिदिन मल्लिका पुष्पों की एक माला समर्पित किया करती थी।[1] इस प्रसंग की चन्द्रगुप्त की पुत्री संभवतः प्रभावती गुप्ता हो सकती है, चन्द्रावती शायद उसका विवाह से पूर्व का नाम रहा हो। उस अनुश्रुति से वाकाटक राज्य में श्री शैल के समावेश का संकेत मिलता है, जिससे स्पष्ट है कि प्रवरसेन के काल में भी आन्ध्र राज्य के अधिकांश भाग और मैसूर के कुछ अंश पर वाकाटकों का राज्य फैला हुआ था, क्योंकि उसके किसी भी उत्तराधिकारी को इस दिशा में किसी महत्त्वपूर्ण सैनिक अभियान का श्रेय नहीं दिया गया है।

प्रवरसेन के राज्यकाल में आन्ध्र देश, दक्खिन कोशल और बघेलखण्ड का इतिहास अभी तक अपूर्ण रूप से ज्ञात है। आन्ध्रदेश के इक्ष्वाकुओं का शासन लग० 290 ई० तक समाप्त हो चुका था और शालङ्कायन लगभग 40 वर्ष पीछे रंगमंच पर आये। छतीसगढ़ और वस्तर के राजाऔर भी पीछे शक्तिशाली हुए। क्या प्रवरसेन ने इस प्रदेश में एक प्रबल सत्ता के अभाव से लाभ उठाया और उसे अपने अधिकार में कर लिया था? हम निश्चित रूप में इस बारे में कुछ नहीं जानते। परन्तु यह तनिक भी असम्भव नहीं। यदि यह अनुमान सत्य हो तो उसके अपने तीसरे लड़के को इस प्रदेश पर शासन करने के लिये नियुक्त किया होगा। इस सम्बन्ध में यह बात महत्त्वपूर्ण और ध्यान देने योग्य है कि बघेलखण्ड में गञ्ज के व्याघ्रराज जैसे छोटे-मोटे शासक पृथ्वीषेण प्रथम[2] (360-385 ई०) के राज्य में भी वाकाटक आधिपत्य मानते रहे। पृथ्वीषेण को इस प्रदेश की विजय का श्रेय कोई नहीं देता। इसलिए बहुत सम्भव है कि प्रवरसेन ने छतीसगढ़ और बघेलखण्ड के बहुत से भाग को अपने प्रभाव क्षेत्र में कर लिया हो।

---

1. सा० इं० ए०, 1914-15, पृ० 91।
2. ए० इं०, 17, 13।

गुजरात और काठियावाड़ के शक-शासक प्रवरसेन के उत्तर-पश्चिमी पड़ोसी थे। हम पहले ही बता चुके हैं कि किस प्रकार ईसा की चौथी शती के पूर्वार्ध में प्रवरसेन उनको अपना माण्डलिक बनाने में सफल हुआ। (पूर्व, पृ० 58-59)। परन्तु इस बात का स्पष्ट उल्लेख करना होगा कि पूर्वी दकन के साथ मालवा, गुजरात और काठियावाड़ पर प्रवरसेन के प्रभुत्व की बात अभी तक एक स्थापना मात्र है जो निस्सन्देह अत्यन्त संभव है। किन्तु स्थापना के लिए अभी तक निश्चित और अन्तिम प्रमाण नहीं हैं।

इस प्रकार प्रवरसेन की विजयें वस्तुतः उल्लेखनीय हैं और इनसे उसका सम्राट् पद धारण करना पूर्णतः न्यायसंगत प्रतीत होता है। पश्चिमी मध्य प्रदेश में एक छोटे से राज्य के शासक की स्थिति से बढ़कर वह एक बड़े साम्राज्य का सम्राट् बन बैठा जिस में उत्तरी महाराष्ट्र, विदर्भ, आंध्रप्रदेश और मैसूर का बहुत भाग सम्मिलित था। ये सब प्रदेश सीधे सम्राट् के अथवा उसके पुत्रों के अधीन थे। उसके प्रभाव का क्षेत्र दक्षिण कोसल, मालवा, गुजरात और काठियावाड़ तक विस्तृत था। इस प्रकार दक्षिण का एक बहुत बड़ा भाग और उसके साथ के कुछ प्रदेश उसके साम्राज्य के अन्तर्गत थे, सो वह उचित रूप से सम्राट् की पदवी धारण कर सकता था, जिसका दावा उसके पीछे उसके किसी वंशज ने नहीं किया।

किन्तु डा० जायसवाल ने यह मत उपस्थित किया है कि प्रवरसेन वास्तव में समूचे भारतवर्ष का सर्वोच्च अधिपति था,[1] किन्तु यह स्थापना सर्वथा अग्राह्य है और यह सिद्धान्त कि उक्त सम्राट् दक्षिण भारत पर अपने एक पुत्र के माध्यम से, जिसने पल्लव वंश की स्थापना की, नियंत्रण रखता था, अभी एक कोरी कल्पना मात्र है जिसके समर्थन में कोई प्रमाण नहीं। प्रवरसेन द्वारा अन्तर्वेद की विजय का आधार वीरसेन के मथुरा सिक्कों का वाकाटक सम्राट् पर आरोपण है। यह अध्यारोप अत्यन्त असाध्य है।[2] यह देखकर और भी

1. हि० इं० जा०, पृ० 82-94।
2. ज० न्यू० सो० इं०, 5, 130-4। लेख का पाठ वीरसेन स्पष्ट है, प्रवर सेन नहीं, तु० फलक 20, 1।

आश्चर्य होता है कि ये तथाकथित सिक्के वाकाटक राज्य के मध्य में तो कहीं नहीं मिलते अपितु केवल मथुरा के पास मिलते हैं। यदि प्रवरसेन ने उन्हें चलाया होता तो उसके राज्य के केन्द्रीय प्रान्तों में उनका अभाव क्यों है इसकी व्याख्या नहीं की जा सकती। इस मत के समर्थन में किसी प्रकार का भी प्रमाण नहीं मिलता कि प्रवरसेन ने किसी समय पंजाब पर विजय प्राप्त की और कुषाणों को अफ़गानिस्तान में खदेड़ दिया। और किसी भी साक्ष्य से यह लक्षित नहीं होता कि प्रवरसेन के आक्रमणों से अपना बचाव करने के लिए कुषाणों ने सासानी आधिपत्य का स्वागत किया हो। सच तो यह है कि लगभग 250 ई० में ही, जबकि प्रवरसेन का संभवतः अभी जन्म होना था, कुषाण सासानी अधिपत्य में आ चुके थे।

अतएव यह प्रमाणित करने के लिए कोई साक्ष्य नहीं है कि दक्षिण भारत, अथवा उत्तर-प्रदेश या पंजाब पर प्रवरसेन का कभी किसी प्रकार का भी नियंत्रण रहा। तो भी प्रायः समूचे दकन का सर्वोच्च अधिपति बन जाने की उसकी सफलता काफी चमत्कारपूर्ण थी और उसके सम्राट् पद के दावे को न्यायसंगत ठहराती है। यह सम्राट् पद उसने विशेष रूप से आयोजित वाजपेय यज्ञ के अन्त में नियमानुसार धारण किया। प्रवरसेन एक कट्टर हिन्दू था। वाजपेय के अतिरिक्त उसने कई वैदिक यज्ञ—यथा, बृहस्पतिसव, अश्वमेध, अग्निष्टोम, आप्तोर्याम, उक्थ्य, षोडशी और अतिरात्र किये। इन यज्ञों में से अश्वमेध उसने चार बार संभवतः चार भिन्न-भिन्न सैनिक अभियानों की समाप्ति पर किये।

प्रवरसेन के चार पुत्र थे। तेज़ी से बढ़ रहे साम्राज्य के विभिन्न प्रान्तों पर उनकी नियुक्ति संभवतः उप-राजाओं (Viceroys) के रूप में हुई थी। परन्तु पिता की मृत्यु के पश्चात् वे स्वतन्त्र हो गये, जिससे केन्द्रीय शासन की शक्ति पर्याप्त क्षीण हो गई। चारों पुत्रों में गौतमी पुत्र[1] ज्येष्ठ था। परन्तु

1. यह स्थापना कि भीटा मुद्रा का गौतमीपुत्र शिवमघ, प्रवरसेन का तृतीय पुत्र एवं मघ राजवंश का संस्थापक था, असंभव है। शिवमघ के कम से कम तीन लड़के थे; देखो पूर्व अध्या० II पृ० 34।

पिता के जीवन-काल में ही उसकी मृत्यु हो गई। सर्वसेन सम्भवतः दूसरा लड़का था। उसने सम्भवतः वासिम, दक्षिण बरार में वंश की एक शाखा स्थापित की, जो प्रधान वाकाटक-घराने के लगभग साथ ही साथ, लग० 525 ई० तक जीवित रही। प्रवरसेन के तीसरे और चौथे लड़कों के नाम ज्ञात नहीं हैं; बहुत संभव है कि वे साम्राज्य के पूर्वी प्रदेशों में उप-राजाओं की हैसियत से राज्य कर रहे थे।

रुद्रसेन प्रथम
(लग० 535 ई० से 360 ई०)

प्रा० 535 में प्रवरसेन का उत्तराधिकारी उसका पोता—गौतमी पुत्र का बटा रुद्रसेन हुआ। उसका राज्यकाल अनेक रहस्यों से आच्छन्न है। उसे लेकर अनेक वाद-विवाद हुए हैं। वाकाटक वंशावली में अक्सर उसके नाना—ग्वालियर के निकट पद्मावती में शासन कर रहे भारशिव वंश के राजा भवनाग का उल्लेख मिलता है।[1] यह तो स्पष्ट ही है कि किसी विषम परिस्थिति में उसने अपने दौहित्र की अच्छी सहायता की होगी।[2] किन्तु यह सहायता किस प्रकार की थी, अलबत्ता यह अभी तक ज्ञात नहीं हो सका है। रुद्रसेन के तीन चाचे थे, जिन्होने पैतृक साम्राज्य में से ही पृथक्-पृथक् राज्य बना लिये थे। ये सभी सम्राट् के उत्तराधिकारी की अपेक्षा अधिक अनुभवी थे। मुमकिन है उनमें से कुछ ने या सबने मिलकर उसे उखाड़ फेंकने की कोशिश की हो और उसके नाना राजा भवनाग ने अपने दौहित्र की तरफ से बीच में पड़कर उस की रक्षा की हो। रुद्रसेन के केवल एक चाचा के वंश का राज्य चलता रहा। यह असंभव नहीं कि बाकी दो चाचे या तो युद्ध में मारे गये या पहले के स्थानीय शासकों ने उन्हें उनके शासन-प्रदेशों से वंचित कर दिया।[3]

---

1. उक्त भवनाग के साम्यस्थापन के लिए, दे० ज० न्यो० सो० इं० 5, 21-7 और पूर्व, पृ० 38-39।
2. सामान्यतया राजकीय वंशावलियों में नानों का उल्लेख तभी हुआ है जब कि उन्होंने अपने दौहित्र को कोई महत्त्वपूर्ण मदद पहुँचायी हो।
3. यदि हम यह मान लें कि ये आन्ध्रदेश तथा दक्षिण कोसल पर उप-राजा

एक विचार यह भी बड़े जोर से प्रस्तुत किया गया है कि वह संकट जो रुद्रसेन पर आ टूटा और उसे लेकर रहा—उसके चाचों का नहीं अपितु गुप्तों का था। यदि रुद्रसेन अपने दादा की भाँति **सम्राट्** न रह सका, तो इसका कारण यह था कि अब गुप्त उठ खड़े हुए थे और उन्होंने अपनी अधीश्वरी सत्ता बना ली थी। इसके पूर्व कि वे ऐसा करने में सफल हो सकते, उन्हें वाकाटकों की प्रभु सत्ता को उच्छिन्न करना पड़ा होगा जिनके सम्राट् प्रवरसेन ने कुछ काल के लिए गुप्त-वंश के संस्थापक, चद्रगुप्त प्रथम को अभिभूत कर और उस तथा उसके पुत्र समुद्रगुप्त को अपना सामंत बना लिया था। अततोगत्वा समुद्रगुप्त ने प्रवरसेन प्रथम के उत्तराधिकारी रुद्रसेन प्रथम को, लग० 345 ई० में कौशाम्बी में लड़े गये एक घोर युद्ध में बुरी तरह से पराजित किया; वाकाटक राजा युद्ध में खेत रहा। अनन्तर वाकाटक महान् गुप्त साम्राज्य के सामन्त की स्थिति में आ गये।[1]

यहाँ पर इस स्थापना के सब पहलुओं का पर्यालोचन करना संभव नहीं है।[2] इतना कहना ही पर्याप्त होगा कि सचमुच हमारे पास ऐसा कोई प्रमाण नहीं जिससे यह सिद्ध हो सके कि प्रवरसेन ने प्रथम चन्द्रगुप्त प्रथम की शक्ति को कभी उन्मूलित किया हो, या समुद्रगुप्त कभी वाकाटकों का सामंत रहा हो और उसने कौशाम्बी की युद्धभूमि में उनके राजा रुद्रसेन को मौत के घाट उतारकर बदला लिया हो। **कौमुदीमहोत्सव** का राजा चण्डसेन जिसे पाटलिपुत्र से बाहर खदेड़ने की बात कहते हैं, गुप्त सम्राट् चन्द्रगुप्त प्रथम से अभिन्न स्थापित नहीं किया जा सकता।[3] समुद्रगुप्त के व्याघ्रहंता भाँति के

थे, तो अन्तिम विकल्प अधिक सम्भव मालूम देगा। समुद्रगुप्त के अभियान के समय इन प्रान्तों पर कई एक स्वतंत्र राजा शासन कर रहे थे।

1. ए० भं० ओ० रि० इं० 4 30-40; जायसवाल हि० इं० पृ० 80-82।
2. वर्तमान स्थापना के विस्तृत खण्डन के लिए, देखो इं० क० 9, 99-101 में अल्तेकर।
3. वहीं।

सिक्कों में उसका उल्लेख **राजा** कहकर इस कारण नहीं किया गया है कि उस समय वह मात्र एक सामंत था, अपितु इसका कारण यह है कि सिक्कों के ऊपर **राजाधिराज** अथवा **महाराजाधिराज** सरीखे अधिक लम्बे पदों के समावेश के लिए अवकाश नहीं था। यह सत्य है कि समुद्रगुप्त द्वारा बलात् उखाड़ फेंके गये नौ राजाओं में एक रुद्रदेव भी है, परन्तु उसका वाकाटक राजा रुद्रसेन से ऐसा साम्य नहीं। प्रयाग-प्रशस्ति का रुद्रदेव उत्तरी भारत का एक शासक था, इसके विपरीत वाकाटकों का रुद्रसेन दक्षिण का एक राजा था और हमें यह भी स्मरण रखना चाहिए कि प्रयाग का स्तभंलेख समुद्रगुप्त की एक प्रशस्ति है जिसकी कोशिश उसके विविध सफलताओं का एक पूर्ण तथा गौरवमय चित्र उपस्थापित करना है। पाठक के हृदय पर प्रभाव की महत्ता बढ़ाने के लिए, जिन कुषाण राजाओं ने केवल नाम मात्र को समुद्रगुप्त की अधीनता स्वीकार की थी, प्रशास्ति में उनकी भी पूर्ण अधीश्वरी पद्वियों का उल्लेख हुआ है। इसलिए, क्या यह संभव है कि समुद्रगुप्त की सबसे बड़ी रोमाञ्चकारी सांग्रामिक सफलता को जिसकी बदौलत वह वंश की अधीश्वरी सत्ता को पुन: प्रतिष्ठापित करने में सफल हुआ, आधा दर्जन महत्त्वपूर्ण राजाओं के साथ वाकाटक सम्राट् का नाममात्र संक्षिप्त उल्लेख करके छोड़ दिया जाता? यदि समुद्रगुप्त के हाथों पराजित रुद्रदेव वाकाटक वंश से संबद्ध होता—उस वाकाटक वंश से जिसने कि चन्द्रगुप्त प्रथम तथा समुद्रगुप्त की साम्राज्य-स्थापना सम्बन्धी आयोजनाओं को अकारथ कर दिया था—तो प्रयाग-प्रशस्ति का लेखक गुप्त-सम्राट् की शानदार विजय का उल्लेख करते हुए वाचाल हो उठता, इसके वर्णन में कई श्लोक गा जाता या लम्बे समासों की झड़ी लगा देता, और निश्चय ही मात्र चार अक्षरों में ही इसे कभी बर्खास्त न करता। समुद्रगुप्त द्वारा पराजित रुद्रदेव गंगा की घाटी में एक छोटी-सी रियासत का गया गुज़रा राजा था, वाकाटकों का राजा रुद्रसेन, नहीं। इस बात की ओर ध्यान दिलाना उचित है कि यदि रुद्रसेन की मृत्यु कौशाम्बी की युद्धस्थली में समुद्रगुप्त के हाथों हुई होती तो यह नितान्त असंभव है कि उसका पुत्र पृथ्वीषेण अपने होनहार उत्तराधिकारी

के लिए प्रभावती गुप्ता का वरण करता—उस शत्रु की पोती प्रभावती गुप्ता का, जो उसके पिता के राज्यकाल को काटने में निमित्त रहा था।

इस प्रकार स्पष्ट है कि समुद्रगुप्त ने रुद्रसेन प्रथम को उन्मूलित नहीं किया था। समुद्रगुप्त की विजयों ने वाकाटक स्वार्थों को कोई ठोस हानि नहीं पहुँचाई। समुद्रगुप्त के अभियान में भी रुद्रसेन से उसका कोई सीधा संघर्ष नहीं हुआ। प्रवरसेन प्रथम के शासन-काल में दक्षिणी कोसल तथा पूरवी दकन पर—जिस प्रदेश के राजाओं को समुद्रगुप्त ने अपने दक्षिणी अभियान में हराया और पुनः अधिकारासीन किया था—संभवतः वाकाटकों का आधिपत्य-सा था। परन्तु यह साहसिक अभियान समुद्रगुप्त ने लग० 360 ई० तक प्रारंभ किया था, और उस तिथि के एक या दो दशक पूर्व इन प्रान्तों के स्थानीय राजाओं ने अनुभव-शून्य तथा दुर्बल रुद्रसेन के शासन काल में अधीश्वरी शक्ति की कमजोरी का फायदा उठाते हुए वाकाटक आधिपत्य को अस्वीकृत कर दिया था और बलपूर्वक स्वतंत्रता उद्घोषित कर दी थी। और न ही अपनी राजभक्ति समुद्रगुप्त को समर्पित करने वाले महाकान्तार के राजा व्याघ्रराज की पहचान हम गंज के राजा व्याघ्रराज से कर सकते हैं, जो कि एक वाकाटक सामंत था। प्रथम का व्याघ्रराज तो **दक्षिण** विन्ध्यमाला के **दक्षिण** की ओर कहीं राज्य कर रहा था, जब कि दूसरा बघेलखण्ड में उक्त शैलश्रृङ्खला के **उत्तर भाग** का शासक था।

यह सच है कि जिस **सम्राट्** पद को प्रवरसेन ने धारण किया था, रुद्रसेन ने भी उसका उपयोग किया हो—इस बात की कोई साक्षी नहीं मिलती। परन्तु उसके समकालिक समुद्रगुप्त द्वारा **महाराजाधिराज** की अधीश्वरी उपाधि धारण करने से इसका कोई सम्बन्ध न था। धर्मशास्त्रों के अनुसार वाजपेय यज्ञ के उचित विधान से ही किसी राजा को **सम्राट** की उपाधि ग्रहण करने का अधिकार प्राप्त होता है।[1] प्रवरसेन की भाँति रुद्रसेन प्रथम ने इस यज्ञ का अनुष्ठान नहीं किया था, सो वह इस उपाधि के ग्रहण करने का अधिकारी नहीं था। यह

1. तुल०—राजा वै राजसूयेन इष्ट्वा भवति सम्राट् वाजपेयन, अवरं हि राज्यं परं साम्राज्यम्। शतपथ ब्रा० 5 1.1.13।

भी स्मरण रखना चाहिए कि दकन में पंजाब की भाँति **महाराज** की उपाधि से जो उसने धारण की थी, किसी अधीन स्थिति का द्योतन नहीं होता था। इक्ष्वाकु राजा शान्तमूल और विष्णुकुण्डी राजा माधववर्मा सरीखे स्वतंत्र शासकों ने भी कई अश्वमेध रचाये थे और उन्होंने भी यह उपाधि धारण की थी। महान् पुलकेशी द्वितीय का भी यही हाल था, जिसने सकल उत्तरापथ नाथ हर्ष को परास्त किया था। जिन अफसरों ने प्रभावती गुप्ता के राज्य-संरक्षण-काल में वाकाटक ताम्र पट्टों के मसौदे बनाये थे उनकी शिक्षा-दीक्षा दक्षिणी परिपाटी के अनुसार हुई थी। सो वे इस विषय में **महाराज** और **महाराजाधिराज** के बीच कोई विशेष फर्क नहीं करते प्रतीत होते। यह निश्चित रूप से विदित है कि चन्द्रगुप्त प्रथम तथा समुद्रगुप्त––दोनों ने **महाराजाधिराज** की उच्च उपाधि का उपयोग किया था, परन्तु प्रभावती गुप्ता के पूना-पट्टों में चन्द्रगुप्त प्रथम का स्मरण मात्र **महाराज** कहकर किया गया है। रिठपुर पट्टों में न केवल चन्द्रगुप्त प्रथम को ही अपितु उसके यशस्वी पुत्र समुद्रगुप्त को भी सीधे-सादे **महाराज** पुकारा गया है। **महाराजाधिराज** की उपाधि सिर्फ प्रभाववती गुप्ता के पिता, चन्द्रगुप्त द्वितीय को दी गई है।

जब वयस्क होने पर प्रवरसेन द्वितीय ने वाकाटक पट्टों के लेखन का रूप सदा के लिए निश्चित कर दिया, तब भी वह गुप्त प्रभाव की संमोहिनी के अधीन था। सम्भवतः उसे उसके पूर्वजों के लिए एक ऐसी उपाधि के अधिकार के प्रति अरुचि-सी रही होगी, जिस उपाधि पर उसके कुछ काल पूर्व के मार्गदर्शक तथा संरक्षक, चन्द्रगुप्त के वंश वाले कोई आधी शती से ऊपर तक अपना अधिकार-सा समझते रहे। उसने स्व-नाम प्रवरसेन को, क्योंकि एक वाजपेय यज्ञ के अनुष्ठान से वह इसका सर्वथा अधिकारी था, **सम्राट्** की उपाधि से अभिभूषित करने का निश्चय किया। अनन्तर अन्य सभी उत्तराधिकारी शासकों का––स्वयं अपने को भी सम्मिलित करते हुए––महाराज़ कहकर उल्लेख करने में उसे कोई आपत्ति नहीं प्रतीत हुई, क्योंकि दक्षिण में उक्त उपाधि से अब भी स्वतंत्र सत्ता लक्षित होती थी।

रुद्रसेन लग॰ 360 ई॰ तक, 25 वर्ष राज्य करता रहा था। उसके

सिंहसनारोहण के बाद साम्राज्य का जो विघटन उपस्थित हुआ और उसके चाचों द्वारा यदा तदा खुले या छुपे प्रस्तुत विरोध से वाकाटक शक्ति तथा प्रभाव कुछ काल के लिए क्षीण हो गये। स्वयं वह उम्र का कच्चा तथा अनुभव से हीन था और अपने नाना भवनाग की सहायता से ही परिस्थिति को सुगम बना सकता था। राज-कार्य के झगड़ों ने सीमांत प्रदेशों को स्वतंत्र होने की छूट दे दी। इन झगड़ों ने रुद्रसेन द्वारा क्षत्रप सिंहासन पर वाकाटक उपजीवी यशोवर्मा द्वितीय को सहायता पहुँचने की राह में भी रोड़े अटकाये। शीघ्र ही यशोवर्मा द्वितीय को रुद्रदामा द्वितीय ने खदेड़ भगाया, और एकदम स्वतत्र सत्ता की द्योतक **महाक्षत्रप** की उपाधि धारण कर ली। परिस्थिति वश रुद्रसेन को चुप्पी साध, सन्तुष्ट रहना पड़ा। नाना भवनाग की सहायता से अलबत्ता शेष राज्य पर उसने प्रभावपूर्ण नियंत्रण स्थापित कर लिया। उसने दक्षिण-पश्चिमी भाग अपने चाचा सर्वसेन के हाथों में रहने दिया—जिसके वंशज पाँचवीं शती के अन्त तक उत्तरी और पूर्वी महाराष्ट्र पर शासन करते रहे। रुद्रसेन के बाकी दो चाचों का कुछ पता नहीं मिलता, संभवत: अपने नाना की सहायता से उसने उन्हें उखेड़ फेंका था।

परिणामत: रुद्रसेन परिस्थिति पर काबू पा लेने में सफल रहा और उसके नेतृत्व में एक बार फिर से वाकाटकों के प्रभुत्व का गौरव स्थापित हो गया। और यह देखकर आश्चर्य होता है कि समुद्रगुप्त ने, न तो अपने दक्षिण-अभियान में, और न हीं जब वह मध्य प्रदेश में प्रविष्ट हुआ और सागर आदि जिलों पर अपनी हुकूमत जमा बैठा—तब, वाकाटकों पर कोई आक्रमण किया।[1] सम्भवत: उसने अनुभव किया कि वाकाटक एक उपयोगी मित्र राष्ट्र

1. अगर हम, जैसा कि बहुत संभव है, मान लें कि समुद्रगुप्त कटनी और जबलपुर की बजाय पदमावती और झाँसी, अथवा कौशाम्बी, चित्रकूट और झाँसी की राह से एरण पहुँचा, तो वाकाटकों से उसके संघर्ष में जाने की जरूरत नहीं रह जाती है। पहली निर्दिष्ट राह तीनों में सबसे अधिक कठिन है।

सिद्ध होंगे और शायद उनसे व्यर्थ की लड़ाई मोल लेना उसे बुद्धिमत्ता पूर्ण नहीं प्रतीत हुआ। वाकाटक शासनों में यह दावा बड़े जोर-शोर से पेश किया गया है कि रुद्रसेन प्रथम के पुत्र तथा उत्तराधिकारी पृथ्वीषेण के राज्यारोहण के समय उनका कोप, वल और गौरव विगत सौ वर्षों से उत्तरोत्तर समृद्धि पर अग्रसर था।[1] इस प्रकार हम विश्वास पूर्वक मान सकते हैं कि चौथी के शती मध्य तक वाकाटकों पर युद्धभूमि में राजा की हार और मृत्यु जैसी कोई विपत्ति नहीं टूटी थी। रुद्रसेन का शासन लग० 360 ई० तक चलता रहा। उसके दादा के समय में साम्राज्य का बँटवारा हो चुका था और उन्होंने अपनी अदूरदर्शिता-पूर्ण नीति के कारण इस बँटवारे पर अपनी स्वीकृति भी दे दी थी। इससे वंश की प्रतिष्ठा का पर्याप्त आघात पहुँचा था।[2] रुद्रसेन ने वंश के क्षीण गौरव तथा प्रभुत्व को बहुत हद तक पुनः प्रतिष्ठित किया।

पृथ्वीषेण प्रथम
(लग० 360 ई० से लग० 385 ई०)

लग० 360 में रुद्रसेन का उत्तराधिकारी उसका पुत्र पृथ्वीषेण हुआ। संभवतः उसका राज्यकाल लगभग 25 वर्ष रहा, क्योंकि वाकाटक शासनों में उसका उल्लेख प्रायः पुत्र-पौत्रों से घिरे हुए एक कुल धुरीन के रूप में किया जाता है।

वासिम शाखा में पृथ्वीषेण का समकालीन, सवंसेन का पुत्र विन्ध्यसेन था। दोनों घरानों के बीच सम्बन्ध अब तक पर्याप्त हार्दिक हो चुके थे। बासिम शाखा संभवतः, आन्तरिक स्वाधीनता उपभोग करती हुई, मुख्य घराने का नाम-मात्र को आधिपत्य माने हुए थी।[3] किसी समय यह माना जाता था कि कुन्तल

---

1. देखो, पूर्व, पृ० 95–नो० 1।
2. यह विचार कि क्षीणवृष भाँति के सिक्के रुद्रसेन के हैं; अग्राह्य हैं; देखो अध्याय 5।
3. मुख्य घराने के शासकों की अनुमति के बगैर ही हम इन राजाओं को भूमिदान करते पाते हैं; ए० इं० 26, 137 प्र०। मुख्य घराने से उनके सम्बन्ध संभवतः उसी प्रकार के थे जैसे कि गुजरात और आन्ध्र देश के चालुक्य तथा राष्ट्रकूट वंश-शाखाओं के मुख्य-घराने से।

अथवा दक्षिण महाराष्ट्र को वाकाटक साम्राज्य में सम्मिलित करने वाला पृथ्वीषेण था। परन्तु अजंटा अभिलेख के संशोधित पाठों से सिद्ध होता है[1] कि बासिम शाखा का राजा विन्ध्यसेन ही मुख्यतया इस विजय के लिये उत्तरदायी था। यह भी बहुत संभव है कि इस उपक्रम में उसे पृथ्वीषेण से क्रियात्मक सहायता मिली हो। अन्यथा यह स्पष्ट करना मुश्किल होगा कि क्योंकर प्रमुख घराने के शासकों का कुछ साहित्यिक ग्रन्थों में **कुन्तलेश** कहकर वर्णन किया जाता है।

वाकाटकों द्वारा परास्त कुन्तल राजा की पहचान सन्तोषपूर्ण ढंग से अभी तक नहीं हो सकी है। सामान्यतया ऐसा मानते हैं कि वह एक कदम्ब शासक था। सर्वाधिक संभावना हैं कि वह राजा कङ्गवर्मा था जो इस समय कुन्तल अथवा कर्णाटक पर राज्य कर रहा था। यह भी मुमकिन है किन्तु साध्य नहीं कि वह छठीं शती के प्रारम्भ में शोलापुर जिले के शासक, राष्ट्रकूट राजा अविधेय का कोई पूर्वज हो। किन्तु इस मसले का समाधान वर्तमान अवस्था में संतोषपूर्वक नहीं हो सकता। कुन्तल की विजय के परिणामस्वरूप दक्षिणी महाराष्ट्र को वाकाटक-राज्य में सम्मिलित कर लिया गया।

353 और 354 ई० के बीच इस समय पश्चिमी क्षत्रपों की शक्ति को पुनः ग्रहण लग चुका था। क्षत्रपों के संकट का कारण वाकाटकों द्वारा गुजरात और काठियावाड़ पर अपने आधिपत्य को पुनः उद्घोवित करने का कोई प्रयास न था। जैसा कि पहिले भी कह चुके हैं[2] इसका हेतु अभी अविदित है।

बघेलखण्ड में उपलब्ध दो अभिलेखों से निर्दिष्ट होता है[3] कि व्याघ्रराज नाम के एक स्थानीय राजा को पृथ्वीषेण का आधिपत्य मान्य था। अधिक

1. है० आ० स० नं० 14।
2. देखो अध्याय 3, पूर्व, पृ 61-62।
3. गंज शासन का० इ० इं० 3, नं० 54; **नचने-की-तलाई** अभिलेख ए० इं० 17, 12।

मुमकिन यह है कि वह पृथ्वीषेण, पृथ्वीषेण प्रथम था न कि पृथ्वीषेण द्वितीया आलेखों से इस प्रकार यह प्रकट होता है कि पृथ्वीषेण के राज्यकाल में बघेलखण्ड वाकाटक प्रभाव क्षेत्र के अधीन था।

कुन्तल की विजय ने वाकाटकों के गौरव को बढ़ा दिया था, गुप्त सम्राट् चन्द्रगुप्त द्वितीय को, जो इस समय पश्चिमी क्षत्रपों के उन्मूलन का विचारकर रहा था, अनुभव हुआ कि यदि वह दक्षिणी पार्श्व में जबकि उसकी विजयी सेनाएँ मालवा तथा गुजरात में जुटी हुई थीं—एक सहायक मित्र को प्राप्त कर सके तो इस प्रकार उसका कार्य सुगम हो जायगा। इसीलिए उसने वाकाटकों को अपना मित्र बनाने के लिए पृथ्वीषेण से उसके युवराज रुद्रसेन के साथ अपनी कन्या प्रभावती गुप्ता के विवाह का प्रस्ताव किया। पृथ्वीषेण ने यह प्रस्ताव स्वीकार कर लिया और लगभग 380 ई० में, संभवतः पाटिलपुत्र में विवाहोत्सव खूब धूमधाम से मनाया गया।[2]

---

1. अगर हम यह मान लें कि इन आलेखों का व्याघ्रराज इसी नाम का उच्चकल्प शासक है तो उसका अधिपति पृथ्वीषेण द्वितीय रहेगा। किन्तु ऐसा हो सकना नितान्त असम्भव है। यमुना और नर्मदा नदियों के बीच के सब प्रदेश लग० 465 ई० में गुप्त आधिपत्य में आ चुके थे। परिव्राजकों तक ने जो उच्चकल्पों के पश्चिमी पड़ोसी थे और इस प्रकार वाकाटक राजधानी के निकटतर थे, गुप्त आधिपत्य को कबूल कर लिया था। सो यह नितान्त असंभव है कि पृथ्वीषेण उच्चकल्प राजा व्याघ्रराज पर लग० 465 ई० में अनुशासन कर रहा हो।
2. एक साहित्यिक अनुश्रुति है कि इस संबन्ध का सबसे छोटा पुत्र प्रवरसेन द्वितीय लग० 410 ई० में नव यौवन की रंगरलियाँ मना रहा था, क्योंकि शासन की देखभाल निहायत इतमीनान के साथ नाना के हाथों में छोड़ी जा सकती थी। तु० **पिवतु मधु सुगन्धीन्यायनानि प्रियाणाम्। मयिविनिहितमारः कुन्तलानामधीशः॥** लग० 414 ई० में चन्द्रगुप्त की मृत्यु के समय उसका नाती लगभग 25 वर्ष का होगा। सो उसका जन्म लग० 390 में निर्धारित किया जा सकता है। वह अपने माता-पिता का

इस विवाह के लगभग पांच वर्ष बाद प्रा० 385 में, पृथ्वीषेण की मृत्यु हो गई।

8. रुद्रसेन द्वितीय

(लग० 385 से लग० 390 ई)

रुद्रसेन द्वितीय लग० 385 ई० में गद्दी पर बैठा। वह अपने विख्यात श्वशुर चन्द्रगुप्त द्वितीय के पर्याप्य प्रभाव में था क्योंकि हम उसे अपना पैतृक शैव धर्म छोड़ श्वशुर की भाँति वैष्णव धर्म अपनाना पाते हैं।

इस समय वाकाटक-राज्य फल-फूल रहा था। उसका राज-कोष पूर्ण था और उसकी सेनाओं ने हाल ही में विजय प्राप्त की थी। नया राजा एक युवक तथा शौर्यवान था, और हम अच्छी तरह मान सकते हैं कि उसने अपने श्वशुर की क्षत्रपों पर आक्रमण करने को योजना का इस आशा से कि ऐसा करने से स्वभावतः क्षत्रप राज्य का कुछ हिस्सा उसके हिस्से में भी आ जायगा, हृदय से स्वागत किया होगा, और इस साँग्रामिक आयोजन में स्वेच्छा से सहयोग भी दिया होगा। किन्तु दुर्भाग्य से, पूर्व इसके कि ये स्वप्न चरितार्थ हो पाते, अचानक ही पांच वर्ष के छोटे से शासन के पश्चात् तीस वर्ष की अल्पायु में लगभग 390 में, उसकी मृत्यु हो गयी। यह अप्रत्य.शित आपदा दोनों देशों पर एक बज्रपात के समान टूटी होगी और परिणामतः गुजरात का आयोजित आक्रमण कुछ वर्षों के लिए स्थगित कर दिया गया होगा।

9. प्रभावती गुप्ता की राज्य संरक्षता

(लग० 390 ई० से लग० 410 ई०)

इस विद्रोह के तुरन्त बाद ही चन्द्रगुप्त अपनी पुत्री प्रभावती गुप्ता के पास शोक प्रकट करने के लिए आया होगा। उसकी आयु इस समय केवल

तीसरा-चौथा नहीं तो कम से कम दूसरा पुत्र अवश्य था, और एवं उनके विवाह को लग० 380 ई० में रक्खा जा सकता है।

25 वर्ष की थी, और वह दो पुत्रों दिवाकरसेन और दामोदरसेन की मां थी।[1] इनमें बड़ा लगभग 5 और छोटा लगभग 2 वर्ष का था। चन्द्रगुप्त ने सैन्य और शासन—सम्बन्धी सब प्रकार की सहायता का वचन देते हुए अपनी पुत्री का अवयस्क राजा दिवाकरसेन की ओर से राज्य संरक्षिका के रूप में प्रशासन की बागडोर हाथ में ले लेने की सलाह दी। उसने इस उपदेश पर अमल करने का निश्चय कर लिया और वह संरक्षिका की हैसियत से शासन चलाने लगी; प्रायः बीस वष की अवधि तक पिता द्वारा पाटलिपुत्र से प्रेषित अधिकारी-वर्ग की बहुमूल्य सहायता से वह योग्यतापूर्वक प्रशासन करती रही।[2]

---

1. पीछे आसनासीन होने के समय दामोदरसेन ने अपना अभिषेक नाम प्रवरसेन रख लिया। प्रभावती गुप्ता के सम्बन्ध में रिणपुर पट्टों में प्रयुक्त विशेषण, **महाराज दामोदरसेन प्रवरसेन जननी** से यह सिद्ध नहीं होता कि उसके दो पुत्र जीवित थे—दामोदरसेन तथा प्रवरसेन। यदि यहीं तक होता तो समास के नाम-क्रम से प्रकट होता कि दामोदरसेन ज्येस्ठ तथा शासक राजा था। किन्तु ये पट्ट प्रवरसेन के, दामोदरसेन के नहीं उन्नीसवें वर्ष में जारी किये गये थे। इस प्रकार यह स्पष्ट है कि दामोदरसेन प्रवरसेन से अभिन्न है, इनमें से पिछला नाम उसका अभिषेक का नाम था।

   यह असंभव नहीं कि इन दो पुत्रों के अतिरिक्त प्रभावती के एक दो पुत्रियां भी हों जिनके नाम प्राप्त आलेखों में नहीं है।

2. प्रभावती गुप्ता के पूना पट्टों से जिनमें पूर्वी गुप्त लिपि का प्रयोग हुआ है, और जिनका आरम्भ वाकाटक की बजाय गुप्त-वंशवृक्ष से होता है, पर्याप्त स्पष्ट है कि उनका मसौदा पाटलिपुत्र से आये किसी अफसर ने तैयार किया था।

शोक विपत्ति के समय वासिम शाखा में प्रभावती गुप्ता का समकालीन विन्ध्यशक्ति द्वितीय लगता था। इस राज्य-संरक्षण के प्रशासन की राह में उसने कोई अड़चन नहीं डाली। वाकाटक वंश में ज्येष्ठ सगोत्री होने के नाते, स्वभावतः उसे इस बात पर निराशा हुई होगी कि अवयस्क राजा के लिए उसे संरक्षक शासक क्यों नहीं बनाया गया। परन्तु प्रभावती गुप्ता की पीठ पर उसके पिता का दृढ़ हाथ था, इसलिए विन्ध्यशक्ति ने इस होनहार भावी के आगे सिर झुका दिया होगा। संरक्षण-राज्यकाल का सम्पूर्ण अवधि में मुख्य वाकाटक घनाने तथा उसकी वासिम शाखा में सम्बन्ध पर्याप्त शान्तिपूर्ण रहे।

प्रभावती गुप्ता की संरक्षण-अवधि में ही गुजरात और काठियावाड़ की गुप्त-विजय निष्पन्न हुई। हम भलीभांति यह मान सकते हैं कि विधवा महिला ने अपने प्रख्यातनामा पिता को सभी सार्थक सहायता पहुँचाई। परन्तु इस अनुमान की पुष्टि में कोई प्रत्यक्ष साक्षी नहीं है।

चन्द्रगुप्त ने न केवल विशेषज्ञों को भेज कर ही संरक्षण शासन में सहायता पहुँचाई, अपितु अपने दौहित्रों की शिक्षा-दीक्षा में भी सक्रिय रुचि ली। एक साहित्यिक अनुश्रुति है कि **सेतुबन्ध** काव्य की रचना कुन्तल के राजा प्रवरसेन ने अपने अधिरोहण के अनन्तर की थी और पीछे कालिदास ने उसे संशोधित किया था। ऐसा होना असंभव नहीं कि इस महाकवि को चन्द्रगुप्त ने वाकाटक कुमारों को शिक्षित करने के लिए अध्यापक के रूप में नियुक्त किया गया हो।[2]

प्रभावती गुप्ता के भाग्य में अभी एक और दुखद वियोग सहना बदा था। उसका ज्येष्ठ पुत्र तथा अवयस्क राजा, उसके संरक्षा-शासन के तेरहवें वर्ष के

---

1. रामटेक के रामगिरिस्वामी वाकाटकों के पूज्य देव थे। प्रभावतीगुप्ता ने अपना अन्तिम दान उन्हीं की उपस्थिति में दिया। क्या यह संभव नहीं कि माता के साथ अपने शिष्य कुमारों को लेकर कालिदास भी आते जाते रहे हों, और इन्हीं यात्राओं में किसी समय उन्हें **मेघदूत** में इस पहाड़ी को अपने यक्ष का प्रवास-स्थान बनाने की कल्पना सूझी हो।

उपरान्त ही एकाएक मर गया।[1] यह विपत्ति विधवा महारानी पर वज्रपात के समान गिरी होगी, क्योंकि वह तो उत्सुकता से उस दिन की आस लगाये बैठी होगी कि कब प्रशासन के गुरू उत्तरदायिता से उसे मुक्ति मिलेगी। उसके छोटे बेटे दामोदरसेन का तिलक कर दिया गया, और पाँच-छ: वर्ष के लिए वह संरक्षक-शासिका बनी रही। अन्ततः लग० 410 ई० में संरक्षा-शासन का अन्त हुआ, तब दामोदरसेन ने प्रवरसेन का अभिषेक नाम धारण करते हुए प्रशासन का भार संभाला।

संरक्षा-शासन की अवधि समाप्त होने के काफी समय बाद तक प्रभावती गुप्ता जीवित रही। हम उसे अपने पुत्र प्रवरसेन के शासन काल के उन्नीसवें वर्ष में एक दान देते पाते हैं। चार वर्ष पीछे उसका पुत्र भी अपने और अपनी माता के लिए ऐहिक और आमुष्मिक फल प्राप्ति के लिए एक दान करते मिलता हैं।[2] प्रतीत होता है कि प्रभावती गुप्ता अपने पुत्र के राज्यकाल में 25 साल तक जीवित रही और प्राय: 75 वर्ष की परिपक्व आयु में उसका देहान्त हुआ।

10. प्रवरसेन द्वितीय
(लग० 410 440 ई०)

लग० 410 ई० में, राज्याधिरोहण के समय प्रवरसेन लगभग 20 वर्ष का युवक था। एक साहित्यिक परंपरा के अनुसार उसने अपने शासनकाल के प्राथमिक कुछ वर्ष यौवन की रंगरेलियों में गुजारे।[3] परन्तु 414 ई० में जब उसके यशस्वी नाना की मृत्यु हो गई, उसने राज्य-शासन का पूर्ण भार अपने कंधों पर ले लिया होगा। उसे यह अहसास न हुआ होगा कि राज्य-शासन के उद्योग व्यापार उसके नाना की भांति मामा कुमार गुप्ता प्रथम के हाथों में सुरक्षित रह सकेंगे।

1. संरक्षण-शासन के 13वें वर्ष में जब प्रभावती गुप्ता ने पूना शासन पत्र लिखवाये तब वही राजा था।
2. ए० इं० 22, 170 प्र०।
3. देखो, पूर्व पृ० 106—नो 2।

अब तक प्रवरसेन द्वितीय के प्राय: एक दर्जन ताम्रपट्ट उपलब्ध हुए हैं। न उनमें, न पिछले वाकाटक आलेखों में ही नये राजा के किसी सांग्रामिक उपक्रम का ज़िक्र है। इससे स्पष्ट है कि सांग्रामिक अथवा राष्ट्रवृद्धि सम्बन्धी उसकी आकांक्षाएँ न थीं; वह अपने रिक्थ से ही सन्तुष्ट था। वह एक साहित्यिक अभिरुचि का पुरुष था, और उसने **सेतुबन्ध** नामक एक प्राकृत काव्य रचा था जिसमें राम द्वारा लंका की विजय का वर्णन किया गया है। उसके वंश में रामटेक के रामस्वामी का बहुत सम्मान था, सो प्रवरसेन के लिए जो एक पुराणों के उल्लेखानुसार वैष्णव था, स्वाभाविक ही था कि वह अपने काव्य की कथावस्तु के लिए विष्णु के अवतार राम के वीर-चरितों की ओर उन्मुख होता।

पुराणों के अनसार पश्चिमी विदर्भ में कहीं अवस्थित, पुरिका वाकाटकों की सब से पहली राजधानी थी। पीछे से राजधानी नन्दिवर्धन जो बहुत संभवतः नागपुर के लगभग 13 मील उत्तर में, नंदर्धन (ननंर्धन भी लिखा पाया जाता है) में चली गयी।[1] प्रवरसेन ने एक राजधानी प्रवरपुर नाम से प्रतिष्ठापित करने का निश्चय किया था, परन्तु इस नगर की सन्तोषप्रद पहचान नहीं हो सकी है। सुझाया गया है कि शायद वर्धा जिले में **पवनार** ही वह स्थान हो।[2] पवनार में नदी की ओर मुख किये एक दुर्ग भी है। यदि खुदाइयों एवं अनुसन्धानों से इस स्थान पर किन्हीं वाकाटक प्राचीन स्मारकों की उपलब्धि हो जाय, तो संभवत: यह स्थापना सामान्य रूप से मान्य हो सकती है। प्रवरसेन के राज्य के 18वें वर्ष के बाद (लग० 430 ई० में) प्रधान कार्यालय नई राजधानी में उठ आये।

प्रवरसेन के अन्यान्य शासन-पत्रों में स्थान नामों द्वारा उपस्थापित साक्षी से यह स्पष्ट हो जाता है कि अमरावती, वर्धा, वेतुल, छिंदवाड़ा, नागपुर, भंडारा और बालघाट के जिले—वाकाटक-वंश की प्रधान शाखा के प्रशासन में थे।

---

1. नगर की पहचान, नागपुर के 34 मील उत्तर में—नन्दपुर से भी की गई है (ज० ए० सो० बं० न्यू० सी० 29 159)।
2. वही।

महाकोसल की भी संभवतः यही अवस्था थी। दक्खिनी बरार, भूतपूर्व हैदराबाद के मराठी भाग और दक्षिणी महाराष्ट्र वाकाटक वंश की बासिम शाखा के अनुशासन में थे। हैरानी की बात यह है कि प्रवरसेन द्वितीय का बासिम समकालीन उसी नाम का ही शासक था, जो अपनी शाखा का भी प्रवरसेन द्वितीय था।

लग० 430 ई० में प्रवरसेन ने अपने युवराज नरेन्द्रसेन का विवाह कुन्तल के राजा की लड़की अजितभट्टारिका के साथ किया। इस राजकुमारी के वंश की पहचान अभी तक संतोषपूर्वक नहीं हो सकी है, परन्तु अधिक संभव है कि वह कदम्ब राजा ककुत्स्थवर्मा की कन्या थी जिस (ककुत्स्थवर्मा) के सम्बन्ध में ज्ञात है कि उसने अपनी बेटियाँ गुप्त तथा अन्य राजकुलों में ब्याही थीं। इन अन्य राजकुलों में जिनका कि उसने चुनाव किया था, वाकाटक वंश भी संभवतः सम्मिलित कर लिया गया होगा, क्योंकि उस वंश की कीर्ति केवल गुप्तों के बाद ही ठहरती थी। इस परिणाम ने शायद दक्खिनी महाराष्ट्र की वाकाटक विजय से उपजे दोनों वंशों के बीच चलते आ रहे वैमनस्य का अन्त कर दिया हो।

प्रवरसेन द्वितीय का अब तक ज्ञात अन्तिम राज्य वर्ष 27वाँ है।[1] सो हम मान सकते हैं कि उसने प्रायः 30 वर्ष तक राज किया, और प्रायः 440 ई० में उसकी मृत्यु हुई।

11. नरेन्द्रसेन
(लग० 440 से 460 ई०)

लग० 440 ई० में प्रवरसेन के पश्चात् उसका पुत्र नरेन्द्रसेन राजा हुआ। वाकाटक आलेखों में एसा उल्लेख पाया जाता है कि उसे अपने वंश की नाम कीर्ति पुनः स्थापित करनी पड़ी; और इस विषय में उसके परम्परा प्राप्त खरे गुणों ने उसका भरपूर साथ दिया। परन्तु वह कौस-सी बड़ी विपत्ति थी जिसका सामना वाकाटकों के नये राजा के राज्यकाल में करना पड़ा, बहुत समय से

1. ए० इं० 23, 81।

इसका संतोषप्रद समाधान नहीं हो सका था। इतिहास के कुछ थोड़े बहुत ज्ञात तथ्य एक असाध्य सी समस्या उपस्थित करते प्रतीत होते हैं। विद्वानों की बहुसंख्या का झुकाव इस स्थापना की ओर प्रतीत होता था कि प्रवरसेन द्वितीय की मृत्यु के अनन्तर अपने प्रतिस्पर्धी भाई और उसके पुत्र से नरेन्द्रसेन को उत्तराधिकार विषयक एक लम्बा युद्ध करना पड़ा, इन्हें पराजित कर उसने सिंहासन पाया। इस भाई और भतीजे का उल्लेख अजन्ता गुहा 16 के शीर्ण अभिलेख में मानते थे।[1] इस स्थापना को स्थिर करने में प्रभूत कठिनाइयाँ थी, किन्तु ऐसा प्रतीत होता था कि इतिहास के ज्ञात तथ्यों का समाधान इस स्थापना के द्वारा सर्वाधिक ठीक तरह से हो सकता है।

परन्तु अब यह सिद्ध किया जा चुका है[2] कि अजन्ता अभिलेख में उल्लिखित शासक, वाकाटकों की प्रधान शाखा से सम्बद्ध नहीं हैं; और राजा और उसके पुत्र देवसेन को नरेन्द्रसेन तथा पृथ्वीषेण के मध्य में स्थापित करने की आवश्यकता ही नहीं है। वास्तव में उनका सम्बन्ध बासिम शाखा से है जो मुख्य शाखा से लग० 440 ई० में प्रवरसेन द्वितीय की मृत्यु पर नहीं अपितु प्रायः एक शती पूर्व प्रवरसेन प्रथम की मृत्यु पर ही अलग हो गई थी।[3] यह सिद्ध करने के लिए कोई प्रमाण नहीं है कि देवसेन अथवा उसके पिता ने मुख्य शाखा की गद्दी के लिए दावा किया हो, और कि इस प्रकार उत्तराधिकार का युद्ध उन मुसीबतों का हेतु न था जिनसे कि नरेन्द्रसेन का पाला पड़ा था।

जिस विपत्ति ने कुछ समय के लिए वाकाटक वंश को नरेन्द्रसेन के राज्यकाल में अभिभूत कर लिया था, वह सम्भवतः बस्तर में शासन कर रहे नल राजा भवदत्त वर्मा द्वारा वाकाटक प्रदेशों पर आक्रमण था। इस राजा के एक दान-लेख से पता चलता है कि वह वाकाटक राज्य के बहुत अन्दर तक प्रविष्ट हो सकने में सफल हुआ था और राज्य की अचिर पूर्व राजधानी पर उसने

---

1. ए० भं० ओ० रि० इं० 5, 33 तथा आगे, हि० इं० जा० पृ० 100 तथा आगे।
2. है० आ० सी० नं० 14।
3. ए० इं० 26, 141-2।

अपना प्रभुत्व जमा लिया था।[1] उक्त लेख का ठीक समय तो ज्ञात नहीं, परन्तु उसकी लिपि से ऐसा प्रतीत होता है कि वह ईसा की 5वीं शती के मध्य का होगा। यही समय था जबकि नरेन्द्रसेन कठिनाइयों की भंवरों में था। भवदत्तवर्मा की विजय निर्णायक थी। हम उसे वाकाटक प्रदेशों के ऐन मध्य में स्थित येओतमाल जिले में एक ग्राम का दान करते पाते हैं। स्पष्ट है कि भवदत्तवर्मा न केवल नरेन्द्रसेन को परास्त करने में, अपितु उसके राज्य के एक भाग पर प्रभावशाली कब्जा करने में भी सफल रहा। अपनी महान् सफलता के पश्चात् विजेता को हम पुण्य-भूमि प्रयाग में जाते पाते हैं। स्पष्ट है कि वह मनोकामना पूर्ण होने पर तीर्थ-यात्रा में गया था। भवदत्तवर्मा की विजय को लग० 445 ई० रखा जा सकता है।

परन्तु नलों की यह स्थिति न थी कि वाकाटक जिलों पर वे बहुत देर तक अधिकार जमाये रख सकते। भवदत्तवर्मा की मृत्यु के तुरन्त बाद नरेन्द्रसेन उन्हें खदेड़ने में सफल हुआ। उसकी विजय परिणाम गर्भित थी, क्योंकि न केवल अपने प्रदेश पर पूर्णरूपेण उसने पुनः अधिकार ही स्थापित कर लिया, अपितु लड़ाई को शत्रु देश के अन्दर तक ले जाकर उसकी राजधानी पर कब्जा कर लिया और उसे तहस-नहस कर दिया। भवदत्त के तत्काल बाद उसका उत्तराधिकारी अर्थपति हुआ था, जो संभवतः युद्ध में मारा गया, और उसका उत्तराधिकार उसके भाई स्कन्दवर्मा को मिला जिसने वंश की गौरव-कीर्ति को प्रतिष्ठित करके राजधानी को फिर से बसाया।[2]

बहुत संभव है कि राज्य की पुनर्विजय में नरेन्द्रसेन को उसकी रानी के कदम्ब सम्बन्धियों से सक्रिय सहायता मिली हो। अन्यथा हमारे लिए यह स्पष्ट कर सकना असंभव है कि क्योंकर नरेन्द्रसेन के पुत्र पृथ्वीषेण द्वितीय ने अपने वंशक्रम में अपने नाना का उल्लेख किया है। यह सम्भव प्रतीत नहीं होता कि कुमारगुप्त प्रथम ने संकटकाल में अपने भगिनी-पौत्र की सहायता की। 450 ई० के आस-पास तो—जबकि नरेन्द्रसेन घोरतम विपत्ति से ग्रस्त था—कुमारगुप्त

---

1. ए० इं० 102।
2. ए० इं० 21, 153; 26, 521।

अपने सिंहासन पर पुष्यमित्रों के उदय तथा हूणों के आक्रमण के कारण लड़खड़ा रहा था। सो, यदि उसकी अनुकम्पा रही भी हो, तो वह किसी प्रकार की सहायता पहुँचा सकने में असमर्थ था।

नरेन्द्रसेन का वर्णन उसके पुत्र के एक लेख में मालवा के अधिपति के रूप में किया गया है। क्या उसने उनके शत्रु पुष्यमित्रों के पक्ष में आकर गुप्तों से यह प्रदेश छीन लिया था? यह सम्भव प्रतीत नहीं होता। नल आक्रमण ने ही उसके हाथ बाँध दिये थे और निश्चय ही उनके शत्रुओं से कारण-साम्य स्थापित करके गुप्तों से शत्रुता मोल लेने में वह अत्यन्त उदासीन रहा होगा। ऐसा प्रतीत होता है कि जब, लग० 455 ई० में गुप्त सम्राट् को साम्राज्य से सुदूर प्रान्तों में अपना अधिकार स्थापित करने में सफलता की आशा प्रायः न रह गई होगी, तो मालवा के स्थानीय सामंत ने इस आशा से अपना भक्ति-सम्बन्ध कुछ समय के लिए वाकाटक राजा नरेन्द्रसेन को हस्तान्तरित कर दिया होगा कि उन संकटमय दिनों में वाकाटक उसकी सत्ता बनाये रखने में सहायक सिद्ध हो सकेंगे। इस सम्बन्ध में हमें यह न भूलना चाहिए कि नल-शक्ति के उच्छेदन से वाकाटकों की गौरव कीर्ति इस समय बढ़-चढ़ गई थी। किन्तु मालवा वाकाटक प्रभुत्व क्षेत्र में बहुत देर तक न रह सका, क्योंकि स्कन्दगुप्त के राज्यकाल में वह पुनः गुप्त आधिपत्य में आ गया था।

मेकल तथा कोसल का अधिपत्य भी नरेन्द्रसेन के पुत्र ने उसके नाम आरोपित किया है। इस बारे में कुछ भी नामुमकिन नहीं। उसने छत्तीसगढ़ तथा बस्तर में शासन कर रहे नलों की राज्य शक्ति को चकनाचूर कर दिया था और पर्याप्त संभव है कि उनके सीमान्त पर अवस्थित अथवा तदंतर्गत प्रदेशों के कुछ भाग पर अधिकार कर लिया हो। किन्तु परिव्राजक तथा उच्चकल्प वाकाटकों के सामन्त नहीं बने।

नरेन्द्रसेन के राज्यकाल के अन्त को लग० 460 ई० में रखा जा सकता है। वह एक सुयोग्य शासक था, क्योंकि वह अपने वंश की कीर्ति और समृद्धि पुनः प्रतिष्ठापित कर सकने में सफल तो रहा ही, साथ ही अन्ततोगत्वा, नल

राज्य के एक बड़े भाग को स्वाधिगत करके उसने साम्राज्य में विस्तार भी किया। बासिम शाखा के राजाओं से उसके सम्बन्ध पर्याप्त सौजन्य पूर्ण थे।

12. पृथ्वीषेण द्वितीय
(लग० 460 से लग० 480 ई०)

पृथ्वीषेण के शासन की अवधि निश्चितरूपेण ज्ञात नहीं है, तदापि हम पर्याप्त भरोसे के साथ लग० 460 और लग० 480 ई० के बीच उसमें शासन को रख सकते हैं। बासिम शाखा में उसका समकालीन था देवसेन—जो युद्ध की बजाय रास-रँग का मतवाला जीव था। अतः दोनों शासकों के सम्बन्ध सौजन्यपूर्ण थे।

पिता की भांति पृथ्वीषेण का राज्य-काल फ़ूलों की सेज न था। उसके बालघाट के ताम्रपट्टों से ज्ञात होता है कि उसे दो बार अपने वंश की कीर्ति की रक्षा करनी पड़ी थी। किन्तु किन शत्रुओं पर उसने विजय पाई—इस विषय पर इनमें कोई प्रकाश नहीं डाला गया है। संभव है, इन अवसरों में प्रथम नल आक्रमणकारियों को बाहर निकाल भगाने का हो—जिसमें उसने अपने पिता के शासनकाल में सक्रिय भाग लिया हो, क्योंकि लग० 450 ई० में वह 20 वर्ष का एक युवक था। दूसरा मौका संभवतः त्रैकूटक राजा रुद्रसेन द्वारा जो लग० 445-475 ई० में दक्षिणी गुजरात पर राज्य कर रहा था, वाकाटक राज्य पर हमला था। इस शासक के सम्बन्ध में एक अश्वमेध-यज्ञ के अनुष्ठान का पता है। उक्त अनुष्ठान से लक्षित शक्ति का विस्तार संभवतः वाकाटकों को, जो उसके पूर्वी पड़ोसी थे, हानि पहुँचाकर हुआ। पृथ्वीषेण अपने खोये जिलों को मात्र वापिस ले सका, त्रैकूटक शक्ति को नष्टभ्रष्ट कर सकने में असमर्थ रहा; क्योंकि रुद्रसेन के उत्तराधिकारी व्याघ्रराज के शासन-काल में त्रैकूटकों की समृद्धि बढ़ती रही और उनका विस्तार होता रहा।

पृथ्वीषेण के किसी पुत्र उसके उत्तराधिकारी होने का हमें पता नहीं। उसकी मृत्यु के अनन्तर हम वाकाटक वंश का नेतृत्व बासिम शाखा के हरिषेण के हाथ में आता पाते हैं, जिसका उल्लेख अजन्ता के अभिलेख में

कुन्तल, अवन्ती, लाट, कोसल, कलिंग और आन्ध्र के विजेता के रूप में है। ये विजयें वह प्रधान वाकाटक-शाखा के राज्य के प्रदेशों तथा स्रोतों पर प्रभावपूर्ण अधिकार स्थापित करके ही अधिगत कर सकता था। हम आगे चलकर उसके वीरकृत्यों की कथा का वर्णन करेंगे, परन्तु बासिम शाखा के पहले शासकों के एक सुसंबन्ध, परन्तु संक्षिप्त इतिहास से उसकी भूमिका बांध देना सुगम होगा।

13. वाकाटकों की बासिम शाखा

सम्राट् प्रवरसेन प्रथम के एक छोटे पुत्र, सर्वसेन ने लग० 330 ई० में बासिम शाखा की नींव डाली थी।[1] प्रवरसेन का राज्य 60 साल की लम्बी अवधि तक रहा, इसलिए हम यह मान सकते हैं कि उसके पुत्र सर्वसेन का राज्यकाल संभवत: छोटा था और प्राय: 360 में समाप्त हुआ। उसके राज्य की कोई घटना ज्ञात नहीं, परन्तु यह असंभव नहीं कि उसने और उसके भाइयों ने अपने छोटे भतीजे रुद्रसेन द्वितीय के राज्यारोहण में बखेड़े उठाये हों।[2] सर्वसेन के पुत्र तथा उत्तराधिकारी विन्ध्यसेन का शासन लम्बा, प्राय: 50 साल तक, रहा।[3] वह एक योग्य और महत्वाकांक्षी शासक था; और उसके अपने पितृ परम्परागत राज्य में कुंतल (दक्षिण महाराष्ट्र) का समावेश किया। बहुत मुमकिन है उसे इस प्रयास में प्रधान वाकाटक शाखा के शासक पृथ्वीषेण प्रथम से कुछ सहायता मिली हो। विन्ध्यसेन का राज्य पर्याप्त विस्तृत क्षत्र पर था—जिसके अन्तर्गत दक्खिनी बरार, भूतपूर्व उत्तरी हैदराबाद, नागर, नासिक, पूना तथा सतारा के जिले अर्थात् प्राय: पूरा महाराष्ट्र था। उसके वंशज इस प्रदेश के अधिकांश पर, संभवत: मूलवंश के शासकों के प्रति एक प्रकार की नाममात्र की अधीनता स्वीकार करते हुये राज्य करते रहे।

---

1. ए० इं० 26, 137 तथा आगे; है० आ० सी० नं० 141
2. पूर्व, पृ० 98।
3. उसके बासिम पट्ट उसके 37वें वर्ष में जारी किये गये थे।

विन्ध्यशक्ति द्वितीय का उत्तराधिकारी उसका पुत्र प्रवरसेन द्वितीय हुआ जिसका राज्य लगभग 15 साल (लग० 400 से लग० 415 ई०) का छोटा-सा अरसा था।[1] बड़े अचम्भे की बात है कि प्रायः पांच वर्ष, लग० 410 से लग० 415 ई० तक मुख्य वाकाटक वंश तथा उसकी बासिम शाखा–दोनों, के शासकों के एक ही नाम थे।

उसके 8 साल के अवयस्कपुत्र का नाम, जो बासिम में लग० 415 ई० में प्रवरसेन का उत्तराधिकारी हुआ, खंडित अजंता अभिलेख में सुरक्षित नहीं रह पाया है। हमारे पास कोई वृतान्त नहीं जिससे ज्ञात हो कि उसकी नाबालिगी में किस प्रकार शासन चलता रहा। यह असंभव नहीं कि प्रधान शाखा के प्रवरसेन द्वितीय ने संरक्षक के रूप में शासन के कार्य-सँभार उठाये रक्खे हों—जिसके परिणामस्वरूप करीब दस साल के लिए दोनों परिवारों का मेल हो गया।[2] वयस्क होने पर प्रवरसेन ने बासिम शाखा के चचेरे भाई को प्रशासन सुपुर्द कर दिया। माना जा सकता कि वह लग० 455 ई० तक राज्य करता रहा। अजंता अभिलेख में उसकी प्रशंसा सुशासक कहकर की गई है। ऐसा प्रतीत होता है, कि पड़ोसियों से लड़ाई झगड़े मोल लेने की बजाय उसकी मुख्य चिन्ता, प्रजा की हित-साधना थी। यह भी सम्भव है कि नरेन्द्रसेन को, जबकि वह नल विजेता को बाहर निकालने की चेष्टा कर रहा था, उसने सैन्य सहाययता पहुँचाई हो। नलों के आक्रमण से बासिम-शाखा के राज्य में कोई विशेष उपद्रव उपस्थित नहीं हुआ था, परन्तु उसके शासक को आशंका

---

1. प्रायः 50 वर्ष तक उसका पिता राज्य करता रहा। उसके बाद उसका उत्तराधिकार उसके पुत्र को मिला जो राज्यरोहण के समय 8 साल का एक नाबालिग बालक था। इसलिये अधिक संभव है कि प्रवरसेन का शासन छोटा था।
2. इससे यह स्पष्ट हो जायगा कि क्योंकर प्रधान वंश के प्रवरसेन की ख्याति साहित्यिक अनुश्रुतियों में कुन्तल का अधिपति करके हो गई, हालांकि यह बासिम-शाखा थी जिसने उक्त प्रान्त पर विजय प्राप्त की एवं राज्य किया।

हो उठी होगी कि इसके बाद मेरी बारी आ जाय तो। सो आत्मरक्षा के डर से आंखें खुल जाने पर उसने मूल शाखा की सहायता की होगी।

इस 'अज्ञातनाम' राजा का उत्तराधिकार लग० 455 ई० में उसके पुत्र देवसेन को मिला। माना जा सकता है कि लग० 475 ई० तक यह चलता रहा। वह एक विलासप्रिय शासक था; किन्तु राज्य-शासन का भार एक समर्थ मन्त्री के भरोसे छोड़ देने की बुद्धिमत्ता उसमें थी। इस मंत्री का नाम हस्तिभोज था और वह बड़ा योग्य और लोकप्रिय भी था।

लग० 475 ई० में देवसेन का उत्तराधिकारी उसका पुत्र हरिषेण हुआ, जो लग० 510 ई० तक राज्य करता रहा। हरिषेण बासिम शाखा का सर्वाधिक लोकप्रिय शासक था। उसके अधिरोहण के एकदम बाद ही प्रधान वाकाटक वंश के पृथ्वीषेण द्वितीय की मृत्यु हो गई। या तो वह कोई पुत्र ही नहीं छोड़ गया, या जैसा कि समान रूप से सम्भव है, उसके उत्तराधिकारी पुत्र को हरिषेण ने उखाड़ फेंका। वास्तविक स्थिति कुछ भी हो, इसमें सन्देह नहीं कि शीघ्र ही बासिम-शाखा मुख्य वंश के समूचे राज्य पर प्रभावपूर्ण अधिकार प्राप्त करने में सफल हो गई।

परन्तु वह अपनी इस सफलता से सन्तुष्ट न रह सका, क्योंकि उसके अजंता अभिलेख का दावा है कि उसने गुजरात, मालवा, दक्खिनी कोसल, आन्ध्र और कुन्तल प्रान्तों पर विजयें प्राप्त कीं एवं अपने प्रभाव-क्षेत्र को व्यापक करता गया।[1] प्रस्तुत दावे में कुछ भी नामुमकिन नहीं है। त्रैकूटक शासक रुद्रसेन लग० 495 ई० में मर गया था। उसके किसी उत्तराधिकारी का पता नहीं है और हरिषेण उसके राज्य पर, कम से कम कुछ काल के लिए, अधिकार पा लेने में सफल हुआ होगा। उसके नाम से जुड़ी मालवा की विजय भी पाँचवीं शती के अन्त में काफी मुमकिन थी। उस समय बुधगुप्त की मृत्यु के पश्चात् वह गुप्तों के हाथों से निकल चुका था। हरिषेण ने संभवतः उक्त प्रान्त में शासन कर रहे वर्मन् वंश को उसकी भक्ति अपनी ओर

1. है० आ० सी० नं० 14, पृ० 11

हस्तान्तरित करने के लिए बाध्य किया हो; परन्तु यह एक छोटे-से अरसे के लिए ही संभव हुआ होगा। दक्षिण कोसल नलों के शासन में था, उन्होंने हरिषेण की वर्धमान शक्ति से आशंकित होकर कि कहीं एक बार फिर उन्हें विदेशी आक्रमण का कष्ट न भुगतना पड़े उसका आधिपत्य स्वीकार करने में बुद्धिमत्ता समझी होगी। आन्ध्रदेश में समकालीन विष्णुकुण्डी राजा विक्रमेन्द्र ने अपने लड़के का व्याह एक वाकाटक राजकुमारी से किया था जो संभवतः राजा हरिषेण की पोती थी। परिणामतः उसके राजकवि को उसकी गणना अपने स्वामी के सामंतों में करने में आपत्ति नहीं हुई होगी।

पृथ्वीषेण द्वितीय (प्रधान घराने की,) की माता एक कुंतल (कदम्ब) राजकन्या थी; और अगर यह सच है कि हरिषेण उसके पुत्र के अधिकार पर अति-रोहण द्वारा हावी हुआ, तो उस अवस्था मे यह असम्भव नहीं उसने सिंहासन वापिस लेने के लिए कदम्बों से सहायता की अभ्यर्चना की हो। इससे सम्भवतः हरिषेण और कुन्तल-शक्ति में सघर्ष हुआ होगा जिसकी विजय-स्तुति हरिषेण के राजकवि ने गाई है। कदम्ब आलेखों में यह उल्लेख नहीं मिलता कि राजा मृगेश और रविवर्मा को, जो हरिषेण के समकालीन थे, किसी शत्रु के हाथों कभी कोई महत्वपूर्ण हार उठानी पड़ी हो। अतः संभवतः हरिषेण द्वारा कुन्तल राजा की पराजय का संकेत कदम्बों और वाकाटकों के बीच कुछ सीमान्त झगड़ों से रहे होंगे, जिनमें वाकाटकों का पलड़ा भारी रहा होगा।[1]

हरिषेण की मृत्यु के समय, लग० 510 ई० में, वाकाटक राज्य अपने प्रभुत्व तथा शक्ति की पराकाष्ठा पर था। व्यवहार रूपेण, सम्पूर्ण पश्चिमी आन्ध्र प्रदेश, महाराष्ट्र, और मध्य प्रदेश का पश्चिमी भाग उसके अनुशासन में था। इस प्रकार, इस काल में, वाकाटक साम्राज्य का विस्तार उससे

1. वी० वी० मिराशी ने सुझाया है कि वाकाटक आलेखों में उल्लिखित कुन्तल राजा संभवतः पाण्डुरंगपल्ली पट्टों में उल्लिखित राष्ट्रकूट वंश से सम्बद्ध हो। ए भ ओ रि इं 25, 36-50।

भी बढ़-चढ़कर था, जो अवस्था उसकी सम्राट् प्रवरसेन प्रथम के शासनकाल में रही थी। वास्तव में कोई समकालीन राज्य इतना व्यापक तथा शक्तिशाली नहीं था। इस सफलता को संभावित करने के लिए हरिषेण एक योग्य शासक, एक प्रवीण प्रशासक तथा एक नामी सेनानी रहा होगा।

14. वाकाटकों का पतन

वाकाटक साम्राज्य जो प्रायः 510 ई० में अपने उत्कर्ष की चरम सीमा पर था, पचास साल से भी कम की अवधि में लुप्त हो गया। लग० 550 ई० तक उसके अधिकतर भाग पर चालुक्यों ने अधिकार जमा लिया था। वाकाटक शक्ति का यह ह्रास तथा लोप किस प्रकार घटित हुआ, यह अभी तक एक रहस्य है; क्योंकि चालुक्य—आलेखों में, जिन्होंने दकन में उनके आधिपत्य का उत्तराधिकार पाया, उनके तथा वाकाटकों के बीच किसी भी संघर्ष का विवरण नहीं मिलता।

एक मत प्रस्तुत किया गया है कि वाकाटक शक्ति के अन्तर्धान का निकट हेतु एक राष्ट्रकूट साम्राज्य का उदय था जो ईसा की छठी शती में समूचे दकन पर हावी रहा।[1] परन्तु यह ध्यान दिलाना पड़ता है कि किसी ऐसे राष्ट्रकूट साम्राज्य की सत्ता पिछले चालुक्यों के 10वीं शती के राजकवियों की कल्पना के अतिरिक्त और कहीं रही ही नहीं।[2] चालुक्यों के छठीं शती के आलेख जिनमें कि वंश के पहले सदस्यों के छोटे-छोटे कृत्यों का भी विस्तारपूर्वक वर्णन है अपने से पूर्व के किसी शक्तिशाली राष्ट्रकूट साम्राज्य के उन्मूलन का कोई वर्णन नहीं करते। ऐसा कोई प्रमाण नहीं है जिससे सिद्ध हो सके कि छतीसगढ़ का राजा मानाङ्क एक राष्ट्रकूट था, अथवा उसके पौत्र जयराज भविष्य तथा अविधेय एक शक्तिशाली राष्ट्रकूट संघ के सदस्यों की हैसियत

---

1. मा आ रि० 1929, पृ० 197 प्र०।
2. इस स्थापना के विस्तृत खण्डन के लिए, दे० ए म ओ रि इं, 24, 149 तथा आगे में अल्टेकर।

से कोसल, बरार और दक्षिणी महाराष्ट्र पर शासन कर रहे थे और इस भाँति समूचे दक्खिन पर आधिपत्य जमाये हुए थे। वे सिर्फ स्थानीय सामंत थे। उनमें से कोई राष्ट्रकूट के रूप में ज्ञात भी न था। भविष्य के एक पुत्र अभिमन्यु के राज्यकाल में ही उसके वंश का राष्ट्रकूट वंश के रूप में उल्लेख पाया जाता है; और यह संभवतः उसके काल ही में उक्त पद पर होने के कारण हुआ हो।

सो छठी शतब्दी के आरम्भ में वाकाटक शक्ति का ह्रास किसी राष्ट्रकूट साम्राज्य के अकस्मात् आविर्भाव के कारण नहीं हुआ। इसके वास्तविक कारण अभी तक अज्ञात हैं।

अभी तक हरिषेण का कोई भी उत्तराधिकारी ज्ञात नहीं है। फिर भी हम यह मान सकते हैं कि उसकी मृत्यु पर उसका कोई पुत्र गद्दी पर आया, जो सम्भवतः लग० 530 ई० तक राज्य करता रहा। विष्णुकुण्डी राजा माधववर्मा प्रथम (लग० 525 से लग० 570 ई०) ने एक वाकाटक राजकुमारी ब्याही थी; वह संभवतः इस शासक की लड़की हो।

इस राजा के शासन-काल में साम्राज्य का विघटन बड़ी तेजी से शुरू हुआ। छत्तीसगढ़ वाकाटक नियन्त्रण से निकल गया और तीरदेव के शासन में चला गया।[1] एक सोमवंशी पाण्डव राजा था जो चांदा जिले पर भी राज्य कर रहा था। मालवा तथा उत्तरी मध्य प्रदेश में मन्दसोर वाला यशोधर्मा सहसा शक्तिशाली हो उठा, और प्रायः 525 ई० तक उसने सम्राटोचित उपाधियाँ धारण कर लीं। वह अभिमानपूर्वक दावा करता है कि जिन प्रान्तों पर हूणों अथवा गुप्तों ने भी विजय न पाई थी, वे भी उसका आधिपत्य अंगीकृत कर रहे हैं। ये प्रान्त अधिक संभव है कि वाकाटक प्रदेशों के उत्तरी जिले थे। यशोधर्मा की प्रभुता बहुत देर तक कायम नहीं रही, पर इन जिलों

---

1. ए० इं० 22, 15-23। डा० दे० रा० भण्डारकर अलबत्ता इस शासक को आठवीं शती में डालते हैं। (सूची, पृ० 396); देखो, पूर्व, पृ० 83-84।

के खो जाने से वाकाटकों की कीर्ति में बट्टा अवश्य लगा होगा। वे इन पर अपना अधिकार पुनः स्थापित करने में असमर्थ रहे, क्योंकि यशोधर्मा के तिरोभाव के शीघ्र पश्चात्, हम इस प्रदेश में कलचुरियों की शक्ति बढ़ती पाते है। दक्षिण महाराष्ट्र में अविघेय नामक राजा ने एक स्वतन्त्र शासन सत्ता स्थापित कर ली थी, यह भी बहुत देर तक न चल सकी, परन्तु महत्त्वपूर्ण और ध्यान देने योग्य बात यह है कि इसका सफाया, वाकाटकों ने नहीं बल्कि कदम्बों ने किया। पूर्व में नल फिर से शक्तिशाली हो गये और उन्होंने वाकाटक आधिपत्य का तिरस्कार कर दिया।

इस प्रकार लग० 540 ई० तक वाकाटक साम्राज्य का तिरोधान हो गया, क्योंकि कर्णाटक के कदम्बों, उत्तर महाराष्ट्र के कलचुरियों, और बस्तर के नलों ने हरिषेण के उत्तराधिकारी (अथवा उत्तराधिकारियों) के शासन काल में इसके अधिकांश प्रदेशों को स्वगत कर लिया था। परन्तु इन शक्तियों में कोई भी सकल दक्षिणा पथ का साम्राज्य बना सकने में सफल नहीं हो सकी। अकस्मात् और नितांत अप्रत्याशित ढंग से कर्णाटक में एक नया वंश चालुक्यों का उठ खड़ा हुआ, जो इन शक्तियों में प्रत्येक को हराकर और प्रत्येक के प्रदेश को अपने में मिलाकर ही रहा। यह सब किस प्रकार हुआ. इसका वर्णन अगली जिल्द में किया जायेगा।

अध्याय 6

गुप्तों का उदय

गुप्त वंश या कुल भारत में बहुत पहले से चला आता है। सातवाहन लेखो में अधिकारियों के नाम मिलते हैं, जिनके अन्त में गुप्त लगा होता है और एक गुप्त वंश की रानी (**गुप्तवंशोदिता**) का भी एक पुराने ब्राह्मी अभिलेख में उल्लेख है। शुङ्गकाल के सुप्रसिद्ध भरहुत स्तम्भ-लेख में **राजन** विसदेव के पुत्र को **गोतिपुत** कहा गया है जिससे प्रकट होता है कि वह रानी गौप्ती अर्थात् गुप्तकुल की थी। यह गोतिपुत उपनाम अन्य कई प्राचीन लेखों में आता है।[1] इन प्रसंगों से गुप्त वंश या कुल का महत्त्व, तथा प्राचीनता ज्ञात होती है मूल में एक ही कुल था जिससे सब शाखाएं निकली अथवा पहले से परस्पर सम्बन्ध-रहित भिन्न-भिन्न वंश थे जिन्होंने समय-समय पर गुप्त नाम अपना लिया—यह अभी निश्चित रूप से कह सकना कठिन है। यह नाम सारे उत्तर भारत और दक्खिन तक फैला है। इससे पिछली बात ही अधिक सम्भव प्रतीत होती है।

गुप्त वंश के प्रारम्भिक इतिहास के विषय में, जिसके कारण वह राजकीय सम्मान का भागी हुआ, हम बहुत कम जानते हैं। निश्चित रूप से ज्ञात तथ्य प्राय: वे ही हैं जों हमें बहुत से गुप्त लेखों के परम्परागत गोत्रोच्चार में प्राप्त होते हैं। इसके अनुसार समुद्रगुप्त **महाराज श्री गुप्त** का प्रपौत्र, **महाराज श्री घटोत्कच गुप्त** का पौत्र **महाराजाधिराज श्री चन्द्रगुप्त** का **महादेवी** कुमारदेवी से उत्पन्न **लिच्छवि दौहित्र** था।

यह संक्षिप्त वृतान्त प्रथम तीन राजाओं के नामों के अतिरिक्त कुछ अन्य

---

1. उल्लिखित अभिलेखों के लिए लुइडर की अभिलेख-सूची में देखिए सं० 1105, 1125, 11, 687, 92 अ, 94, 96, 156, 194, 271, 442, 663, 680-2, 1088। 681 में गोतिपुत को कौण्डिन्यगोत्रीय कहा गया है।

विशेष महत्त्व की बातों का भी सूचक है। हम देखते हैं कि पहले दो राजाओं के नाम के साथ **महाराज** पद प्रयुक्त है, और तीसरे को (और उसके उत्तराधिकारियों को) **महाराजाधिराज** कहा गया है। ये विरुद अवश्य सोच-विचार कर ही लगाये गये होंगे, जो उनकी स्थिति और अधिकार-भेद का निर्देश करते हैं। इसलिए चन्द्रगुप्त के अपने पिता तथा दादा से अधिक शक्तिशाली शासक होने में कोई सन्देह नहीं हो सकता। वे दोनों सामान्यतः सामन्त समझे जाते हैं, क्योंकि यह माना जाता है कि "गुप्तों के प्रारम्भिक और बाद के शासनकाल में महाराज-पद केवल सामन्तों के लिए प्रयुक्त होता था, स्वतन्त्र राजाओं के लिए नहीं।" किन्तु यह मत स्वीकार नहीं किया जा सकता।[1] और यदि हम उन्हें सामन्त मान भी लें, तो उस सर्वोच्च सत्ता का नाम बताने में असमर्थ हैं, जिसकी अधीनता वे मानते थे। इसलिए हमें यह प्रश्न कि गुप्त राजा वस्तुतः स्वतन्त्र शासक थे अथवा सामन्त—अभी अनिर्णीत स्वीकार करना होगा।

समुद्रगुप्त को गुप्त लेखों में सर्वत्र दिया गया **लिच्छवि दौहित्र** पद संकेत करता है कि चन्द्रगुप्त का लिच्छवि राजकुमारी कुमारदेवी से विवाह-सम्बन्ध एक विशेष महत्त्व की घटना थी। विन्सेंट स्मिथ ने यह विचार प्रकट किया है कि कुमारदेवी दहेज के रूप में अपने साथ वह प्रभाव लेती आई जिसने उसके पति का कुछ बरसों में मगध तथा पड़ोसी देशों में सर्वोच्च शक्ति बना दिया।[2] स्मिथ का तो यहाँ तक कहना है कि "लिच्छवि पाटलिपुत्र के स्वामी थे, और इस विवाह द्वारा चन्द्रगुप्त ने अपनी रानी के सम्बन्धियों की सम्पूर्ण शक्ति उत्तराधिकार में प्राप्त की।" इसके विपरीत एलन के विचार में "गुप्तों का लिच्छवियों से सम्बन्ध होने में गर्व का कारण उससे प्राप्त किसी सेना, भूमि आदि के लाभ की अपेक्षा उनके घराने की प्राचीनता थी।"[3] हमें स्मरण

---

1. लिच्छवि (नेपाल), मघ, भारशिब और वाकाटक राजाओं के उदाहरण यह सिद्ध करने को पर्याप्त हैं कि महाराज-पद सदा सामन्त के अधिकार का बोधक नहीं था।
2. अ हि इं॰ पृ॰ 279।
3. कै॰ क्व॰ गु॰ डा॰, पृ॰ ixx।

रखना चाहिए कि मानव धर्मशास्त्र (अध्याय 10 श्लोक 20, 22) लिंच्छवियों को व्रात्य क्षत्रियों का वंशज मानता है, व्रात्य वे कहे गये हैं जो धर्मच्युत होने के कारण सावित्री से बहिष्कृत थे। प्राचीन धर्म-विधान में वंश की विशुद्धता को प्राचीनता से अधिक मान मिलता था। इस कारण यह सन्देह स्वाभाविक है या केवल सामाजिक ख्याति के लिए ही गुप्त राजा लिच्छवि वंश से अपने सम्बन्ध पर इतना जोर देते थे। इसलिए यही सम्भावना अधिक युक्त मालूम होती है कि चन्द्रगुप्त प्रथम का यह विवाह-सम्बन्ध सामाजिक की अपेक्षा राजनीतिक दृष्टि से अधिक महत्त्व का था।

एक प्रकार के सिक्कों के ध्यानपूर्वक अध्ययन से उक्त मत की और भी अधिक पुष्टि होती है। इन सिक्कों (फलक 2, 7) के सीधी तरफ़ चन्द्रगुप्त और कुमारदेवी के चित्र हैं, और उल्टी तरफ़ एक सिंहवाहिनी देवी है और **लिच्छवयः** लेख है। एलन का यह विचार कि ये सिक्के अपने माता-पिता की स्मृति में समुद्रगुप्त ने प्रचलित किये, बिलकुल विश्वसनीय नहीं। पुराने मुद्राशास्त्रियों का मत है कि ये सिक्के चन्द्रगुप्त ने लिच्छवियों और उनकी राजकुमारी से सम्बन्ध के बाद चलाये। डा० ऐयंगार और अल्टेकर ने बड़ी योग्यता से इसका समर्थन किया है[1]। अल्टेकर ने इन सिक्कों के आधार पर ही यह ठीक परिणाम निकाला है कि कुमारदेवी अपने अधिकार से रानी थी, और लिच्छवि नये राज्य में अपनी पृथक् सत्ता अवश्य बनाये रखना चाहते होंगे। वस्तुतः सिक्कों पर अंकित **लिच्छवयः** नाम की दूसरी युक्तियुक्त व्याख्या होना कठिन है। जाति-नाम का बहुवचन में होना संकेत करता कि पुराने गणतंत्री विधान का कुछ चिन्ह लिच्छवियों में अब तक बचा हुआ था, किन्तु कुमारदेवी की स्थिति से सूचित होता है कि वस्तुतः व्यवहार में वंशागत एकतन्त्र प्रचलित था। कुछ भी हो, उपस्थित प्रमाणों के आधार पर यह कल्पना युक्तिसंगत होगी कि चन्द्रगुप्त और कुमारदेवी के विवाह से गुप्त और

1. न्यू० सप्ली०, जि० 48, पृ० 105 तथा आगे ज० इ० हि०, जि० 6, सप्ली० 10 तथा आगे।

लिच्छवि राज्य मिलकर एक हो गये, और **लिच्छवि-दौहित्र** विशेषण समुद्रगुप्त को उसके दोनों राजघरानों के उत्तराधिकारी होने के विचार से दिया गया।

यहाँ तक हम प्रायः निश्चित आधार पर हैं। किन्तु इससे आगे दोनों राज्यों की स्थिति बताना बड़ा कठिन है। बहुत से विद्वानों ने गुप्त और लिच्छवि दोनों राज्यों का अस्तित्व मगध में बतलाया है जिसकी पाटलिपुत्र राजधानी थी; किन्तु इन मतों के समर्थन में कोई प्रमाण नहीं मिलता। चीनी यात्री इत्सिंग द्वारा इस विषय पर कुछ प्रकाश पड़ता है। उसने 671 से 695 ई० तक भारत में भ्रमण किया था। वह लिखता है कि राजा श्री गुप्त (चि–लि–कि–तो) ने चीनी भिक्षुओं के लिए एक मन्दिर बनवाया और उसके साथ खर्च चलाने के लिए, चौबीस गांव लगा दिये। इस मन्दिर को चीनी-मन्दिर कहते थे; यह मि–लि–कि–या–सि–किया–पो–नो नामक दूसरे मन्दिर, जो गंगा तट के साथ लगभग चालीस योजन पूरब की ओर था, के समीप स्थित था। एलन ने इस श्री गुप्त का गुप्त वंश के संस्थापक गुप्त नाम के राजा से मिलाने का सुझाव दिया है।[1] किन्तु दुर्भाग्य से यह एकना बिलकुल अनिश्चित है, क्योंकि इत्सिंग ने श्रीगुप्त को अपने समय से पांच सौ बरस पहले हुआ लिखा है, जब कि गुप्त वंश के संस्थापक को उस समय चार सौ साल से पहले नहीं रखा जा सकता। एलन उक्त मिलान में इस दोष को विशेष बाधक नहीं मानता, "चीनी यात्री का वर्णन इतने समय बाद का है और वह भी वृद्धों के श्रीमुख से प्राप्त पुराने समय से चली आती जनश्रुति के आधार पर है।" यद्यपि यह काफ़ी तक प्रबल है, किन्तु तिथिक्रम सम्बन्धी कठिनाई भी आंखों से ओझल नहीं की जा सकती, और इत्सिग के श्रीगुप्त से गुप्त वंश के संस्थापक की अनन्यता बहुत सम्भव होते हुए भी निश्चित नहीं मानी जा सकती। हम अभी इसे एक अनन्तिम कल्पना के रूप में स्वीकार करते हैं और समझते हैं कि मूल गुप्त राज्य में बंगाल का भी कुछ भाग सम्मिलित था।[2]

---

1. कै० गु० डा०, पृ० 15।
2. हि० वं०, पृ० 69-70।

लिच्छवि लोग गौतम बुद्ध के समय से वैशाली (मुजफ़्फ़रपुर ज़िले का आधुनिक वसाढ़) में बसते चले आते थे और यद्यपि अज्ञातशत्रु ने उन्हें जीत लिया था, तथापि—**मनुस्मृति** और कौटिल्य के **अर्थशास्त्र** में आये निर्देशों से मालूम होता है कि वे प्रसिद्ध कुलों में एक गिने जाते रहे। लिच्छवियों ने सम्भवतः पहली या दूसरी शताब्दी ई० में नेपाल में अपना एक राज्य स्थापित किया। नेपाल में राज्य स्थापना के बाद वैशाली और आसपास के प्रदेश पर उनका अधिकार बना रहा, अथवा नहीं—यह निश्चित रूप से कह सकना कठिन है; किन्तु वैसा हो सकना असम्भव नहीं, क्योंकि समुद्रगुप्त की प्रशस्ति में नेपाल का उल्लेख होने से स्पष्ट है कि वह उसकी माता से प्राप्त लिच्छवि राज्य से भिन्न था। सारांश यह है कि गुप्तों की भांति लिच्छवियों का प्रारम्भिक इतिहास भी अज्ञात है; किन्तु कुमारदेवी का लिच्छवि-राज्य अनन्तिम रूप में वैशाली के आसपास उत्तरी बिहार में स्थित माना जा सकता है।

अधिक सम्भावना इस बात की है कि गुप्त और लिच्छवि राज्यों की सीमाएँ परस्पर मिलती थीं, और चन्द्रगुप्त और कुमारदेवी के विवाह से दोनों राज्य मिलकर एक हो गए। उक्त कथन के आधार पर यह माना जा सकता है कि उत्तरी और पच्छिमी बंगाल का कुछ हिस्सा गुप्तों के, और उत्तरी बिहार लिच्छवियों के शासन में था। हमें यह ज्ञात नहीं कि गुप्तों का पश्चिम और लिच्छवियों का दक्षिण में कहाँ तक अधिकार था, किन्तु सम्भावना यह है कि बिहार और उत्तरी एवं पश्चिमी बंगाल का एक बड़ा भाग इस संयुक्त राज्य के अन्तर्गत था। इससे अधिक कुछ कह सकना सम्भव नहीं है।

इत्सिंग के वर्णन में आये "पांच सौ बरस" का यदि हम अक्षरशः अर्थ करें, तो यह सिद्ध होगा कि एक राजा श्रीगुप्त (अथवा सम्मान सूचक श्री के साथ गुप्त, जैसा कि गुप्त वंश के संस्थापक का नाम है) दूसरी शती ई० के अन्तिम, पाद में बंगाल का शासक था। यदि ऐसा कोई राजा वस्तुतः रहा भी हो तब भी—लगभग एक शती बाद के अपने समनाम राजा से उसका क्या

संबन्ध था, सो अज्ञात है। चन्द्रगुप्त द्वितीय की एक लड़की जो वाकाटक राजकुमार को ब्याही गई, **धारण गोत्र** की कही गई है, इसलिए गुप्तवंशी अवश्य धारण गोत्र के रहे होंगे। इस **स्थापना** से यह अन्दाज किया गया है कि संभवतः उनका अग्निमित्र की पटरानी धारिणी से कोई सम्बन्ध रहा हो।[1] किन्तु इसमें कई उलझनें हैं। सार यह कि उपलब्ध वृत्त के आधार पर महाराज गुप्त द्वारा संस्थापित राजवंश के पूर्वेतिहास के सम्बन्ध में कुछ भी कह सकना असम्भव है। इस विषय पर दो मोहरें पेश की जा सकती हैं; जिनमें एक पर **गुतस्य** (मिश्र संस्कृत-प्राकृत में), और दूसरी पर संस्कृत में **श्रीगुप्तस्य** लेख है।[2] ये दोनों, या कम से कम पिछली मुहर गुप्तवंश के संस्थापक की हो सकती है; किन्तु यह भी एकदम अनिश्चित है।

तीसरा राजा चन्द्रगुप्त प्रथम निस्सन्देह वंश का प्रथम शक्तिशाली शासक है, जिसने अपनी राज्य-सीमा तथा धाक दूर-दूर तक फैलाई। उसका विवाह लिच्छवि राजकुमारी से हुआ, और उसने **महाराजाधिराज** की उपाधि ली। इससे अधिक उसके विषय में हमें निश्चित रूप से कुछ भी ज्ञात नहीं है। यह सामान्य धारणा है कि उसने अपने राज्याभिषेक से नया संवत् चलाया। गुप्त संवत् का ठीक प्रारम्भ बताने वाली तिथि चन्द्रगुप्त प्रथम का अभिषेक दिन है जो दो काल गणनाओं के अनुसार 20 दिसम्बर 318 ई० या 26 फरवरी 320 ई० है। लेकिन यह सिद्ध करने के लिए कोई निश्चित आधार नहीं कि गुप्त संवत् का प्रवर्तक वही था। यह केवल इस विश्वास पर आश्रित है कि वह बड़ा शक्तिशाली राजा था और उसके दोनों पूर्वज इतने तुच्छ थे कि उनके लिये नया संवत् स्थापित करना कठिन था। ये दोनों कल्पनाएँ सम्भवतः ठीक भी हैं, किन्तु इनका साधक कोई पुष्ट प्रमाण नहीं मिला। साथ ही, हमें इसकी भी उपेक्षा न करनी चाहिए कि यह संवत् विशाल साम्राज्य के संस्थापक

1. पो० हि० ए० इं० 4, पृ० 443 पादटिप्पणी।

2. ज० रा० ए० सो०, 1901, पृ० 99; 190, पृ० 814।

समुद्रगुप्त के राज्याभिषेक का स्मारक हो सकता है । इसका आधार नालन्दा तथा गया से प्राप्त क्रमशः 5 तथा 9 वर्ष अंकित तिथि के, समुद्रगुप्त के दो ताँबे के दानपत्र हैं । इन दोनों ताम्र-शासनों की प्रामाणिकता अवश्य ही संदेह से मुक्त नहीं, किन्तु कम-से-कम इनमें से प्रथम को जाली सिद्ध कर सकना भी कठिन है ।[1] इसलिए यदि हम इसे समुद्रगुप्त के 5वें वर्ष में जारी किया माने; तो गुप्त संवत् को उसके पिता की बजाय स्वयं उसके सिंहासनासीन होने का स्मारक मानना अधिक युक्तिसंगत होगा । कुछ भी हो, हमें यह न भूलना चाहिए कि प्रायः सर्वसम्मत विचार यह है कि चन्द्रगुप्त प्रथम ने गुप्त संवत् प्रचलित किया । इसे एक बहुत युक्ति युक्त एवं संभावित कल्पता होते हुए भी सर्वथा निर्विवाद तथ्य नहीं कहा जा सकता ।

चन्द्रगुप्त प्रथम के समय गुप्त राज्य की सीमायें क्या थीं—इसे ठीक-ठीक बता सकना कठिन है । निश्चय ही इसमें बिहार का एक बड़ा भाग और संभवतः उत्तर प्रदेश और बंगाल का भी कुछ हिस्सा शामिल रहा होगा; किन्तु इसको अधिक सूक्ष्मता से निर्धारित करने में बड़ी कठिनाइयाँ हैं । (दे० परिशिष्ट, पृ० 133) ।

उपर्युक्त वाद-विवाद से यह स्पष्ट हो गया होगा कि गुप्तों के उद्भव और प्रारम्भिक इतिहास के सम्बन्ध में हमें निश्चित रूप से बहुत कम पता है और अधिक तथ्यों के प्रकाश में आये बिना इस विषय में अधिक अटकले लगाना केवल वक्त गँवाना होगा । यह कहा गया है कि चन्द्रगुप्त प्रथम ने 'मगध के लोगों को घृणित विदेशी शकों के जुए से छुड़ाया ।" कुषाणों का इतिहास पिछले एक अध्याय में कह चुके हैं; उसमें इस बात का समर्थक प्रत्यक्ष प्रमाण कुछ भी नहीं है कि चन्द्रगुप्त प्रथम ने "शकों को मगध से निकाल बाहर किया, और उसे तीन शतियों की पराधीनता और विदेशी प्रभुत्व

1. इं० क०, जि० 11, पृ० 225 ।

से मुक्ति दिलाई।"[1] इस प्रकार की निराधार कल्पनायें व्यर्थ हैं,[2] और वर्तमान में सारी स्थिति निम्न प्रकार से रखी जा सकती है :—

तीसरी शती ई० के अन्त और चौथी के प्रारम्भ में उत्तर भारत में कोई सर्वोपरि राजनीतिक शक्ति नहीं थी, और अवस्था ऐसी ही थी कि जैसी प्रायः किसी साम्राज्य के टकड़े-टुकड़े हो जाने पर हुआ करती है। सारा देश कई छोटे-छोटे नृप-तंत्रों और प्रजातन्त्र राज्यों में बंटा था। इनमें से पूरब के दो राज्य—अर्थात् लिच्छवियों का राज्य तथा गुप्त द्वारा स्थापित राज्य—एक ववाहिक बन्धन द्वारा परस्पर संयुक्त थे; और चन्द्रगुप्त प्रथम, जो महाराज गुप्त का पौत्र तथा घटोत्कच का पुत्र था, उस शक्तिशाली राज्य का शासक था। इस राज्य के अन्तर्गत संभवतः, आज का बिहार ही नहीं, बल्कि उतर प्रदेश और बंगाल के कुछ भाग भी थे। उसने अपनी बढ़ती हुई शक्ति और प्रतिष्ठा को जताने के लिए अपने पिता और दादा के **महाराज** पद की जगह **महाराजा-**

---

1. ए० इं० गु०, पृ 35।
2. **कौमुदी महोत्सव** नाटक के आधार पर जायसवाल ने गुप्तों के उद्भव तथा प्रारम्भिक इतिहास का पुनर्निर्माण किया है (ए० भं० ओ० रि० इं० xii, 50, ज० वि० उ० रि० सो, ixx 113)। यद्यपि कुछ विद्वानों ने इसका समर्थन किया है (ज० बं० ओ० रि० सो०, जि० 21, पृ० 77; जि० 22, पृ० 275) तथापि विद्वानों के बहुमत ने ठीक ही उसे अस्वीकार कर दिया है (आयंगर कोमे० वो०, पृ० 359-362; इं० क०, जि० 9, पृ० 100; ० हि० क्वा०, जि० 14, पृ 582; टागस को० वो०, पृ० 115; ज० आ० हि० रि० सो०, जि० 6, पृ० 139)। **भविष्योक्तर पुराण** के एक संदर्भ, के आधार पर जो निश्चय ही एक आधुनिक जाल है, (इ० हि० क्वा०, जि० 20, पृ० 345) गुप्त इतिहास को विस्तार से लिखने का हाल का प्रयत्न (ज० वि० रि० सो०, जि० 30, पृ० 1) और भी अधिक भ्रमोत्पादक है। एक विशुद्ध ऐतिहासिक ग्रन्थ में इन सब मतों पर गंभीरता से विचार करना या इन्हें उपस्थित कर सकना असंभव है।

बिराज का सम्राट्-पद धारण किया, और संभवतः नया संवत् भी चलाया।

खेद का विषय है कि उसके वे वीरतापूर्ण कृत्य जिनसे चन्द्रगुप्त ने अपने राज्य के भावी उत्कर्ष का मार्ग प्रशस्त किया, बिलकुल अज्ञात हैं। किन्तु उसका अन्तिम कार्य जिसने इस दिशा में सम्भवतः सब चीजों से अधिक योग दिया, अपने पुत्र समुद्रगुप्त का अपने उत्तराधिकारी रूप में चुनाव था। पिता द्वारा इतनी अच्छी तरह रखी नींव पर समुद्रगुप्त ने वह भव्य भवन निर्माण किया जिसने उसके समूचे वंश को अमर कर दिया।

परिशिष्ट

चन्द्रगुप्त प्रथम का राज्य विस्तार

चन्द्रगुप्त प्रथम के राज्य में साकेत (अवध), प्रयाग और मगध (दक्खिनी-बिहार) थे—प्रायः इसे सभी स्वीकार करते हैं। इसका आधार पार्जिटर द्वारा उद्धृत पुराण का निम्नलिखित श्लोक है :—

अनु-गंगा-प्रयागं च साकेतं मगधांस्तथा।
एतान् जनपदान् सर्वान् भोक्ष्यन्ते गुप्तवंशजाः ॥

इसका पार्जिटर कृत अनुवाद है—"गुप्त वंश में उत्पन्न राजा इन सब प्रदेशों—अर्थात्, गंगा के साथ-साथ, प्रयाग, साकेत और मगध का उपभोग करेंगे।" श्लोक का **अनु-गंगा** (गंगा के साथ-साथ) पद कुछ अस्पष्ट है, और अगले पद प्रयाग के साथ मिलाने से 'गंगा के स्रोत से लेकर प्रयाग तक के सब प्रदेश' ऐसा अर्थ भी दे सकता है। कुछ ने इसे अगले तीनों स्थान वाचक नामों का सामान्य विशेषण माना है, किन्तु उस अवस्था में साकेत को गंगा का तटवर्ती प्रदेश कहना कठिन होगा। यही नहीं, कुछ पुराणों में उक्त श्लोक में **गुप्तवंशजाः** के स्थान पर **'गुप्त'**, **'गुह्य'**, सप्त, या **मणिधान्यजाः**—ऐसा पाठ मिलता है। **विष्णु पुराण** में इसी का गद्य-रूपान्तर **अनुगंगाप्रयागं मागधा गुप्ताश्च भोक्ष्यंन्ति**' है अर्थात् गंगा के साथ-साथ प्रयाग (तक) प्रदेश मगध के लोग और गुप्त भोगेंगे।[1] इससे गुप्त राज्य की सीमायें बहुत घट जाती हैं।

इन त्रुटियों के रहते, पौराणिक संदर्भ के आधार पर गुप्त-राज्य का सीमा-निर्धारण एक कठिन काम है। किन्तु बहुत से विद्वान् पार्जिटर के निर्णीत पाठ में वर्णित प्रदेशों को चन्द्रगुप्त का मानकर उनका आधुनिक स्थानों

---

1. डा० क० ए०, पृ० 53 पा० टि० 8।

से मिलान करना भी आरंभ कर देते हैं। यह स्मरण रखना चाहिए कि पुराण के उद्धृत प्रसंग के बाद अन्य राज्यों का वर्णन आता है, और कम से कम दो विभिन्न शासकों का उल्लेख आया है। उक्त वर्णन में 'गुप्तवंशजाः' यह बहुबचन पद है, और कई गुप्त शासकों का सामुहिक सूचक है। इसलिए पहले से ही यह कल्पना कर लेना अयुक्त है कि ग्रन्थकार ने इस श्लोक को लिखते समय, चन्द्रगुप्त प्रथम के राज्य का ही ध्यान—विशेषतः रखा होगा। पार्जिटर द्वारा प्रस्तुत शुद्ध पाठ में दिये विस्तृत प्रदेश को ही लें, तो यह जैसा चन्द्रगुप्त प्रथम के राज्य का वर्णन हो सकता है, वैसा ही समुद्रगुप्त की किसी विजय से पूर्व की अवस्था का भी संभव है। कई लोगों के मत में यह स्कन्दगुप्त के बाद गुप्त शक्ति के ह्रास-काल का वर्णन है। कुछ भी हो, व्याख्या की विविध कठिनाइयों और पाठ की अनिश्चितता के होते प्रस्तुत पौराणिक साक्षी को अधिक महत्व देना उचित प्रतीत नहीं होता; और चन्द्रगुप्त प्रथम के राज्य-विस्तार के निर्धारण में इसको आधार बनाना तो और भी असंगत होगा।

अध्याय 7

गुप्त-साम्राज्य की संस्थापना

1. इतिहास के उपादान

समुद्रगुप्त के सिंहासनारोहण के अनन्तर गुप्त युग के राजनीतिक इतिहास का हमारा ज्ञान अधिक पूर्ण और निश्चयात्मक हो जाता है। इसका कारण समुद्रगुप्त और उसके उत्तराधिकारियों के शासनकाल के वे बहुसंख्यक अभिलेखों का उपलब्ध होना है जो प्रस्तर और ताम्र-पत्रों पर उत्कीर्णित हैं। ये अभिलेख बंगाल से काठियावाड़ तक सारे उत्तर भारत में पाये गये हैं। इनकी सहायता से गुप्त इतिहास की मोटी रूपरेखा और तिथिक्रम का पर्याप्त विश्वस्त रूप में निर्मित करना संभव हो सका है।

स्वयं समुद्रगुप्त के दो शिलाभिलेख और दो ताम्रलेख (सं० 1-4)[1] हमें उपलब्ध हैं। पहले दो पर कोई तिथि नहीं है, किन्तु शेष दो पर क्रमशः संवत् 5 और 9 की तिथियाँ हैं। उक्त दोनों सतिथिक पट्टों की प्रामाणिकता के सम्बन्ध में कुछ विद्वानों ने संदेह व्यक्त किया है, किन्तु जहाँ तक कम से कम इनमें से पहले का प्रश्न है उपर्युक्त संदेह के आधार निश्चय ही बहुत क्षीण हैं।

प्रयाग के अशोक-स्तम्भ पर अंकित अभिलेख (सं० 3) तो न केवल समुद्रगुप्त अपितु सभी प्राप्त गुप्तलेखों में अत्यन्त महत्त्वपूर्ण है। इसमें तात्कालिक भारत की राजनीतिक स्थिति, समुद्रगुप्त की विजयों और उसके व्यक्तित्व का ऐसा विशद वर्णन हुआ है वैसा मात्र अशोक के अपवाद को छोड़कर, उत्तर भारत के अन्य किसी राजा के आलेख में नहीं पाया जाता। यह अभिलेख समुद्रगुप्त

---

1. कोष्ठगत संस्थाएँ पुस्तक के अंत में दिये सहायक ग्रंथ-निर्देश के अन्तर्गत गुप्त-अभिलेख सूची की क्रमसंख्या को सूचित करती हैं।

का इतिहास जानने का हमारा प्रधान, और वस्तुतः एकमात्र साधन है। इसलिए इसका सावधानी से अध्ययन करने की अपेक्षा है।

तेंतीस पंक्तियों की इस लम्बी राजकीय प्रशस्ति का रचियता राज्य में कई महत्त्वपूर्ण पदों पर रह चुका था। यद्यपि फ्लीट का मत था कि यह लेख समुद्रगुप्त की मृत्यु के बाद लिखा गया, किन्तु इस सहज धारणा के विरुद्ध कि लेख उस महान् सम्राट् के जीवन-काल में ही अंकित हो चुका था, कोई पर्याप्त आधार नहीं हैं।

2. समुद्रगुप्त का राज्यारोहण

इस प्रशस्ति का चौथा श्लोक चन्द्रगुप्त प्रथम की राजसभा के एक स्मरणीय दृश्य की ओर संकेत करता है। इसमें कहा गया है कि भरी राजपरिषद् में रोमाञ्चित गात्र और स्नेह-व्याकुलित तथा अश्रुपूर्ण किन्तु तत्त्वदर्शी नयनों से देखते हुए राजा ने अपने पुत्र समुद्रगुप्त का आलिङ्गन किया और उससे कहा : 'तुम आर्य हो, इस समस्त पृथ्वी का पालन करो।' कवि ने वहीं यह भी कहा है कि जहाँ इस घोषणा से सभासदों में प्रसन्नता की लहर दौड़ गई (शब्दशः-सभ्य उच्छ्वसित हो उठे) वहाँ समुद्रगुप्त के तुल्य-कुल वालों के हृदय ईर्ष्या से जल गये और उन्होने बड़े म्लान मुखों से उस विजयी भाग्यशाली पर दृष्टिपात किया।

सामान्यतः यह मान लिया गया है कि उक्त श्लोक चन्द्रगुप्त द्वारा युवराज के रूप में समुद्रगुप्त के चुनाव का संकेत करता है। किन्तु, इस अंश की शाब्दिक व्याख्या करने पर उक्त प्रसंग का अर्थ यह निकलता है कि चन्द्रगुप्त प्रथम ने स्वयं राजगद्दी छोड़ दी और अपने पुत्र को राजा के रूप में अभिषिक्त कर दिया। निस्सन्देह यह युक्ति दी जा सकती है कि कवि का नाटकीय वर्णन किंचित अत्युक्तिपूर्ण है और राजा के मुख से जो शब्द कहलाये गये हैं वे भविष्य की घटनाओं को सूचित करते हैं। किन्तु राजा की भावना, जिसका कवि ने इतने सजीव रूप में वर्णन किया है, उसके राज्य-त्याग और अंतिम विदाई से ही अधिक मेल खाती है, उसके उत्तराधिकारी की औपचारिक घोषणा मात्र से नहीं।

दूसरी ओर, राजा की मनोदशा और दरबार में व्याप्त तनावपूर्ण वातावरण संभवतः उन विशेष परिस्थितियों के कारण उत्पन्न हुआ हो जिनसे उत्तराधिकारी का चुनाव इतनी असाधारण दिलचस्पी का विषय बन गया। इस बात की संभावना का संकेत राजा की घोषणा में सभ्यों और तुल्य-कुलज राजकुमारों पर हुई परस्पर विरुद्ध प्रतिक्रियाओं द्वारा मिल जाता है। इससे स्पष्टः सूचित है कि राजवंश के दूसरे कुमार भी सिंहासन की लालसा रखते थे और गद्दी के इन विरोधी दावों ने प्रजा में उत्तेजना फैलाने के साथ-साथ संभवतः राजनीतिक जीवन को भी अशान्त बना दिया था। राजा ने सब संकटों को वर्त्तमान और भविष्य के लिए एकबारगी समाप्त कर देने के उद्देश्य से, संभवतः सबकी उपस्थिति में समुद्रगुप्त को अपना उत्तराधिकारी निश्चित कर दिया। किन्तु यह मत भी, कि चन्द्रगुप्त प्रथम ने अपने पुत्र समुद्रगुप्त के लिए गद्दी छोड़ दी, असंभव नहीं है। अभिलेख सं० 4 में तो प्रायः इस आशय का संकेत भी है।

यद्यपि उक्त घटना काफी समय पहले हो चुकी थी तथापि उसका वर्णन करते हुए राज्य के उच्च पदाधिकारी हरिषेण ने प्रतियोगी राजकुमारों की अप्रसन्नता पर स्पष्ट शब्दों में जोर दिया है। इस तथ्य से यह अनुमान करना असंगत नहीं दीखता कि यह एक ऐसी ऐतिहासिक घटना है जो महत्त्वपूर्ण परिणामों की ओर निर्देश करती है। अतः कुछ विद्वानों का यह सुझाव है कि समुद्रगुप्त के भाइयों ने उसके विरुद्ध विद्रोह किया और ज्येष्ठ भ्राता काच को गद्दी पर बिठा दिया।[1] काच का ज्ञान हमें उसके सिक्कों से ही होता है। ये सिक्के समुद्रगुप्त के सिक्कों से इतना अधिक मेल खाते हैं कि प्रायः सभी मुद्रा-शास्त्रियों ने समुद्रगुप्त और काच दोनों को अभिन्न माना है। एलन के विचार से "काच सम्राट् का पहला नाम था और अपनी विजयों के कारण

---

1. ए० भ० ओ० रि० इं० ix, 83 विन्सेंट स्मिथ का भी पहले मत था कि संभवतः काच समुद्रगुप्त का भाई था जो उससे पहले गद्दी पर बैठा (ज० रा० ए० सो० 1893, पृ० 37)।

उसने अपना नाम बदलकर समुद्रगुप्त रख लिया ।" किन्तु यह बात बिलकुल निश्चित नहीं। आगे हम काच की अधिक संभावित समरूपता पर विचार करेंगे और यदि काच समुद्रगुप्त से अभिन्न न हो तो भी इस मत की पुष्टि किसी बात से नहीं होती कि उसने समुद्रगुप्त के विरुद्ध विद्रोह का नेतृत्व किया। प्रशस्ति के पाचवें और छठें श्लोकों में, जो खंडित हो चुके हैं, जहाँ यह वर्णन है कि उसके अमानवीय चरित को देखकर कुछ लोग आकृष्ट होते थे और कुछ उसके प्रताप से संतप्त हो उसकी शरण में आ उसे प्रणाम करते थे, समुद्रगुप्त के प्रारंभिक शासन-काल की किसी अव्यवस्था का संकेत खोजना शायद ही संभव हो । लेकिन इन अस्पष्ट कथनों को ठीक-ठीक अर्थ अभी तक जाने नहीं जा सके हैं ।

3. समुद्रगुप्त की विजयें

प्रयाग की प्रशस्ति में समुद्रगुप्त की विजयों का विस्तार से उल्लेख हुआ है। प्रशस्ति केवल सैकड़ों युद्धों में सम्राट् की वीरता और समस्त शरीर पर हुए घावों का सामान्य रूप से वर्णन-भर करके नहीं रह जाती, अपितु जिन शत्रुओं से उसके युद्ध हुए उनका नामतः उल्लेख भी करती है ।

सातवें श्लोक में समुद्रगुप्त की महत्त्वपूर्ण सैनिक विजयों का संकेत है किन्तु श्लोक का एक भाग खंडित होने के कारण हम उसका सम्पूर्ण अभीष्ट अर्थ समझने में असमर्थ हैं। इसमें पहले अच्युत और नागसेन नामक दो शासकों पर पूर्ण विजय और तीसरे किसी कोटवशी राजा के पराभव का जिक्र है । इसके बाद पुष्प नाम के नगर में सम्राट् के विश्राम का वर्णन आता है । पत्थर की सतह के उचट जाने से खंडित आलेख के कारण हम उक्त दोनों घटनाओं में कोई सम्बन्ध नहीं जोड़ सकते। लेकिन वाक्य रचना से प्रायः यह संभावना प्रतीत होती है कि समुद्रगुप्त की इन राजाओं पर, कम-से-कम तीसरे पर, विजय का पुष्प नगर में उसके पधारने से गहरा संबन्ध है। दूसरे शब्दों में समुद्रगुप्त की उस एक या तीनों पर विजय के कारण ही संभवतः उसका पुष्प नगर पर अधिकार हुआ ।

अभिलेख में अच्युत और नागसेन, दोनों के नाम पुनः दुबारा उन राजाओं के साथ आये हैं जिन्हें समुद्रगुप्त ने उखाड़ फेंका था। उनका उच्छेद इसी लड़ाई में, जिसका जिक्र हम यहाँ कर रहे हैं, हुआ या इसके बाद कभी, यह निश्चय पूर्वक नहीं कहा जा सकता। किन्तु पहली बात ही अधिक संभव प्रतीत होती है, क्योंकि इन पंक्तियों में उनके लिए उन्मूल्य (जड़ से उखाड़कर) शब्द का प्रयोग हुआ है। अच्युत संभवतः अहिच्छत्रा (बरेली के निकट रामनगर) का शासक था और नागसेन, अधिक संभव है कि, पद्मावती (भूतपूर्व ग्वालियर राज्य में नरवर से 25 मील उत्तर-पूर्व का पदमपवाया) के नाग-वंश से सम्बन्ध रखता था। कोटवंशियों के नामाङ्कित सिक्के पूर्वी पंजाब और दिल्ली में मिले हैं और अनुमान है कि वे गंगा की घाटी के ऊपरी भाग के शासक थे। इन राज्यों के स्थान निर्धारण को दृष्टि में रखते हुए कहा जा सकता है कि महान् विजय के पश्चात् समुद्रगुप्त ने जिस नगर पर अधिकार किया वह कान्यकुब्ज ही था जो प्राचीन काल में पुष्पपुर कहलाता था।

परन्तु पुष्पपुर पाटलिपुत्र का भी एक प्रसिद्ध नाम था जो साधारणतः समुद्रगुप्त की राजधानी समझी जाती है। और यह भी संभव है कि, कवि का अभिप्रायः सफल अभियान के बाद सम्राट् के अपनी राजधानी में विजयोत्सव मनाते हुए प्रवेश से रहा हो। दूसरी ओर, कुछ विद्वानों का कहना है कि अच्युत, नागसेन और अन्य राजाओं ने उस पर पाटलिपुत्र में आक्रमण किया और नये राजा को अपनी राजधानी में उन संघटित राजाओं से युद्ध करना पड़ा जो उसके राज्यारोहण का विरोध करते थे।[1] कुछ का यह मत रहा है कि पाटलिपुत्र पर उस समय कोटवंशियों का अधिकार था और समुद्रगुप्त उन्हें हराकर ही नगर पर अधिकार कर सका।[2] किन्तु इन मतों की पुष्टि में कोई निर्णायक प्रमाण नहीं है। पुष्पपुर का अर्थ पाटलिपुत्र हो सकता है, लेकिन

1. ज० इं० हि०, जिल्द 6, परिशिष्ट पृ० 24, 27, 37।
2. ज० भ० ओ० रि० सो०, जिल्द 19, 113, 119।

तब समुद्रगुप्त की उपर्युक्त तीन राजाओं पर विजय के साथ इसका कुछ निश्चित सम्बन्ध बताना कठिन होगा।

समुद्रगुप्त के इस प्रथम अभियान के वर्णन के बाद उन राजाओं, राज्यों और जातियों की एक लंबी सूची आती है जो उसके द्वारा विजित हुए और जिन्होंने उसका आधिपत्य स्वीकार की थी। इनका स्पष्टतः चार श्रेणियों में विभाजन किया गया है और प्रत्येक का सम्राट् से सम्बन्ध भिन्न-भिन्न शब्दों में वर्णित है।

पहली श्रेणी में दक्षिणापथ (दक्षिण भारत) के बारह राज्य आते हैं, जहाँ उनके शासकों के नाम भी हैं। ये शासक युद्ध में हराने के बाद ग्रहण किये (पकड़े) गये और फिर अनुग्रहपूर्वक मुक्त कर दिये गये।

द्वितीय श्रेणी में आर्यावर्त के उन नौ राजाओं के नाम हैं जिन्हें बलात् उखाड़ फेंका गया था (**प्रसभोद्धरण**)। यहाँ यही अनुमान करना होगा कि इन शासकों के राज्य, समुद्रगुप्त ने अपने साम्राज्य में मिला लिये।

तीसरे श्रेणी में पाँच राज्यों के वे राजा आते हैं जिन्हें 'प्रत्यंत नृपति' (सीमान्तों के शासक) कहा गया है। इनके अतिरिक्त उन नौ गणराज्यों का भी उल्लेख है जो "करदान, आज्ञापालन और आगमनपूर्वक प्रणामों से उस प्रचण्ड शासन वाले सम्राट् को परितुष्ट रखते थे।"

चौथी श्रेणी की वाक्यावली के निर्वचन में कठिनाइयाँ हैं। इस पर जरा विस्तृत विचार की आवश्यकता है। इसलिए इससे पहले हम ऊपर कहे राज्यों से समुद्रगुप्त के सम्बन्धों के आधार पर उसके साम्राज्य का विस्तार निश्चित करने का यत्न करेंगे। यह स्पष्ट है कि समुद्रगुप्त के सीधे शासन में उसके पैतृक प्रदेश के अतिरिक्त वे राज्य भी सम्मिलित थे जो दूसरी श्रेणी में गिनाये गये हैं। यह बात अभिलेख के 'प्रसभोद्धरण' (बलात् उखाड़ फेंकना) शब्द से ही नहीं अपितु इससे भी सिद्ध है कि प्रथम श्रेणी के दक्षिणापथ के राजाओं के विपरीत इस दूसरी श्रेणी के शासकों का उल्लेख उनके राज्यों के नामों के बिना ही किया है। स्पष्ट है कि इन राज्यों का पृथक्

अस्तित्व न रहने की दशा में ही इनका नामोल्लेख नहीं हुआ है। इसका चाहे जो भी स्पष्टीकरण हो उनके राज्यों के नामों को छोड़ देने से उन नौ राजाओं की पहिचान कठिन हो गई है[1], जिनके प्रदेश गुप्त साम्राज्य में मिला लिये गए थे। इन राजाओं में है कि गणपति नाग तो बहुत संभवतः मथुरा का नागवंशी शासक था[2] और चन्द्रवर्मन् की पहचान हम इसी नाम के एक शासक से कर सकते हैं जिसका एक अभिलेख बंगाल के जिला बाँकुड़ा में अवस्थित सुसूनिया स्थान से मिला है। इसके अतिरिक्त अच्युत और नागसेन इन दोनों के विषय में ऊपर हम विचार कर ही चुके हैं। शेष रहे रुद्रदेव, मतिल, नागदत्त, नन्दी और बलवर्मा। इन पाँचों के प्रदेशों का निर्धारण अभी संभव नहीं है। पहले चारों राज्यों की पहचान से यह प्रकट होता है कि सारा नहीं तो वर्तमान का

1. प्रयाग अभिलेख के राजाओं और राज्यों की पहचान के विषय में विस्तृत वाद-विवाद के लिए दे० वि० ए० स्मिथ (ज० रा० ए० सो० 1897, पृ० 87 तथा आगे) डा० दे० रा० भण्डारकर (इ० हि० क्वा० 1, 251 तथा आगे) और डा० हेमचन्द रायचौधरी (पो० हि० ए० इं[4]०, पृ० 449 तथा आगे)। यहाँ व्यक्त विचार इन्हीं विद्वानों के लेखों के आधार पर हैं। जहाँ इनसे भिन्न आधार है वहाँ वैसा निर्देश किया गया है। प्रस्तावित पहचानों की प्रामाणिकता और अन्य संभावित पहचानों के विषय में उक्त विद्वानों के निर्दिष्ट लेख देखे जा सकते हैं। ज० इ० हि० VI, परिशिष्ट पृ० 27 भी मिलाइए, जहाँ कुछ नये सुझाव प्रस्तुत किए गए हैं यद्यपि वे बहुत संदिग्ध हैं।

2. भण्डारकर के अनुसार गणिपति नाग का राज्य विदिशा में था। विदिशा की तरह मथुरा में भी एक नागवंश की सत्ता का प्रमाण पुराणों से सिद्ध होता है, यद्यपि भण्डारकर ने इसका उल्लेख नहीं किया है। डा० अल्तेकर को मथुरा से गणपति के सैकड़ों सिक्के मिले हैं जबकि विदिशा से बहुत ही कम मुद्राएँ प्राप्त हुई हैं। इसको देखते हुए यह अधिक संभव है कि वह मथुरा का शासक रहा हो।

उत्तर प्रदेश का अधिकांश, मध्य प्रदेश का एक भाग और बंगाल का दक्षिण-पश्चिम भाग समुद्रगुप्त के राज्य में सम्मिलित थे।

तृतीय श्रेणी के राज्यों की जानकारी से भी समुद्रगुप्त के प्रत्यक्ष शासन में रहे प्रदेश की सीमा के विषय में अप्रत्यक्ष प्रमाण मिल जाता है। इस श्रेणी के राज्यों को विशेष रूप से 'प्रत्यंत' राज्य कहा गया है अतएव निर्विवाद कहा जा सकता है कि वे महान् सम्राट् के स्वशासित प्रदेश की सीमा पर अवस्थित थे। इनमें से तीन अर्थात् **समतट**, **कामरूप** और **नेपाल**, तो सुपरिचित हैं और क्रमशः आज के द० पू० बंगाल, उत्तरी असम और नेपाल से समता रखते हैं। चौथा **डवाक** सम्भवतः असम के नौगांव जिले में स्थित था।[1] पाँचवां **कर्तृपुर** जि० जालंधर के करतारपुर से मिलाया गया है। कुछ की सम्मति में इसमें कुमाऊँ का कटूरिया राज गढ़वाल और रुहेलखंड भी सम्मिलित थे। कुछ विद्वानों ने इसे मुलतान और लोनी के बीच के कहरोर से भी मिलाया है।[2]

जिन जातियों के राज्य संभवतः सीमा पर या उसके समीप थे, उनमें **मालव, आर्जुनायन, यौधेय** और **मद्रकों** को एक श्रेणी में रख सकते है। **मालव** पंजाब से, जहाँ निचली रावी के तटों पर वे सिकंदर से लड़े थे, प्रवास कर पश्चिमी भारत के कई प्रदेशों में जा बसे थे। समुद्रगुप्त के समय वे संभवतः मेवाड़, टोंक और उसके साथ लगे द० पू० राजस्थान के प्रदेशों में आबाद थे। **यौधेय** उस प्रदेश में बसते थे जो बहावलपुर राज्य की सीमा पर सतलुज के दोनों किनारों पर आज भी जोहियाबार के नाम से प्रसिद्ध है। किन्तु, **यौधेयों** का राज्य एक समय उत्तर में कांगड़ा से पूर्व में सहारनपुर और दक्षिण में भरतपुर तक फैला था। मद्रक रावी और चिनाब के मध्यवर्ती आजकल के

1. बरुआ, अर्ली, हिस्ट्री आफ़ कामरूप, पृ० 42। **नौगांव** जिले की कपिली और यमुना नदियों की घाटी में एक स्थान का नाम आज भी डोबोक है (जर्न० असम रिसर्च सो० 1, 14-15, 124, 5, 14-57)
2. ज० रा० ए० सो० 1898, पृ 198-99; ज० इं० हि० 14, 30।

स्यालकोट के आसपास के प्रदेश में थे। यह स्यालकोट उनकी प्राचीन राजधानी शाकल को सूचित करता है। **आर्जुनायनों** के प्रदेश के विषय में निश्चित रूप से नहीं कहा जा सकता कि वह कहाँ था। किन्तु अभिलेख में **मालवार्जुनायनयौधेय-मद्रक** यदि भौगोलिक क्रम में उल्लिखित हैं, जैसा प्रायः विश्वास किया जाता है, तो **आर्जुनायनों** का राज्य भरतपुर और पूर्वी राजस्थान के बीच कहीं जयपुर के आस-पास रखा जा सकता है।

आभीर, प्रार्जुन, सनकानीक, काक और **खरपरिक**—इन अगली पाँच जातियों की स्थिति कुछ अनिश्चित है। **आभीर** मुख्यतः प० राजस्थान, जिसे पेरीप्लस में अबिरिया कहा गया है, में बसते थे। आभीर शासकों के लेख इस प्रदेश और महाराष्ट्र, दोनों जगहों से मिले हैं। किन्तु उनकी एक तीसरी बस्ती मध्य प्रदेश में थी जिसे उनके नाम पर आज भी अहीरवाड़ा कहा जाता है। यह स्थान विदिशा और झाँसी के बीच में है। यही स्थान संभवतः वह प्रदेश है जिसका प्रयाग अभिलेख में निर्देश है।

अब **सनकानीकों** को लें। इस जाति के एक सामन्त-शासक ने चन्द्रगुप्त द्वितीय के शासनकाल में भिलसा से लग० 2 मील उत्तरपश्चिम स्थित प्रसिद्ध उदयगिरि पहाड़ी के वैष्णव गुहा मंदिर में एक दान का लेख अंकित कराया था (अभि० सं० 6) इससे यह कल्पना की जा सकती है कि **सनकानीक** कहीं भिलसा के पास-पड़ोस में रहे होंगे; किन्तु यह मान बैठना कि वे विदिशा प्रदेश के अधिपति थे, खींचतान ही है।[1]

भिलसा से 20 मील उत्तर एक गाँव काकपुर है, जिसका अभिज्ञान **काकों** की प्राचीन राजधानी से किया गया है,[2] और खरपरिकों को मध्य प्रदेश के दमोह जिले में रखा गया है। किन्तु ये साम्य निश्चित नहीं कहे जा सकते।

ऊपर प्रस्तावित पहचानों के अनुसार जातियों का यह दूसरा समूह भिलसा

1. डा० भंडारकर के इस मत की संगति उनके इस विचार से नहीं होती कि गणपति नाग विदिशा का शासक था।
2. ज. वि. ओ. रि. सो. 18, 212-3।

के उत्तर और पूरब के प्रदेशों पर शासन करता था। यदि इस समूह की जातियों का उल्लेख भी एक भौगोलिक क्रम में हुआ हो तो **प्रार्जुनों** को जिनके सम्बन्ध में कुछ भी ज्ञात नहीं है, भिलसा के उत्तर में रखा जा सकता है। किसी भी अवस्था में वे सम्भवतः इस नगर से बहुत दूर नहीं बसते होंगे।

प्रसंगतः यहाँ यह कह दिया जाय कि चन्द्रगुप्त द्वितीय का समकानीक सामन्त तथा उसके पिता व पितामह महाराज की उपाधि धारण करते थे। इसका अर्थ है कि **सनकानीक** और सम्भवतः इस समूह की अन्य जातियाँ भी गण-जातियाँ नहीं थीं जैसा कि प्रायः मान लिया जाता है। इसके विपरीत उनमें वंशानुगत सरदार शासन करते थे।

अब यदि हम तृतीय श्रेणी के उन राज्यों की स्थिति पर विचार करें जिनकी पहचान प्रायः निश्चित हो चुकी है और उन्हें सीमांत पर अवस्थित मानें तो हम समुद्रगुप्त के सीधे शासन में रहे प्रदेश को सीमाओं का लगभग ठीक-ठीक अनुमान लगा सकते हैं। पूर्व में सारा बंगाल, द० पू० भाग को छोड़कर, इसमें आता था। इसकी उत्तरी सीमा हिमालय की तराई के साथ-साथ चलती थी। पश्चिम में यह सीमा पंजाब तक जाती थी और लाहौर-करनाल के बीच इसके उत्तरी जिले इसी सीमा में आते थे। करनाल से यह सीमा-रेखा यमुना के साथ-साथ यमुना-चंबल संगम तक जाकर वहाँ से नरवर से पश्चिम होती सीधे दक्षिण में एरण तक चली जाती थी। अभिलेख सं० 4 इस विषय में निर्णायक है कि मध्य प्रदेश में सागर जिले का एरण जो भिलसा के उ० पू० लग० 50 मील पर है, समुद्रगुप्त के स्वशासित प्रदेश के अन्तर्गत था।

राज्य की दक्षिणी सीमा एरण से जबलपुर होती हुई आगे विन्ध्य शृंखला के साथ-साथ चलती थी। प्रयाग स्तंभलेख में परिचारकीकृत सर्वाटवी-राजस्य से यह अनुमान लगाया जा सकता है कि समुद्रगुप्त ने जंगली प्रदेश के सभी शासकों को परिचारक बना लिया था। बघेलखंड से प्राप्त गुप्त संवत् 199 और 209 में अंकित दो अभिलेखों में कहा गया है कि राजा हस्ती डभाल के साथ अठारह अटवी राज्यों पर भी शासन करता था। अतः ये राज्य डभाल

अर्थात् जबलपुर के चतुर्दिक प्रदेश के साथ लगते ही होने चाहिए। इस प्रकार अभिलेख के 18 आटविक राज्य और पूर्व की ओर सारे छोटा नागपुर में फैले घने जंगलों से आवेष्ठित पहाड़ी प्रदेश की ओर संकेत करते प्रतीत होते हैं।

इन अटवी राज्यों की विजय ने प्रथम श्रेणी में वर्णित दक्षिणापथ के 12 राज्यों के विरुद्ध समुद्रगुप्त के अभियान को निस्सन्देह सुकर बना दिया। ये दक्षिण के राजा हैं—कोसल का महेन्द्र, महाकान्तार का व्याघ्रराज, कौराळ (केरल) का मण्टराज, पिष्टपुर का महेन्द्रगिरि,[1] कोट्टुर का स्वामिदत्त, एरण्डपल्ल का दमन, काञ्ची का विष्णुगोप, अवमुक्त का नीलराज, वेङ्गि का हस्तिवर्मा, पालक्क का उग्रसेन, देवराष्ट्र का कुवेर और कुस्थलपुर का धनञ्जय। इन राजाओं में विष्णुगोप अवश्य ही सुप्रसिद्ध पल्लववंश का शासक रहा होगा,[2] और हस्तिवर्मा निश्चय ही शालङ्कायन वंश का राजा जिसका अभिलेख पेडुवेणि से प्राप्त हुआ है। शेष राजाओं का पता किसी अन्य सूत्र से ज्ञात नहीं होता किन्तु उनके राज्यों की स्थिति से हम अधिक परिचित हैं। इनमें से कोसल जो निस्सन्देह दक्षिण कोसल का सूचक है आज के बिलासपुर, रायपुर और संबलपुर, जिलों से मिलकर बनता था। पिष्टपुर गोदावरी जिले में आज का पिठापुरम् है और काञ्ची मद्रास के चिंगलपट जिले का काञ्चीवरम्। वेङ्गी राज्य की

---

1. फ़्लीट ने राजा का नाम केवल 'महेन्द्र' मान कर गिरि को अकेले कोट्टुर का अंश माना है। किन्तु डा० भण्डारकर का मत कि पिष्टपुर के राजा का नाम महेन्द्रगिरि था, ठीक मालूम होता है (इ० हि० क्वा० 1,252; आयंगार कोमेमो० वोल्यूम पृ० 155; इं० क० 2,761-62) इस मत की पुष्टि 'गिरि' से अन्त होने वाले व्यक्तिगत नामों के प्रत्यक्ष उदाहरणों से भी हो जाती है (इं० क० 3, 230)।
2. दुब्रील के अनुसार इस शासक का नाम वयालूर अभिलेख में आया है (ए० हि० डे० 61) किन्तु प्रो० नीलकण्ठ शास्त्री को इसमें शंका है (मिला० अध्याय 12)।

राजधानी वेङ्गी का नाम कृष्णा-गोदावरी नदियों के मध्य एल्लोर से सात मील पर स्थित वेगि या पेड्डुवेगि में सुरक्षित है। एरण्डपल्ली और देवराष्ट्र नाम कलिङ्ग राजाओं के अभिलेखों में आते हैं। ये स्थान सम्भवतः विशाखपट्टणम् जिले में रहे होंगे। पालक्क की मिलान पलक्काड से की गयी है जो पल्लवों के एक सामन्त की राजधानी था और सम्भवतः नेल्लोर जिले में स्थित था।[1] केरल, कोट्टुर, अवमुक्त और कुस्थलपुर की कुछ ठीक पहचान अभी नहीं हो पाई है।[2] महाकान्तार का व्याघ्रराज वाकाटक सामन्त राजा व्याघ्र से मिलाया गया है जिसके अभिलेख मध्यप्रदेश में नचने की तलाई और गंज स्थानों से प्राप्त हुए हैं। कुछ के मत में वह बुन्देलखण्ड के उच्छ-कल्प वंश का भी शासक था जिसका उल्लेख सं० 60-66 में हुआ है। इस मिलान के विरुद्ध मुख्य आपत्ति यह है कि व्याघ्रराज को दक्षिणापथ के शासकों में गिनाया गया है, जबकि प्रस्तावित समरूपता उसे विन्ध्य के उत्तर उस प्रदेश में रखती है जिसका उल्लेख प्रयाग अभिलेख में पृथक् रूप से अटवी राज्यों में है। ये आपत्तियाँ दुस्तर तो नहीं किन्तु उक्त सादृश्य के विरुद्ध काफ़ी प्रबल अवश्य हैं।

---

1. प्रो० नीलकण्ठ शास्त्री उग्रसेन को विष्णुगोप का सामन्त मानते हैं (अध्याय 12)।
2. श्री आ० सत्यनाथियर के अनुसार ये पहचानें इस प्रकार हैं—महाकान्तार =काँकेर और बस्तर, केरल=चेरला (जि० पूर्वगोदावरी के नागपुर तालुक में), कोट्टुर=काट्टुरु जो तूनी के समीप है (जि० पूर्व गोदावरी), एरण्डपल्ल=एर्रगुण्टपल्ली (पश्चिम गोदावरी के चेण्टलपुडि तालुक में) और देवराष्ट्र=सतारा जिले के खानपुर उप डिवीजन का देवराष्ट्र नामक स्थान। इनका विचार सर्वसम्मत के विपरीत है कि समुद्रगुप्त उड़ीसा, गँजाम और विशाखपटणम् होकर गया ही नहीं, किन्तु पहले वह पूरबी तट पर पिष्टपुर (पिठापुरम्) पर निकला और फिर उसने पश्चिमी दकन को भी विजय किया (स्टडीज इन दि एन्श्यण्ट हिस्ट्री आफ़ तोण्डमण्डलम्, पृ० 13-19)।

इसलिए यह स्थापना की गई है कि व्याघ्रराज उड़ीसा स्थित जयपुर के बड़े जंगली प्रदेश का अधिपति था। इसे एक पुराने अभिलेख में महावन कहा गया है जो महाकान्तार का पर्यायवाची शब्द है।[1]

इस संदिग्ध मामले को छोड़ दें तो भी यह स्पष्ट प्रतीत होता है कि अपने दक्षिणी अभियान में समुद्रगुप्त मध्यप्रदेश के पूर्वी और दक्षिणी हिस्से से होता हुआ उड़ीसा में उतरा और वहाँ से पूरबी तट[2] के साथ होता पल्लव राज्य तक, जिसकी राजधानी काञ्ची थी, चला गया। कुछ को उसके इतनी दूर दक्षिण तक जाने में सन्देह है। उनका मत है कि उसने दक्षिण के राजाओं की सम्मिलित शक्ति के साथ इससे कहीं उत्तर में ही मोर्चा लिया।[3] किन्तु यह एक निराधार कल्पना है जो उससे पराजित राजाओं के विस्तृत उल्लेख से ही असत्य प्रतीत होती है।

इस प्रकार प्रयाग स्तंभलेख में उल्लिखित राज्यों की प्रथम तीन श्रेणियों पर विचार के बाद अब हम चौथी की ओर आते हैं।

इस चौथी श्रेणी में स्वतंत्र या अर्धस्वतंत्र राज्य सम्मिलित हैं। दुर्भाग्य से इस अंश के आशय के सम्बन्ध में काफी कठिनाई का अनुभव हुआ है। इस अंश में जिन राज्यों के नाम आये हैं या जितने प्रकार से उन्होंने सम्राट को उपहार दिये व पूजा की, उसका ठीक-ठीक निर्वचन नहीं हो पाया है। राज्यों के नामों में सिंहल और अन्य द्वीपों के अतिरिक्त एक समस्त पद **दैवपुत्र-शाहि-**

---

1. ज० आ० हि० रि० सो० 1,228।
2. किन्तु पिछले पृष्ठ पर टिप्पणी 2 से मिला०।
3. जे० दुब्रील का मत है (पूर्वोद्धृत, पृ० 60-61) कि समुद्रगुप्त को कृष्णा नदी से ऊपर बढ़ने पर पूरबी दकन के राजाओं के गुट ने मिलकर रोका और वहाँ हारने पर वह उड़ीसा के तट पर प्राप्त विजयों की श्रृंखला को छोड़ वापिस लौट गया। यह कोरी कल्पना है जो प्रयाग अभिलेख की सुस्पष्ट उक्तियों से प्रत्यक्षतः खण्डित हो जाती है। प्रो० नीलकण्ठ शास्त्री के इस सम्बन्ध में विचार अ० 12 में देखिए।

शाहानुशाहि-शक-मुरुण्ड आया है। इसमें पहले तीन कुषाण राजाओं की प्रसिद्ध उपाधियाँ हैं जो उन राजाओं में से एक की ओर संकेत कर सकती हैं। किन्तु कुछ का कथन है कि इन तीन विशेषणों से एक कुषाण राजा का अभिप्राय नहीं बल्कि ये तीन विभागों में विभक्त कुषाण साम्राज्य के तीन छोटे राज्यों के राजाओं को पृथक्-पृथक् सूचित करते हैं, जिन्होंने ये उपाधियाँ भी बाँट ली थीं। यद्यपि इस मत का समर्थन अनेक प्रसिद्ध विद्वानों ने किया है, तथापि प्राप्त प्रमाणों के आधार पर यह समीचीन प्रतीत नहीं होता। अधिक सम्भावना यही है कि यहाँ केवल एक ही कुषाण राजा का निर्देश है जिसका शासन काबुल, पंजाब के एक भाग तथा शायद और पश्चिम के अन्य प्रदेशों पर था।[1]

समास के अवशिष्ट दो शब्दों में से **शक** एक प्रसिद्ध जातिनाम है। हमारे पास इस बात के पुष्ट प्रमाण हैं कि (पश्चिमी) शक क्षत्रप पश्चिम भारत में शासन करते थे और शक जाति के अन्य कुछ व्यक्ति साँची में और उसके आसपास शासन करते थे। जहाँ तक **मुरुण्डों** का प्रश्न है इन को कुछ विद्वान एक प्रबल विदेशी जाति मानते हैं जो गंगा की उपरली घाटी में शासन करती थी[3], किन्तु दूसरों का मत है कि "**मुरुण्ड** किसी जाति का नाम नहीं है किन्तु शकों की भाषा का एक शब्द है जिसका अर्थ **स्वामी** होता है, जिसे

---

1. कै॰ क्वा॰ गु॰ डा॰, पृ॰ xxvi-ii; पो॰ हि॰ ए॰ इं॰ 4, 460; ए॰ इं॰ गु॰ पृ॰ 24; मिला॰ ऊपर अध्याय 1।
2. ए॰ इ॰ 16, 230; ज॰ ए॰ सो॰ बं॰ न्यु स॰ 19; 337
3. कै॰ क्वा॰ गु॰ डा॰ पृ॰ xxix। चीनी सूत्रों के आधार पर म्योउन्लन (मुरुण्ड से समरूप) की राजधानी महान् नदी (निश्चय ही गंगा) के मुहाने से 7000 ली पर थी। अतएव एलन का कहना कि चीनी लेखों के राजधानी के वर्णन के आधार पर वह पाटलिपुत्र प्रतीत होती है, ठीक नहीं हो सकता।

शक और उसके पश्चात् कुषाण राजा उपाधि के रूप में धारण करते थे," और इस प्रकार शक-मुरुण्ड से पश्चिमी क्षत्रप अभिप्रेत हैं।[1]

अतएव हम मान सकते हैं कि चतुर्थ श्रेणी में सिंहल आदि द्वीपवासियों सहित पश्चिम के शक और कुषाण सम्मिलित हैं। वर्त्तमान में इससे अधिक निश्चित कुछ कह सकना कठिन है।

इन राज्यों द्वारा अधीनता स्वीकृति के सूचक शब्द हैं—1. **आत्म-निवेदन** 2. **कन्योपायन-दान** और 3. **गरुत्मदङ्क-स्वविषय-भुक्ति-शासन-याचन**।

पहले का शब्दार्थ है, अपने आपको भेंट के रूप में दे देना। इसका भाव प्रायः स्वयं सेवा में उपस्थित रहना ही होगा। दूसरे का अर्थ है "कुमारी कन्याओं की भेंट और उनका विवाहार्थ दान"। किन्तु इन दोनों बातों में भेद करना सरल नहीं। यह विचार तो युक्तियुक्त नहीं हो सकता कि जो शासक कम से कम आंशिक स्वतंत्रता भी रखते होंगे वे अपनी कन्याओं को विवाह के अतिरिक्त अन्य किसी कार्य के लिए भेंट देते होंगे।

तीसरे समास में कुछ कठिनाई है। यह कहा गया है कि **शासनयाचन** अर्थात् शासनपत्र के लिए याचना एक दुहरी माँग थी—(i) गरुडचिन्हांङ्कित (गरुत्मदङ्क) सिक्कों के प्रयोग के लिए; और (ii) अपने प्रदेश में राज्य के लिए (**स्वविषय भुक्ति**)।[2] दूसरी ओर **गरुत्मदङ्क** का अर्थ किया है 'जिस पर गरुड़ मुद्रा अङ्कित हो, और यह शासन का विशेषण माना गया है। इस पूरे समस्त पद का अर्थ अपने प्रदेशों के शासन के लिए गरुड़ राजमुद्रा से अङ्कित सम्राट् के फरमान मांगना किया गया है।[3]

---

1. ए० इ० 14, 292-3; ज० बि० ओ० रि० सो० 23, 449। डा० जायसवाल ने मुरुण्ड का अर्थ शलड, शक और गडहर जैसे छोटे शक शासक तथा पश्चिमी क्षत्रप भी माना है (ज० बि० ओ० रि० सो० 18, 210)
2. ज० बि० ओ० रि० सो० 18, 207; 19, 145।
3. के० क्वा० गु० डा० पृ xxv। यह सुझाया गया है कि उपहारों के विविध

इस श्रेणी पर हमने कुछ विस्तार से विचार किया है क्योंकि गुप्त-साम्राज्य के स्वरूप और उसके विस्तार का विवेचना—विशेषतः सीमा पार अवस्थित शक और कुषाण राज्यों से इसके सम्बन्ध—उल्लिखित राज्यों की सही पहचान और उनके द्वारा दिये उपहार के विविध रूपों की यथार्थ व्याख्या पर ही आश्रित हैं। इस प्रकार मतभेद होते हुए भी, भक्ति के दो रूपों, 'आत्म-निवेदन' और 'स्वविषय भुक्ति शासन याचन' से जिनकी व्याख्या में सभी विद्वान् एकमत हैं, यह स्पष्ट हो जाता है कि पश्चिम और उत्तर-पश्चिम भारत के शक और कुषाण शासक समुद्रगुप्त का आधिपत्य स्वीकार करते थे। किन्तु यह सब यथार्थ स्थिति का उल्लेख है अथवा प्रशस्तिकार का आलंकारिक वर्णन, सो कहना कठिन है। सुदूर सिंहल (श्री लंका) और सब द्वीपों का इस श्रेणी में अंतर्भाव प्रस्तुत व्याख्या के विषय में विशेष संदेह का कारण है। अतः राजकवि के शब्दों को बिना समर्थक साक्ष के यथातथ रूप में मान लेना युक्तियुक्त न होगा।

जहाँ तक सिंहल का सम्बन्ध है सौभाग्य से हमारे पास समुद्रगुप्त से उसके राजनीतिक संबन्ध के बारे में पृथक् साक्ष विद्यमान् है। एक चीनी ग्रंथ के अनुसार सिंहल के राजा मेघवर्ण ने दो भिक्खुओं को तीर्थ स्थानों की यात्रा के लिए भेजा था किन्तु उचित आवास के अभाव में उन्हें बोधगया में बड़ा कष्ट उठाना पड़ा। भावी यात्रियों की इस कठिनाई के हल के लिए मेघवर्ण ने उस पवित्र स्थान पर एक विहार बनवाने का निश्चय किया। इसीलिए उसने एक दूतमंडल बहुमूल्य भेंटों सहित समुद्रगुप्त के पास भेजा और बोधगया में सिंहाली यात्रियों के लिए एक विहार और संघाराम बनवाने की अनुज्ञा माँगी। समुद्रगुप्त ने तुरन्त अनुमति प्रदान कर दी और सिंहलराज ने बोधिवृक्ष की

रूप या प्रणामादि इस वर्ग में गिनाये 19 भिन्न-भिन्न राज्य समूहों के लिए ही क्रमशः कहे गये हैं (ज बि ओ रि सो 19, 145) किन्तु यह असंभव ही है (ज बि ओ रि सो, 23 447-48)।

उत्तर दिशा में एक भव्य विहार का निर्माण कराया।[1] ह्वेनत्सांग के समय तक यह विहार एक अतिविशाल संस्थान के रूप में विकसित हो गया था, जिसमें 1000 से अधिक भिक्खु निवास करते थे। ह्वेनत्सांग ने इसके भवनों के प्रचुर अलंकरणों और वैभवपूर्णता का उल्लेख किया है। इसकी स्थापना के पुरातन इतिहास का संकेत कर वह कहता है कि सिंहल के राजा ने 'भारत सम्राट् को अपने देश के सब रत्न उपहार के रूप में भेंट कर दिये'। संभव है कि समुद्रगुप्त के सभाकवि ने बहुमूल्य उपहारों को अधीनता-सूचक समझा हो और सिंहल नृपति के विहार बनाने की अनुमति माँगने का अर्थ 'अपने प्रदेश में शासनार्थ शासन की याचना' लगा लिया हो और इस श्रेणी में उसमें सिंहल की भी गणना कर ली हो। इस श्रेणी में अन्य राज्यों के समावेश का भी इससे मिलता-जुलता कोई आधार रहा होगा। पड़ोसी राजाओं द्वारा अपनी कन्याओं का समर्पण खूब प्रचलित था। बहुत संभव है कि समुद्रगुप्त के महान् प्रताप और यश को देखते हुए पड़ोसी शक कुषाण राजाओं ने उसकी सेवा में भेंट सहित उपस्थित होने या उससे विवाह सम्बन्धों द्वारा मैत्री दृढ़ करने को नीति निपुणता समझा हो। इसका अर्थ ऊपर कहे भक्ति के दो प्रकारों—**आत्मनिवेदन** और **कन्योपायन-दान**—में सरलता से बदला जा सकता है। यह आसानी से मान सकते हैं कि चतुर्थ श्रेणी के निर्बल राज्य जो प्रबल साम्राज्य की सीमाओं के ठीक बाहर पड़ते थे, समुद्रगुप्त से कूटनीतिक संबन्ध बनाये हुए थे और स्वेच्छापूर्वक उसके प्रसाद और दाक्षिण्य को पाने के लिए कई ढंगों से प्रयत्नशील रहते थे। इसकी सिद्धि में बरते गए साधन यद्यपि राजाओं के गौरव, स्थिति और समानता के भाव की दृष्टि से कितने ही अपमान-कारक क्यों न हों, सिद्धान्त रूप से उनकी स्वतन्त्र सत्ता के विद्योतक न थे। किन्तु अधिक प्रबल प्रमाणों के अभाव में यह विश्वास करना कठिन है कि ये शासक किसी

---

1. ज० ए० 1900 पृ० 316 तथा आगे, 401 तथा आगे इ० ए० 1902, पृ० 194। मेघवर्ण का काल अनिश्चित है। गाईगर (**महावंश** अंग्रेजी अनुवाद, पृ० xxxix) के अनुसार वह 352-379 ई० में हुआ किन्तु श्री पर्णवितान उसका शासनकाल 304 से 332 ई० रखते हैं (दे० अध्याय 13)।

भी तरह गुप्त सम्राट् की प्रभुता प्राकाश्य रूप से स्वीकार करते थे, अथवा अपने राज्यों का समुद्रगुप्त द्वारा प्रदत्त शासन-पत्रों के आधार पर, केवल जागीर के रूप में उपभोग करते थे। लेकिन ऐसी साक्षी का नितान्त अभाव है, ऐसा भी नहीं है। कुषाण भाँति के वे सिक्के जिस पर **समुद्र** और **चन्द्र** अङ्कित मिलता है, समुद्रगुप्त के कुषाणों पर आधिपत्य के संकेतक माने जा सकते हैं।[1]

इस श्रेणी में सिंहल के अतिरिक्त 'सब द्वीपों' का समावेश ध्यान देने योग्य है। यद्यपि नामतः यहाँ किसी अन्य क्रिया का उल्लेख नहीं है तथापि बहुत संभवतः है कि यहाँ मलय प्रायद्वीप, जावा, सुमात्रा और हिन्द द्वीप समूह के अन्य द्वीपों की ओर सामान्य रूप से निर्देश है। एक अलग अध्याय में यह स्पष्ट किया जायगा कि गुप्त युग में और उसके पूर्व भी हिन्दुओं ने इन द्वीपों में अपने उपनिवेश और राज्य स्थापित कर लिये थे और गुप्त-युगीन संस्कृति की छाप इनमें से बहुतों पर गहरी पड़ी है। फ़ाहियान के वर्णन से यह सिद्ध है कि भारत और इन उपनिवेशों का परस्पर निकट सम्बन्ध बराबर बना रहा था। अतः यह बिलकुल स्वाभाविक था कि इन सुदूर प्रदेशों के हिन्दू उपनिवेशक मातृभूमि के सर्वाधिक शक्तिशाली साम्राज्य से सम्पर्क बनाये रहते। इन उपनिवेशकों में से कई तो मूलतः उन्हीं प्रदेशों से प्रवास करके गये होंगे जो अब गुप्त साम्राज्य के अङ्ग थे। इसलिए, इन 'सब द्वीप-वासियों द्वारा' भक्ति प्रदर्शन का निर्देश केवल आलंकारिक नहीं माना जा सकता, अपितु इस भक्ति का आधार इनमें से कुछ के साथ वास्तविक सम्बन्ध रहे होंगे। तथापि इन संबन्धों का वास्तविक स्वरूप क्या था, यह कहना कठिन है।

चौथी श्रेणी की भाँति प्रथम श्रेणी के वर्णित राजाओं के साथ भी समुद्रगुप्त के वास्तविक सम्बन्ध के विषय में संदेह का कुछ अवकाश है। अभिलेख में केवल इतना ही कहा गया है कि पहले उन्हें 'बंदी बनाकर फिर मुक्त कर देने के अनुग्रह के कारण, प्राप्त प्रताप से वह महा भाग्यशाली' हुआ। इसका स्वाभाविक निष्कर्ष यह हुआ कि ये पराजित राजा सामन्तों के रूप में अपने सिंहासनों

---

1. इन सिक्कों के लिए मिला० ज रा ए सो 1893, पृ० 145। अध्याय 1 भी देखें।

पर पुनः स्थापित किये गए। कर, दान या अन्य सेवाओं के संबन्ध में चाहे जो शर्तें उनमें से प्रत्येक के साथ की गई हों, कम-से-कम उन्हें गुप्त सम्राट् का आधिपत्य तो मानना ही पड़ा होगा और राजनिष्ठ होना पड़ा होगा। किन्तु पुनः सिंहासन पर बैठाने के बाद उनकी यथार्थ पद-स्थिति क्या थी, इसका कोई विशेष निर्देश नहीं पाया जाता।

उपर्युक्त विवेचन के फलस्वरूप हम जितने यथार्थ और ब्योरेवार ढंग से समुद्रगुप्त के साम्राज्य के स्वरूप और इसके विस्तार का अंकन कर सकते हैं, वह प्राचीन भारत के इतिहास में अन्यत्र दुर्लभ है। इस साम्राज्य में लगभग सम्पूर्ण उत्तर भारत (कश्मीर, पश्चिमी पंजाब, पश्चिमी राजस्थान, सिन्ध और गुजरात को छोड़कर), छत्तीसगढ़ और उड़ीसा के पठार तथा पूर्वी तट के साथ के प्रदेश की लंबी पट्टी जो दक्षिण में चिंगलपट और संभवतः उससे भी आगे तक गई थी, सम्मिलित थी। इन विस्तृत प्रदेशों में से जिनका ऊपर सूक्ष्म विवेचन कर चुके हैं, उत्तर भारत के एक बड़े भू भाग पर सम्राट् अपने अधिकारियों के माध्यम से स्वयं शासन करता था। स्वशासित प्रदेश चारों ओर से, केवल दक्षिण को छोड़कर, करद राज्यों की प्रायः अविच्छिन्न रेखा से घिरा हुआ था। इनमें से पांच राज्य उत्तर और पूर्व में थे, और नौ गण-राज्य पश्चिम में, जैसा कि ऊपर देख आये हैं। दक्षिण के बारह विजित राज्यों की स्थिति भी शायद इन्हीं के समान थी। इन करद राज्यों से परे पश्चिम और उत्तर-पश्चिम में शक और कुषाण राज्य तथा दक्षिण और दक्षिण-पूर्व में सिंहल और अन्य द्वीप अवस्थित थे जहाँ के शासक सम्राट् के प्रभाव क्षेत्र में आते थे। यद्यपि ये शासक वस्तुतः सम्राट् के अधीन न थे, तो भी अपने प्रबल पड़ोसी के प्रति नम्रता और आदर का भाव रखते थे तथा उसका प्रसाद और अनुग्रह पाने के लिए सतत यत्नशील रहते थे। राज-कवि हरिषेण के शब्दों में इस प्रकार समुद्रगुप्त की "बाहुओं के वीर्य के प्रसार से (समस्त) विश्व बँधा हुआ था।"

विजित प्रदेश का संघटन समुद्रगुप्त की श्लाघ्या राजनीतिक सूझ-बूझ को सूचित करता है। प्रयाग-अभिलेख से स्पष्ट प्रदर्शित है कि वह एक अखिल

भारतीय साम्राज्य की कल्पना से प्रेरित था। किन्तु उसने सारे भारत को स्वशासित बनाने की चेष्टा नहीं की जो प्रायः एक असंभव-सा कार्य था। इस पर भी उसने एक प्रबल केन्द्रीय राज सत्ता स्थापित की जो भूतकाल में भारत मे विनाशक छोटे राज्यों की विच्छेदक प्रवृत्तियों और उनके पारस्परिक वैर-विरोध को रोकने के लिए पर्याप्त शक्तिशाली थी। कठोर नीति से उसने अपने राज्य के समीपवर्ती बहुत से क्षुद्र राज्यों को मिटाकर एक बड़े साम्राज्य का निर्माण कर लिया। किन्तु वह अपनी इस सफलता से मदोन्मत्त नहीं हो गया था। उसने एक ही साम्राज्यवादी जूआ सब पर लादने की कौटिलीय नीति नहीं अपनाई और सीमा स्थित पू० बंगाल, आसाम और नेपाल जैसे राज्यों को दखल करने की चेष्टा नहीं की क्योंकि इनकी विजय कठिन और इन्हें हाथ में बनाये रखना कठिनतर था। इस बात की सचाई को भारत के मुस्लिम और अंग्रेज शासकों ने अपने समय में पहचाना। पश्चिमी सीमान्त के दूर स्थित गणराज्यों के प्रति भी उसने इसी नीति को अपनाया, विशेषतः इसलिए कि शायद वे शक-कुषाण जैसे विदेशी शासकों के विरुद्ध उष्ट्र-राज्यों के रूप में थे। इन प्रत्यंत राज्यों को अनुरक्त और करद बनाकर उसने नवोदित साम्राज्य की सुरक्षा शक्ति में वृद्धि कर ली थी। दक्षिण भारतीय राज्यों के शासकों ने भी नई शक्ति का प्रभाव जान लिया था, किन्तु उन्हें विवेकपूर्ण उदार नीति द्वारा प्रसन्न रखा गया। इस प्रकार एक महान् साम्राज्य की दृढ़ व चिरस्थायी नींव रख दी गई थी जिस पर समुद्रगुप्त के उत्तराधिकारियों को भविष्य में एक विशाल ढाँचा खड़ा करना था।

इसमें सन्देह नहीं कि यह विशाल साम्राज्य बहुसंख्य अभियानों द्वारा कई वर्षों में निर्मित हुआ था, जो उसके श्रेष्ठ पराक्रम और रणचातुर्य को प्रमाणित करता है। आवश्यक नहीं कि अभिलेख में उल्लिखित सभी राजाओं या राज्यों से उसे युद्ध करना ही पड़ा हो, क्योंकि बहुतों ने बिना विरोध आत्म-समर्पण कर दिया होगा। प्राप्त सिक्कों और अभिलेखों से हमें ज्ञात है कि समुद्रगुप्त ने अश्वमेध यज्ञ किया था। उससे पहले या बाद के किसी अन्य शासक के लिए उस चिरप्रतिष्ठित और चक्रवर्तित्व की स्थापना में अद्वितीय विधि का अनुष्ठान

उससे अधिक न्यायसंगत नहीं कहा जा सकता। किन्तु यह शंका उचित है कि क्या उसने यज्ञीय अश्व को खुला छोड़ने के विहित विधान का सूक्ष्मता से पालन किया और क्या वे विस्तृत विजय-यात्राएँ इस महान् अनुष्ठान की केवल अनिवार्य प्रस्तावना मात्र थीं। प्रयाग-अभिलेख में, जहाँ इन विजयों का विस्तार से वर्णन किया गया है, अश्वमेध का नाम भी नहीं आता। अतः अधिक संभावना यही है कि दीर्घ जीवन काल में कठिन सामरिक अभियानों से प्राप्त आश्चर्यजनक सफलताओं की स्मृति के समुचित प्रतीक रूप में अपने शासन के अंतिम समय उसे अश्वमेध करने का विचार हुआ होगा। **चिरोत्सन्नाश्वमेधाहर्त्तुः** में यह कथन कि उसने चिरकाल से उच्छिन्न अश्वमेध की परम्परा को फिर से प्रवर्त्तित किया, ठीक नहीं माना जा सकता, क्योंकि पुष्यमित्र और गुप्तों के उदय के बीच के युग में किये गये अश्वमेध के कई उदाहरण हमें ज्ञात हैं।

प्रशस्ति-लेखक हरिषेण ने समुद्रगुप्त को **समरशतावतरणदक्ष** कहा है किन्तु उन समरों की ठीक संख्या और क्रम का उल्लेख नहीं किया। निश्चित रूप से यही कहा जा सकता है अच्युत, नागसेन और कोटकुल के राजा के विरुद्ध हुई लड़ाइयाँ संभवतः उसके शासन के सर्व प्रथम अभियान थे। इसके तुरन्त बाद दक्षिण भारत के धावे का उल्लेख हुआ है। किन्तु यह विश्वास करना कठिन है कि पड़ोस के अनेक राजाओं को वश में किये बिना या उनसे अंतिम फैसला न करके, समुद्रगुप्त ने अपने राज्य से इतनी दूर की रणयात्रा की होगी। अतएव समुद्रगुप्त की विजयों का निर्धारण करते हुए प्रशस्ति में वर्णित क्रम को विश्वसनीय नहीं माना जा सकता।

हम उसे **समरशत विजेता**—यथार्थ में नहीं, तो आलंकारिक रूप में—अवश्य मान सकते हैं किन्तु इन 'सैकड़ों युद्धों' के कोई विस्तृत वर्णन हमें प्राप्त नहीं हैं।

4. समुद्रगुप्त का व्यक्तित्व

सेनापति और राजनेता के रूप में तेजस्वी समुद्रगुप्त में ऐसे अनेक गुण थे जो शान्तिपूर्ण जीवन के अधिक अनुकूल थे। अपने आश्रयदाता सम्राट् के

हृदय और बुद्धि के गुणों के सम्बन्ध में हरिषेण की सब उक्तियों को जैसा का तैसा मान लेना युक्तियुक्त नहीं,[1] किन्तु राजकीय प्रशस्तियों में संभव अत्युक्तियों की उचित गुंजायश छोड़ते हुए भी समुद्रगुप्त के अलौकिक व्यक्तित्व में कोई संदेह नहीं रह जाता। ऐमी अवस्था में यह उचित ही था कि उसने लोक-कथा के प्रसिद्ध राजा के अनुकरण में **विक्रमादित्य** का गौरवास्पद विरुद धारण किया।[2]

हरिषेण ने समुद्रगुप्त के ज्ञान और वैदुष्य, निशित (तीक्ष्ण) और विदग्ध-मतित्व तथा साथ ही काव्य और संगीत में प्रावीण्य पर विशेष बल दिया है। यह विशेष रूप से कहा गया है कि उसने विद्वानों की जीविका के साधन अनेक काव्य रचकर अपनी **कविराज** की पदवी को सार्थक सिद्ध कर दिया था। उसकी काव्य कृतियों और शैली के सम्बन्ध में अन्य निर्देश भी वर्त्तमान हैं। दुर्भाग्य से उसकी रचित कविता कहीं उद्धृत रूप में भी प्राप्त नहीं हो पाई है। इसकी अपेक्षा उसकी संगीत-चातुरी की अप्रतिम साक्षी सोने के सिक्कों की एक श्रेणी के रूप में पाने में हम अधिक सौभाग्यवान हैं, जिनमें सम्राट् को वीणावादक के रूप में चित्रित किया गया है।

बौद्ध-ग्रन्थों में निर्देश मिलते हैं, जिनसे प्रकट होता है कि वसुबन्धु किसी गुप्त सम्राट् के आश्रय में था, जिसकी पहचान ठीक-ठीक नहीं हो पाई है। आलंकारिक वामन के अनुसार चन्द्रगुप्त का पुत्र चन्द्रप्रकाश विद्वानों का बड़ा आश्रयदाता था और उसने प्रसिद्ध बौद्ध विद्वान् वसुबन्धु को अपना मत्री नियत

---

1. डा० रा० कु० मुखर्जी ने 'समुद्रगुप्त की बहुमुखी प्रतिभा और चरित्र' का उसके अभिलेखों और सिक्कों के आधार पर विस्तृत विश्लेषण किया है (इं० क० 9, 77)। किन्तु इनमें व्यक्त भावों और शब्दावली को जैसा का तैसा स्वीकार कर लेना उचित नहीं कहा जा सकता।
2. उसके सिक्कों पर हाल में उपलब्ध हुए **श्री विक्रमः** शब्द से यह सूचित होता है (ज० न्यू० सो० इं० 5, 136)। किन्तु, कुछ विद्वान् इस मत को स्वीकार नहीं करते।

किया था। यदि वसुबन्धु चौथी शती ई० में हुआ हो और जैसा कि प्रायः माना जाता है, और उस शती के मध्य के बाद दिवंगत हुआ हो तो चन्द्रगुप्त को हम चन्द्रगुप्त प्रथम और चन्द्रप्रकाश को समुद्रगुप्त का ही दूसरा नाम मान सकते हैं।[1] वामन का उसे विद्वानों का आश्रयदाता बताना हरिषेण के गुप्त सम्राट् के सम्बन्ध में प्रतिपादित कथन से पूरी तरह संगत ठहरता है।

---

1. सारे प्रश्न पर विन्सेण्ट स्मिथ ने पूरी तरह विचार किया है (अ० हि० इ० 3, पृ० 328 प्र०)। ताकाकुसु का मत है कि वसुबन्धु लग० 420 से 500 ई० के बीच हुआ (ज० रा० ए० सो० 1905, पृ० 43)। इसके खिलाफ एम० पेरी का कहना है (बु० ए० फ्रा० ए० ओ० 11, 339) कि वह चौथी शती ई० में हुआ और उसी शती के मध्य के शीघ्र बाद मर गया। यही प्रायः सब स्वीकार करते हैं। ताकाकुसु ने पुनः इसका विरोध कर अपना पुराना मत प्रतिपादित किया है (इण्डियन स्टडीज इन ऑनर ऑफ सी० आर० लेनमैन, पृ० 79)। अन्य मतों के लिए दे०, वि० स्मिथ, पूर्वोद्धृत।

वामन के उपर्युक्त उद्धरण के अतिरिक्त परमार्थ द्वारा विरचित वसुबन्धु, चरित में उस बौद्ध विद्वान् के गुप्तों से सम्बन्ध का उल्लेख मिलता है जिसे संक्षेप में इस प्रकार रख सकते हैं—

धार्मिक क्षेत्र में वसुबंधु की सफलताओं से प्रभावित हो अयोध्या का राजा विक्रमादित्य बौद्ध मत का संरक्षक हो गया। तब उसने अपने युवराज बालादित्य को बौद्धधर्म की शिक्षा के लिये वसुबंधु के पास भेजा। रानी भी उसकी शिष्या हो गई। जब बालादित्य गद्दी पर बैठा तो उसने अपनी राजमाता से परामर्श कर वसुबंधु को अयोध्या बुला लिया (क्योंकि वह अपने जन्मस्थल पेशावर को चला गया था) और उसे विशेष रूप से सम्मानित किया (ज० ए० रा० सो० 1905, पृ 33)।

विक्रमादित्य और बालादित्य से दो गुप्त नृपतियों के प्रति संकेत है यह सब मानते हैं, किन्तु उनकी पहचान तब तक संभव नहीं जब तक वसुबंधु की तिथि अनिश्चित हो। (शेष अगले पृ० पर)

हरिषेण समुद्रगुप्त के दान और यहाँ तक कि विजित राजाओं के प्रति भी दयालुता का उल्लेख करता है। 'अनेक भ्रष्ट राज्य उत्सन्न (विच्छिन्न) राजवंशों को उसने पुनः प्रतिष्ठित किया, उसके राज-कर्मचारी अनेक नृपतियों के विभव को वापस देने में नित्य लगे रहते थे। वह विद्वत्ता का विख्यात आश्रयदाता था और अपनी उदार वदान्यता से उसने सत्काव्य और लक्ष्मी के शाश्वत विरोध को मिटा दिया था।' धर्माचरण और पवित्र मंत्रों के प्रति उसकी भक्ति का निर्देश भी किया गया है और उसके द्वारा ब्राह्मणों को लाखों गौवें दान देने का भी उल्लेख है।

समुद्रगुप्त द्वारा प्रचारित विविध भाँति के सोने के सिक्कों की परम्परा न केवल उसके साम्राज्य की शक्ति, वैभव और समृद्धि की सूचक है अपितु उसकी आकृति का भी कुछ बोध कराती है जो उसके वैयक्तिक गुणों पर भी पर्याप्त प्रकाश डालती है।

समुद्रगुप्त के सिक्के कम से कम छह भिन्न-भिन्न भाँतियों में प्राप्त हुए हैं जिसमें से पाँच तो स्पष्टतः उसके जीवन और शासन की विशिष्टता को सूचित करते हैं। इनमें से तीन में वह सैनिक रूप में चित्रित है। एक में वह पूरे सैनिक वेष में खड़ा है, बाएँ हाथ में धनुष और दाएँ में बाण लिये है और साथ ही लेख अंकित है—**'अप्रतिरथो विजित्य क्षिति सुचरितैः दिवं जयति'** अर्थात् अद्वितीय महारथी पृथ्वी को जीतकर शुभ कर्मों से स्वर्ग का जय करता है।

(चालू) परमार्थ के कथन से एक अन्य रोचक प्रश्न उठ खड़ा होता है। वहाँ कहा है कि अयोध्या विक्रमादित्य और बालादित्य, दोनों की राजधानी थी। इस से अनुमान किया गया है कि गुप्त सम्राटों की दूसरी राजधानी अयोध्या थी। किन्तु इसकी पुष्टि में अन्य कोई प्रमाण नहीं मिलता।

सारनाथ में प्राप्त एक अभिलेख में एक राजवंश का वर्णन है जिसमें एक से अधिक राजाओं का नाम बालादित्य था (कौ० इ० इ० 3, 284)। यह भी बिलकुल असंभव नहीं कि वसुबंधु का आश्रयदाता इस या ऐसे ही अन्य किसी अयोध्या के स्थानीय राजवंश का रहा हो।

दूसरे में उसके हाथ में परशु है, और लेख है--'**कृतांतपरशुर्जयत्यजितराजजेता जितः**' अर्थात् यमराज के परशु का धारणकर्त्ता, स्वयं अजित और पहले कभी न जीते गये राजाओं का विजेता, जय करता है। तीसरे में राजा उष्णीश और कटिवस्त्र पहने दाएँ हाथ में धनुष और बायें हाथ से उसकी प्रत्यञ्चा को आकर्ण खींचते हुए एक व्याघ्र का शिकार कर रहा है। वह उसको पैरों तले कुचलता है। व्याघ्र उसके बाण से पीछे गिरता दिखाया गया है, लेख है, '**व्याघ्र पराक्रमः**' अर्थात् बाघ के समान पराक्रमी सम्राट् की ये सब आकृतियाँ उसके वास्तविक जीवन का ही चित्रण हैं, इसमें सन्देह नहीं। यही बात चौथे प्रकार के सम्बन्ध में भी ठीक है जिसमें राजा कटिवस्त्र पहने टाँगें आड़ी किये मंच पर बैठा है। घुटनों पर रखी वीणा वह बजा रहा है। इन सिक्कों पर उसकी विजय आदि का उल्लेख न होकर केवल नाम '**महाराजाधिराज श्री समुद्रगुप्त**' लिखा हुआ है। पाँचवें प्रकार के सिक्के (फलक 3, 1) अश्वमेध यज्ञ की स्मृति में है। इसमें एक ओर यज्ञस्तंभ (यूप) के सामने एक फुर्तीले अश्व और दूसरी ओर पट्ट महिषी का चित्र अंकित है। इन सिक्कों पर लेख है **राजाधिराजः पृथिवीं विजित्वा दिवं जयत्याहृत वाजिमेधः**—अर्थात् राजाओं का अधीश्वर पृथ्वी को जीतने के बाद अश्वमेध का अनुष्ठान कर स्वर्ग की विजय करता है। सिक्कों के ये पाँच प्रकार[1] इस रूप में सम्राट् की सामरिक और शाँतिपूर्ण प्रवृत्तियों को अभिव्यक्त करते हैं तथा उसके पौरुष और समर में प्राप्त यश के साथ-साथ नवनवोन्मेषशालिनी प्रतिभा पर एक अनुरूप और सचित्र व्याख्या हैं जिसका प्रयाग-प्रशस्ति में अत्यन्त योग्यतापूर्वक वर्णन किया गया है। यह निरूपण भी मनोरंजक है कि प्रत्येक प्रकार के सिक्के का लेख उस पर अंकित राजमूर्ति से कितना अधिक मेल खाता है और उसके शौर्य और पराक्रम के साथ-साथ उसकी महान् सामरिक प्रतिभा को प्रकट करता है। सिक्कों

1. सिक्कों के विस्तृत वर्णन के लिए दे०, कै० क्वा० गु० डा० पृ० 1-23, cvii-cxii फलक 1-5। अश्वमेध-सिक्कों के कुछ लेखों के शुद्ध पाठों के लिए दे०, ज० ए० सो० बं० (न्यू० स० 10, 255; 11, 477।

पर अंकित उसका शारीरिक आकार अन्य सूत्रों के आधार पर बनी हमारी कल्पना के उसके आदर्श चित्र से पूर्णतः मेल खाता है। कद लम्बा, शरीर सुगढ़, दृढ़ मांसपेशियों से युक्त भुजा तथा स्फीत वक्ष उसके शरीर की विशेषताएँ थीं।

समुद्रगुप्त की सोने के सिक्कों की कलामय गढ़न हमें कला-क्षेत्र में उस आश्चर्यजनक प्रगति का पूर्वाभास दे देती है जिसके कारण गुप्त युग भारत में वरेण्य युग माना गया। वर्त्तमान समय में उपलब्ध अत्यल्प सामग्री के आधार पर भी जैसा हम उसके विषय में जान सके हैं, सम्राट् समुद्रगुप्त आगामी युग की, जो काफी हद तक उसकी ही कृति थी, भौतिक और बौद्धिक ऊर्जस्विता का प्रत्यक्ष और मूर्तिमन्त रूप था। उसके सिक्कों और अभिलेखों के अध्ययन से हमारे समक्ष एक ऐसे वज्रदेह शक्तिशाली सम्राट् की मूर्ति आ खड़ी होती है जिसके शारीरिक ओज के अनुरूप बौद्धिक और सांस्कृतिक सम्पन्नता ने उस नवयुग का सूत्रपात किया जिसमें आर्यावर्त्त ने, नवीन राजनीतिक चेतना और राष्ट्रीय एकात्मता पाँच शदियों के राजनीतिक विघटन और परकीय आधिपत्य के बाद, पुनः उपलब्ध की और नैतिक, बौद्धिक, सांस्कृतिक और भौतिक समृद्धि की वह उच्चता अधिगत की जिसने इसे भारत का स्वर्ण-युग बना दिया—ऐसा स्वर्णयुग जिसकी ओर अगणित भावी पीढ़िया मार्ग-दर्शन और प्रेरणा के लिए सदा देखने वाली थीं।

समुद्रगुप्त का शासनकाल काफी लम्बा रहा होगा। उसकी मृत्यु 380 ई० से पूर्व किसी समय हुई क्योंकि उसके पुत्र चन्द्रगुप्त द्वितीय के शासन की प्रथम ज्ञात तिथि यही है। संभवतः वह 376 ई० से पहले ही स्वर्ग सिधार गया था। किन्तु समुद्रगुप्त के राज्यारोहण का वर्ष जानना भी कठिन ही है। यह बात इस प्रश्न के उत्तर पर अवलंबित है कि—गुप्त संवत् की स्थापना किसने की ? यदि प्रायः स्वीकृत मत मान लिया जाय कि गुप्त संवत् चन्द्रगुप्त प्रथम के राज गद्दी पर बैठने से, जिसके शीघ्र बाद उसने कुमार देवी से विवाह किया, प्रारंभ होता है तो समुद्रगुप्त संभवतः लग० 350 ई० तक सिंहासनासीन नहीं हुआ, क्योंकि यह विश्वास करना कठिन है कि पचीस या तीस वर्ष की आयु से पहले ही

समुद्रगुप्त ने उस पौरुष या योग्यता का प्रदर्शन किया होगा जिसके कारण उसके पिता ने योग्यतम राजकुमार के रूप में उसको अपना उत्तराधिकारी चुना।[1] समुद्रगुप्त 33वें वर्ष में या उसके कुछ पहले गद्दी पर बैठा, इस मत का अर्थ यह होता है कि चन्द्रगुप्त प्रथम ने राजा बनने से बहुत पहले कुमारदेवी से विवाह किया अथवा उसने सिंहासन पर बैठने के बहुत समय बाद गुप्त संवत् का प्रवर्तन किया।

किन्तु जैसा कि हम ऊपर देख चुके हैं इस स्थापना का कोई आधार नहीं है कि गुप्त संवत् का प्रारंभ चन्द्रगुप्त प्रथम ने किया या वह उसके शासन के प्रथम वर्ष से शुरु होता है। यह भी उतना ही संभव है कि गुप्त सम्राटों में अद्वितीय समुद्रगुप्त के राज्यारोहण से ही गुप्त संवत् का प्रारम्भ हुआ हो। यदि नालन्दा के पाँचवे वर्ष के दानपत्र को समुद्रगुप्त का प्रामाणिक दानपत्र अथवा उसकी बाद में की गई सही नकल भी मान लिया जाय तो यह अंतिम मत बिलकुल निश्चित हो जाता है।

पर, इस पक्ष के विरुद्ध एक गंभीर आपत्ति है। वह यह कि समुद्रगुप्त

---

1. समुद्रगुप्त की तिथि के सम्बन्ध में कुछ असंबद्ध विचार चलता रहा है। एलन चन्द्रगुप्त प्रथम का राज्यारोहण 320 ई० मानकर कहता है कि उसने वैशाली की विजय के बाद कुमारदेवी से विवाह किया (कै० क्वा० गु० डा० पृ० xix-xx) फिर भी समुद्रगुप्त का गद्दी पर बैठना वह 335 ई० में रखता है (वहीं, पृ० xxxii) जबकि उस समय समुद्रगुप्त की आयु 13 या 14 वर्ष से अधिक नहीं हो सकती। यह मानना कठिन है कि 14 वर्ष का एक लड़का अपने पिता द्वारा प्रतियोगी राजकुमारों में योग्यतम समझकर चुना गया होगा। डा० हे० च० रायचौधरी का भी मत है कि चन्द्रगुप्त प्रथम 320 ई० में गद्दी पर बैठा और लिच्छवियों से विवाह-सम्बन्ध कर उसने अपनी शक्ति बढ़ाई (पो० हि० ए० इं० 4, पृ० 445) किन्तु उन्होंने इस सम्भावना का बिलकुल निषेध नहीं किया कि समुद्रगुप्त 325 ई० में सिंहासन पर बैठा होगा (वहीं पृ० 446)।

का पौत्र प्रथम कुमारगुप्त गुप्त संवत् के 136वें वर्ष में गद्दी पर था अतः तीन पीढ़ियों के लिए 136 वर्ष का काल औसत से बहुत अधिक जा पड़ता है। यह आपत्ति तो इस प्रचलित मत पर भी कि समुद्रगुप्त 325 या 335 ई० में गद्दी पर बैठा, समान रूप से लागू है। यदि नालन्दा दानपत्र प्रामाणिक सिद्ध हो जाय तो हमें मानना होगा कि गुप्त शासकों की तीन पीढ़ियों ने मिलाकर 131 बरस शासन किया और समुद्रगुप्त को संवत् का प्रतिष्ठाता मानने पर 131 में 5 वर्ष और जोड़ने पर कोई आक्षेप नहीं हो सकता। यद्यपि तीन पीढ़ियों के लिए 136 वर्ष का काल निस्सन्देह बहुत लंबा है फिर भी इसे असंभव नहीं माना जा सकता क्योंकि हमें ज्ञात है कि विक्रमादित्य पंचम से सोमेश्वर तृतीय तक पश्चिमी चालुक्यवंशी तीन राजाओं ने भी 118 बरस तक शासन किया।

इस प्रकार यह परिणाम निकलता है कि यद्यपि समुद्रगुप्त के 320 या लग० 350 ई० में गद्दी पर बैठने के पक्ष में काफी प्रमाण हैं, तथापि, उसके राज्यारोहण की तिथि 325-335 ई० मानने के लिए कोई आधार नहीं है।

अध्याय 8

गुप्त-साम्राज्य का विस्तार

1. रामगुप्त

कुछ वर्ष पूर्व तक सर्वसम्मति से यह स्वीकार कर लिया गया था कि महान् सम्राट् समुद्रगुप्त का उतराधिकारी उसका पुत्र चन्द्रगुप्त द्वितीय था। हाल ही में एक लुप्त रचना, विशाखदत्त-कृत **देवीचन्द्रगुप्तम्** नामक नाटक के कुछ अंशों की उपलब्धि ने इस समस्या पर बिलकुल नई रोशनी डाल दी है।[1]

प्रस्तुत नाटक के अन्तर्गत प्राप्त बिखरे सूत्रों को एक करके तथा साथ ही **हर्षचरित** संजन तथा काम्बे के ताम्रपत्र और **काव्य-मीमांसा** के बिखरे उल्लेखों की साक्षियों की सहायता से कुछ विद्वानों ने कहानी को कुछ इस प्रकार पुनर्निर्मित कर दिया है :

समुद्रगुप्त का उत्तराधिकारी रामगुप्त हुआ, जिसकी पत्नी ध्रुवदेवी थी। एक

---

1. इस प्रश्न का विवेचन अनेक विद्वानों ने किया है, जिनमें विशेष उल्लेख योग्य निम्न हैं:—S. Lévi (J.A. 88 III, पृ० 201 प्र०) आर. सरस्वती (IA. LII, पृ० 181); A.S. Altekar (JBORS. xiv, पृ० 223 xv, पृ० 134); रा. दा. बैनर्जी (AIG. पृ० 26); दे. रा. भण्डारकर Malaviya Comm. Vol., प्र० 189), का. प्र. जायसवाल (JBORS. xviii, 17); Winternitz (Airangar Comm. Vol., पृ० 359) स्टेन कोनॉ (JBORS xxiii, 414); मिराशी (IHQ. x 48; IA. lxii, 201); एन. दासगुप्त (IC. iv, 216); V. Raghavan Banaras Hindu University Magazine, ii, 23-54, 307); हे. च. राय चौधरी (PAHI[4] पृ० 465)।

शक राजा के साथ एक युद्ध के में वह समीप से घिर गया और ऐसी विकट परिस्थित में पड़ गया कि अपनी प्रजा की सुरक्षा के लिए उसने अपनी महारानी को शक राजा के हाथों में समर्पित करना स्वीकार कर लिया।[1] उसके भाई चन्द्रगुप्त ने इस अपमानजनक कृत्य का विरोध किया और स्वयं रानी ध्रुवदेवी के छद्मवेश में शत्रु के खेमे में पहुँचकर घृणित शक राजा को मार डालने का प्रस्ताव किया। युक्ति सफल रही और चन्द्रगुप्त ने साम्राज्य तथा साम्राज्य की प्रतिष्ठा को बचा लिया। इस घटना ने प्रजा तथा महारानी ध्रुवदेवी की नजरों में उसका आदर बढ़ा दिया होगा, साथ ही रामगुप्त का चरित्र तथा उसकी प्रतिष्ठा उतनी ही गिर गई होगी। दोनों भाइयों में वैमनस्य हो गया और चन्द्रगुप्त ने सम्भवतः बड़े भाई से अपनी जान को खतरा समझकर पागलपन का अभिनय किया। अन्ततोगत्वा, किसी उपाय द्वारा —जिसका हमें ज्ञान नहीं—चन्द्रगुप्त न केवल अपने बड़े भाई को मार डालने में ही सफल हुआ, अपितु उसकी विधवा पत्नी से उसने विवाह भी कर लिया।

कुछ विद्वानों के अतीव धैर्य, परिश्रम तथा कल्पनाशक्ति ने इस प्रकार गुप्तों के इतिहास में एक महत्त्वपूर्ण किन्तु अद्यावधि अज्ञात, उपकथा का प्रायः पूर्ण विशद चित्र उपस्थित किया है। अब हमें निश्चय करना है कि क्या यह बस्तुस्थिति का चित्रण है अथवा केवल नाटककारों तथा कथावाचकों की कल्पनामात्र पर आधृत है।

जहाँ समस्या महत्त्वपूर्ण है, वहीं उस पर निर्णय दे सकना आसान नहीं। एक ओर तो हमारे पास दो ऐतिहासिक नाम, चन्द्रगुप्त तथा ध्रुवदेवी—एक नाटक के नायक तथा नायिका के रूप में, जिस नाटक का लेखक—यदि उनका समसामयिक न भी रहा हो, जैसा कि कुछ का विचार है—संभवतः उनके बहुत बाद नहीं हुआ[2] और कहानी के मुख्य एवं आवश्यक भाग बाण के **हर्षचरित** (7वीं शती ई०) और राष्ट्रकूट ताम्रपत्रों (9वीं–10वीं शती ई०)

1. प्रकृतीनामाश्वासनाय। कुछ इस का अर्थ लेते हैं:—"अपने मन्त्रकारों को सन्तुष्ट करने के लिए।"
2. सि. लेवी विशाखदत्त को गुप्तवंश तथा हर्ष के बीच में किसी समय में

सरीखी दो प्रमाणिक साक्षियों द्वारा समर्थित होते हैं। दूसरी ओर यह दिखाया गया है कि वाण तथा उनके टीकाकारों द्वारा उपस्थित कथा का रूप **काव्य-मीमांसा** के रचयिता को ज्ञात उसके रूप से भिन्न हैं और कि पुराने वार्ता-प्रसंगों में अनुपलब्ध अवान्तर ब्यौरे अमोघवर्ष तथा गोविन्द चतुर्थ के दिनों में जोड़े गये। स्वयं कथावस्तु में अनेक अलौकिक कथाप्रसंग हैं यथा—**वताल-साधना** (भूत-पूजा), आदि। यदि इन्हें छोड़ भी दें जो न केवल असाधारण, रोमांचकारी, काल्पनिक तथा अविश्सनीय-सी भी है; बल्कि सारी कथावस्तु उस युग की वस्तुस्थिति तथा विधि-विधानों सम्बन्धी हमारे संकलित ज्ञान के इतना विरुद्ध है कि जबतक प्रबलतम प्रमाण न मिलें, हम उस पर विश्वास नहीं कर सकते।

उदाहरण के तौर पर, हमारे पास गुप्त युग के सिक्कों तथा अभिलेखों की खासी बड़ी संख्या मौजूद है, परन्तु उनमें किसी राजा रामगुप्त का कहीं जिक्र नहीं मिलता। कथा के अनुसार चलें तो यह मानना होगा कि रामगुप्त ने चन्द्रगुप्त की मृत्यु के उपरान्त गुप्त साम्राज्य का शासन संभाला। पुनः, जहाँ राज्य की खातिर एक भाई का वध किसी प्रकार असामान्य नहीं है, वहाँ एक राजद्रोही तथा राजहंता द्वारा अपने भाई की विधवा का पाणिग्रहण कर लेना उन दिनों प्रचलित सामाजिक रीतिरिवाज तथा नैतिक जीवन के संबन्ध में हमारी अनुमत आस्थाओं के विरुद्ध उतरता है।

इन आक्षेपों का समाधान न हो सकता हो, ऐसी बात नहीं। बताया गया है कि न तो शास्त्रों के विधि-विधान ने और न सामाजिक प्रथाओं ने एक

रखता है। जायसवाल, स्टेन कोनो और एन. दासगुप्त उसे चंद्रगुप्त द्वितीय का समकालीन मानते हैं। विन्टरनित्स ने, जिसका मत शुरू-शुरू में यही था **देवीचन्द्रगुप्तम्** के अनुसंधान पर इस विचार की तिलांजलि दे दी और ग्रन्थकार को छठी शती ई० में निर्धारित किया (तु० B.C. Law Volume, पृ० 50)।

विधवा और उसके पति के छोटे भाई के विवाह सम्बन्ध को निषिद्ध ठहराया है। लेकिन हमें स्मरण रखना चाहिए कि साँगली तथा काम्बे के ताम्रपट्टों में इस कृत्य की स्पष्ट निन्दा की गई है और इसे अवैध समागम तक कहकर वर्णित किया गया है। दूसरी गुत्थी के बारे में यह युक्ति उपस्थित की गई है कि राजकीय आलेख वंशवृक्ष दिया करते हैं, न कि राजाओं का उत्तराधिकार-क्रम; सो रामगुप्त के नाम के लोप पर आश्चर्यचकित होने की आवश्यकता नहीं। सिक्कों का अभाव एक ज्यादा गम्भीर तर्क है। किन्तु कुछ ने उक्त राजा का एक छोटा राज्यकाल मानकर इसकी व्याख्या-सी कर दी है, जबकि अन्य विद्वानों ने काच नामधारी सिक्कों को जिनका उल्लेख ऊपर हो चुका है; इस राजा का बतलाया है। डा० भण्डारकर का मत है कि रामगुप्त का नाम, जोकि **देवीचन्द्रगुप्तम्** से उद्धृत संदर्भों में सिर्फ एक बार ही मिलता है, काचगुप्त का एक अप-पाठ है; जबकि जायसवाल के विचार में काच तथा राम एक राजा के दो नाम हैं।

कथा के समर्थन में ये युक्तियाँ निस्सन्देह संभव है, किन्तु निर्णायात्मक नहीं। ऊपर निर्दिष्ट दोनों आक्षेपों के सिवाय अन्य आक्षेप भी हैं। उदाहरणतया, यह विश्वास कर लेना कठिन है कि समुद्रगुप्त के शक्तिशाली साम्राज्य का उत्तराधिकारी शक राजा के हाथों इस बुरी तरह चारों खाने चित्त हो गया कि उसके पास सेना अथवा राज्य की रक्षा के लिए एक ऐसे कृत्य की स्वीकृति के सिवाय कोई साधन तक न हो जिस कृत्य को किसी भी युग का अथवा किसी भी मुल्क का कोई भी राजा नितान्त गर्हित मानेगा, भारतवर्ष के सुवर्ण-युग के सशक्त सम्राट् की तो बात ही दूर है—उस सम्राट् की जिसकी शिराओं में समुद्रगुप्त का रक्त प्रवहमान हो। **मजमलु-त्-तवारीख** में रक्षित एक कहानी का प्रस्तुत समस्या को सुलझाने के लिए सहारा पकड़ा गया है। सुझाया गया है कि राजा और उसके परिजन एक पर्वतीय दुर्ग में घिर गये थे और शक द्वारा उसकी सेना के पराजित होने पर वह राजा पूर्णतया शत्रु के अनुग्रह पर अविलम्बित हो गया था। परन्तु ऐसी अवस्था भी परिस्थिति से बच निकलने के लिए प्रस्तावित उपाय में उपलक्षित अपकीर्ति

तथा अपमान को क्षंतव्य नहीं ठहरा सकती। याद रहे कि हम इसे एक राजा की तरंग-मात्र कहकर नहीं उड़ा सकते—जो राजा निर्वीर्य अथवा भ्रान्त हो, क्योंकि हमें यह विश्वास करने के लिए कहा गया है कि उसके कृत्य में प्रजा की पूर्ण अनुमति थी, यद्यपि उन्होंने उसे इसके लिए प्रोत्साहित नहीं किया था। ऐसा होने पर तो भारतवर्ष के स्वर्ण—युग में पिछले और अधिक पतित-दिनों से, आचार-पद्धति को प्रभूत भिन्न मानना होगा, उन पिछले दिनों की अपेक्षा जबकि ऐसी विपत्तियों में अपमान की अपेक्षा मृत्यु का आलिंगन करते हुए धधकती आग में आत्मार्पण करती हुई नारियों का हमें ज्ञान है और तबभी भारतीय जब तक अपने अपमान का बदला रक्त की अन्तिम बूंद से न चुका लेता तब तक युद्ध में जुटा रहता था।

ये विचार रामगुप्त के अद्भुत किस्से को ऐतिहासिक तथ्य के रूप में स्वीकार करने की राह में बाधक हैं—विशेषकर जबतक इस राजा की सत्ता निर्दोष आधार-शिलाओं पर न्यस्त न हो जाय। यद्यपि इस को बिना सोचे-समझे कल्पना की एक दन्तकथा मानकर समाप्त भी नहीं किया जा सकता। साथ ही नाटकीय कथावस्तु के अविश्वसनीय तथा अनुमुख चलती कहानियों को विश्वसनीय प्रसंग के रूप में स्वीकार कर लेना भी उचित नहीं है। दूसरे शब्दों में हमें रामगुप्त के ऐतिहासिक चरित्र, शकों से उसके युद्ध और उस अद्भुत घटना—जिससे कि उसे अपने सिंहासन, जीवन और सहधर्मिणी की स्वामिभक्ति तथा पति-प्रेम से हाथ धोना पड़ा—के संबन्ध में अपने निर्णय को स्थगित करना होगा।

इस दृष्टि से, इस विषय पर भी कि रामगुप्त का प्रतिद्वन्द्वी पश्चिमी भारत का शक शासक था अथवा पंजाब का कुशान राजा; और कि युद्ध हिमालय की पहाड़ियों में हुआ अथवा अलिपुर (पंजाब में) नाम के स्थान पर, अथवा (जलालाबाद के समीप) नलिनपुर में—विस्तृत विवेचन करने से कोई उपयोगी अभिप्राय सिद्ध न होगा।

इन समस्याओं का समाधान तब तक असंभव है जब तक कि अन्य साक्ष्य उपलब्ध नहीं होते और न इनका समाधान हमारे वर्तमान विषय के विस्तृत

तथा सामान्य ऐतिहासिक प्रश्न के सम्बन्ध में कोई बहुत महत्त्वपूर्ण ही है। अतः रामगुप्त प्रसंग का और अधिक उल्लेख न करते हुए हम चन्द्रगुप्त द्वितीय के राज्य का विवरण हाथों में लेते हैं।

2. चन्द्रगुप्त द्वितीय

जब समुद्रगुप्त का देहान्त हुआ, सम्भवतः बुढ़ापे की थकी उम्र में वह कई पुत्र तथा पौत्र अपने पीछे छोड़ कर मरा। चन्द्रगुप्त द्वितीय उसका ज्येष्ठ पुत्र था या नहीं, ठीक पता नहीं हैं। राजकीय दानपत्रों और मुद्राओं पर अंकित प्रथानुमत गुप्त वंश वृक्ष में **तत् परिगृहीत** (अर्थात् उसके—समुद्रगुप्त द्वारा अंगीकृत अथवा अनुमत)—पदावली का प्रयोग चन्द्रगुप्त द्वितीय के साथ हुआ है, जब कि उसके उत्तराधिकारी राजाओं के साथ युक्त अनुरूप पद है: **तत्-पादानुध्यात** (उसके चरणों पर ध्यान लगाये अथवा उसके चरणों द्वारा अनुगृहीत)। इसका लक्षित अर्थ यह निकाला गया है कि समुद्रगुप्त ने अपने अनेक पुत्रों में से उसे अपना उत्तराधिकारी चुना। इस मत की स्वीकृति से इस स्थापना के मूल पर ही तुषार पड़ेगा कि समुद्रगुप्त का उत्तराधिकार रामगुप्त को मिला। परन्तु दो अनन्तर राजाओं के सम्बन्ध की द्योतक दोनों पदावलियों का अर्थ बगैर किसी प्रकार के चुनाव व तत्काल उत्तराधिकार को अभिप्रेत करते हुए, स्वस्तिवाचन तथा मंगल-आदर का परम्परागत उद्‌गार मात्र ही लिया जा सकता है। एवं किसी समर्थक साक्षी के अभाव में, हमें ऐसा अनुमान स्थिर करना न चाहिए कि चन्द्रगुप्त द्वितीय को "उसके पिता ने अपने अनेक पुत्रों में से अथवा योग्यतम उत्तराधिकारी समझ कर चुना था" यद्यपि यह सर्वथा असम्भव नहीं है।

चन्द्रगुप्त का एक और नाम था—देव, और उसका उल्लेख देवगुप्त, देवराज तथा देवश्री के रूप में भी हुआ है। उसकी मां का नाम दत्तदेवी था और उसकी दो रानियों के नाम हमें ज्ञात हैं—ध्रुवदेवी (अथवा ध्रुवस्वामिनी) तथा कुबेरनागा। उसे **परमभागवत** कहकर पुकारा गया है। स्पष्ट ही वह वैष्णव धर्म का एक अनन्य उपासक था।

चन्द्रगुप्त के समय के छः अभिलेख (सं० 5-10) अब तक ज्ञात हो पाये हैं।

सबसे पहला, मथुरा में प्राप्त (सं० 5) है। गुप्त संवत् के वर्ष 61–तदनुसार 380 ई० की तिथि इस पर अंकित है। अभिलेख में उनके राज्यवर्ष का भी अङ्कन है। दुर्भाग्य से शिला का यह भाग नष्ट-भ्रष्ट है, इसलिये राज्यवर्ष को बिलकुल निश्चयपूर्वक नहीं पढ़ा जा सकता। कुछ ने इसे प्रथमे (पहले में) पढ़ा है, औरों ने पंचमे (पांचवे में)। पिछला पाठ अधिक सम्भव प्रतीत होता है, और तदनुसार उसका अधिरोहण 366-67 ई० में पड़ेगा। अभिलेख से सिद्ध होता है कि उक्त तिथि में मथुरा गुप्त साम्राज्य का अंग बन चुकी थी। इस प्रकार यह राज्य यमुना से परे तक विस्तृत था, जिसे ऊपर अनतिम तौर पर समुद्रगुप्त के सीधे अनुशासित प्रदेशों का पश्चिमी सीमान्त मान लिया गया है। चन्द्रगुप्त द्वितीय ने इसकी विजय की या मथुरा पहले ही उसके पिता द्वारा शासित राज्य का अंग थी—यह कह सकना कठिन है। कुछ भी हो, इससे यह सिद्ध किया जा सकता है कि समुद्रगुप्त की मृत्यु के अनन्तर पश्चिम की ओर साम्राज्य को कोई हानि नहीं पहुँची।

इसके स्पष्ट संकेत मिलते हैं कि चन्द्रगुप्त द्वितीय ने पिता के सैनिक वीर-चरित्र का अनुकरण किया और एक विजय अभियान के लिए प्रस्थान किया। विदिशा से प्रायः दो मील उत्तर पश्चिम की ओर उदयगिरि की पहाड़ी में एक गुफा चन्द्रगुप्त द्वितीय के संन्धि-विग्रहीक (युद्ध तथा शान्ति के मंत्री) वीरसेन ने शम्भु को अर्पित की थी। इस दान को अकित करते हुए छोटे से अभिलेख में (सं० 10) यह कहा गया है कि यह मंत्री पाटलिपुत्र का रहने वाला था और अपने स्वामी के साथ—जबकि वह "सम्पूर्ण पृथ्वी को जीतने की धुन में विकल था—यहाँ आया था।" इसका स्पष्ट अर्थ यह हुआ कि चन्द्रगुप्त द्वितीय ने साम्राज्य के दक्षिण पश्चिमीय भाग की ओर सैनिक अभियान किया था।

गुप्त सम्राट् द्वारा उपलब्ध महती सफलता, अप्रत्यक्षतः सिक्कों द्वारा प्रमाणित होती है। यह एक अर्थपूर्ण तथ्य है कि पश्चिमी क्षत्रपों के तीन सौ वर्ष से अधिक से चले आ रहे प्रायः अभग्न राज्य के समर्थक सिक्कों की लम्बी शृङ्खला 388 तथा 387 ई० के बीच में आकर समाप्त हो जाती है और उसका

स्थान उसी भाँति के चन्द्रगुप्त द्वितीय द्वारा प्रचलित सिक्के ले लेते हैं। इससे जरा भी सन्देह का अवसर नहीं रह जाता कि चन्द्रगुप्त द्वितीय ने पश्चिमी क्षत्रपों की शक्ति को समाप्त किया और उनके प्रदेशों पर अधिकार जमा लिया। निस्सन्देह यह उसके सैनिक अभियान का ही मुख्य फल था जो उसने 'पृथ्वी विजय' के लिए किया था, जैसा कि उसका मत्री उसका वर्णन करता है।

अमात्य वीरसेन के अभिलेख के अतिरिक्त, उसी इलाके में हमें एक और अभिलेख (सं० 6) उपलब्ध हुआ है जिसमें चन्द्रगुप्त द्वितीय के एक सामन्त किसी सनकानीक महाराज के, वर्ष 82 (ई० 401-2 ई०) में एक दान का उल्लेख है। एक और तिथित (93 ई० 412-13)=अभिलेख (नं० 8) में एक बौद्ध महा विहार को सांची में आम्रकार्दव द्वारा कुछ दानों का उल्लेख है। आम्रकार्दव चन्द्रगुप्त द्वितीय का एक कर्मचारी था जिसने "अनेक युद्धों में कीर्ति तथा विजयध्वज उपलब्ध किये थे।"

पूर्वी मालवा के एक ही इलाके में चन्द्रगुप्त द्वितीय के एक मंत्री, एक सामन्त तथा एक सैनिक कर्मचारी की उपस्थिति का चन्द्रगुप्त द्वितीय के दीर्घ कालिक अभियान से संगति मिलाना अयुक्तिक नहीं है। इस प्रकार यह अभियान पांचवी शती के प्रारभिक वर्षों में रखा जा सकता है। यद्यपि संभव है वह कुछ पूर्व ही प्रारम्भ हुआ हो। चन्द्रगुप्त द्वितीय के पश्चिमी क्षत्रपों के अनुकारी सिक्कों पर गुप्त संवत् के अनुसार तिथियाँ अंकित हैं, जिनमें 90 का द्योतक प्रथम अंक मात्र ही स्पष्ट पठनीय है। अतः ये सिक्के 409 तथा 415 ई० के बीच में प्रचलित हुए होंगे (जबकि चन्द्रगुप्त ने शासन करना समाप्त कर दिया था)। इस प्रकार यही लक्षित होता है कि चन्द्रगुप्त के सैनिक अभियान की आयोजना, और शक प्रदेशों के विजय की पूर्णाहुति चतुर्थ शती के अन्तिम दशक तथा पंचम शती के प्रथम दशक के बीच घटित हो चुकी थी।

इस महती विजय से गुप्त सम्राट् ने न केवल विदेशियों के, जो भारत की मिट्टी पर दीर्घतम काल तक शासन करते रहे थे, आधिपत्य को समाप्त कर दिया, अपितु काठियावाड़ और उ० गुजरात के समृद्ध प्रान्तों को भी साम्राज्य

में मिला लिया, जो अब बंगाल की खाड़ी से अरब समुद्र तक विस्तृत हो गया। गुप्त साम्राज्य अब पश्चिमी जगत से भारतीय व्यापार के अधिकांश भाग पर नियंत्रण करने लगा। उसने भारत को पश्चिमी सभ्यता के निकटतर संपर्क में ला खड़ा किया। स्वभावत: चन्द्रगुप्त के कृत्य उज्जैन के राजा विक्रमादित्य के वीर कृत्यों को याद दिलाते हैं जिस विक्रमादित्य का वर्णन भारतीय गाथाओं में तब से चार सौ वर्ष से भी कहीं पहले भारत के प्रथम शक विजेताओं को बाहर निकाल फेंकने के सम्बन्ध में किया जाता है। संभवत: पौराणिक गाथाओं के इस कृत्य की अनुकृति में चन्द्रगुप्त ने अपने पिता की भाँति 'विक्रमादित्य' उपाधि धारण की, जो उपाधि धीरे-धीरे सैनिक विजयों के लिए प्रख्यात भारतीय शक्तिशाली शासकों द्वारा श्रेष्ठता अथवा विशेषता का द्योतक विरुद समझी जाने लगी थी। यह भी असंभव नहीं कि पिछले अनुच्छेद में आलोचित शक राजा से चन्द्रगुप्त के युद्धों के साहित्यिक संदर्भों में इस महान विजय की प्रतिध्वनि समाविष्ट हो।

उत्तर-पश्चिम में चन्द्रगुप्त के प्राय: तत्तुल्य महान सैनिक अभियान के दावे भी किये गए हैं, पर ये कुछ कम मजबूत आधार पर आश्रित हैं। आजकल दिल्ली में कुतुबमीनार के समीप खड़े लोह-स्तम्भ पर उत्कीर्ण अभिलेख में (नं० 67) किसी चन्द्र नामक राजा का उल्लेख मिलता है—"जिसने बंग के शत्रु राजाओं के जमघट को परास्त किया, और युद्ध में सिन्धु नदी के सात मुखों को पार करके वाहि्लकों पर विजय प्राप्त की थी।" वाहि्लक से बैक्टिया का अर्थ लेते हैं, अत: हमें ऐसी कल्पना करनी पड़ती है कि इस राजा ने पंजाब की नदियों को पारकर हिन्दुकुश पर्वत श्रेणी से परे विजयें कीं और वह समान सफलता से बंगाल में प्रबल शत्रुओं के विरुद्ध लोहा लेने की स्थिति में भी था। और यदि, जैसा कि कुछ विद्वानों का विचार है, वाह्लिक काश्मीर की सीमा पर व्यास की घाटी में अवस्थित है तो भी राजा चन्द्र के सैन्यचरित अनूठे ही स्वीकार्य होने चाहिए।

परन्तु राजा चन्द्र की चन्द्रगुप्त द्वितीय से प्रस्तावित अनन्यता की स्थापना

को निश्चित मान सकना कठिन है।[1] चन्द्रगुप्त प्रथम अथवा चन्द्रवर्मा से प्रस्तावित चन्द्र की ऐक्य स्थापना की अपेक्षा तो वस्तुतः यह स्थापना निस्संदेह अधिक संभव है; परन्तु किसी समर्थक साक्ष्य के अभाव में, केवल दिल्ली लोह स्तम्भ के अभिलेख के आधार पर हम इन रोमांचकारी क्षात्र कृत्यों का श्रेय चन्द्रगुप्त द्वितीय को नहीं दे सकते। हाँ, चन्द्रगुप्त नाम के कुशान प्रकार के सिक्कों से, अलबत्ता, उसका उ० प० सीमा प्रान्त में आधिपत्य घोषित होता है।

शक प्रदेश की विजय के अतिरिक्त, चन्द्रगुप्त द्वितीय के राज्य की किसी भी राजनैतिक घटना का हमें निश्चित रूप से ज्ञान नहीं।[2] परन्तु उसके विवाह सम्बन्धों में कुछ का आशय राजनैतिक हो सकता है। उसने नाग देश की एक कुमारी कुबेरनागा ब्याही, और इस ब्याह की सन्तान प्रभावती का विवाह वाकाटक राजा रुद्रसेन द्वितीय से हुआ। नाग, जैसा कि ऊपर दिखाया जा चुका है एक शक्तिशाली शासक जाति थे, और उनसे विवाह-मैत्री चन्द्रगुप्त को अभिनव-स्थापित गुप्तों की अधीश्वरी सत्ता को शक्तिशाली बनाये रखने में बहुत उपयोगी सिद्ध हुई होगी। वाकाटकराज के सम्बन्ध में, जैसा कि

---

1. चन्द्र के साम्य-निर्धारण तथा वाहि्लक की स्थान-स्थापना के विषय पर विभिन्न मतों के सम्बन्ध में, देखि० ज० रा० ए० सो० बं० ले, ix, 179। यहाँ अंकित प्रमाणों के अतिरिक्त, ए० इ० xiv, 367; ज० अं० हि० रि० सो० x, 86; ज० इ० हि० xvi, 13 भी द्रष्टव्य हैं।
2 श्रीयुत जगन्नाथदास रत्नाकर ने (इ० हि० क्वा० 3, 719) बनारस के दक्षिण-पूर्वी कोण पर नगवा नाम के एक गाँव में उपलब्ध एक प्रस्तर अश्व का वर्णन किया है [जो अब भारतकला भवन, बनारस में है अनु०]। उस पर के छोटे से अभिलेख को उन्होंने पढ़ा है—चन्द्रंगु (जिसे वे चन्द्रगुप्त द्वितीय से अनन्य स्थापित करते हैं)। परन्तु प्रकाशित प्रति इस पाठ को पुष्ट नहीं करती, और हम इस प्रकार चन्द्रगुप्त द्वितीय को एक अश्वमेध यज्ञ रचाने का यश नहीं दे सकते।

वी. ए. स्मिथ ने ठीक ही लिखा है[1] कि उसके राज्य की भौगोलिक स्थिति ऐसी थी कि "वह गुजरात तथा सुराष्ट्र के शक क्षत्रपों के प्रदेशों पर धावा बोलने वाली उत्तरी शक्ति को पर्याप्त हानि पहुँचा सकता था"। वाकाटकों से जो भी सहायता चन्द्रगुप्त द्वितीय को मिली और उनके राज्य पर उसका जो प्रभाव-प्रभुत्व था उसका निर्वचन पहले ही, ऊपर, किया जा चुका है (अ० 5)। इसलिए यह कोई अयुक्तिगत स्थापना नहीं है कि ये विवाह-मैत्रियाँ समझ-बूझकर किसी राजनीतिक उद्देश्य से की गई थीं। यदि हम स्मरण रक्खें कि किस प्रकार चन्द्रगुप्त प्रथम के एक लिच्छवि राजकुमारी से वैवाहिक संबंध ने गुप्तों को अधिपत्ति-सत्ता तक पहुँचने में सहायता पहुँचाई थी, और कि समुद्रगुप्त **कन्यादान** को अपने सामंतों से अपने साथ रिश्ते में एक सामान्य अंग समझता था, तो हम भली भाँति यह स्वीकार कर सकते हैं कि "परिणय-सम्बन्ध का गुप्तों की वैदेशिक नीति में कोई अर्थ-शून्य भाग न था"।[2] कुन्तल (कन्नड़ देश) के कदम्ब शासक ककुत्स्थवर्मा के एक अभिलेख का कथन है कि उसकी पुत्रियाँ गुप्त तथा अन्य राजाओं को ब्याही गई थीं। यह स्थापना प्रस्तुत की गई है कि चन्द्रगुप्त द्वितीय ने अपने पुत्र का उक्त वंश के प्रबलतम शासक ककुत्स्थवर्मा की पुत्री में विवाह किया था।[3] यद्यपि हमारे लिए यह निश्चय

1. ज० रा० ए० सो० 1914, पृ० 324।
2. पो० हि० ए० इ० पृ० 466।
3. ज० वि० ओ० रि० सो० xii, 462। इस सम्बन्ध में यह दिखाया जा सकता है कि कन्नड़ देश के कुछेक गुप्त-कालीन राजाओं का दावा है कि वे चन्द्रगुप्त के वंशक्रमागत थे, और साहित्यिक अनुश्रुतियों के अनुसार विक्रमादित्य ने कवि कालिदास को दूत के रूप में कुन्तल राजा के यहाँ अनुभूतियों भेजा था। किन्तु इनका मूल्य तथा चन्द्रगुप्त द्वितीय से इनका सम्बन्ध अनिश्चित है। (तु०, पो० हि० ए० इ[4] पृ० 475, पा० टि० 2) तु० अध्या० 5, 12।

कर सकना असभंव है कि यह सम्बन्ध चन्द्रगुप्त द्वितीय ने स्थापित किया था या कि उसके उत्तराधिकारी ने, अलबत्ता इससे भारत के भिन्न-भिन्न भागों में प्रबलतम तथा प्रख्याततम एवं विशिष्ट वंशों से परिणय सम्बन्ध स्थापित करने की गुप्तों की प्रथागत नीति समर्थित सिद्ध होती है।

चन्द्रगुप्त द्वितीय ने चाँदी तथा तांबे की मुद्रा-पद्धति प्रचलित की। उसके सोने के सिक्कों से, उसके पिता की सिक्कों की भांति, साम्राज्य की शक्ति, प्रभुता, तथा ठाटबाट और कुछ हद तक उसका प्रभावशाली व्यक्तित्व प्रतिबिम्बित होता है। उसके सिक्कों की कुछ विशेषतायें उसके पिता से मिलती-जुलती हैं, किन्तु भेद स्पष्ट और साभिप्राय हैं। उदाहरणतया, एक विशेषता राजा को बाघ के स्थान पर जैसा कि पिता के सिक्के पर है, सिंह का वध करते चित्रित किया गया है (फलक 3, 2); इन सिक्कों पर अंकित विरुद उसका उल्लेख **सिंह विक्रम** (सिंह की शक्ति से सम्पन्न) और **नरेन्द्रचन्द्र**, अर्थात् नरपतिश्रेष्ठ और भू-तल पर अविजित के रूप में करती हैं। बाघ के स्थान पर सिंहाङ्कन से संभवतः उसकी गुजरात विजय घोषित होती है, जहाँ कि सिंह पाये जाते हैं। सिक्कों में मंच-भाँति उसके पिता की वीणा-भांति से मेल खाती हैं; परन्तु वीणा अथवा सितार की जगह, उसके ऊपर को उठाये दायें हाथ में एक फूल है, और अंकित लेख 'रूपाकृति' संभवतः उसकी बौद्धिक एवं शारीरिक विशिष्टता अथवा कला—प्रियता पर बल देता है। चन्द्रगुप्त द्वितीय द्वारा प्रवर्तित एक नये प्रकार के सिक्के के नमूने पर राजा को इस प्रकार खड़ा हुआ चित्रित किया गया है—बायाँ हाथ तलवार की मूँठ पर है, साथ में एक बौना उसके सिर पर छत्र ताने है जो उसकी सार्वभौम सत्ता का चिह्न है। एक और नये नमूने पर राजा एक पूर्ण सज्जित घोड़े पर सवार है, और तलवार या धनुष उठाये हुए है। यह नमूना जिसका कि विस्तृत प्रचार रहा, और सिंह-हंता नमूना अपने अनेक भेदों सहित—संभवतः राजा की वैयक्तिक प्रवृत्तियों के परिचायक हैं, किन्तु मंत्र भाँति से यह लक्षित होता है कि अपने पिता की भाँति उसकी क्षात्र-तेजस्विता उसकी कला-प्रियता तथा मानसिक अभिरुचि से बेमेल न थी। और यह भी संभवतः अर्थरहित नहीं है कि

उसके सिक्कों पर विदेशी मुद्रा-पद्धति से ली गई सिंहासनासीन देवी की मुद्रा को अन्ततः देवी की एक विशुद्ध भारतीय प्रतिकृति में बदल दिया गया था।

जैसा कि ऊपर दिखाया जा चुका है, चन्द्रगुप्त द्वितीय ने **विक्रमादित्य** की उपाधि ग्रहण की—जो कि **विक्रम** तथा **विक्रमाङ्क** के साथ सिक्कों के उल्लेख में पाई जाती है। अनेक विद्वानों का विचार है कि वह पौराणिक राजा विक्रमादित्य, जिसके विषय में प्रसिद्ध है कि उसने शकों को परास्त किया, उज्जयिनी पर राज्य किया तथा 58 ई० पू० में एक संवत् (विक्रम संवत्) की प्रवर्तना की—वह (विक्रमादित्य) मूल रूप में यही है। चन्द्रगुप्त द्वितीय ने शक क्षत्रपों को हराया था और उसका उज्जयिनी से संपर्क, मालवा में उनके विरुद्ध लड़ाई के लिए देर तक टिके रहने से, संभव ठहरता है। 58 ई० पूर्व में किसी विक्रमादित्य की सत्ता सम्बन्धी विवादास्पद प्रश्न में पड़े बगैर यह संभव माना जा सकता है कि उसके सम्बन्ध में चली आ रही अनुश्रुतियों को परम्परा में कुछ का संकेत चन्द्रगुप्त द्वितीय की ओर ही है और इस वर्ग में हम उसकी राजसभा में प्रसिद्ध कवि कालिदास की उपस्थिति को भी रख सकते हैं। अलबत्ता यह याद रहे कि विक्रमादित्य की उपाधि संभवतः, समुद्रगुप्त ने भी, और कम से कम चन्द्रगुत के दो उत्तराधिकारियों—स्कन्दगुप्त और पुरु गुप्त (अथवा बुधगुप्त) ने निश्चित रूप से धारण की थीं। एवं, सम्भावना समान रूप से यह भी है कि ऊपर उल्लिखित अनुश्रुति-माला में गुप्त-युग का प्रायः सम्पूर्ण-सा प्रतिबिम्ब है न कि किसी विशेष गुप्त वंशीय राजा का।

चन्द्रगुप्त के कुछ सामन्तों का उल्लेख किया जा सकता है। इनमें एक है **त्रिकमल** जिसका ज्ञान हमें वर्ष 64 में तिथित गया में एक बोधि-सत्व की प्रतिमा पर उत्कीर्ण एक अभिलेख से होता है।[1] एक और सामन्त था स्वामिदास, वल्ख का शासक जो सम्भवतः कहीं मध्य भारत में अवस्थित था

1. आ० स० इ० 1922-3, पृ० 169

इसने 67वें वर्ष में एक भूमि-दान उद्घोषित किया ।[1] महाराज श्री विश्वामित्र स्वामी, जिसका नाम बेसनगर से उपलब्ध एक मुद्रा पर पाया गया है, भी सम्भवतः चन्द्रगुप्त द्वितीय का एक सामन्त सेनापति था ।[2]

चन्द्रगुप्त द्वितीय की अन्तिम ज्ञात तिथि 93 (412-3 ई०) है, और उसका राज्य बहुत दूर जा भी न सकता था, क्योंकि उसका पुत्र 96 (415-16 ई०) में गद्दी पर था। इस प्रकार उसने एक पर्याप्त लम्बे राज्य काल का—36 वर्ष से ऊपर तक उपयोग किया। उसके शासन में गुप्त साम्राज्य की नींव का जम जाना प्रत्यक्ष हुआ और यदि हम विक्रमादित्य गाथाओं को उससे जोड़ दें, तो उस काल में वह बौद्धिक एवं मानसिक क्रिया-कलाप का विप्लव भी घटा जिसके कारण कि गुप्त युग भारत का वरेण्य युग अथवा स्वर्ण युग बन गया।

विशाल साम्राज्य में शान्ति तथा वैभवशालिता का एक चित्र चीनी यात्री फ़ाह्यान के विवरण से मिल सकता है—जो (यात्री) छः साल से अधिक अवधि तक चन्द्रगुप्त के विस्तृत प्रदेशों में भ्रमण करता रहा। दुर्भाग्य से फ़ाह्यान भारत की राजनीतिक अवस्था की कोई कथा प्रस्तुत नहीं कर सका—उसने महान् गुप्त सम्राट् के नाम तक का उल्लेख नहीं किया। तथापि फ़ाह्यान की पुस्तक का मूल्य गुप्त युग की संस्कृति तथा सभ्यता की रूपरेखा खींचने में बहुत महत्त्वपूर्ण है। इस सभ्यता तथा संस्कृति का उल्लेख बाद में किया जायगा। गुप्त युग की कला तथा साहित्य का वर्णन भी अलग अध्यायों में होगा। यहाँ तो केवल इसी बात पर ध्यान केन्द्रित करना आवश्यक है कि समुद्रगुप्त तथा चन्द्रगुप्त द्वितीय की विजयें, साम्राज्यगत शान्ति और वैभव की अवस्था का कारण बनीं जिससे उक्त युग की प्रगतिशील कला, साहित्य एवं सभ्यता की अन्यान्य अवस्थाएं प्रकट हुईं जो इस युग को अन्य युगों से श्रेष्ट सिद्ध करती है।

---

1. ए० इ० xv, 289। परन्तु यह सन्देहपूर्ण है, तुल०, ए० भ० ओ० रि० इ०, xxv, 159।
2. आ० स० इ० 1914-15, पृ० 81।

3. कुमार गुप्त प्रथम

चन्द्रगुप्त द्वितीय की मृत्यु पर रानी ध्रुवदेवी से उत्पन्न उसका पुत्र कुमारगुप्त प्रायः 414 ई० में सिंहासनारूढ़ हुआ, और 40 साल से अधिक लम्बे राज्य काल का उपयोग करता रहा। उसके शासनकाल के कम-से-कम तेरह अभिलेख, जो किसी भी गुप्त सम्राट् के अभिलेखों की सबसे बड़ी संख्या है, उपलब्ध हुए हैं (नं० 12-24)। यद्यपि वे उसके राज्यकाल की घटनाओं पर अधिक प्रकाश नहीं डालते, साधारण तौर पर उनसे यह स्पष्ट अभिप्रेत होता है कि अपने पिता से उत्तराधिकार में प्राप्त विशाल साम्राज्य को उसने अक्षुण्ण बनाये रखा। पश्चिमी भारत में सुदूर अहमदाबाद और भावनगर से उसके अनेक उपलब्ध सिक्कों से सिद्ध होता है कि कुमारगुप्त ने अपने पिता की भाँति अश्वमेध यज्ञ का अनुष्ठान किया था। महाराष्ट्र में सतारा से उपलब्ध कुमारगुप्त के सिक्कों का एक भारी ढेर को दक्षिण-पूर्वी दक्षिण के पठार में गुप्त प्रभाव के संकेत के रूप में समझा जाता हैं;[1] यद्यपि प्रत्यक्षतः इसके आधार पर अथवा इलिषपुर के उसके 13 सिक्कों से हम किसी निश्चित निष्कर्ष पर नहीं पहुँच सकते।

कुमारगुप्त ने कई प्रकार के सोने के सिक्के नये प्रकार से प्रचलित किए, जिनमें पीछे की ओर कार्तिकेय अपने मयूर पर आरूढ़ हैं तथा सामने भाग की ओर मयूर को खिलाते हुए राजा चित्रित है। उसने चाँदी की मुद्रा का विस्तार किया और साम्राज्य के मध्य प्रान्तों में पहली बार उसे प्रवर्तित किया जहाँ कि सिक्कों के पृष्ठ भाग पर गरुड़ के स्थान पर मयूर को अंकित किया गया। उसके सिक्कों पर अङ्कित उल्लेखों से प्रतीत होता है कि उसने महेन्द्रादित्य की उपाधि को ग्रहण किया। उसका वर्णन श्री महेन्द्र, महेन्द्रादित्य, अश्वमेव महेन्द्र इत्यादि के रूप में किया गया है।

अभिलेखों ने उसके राज्यपालों और सामन्तों में से कुछ के नाम सुरक्षित रख छोड़े हैं। घटोत्कच गुप्त, राज-वंश का एक सदस्य और सम्राट् का एक

1. पो० हि० ए० इ०[4] पृ० 475 (पा० टि० 2), 480।

पुत्र वा भाई, पूर्वी मालवा में एरन के उत्तर-पूर्व की ओर प्रायः 50 मील परे तुम्बवन के परिधि-मण्डल पर राज्य कर रहा था (अभि० सं० 17)। सम्भवतः वह एरिकिण (एरन) का जो समुद्रगुप्त के दिनों में एक गुप्त प्रान्त (प्रदेश) के रूप में ज्ञात था (अभि० सं० 4), राज्यपाल था। सुदूर पश्चिम में बन्धुवर्मा—संभवतः एक सामन्त सेनापति, पश्चिमी मालवा में दशपुर, मन्दसोर पर राज्य कर रहा था (अभि० सं०52)। सम्राट् का छोटा भाई गोविन्दगुप्त भी संभवतः इसी क्षेत्र में राज्यपाल था।[1] एक ओर राज्यपाल चिरातदत्त, पुण्ड्रवर्धन, अथवा 30 बंगाल पर शासन कर रहा था (अभि० सं० 21-22)। इन अभिलेखों से सूचित अर्थ से समझा जा सकता है कि किस प्रकार कुमारगुप्त के शासन-काल में शासन-तंत्र के विधान में उन्नति हुई। परन्तु पहले काल के लिए ऐसे अभिलेखों का न होना केवल आनुषङ्गिक हो सकता है, सो हम इसे उसके शासन-काल की कोई विभेदक विशेपता नहीं मान सकेंगे।

हम यह नहीं कह सकते कि कुमारगुप्त के अश्वमेध यज्ञ से उसके द्वारा कई नयी विजयें अभिप्रेत हैं, परन्तु उसके राज्यकाल के अन्तिम दिनों में निश्चित रूप से राज्य में युद्धों से विक्षोभ-सा आ खड़ा हुआ था। इन युद्धों की ठीक-ठीक प्रकृति निर्धारित कर सकना कठिन है। भितरी प्रस्तर स्तंभ अभिलेख (सं० 30) का सन्दर्भ, जो इस महत्त्वपूर्ण घटना के सम्बन्ध में हमारा एक-मात्र प्रमाण-स्रोत है, दुर्भाग्य से असंदिग्ध नहीं है। सामान्यतः स्वीकृत पाठ के अनुसार गुप्त सम्राट् का प्रतिद्वन्द्वी पुष्यमित्रों का राजा था, लेकिन एक प्रस्तावित पाठशोध[2]

1. बन्धुवर्मा तथा गोविन्दगुप्त की समस्याओं पर, स्कन्दगुप्त के राज्यकाल के अंतर्गत, विस्तार से विवेचन किया गया है।
2. फ्लीट का इस संदिग्धस्थल का पाठ था—"**पुष्यमित्रांश्च**", परन्तु उसके साथ उसने यह भी जोड़ दिया कि नाम का द्वितीय अक्षर भ्रष्ट है (का० इ० इ० iii, 54, 55, पा० टि० 2)। श्री एच० आर० दिवेकर ने सम्पूर्ण स्थल को "**युध्यमित्रांश्च**" पढ़ने का प्रस्ताव किया है (ए० भ० ओ० रि० इ० 1, पृ० 99)।

के अनुसार, शत्रु-राजाओं को ही सीधे शत्रु कहा गया है। यदि हम **'पुष्यमित्रान्'** पाठ को स्वीकार कर लें तो इस जाति को स्थापित करना सुकर नहीं है जो संभवतः नर्मदा की घाटी में अथवा उस नदी के उद्गम के समीप बसे हुए थे जैसाकि **विष्णु पुराण** में उल्लिखित है। किन्तु यह सर्वथा संभव हो, ऐसा नहीं है।[1]

परन्तु कोई भी प्रतिद्वन्द्वी क्यों न रहा हो, वह बहुत शक्तिशाली था और उसकी प्रगति साम्राज्य के लिए एक गंभीर आतंक का कारण बन खड़ी हुई होगी।[2] अभिलेख का कथन स्पष्ट है कि शत्रुओं के "मनुष्य तथा धन के प्रभूत साधन थे"; और कि "अपने वंश की प्रायः नष्ट कीर्ति को पुनर्जीवित करने के लिए" उनके साथ युद्ध के समय में स्कन्दगुप्त ने सारी रात खुली भूमि पर गुजार दी। कवियों की कल्पनाओं तथा अतिशयोक्तियों के बावजूद, प्रस्तुत उक्ति यह प्रभाव छोड़ जाती है कि गुप्त सम्राट् को भारी क्षतियाँ उठानी पड़ीं थीं और घोर विभ्रंश एवं पतन का मुकाबला करना पड़ा था, जब कि कुमारगुप्त के पुत्र स्कन्दगुप्त के इस वीरकृत्य को हर प्रदेश में "सुखी जनों ने, बच्चों तक ने" गाया। इन प्रशस्ति-गीतियों में प्रतिध्वनित सुख की अनुभूति आशंकित कठिनाइयों की एक उचित मात्रा मानी जा सकती है। यह अर्थपूर्ण है कि एक साथ ही चार लगातार श्लोकों में कवि ने "गुप्त वंश के ध्वस्त वैभव तथा स्कन्दगुप्त द्वारा उसके उद्धार का उल्लेख तीन बार से कम नहीं किया।"

---

1. इ० ए० xviii, 228। अन्य मतों के लिए, तुल० कै० गु० डा० xlv-xlvi।
2. डा० हे० च० चौधुरी का **"व्याघ्रपराक्रम"** की उपाधि से अनुमान है कि संभवतः कुमारगुप्त ने नर्मदा से परे व्याघ्राक्रान्त प्रदेश पर धावा किया और अधीश्वरी सेनाओं को कठिनाई झेलनी पड़ी जिससे मुक्ति स्कन्दगुप्त ने दिलाई पो० हि० ए० इ०[4] पृ० 480)। परन्तु न तो उपाधिग्रहण और मुक्ति, न सतारा ज़िले में सिक्कों की उपलब्धि ही किसी ऐसे अनुमान का समर्थन कर सकती है।

इससे विपत्ति के गम्भीर पहलू पर ज़ोर पड़ता है जिसे स्कन्दगुप्त ने दूर किया, परन्तु उसकी ठीक प्रकृति अभी ज्ञात नहीं है।

4. स्कन्दगुप्त

इसके पूर्व कि स्कन्दगुप्त अपने विजय-अभियान से वापिस लौट आता, वृद्ध सम्राट् कुमारगुप्त प्रथम 136वें वर्ष (=ई० 455-6) में मर गया। इस प्रकार के संकेतो का अभाव नहीं है कि उत्तराधिकार पर कुछ कठिनाइयाँ उपस्थित हुईं और कुमारगुप्त के भाई तथा अन्य पुत्रों ने संभवतः सिंहासन के लिए प्रतिस्पर्धी दावे उपस्थित किये[1]। परन्तु साक्ष्य इतने अस्पष्ट तथा अनिश्चित हैं कि उनके द्वारा कोई निश्चित निष्कर्ष संभव नहीं।

---

1. इस स्थापना के समर्थन में युक्तियाँ ज० ए सो० ब० न्यू स० xvii, 253 पृ० में दी हुई हैं। पो० हि० ए० इ०, पृ० 481 पृ० में उनकी विस्तृत आलोचना हुई है। परन्तु समालोचना में कई युक्तियों के वास्तविक लक्ष्यों को अधूरा छोड़ दिया गया है। उदाहरणतया, भितरी स्तंभ अभि० में स्कन्दगुप्त की माता के नाम के अनुल्लेख के सम्बन्ध में केवल यह कह छोड़ा गया है कि "राजाओं की माताओं के नाम कई बार भूल-छूट जाते हैं।", और कि "अभिलेखों में साधारण रानियों के उल्लेख का प्रतिरोधक कोई नियम नहीं था।" इन युक्तियों से मुख्य युक्ति यह है कि कुमारगुप्त की महादेवी का जो शासक की माता थी उल्लेख क्यों नहीं है, जबकि पूर्वतर राजाओं की महादेवियों का है। **इस विसंगति को साभिप्राय एवं अर्थगर्भित के सिवाय अन्य कुछ नहीं समझा जा सकता**"। रायचौधरी ने इस युक्ति पर ध्यान नहीं दिया है। यह सत्य है कि प्रायः सारे के सारे तथ्य जिन पर कि यह स्थापना खड़ी की गई है और तरीकों से उड़ाये जा सकते हैं। अगर ऐसा न होता तो, यह मत केवल एक स्थापना-मात्र न होकर एक तथ्य होता। परन्तु हमारे सम्मुख तथ्यों के आधार पर यह नहीं कह सकते कि यह प्रस्तावित विचार संभव अथवा युक्तिसंगत नहीं।

राजकीय मुद्राओं के अनुसार पुरुगुप्त कुमारगुप्त प्रथम का पुत्र था और उसकी अग्रमहिषी (**महादेवी**) अनन्तदेवी थी। पर्याप्त आश्चर्यास्पद यह है कि राजकीय मुद्राएँ स्कन्दगुप्त का परिहार कर गई हैं और स्वयं स्कन्दगुप्त का अभिलेख (नं०130) भी, जिसमें उसके तीन पूर्वजों की माताओं-महिषियों का जिक्र है, स्वयं उसकी अपनी माँ के बारे में मौन है। इससे एक सन्देह-सा उठ खड़ा होता है कि उसकी माँ की सत्ता एक महादेवी की न थी, यद्यपि इस स्थल पर हम बिलकुल निश्चित नहीं हो सकते।[1] सुझाव पेश किया गया है कि उसकी माता का नाम देवकी था, परन्तु यह कल्पना केवल एक उपमा पर आश्रित है जो कि कवि ने, विजय के उपरान्त (स्कन्दगुप्त के) अपनी विधवा माता की सेवा में और कृष्ण के देवकी के चरणों में उपस्थित होने में, प्रस्तुत की है।[2] यह साम्य नाम-तुलना की अपेक्षा परिस्थितियों की तुलना[3] के कारण हो सकता है। और सो—पुनः कोई निश्चित परिणाम निकाल सकना संभव नहीं।

यही अनिश्चितता स्कन्दगुप्त के राज्य की प्रारंभिक घटनाओं के सम्बन्ध में उपस्थित है। यदि कोई उत्तराधिकार-युद्ध हुआ हो तो उसके अतिरिक्त जूनागढ़ अभिलेख (सं० 26) में शत्रु राजाओं से, जिनमें म्लेच्छ भी शामिल हैं, मुठभेड़ के संकेत मिलते हैं। संभवतः इनसे उसके राज्यकाल के प्रारम्भ में ही संग्राम-योगों की एक शृंखला अभिप्रेत है। यद्यपि दुर्भाग्य से इसका विस्तीर्ण-विवेचन प्राप्य नहीं है। म्लेच्छों के साथ युद्ध का अभिप्राय संभवतः

---

1. बांसखेड़ा और मधुवन शासनपत्रों की तुलना से—जैसा कि सुझाया गया है (पो०हि०ए०इ०[4] पृ 483)—युक्ति की प्रबलता हीन नहीं हो जाती; क्योंकि इनमें राज्यवर्धन की माता का उल्लेख किया गया है, और हर्षवर्धन को उसका अनुज कह दिया गया है—सो उसकी माता का पृथक् उल्लेख अनावश्यक हो जाता है।
2. सेवल, हिस्ट्रा० इन्स० आफ़ साउथ इंडिया, पृ० 349; पो० हि० ए० इ०
   1. ज० ए० सो वं. न्यू सी० xvii पृ० 254।

हूणों से लड़े गये उस संग्राम से है जिसका भितरी स्तंभ लेख में विशिष्ट उल्लेख किया गया है। परन्तु म्लेच्छ हूण ही थे या कोई भिन्न जाति—दोनों अभिलेखों का दावा है कि स्कन्दगुप्त ने उन शत्रुओं को पूरी तौर पर पराजित किया।[1] वह श्लोक जिसमें कि हूणों से लड़े गये युद्ध का उल्लेख किया गया है, यद्यपि टूटा-फूटा है, तनिक भी सन्देहावकाश नहीं छोड़ता कि लड़ाई वस्तुत: घनघोर हुई थी। हूणों ने, जो भारतीय इतिहास में इस समय पहली मरतबा ही उपस्थित होते हैं, एक महत्त्वपूर्ण पार्ट खेलना था जिसका वर्णन आगे चलकर होगा। अभी तो इतना कह देना ही पर्याप्त होगा कि वे दूसरी शती ई० पू० के पीछे तक चीन की पश्चिमी सीमा पर मध्य एशिया में बसते थे। उनके पश्चिमी निष्क्रमण के समय में उनकी एक शाखा (अथवा जाति), जिनकी ख्याति एपथेलाइट अथवा श्वेत हूण हैं, वक्षु घाटी पर हावी हो गये और उन्होंने गान्धार पर विजय प्राप्त कर ली। उन्होंने इस राज्य को नष्ट कर दिया और एक राजा को स्थापित किया जो नितान्त क्रूर तथा प्रतिशोध-प्रकृति था और जो घोरतम पाशविक व्यवहार किया करता था। चीनी तीर्थ यात्री सुंगयुन के अनुसार यह घटना उसके समय (520 ई०) से दो पीढ़ियाँ पूर्व ही घटी थी।[2] इससे स्पष्ट है कि राज्यारोहण के बाद बहुत शीघ्र ही स्कन्दगुप्त ने अपने साम्राज्य को इन हवशियों के आक्रमण से अभिभूत पाया—ये सिन्धु पार कर चुके थे और यत्र-तत्र सर्वत्र ध्वंस तथा विनाश की स्थिति उपस्थित कर रहे थे। स्कन्दगुप्त की उनसे कहाँ पर भिड़न्त हुई, हम यह नहीं कह सकते, किन्तु उसके अभिलेखों की यह उक्ति कि उसने इन्हें पूर्णतया पराजित किया—इस बात से

1. एलन को सोमदेव के '**कथासरित्सागर**' में सुरक्षित, राजा विक्रमादित्य की कथा में स्कन्दगुप्त की हूणों पर विजय की प्रतिध्वनि मिलती है। उसके अनुसार महेन्द्रादित्य के पुत्र, उज्जयिनी के राजा विक्रमादित्य ने अपने पिता के सिंहासन त्याग के अनन्तर सिंहासनासीन होकर म्लेच्छों को, जो पृथ्वी पर रक्तपात दिखा रहे थे, बुरी तरह से हराया।
2. बील, रेकर्ड्स, पृ० 8।

प्रमाणित होती है कि 5वीं शती के अन्त अथवा छठी शती के आरंभ तक गान्धार के पूर्व में हूण विध्वंस की साक्षी हमारे पास नहीं है।[1]

यदि हमें स्मरण रहे कि हूणों के निध्वंश डैन्यूब से सिन्धु तक फैल चुके थे, उनका नेता अट्टिल—जिसकी मृत्यु 453 ई० में हुई—"रवेन्ना तथा कॉन्स्टैण्टीनोपुल की राजसभाओं तक को समान तिरस्कार प्रस्तुत करने में समर्थ रहा", तीस साल बाद उन्होंने फ़ारस को पराभूत कर लिया और उसके राजा का वध कर दिया,—तो हम स्कन्दगुप्त की हूणों पर महान् विजय का मूल्य भली-भाँति आँक सकते हैं। इस महान् मुक्ति पर संपूर्ण विशाल साम्राज्य भर में प्रजा ने सुख की साँस भरी होगी। इस वीरकृत्य ने, जिसके द्वारा उसका राज्य एक क्रूर आक्रमण के अभिशाप से बच निकला, स्कन्दगुप्त को क्रमादित्य को उपाधि के धारण का अधिकार दे दिया जिसका आघात हम

1. एक बौद्ध ग्रन्थ **'चन्द्रगर्भपरिपृच्छा'** के अनुसार राजा महेन्द्रसेन—जिसका जन्म कौशांबी में हुआ—का एक पराक्रमी पुत्र हुआ। बारह वर्ष की आयु व्यतीत कर चुकने पर महेन्द्र के साम्राज्य पर तीन विदेशी शक्तियों—यवनों, पह्लकों, सकुनों—ने संघटित धावा बोल दिया, जिन्होंने कन्धार तथा गंगा के उत्तर प्रदेशों पर अधिकार कर लिया। महेन्द्रसेन के युवा पुत्र ने अपने पिता की दो लाख की खास सेना का नेतृत्व शत्रु के विरुद्ध किया, जिसके सैनिक तीन लाख थे। राजकुमार ने अलबत्ता शत्रु की सेना का भ्रंश कर दिया और संग्राम जीत लिया। इसके बाद लौटने पर राजा ने यह कहकर कि 'अब तुम शासन करो' उसका तिलक कर दिया। इसके बारह बरस बाद तक नया राजा उन शत्रुओं से लड़ता रहा और अन्त में तीनों राजाओं को उसने कैद कर लिया और फांसी दे दी। कल्पना की गई है कि इस कथा में स्कन्दगुप्त और हूणों के एक घटित युद्ध का वर्णन है इ० हि० इ० पृ० 36)। परन्तु ऐसी कहानियों के विस्तार-संगति पर बहुत आस्था नहीं की जा सकती।

उसके सिक्कों पर क्रमादित्य के साथ पाते हैं ।[1] शासनकाल में निरन्तर युद्धों का दबाव गुप्त मुद्रा-पद्धति में प्रतिबिम्बित है । स्कन्दगुप्त के सुवर्ण सिक्के तुलना में कम हैं, और प्रायः धनुर्धर प्रकार के हैं। यह बात और सोने की शुद्धता में न्यूनता संभवतः युद्ध द्वारा आपातित आर्थिक अपकर्ष के कारण थी । उसकी चाँदी की मुद्रा पद्धति अलबत्ता बहुत व्यापक थी और प्रकाश की अनेकरूपता प्रस्तुत करती है ।

स्कन्दगुप्त के सोने के सिक्कों में एक नमूना साधारण से अधिक दिलचस्पी का है । उसमें राजा को इस प्रकार चित्रित किया गया है—एक हाथ में धनुष है, दूसरे में बाण; सम्मुख गरुड़ध्वज है; उसके परे दायीं ओर, अपने दायें हाथ में एक कमल थामे राजा का प्रत्यक्ष दर्शन करती हुई एक स्त्री-आकृति है और उसके दायें हाथ में एक अस्पष्ट सी वस्तु संभवतः एक वेणी बन्धन है । पहले उसे स्कन्दगुप्त की रानी से अभिन्न समझा जाता था, परन्तु एलन उसे लक्ष्मी, आधिराज्य की देवी मानता है और यथार्थ ही एलन प्रस्तुत चित्र की संगति जूनागढ़ अभिलेख की इस उक्ति से करता है कि राज्य-लक्ष्मी ने "स्वयं अपनी इच्छा से, अन्य सब कुमारों को उत्तराधिकार में क्रमशः तिरस्कृत कर के, उसे अपने पति रूप में वरा" । इस सिक्के की इस बात के स्मारक रूप में व्याख्या करना संभाव्य है कि स्कन्दगुप्त सिंहासन पर उत्तराधिकार से नहीं आया अपितु वह उसे अपनी वीरता और पराक्रम की बदौलत प्राप्त हुआ ।

कहते हैं कि अधिरोहण के प्रायः शीघ्र पश्चात ही स्कन्दगुप्त ने भिन्न-भिन्न प्रान्तों (शब्दशः सब प्रान्तों) के शासक नियुक्त किये। विशेष उल्लेख सुराष्ट्र के राज्यपाल पर्णदत्त की नियुक्ति का किया जा सकता है। गिरनार की

---

2. **"आर्यमञ्जुश्रीमूलकल्प"** के अनुसार स्कन्दगुप्त को देवराज भी कहते थे । इसका, तथा विक्रमादित्य की उपाधि का ग्रहण उसके पितामह चन्द्रगुप्त द्वितीय ने भी किया था ।

पहाड़ी पर की प्रसिद्ध झील अथवा जलकुण्ड—जो कि स्कन्दगुप्त के प्रथम राज्यवर्ष में ही सीमा-बन्धन तोड़ फूट निकला था—के प्राचीन बांध को पुनः प्रतिष्ठित कर देना एक अद्भुत सफलता थी जिसका श्रेय राज्यपाल पर्णदत्त तथा उसके पुत्र स्थानीय मजिस्ट्रेट चन्द्रपालित की जितना दिया जाय, थोड़ा है। उन्होंने देश को एक भारी संकट से बचा लिया, और कृतज्ञ जनता की वाणी को प्रतिध्वनित करते हुए कवि ने प्रशस्ति में पिता और पुत्र, दोनों के गुणों तथा विशेषताओं को एक रचना में—जिसे स्पष्ट "सुदर्शन सरोवर के पुनरुद्धार पर एक ग्रंथ" (**सुदर्शन तटाक संस्कार ग्रन्थ रचना**) कहा गया है—सातवें आसमान तक उठा पहुँचाया (अभि० सं० 26)।

स्कन्दगुप्त का एक और राज्यपाल असाधारण दिलचस्पी का विषय बना हुआ है। मन्दसोर में उपलब्ध एक अभिलेख[1] में राजा प्रभाकर की सेनाओं के सेनापति दत्रभट्ट द्वारा मालव संवत् 524 (=467-68 ई०) में कुछ शिल्प रचनाओं का उल्लेख किया गया है। अभिलेख चन्द्रगुप्त और उसके पुत्र गोविन्दगुप्त का जिक्र करता है और उसमें हमें बताया गया है कि दत्तभट्ट का पिता वायुरक्षित गोविन्दगुप्त का सेनापति (सेनाधिप) था। शासन की तिथि उसे स्कन्दगुप्त के राज्यकाल के अन्दर या शीघ्र पश्चात् स्थापित करती है—और संभवतः प्रभाकर उसका राज्यपाल था। परन्तु इससे कई विवादास्पद समस्याएँ उठ खड़ी होती हैं। सबसे पहली—गोविन्दगुप्त की हैसियत-ओहदे के सम्बन्ध में है। वैशाली की एक मृत्तिका-मुद्रा से भी हमें उसका परिज्ञान होता है जिसमें "महादेवी श्री ध्रुवस्वामिनी, महाराजाधिराज श्री चन्द्रगुप्त की पत्नी, महाराज श्री गोविन्दगुप्त की माता" के नाम का उल्लेख पाया जाता है। सुझाव दिया गया है कि पिता के राज्यकाल में गोविन्दगुप्त वैशाली का

1. भंडारकर की सूची, सं० 7। अभिलेख की सूचना आ० स० इ० 1922-23 में मिली था (पृ० 187), परन्तु अभी तक उसका सम्पादन नहीं हुआ।

राज्यपाल था ।[1] उस अवस्था में यह बहुत संभव नहीं कि वह वर्ष 467-68 ई० में जीवित था, उस वर्ष वह किसी महत्त्वपूर्ण ओहदे को संभाले हो—सो तो दूर । सो, हम किस प्रकार मन्दसोर के लेख में—जिसमें सम्राट् स्कन्दगुप्त के नाम तक का उल्लेख नहीं किया गया है—एक महान् शासक के रूप में किये गये उसके (सम्बन्ध में) जिक्र की व्याख्या कर सकते हैं ? डा० भण्डारकर ने संकेत प्रस्तुत किया है कि "क्योंकि इन्द्र को गोविन्दगुप्त की शौर्य-शक्ति से आशङ्कित चित्रित किया गया है, सो वह अधिपति शासक था, ऐसा प्रतीत होता है।" इसका अभिप्राय यह होगा कि उसने अपने भाई कुमारगुप्त के विरुद्ध; अथवा उसके पुत्र स्कन्दगुप्त के विरुद्ध, राजद्रोह किया—यह एक ऐसा अनुमान है जिससे कुमारगुप्त प्रथम के अन्तिम दिनों या उसके पुत्र के शासनकाल के प्रारम्भिक भाग में, आन्तरिक संकटों की स्थापना को रंग मिल जायगा । इस रोशनी में देखें तो 467-68 ई० के मन्दसोर अभिलेख में स्कन्दगुप्त के प्रति उल्लेखों का सर्वथा अभाव अर्थगर्भ बन जाता है । यह तिथि स्कन्दगुप्त की अन्तिम ज्ञात तिथि है और यह सर्वथा सम्भव है कि उसकी मृत्यु के तुरत अनंतर बखेड़े फिर से पनप उठे हों —परन्तु यह सब वर्तमान में एक विशुद्ध कल्पना ही रहनी चाहिए ।

इस सम्बन्ध में हमें एक और सामन्त वंश का विचार रखना चाहिए, जो प० मालवा में दशपुर, वर्तमान मन्दसोर को राजधानी बनाकर राज्य कर रहा था । इस स्थान पर तथा उसके पड़ोस में, इस वंश के चार अभिलेख (सं० 49-52) प्राप्त हुए हैं । इस वंश के प्रथम दो शासक—जयवर्मा और उसका पुत्र सिंहवर्मा—चतुर्थ शती ई० के उत्तरार्ध में स्वतंत्र शासक प्रतीत होते हैं । सिंहवर्मा का पुत्र नरवर्मा 404 ई० में राज कर रहा था और नरवर्मा का पुत्र विश्ववर्मा 423 ई० में । यद्यपि ये तिथियाँ चन्द्रगुप्त द्वितीय तथा कुमारगुप्त प्रथम के राज्यकालों के अन्तर्गत आती हैं, तथापि मन्दसोर के इन दो शासकों के शासनों में यह प्रदर्शित करने को कुछ भी नहीं है कि उन्होंने गुप्तों का आधिराज्य

1. कॉ० क्वा० गु० डा० पृ० XL ।

स्वीकृत किया। शासनों में उनकी कीर्ति का गान इस प्रकार है मानो वे स्वतंत्र राजा हों, और उनमें गुप्तों का कोई उल्लेख नहीं। और यह भी एक दिलचस्प-सी वस्तुस्थिति है कि इस वंश के सभी अभिलेख मालव संवत् में तिथित हैं, गुप्त संवत् के अनुसार नहीं।

इस वंश से सम्बन्धित मन्दसोर के केवल अन्तिम अभिलेख (सं० 52) में ही स्पष्टता से कुमारगुप्त का अधिशासक के रूप में उल्लेख हुआ माना जाता है। यह लेख सुन्दर श्लोकों में निबद्ध है। कुमारगुप्त का पृथ्वी के शासक रूप में स्मरण कर चुकने के अनन्तर इसमें विश्ववर्मा तथा उसके पुत्र बन्धुवर्मा का उल्लेख है। जिन दिनों बन्धुवर्मा दशपुर पर राज्य कर रहा था, मालव वर्ष 493 (=436 ई०) में रेशमी कपड़े के जुलाहों की एक श्रेणी ने सूर्य देवता के एक मन्दिर की रचना की थी। कालांतर में अन्य राजाओं की अधीनता में, इस देवालय का कुछ भाग ध्वस्त-भ्रष्ट हो गया, इसलिए वर्ष 529 (=472 ई०) में उसी श्रेणी ने इसका पुनःसंस्कार किया।[1]

अभिलेख का मुख्य लक्ष्य इस प्रकार 472 ई० में मन्दिर का पुनरुद्धार अंकित करना था, और इस (अभिलेख) की रचना उस तिथि में या उसके कुछ अरसा बाद, हुई होगी। वाक्य रचना के सामान्य नियमों के अनुसार कुमारगुप्त को उस समय अधिपति की सत्ता में विराजमान समझना चाहिए। **जबकि अभिलेख की प्रतिस्थापना हुई**—अर्थात् 472 ई० में[2]; किन्तु अधिकांश विद्वानों ने कुमारगुप्त के उल्लेख को मन्दिर की मौलिक कृति से सम्बद्ध मान

1. इस अभिलेख की व्याख्या के सम्बन्ध में लम्बी-चौड़ी बहस अथवा विशेषतया तिथि के विषय में—कब मन्दिर का पुनरुद्धार किया गया और इस अभिलेख की प्रतिष्ठा हुई—देखें अभि. सं. 52 के नीचे दिये हवाले।
2. यह श्री पन्नालाल (हिन्दुस्तान रिव्यू, 1928, पृ. 31) और श्री युत दिस्कालकर, ज. बा. ब्रां. रा. ए. सो. न्यू. सी II, 176) का विचार है संभवतः इस कुमारगुप्त को कुमारगुप्त द्वितीय मान लिया है।

लिया है। दूसरे शब्दों में उनका मत है कि 436 ई० में जबकि मन्दिर का निर्माण हुआ, बन्धुवर्मा दशपुर का राज्यपाल था और कुमारगुप्त उसका अधिशासक था। इस विचार के अनुसार गुप्त-आधिपत्य मन्दसोर पर 436 ई० में या उसके पूर्व कायम हो चुका था। उस हालत में अभिलेख का 475 ई० में—उस समय जबकि उसकी वस्तुतः प्रतिष्ठा की गई—मन्दसोर के गुप्त अधिशासक अथवा स्थानीय राज्यपाल का नाम न देना अर्थपूर्ण ठहरता है। दूसरी ओर इसमें 436 और 472 ई० के मध्य शासन कर रहे अन्य राजाओं (बहुवचन से कम-से-कम तीन उपलक्षित) का अस्पष्ट उल्लेख है। इनका संकेत स्थानिक शासकों से है कि गुप्त अधीश्वरों से—हम नहीं कह सकते। परन्तु इससे 436 और 472 ई० के बीच उक्त प्रदेश में घट रहे किसी कष्ट एवं विक्षोभ की प्रतीति होती है। इसका महत्त्व स्कन्दगुप्त के बाद—गुप्तों के विवेचन में स्पष्ट होगा। किन्तु बन्धुवर्मा वास्तव में कुमारगुप्त का सामंत रहा हो या नहीं, यह तो युक्तिगत माना ही जा सकता है कि पश्चिमी मालवा पहले ही संभवतः स्कन्दगुप्त की अधीनता में एक खिदमती रियासत थी, जिस प्रकार कि वह 472 में निस्सन्देह थी ही।

इस सम्बन्ध में वाकाटक राजा नरेन्द्रसेन द्वारा प्रस्तुत दावों का—कि "उसकी आज्ञाएँ कोसल, मेकला और मालव के अधिपतियों के शिरोधार्य थीं"—विवेचन करना आवश्यक है।[1] नरेन्द्रसेन के आक्रमण को गुप्त साम्राज्य के शासक के प्राथमिक झगड़ों से, या ऊपर विवेचित मन्दसोर-अभिलेख द्वारा निवृत 436 और 477 ई० के मध्य की विक्षुब्ध परिस्थिति से, सम्बद्ध करने का निस्सन्देह प्रलोभन विद्यमान है, परन्तु उस समय तक किसी निश्चित परिणाम तक पहुँच सकना असम्भव है जब तक कि नरेन्द्रसेन की तिथि अधिक स्थिरता से ज्ञात न हो जाय।

सर्वतोभावेन, जहाँ तक कि उपलब्ध साक्ष्य की पहुँच जाती है, हम यह युक्तियुक्ततः मान सकते हैं कि अपने राज्यकाल के संभवतः प्रारम्भ में हूण

---

1. ए. इ., ix, 271। नरेन्द्रसेन के इतिहास के लिए पूर्व अध्याय 5 देखिए।

हमलों और अन्य झगड़ों के बावजूद, स्कन्दगुप्त ने अन्त तक विशाल साम्राज्य पर जो अक्षरशः बंगाल की खाड़ी से अरब समुद्र तक व्यापक था, और वस्तुतः समूचे उत्तर भारत को—पंजाब तथा राजपूताना के पूर्व तक—समाबिष्ट किए था, अपना अधिकार बनाए रखा। और जिस कवि ने वर्ष 460-1 (अभि० सं०27) में सौ राजाओं के अधिपति स्कन्दगुप्त के अशान्त राज्य का उल्लेख किया, वह सम्भवतः घोर अतिशयोक्ति का अपराधी नहीं था। जब इस महान् गुप्त सम्राट् की प्राय: 467 ई० में मृत्यु हुई, उसे अथवा किसी अन्य को, स्वप्न में भी न आया था कि वह शक्तिशाली साम्राज्य, जिसे वह शक्ति और सुरक्षा की अवस्था में छोड़ गया, उसकी पीढ़ी के सामने प्राय: आँखों देखते शीर्ण हो जायगा।

अध्याय 9

साम्राज्य में संकट

1. आन्तरिक अव्यवस्थाएँ

ऐतिहासिक संकलन की वर्तमान परिस्थिति में स्कन्दगुप्त की मृत्यु के बाद गुप्त सम्राटों के इतिहास की एक निश्चित रूपरेखा दे सकना असम्भव है। कुछ राजाओं के तो हमें नाममात्र ही पता है। और कुछेक के विषय में उनके परस्पर सम्बन्ध तथा निश्चित तिथियां भी ज्ञात हैं। परन्तु ऐसे राजा हैं जिनका समय एवं अन्य राजाओं से सम्बन्ध स्थिर रूप से ज्ञात नहीं; और स्वभावतः उत्तराधिकार के क्रम में उनके स्थान के सम्बन्ध में प्रभूत मतभेद है। इन मतभेदों के विस्तृत विवेचन[1] में न पड़ते हुए हम गुप्त इतिहास का निम्नलिखित अंतिम युक्तियुक्ततम पुनर्निर्माण उपस्थित कर सकते हैं।

नालन्दा तथा भितरी से उपलब्ध कुछ राजकीय मुद्राओं (सं 34, 35, 47 तथा 44) से हमें कुमारगुप्त प्रथम के उत्तराधिकारियों का निम्नलिखित वंश-वृक्ष निर्धारित करने में सहायता मिलती है—इन सबके विषय में इनके निजी सिक्के भी उपलब्ध हैं।

कुमारगुप्त प्रथम = अनन्तदेवी
|
स्कन्दगुप्त   पुरुगुप्त = चन्द्रदेवी
|
बुधगुप्त   नरसिंहगुप्त = मित्र देवी
|
कुमारगुप्त (द्वितीय अथवा तृतीय)
|
विष्णुगुप्त

---

1. तु. ल. इ. क. x, 172-73।

स्कन्दगुप्त की अन्तिम ज्ञात तिथि है 148 (=467-8 ई०)। तदनन्तर, एक गुप्त राजा कुमारगुप्त के एक अभिलेख में अंकित ज्ञात तिथि 154 (=473-74 ई०) है। यह बहुत संभव नहीं प्रतीत होता कि यह कुमारगुप्त नरसिंहगुप्त के तन्नाम पुत्र से अभिन्न हो। इसे एक भिन्न राजा मान लेना ही युक्तिसंगत है, और वह संभवतः पुरुगुप्त का अथवा स्कन्दगुप्त का पुत्र तथा उत्तराधिकारी था।

पुरुगुप्त ने संभवतः अपने पिता कुमारगुप्त प्रथम की मृत्यु के बाद सिंहासन प्राप्ति के लिए लड़ाई की राह पकड़ी; और उस अवस्था में हम यह मान सकते हैं कि उसे अपने भाई स्कन्दगुप्त के हाथों मुँह की खानी पड़ी थी। तथापि अधिक संभव यह है कि उसने स्कन्दगुप्त की मृत्यु के अनन्तर गद्दी पर कब्जा किया हो। इस स्थिति में यदि 473 ई० वाला कुमारगुप्त द्वितीय स्कन्दगुप्त का उत्तराधिकारी मान लिया जाय, तो प्रमाणतः पुरुगुप्त उसे अधिकार वंचित करके ही गद्दी पर हावी हो सकता था। लेकिन यह भी असंभव नहीं कि कुमारगुप्त द्वितीय पुरुगुप्त का पुत्र हो और उसकी मृत्यु के बाद राजगद्दी का हकदार बना हो।

कुछ हो, पुरुगुप्त तथा कुमारगुप्त द्वितीय के राज्यकाल, 467 और 477 ई० के बीच में दस साल से कम की अवधि में सीमित थे, और छोटे थे।

ऊपर प्रस्तुत विचार-विकल्पों के विषय में हम जो भी धारणा बनायें, परन्तु अत्यन्त सम्भव यही है कि स्कन्दगुप्त की मृत्यु के एकदम बाद के वर्ष आन्तरिक तथा बाह्य संकटों से भरपूर थे। सम्राट्-वंश के एक सदस्य घटोत्कच। गुप्त का जो 116 (=465-6 ई०) में मालवा का शासक था पहले ही निर्देश हो चुका है, उसने तथा अन्यथा-ज्ञात प्रकाशादित्य ने सोने के सिक्के चालू किए, जिनको इसी काल का स्थिर किया जाता है। 467-8 ई० में मालवा के शासक प्रभाकर का दृष्टान्त भी, जैसा कि पहले दिखाया जा चुका है, अत्यन्त संदिग्ध है। मालवा, मेकल तथा कोसल पर आधिपत्य—अनुशासन के दावेदार वाकाटक राजा नरेन्द्रसेन का दावा भी सम्भवतः इसी काल से सम्बद्ध है। 472-3 ई० के मन्दसोर के अभिलेख में निर्दिष्ट 436 और 473 ई० के अनेक

राजाओं के शासन तथा, एक अतीत घटना के सम्बन्ध में उनके ध्यान अवधान पूर्वक स्मरण के विपरीत—सामयिक स्थानिक शासक तथा सम्राट् (प्रचलित व्याख्या के अनुसार) के विषय में चुप्पी का उचित अभिप्राय समन्वय की अपेक्षा रखते हैं। यद्यपि इन साक्ष्यों की प्रामाणिकता अस्पष्ट तथा अनिश्चित है, तथापि इन सब परिस्थितियों का सामूहिक प्रभाव गुप्त-सम्राटों की प्रभुता में विशिष्ट ह्रास की ओर संकेत करता प्रतीत होता है; और सम्राट् पुरुगुप्त तथा कुमारगुप्त द्वितीय ने उत्तराधिकार में प्राप्त शक्ति सम्पन्न साम्राज्य को अक्षत बनाये रखा—इस सम्बन्ध में अभिलेखों अथवा अन्य निश्चयात्मक प्रमाणों के अभाव से इस निष्कर्ष की पुष्टि होती है। राजकीय मुद्राओं के अतिरिक्त कुमारगुप्त द्वितीय का केवल एक छोटा-सा अभिलेख (सं० 33) बनारस से उपलब्ध हुआ है। इस नकारात्मक साक्ष्य का समर्थन पूर्वजों की परिपाटी के संमुख अद्भुत विरोध उपस्थित कर रहे उनके सिक्कों की निश्चयात्मक युक्ति द्वारा होता है। ये सिक्के सब एक ही भाँति के हैं; और खोटी धातु से गढ़े गये, कलादृष्टि से अत्यन्त अपरिष्कृत हैं। इस पर भी संदेह किया गया है कि क्या ये सिक्के जो संख्या में बहुत थोड़े हैं, और पुरुगुप्त के नाम मढ़े जाते हैं, वस्तुतः उसके हैं भी ?[1] सिक्कों के साक्ष्य से निस्संदेह स्पष्ट है कि कुमारगुप्त द्वितीय ने क्रमादित्य की, और पुरुगुप्त ने (अलबत्ता सिक्के यदि सचमुच उसके ही हों तो) श्रीविकम (अथवा विक्रमादित्य) की उपाधि धारण की, परन्तु इनसे शायद वास्तविक प्रभुता द्योतित न होकर गर्व तथा प्रभुताभिमान की ही व्यंजना होती है।

1. एस० के० सरस्वती के विचार में जिन सोने के सिक्कों को एलन ने "पुरुगुप्त" का निर्धारित किया है, वे वस्तुतः बुधगुप्त के हैं (इं० क० I 691-92)। सिक्के की एक प्रतिकृति के सूक्ष्म पर्यवेक्षण पर हम भी उसी निष्कर्ष पर पहुँचे हैं। परन्तु जबतक इस भाँति के सिक्कों की स्पष्ट प्रतियाँ उपलब्ध नहीं होतीं, समस्या का अन्तिम हल नहीं दिया जा सकता।

बुधगुप्त के राज्यारोहण के साथ हम साम्राज्य के इतिहास के विषय में कुछ दृढ़तर आधार पर आते हैं। उसके अभिलेखों में से छः (सं० 36-41) प्रकाशित हो चुके हैं, और उनसे निस्संदेह यह सिद्ध होता है कि मालवा से बंगाल तक काफी विस्तृत प्रदेशों पर उसका शासन था। क्या उसकी अधीनता में भी स्कन्दगुप्त के दिनों की भांति गुप्त साम्राज्य सुदूर-पश्चिम की ओर फैला हुआ था और उसमें काठियावाड़ का प्रायद्वीप सम्मिलित था, इस सम्बन्ध में कोई निश्चयात्मक प्रमाण हमारे पास नहीं। परन्तु वलभी के मैत्रक राजवंश के अभिलेखों के सूक्ष्म पर्यालोचन का लक्ष्यार्थ इंगित करता प्रतीत होता है कि हां, बुधगुप्त के शासन काल में भी उक्त प्रदेश पर गुप्त आधिपत्य कायम रहा।

540 से 570 ई० तक काठियावाड़ प्रायद्वीप पर मैत्रक राजकुल का शासन रहा। वलभी उनकी राजधानी थी। इनके अनेक अभिलेख प्राप्त हैं, जिनसे हमें विदित होता है कि इस राजवंश का संस्थापक सेनापति भटार्क था, और उसका पुत्र था धरसेन। धरसेन का छोटा भाई हुआ महाराज द्रोणसिंह, जिसकी राज-रूप में नियुक्ति स्वयं भूमण्डल के एकाधिपति परम माहेश्वर ने अपने हाथों अभिषेक-संस्कार द्वारा की थी। इससे प्रमाणित होता है कि सम्राट् का एक सेनाध्यक्ष, भटार्क सुराष्ट्र का एक प्रभावशाली राजा बन बैठा, और उसने अपनी यह स्थिति बना ली थी कि अपनी प्रभुता को अपने पुत्र के हाथों में, उत्तराधिकार में सौंप जा सके। दोनों सेनापति की ही उपाधि धारण किये रहे, सो स्पष्ट है कि वे स्वतंत्र शासकों की सत्ता न बना सके थे। द्रोणसिंह को परमभट्टारक ने नियमानुसार एक सामंत शासक के अधिकारानुकूल चोगा पहिनाया, परन्तु द्रोणसिंह के समय से पूर्व यह स्थिति न आ सकी थी। स्वयं द्रोणसिंह के अभिलेख, तिथि 183 (502 ई०) से इस निष्कर्ष का समर्थन होता है।[1] इस शासन द्वारा प्रचलित इस अभिलेख की प्रारंभिक बचनावली है—"परमभट्टारकपादानुध्यात" जिससे स्पष्ट प्रतीत होता है कि उन दिनों भी द्रोणसिंह सम्राट् की अधीश्वरी सत्ता स्वीकार किये था। अधीश्वरी सत्ता का

1. ए० इं० 16, 18।

संकेत गुप्तों की प्रभुता है, इसमें तनिक भी सन्देह नहीं ।[1] एवं, स्पष्ट है कि यद्यपि मैत्रक क्रमशः शक्तिशाली बनते जा रहे थे और गुप्तों का प्रभुत्व व अधिकार ह्रास पर था, तथापि 502 ई० में गुप्त सम्राट् अधीश्वर माना जाता है था ।[1] द्रोणसिंह का पद निःसन्देह सुराष्ट्र के 138 (=457–8 ई०) के शासक पर्णदत्त से ऊँचा था, किन्तु साम्राज्य बुधगुप्त के शासन-काल में उक्त प्रान्त से हाथ न धो बैठा था ।

सारनाथ के अभिलेख में (सं० 36), जो कोई सरकारी अभिलेख नहीं है, कवि ने बुधगुप्त का वर्णन पृथ्वी के शासक के रूप में किया है(**पृथिवीं प्रशासति**)। उत्तरी बंगाल में बुधगुप्त के अधीन दो शासकों—ब्रह्मदत्त (462 ई०) और जयदत्त ने सम्राट् के प्रति अपनी राजभक्ति का उल्लेख यथापूर्व उन्हीं पुरानी शब्दावलियों में किया है। किन्तु यह देखकर आश्चर्य होता है कि कुमारगुप्त के दिनों की भांति दोनों के आदरार्थ मात्र **उपकरिक** की बजाय **उपकरिक महाराज** उपाधि का प्रयोग किया गया है। कालिन्दी (यमुना) और नर्मदा नदियों के मध्यवर्ती विस्तृत प्रदेश पर एक और अधीन शासक, सुरश्मिचन्द्र, का शासन था—वह भी **महाराज** है, और सुरश्मिचन्द्र की अधीनता में मातृविष्णु एरण के चारों ओर के जिले (विषय) पर राज्य कर रहा था—उसकी ख्याति भी **महाराज** है।

सुरश्मिचन्द्र के अधीनस्थ प्रदेश के पूर्व की ओर परिव्राजक महाराजाओं के अनुशासन में एक रैवती रियासत थी। राजर्षि (**नृप-परिव्राजक**) सुशर्मा के वंशानुगत होने से वे तथाख्यात हैं। इस वंश के छः ताम्र दानपत्र उपलब्ध हुए हैं। ये दो राजाओं के हैं—हस्तिन 156–198, अर्थात् 475-516 ई०) तथा संक्षोभ (199–209 या 518-528 ई०) के। तिथि अंकन के उपक्रम के अनन्तर की पदावली है—'गुप्त-नृप-राज्य-भुक्तौ' अर्थात् गुप्त राजाओं के भोग में। यद्यपि किसी विशिष्ट गुप्त सम्राट् का नाम

2. इं० क० v, 409-10 में इस विषय पर पूर्ण विवेचन किया गया है।

उल्लिखित नहीं, तथापि इसमें जरा भी संदेह नहीं हो सकता कि परिव्राजक महाराज हस्ति बुधगुप्त का सामंत था।

परिव्राजक राज्य से संलग्न एक और राज्य था, जिसकी राजधानी उच्चकल्प थी। इन दोनों राज्यों के मध्य सीमा का निर्धारण नागौद (बुन्देलखण्ड) में उचहर के करीब नौ मील उत्तर-पश्चिम में स्थित भूमरा के एक प्रस्तर स्तंभ द्वारा होता है (अभि० नं० 59)।[1] इस राजवंश के सात ताम्र-दानपात्र (सं० 60-67) उपलब्ध हुए हैं, जिनमें दो राजाओं—जयनाथ (वर्ष 174, 177) और उसके पुत्र सर्वनाथ (191-214) तथा जयनाथ के चार पूर्वजों का उल्लेख है, किन्तु परिव्राजक महाराजाओं के दानपत्रों की भांति गुप्त-अधीश्वरता का इनमें कोई संकेत नहीं। अभी तो इसमें भी कुछ संदेह है कि इन दानपत्रों की तिथियों का निर्देश किस काल के अनुसार है—कुछ के मत में कलचुरि और कुछ के अनुसार गुप्त युग अभिप्रेत है।[2] परिव्राजकों की परिपाटी के विरुद्ध इन सभी दानपत्रों में गुप्त अधीश्वरी सत्ता के उल्लेख का सर्वथा अभाव खलता है, एवं संभव है कि उन्होंने गुप्तों का आधिपत्य अंगीकार नहीं किया था। परन्तु क्योंकि परिव्राजकों का प्रदेश उनमें कहीं दूर दक्षिण में था, सो यह भी मुमकिन हो सकता है कि उच्चकल्प शासकों को गुप्तों की राजभक्ति मान्य रही हो।

उच्चकल्प राज्य के संदिग्ध दृष्टान्त को एक तरफ़ छोड़ दें, तो भी यह माना जा सकता है कि स्कन्दगुप्त-क्रमागत प्रायः समूचे गुप्त साम्राज्य पर बुधगुप्त का अनुशासन बना रहा। अलबत्ता यह स्पष्ट है कि गुप्त साम्राज्य को प्रभुता तथा शौर्य प्रकाशतः पतनोन्मुख थे। सामंत मैत्रकों तथा परिव्राजकों द्वारा अधिपति गुप्त सम्राट् के अस्पष्ट तथा अविशिष्ट स्मरण की बात भी-

1. कुछ विद्वानों का यह निष्कर्ष नहीं माना है। स्तूप पर उत्कीर्ण अभिलेख के आधार पर उसका अनुमान है कि उच्चकल्प परिव्राजकों के अधीन शासक थे (इं० हि० क्वा० xxi, 137)।
2. ए० इ० xxiii, 173 में इस विषय का पूर्ण विवेचन किया गया है।

संभवतः अर्थहीन नहीं। यह बात भी ध्यान देने योग्य है कि बंगाल तथा मालवा के राज्यपालों को महाराज पुकारा गया है। प्रथम उदाहरण के विषय में तो हम निश्चित तौर पर जानते हैं कि यह प्रथा कुमारगुप्त प्रथम के काल से शुरू हुई थी। सो, साक्षियाँ अपनी कथा स्वयं कह रही हैं। बुधगुप्त के सिक्के इसी अनुमान के समर्थक हैं। उसके सोने के सिक्के, यदि कहीं हों भी, तो बहुत विरल हैं। उसने चाँदी के सिक्के चालू किये, जिनका प्रचार साम्राज्य के भीतरी प्रान्तों में ही हुआ, और गुजरात तथा काठियावाड़ में प्रचलित नमूने उसने बन्द कर दिये, शक्ति के सामान्य ह्रास के अतिरिक्त इन से सिद्ध होता है कि साम्राज्य के मध्यभाग पर तो उसका प्रभुत्व था, परन्तु पश्चिमी प्रान्तों में उसका अधिकार खासा नष्ट हो चुका था।

जैसा कि ऊपर निर्देश हो चुका है, बुधगुप्त के कुछ सिक्कों की अङ्कित तिथि 175 (494-5 ई०) है। उसके कुछेक सिक्कों पर की अंकित तिथि में—इकाई के स्थान पर किसी अंक के रहित वा सहित—180 सा पढ़े जाने की सम्भावना है।[1] इस प्रकार हम मान सकते हैं कि बुधगुप्त 500 ई० में, या उसके कुछ बाद मर चुका था।[2]

प्रतीत होता है कि बुधगुप्त की मृत्यु के अनन्तर, उत्तराधिकार-विषयक विवाद-विक्षोभ हुआ। हमें दो अभिलेख एक वैन्यगुप्त का—तिथि 506 ई० (सं 45)—, और एक भानुगुप्त का—तिथि 510-111 ई० (सं० 47) क्रमशः पू० बंगाल तथा मालवा से मिलते हैं। वैन्यगुप्त के ताम्रपट्ट से पता चलता है कि समतट, जो समुद्रगुप्त के दिनों में एक करद सामंत था, अब अपनी वह पूर्वसत्ता खो चुका था और गुप्तों के सीधे अधीन राज्यों का एक

1. इं० ऐ०. xviii, 227। परन्तु 80 के अंक का पाठ अत्यन्त संदिग्ध है (इं० ऐ० xiv, 68)।
2. चितामणि वैद्य ने **स्कन्दपुराण** के एक उद्धरण की ओर संकेत किया है, जिसके अनुसार बुधगुप्त 499 ई० में शासन कर रहा था (प्रो० ओ० कां० vii, 576)।

भाग बन चुका था। यह घटना संभवतः वैन्यगुप्त से बहुत पहले घटित हो चुकी थी। यद्यपि वैन्यगुप्त का सम्बोधन इस अभिलेख में **महाराज** मात्र द्वारा ही किया गया है, नालन्दा की मुद्रा (नं० 46) में उसके साथ पूर्ण अधीश्वरी उपाधियों का उपादान किया गया है। इसके अतिरिक्त उसने स्कन्दगुप्त के बाद के गुप्त सम्राटों के सोने के सिक्कों की भाँति के सिक्के भी प्रचलित किये। इस प्रकार अधीश्वरी वंश से उसका सम्बन्ध होने में तनिक भी संशय नहीं; और यह भी असम्भव नहीं कि वह बुधगुप्त का पुत्र तथा उत्तराधिकारी हो, यद्यपि इस विषय में हमारे पास कोई निश्चयात्मक प्रमाण नहीं।

भानुगुप्त हमें केवल—एरण से प्राप्त तिथि का 191 (510-11 ई०), एक अभिलेख से ज्ञात है। न तो उसके कोई सिक्के ही, और न कोई उसका उल्लेख करने वाली राजकीय मुद्रा ही अब तक उपलब्ध हुई है। लेख में गोपराज नाम के एक सामंत का उल्लेख है: जिस गोपराज ने "पृथ्वी के वीर पुरुषोत्तम, शक्तिशाली यशस्वी राजा, श्री भानुगुप्त" के साथ एक प्रसिद्ध युद्ध में भाग लिया था। इस युद्ध में गोपराज ने वीरगति पाई और उसकी सहधर्मिणी उसकी चिता पर सहगामिनी हुई। जिस छोटे-से स्तंभ पर यह अभिलेख उत्कीर्ण है, और जिसकी आजकल शिवलिंग मानकर पूजा की जाती है, उसे यों एक सती स्मारक प्रस्तरस्तंभ माना जा सकता है।

अभिलेख के वर्णन से प्रतीत होता है कि भानुगुप्त 510 ई० में अधीश्वर अर्थात् गुप्त सम्राट् था। वह वैन्यगुप्त का उत्तराधिकारी हुआ, या साम्राज्य के क्रमशः पश्चिमीय तथा पूर्वीय प्रान्तों में दोनों ही एक समय में पृथक्-पृथक् राज्य कर रहे थे, यह निर्धारित कर सकना कठिन है। पिछला विचार अधिक संभव प्रतीत होता है, और तब इस आन्तरिक विच्छेद ने सम्भवतः साम्राज्य-पतन की राह तैयार कर दी होगी।

वह प्रख्यात युद्ध, जिसमें भानुगुप्त और गोपराज कंधे से कंधा लगाकर लड़े थे, शायद तोरमाण के विरुद्ध लड़ा गया था। क्योंकि कहीं इन्हीं दिनों—यह तिथि 510-11 ई० से बहुत दूर नहीं पटकी जा सकती—हम तोरमाण को एरण का अधिपति पाते हैं। उक्त प्रदेश से उपलब्ध दो अभिलेखों में अधिशासन के

हस्तान्तरित होने के स्पष्ट निर्देश हैं। कालदृष्ट्या प्रथम तिथिक लेख (सं०39) तिथि 165 (=484-5 ई०) तिथिक लेख में तो बुधगुप्त के शासन काल में महाराज मातृविष्णु तथा उसके छोटे भाई धन्यविष्णु द्वारा एक पूत निर्माण का उल्लेख है। दूसरे लेख (सं० 68) में अपने भाई-मातृविष्णु की मृत्यु के बाद, महाराजाधिराज यशस्वी श्री तोरमाण के पार्थिव शासनकाल के प्रथम वर्ष में, धन्यविष्णु द्वारा एक मन्दिर के निर्माण का उल्लेख है। इस प्रकार यह प्रत्यक्ष है कि 484-5 ई० के कुछ समय बाद, किन्तु उसके एक पीढ़ी के अन्दर-अन्दर तोरमाण, जो पंजाब तथा राजस्थान का कुछ भाग जीत चुका था, क्रमशः पू० मालवा का भी मालिक बन बैठा था। भानुगुप्त द्वारा लड़े गये युद्ध की या तो तोरमाण की प्रगति में उपस्थित असफल अबरोध के रूप में सम्भावना है, या मालवा पर कब्जा पाने के क़िस्से को ख़त्म करने के लिए लड़ाई के रूप में। प्रथम सम्भावना के अनुसार तोरमाण की मालवा-विजय 510 ई० में या 510 के बाद निष्पन्न हुई, और द्वितीय स्थिति में उक्त तिथि के कुछ पूर्व। दुर्भाग्य से गोपराज का एरण लेख युद्ध के परिमाण के बारे में मौन है।

एरण के अभिलेख में बंधी वीरता की अत्युक्तिपूर्ण प्रशस्तियों के बोध के अनन्तर भी भानुगुप्त का व्यक्तित्व एक छाया-चित्र ही रहता है, और हमें कुछ मालूम नहीं कि गुप्त सम्राटों के वंश में उसकी क्या विशिष्ट स्थिति थी अथवा गुप्त साम्राज्य के अन्धकारपूर्ण दिनों में उसने क्या भाग अदा किया। यह असम्भव नहीं कि उसने एरण को तोरमाण की दासता-धुरी से उन्मुक्त कराया हो, क्योंकि परिव्राजक महाराजाओं ने, जो साथ के प्रान्त में 510 से लेकर कम से कम 528 ई० तथा शासन करते रहे, गुप्त आधिपत्य को स्वीकृत किया है। परन्तु यह कुछ आश्चर्य ही है कि यदि सचमुच उसने ऐसी महान् विजय प्राप्त की थी, तो अभिलेख में राजा का उल्लेख करते हुए इस घटना का सुस्पष्ट वर्णन क्यों नहीं किया गया।

कुछ हो, इन उपर्युक्त युक्तियों के आधार पर हम यह मान सकते हैं कि शीघ्र ही इस प्रदेश में गप्त आधिपत्य पुनःस्थापित हो गया था और कम से कम 528 ई० तक जारी रहा (अभि० सं० 58)। पन्द्रह साल बाद उ० बंगाल

में गुप्त अधीश्वरता को माना गया (अभि० सं० 48)। इस प्रकार प्रत्यक्ष है कि उन दिनों भी कम से कम बंगाल से मध्यभारत, अथवा पू० मालवा तक की सीमा वाले पुराने साम्राज्य पर गुप्तों का अनुशासन स्थापित था। वलभी के शासक ध्रुवसेन प्रथम के अभिलेखों में जिसका शासन कम से कम 545 ई० तक रहा, 'परमभट्टरपद्यादानुध्यात' पदावली का प्रयोग है। इन सबकी गवाही यही है कि गुप्त साम्राज्य-अनुशासन, और नहीं तो नाम में ही सही, लगभग छठी शती के मध्य तक प्रचलित था।

वर्तमान अध्याय के आरम्भ में उद्धृत वंशवृक्ष से स्पष्ट है कि बुधगुप्त का भाई नरसिंहगुप्त सिंहासन पर बैठा, और उसके बाद उसका लड़का तथा फिर उसका पोता। इस अर्धशती में गुप्तसाम्राज्य के पतन तथा ह्रास के आसार दीख पड़े।

हमें मालूम नहीं कि नरसिंहगुप्त अपने भाई बुधगुप्त का सीधा उत्तराधिकारी था कि नहीं। इस सम्भावना में हमें उत्तराधिकार के लिए दो व संभवतः तीन प्रतिस्पर्वी दावेदारों में विवाद-संघर्ष तथा कितने ही छोटे अरसे के लिए क्यों न हो, साम्राज्य के विभाजन की कल्पना करनी होगी— बंगाल में वैण्यगुप्त का शासन, मालवा में भानुगुप्त का, और नरसिंहगुप्त का संभवतः मगध में। पर यह भी सम्भव है कि नरसिंहगुप्त भानुगुप्त के बाद सिंहासनासीन हुआ हो।

नरसिंहगुप्त ने केवल एक ही किस्म के सिक्के चालू किये जिनसे विदित होता है कि उसने बालादित्य की उपाधि ग्रहण की थी। संभव है कि यह वही बालादित्य हो, जिसका उल्लेख युवाङच्वाङ बुद्धधर्म के संरक्षक तथा नालन्दा में एक संघाराम के संस्थापक के रूप में किया है। एक लम्बा-चौड़ा किस्सा बाँधते हुए उसने यह भी वर्णन किया है कि किस प्रकार भानुगुप्त ने नृशंस हूण सेनानी मिहिरकुल से लड़ाई ठानी और उसे पराजित किया।

नालन्दा से उपलब्ध, प्रायः आठवीं शती के मध्यकाल के एक अभिलेख[1]

---

1. ए० इ० xx. 43।

में बालादित्य का उल्लेख है—'अप्रतिहत-वीर्य महाराज बालादित्य' जिसने सम्पूर्ण रिपुमण्डल को परास्त कर अखिल पृथ्वी का उपभोग किया और नालन्दा में एक अद्भुत विहार स्थापित किया।' युवाङच्वाङ द्वारा वर्णित बालादित्य से प्रस्तुत बालादित्य का अभेद-सम्बन्ध स्थापित करने में हमारे लिये संशय का अवकाश नहीं। इस प्रकार दो स्वतन्त्र ऐतिहासिक प्रमाणों द्वारा वीरता तथा नालंदा में एक तीर्थ की संस्थापना के लिए समान रूप से विख्यात एक बालादित्य नामक महान् शासक की गाथा का समर्थन होता है। गुप्त सम्राट् नरसिंहगुप्त से उसकी अनन्यता स्थिर रूप से सम्मान्य नहीं, अपितु अत्यन्त सम्भाव्य प्रतीत होता है। और ऐसे पक्ष की स्थापना में, क्योंकि उसके शासन-काल की मुख्य घटना उसका हूण सेनापति मिहिरकुल से युद्ध है, प्रस्तुत प्रसंग को आगे ले चलने से पूर्व, यह सुगम होगा कि भारत में हूण-आक्रमण तथा उसके परिणाम-स्वरूप उठे राजनीतिक विक्षोभ का विस्तृत वर्णन कर दिया जाय।

2. हूण आक्रमण[1]

हूण यायावर जंगलियों का एक गिरोह था और चीन के आस-पास उनका आदि निवास-स्थान था। पश्चिम की ओर बढ़ते हुए वे दो धाराओं में विभक्त हो गये—जिसमें से एक ने तो वोल्गा की राह पकड़ी और दूसरी ने वक्षु की। प्रथम समूह के कृत्यों का रोम-साम्राज्य के पूर्व वृत्तान्तों में विशिष्ट उल्लेख पाया जाता है। यहाँ उन्हें उद्धृत करने की आवश्यकता नहीं। दूसरा गिरोह जो मूल में जोन-जोन कबीले की अधीनता में था, पाँचवीं सदी के मध्य तक वक्षु की घाटी में शक्तिशाली बन गया। शासक के वंश के नाम पर उनकी ख्याति ये-थ, हेफ्फेलाइट अथवा एफ्थलाइट करके हुई, और ग्रीक वर्णनों में उनका श्वेत हूणों के रूप में उल्लेख है।

वक्षु की घाटी से ये हूण ईरान तथा भारतवर्ष, दोनों पर आ धमके। जैसा कि ऊपर उल्लेख हो चुका है स्कन्दगुप्त ने उन्हें किसी समय, 455 और

1. हूणों का सामान्य वृत्तान्त निम्न पुराणों पर आधारित है :

(अगले पृष्ठ पर)

467 ई० के बीच, करारी हार दी, और उनके उत्पातों से अपने साम्राज्य की रक्षा की। प्रारम्भ में फ़ारस कुछ कम सफल रहा। हूण उसके लिए अत्यन्त भयङ्कर शत्रु सिद्ध हुए, और 485 ई० में उनके राजा **अक्षान्वार** ने ईरान के सासानी शासक फ़िरोज़ को हरा कर मार डाला। इस सफलता से हूणों की शक्ति चरमशिखर पर पहुँच गई, और 5वीं शती पूर्व के अस्त होते-होते बलख में अपनी मुख्य राजधानी स्थापित करके उनका शासन एक विशाल साम्राज्य पर हावी हो चुका था। परन्तु जब पश्चिमी तुर्क छठी सदी के मध्य में सशक्त हो उठे तो ईरान के सासानी शासक अनुशीरवाँ ने हूणों के विरुद्ध उनसे मित्रता का सम्बन्ध स्थापित कर लिया। इस संगठित शक्ति ने हूणों को परास्त कर दिया और उनके राजा को 563 और 567 के बीच किसी समय मौत के घाट उतार दिया। इसके अनन्तर वक्षु तुर्की तथा ईरान के बीच सीमान्त रेखा बन गई और ईरानियों ने उक्त नदी के दक्षिण की ओर के हूण-अधिकृत प्रदेशों को अधिकांश में जीत लिया।

विशेष रूप से भारत में हूणों के क्रिया-कलापों के बारे में निश्चित रूप से बहुत कम ज्ञात है, और इस विषय में प्रचलित मिथ्यावादों के निराकरण विचारों से यह आवश्यक है कि उसका कुछ विस्तृत विवरण प्रस्तुत किया जाय।

कुछेक अभिलेखों में हूणों को दी गई हार के सामान्य संकेत के अतिरिक्त

(अ) Chavannes—*Documents sur bo* Toukine *Occidentaux.*

(आ) सर औरेल स्टाइन—**व्हाइट हून्स एण्ड किण्ड्रेड ट्राइब्स इन दी हिस्ट्री आफ़ दी नार्थ वेस्टर्न फ्रण्टियर्स**, इ० ऐ० 1905, पृ० 73।

भारत में हूण कृत्यों के संबन्ध में निम्न निर्देशों का अवलोकन किया जा सकता है, यद्यपि इन लेखों में प्रस्तुत उक्तियों में संशोधन की अपेक्षा है, और उनमें प्रत्यक्ष अशुद्धियाँ भी हैं: इ० ए० xv, 245; 346; इ० हि० क्वा० iii, 1 पृ०; न्यू इ० ए० iv, 36। हूण सिक्कों के विषय में तुल० ज० ए० सो० वं० 63, भाग 1, पृ० 191 प्र०। हूणों की प्राचीनता तथा ईरान में उनके कृत्य-कलाप के सम्बन्ध में तु० भंडारकर स्मृति-ग्रंथ, पृ० 65।

सामयिक भारतीय अभिलेख उनके कार्यों पर कुछ प्रकाश नहीं डालते। सिक्कों तथा लेखों से परिज्ञात दो राजा, तोरमाण तथा मिहिरकुल, जो हूण समझ लिये गये हैं, सम्भवतः ठीक ही है, परन्तु उनकी जातीयता के सम्बन्ध में निश्चयात्मक प्रमाण कोई नहीं।

स्कन्दगुप्त के हाथों हूणों की पराजय के अनन्तर, उनके भारत से नाते के बारे मे सर्वप्रथम वृत्तान्त हमें **सुंगयुन** के विवरण से प्राप्त होता है। सुंगयुन, 518 ई० में चीन के उत्तरी **वाई** राजवंश की महारानी द्वारा भेजे गये राजदूतों में से अन्यतम था। **उद्यान** से गुज़रता हुआ वह 520 ई० में **गंधार** पहुँचा। वह इस देश की यह वार्ता प्रस्तुत करता है।

"यह वही देश है जिसे येथों ने तहस-नहस कर दिया था, और बाद में यहाँ एक तेगिन[1] को (राजकुमार वा राजवंश का सदस्य) देश पर शासक की हैसियत से प्रतिस्थापित किया था। इन घटनाओं को हुए दो पीढ़ियाँ गुज़री हैं। इस राजा (वा राजकुल) की प्रकृति क्रूरता तथा प्रतिशोध की भावनाओं से भरपूर थी, और वह निहायत वहशियाना निर्दयता से पेश आया करता था। उसकी बुद्ध धर्म में आस्था नहीं थी, अपितु दैत्यों की पूजा में उसकी अनुरक्ति थी। पूर्णतया अपनी शक्ति के भरोसे और आत्मविश्वास पर आश्रित रहते हुए, वह राज्य-सीमा का झगड़ा उठाकर कि-मिन (काश्मीर) देश के साथ युद्ध ठान बैठा था—उसकी सेनाएं तो पहले ही तीन साल से लड़ाई में जुटी थीं। राजा के पास 700 युद्धोपयोगी हाथी हैं—राजा अपनी सेनाओं के साथ निरन्तर सीमान्त पर ही रहा, और कभी अपने राज्य को वापिस न आया।" काल की दृष्टि से कुछ पीछे एक सिकन्दरियाई यूनानी––उपनाम इण्डिकोप्लास्टिस (भारती जलयात्री)[2]—का उसके स्वरचित Christian

1. बील, रेकर्ड्स 1, पृ० xv ; xcix प्र०। बील ने शब्द का अर्थ गलत समझा था; लेकिन उसका सही अर्थ पहले पहल मार्क्वार्त ने प्रस्तुत किया––तु० शावान पूर्व उद्ध० ग्र०।
2. जे० डब्लू० मैक्रिंडल द्वारा अंग्रेजी में अनूदित (लन्दन, 1897), तु० पृ० 366, 371-72।

Topography में लिखित वृत्तान्त आता है। उक्त पुस्तक संभवतः 535 में शुरू की गई थी, परन्तु उसका अन्तिम रूप 547 ई० तक नहीं बन पाया था। एक स्थल पर वह कहता है :—"भारतवर्ष में ऊपर अर्थात् सुदूर उत्तर की तरफ हूण हैं। ऐसा कहा जाता है कि वह नामी हूण जिसका नाम गोल्लस है, युद्धभूमि को प्रस्थान करते हुए अपने साथ हाथी कि दो हजार से कम नहीं और एक प्रभूत अश्वारोहियों के दलबल को लेकर निकलता है। यह भारत का अधिपति है, और प्रजा को उत्पीड़ित करता हुआ उन्हें कर सम्मानादि के लिए मजबूर करता है।" उसके विषय में कुछ दन्तकथाओं का उल्लेख करके वही लेखक फिर लिखता है, "फीसों नदी भारत के सब प्रदेशों को हूणों के देश से पृथक् करती है।" सौभाग्य से एक और स्थान पर लेखक स्पष्ट कहता है कि फीसों सिंध नदी ही है। जिस समय का इस वृत्तान्त में संकेत है उसका समीचीन निर्धारण तो हो नहीं सकता, किन्तु उसे 515 और 535 ई० के बीच डाला जा सकता है।

भारतीय अभिलेखों को लें तो एरण का अभिलेख (सं० 68) प्रथम है जिसका निर्देश ऊपर हो चुका है। इसमें महाराजाधिराज तोरमाण के प्रथम वर्ष में अङ्कित तिथि का उल्लेख है। अनन्तर ग्वालियर का एक अभिलेख (नं० 69) है जिसकी अंकित तिथि मिहिरकुल के 15वें राज्यवर्ष की है। उसके पिता के नाम का भी उल्लेख है। परन्तु प्रथम दो अक्षर 'तोर' ही पढ़े जा सकते हैं, शेष सब मिट चुका है। कुड़ा (नमक का पहाड़, पंजाब) से उपलब्ध एक और अभिलेख में राजाधिराज महाराज तोरमाण-षाहि-जऊ (ब्ल) का निर्देश है जिसका साम्य कुछ विद्वानों ने एरण लेख में उल्लिखित राजा से किया है, परन्तु कई के मत में वह सर्वथा भिन्न है।[1] इन लेखों में से किसी में इन राजाओं को हूण नहीं पुकारा गया और न हूण जाति की ओर कोई संकेत ही है।

1. ब्यूलर के विचार में वे भिन्न हैं (ए० इ० 1, 239); परन्तु विन्सेंट ए० स्मिथ (ज० ए० सो० बं० लै० 63, 186) तथा कनिंघम का अनुसरण करते हुए स्टेन कोनो का मत है कि वे अभिन्न हैं। इ० हि० क्वा० xii, 531।

700 शक (=778 ई०) में रचित एक जैन-ग्रंथ **कुवलयमाला** में हम तोरमाण का एक विनोदास्पद उपामान पाते हैं।[1] कथा में कहा गया है कि तोरामण (एक प्रति में लिखित रूप है तोरराय) ने सम्पूर्ण जगत का, अथवा तथ्यापेक्षया उतरापथ का, उपभोग किया। चन्द्रभागा (चिनाब) नदी के तट पर पव्वैया में उसका आवास था। उसका गुरु था हरिगुप्त जो स्वयं गुप्त राजवंश का एक वंशज था, और वहीं रहा करता था।

साकल की पुरानी नगरी के प्रसंग में जो उसकी राजधानी थी, युवाङ च्वाङ मिहिरकुल का एक लम्बा-चौड़ा विवरण प्रतुत करता है—"कुछ शतियों पूर्व", हमें बताया गया है, "मिहिरकुल ने इस नगर में अपना अधिकार स्थापित किया, और भारत-भर पर शासन किया। उसने आसपास के सब प्रान्तों को अपना वशवर्ती कर लिया था।" शुरू-शुरू में उसकी रुचि कुछ-कुछ बौद्ध धर्म में प्रवृत्त हुई और उसने आदेश दिया कि एक बुद्धभिक्षु मुझे आकर मिले। भिक्षुओं ने उसके पास राजा के परिवार के एक पुराने कर्मचारी (भिक्षु) को भेजा। इस पर वह बुरी तरह खीझ उठा और उसने "एक घोषणा जारी कर दी कि पाँचों भारत द्वीपों में सब भिक्षुओं को नष्ट कर दिया जाय, बुद्ध धर्म को उखाड़ फेंका जाय, और कुछ बचा न रह पाये।"

बालादित्य के हाथों मिहिरकुल की बाद की पराजय, जिसका युयाङच्वाङ ने वर्णन किया है—बाद में बतलाई जायेगी। परन्तु सबसे अधिक महत्वपूर्ण बात, जिस पर ध्यान जाता है, यह है कि युवाङच्वाङ इस पराजय को 'कुछ शतियों पूर्व'—अर्थात् प्रायः 633 ई०, कई सौ वर्ष पहले डालता है जब उसने साकाल-यात्रा की थी। यह कथन इस विचार से मुश्किल से संगत बैठेगा कि उसकी उल्लिखित घटना 530 ई० के क़रीब हुई। जैसा कि वॅटर्स ने दिखाया है, चीन के अन्य प्रामाणिक लेखक भी मिहिरकुल को उक्त तिथि के बहुत पूर्व स्थापित करते हैं। इससे स्वभावतः युवाङच्वाङ की मिहिरकुल-विषयक कथा की विश्वसनीयता पर गम्भीर संदेह हो जाता है।

---

1. ज० बि० ओ० रि० सो० xiv, पृ० 28।

राजतरंगिणी में तोरमाण तथा मिहिरकुल दोनों का उल्लेख है, परन्तु उक्त पुस्तक में उल्लिखित उनकी ऐतिहासिक कथा का हूणों के उन दो राजाओं के वृत्तान्त से मेल दिखा सकना कठिन है।

भारतीय साहित्य में हूणों का कहीं-कहीं भूला-भटका उल्लेख मिलता है। **चन्द्र व्याकरण** की एक सूत्रवृत्ति में, एक वाक्य आता है—**अजयत् गुप्तो** (? अथवा **जप्तो**) **हूणान्**—लेखक के जीवन-काल में घटित घटना के वर्णन में अपूर्णभूत के उदाहरण के तौर पर।[1] इसका संकेत संभवतः स्कन्दगुप्त की हूण-विजय से है। पुनश्च, जैन लेखक सोमदेव (10वीं शती) ने एक हूण राजा द्वारा चित्रकूट की विजय की दन्तकथा का उल्लेख किया है।[2] यहाँ संकेत संभवतः मिहिरकुल से है।

यशोधर्मा के मन्दसोर-लेख में तोरमाण और मिहिरकुल दोनों की ओर निर्देश है, परन्तु कुछ इस प्रकार से कि (जिससे) दोनों का सम्बन्ध देखना तो दूर, दोनों में एक सम्बन्ध स्थापित कर सकना तक कठिन है। इसी प्रकार तोरमाण तथा मिहिरकुल, तथा तोरनाम के सिक्के हमें मिले हैं। यद्यपि इनमें से कुछ सासानी राजाओं के भोंडे अनुकरण हैं, लेकिन उन्हें स्थिर रूप से हूण स्थापित करने के कोई लक्षण नहीं।

---

1. बेलवलकर, **सिस्टम्स आफ संस्कृत ग्रामर**, पृ० 48। मूल पाठ **जतो**, अथवा **जप्तो**, के संशोधन सबको मान्य नहीं है। कीलहौर्न का पाठ था—**जतो**, और इसमें उसने एक जाति तथा उसके एक शासक नाम-अर्थ पढ़ा (ना० गे० वि० गो०, 1903, पृ० 305)। होर्नली ने इस जाति का साम्य जाटों से किया, और इसमें यशोधर्मा द्वारा हूणों की पराजय का संकेत समझा (ज० रा० ए० सो० 1909, पृ० 114)। जायसवाल के अनुसार, इसका संकेत स्कन्दगुप्त से है और इस उद्धरण की साक्षी के आधार पर वह गुप्तों को जाट निर्धारित करते हैं (ज० बि० ओ० रि० सो० **xix** 115-16)। इन निष्कर्षों को गम्भीरता से ग्रहण कर सकना मुश्किल है।
2. भण्डारकर स्मृति-ग्रंथ, 216

इन परिस्थितियों में यह कुछ आश्चर्यजनक-सा मालूम देगा कि गुप्त-साम्राज्य के पतन में हूणों का एक निश्चयामक हाथ है—जैसा मत प्रायः विद्वानों ने एकमत से स्वीकार किया है। यह आस्था केवल-मात्र तोरमाण और मिहिरिकुल (मिहिरगुल भी नाम है) के हूण राजा मान लेने पर आश्रित है। यद्यपि यह सामान्यतया स्वीकृत मत यही है, इस पर समर्थक निश्चायक युक्ति कोई नहीं; और हम इस सम्भावना को सर्वथा तिरस्कृत नहीं कर सकते कि तोरमाण एक कुषाण राजा था, और हूणों से मैत्री सम्बन्ध होने से, विशेषतया इस कारण कि उसने हूण गिरोहों का नेतृत्व किया, भारत में उसे गलती से हूण ही समझ लिया गया।[1]

कोस्मस के वर्णित राजा गोल्लस की समता मिहिरगुल अथवा मिहिरकुल से स्थापित की गई है। यह साम्य गोल्लस की नामान्त गुल से समरूपता पर, परन्तु मुख्यतया मिहिरकुल के एक हूण सेनानी होने की कल्पना की स्वीकृति पर आश्रित है। परन्तु यह बात ध्यान देने योग्य है कि हूण शक्ति का प्रधान अधिष्ठान, सुंगयुन[2] तथा कोस्मस दोनों के अनुसार सिन्धु नदी के पश्चिम

1. सर औरेलस्टाइन (पूर्व उद्धृ०) तथा जायसवाल (ज० बि० ओ० रि० सो० xviii, 203) का विचार था कि तोरमाण एक कुषाण है। फ्लीट का भी यही मत था (इ० ए० xv, 245)। स्टेन कोनो के विचार में तोरमाण, सर्वथा संभवतः, जैसा कि प्रायः स्वीकार कर लिया गया है, हूण था, कुषाण नहीं।
2. सुंगयुन ने हूण-साम्राज्य के विशाल आयाम का वर्णन किया है और उसका सीमांकन भी कर छोड़ा है। यह साम्राज्य पूर्व में खोतन से लेकर पश्चिम में ईरान तक विस्तृत था। बील की उत्तरी तथा दक्षिणी सीमाओं को मालवा (अथवा वलभी) तथा तीरमुक्ति से साम्य स्थापना (पृ० 16) सर्वथा अनाधारित है। चवन्नेस 500 ई० में हूण साम्राज्य की स्थिति विस्तार का वर्णन करता है। इसमें तोरवारिस्तान, काबुलिस्तान, जाबूलिस्तान संमिलित थे, परन्तु भारत खास का कोई भी भाग नहीं। आगे चलकर चवन्नेस का कहना है कि चीन इतिहास (संभवतः सुंगयुन के

(अगले पृष्ट पर)

की ओर था; ह्वेनसांग के अनुसार मिहिरकुल की राजधानी साकल (सियालकोट) थी, और जैन ग्रन्थ के अनुसार तोरमाण की राजधानी चिनाव नदी पर थी।

अब हम कुछ पीछे को मुड़ते हैं और भारत में हूणों के कृत्यों का व्यापक अध्ययन कर सकते हैं। इस विदेशी आक्रमण के हम दो स्पष्ट रेले पायेंगे। प्रथम को हम 460 ई० के करीब, या कुछ बाद, अंकित कर सकते हैं जबकि स्कन्दगुप्त ने हूणों को पराजित किया, परन्तु उन्होंने गन्धार पर अपना अधिकार सफलतापूर्वक बनाये रखा और एक नये शासक नेता, संभवतः राजवंश के एक सदस्य, को प्रतिष्ठित किया। पूर्व इसके, कि हूण फिर प्रगति मार्ग पर अग्रसर होते, दो-तीन पीढ़ियाँ गुज़र गईं। इस द्वितीय उत्थान का नेता था, तोरमाण, किन्तु हम यह नहीं कह सकते कि वह गन्धार की हूण शासन-सत्ता का प्रतिनिधि था अथवा पंजाव में एक पृथक् राज्य का शासक था। गन्धार अथवा पंजाब के इस मूल आधार से चलता हुआ वह अपनी विजय-वाहिनी को मालवा की हद तक ले आया। परन्तु उसकी सफलता, सम्भवतः भानुगुप्त के हाथों 510 ई० में पराजय के कारण, अचिरस्थायी थी।

कुछ समय के लिए तो हूण-प्रगति को रोक दिया गया, परन्तु मिहिरकुल ने अपने पिता की आकांक्षा पूर्ण करने की आयोजना का प्रयत्न किया। उसे भी शुरू-शुरू में कुछ सफलता हासिल हुई, क्योंकि हमें ज्ञात है कि ग्वालियर में उसके राज्य-वर्ष 15वें (प्रायः 538 ई०) में उसके आधिपत्य को कबूल किया गया है। इसके अतिरिक्त युवाङ्च्वाङ के अनुसार उसने सम्पूर्ण भारत को वश में कर लिया और कोस्मस इस काल के हूण नायक का वर्णन भारत के अधिपति के रूप में करता है। परन्तु हूणों के भाग्य में देर तक सफलता का

वृत्तान्त) के अनुसार हूणों के अधीन भारत के भाग केवल मात्र गन्धार तथा **चितराल** थे (पू० उद्धृ० पृ० 224-5)। स्पष्टतया उसने बील के कल्पनापूर्ण साम्यों को नहीं माना है।

उपभोग करना न था, सो मिहिरकुल का अदृष्ट भी दो भारतीय शासकों, यशोधर्मा तथा नरसिंहगुप्त के हाथों खिच गया।

अपने मन्दसोर-अभिलेख (सं० 70) में यशोधर्मा की गर्वोक्ति है कि "(विख्यात) राजा मिहिरकुल भी उसके चरणों में सम्मानोपहार लाया।" वस्तुतः मिहिरकुल की पराजय हुई ही थी, पर उसका राज्य व प्रभुत्व नष्ट नहीं हुआ था। यशोधर्मा के पतन, जिसकी घटना संभवतः बहुत देर बाद नहीं हुई, के साथ ही वह फिर से रंगमंच पर आगे आ पहुँचा।

उस समय अधीश्वरी राजगद्दी पर जो गुप्त राजा विद्यमान था, वह संभवतः नरसिंहगुप्त बालादित्य था। यशोधर्मा के विजयी अभियानों से (जिनका उल्लेख आगे किया जायगा) वह तत्काल अभिभूत हो गया, और मिहिरकुल ने साम्राज्य-संकट से अपनी शक्ति को फैलाने में लाभ उठाया। नरसिंहगुप्त को अपने देश की आचरित-रीति का परिपालन करते हुए हमले की रोक-थाम तो क्या करनी थी, ह्वेन्त्सांग के अनुसार तो उसे मिहिरकुल की जीहुजूरी करने के लिए दीन-विवश दशा में बाध्य होना पड़ा। मिहिरकुल की महान् शक्ति तथा बुद्ध धर्म के प्रति अत्याचारों, जिनका वर्णन ऊपर हो चुका है, ह्वेन्त्सांग एक लम्बी कहानी सुनाता है कि किस प्रकार बालादित्य ने अपने शत्रु पर विजय पाई। यह कथा संक्षेप में यों कही जा सकती है।

"मगध के राजा बालादित्य की बौद्ध धर्म में अगाध श्रद्धा थी। जब उसने मिहिरकुल के क्रूर अत्याचारों तथा अनाचारों को सुना, तो उसने बड़ी दृढ़ता से अपने राज्य के सीमान्त प्रान्तों पर कड़ा पहरा बिठा दिया और कर-सम्मान देने से इनकार कर दिया। जब मिहिरकुल ने उसके प्रदेशों पर धावा बोल तो बालादित्य ने अपनी सेना समेत एक द्वीप में जाकर शरण ली। मिहिरकुल ने अपनी सेना का मुख्य भाग अपने छोटे भाई की अध्यक्षता में रहने दिया, और किश्तियों पर सवार होकर सेनाओं के एक हिस्से के साथ द्वीप पर आ उतरा। एक तंग मार्ग पर उसे बालादित्य के सैनिकों ने घेर लिया। बालादित्य की जिद थी कि वह मिहिरकुल को मार डालेगा, परन्तु मां की सिफारिश पर उसने उसे छोड़ दिया। वापसी पर मिहिरकुल ने देखा कि उसका भाई तो वापस जा कर गद्दी पर हावी हो गया है; तो उसने कश्मीर में

एक आश्रय ढूंढ़ निकाला। तदनंतर उसने गन्धार के राजा को मार दिया, राजवंश को उजाड़ दिया, और देश के धन की लूट-खसोट के बाद वापस चला आया, स्तूपों और संघारामों को ध्वस्त कर दिया। परन्तु साल के ही अन्दर मर गया।"

युवाङ्च्वाङ का सामान्य वृत्तान्त सन्देहास्पद है—इस तथ्य के बावजूद भी, मिहिरकुल को कई सदियाँ पहले फेंकने के आधार पर, उसकी कथा के बहुत से अंशों पर विश्वास कर सकना कठिन है।

यह तो पहले ही निर्दिष्ट किया जा चुका है कि कश्मीर संभवत: और गन्धार निश्चित रूप से, भारत में हूण साम्राज्य के अंग के रूप में चले आते थे; इसलिए स्पष्ट ही उन्हें मिहिरकुल की नूतन विजयों के रूप में वर्णित करना युवाङ्च्वाङ की गलती है। बालादित्य के हाथों मिहिरकुल की पराजय तथा अभिमान-भंग की लम्बी कथा में—विशेषत: इस अंश में कि यह सब किस प्रकार निष्पन्न हुआ—बहुत अत्युक्ति का अंश मिश्रित है। किन्तु इन सबके बावजूद अन्य बेहतरीन अथवा संतोषप्रद स्थापना के अभाव में सामयिक तौर पर हम यह मान सकते हैं कि बालादित्य ने मिहिरकुल को परास्त किया और गुप्त साम्राज्य को हूण लूट-खसोट एवं उच्छेदों से बचा लिया। इससे यह भी स्पष्ट हो जायगा कि क्योंकर, जैसा कि ऊपर कहा जा चुका है, एक महान् वीर के रूप में उसका नाम व ख्याति दो सदी बाद भी जीवित-जागृत थी। मिहिरकुल की हार[1] ने

1. यशोधर्मा की मिहिरकुल को संकेत करने की शैली का, विशेषत: इसकी कि उसका सिर इससे पहले कभी किसी के आगे न झुका था— इस विचार से मुश्किल ही मेल हो सकता है कि वह बालादित्य के हाथों मुंह की खा चुका था। इसलिए हमने युवाङ्च्वाङ के कथन को मान लिया है कि मिहिरकुल की शक्ति का अन्तिम भ्रंश बालादित्य द्वारा हुआ, और परिणामतः यशोधर्मा की विजय उस घटना की पूर्ववर्तिनी थी। हेरास का यही विचार था (इ० हि० क्वा० 1)। परन्तु यह भी असंभव नहीं, जैसा मत कि हार्नले ने उपस्थित किया है (ज० ए० सो० बं० lvii खंड पृ० 96), कि

(अगले पृष्ठ पर)

प्रतीत होता है, भारत में हूणों के राजनीतिक आधिपत्य को सदा के लिए कुचल दिया, क्योंकि यद्यपि हूण जाति का और छोटे-छोटे हूण रजवाड़ों की सत्ता का प्रमाण पिछले युगों में भी मिलता है, किन्तु एक महान् शक्ति, अथवा भारतीय इतिहास में अशान्ति लाने वाले तत्वों के रूप में हूण फिर कभी उठते प्रकट नहीं होते।

(जारी)

एक सामंत राजा की हैसियत से यशोधर्मा ने मिहिरकुल के विरुद्ध अभियान में नरसिंहगुप्त का हाथ बटाया और पीछे दृढ़ता से स्वतंत्र सत्ता घोषित कर के अपने अधिपति ही के विरुद्ध विजयी आक्रमणों की परम्परा बांध दी। बाद के, और अधिक वैभव शक्ति के दिनों में मिहिरकुल के विरुद्ध उसकी पुरानी सफल साहसिकताओं की ही स्वतंत्र विजय के रूप में मान लिया गया होगा।

अध्याय 10

गुप्त-साम्राज्य का विघटन

तोरमाण तथा मिहिरकुल के आक्रमणों के समय के आस-पास, और प्रायः उन्हीं आक्रमणों के सीधे परिणामस्वरूप स्वयं साम्राज्य के अन्दर हम विघटन-भ्रंश की शक्तियों को सतत प्रगतिशील पाते हैं। सामंत और उच्च सरकारी अफ़सर धीरे-धीरे बड़ी प्रभुता एवं अधिकार ग्रहण करते गये और आखिर स्वतन्त्र राजाओं की हैसियत में आसीन हो गये। एक ही प्रकार के सिक्के चले। और उनकी न्यूनता एवं हीनता से प्रकट है कि साम्राज्य के स्रोत सूख चले थे। विभिन्न राजाओं तथा मौखरी और पिछले गुप्त राजाओं के लेखों में सर्वतोमुख युद्धों के प्रमाण मिलते हैं; और यद्यपि प्रत्येक अवस्था में हम उनका देश-काल निर्धारण कर सकने में असमर्थ हैं तथापि उनके निर्देशों के अर्थ सन्देहशून्य हैं कि वे अशान्ति और उथल-पुथल के दिन थे। इन परिस्थितियों का लाभ उठाते हुए वाकाटक शासक हरिषेण ने मालवा पर धावा बोल दिया। वाकाटक अभिलेखों के अनुसार उसने मालवा, गुजरात और अन्य प्रदेशों पर विजय पाई एवं अपना अधिकार जमा लिया (देखिए, पीछे अ० 5)। यद्यपि हरिषेण का वास्तविक काल हमें नहीं मालूम, तथापि पाँचवीं सदी के अन्तिम दिनों तथा छठी शती के शुरू में, उसका सितारा चमक उठा। सो, सम्भव है कि तोरमाण के हमले के अनन्तर की अशान्ति तथा हमले में उसने मालवा के विघटित प्रान्त पर आक्रमण कर दिया हो, और इसमें उसे कुछ कामयाबी भी हासिल हुई होगी। परन्तु इस सफलता की अवधि कम थी। जल्दी ही एक महत्त्वाकांक्षी एवं साहसी वीर रंगमंच पर उतरा। यह यशोधर्मा था, जिसने न केवल मालवा पर स्वतंत्र अधिकार ही स्थापित कर लिया, अपितु सम्राट् के विरोध में उसके मुंह पर खुली ललकार दी।

यशोधर्मा के उद्भव के सम्बन्ध में इसके सिवाय कुछ विदित नहीं कि सम्भवत: कुमारगुप्त प्रथम की अधीनता में मालवा या उसके एकांश पर शासकों की जो कि लम्बी शृंखला राज्य करती रही और जिसका अन्तिम सामंत शासक दशपुर (मन्दसोर) की राजधानी में बन्धुवर्मा हुआ—उसी वंश से उसका कुछ सम्बन्ध था। पर बन्धुवर्मा और यशोधर्मा के बीच में प्राय: एक सदी का व्यवधान हो गुज़रा, और इस अन्तर में वंश के क्रिया-कलापों अथवा इतिहास के बारे में हमें कुछ नहीं मालूम। अकस्मात्—520 ई० के आसपास किसी समय, राजनीतिक क्षितिज पर यशोधर्मा एक उल्का की भाँति प्रकट होता है और अपने विज-विष्णु शस्त्रास्त्र को दूर-दूर सफलतापूर्वक वहन करता हुआ एक महान् साम्राज्य की स्थापना करता है और एक उल्का के समान ही अचानक ओझल हो जाता है और उसका साम्राज्य भी उसी के साथ विलीन हो जाता है।

सैनिक विजयों द्वारा यशोधर्मा की सफलता के विषय में हमारा जो कुछ ज्ञान बन पाया है वह मुख्यतया एक अभिलेख (सं० 70) के रूप में है—जिसकी मन्दसोर में दो प्रस्तर-स्तंभों पर दोहरी प्रति खुदी हुई है। यह समुद्र-गुप्त के प्रयाग-स्तंभ-लेख के अनुरूप एक प्रशस्ति है, परन्तु उसी की भाँति यशोधर्मा द्वारा विजित प्रदेशों का इसमें सविशेष उल्लेख नहीं; प्रत्युत एक कुछ धुंधली-सी गर्वोक्ति पायी जाती है—कि "अपने घर के आँगन को पार कर 'उसने उन प्रदेशों पर' विजय प्राप्त की" जिसका भोग गुप्त राजाओं (तक) ने न किया था, न जिनमें हूणों के आदेश का दखल ही पहुंच सका था;" और आगे चलकर, यह भी कहा है कि लौहित्य नदी से लेकर महेन्द्र पर्वत तक और हिमालय से लेकर पश्चिमी समुद्र तक "से आ-आकर सब शासक उसके चरणों में प्रणत होते हैं। लेख में यदि किसी विजय का नियत उल्लेख है तो केवल मिहिरकुल पर विजय का, जिसका निर्देश ऊपर हो चुका है। संस्कृत काव्य में तथा राजकीय प्रशस्तियों में सुपरिचित दिग्विजय के इस प्रकार के सामान्य और रूढ़िसंगत वर्णनों को सच्चे अर्थों में ग्रहण नहीं हो सकता और सिर्फ इस लेख के आधार पर यशोधर्मा को उत्तरभारत का सम्राट् मान लेना युक्त न होगा। किन्तु ऐसे दावे की खुले-आम मुनादी का कुछ आधार तो होना ही चाहिए;

सो, हमें इसमें जरा भी संशय करने की आवश्यकता नहीं कि यशोधर्मा एक महान् विजयी था। और यह भी नितान्त स्पष्ट प्रतीत होता है कि उसके शस्त्रास्त्र का संधान मुख्यतः हूणों तथा गुप्तों के विरुद्ध ही हुआ था—यद्यपि संभवतः कुछेक अल्प शक्तियों को भी उसके प्रभुत्व के दबदबे का अनुभव करना पड़ा।

मन्दसौर के आसपास का प्रदेश यशोधर्मा के साम्राज्य का केन्द्र तथा शासन का मुख्य अधिष्ठान था—इस तथ्य के सम्बन्ध में ऐसी संभावना होती है कि उसकी शक्ति तथा सत्ता का अभ्युदय देश को हूणों की दासता से उन्मुक्त कराने के कारण ही हुआ। संभवतः जिस कार्य को परिपूर्ण करने में भानुगुप्त को अधूरी सफलता वा असफलता मिली, उसने उसे पूरा कर दिखलाया। प्रतीत होता है कि हूणों से लड़ाई लड़ते-लड़ते उसे मिहिरकुल से लोहा लेना पड़ा और उसे उसने परास्त किया। इस महान् विजय से उसकी शक्ति और सत्ता का निश्चित उत्कर्ष हुआ और उसने साहसपूर्वक अधीश्वरी प्रभुता के लिए पासा फेंक दिया। गुप्त सम्राट् नरसिंहगुप्त उसकी बढ़ती ताक़त को रोकने में असमर्थ रहा और कुछ समय के लिए यशोधर्मा अपने सम्मुख सब किसी को पराभूत करता प्रतीत हुआ। परन्तु संग्राम-क्षेत्र में चमत्कारी सफलता के बावजूद वह कोई स्थायी फल प्राप्त न कर सका। यह इस प्रमाण से सिद्ध है कि 543 ई० में उत्तरी बंगाल के एक भूमि-दान में एक गुप्त सम्राट् का, यशोधर्मा का नहीं, स्तवन-स्मरण किया गया है।[1] जैसा कि हम ऊपर दिखा चुके हैं, 528 ई० के दिनों तक परिव्राजक शासक गुप्त-आधिपत्य को स्वीकार करते रहे। इस प्रकार यशोधर्मा की लघुजीवी विजय को युक्ततः इन्हीं तिथियों के मध्यान्तर में रख सकते हैं और इस अनुमान की पुष्टि यशोधर्मा के समय के केवलन एक दूसरे उपलब्ध अभिलेख यह (सं० 71) 533-4 ई० से होती है को है, जो, मन्दसौर में ही मिला है।

---

1. इस प्रसंग का अग्रिम अध्याय में पुनः विवेचन होगा।

यशोधर्मा की शक्ति का किस प्रकार अन्त हुआ—अभी यह एक पहेली ही है। या तो स्वाभाविक मृत्यु द्वारा ही यह सम्भव हुआ होगा, या जिन केन्द्र प्रतिगामिनी शक्तियों को उसने स्वयं उपजाया था—उन्हीं के अधिकार के प्रदर्शन से। सम्भवत: उसकी चकाचौंध करने वाली विजय ने मौखरियों अथवा पिछले गुप्तों आदि को उसके उदाहरण को अनुकरण करने को उकसाया, और सो शायद गुप्त साम्राज्य के सामंतों में एक सामान्य विप्लव सा उठ खड़ा हुआ। बंगाल की खाड़ी से लेकर अरब समुद्र तक के विस्तीर्ण प्रदेशों को जो बन्धन एक सूत्र में, कितना भी शिथिल क्यों न, कसे हुए था वह हूणों की नहीं, किन्तु महत्त्वाकांक्षी यशोधर्मा की क्रूर तलवार से छिन्न-भिन्न हो गया; और इससे जो अराजकता और दावानल भड़क उठी, सम्भवत: उसका पहला शिकार यशोधर्मा ही हुआ।

यशोधर्मा के महान् विप्लव के कुछ अनन्तर, और शायद उसके अपरिहार्य परिणामस्वरूप, अनेक शक्तिशाली सामंत सत्ताएँ गुप्त साम्राज्य के ऐन बीच में स्थापित हो गई। इतमें सर्वाधिक सामर्थ्यशाली मौखरी तथा पिछले गुप्त थे। इन दोनों वंशों का विस्तृत ब्यौरा तो अगले ग्रन्थ में ही दिया जायगा, यहाँ तो हम केवल छठी सदी के प्रथमार्ध में उनके क्रियाकलापों का खुलासा ही देंगे।

मौखरी[1] एक पुरातन वंश के थे, परन्तु छठीं सदी से पहले उनकी राजनीतिक शक्ति के रूप में कोई विशिष्ट जगह नहीं बन पाई थी। गुप्तों के अधीन इस वंश की दो शाखाएं—एक बिहार में और दूसरी उत्तर प्रदेश में-- सामंत शासक-स्थिति से राज्य करती रहीं। प्रथम शाखा के विषय में तो गया के प्राय: 15 मील पूर्वोत्तर में बराबर तथा नागार्जुनी पहाड़ियों पर उत्कीर्ण लेखों से हमें तीन राजाओं के नाम-मात्र ही उपलब्ध होते हैं। ये थे—यज्ञवर्मा, जिसने संभवत: इस वंश की स्थापना की; उसका पुत्र शार्दूलवर्मा; और उसका पुत्र अनन्तवर्मा। इनके विषय में हमारा ज्ञान प्राय: नहीं के बराबर है।

1. मौखरी अभिलेखों के सम्बन्ध में तुल० का. इ. इ. iii, सं० 47-51।

मौखरियों की दूसरी शाखा अन्ततः अधिक शक्तिशाली हो गई। इस वंश के संस्थापक हरिवर्मा के बाद उत्तराधिकार उसके पुत्र आदित्यवर्मा ने संभाला, और आदित्यवर्मा के पश्चात् उसके पुत्र ईश्वरवर्मा ने। इन तीनों की उपाधि महाराज है, इनके बारे में निश्चित और कुछ पता नहीं, परन्तु ईश्वरवर्मा के पुत्र ईशानवर्मा ने महाराजाधिराज की उपाधि धारण की और उसके अभिलेख[1] से हमें ज्ञात होता है कि उसने गौड़ों, आन्ध्रों और शूलिकों को परास्त किया था। गौड़, जिन्हें उसने समुद्र-तट की शरण लेने के लिए बाध्य किया था, निस्सन्देह पश्चिमी बंगाल के बाशिन्दे थे। आन्ध्रों से संभवतः पूरबी दक्खन के विष्णुकुण्डियों का संकेत हैं; किन्तु शूलिक निश्चित रूप से पहचाने नहीं जा सकते हैं।

इस प्रकार संभावना होती है कि ईशानवर्मा पहला मौखरी शासक था जिसने एक स्वतन्त्र शासन स्थापित किया। वह निस्सन्देह एक प्रभुत्वशाली राजा था, क्योंकि उसने न केवल महाराजाधिराज की पदवी ही धारण की, अपितु अपने नाम के सिक्के भी चलाये। इन सिक्कों की तोरमाण के सिक्कों से समता अतिनिकट है; और चूँकि पिछले गुप्तों के एक अभिलेख में स्पष्ट उल्लेख है कि मौखरियों ने हूणों को हराया, अत वह महान् सफलता भी इसी की बदौलत समझी जा सकती है। उसकी ज्ञात तिथियों में एक 611 संवत् अथवा 554 ई० है, सो उसकी शक्ति तथा महत्त्व का उदय गुप्त-साम्राज्य के पतन से समकालीन होने में सन्देह नहीं रह जाता।

पिछले गुप्त भी शुरू में गुप्त सम्राटों के सामंत थे। क्योंकि इस वंश के चतुर्थ राजकुमारगुप्त ने चौथे मौखरी राजा ईशानवर्मा को परास्त किया, सो हम मान सकते हैं कि पिछले गुप्त मौखरियों के क़रीबन साथ ही एक विशिष्ट सत्ता बनकर उठ खड़े हुए। कुमारगुप्त के तीन पूर्वजों—अर्थात् कृष्णगुप्त, हर्षगुप्त और जीवितगुप्त—के विषय में हमारा ज्ञान अति नगण्य है।

---

1. ए. इ. 14, 111।

वंश के सातवीं शती के एक शासन अफ़सद शिलालेख[1] में हिमालय के प्रदेशों तथा समुद्रतट पर जीवितगुप्त के युद्धों का ज़िक्र किया गया है; पर क्योंकि वंश का कोई पहले का अभिलेख नहीं मिलता, सो यह नहीं कहा जा सकता कि वे लड़ाइयाँ उसने सम्राटों गुप्तों के एक सामंत की हैसियत से या स्वयं एक स्वतन्त्र शासक के तौर पर लड़ी थीं। अगले राजा कुमारगुप्त द्वारा ईशान वर्मा को दी गई हार के सम्बन्ध में भी कुछ हद तक वही अनिश्चितता बनी रहती है। किन्तु चाहे तो कुमारगुप्त अपने अधीश्वर स्वामी की ओर से ईशानवर्मा से भिड़ा हो, चाहे साम्राज्य की लूटखसोट के उद्देश्य से स्वयं अपने पैरों पर, उसकी सफलता ने उसके वंश की उन्नति की राह खोल दी होगी और जब कि हमें ज्ञात है कि 543 ई० के बाद किसी भी शासन में किसी गुप्त-सम्राट् का कहीं उल्लेख नहीं, तो हम यह स्थिर मान सकते हैं कि कुमारगुप्त के समय से, यदि पहले नहीं, पिछले गुप्तों ने प्रायः अपनी स्वतन्त्र सत्ता क़ायम करली थी। कुमारगुप्त की विजय-सफलता महान् तथा स्थायी थी, इस सत्य की सिद्धि अफसद लेख में उल्लिखित इस वृत्त से हो जाती है कि वह प्रयाग तक बढ़ आया था, जहाँ पहुंचकर उसकी मृत्यु हो गई; और उसके पुत्र दामोदरगुप्त ने मौखरियों को दुबारा परास्त किया, यद्यपि युद्धभूमि में स्वयं भी वह मर गया अथवा बुरी तरह से घायल हुआ।[2]

---

1. का. इ. इ. iii, 200।
2. इस संदर्भ का फ्लीट-कृत अनुवाद, जिसके अर्थ निकलते हैं कि राजा की रणमें मृत्यु हुई सामान्यतया मानते है, परन्तु क्षेत्रेश चन्द्र चट्टोपाध्याय यह युक्ति प्रस्तुत करते हैं कि संदर्भ का संकेत दामोदरगुप्त की वीरगति नहीं, अपितु बेहोशी और अनन्तर जाग उठना अर्थात् होश में आ जाना है (दे० रा० भंडारकर वौल्यूम पृ० 181)। उक्त विद्वान् ने यह भी दर्शाया है कि लेख में दामोदरगुप्त की विजय का संकेत है, न कि जैसा डा० बसाक का अनुमान है—उसकी पराजय का (हि० ना० इ०, पृ० 123)।

पिछले गुप्तों के बाद के इतिहास से हमें यहाँ मतलब नहीं। परन्तु गुप्त सम्राटों के इतिहास से सम्बद्ध उनके विषय में दो महत्त्वपूर्ण प्रश्नों का विवेचन करना है। प्रथम तो, एक अपवाद को छोड़कर, इन सबके सब राजाओं के नामान्त **'गुप्त'** से प्रश्न उठता है कि क्या यह वंश किसी प्रकार से गुप्त सम्राटों से सम्बद्ध था ? समकालीनता, समान नामान्त, तथा गुप्त साम्राज्य के एक भाग पर अधिकार—इस विचार के समर्थन में एक जबर्दस्त संभावना उपस्थित करते हैं। लेकिन दूसरी तरफ़—राजवंशों की महत्ता को न केवल महाकाव्यों के महावीरों, अपितु उनका सूर्य तथा चन्द्र की हद तक बढ़ा-चढ़ाकर संबंध दिखाने की राजकवियों की सामान्य प्रवृत्ति को ध्यान में रखें तो यह अत्यन्त आश्चर्यास्पद माना जाना चाहिए कि उनके अभिलेखों में गुप्त सम्राटों से किसी प्रकार से भी सम्बन्ध, यदि ऐसा होने की **दूराधार** संभावना भी होती, का कोई उल्लेख ही नहीं हो। उदाहरणतः, अफ़सद लेख में प्रथम राजा कृष्णगुप्त को केवल एक अच्छे खान्दान (सद्-वंश) का कहा गया है; और हैरत होती है कि यदि लेखक के समय में इस सम्बन्ध में इस प्रकार की ज़रा-सी भी प्रचलित दन्तकथा होती, तो उक्त लम्बी-चौड़ी प्रशस्ति का लेखक गुप्त-वंशावली की ओर संकेत की अवहेलना न करता। यद्यपि यह साक्ष्य स्वतः नकारात्मक है, तथापि इससे इस विषय में महान् सन्देह उत्पन्न हो उठते हैं कि—गुप्त सम्राटों तथा पिछले गुप्तों में किसी प्रकार का कोई सम्बन्ध था भी ? किसी प्रकार की निश्चयात्मक पोषक-युक्ति के अभाव में यह मत मान लेना कठिन प्रतीत होता है कि पिछले गुप्तों का गुप्त सम्राटों से ख़ूनी रिश्ता था; यद्यपि उन्हें उत्तराधिकार में कुल नाम-गुप्त तथा ख़ानदान के इलाकों का कुछ भाग मिला था।[1]

इससे कहीं मुश्किल सवाल है पिछले गुप्तों के आदिम निवास-स्थान का। वंश का प्रथम राजा आदित्यसेन, जिसके समसामयिक लेख हस्तगत हुए हैं, सातवीं सदी के अन्तिम दिनों में, निस्सन्देह, मगध में राज्य कर रहा था और वहीं उसके उत्तराधिकारी भी राज्य करते रहे। किन्तु यद्यपि अद्यावधि

1. इ० क० viii 3।

उपलब्ध सब अभिलेख मगध में ही मिले हैं, इस विषय में सन्देह किया गया है कि क्या वे आदितः उक्त प्रान्त के शासक थे ?

कुछ विद्वानों ने सुझाया है कि जब तक आदित्यसेन ने मगध में राज्यस्थापना नहीं कर ली थी, पिछले गुप्त मालवा के शासक थे। इस मत की पुष्टि में यह मुख्य युक्ति है कि—क्योंकि 530 तक स्थिर रूप से गुप्त सम्राट् मगध पर राज्य करते रहे और छठी सदी के उत्तरार्द्ध में उस पर मौखरियों का अनुशासन रहा, सो पिछले गुप्तों के पहले शासक उक्त प्रान्त में शासन न कर सकते थे, अपिच—क्योंकि **हर्षचरित** में महासेन को मालवा का राजा कहा गया है, सो उसके सबके-सब पूर्वज संभवतः उक्त प्रान्त में राज्य करते रहे।[1]

इस विचार का आधार यह कल्पित सिद्धान्त है कि कृष्णगुप्त, हर्षगुप्त तथा जीवित गुप्त—सब पाँचवीं सदी के पिछले हिस्से में स्वतन्त्र शासकों के तौर पर शासन कर रहे थे। परन्तु इसका तनिक भी प्रमाण नहीं मिलता। हो सकता है कि वे प्रान्तीय राज्यपाल अथवा अन्य उच्च अधिकारी हों जिन्होंने, जैसा कि हम ऊपर देख चुके हैं, महाराज की उपाधि धारण कर ली, और अफ़सद लेख में वर्णित उनकी लड़ाइयाँ गुप्त सम्राटों की सेवा में लड़ी गई हों। कम-से-कम दो अर्थगर्भित युक्तियाँ इस विचार के खण्डन में उपस्थित होती हैं कि वे आदितः मालवा के शासक थे। प्रथम तो यह विचार कि यशोधर्मा के इतिहास से जिसका शासन-केन्द्र मालवा था, मेल नहीं खाता। दूसरे—पिछले गुप्तों में जीवितगुप्त के सम्बन्ध में जो उस समय के लगभग समृद्धि मार्ग पर अग्रसर था, कहा गया है कि उसने समुद्र-तट पर लड़ाई लड़ी, जिससे गुप्त-साम्राज्य का पूर्वीय प्रदेश निर्दिष्ट होता है।

अतः संभावना यह बन पाती है कि गुप्त साम्राज्य के उन्मूलन के कुछ समय बाद तक भी पिछले गुप्त कोई अलग राज्य स्थापित न कर पाये थे, परन्तु तदनन्तर वे मौखरियों तथा अन्य शक्तियों से, लूट-खसोट की बाँट के लिए भिड़ गये और जहां तक हो सका, इस कमाई पर उन्होंने संभवतः अपना अधिकार

1. ज० बि० ओ० रि० सो० xix, 402

बनाये रखा, और इस प्रकार वे गुप्त-साम्राज्य के अवशिष्ट के वसीयतदार माने जा सकते हैं। मगध[1] तथा उत्तरी बंगाल, जो गुप्त सम्राटों के अन्तिम गढ़ थे, संभवतः उन्होने बलात् हस्तगत कर लिये थे और संभवतः मालवा को सम्मिलित करते हुए साम्राज्य के अन्य भागों पर भी उन्होंने दावा पेश किया, जिसे शायद उन्होंने कुछ पूर्व ही यशोधर्मा के, अचिर शासन के अवपतन के बाद स्वाधिकार में कर लिया हो। पीछे चलकर, जब गौड़ में शशाङ्क ने एक स्वतन्त्र राज्य स्थापित कर लिया, पिछले गुप्त मालवा में ही सीमित रह गये। यद्यपि यह मत सर्वांशतः निश्चयात्मक प्रमाण द्वारा समर्थित नहीं किया जा सकता, फिर भी इससे पिछले गुप्तों के विषय में हमारे सम्पूर्ण ज्ञान का समाधान हो जाता है, और यह किसी ज्ञात तथ्य के विरुद्ध नहीं उतरता। किन्तु इस विचार का विस्तृत विवेचन हमें विचाराधीन काल से दूर ले जायगा, सो उसे अगले ग्रन्थ के लिए रहने देना उचित है।

सिर्फ़ मौखरी और पिछले गुप्त ही ऐसी शक्तियां नहीं थीं जिन्होंने गुप्त-स्वामित्व का जूआ उतार फेंका और पहले नहीं तो छठी शती के द्वितीय पाद से एक स्वतन्त्र राज्य की स्थापना कर ली।[2]

506 में इस प्रदेश पर वैन्यगुप्त के शासन का उल्लेख पहले ही हो चुका

---

1. यदि हम यह मान भी लें कि छठी सदी के उत्तरार्ध में वारुणिका (शाहाबाद जिला) के ग्राम पर दो मौखरियों का अधिकार था, तो भी इससे यह निष्कर्ष निकलना आवश्यक नहीं कि मगध के किसी भाग पर भी पिछले गुप्तों का अनुशासन न हो सकता था। लौहित्य (ब्रह्मपुत्र) नदी तक पहुंचने से पूर्व, महासेन गुप्त मगध के कम से कम कुछ हिस्से पर तो हावी रहा ही होगा। मगध का कुछ भाग तो संभव है मौखरियों तथा पिछले गुप्तों के बीच लम्बे झगड़े में प्रायः हस्तान्तरित होता रहा होगा।
2. इस विषय के पूर्ण विवेचन के लिए, मिला० हि० बं० र० पृ० 51।

है। गुप्त सम्राटों के वंश में उसकी स्थिति एवं सत्ता अज्ञात है। पू० बंगाल में कोमिल्ला के 18 मील उत्तर में गुणाईघर में उपलब्ध एक ताम्र दान-पत्र (सं० 45) में, वर्ष 188 (=506 ई०) में प्रचलित, महादेव के चरणों में श्रद्धारत महाराज वैन्यगुप्त द्वारा एक बौद्ध-भिक्षु को पड़ोस की कुछ भूमि के दान का उल्लेख है। यह दान-विसर्जन एक सामंत महाराज रुद्रदत्त की प्रेरणा पर किया गया था, और एक और असमी सेनापति महाराज विजयसेन, जिसकी अध्यक्षता में कई उच्च कार्यालय एवं पद थे, इसका दूतक था। यद्यपि वैन्यगुप्त को महाराज कहकर ही आदर प्रदर्शित किया गया है, उसी उपाधि से युक्त एक से अधिक असमी शासक उसके अधीन थे; और इनमें तनिक संदेह नहीं कि उसकी स्थिति पर्याप्त उच्च थी, हालांकि उस समय वह अधिपति शासक नहीं था। उसी समय या बाद में वह इस सत्ता पर आसीन था, ऐसा उसके सोने के सिक्कों से और नालन्दा मुद्रा से, जिसका उल्लेख ऊपर हो चुका है, भासित हो जाता है। इस हैसियत में वह सम्पूर्ण साम्राज्य पर अथवा यदि पूर्ण पर नहीं तो फ़क़त बंगाल के कुछ हिस्से पर राज्य करता रहा, यह निर्धारित नहीं किया जा सकता, परन्तु पिछला ख़याल ज्यादह मुमकिन मालूम देता है। दूसरे शब्दों में, यह भी संभव हो सकता है कि उसने अपने आप को न्याय्य सम्राट् उद्घोषित कर दिया हो, किन्तु उसका सचमुच का अधिकार बंगाल व उसके एक अंश तक सीमित था। यदि यह तथ्य हो तो इस समय में हम बंगाल में एक स्वतन्त्र राज्य का सूत्र स्थापित कर सकते हैं। जो कुछ हो, उसकी मृत्यु के बहुत बाद नहीं, महाराजाधिराज नामधारी स्थानिक अधिकारियों की अधीनता में बंग एक स्वतन्त्र राज्य की स्थिति से महत्त्व में बढ़ उठता है। इनमें से प्रथम गोपचन्द्र का एक असमी सामंत था महाराज विजयसेन, जो वर्धमान भुक्ति, अर्थात् प० बंगाल पर राज्य कर रहा था। संभव है यह विजयसेन वैन्यगुप्त के दान में दूतक को बसीठी निभाने वाले समनाम राजा से अभिन्न हो। तब हम यह निहायत मुमकिन मान सकते हैं कि 506-7 ई० के बहुत बाद नहीं, वैन्यगुप्त के प्रदेशों पर गोपचन्द्र का उत्तराधिकार हुआ—और यह कि ये प्रदेश बर्दवान से कोमिल्ला तक

व्यापक थे। परन्तु जो भी हुआ हो, गोपचन्द्र और दो अन्य राजाओं—वर्मादित्य तथा समाचारदेव—को स्वतंत्र राजा मानना ही उचित है, क्योंकि इन सबने महाराजाधिराज पद का प्रयोग किया। समाचारदेव ने अन्तिम गुप्त सम्राट् से मेल खाते सोने के सिक्के चलाये, और नरेन्द्रादित्य की उपाधि भी धारण की। इन शासकों के अभिलेखों में दो प्रख्यात प्रान्तों, वर्धमान मुक्ति तथा नव्यावका-शिका (अथवा सुवर्णवीथि), का उल्लेख है कि उनमें राज्यपालों का अनुशासन था। इस प्रकार यह माना जा सकता है कि छठी शती के द्वितीय तथा तृतीय चरण में उनका शासन दक्षिण बंगाल और पूर्वी तथा पश्चिमी बंगाल के कुछ हिस्सों पर रहा।

ऊपर इसका उल्लेख हो चुका है कि ईशानवर्मा ने गौड़ों को हराया और उन्हें समुद्र तट पर पनाह लेने को बाध्य किया। यह असम्भव नहीं कि इसमें गोपचन्द्र वा उसके किसी उत्तराधिकारी से किसी संघर्ष का संकेत हो। क्योंकि एक अस्पष्ट प्रकार से गौड़ नाम से—पश्चिमी और उत्तरी दोनों बंगाल अभिप्रेत थे, और गोपचन्द्र द्वारा शासित प्रदेशों में पश्चिमी बंगाल के (कुछ) प्रदेश भी थे। इसलिये यह असम्भव नहीं है कि ईशानवर्मा इन राजाओं को पश्चिमी बंगाल से खदेड़ने में सफल हुआ, और क्योंकि वे दक्षिणी बंगाल के दलदली तथा मुहाने के स्थानों का आश्रय लेने को विवश किये गये थे, मौखरी राजा उनका वर्णन यथार्थ ही **'समुद्राश्रय'** (समुद्र के आश्रय वाले), ऐसा कहकर कर सकता था। यह भी याद दिलाया जा सकता है कि वह समुद्रतटवासी शत्रुओं के विरुद्ध लड़ा। यहाँ भी निर्देश संभवतः निचले बंगाल के वाशिन्दों से हो—जिन्होंने गुप्त साम्राज्य से अपने आपको स्वतंत्र उद्घोषित कर लिया था और यह संभावना अभी भी सर्वथा त्याज्य नहीं होती कि ईशानवर्मा तथा जीवितगुप्त के सांग्रामिक युद्ध, मिलकर वा अलग-अलग, उनके नाममात्र के अधिपति गुप्त सम्राट् की ओर से लड़े गये हों। परन्तु उपस्थित प्रामाणिक आधारों की न्यूनता को दृष्टि में रखते हुए, यह बहुत अनिश्चित है। यदि ईशानवर्मा का दुश्मन गोपचन्द्र अथवा उसके उत्तराधिकारी से भिन्न हो, तो

हमें यह कल्पना करनी होगी कि पश्चिमी बंगाल के लोग भी अपना स्वातंत्र्याधिकार प्रदर्शन करने पर तुले हुए थे और वे एक महत्त्वपूर्ण राजनीतिक सत्ता के रूप में अङ्गीकृत भी हो चुके थे। परन्तु इस काल में उनकी राजनीतिक स्थिति के सम्बन्ध में हमारे पास कोई प्रामाणिक ज्ञान नहीं।

अध्याय 11

गुप्त-साम्राज्य का पतन

अब हम इस स्थिति में हैं कि नरसिंहगुप्त बालादित्य के इतिहास (देखो पृ० 199) का छोर फिर से हाथ में ले सकें और उसके राज्यकाल की यथार्थ स्थिति की समीक्षा कर सकें। नरसिंहगुप्त एक ऐसे समय में सिंहासनासीन हुआ था जबकि साम्राज्य की शक्ति तथा प्रभुत्व-प्रतिष्ठा को—जो कि बुधगुप्त के शासन-काल में ही पर्याप्त क्षीण हो चुकी थी आन्तरिक विच्छेद तथा बाह्य आक्रमण ने (हरिषेण तथा तोरमाण की अधीनता में) और भी कमजोर कर छोड़ा था। गुप्त साम्राज्य की तुलना अब औरंगजेब के पश्चात् मुग़ल साम्राज्य से की जा सकती थी। अधीश्वरी सम्प्रभुता को केवल नाममात्र को अंगीकार किया जाता था और कुछ प्रान्तीय क्षत्रप तथा सामन्त प्रायः स्वतन्त्र शासकों की भाँति पेश आ रहे थे। कोई थोड़ा अरसा गुज़र पाया था जबकि यशोधर्मा ने खुल्लमखुल्ला गुप्त सम्राट् के विरुद्ध हथियार उठा लिये और विजविष्णु ने आक्रमणों का तांता बाँध दिया। किन्तु भले ही हम कई सफल अभियानों का सेहरा यशोधर्मा के सिर ठहरायें, यह विश्वास कर लेना कठिन है कि वह अपनी विजयों को दृढ़मूल करने के बाद एक बड़ा साम्राज्य स्थापित कर सका और इस सम्बन्ध में यह दिलचस्प बात होती है कि किस प्रकार जिस क्षेत्र पर वह अपनी विजयशील क्षात्रसज्जा को ले गया, उसके पूर्वीय अथवा पश्चिमीय छोरों पर उसकी विजयें किसी प्रकार की राजनीतिक अदल-बदल न ला सकीं। 525 और 545 ई० के मध्य की तिथि वाले 14 की संख्यायें अब-तक वलभी के दानपत्र खोज में मिले हैं। उन सब में महाराज ध्रुवसेन का संकेत है और उनकी संदर्भरचना कुछ इस शैली में हुई है कि उससे किसी महत्त्वपूर्ण राजनीतिक परिवर्तन की प्रतीति नहीं होती। उ० बंगाल में, जैसाकि हम देखेंगे, 543 ई० में तिथित एक दान में गुप्त सम्राट् का उल्लेख है। इनको

कोई निश्चयात्मक साक्षी न मानते हुए भी ये इस अनुमान के समर्थक हैं कि यशोधर्मा के सैनिक अभियान हमलों-धावों की प्रकृति के थे, और कि उत्तरी भारत के राजनीतिक चित्रपट पर इन्होंने कोई महत्त्वपूर्ण परिवर्तन अंकित नहीं किया।

यद्यपि नरसिंहगुप्त यशोधर्मा के आक्रमण से बच निकला, पर गुप्त साम्राज्य की ख्याति-कीर्ति तथा दबदबे पर इससे घातक आघात पहुंचा। हालात से फ़ायदा उठाते हुए मिहिरकुल ने जिसकी शक्ति यशोधर्मा द्वारा अवरुद्ध तो हो चुकी थी परन्तु नष्ट नहीं, अपनी लूटखसोट का हाथ साम्राज्य के बीच तक मारना शुरू कर दिया और यदि हम चुवाङ्च्वाङ पर विश्वास कर सकें, तो गुप्त सम्राट् को बलात् हूण सरदार की सेवा में कर-उपहार प्रस्तुत करने को मजबूर होना पड़ा। किन्तु जब उसके अत्याचार एवं क्रूरताएं सब सीमाओं का उल्लंघन कर गईं, स्कन्दगुप्त के अभिमानी उत्तराधिकारी ने देश को इस नृशंस अभिशाप से मुक्त कराने का अन्तिम प्रयास किया, किस प्रकार उसे पूर्ण सफलता प्राप्त हुई, सो पहले ही वर्णित हो चुका है।

मिहिरकुल पर नरसिंहगुप्त की विजय ने अधीश्वरी प्रभाव-ख्याति को चार चाँद लगा दिये होंगे और उसकी आयु में भी वृद्धि कर दी होगी। उसके अनन्तर उसके पुत्र तथा पौत्र—कुमारगुप्त तृतीय तथा विष्णुगुप्त—गद्दी पर आये। उनके राज्य-कालों को 535 तथा 550 ई० के बीच में रखा जा सकता है।

कालीघाट में उपलब्ध सोने के सिक्कों की ढेरी, जहाँ तक कि अब उनका पर्यवेक्षण किया जा सकता है एलन के अनुसार, "मुख्यतया नरसिंहगुप्त, कुमारगुप्त द्वितीय के सिक्कों की तथा उन सिक्कों की नमूने दृष्टि के बीच से उन सिक्कों से अभिन्न हैं जिन पर राजा की भुजा के नीचे **विष्णु** के नाम का अंकन है'। ये सिक्के अब युक्तियुक्त, राजकीय मुद्राओं से ज्ञात तीन लगातार राजाओं कुमारगुप्त द्वितीय, नरसिंहगुप्त, तथा विष्णुगुप्त —के स्थिर किये जा सकते हैं। सिक्कों से प्रतीत होता है कि उन्होंने क्रमशः

बालादित्य, क्रमदित्य तथा चन्द्रादित्य, की उपाधियाँ ग्रहण की थीं। यह अलबत्ता संभव है कि कुमारगुप्त नामांकित सिक्कों में से कुछ वास्तव में कुमारगुप्त द्वितीय के हों। इन सिक्कों में कुछ बड़े भोंड़े और खोटी धातु के हैं। सिक्कों की यह खोट अधिकांश जो नरसिंहगुप्त के राज्यकाल के अन्त से शुरू हुई ऐन आखिर तक लगातार चलती गयी। यशोधर्मा का विद्रोह-विप्लव और हूणों का धावा भलीभाँति इसकी व्याख्या कर सकते हैं। परन्तु यह स्थिति कि सम्राट् अब भी सोने के सिक्के प्रवर्तित करते रहे, इस बात की द्योतक है कि अधीश्वरी ताना-बाना विष्णुगुप्त के शासन-काल में भी जीर्ण-शीर्ण न हो गया था।

यही निष्कर्ष उस समय के एकमात्र हस्तगत अभिलेख-शासन से निकाला जा सकता है। प्रस्तुत शासन दामोदरपुर, (उ० बंगाल में) से उपलब्ध 5 ताम्रपत्रों में अन्तिम (सं० 48) है। शासन—जो कि कुमारगुप्त प्रथम तथा बुधगुप्त के राज्यकालों से सम्बद्ध अन्य चार पत्रों (सं० 20 21, 38, 40) से विषय तथा वाक्य-विन्यास की शैली में बहुत मिलता-जुलता है—वर्ष 224 (543 ई०) में लिखित है और उसमें गुप्त सम्राट् का परम्परागत परिपाटी के अनुसार उल्लेख है। दुर्भाग्य से सम्राट् का नाम निश्चित रूप से नहीं पढ़ा जा सकता, यद्यपि गुप्त नामान्त बिल्कुल स्पष्ट है। डा० बसाक ने जिन्होंने शासन-पत्र को सम्पादित किया था, नाम को संदेहपूर्वक भानुगुप्त पढ़ा था, लेकिन वाई. आर. गुप्ते तथा एच. कृष्ण शास्त्री के अनुसार संज्ञा संभवतः कुमार है।[1] यदि इस पिछले विचार को क़बूल कर लिया जाय, तो हमारी अंगीकृत वंशवृक्ष तथा कालविभाग की चित्राङ्कना इससे समर्थित होंगी,—और सो, हम इस शासन को कुमारगुप्त तृतीय के शासनकाल का मान सकते हैं। भानुगुप्त को श्रेय देने की संभावना कम है, क्योंकि शासन पत्र की तिथि अब 224 ज्ञात हो चुकी है—और 214 नहीं जैसा कि डा० बसाक का ख्याल था—और प्रस्तुत शासन तथा भानुगुप्त के एकमात्र अन्य ज्ञात शासन (सं० 47) में 33 वर्ष का अन्तर है।

1. ज० इ० हि० vi, भाग 3, पृ० ए० इ० xvii 118-9; 193—पा० टि० 1।

जिसने यह शासन प्रचलित किया, वह राजा कोई भी रहा हो, इससे गुप्तसाम्राज्य की कम से कम पूर्वीय भागों में, यशोधर्मा की लौहित्य नदी के तीरों तक विजयिष्णु प्रगति के बाद भी, निरंतरित सत्ता सिद्ध होती है। बुधगुप्त के राज्यकाल में उद्घोषित दामोदरपुर-ताम्रपत्र चतुर्थ (सं० 40) के साथ इसकी तुलना से स्पष्ट होता है कि यशोधर्मा के अभियान का उ० बंगाल—जिस प्रान्त में से वह महान् विजेता अपनी यात्राएं, यदि वह वस्तुतः ब्रह्मपुत्र नदी तक आ पहुंचा था, अवश्य गुज़रा ही होगा—में गुप्त शासन प्रणाली पर क्या तुच्छ-सा प्रभाव प्रत्यक्ष हुआ। यद्यपि दोनों शासन सचमुच आधी शताब्दी के अन्तर से विदूरित हैं, जिले में हम वही का वही शासन-यन्त्र चालू पाते हैं—भूमि के विक्रय के लिए विनियमों में उसी प्रणाली एवं पद्धति का अनुसरण हुआ है—और सर्वाधिक विनोदास्पद बात यह है कि ज़िले की कचहरी (अथवा बोर्ड) के सदस्यों में एक, नामतः नगरश्रेष्ठी ऋतुपाल—इस लम्बे अरसे में अपने सेवापद पर आसीन चला आता रहा। पूर्वीय भारत में अधीश्वरी गुप्त-शासन की परम्परा एवं इतिहास में किसी घोर भंग के होने की प्रतीति नहीं होती।

एक अर्थपूर्ण परिवर्तन निस्सन्देह दर्शनीय है। जो उपारिक महाराज पुण्ड्रवर्धन-भुक्ति पर 543 ई० में शासन कर रहा था, उसे राजपुत्र-देव भट्टारक पुकारा गया है—जिसका युक्ततम व्याख्यार्थ यह प्रतीत होता है कि सम्राट् का पुत्र देव उस समय उ० बंगाल का उपशासक था। इससे प्रत्यक्षतः प्रान्त की महत्ता को चार चाँद लग गये, जिसे अब उपशासक के नाम के अनन्तर 'भोग' पद से पूर्व 'हस्त्यश्वजन' के योग से लक्षित किया गया है। इस शासन से पूर्व ही गुज़री शती में उ० बंगाल पर चिरातदत्त, ब्रह्मदत्त तथा जयदत्त—संभवतः सभी दत्त-वंश से सम्बद्ध, का राज्य रहा। क्योंकर एक अधीश्वर कुमार इस वंश का स्थानापन्न हुआ, इसका कारण हमें अज्ञात है। परन्तु वस्तुस्थिति अर्थ-रहित नहीं। प्रायःकर एक साम्राज्य के पतन के समय प्रान्तीय उपशासक लगभग स्वतन्त्र साधिकृत शासक-से बन जाया करते थे। परन्तु

यहाँ पर प्रक्रिया वितरीत पाई गई है। इससे निस्संशय उक्त प्रदेश में गुप्त सम्राटों का सबल अधिकार-प्रभुत्व द्योतित होता है।

युवाङ्च्वाङ ने बालादित्य का वर्णन मगध के राजा के रूप में किया और यह संदिग्ध है कि यशोधर्मा के संग्राम के बाद दूर तक पश्चिम के किसी अन्य प्रदेश ने साम्राज्य की अधीश्वरी सत्ता स्वीकार की थी। जैसा कि ऊपर दर्शाया जा चुका है, मगध के अनन्तरित उत्तर-पश्चिम में, मौखरियों का बोलबाला उदयमान था, और यद्यपि यह बहुत संभव है कि वे हूणों के विरुद्ध बालादित्य के जिहाद में सहकारी हुए हों--जैसी कि ऊपर कल्पना प्रस्तुत की जा चुकी है—, उन्होंने शीघ्र ही एक स्वतन्त्र राज्य स्थापित कर लिया। परतर पश्चिम की ओर, मालवा में यशोधर्मा की मृत्यु के पश्चात् पिछले गुप्त यथार्थ स्वतंत्रता-सी संभवतः क़ायम कर चुके थे, दक्खिनी और अंशेन पश्चिमी तथा पूरवी—बंगाल एक स्वतन्त्र राज्य बन चुका था। एवं, अन्तिम दो सम्राटों का शासन मगध तथा उ० बंगाल तक सीमित रहा[1]। कैसे और कब अधीश्वर गुप्त वंश अपनी प्रभुता के इस अन्तिम मूलबन्धन से हाथ धो बैठा, यह अभीतक अज्ञात रहता है। किन्तु मौखरियों तथा पिछले गुप्तों की पनपती शक्ति, और कुछ हद तक बंग (बंगाल) तथा गौड़ का राजनीतिक शक्तियों के तौर पर उत्थान अधीश्वर गुप्तों के चरम पतन को घटित कराने में सर्वाधिक महत्त्वपूर्ण हेतु रहे होंगे। गया ज़िले में **अमौना** में उपलब्ध एक ताम्र शासन[2] कुमारामात्य महाराज नन्दन ने 232 (=551-52 ई०) में गुप्त सम्राट् का किसी भी प्रकार का उल्लेख किये बग़ैर प्रवर्तित किया था। इससे संभवतः उस तिथि के पूर्व ही गुप्त साम्राज्य की **यथातथ** समाप्ति इंगित होती है।

---

1. 539 ई० में चीनी सम्राट् ने एक दूत-मंडल मगध की राजसभा को भेजा था; और परमार्थ इसके साथ चीन को गया, जहाँ उसने अपने जीवन का शेष भाग व्यतीत किया। प्रत्यक्षतया मगध की राजसभा गुप्त सम्राट् का उल्लेख करती है और 539 ई० में इस राज्य की सत्ता सिद्ध करती है।
2. ए० इ० x, 50।

उक्त काल के इतिहास में अन्यान्य अनिश्चित अंगों के बावजूद, उपर्युक्त समीक्षा से यह स्पष्ट हो जायगा कि हूण आक्रमण को साम्राज्य के पतन का मुख्य कारण नहीं माना जा सकता। निस्सन्देह यह भी एक सफल हेतु के रूप में क्रियात्मक रहा, किन्तु प्रमुखतया अधीश्वर वंश में आन्तरिक विभेद-विच्छेद, यशोधर्मा का अर्थपूर्ण गौरव-अभियान और सामंत शासकों तथा प्रान्तीय उपशासकों द्वारा स्वातंत्र्य-घोषणा—ह्रास को घटित कराने में नैमित्तिक रहे।[1] हूण आतंक भारी-भरकम था, किन्तु 5वीं सदी में वह पाशविक गिरोह सफलतापूर्वक अवरुद्ध रक्खा गया, और यद्यपि पीछे चलकर वे एक बड़े पैमाने पर नाश और विध्वंस बरपा लाये, भारतीय राजनीति में वे कभी भी स्थायी निमित्त-अंग नहीं गिने गये। यशोधर्मा की मृत्यु के उपरान्त मिहिरकुल की लघुकालीन सफलता के अतिरिक्त, उन्होंने काश्मीर तथा अफ़गानिस्तान के प्रदेश के सिवाय कहीं भी कोई राजनीतिक भाग तक अदा नहीं किया। गुप्त साम्राज्य का ह्रास एवं पतन उन्हीं कारणों के वशीभूत हुआ, जिनके अधीन पुराने दिनों में मौर्यों की, तथा पीछे चलकर मुग़ल साम्राज्य का पतन हुआ।

1. तु० पो० हि० ए० इ०[4] पृ. 531।

अध्याय १२

दक्षिण भारत

दक्षिण भारत का साढ़े तीन सौ वर्षों का इतिहास, जो इस अध्याय का विषय है, अनिर्णीत प्रश्नों से भरा है। साहित्य और अभिलेखों के अस्थिर प्रमाणों की विभिन्न व्याख्याएँ हो सकती हैं, अतएव इस काल पर लिखने वाले विद्वानों में प्राय: ऐकमत्य नहीं मिलता है। तथापि, यहाँ प्रतिस्पर्धी मतों का विवेचन हम न करेंगे। इसकी अपेक्षा हमारा उद्देश्य इस युग के इतिहास की प्राय: संभावित घटनावली के पोषक प्रमाणों को संक्षेपत: रखते हुए अपने मत की स्थापना के लिए अनिवार्य न्यूनतम व्याख्या देना होगा।

1. संगम-युग की समाप्ति

तमिल भाषा में रचित संगम-युग की कविता के अंतिम रूप हमारे युग की परिधि में गिने जा सकते हैं। विख्यात चोल राजा करिकाल और उसका समसामयिक काञ्ची का शासक तोण्डैमान इळम तिरैयन (इळन्दिरैयन) भी इस युग के आरम्भ अथवा उससे कुछ पहले रखे जा सकते हैं। कडियलूर के एक ब्राह्मण कवि उरुत्तिरंगण्णनार ने दो कविताओं में उक्त दोनों राजाओं की प्रशस्ति की है। कोंकानम् का नन्नन और अन्य छोटे-मोटे राजा यद्यपि इसके कुछ समय बाद हुए, तथापि विद्या और कला के आश्रयदाता प्रसिद्ध होने के कारण वे कडइ-येलु-वल्लकळ के समान पूर्वकालिक राजाओं के नामों के साथ अंतिम संगम के सात पोषकों में गिने जाते हैं। इस पीढ़ी के बाद की पीढ़ी वह थी जिस पर पाण्डय शासक नेडुञ्जेलियन का प्रभुत्व था। इसकी पुष्टि इससे होती है कि नेडुञ्जेलियन की नेडु-नल-वाडै में स्तुति करने वाले नक्किरर कवि ने अपनी एक कविता[1] में करिकाल का उल्लेख किया है, जब कि करिकाल

1. अहम, 141।

के समकालीन किसी कवि ने नेडुञ्जेलियन का कोई उल्लेख नहीं किया, यद्यपि वे तुच्छ पाण्ड्य राजाओं के भी नामों से सुपरिचित हैं। यह पाण्ड्य राजा भी विद्वानों का एक बड़ा आश्रयदाता है। किन्तु यह प्रमाणित है कि इसके बाद भी नल्लियक्कोडन, कुमणन[1] आदि शासक काफी समय तक संगम तमिल साहित्य के पोषक रहे, यद्यपि यह आश्रय पहले की-सी मात्रा तक न पहुँच सका। इन सब राजाओं-महाराजाओं के समसामयिक चेर शासकों की कई पीढ़ियों को मिलाकर इस युग के तमिल देश का पूरा राजनीतिक मानचित्र अंकित हो जाता है।

सुनिश्चित तिथिक्रम और राजवंशों की सुस्पष्ट वंशावलियों के अभाव में राजनीतिक इतिहास का कोई क्रमबद्ध वर्णन संभव नहीं। हमारा सब ज्ञान अनेक कवियों की असंबद्ध कविताओं पर आश्रित है जिनका संग्रह उनकी रचना के बहुत बाद किया गया है। कविता के रचनाकाल और कवि के नाम की जानकारी संपादकों द्वारा कविताओं के अन्त में जोड़ी गई पुष्पिकाओं पर अवलंबित है किन्तु इन पुष्पिकाओं में रक्षित परम्परा की प्रामाणिकता को जाँचने का हमारे पास कोई साधन नहीं। ऊपर हमने अपने युग से सम्बद्ध तिथिक्रम के महत्त्वपूर्ण सीमा-चिह्नों का निर्देश कर दिया है।[2] तिथिक्रम के इस मोटे आधार के अंतर्गत कुछ मुख्य तथ्यों का संक्षेप में निरूपण हो सकता है और इस युग का सामाजिक जीवन भी समसामयिक साहित्य के प्रकाश में अधिक विश्वास के साथ प्रस्तुत किया जा सकता है। चोल राज्य के दो प्रसिद्ध शासक करिकाल और कोच्चेङ्गणान हैं। इन दोनों के नाम के साथ जनता ने विचित्र दन्त कथाओं का इन्द्रधनुष बनाकर इन्हें सुरक्षित कर दिया है। इनमें से इलञ्जेतचेन्नि के पुत्र करिकाल से, जो अपने सामरिक रथों की सुन्दरता के लिए विख्यात है,

---

1. सिरुपाण० पुरम, 158।
2. श्री के० एन० शिवराज पिल्लै लिखित 'द क्रोनोलोजी आफ़ द अर्ली तमिल्स' (मद्रास 1932) उपयोगी नहीं है क्योंकि उसकी विषय-विवेचन की पद्धति त्रुटिपूर्ण है।

उसके शत्रुओं ने उसका पैतृक अधिकार छीन कर उसे कई वर्षों तक कारागार में बन्द कर दिया था। एक दिन कारा-रक्षकों को पराभूत कर वह बंदीगृह से भाग निकला और पुनः राजा बन बैठा। तञ्जौर से 15 मील पूर्व वेण्णि,[1] जिसे अब कोयिल-वेण्णि कहते है, स्थान पर हुए बड़े भारी युद्ध में उसने पाण्ड्यों और चेरों को, जिन्होंने प्रतीत होता है कि करिकाल के शत्रुओं की मदद की थी, और उनके साथी ग्यारह छोटे सामंतों की सम्मिलित शक्ति को पराजित किया। चेर राजा पेरुम शेरल आदन को इस युद्ध में पीठ पर घाव लगा था। इस अपमान के प्रायश्चित्त में उसने युद्धभूमि में ही अनाहार से प्राण त्याग दिये। इस तरह वेण्णि करिकाल के जीव में दिशापरिवर्तक सिद्ध हुआ। इस विजय से पैतृक सिंहासन की प्राप्ति के साथ-साथ तमिल राज्यों पर उसका आधिपत्य शेष जीवन के लिए स्थापित हो गया। इस प्रतापी राजा के शासन की अन्य ज्ञात घटनाएँ हैं—वाहैप्परन्दलै का संग्राम[2], पेण्णार के निचले काँठे के अरुवाळर[3] लोगों के विरुद्ध रणयात्राएँ और संभवतः नागवंश से सम्बद्ध एक असभ्य और दस्यु जाति ओळियर को सभ्य बना कर बसाना। बहुत सी कविताओं का विषय कोई एक आदिमंदि है। परणर द्वारा रचित ऐसी ही एक कविता में कहा गया है कि उसका पति आट्टन अत्ति कावेरी के समुद्र से संगम पर डुबाया जा रहा था कि मरुदी नामक एक अन्य स्त्री ने समुद्र से उसका उद्धार किया।[4] **शिलप्पयिकारम्** के अनुसार आदिमन्दि करिकाल की पुत्री थी। करिकाल वैदिक मत का अनुगामी, ब्राह्मणों और कवियों का आश्रयदाता, कला-उद्योग तथा व्यापार का संवर्धक था। निष्पक्ष न्यायाधीश के रूप में उसकी दूर-दूर तक ख्याति थी। शरीर भी उसका सबल और स्वस्थ था। दावतों, सुरा और सुन्दरियों में उसका बहुत-सा समय बीतता था। बाद

1. अहम, 55,246; पुरम 66; और पोरुनर आड़ुप्पडै, 11, 146-8।
2. अहम, 125।
3. पट्टिनप्पालै, 11, 274-75।
4. अहम, 222।

के युगों में उसके पराक्रम की गाथाओं में इतनी अतिशयोक्ति होने लगी कि उसे प्रायः सारे भारत का विजेता बना दिया गया। किन्तु इन आख्यायिकाओं में वर्णित उसके उदात्त चरितों में सब से प्रख्यात है कावेरी के तटों पर बाढ़ से बचाव के लिए सिंहली कैदियों और कई अधीन राजाओं की सहायता से एक विशाल बाँध का निर्माण (सिंहल-कथा)। इन राजाओं में एक त्रिणेत्र पल्लव था जिसका तीसरा नेत्र सम्राट् ने आज्ञा न मानने अपराध में निकलवा लिया था (तेलुगु-चोड अभिलेख)।

काञ्चीपुरम् का शासक तोण्डैमान इळन्दिरैयन अवश्य ही करिकाल का लघुरा समसामयिक रहा होगा। महान् चोळराज की मृत्यु के बाद ही उसने ख्याति पाई, क्योंकि न केवल करिकाल के शत्रुओं में उसकी गणना नहीं की गई है, अपितु यह स्पष्ट वर्णन आता है कि तमिल देश के तीनों मूर्धाभिषिक्त राजाओं से वह पूजित होता था।[1] निस्सन्दिग्ध रूप से वह एक स्वतंत्र शासक था। प्रायः यह मत उपस्थित किया जाता है कि वह करिकाल का पोता था या काञ्ची-विजय के बाद सम्राट् द्वारा उस नगर का प्रतिनिधि शासक नियुक्त किया गया था; किन्तु इन बातों का समर्थन किसी सूत्र से नहीं होता। कथा है कि यह समुद्र की तरंगों (तिरै) द्वारा समर्पित विष्णु भगवान् के वंश में उत्पन्न हुआ था, इसीलिए उसका नाम तिरैयन पड़ा। इस वंश का नाम तोण्डैयर भी था और इस वंश के लोग युद्ध में पराक्रम तथा शत्रुदुर्गों की विजय के लिए विख्यात थे। इळन्दिरैयन का राजदण्ड अधर्म का दमन करने वाला और धर्म-मार्ग का सूक्ष्मता से अनुसरण करता था। तोण्डै नाम तब चेर, चोल, पाण्ड्य की तरह देश और शासन वंश, दोनों का वाचक था। तोण्डै का अर्थ एक लताविशेष (कप्पारिस होरिड़ा) भी होता है। इससे तोण्डैमण्डलम् के

1. लेकिन तोल मड़पु, 83 पर टीका करता हुआ पेराशिरीयर इस शासक को क्षुद्र राजा कहता है जिसे शासन के पूर्ण अधिकार भी प्राप्त नहीं थे। इस विषय में हम, अन्यत्र के समान, कविता के मूल शब्दों का अनुसरण करते हैं।

बाद के युग के शासकों का नाम पल्लव पड़ने का सूत्र खोजा जा सकता है। टीकाकार नच्चिनार क्किनीयर द्वारा उल्लिखित दन्तकथा से भी उक्त बात की पुष्टि होती है। उसके अनुसार एक चोल राजकुमार तथा नाग कुमारी के समागम से उत्पन्न शिशु समुद्र की तरंगों पर तैर रहा था और प्रेमियों के पूर्व-निश्चय के अनुसार पहचान के लिए उसके साथ तोण्डै की टहनी बँधी हुई थी। इस कथा से तिरैयन और तोण्डैयर दोनों नामों के मूल का एक साथ ज्ञान हो जाता है। किन्तु तिरैयर, तोण्डैयर और पल्लवों में परस्पर यदि कोई संबंध था तो वह क्या था, तथा कांची के इन दोनों शासक वंशों में कितने काल का अन्तर था—यह सब अभी निश्चय से कहना कठिन है।

इस प्रकार इळन्दिरैयन इतिहास की शृंखला में एकाकी ही प्रतीत होता है क्योंकि तोण्डैयर वंश के उसके पूर्वजों अथवा उत्तराधिकारियों के विषय में किसी सूत्र से कुछ नहीं जानते। उस युग के अनेक राजाओं व कवियों के आश्रयदाताओं की तरह संगम युग के कवियों में उसकी भी गणना होता है।

करिकाल और इळन्दिरैयन के बाद की किसी पीढ़ी में पाण्ड्य राजा नेडुञ्जेलियन हुआ। इस नाम के अन्य राजाओं से भेद दिखाने के लिये इसके नाम के साथ सदा तलैयालगनातुच्चेरुवेन् अर्थात् तलैयालगानम के संग्राम में विजयी यह विशेषण लगा रहता है। इसके पूर्वजों में प्रचंड योद्धा और अनेक यज्ञों का कर्त्ता मुदुकुड़मी पेरुवलुदि प्रसिद्ध है जिसे आठवीं सदी ई० के वेळ्विकुडि दान-पत्र में परमेश्वर कहा गया है। इस दान-पत्र द्वारा मुदुकुडुमी के यज्ञस्थान वेळ्विकुडि ग्राम के मूल दान की पुष्ट की गयी है। नेडुञ्जेलियन अल्पवय में ही सिंहासन पर बैठा था। उसे सुकुमार देख पड़ोसी चेर और चोल राजाओं ने पाँच अन्य छोटे राजाओं के साथ उसका राज्य हरने की लालसा से परस्पर गठजोड़ कर पाण्डय राज्य पर आक्रमण कर दिया। किन्तु नेडुञ्जेलियन ने डटकर मुकाबला किया। एक सीधी-सादी किन्तु ओजस्वी और सुन्दर कविता तरुण राजा के सर्वस्व देकर भी लड़ने के वीरतापूर्ण निश्चय को

प्रमाणित करती है।[1] उसके शत्रुओं ने आक्रमण में पहल की, किन्तु वे उसकी शक्ति और योग्यता को बहुत कम समझ बैठे थे। उन्हें आशा थी कि खेल-खेल में ही वे उसके राज्य को आपस में बाँट लेंगे। नेडुञ्जेलियन को करीब-करीब मदुरा के प्रवेश-द्वार पर उनको रोकने के लिए युद्ध का अवसर मिल सका, पर उसने शीघ्र ही उन्हें अपने राज्य की सीमाओं से बाहर खदेड़ दिया और तञ्जौर प्रदेश तक उनका पीछा किया। तलै-यालङ्गानम् स्थान पर निर्णायक युद्ध हुआ। यह स्थान संवतः तिरुवालूर से उत्तर-पच्छिम आठ मील पर स्थित आज के तलै-आलम-काड़ु नामक गाँव से सूचित है। हाथी के से आकार वाला चेर नृपति चे[2] जीवित पकड़ लिया गया। नेडुञ्जेलियन ने युद्ध के प्रारम्भ में ही इस आशय की प्रतिज्ञा भी की थी, जो इस प्रकार शब्दशः पूर्ण हुई।[3] आक्रामकों से अपने राज्य की रक्षा में इतनी शानदार सफलता पाने के बाद कोङ्गु राजा अदिगन के विरुद्ध कुछ युद्धों में उसने विजय प्राप्त की। अपनी राज्य-सीमा के निकटवर्ती निडूर के क्षुद्र शासन एव्वि को हरा कर उसने उससे मिललै और मुत्तूर नामक दो जिले छीन लिये। तलैयालङ्गानम् का युद्ध पाण्ड्य इतिहास का एक दिशापरिवर्तक बिन्दु था जो नेडुञ्जेलियन के उत्तराधिकारियों द्वारा दीर्घकाल तक गर्व-सहित स्मरण किया जाता रहा। दसवीं सदी के राजसिंह द्वितीय के शिन्नमनूर से प्राप्त पाण्ड्या पट्टों में इसकी ओर संक्षिप्त सुस्पष्ट संकेत मिलता है। नेडुञ्जेलियन वैदिक मतावलम्बी और यज्ञों का अनुष्ठाता था। वह स्वयं जहाँ एक अच्छा कवि था वहाँ माङ्गुडि मरुदन, नक्कीरर व उसके पिता और कल्लादनार जैसे अनेक कवियों का आश्रयदाता भी था। इन कवियों की कविताओं में राजा के गुणों और पराक्रम की प्रगाढ़ प्रशंसा के अनेक संकेत मिलते हैं।

चोल राजा शेङ्गणान (अरुण नेत्र) ने अपने समय के चेर शासक कणैक्काल

1. पुड़म, 72।
2. तिरुक्कुड़ल, 355 टीका।
3. पुड़म 17।

इरुम्पोरै को कोङ्गु देश के करुवूर स्थान के पास कलुमलम के युद्ध में पराजित कर बन्दी बना लिया। विजेता को विजालय कुल के चोलों की पौराणिक वंश-परम्परा के साथ-साथ सम्बन्दर और सुन्दरमूर्त्ति-जैसे शैव भक्तों तथा वैष्णव तिरुमङ्गै आळवार की स्तुति-गाथाओं में स्थान मिला है। किंवदन्ती है कि शेङ्गणान तिरुनरैयूर में विष्णु की उपासना किया करता था और उसने सत्तर सुन्दर मन्दिर निर्माण करा कर उनमें अष्टभुज ईश (शिव) की मूर्त्तियाँ प्रतिष्ठित की थीं।

ऊपर कई जगह चेरों का उल्लेख किया गया है। उनके सम्बन्ध में प्रायः उनके नामों से अधिक कुछ भी ज्ञात नहीं है और उन नामों को इस तरह के सामान्य इतिहास-ग्रंथ में स्थान देना कठिन है। तमिल-साहित्य के विद्यार्थियों ने चेर-इतिहास की दो समस्याओं पर लंबा विवाद किया है, किन्तु उसका परिणाम कुछ नहीं हुआ। वे दोनों हैं—चेर राजधानी वञ्जि का स्थान-निर्धारण और राजवंश में उत्तराधिकार का नियम। कुछ के मत में आज के त्रिचनापल्ली ज़िले की पश्चिमी सीमा के करूर स्थान पर वञ्जि अवस्थित था; किन्तु दूसरे कोचीन के पच्छिमी तट पर स्थित तिरुवञ्जैक्कळम् से इसकी समानता बताते हैं।

चेर राजवंश में उत्तराधिकार पिता से पुत्र को प्राप्त होता था अथवा मातृसत्ताक नियम से बहिन के लड़कों को (मरुमक्काळतायम्) मिलता था, इस पर भी अच्छी-खासी बहस हुई है। सारा विवाद काव्य-संग्रह (पदिड्डुप्पत्तु अर्थात् 'दश दशतय' नाम से प्रसिद्ध है) के उपलब्ध अंशों की पुष्पिकाओं संदिग्ध और गूढ़ वचनों पर केन्द्रित है। इस विषय का एकमात्र उपलब्ध स्पष्ट प्रमाण सूचित करता है उत्तराधिकार पुरुषानुक्रमेण ही चलता था।[1]

चेर इतिहास की दो घटनाएँ उल्लेख योग्य है। पहली हैं, 'दुष्ट और कठोर वाणी बोलने वाले' यवनों पर इमैयवरंबन नेडुञ्जेरल आदन की विजय। इन्हें बन्दी बना इनकी मुश्कें बाँध दी गईं और फिर इनके सिरों पर तेल डाल

1. पदिड्डुप्पत्तु, 74।

कर अपमानित किया गया। इनके अनेक मूल्यवान् बर्त्तन व बड़ी संख्यां में हीरे मोती इनसे छीन लिये। ये यवन या तो यूनानी रहे होंगे अथवा वे अरब होंगे जो भारत और पश्चिम में होने वाले व्यापार में प्रमुख भाग लेते थे। दूसरी घटना इसी शासक द्वारा समुद्र के समीप एक नदी के मुहाने में स्थित कड़म्बु को उखाड़ फेंकना कही जाती है। इसी के एक उत्तराधिकारी के विषय में कथा यह है कि उसने उस नन्नन का शिरच्छेद कर दिया जिसकी राजधानी के प्रवेश द्वार पर एक खूब फलाफूला कडम्बु था। ये बार-बार चलने वाली लड़ाइयाँ, जिनमें चेर लोग कदम्ब वृक्ष के विनाश को अपना विजयोपहार समझ उससे अपने को यशस्वी मानते थे, उल्लेखनीय हैं। संभव है कि नन्नन की वंश परम्परा और उसका 'रक्षक वृक्ष' (**कावल मरम**) कडम्बु कुछ बाद के युग के अभिलेखों में उल्लिखित वनवासी के कदम्बों के पश्चिम में उसी प्रकार से पूर्व सूचक रहे हों जैसे इळन्दिरैयन और काँची के तोण्डैयर वंश पूर्व में पल्लवों के पूर्व सूचक थे। किन्तु इसका यह परिणाम मान लेना ठीक नहीं कि पल्लव और कदम्ब राजवंश स्वदेशीय अथवा मूलतः दक्षिण भारतीय थे, क्योंकि अधिक संभावना यही है कि उत्तर भारत के वंशों ने दक्षिण में पहुँच स्थानीय प्रचलित अनुश्रुतियों को अपनाते हुए उनसे एकात्मता स्थापित कर ली और इस प्रकार स्थानीय लोगों के हृदयों में अपने लिए अधिक स्थान बना लिया।[1]

राजनीतिक इतिहास की अस्पष्टता के ठीक विपरीत हमें इस युग की सामाजिक और सांस्कृतिक दशा का अत्यन्त विशद चित्र तत्कालीन बहुसंख्य कविताओं में उपलब्ध है। इस संस्कृति की प्रमुख विशेषता इसकी सामासिकता

---

1. कहीं-कहीं कदम्बों को समुद्री डाकू और चेर विजयों को महान् सामुद्रिक सफलताओं के रूप में चित्रित किया गया है। हमारे मूल स्रोतों में कडम्बु वृक्ष का ही वर्णन आया है अतः इस प्रकरण में कदम्ब राजाओं का आशय नहीं है। किन्तु किसी एक द्वीप पर अनुपम सामुद्रिक पराक्रम का वर्णन पदिड़ड़प्पत्तु के सं० 45 और 46 में आता है।

है। यह मूलतः विभिन्न दो संस्कृतियों के जिन्हें तमिल और आर्य नाम देना उचित ही है, संमिलन का अनिवार्य परिणाम है। किन्तु प्राक्-आर्य तमिल संस्कृति के तत्वों को इस संमिश्रण से अलग छाँट लेना कोई मामूली बात नहीं है। यह बिना उस प्रारंभिक अध्ययन के संभव नहीं जिसमें आगामी कुछ वर्षों तक विद्वानों को लगे रहना पड़ेगा। आर्य प्रभावों से प्रत्येक वस्तु पूरी तरह समावृत है, कहीं-कहीं यह केवल बाहरी आवरणमात्र है जिसने मूल चिह्नों का हलका रूपान्तर भर कर दिया है किन्तु प्रायः इन प्रभावों ने रीति-नीतिओं और संस्थाओं को सब ओर से व्याप्त कर ऐसा बदल डाला है कि उनकी पहचान ही नहीं हो सकती। इसीलिए आज हमें प्राचीनतम तमिल भाषा में भी ऐसी कोई साहित्यिक कृति उपलब्ध नहीं जिसमें कुछ सीमा तक संस्कृत का प्रभाव सूचित न होता हो। फिर भी इसमें संदेह नहीं कि अधिकांश जनता और उस समय के जन साधारण की भाषा का उद्भव भी प्राक्-आर्य तमिल से ही है; केवल दोनों की संजीवनी शक्ति पूरी तरह आर्यत्व में रंग गई थी। यह महान् सांस्कृतिक परिवर्त्तन प्रत्यक्षतः बहुत ही शान्ति से घटित हुआ था। समूचे साहित्य में नये प्रभावों के प्रवाह के प्रतिरोध या उससे संघर्ष का कोई चिह्न लक्षित नहीं होता; प्रत्युत इसके विपरीत अपरिमित प्रमाण यह सूचित करते हैं कि उनका सर्वत्र उत्सुकता से स्वागत व आलिङ्गन किया जाता था। हमें ज्ञात है कि यही प्रक्रिया सिंहल (श्री लङ्का) और दूरतर अवस्थित पूर्वी उपनिवेशों में जारी थी।

हमारे युग के कवियों की दृष्टि केवल तमिल देश की सीमाओं में ही आबद्ध न थी, प्रत्युत हिमालय से कन्याकुमारी तक समग्र भारत का विशेषतः वीरों की विजयों के प्रसंग में उल्लेख हुआ है। पूर्व में समुद्र पार के हिन्दू उपनिवेशों और उनसे तथा अन्य देशों से बराबर चलने वाले दक्षिण भारत के व्यापार का भी जगह-जगह वर्णन आता है। कुछ केन्द्रों में खास कर काञ्ची, उरैयूर, मदुरा और वञ्जि इन राजधानियों में, नागरिक जीवन पर्याप्त विकसित था। ये नगर दुर्ग-प्राचीरों से सुरक्षित थे, चारों ओर गहरी खाइयाँ खुदी थीं और इनकी गलियाँ चौड़ी व बाजार भीड़ों से भरे रहते थे। मुख्य बंदरगाहों

वाले मामल्लपुरम्, पुहार और कोड़कै आदि नगरों में, जहाँ नागरिक जीवन के उक्त चिह्न प्रतिविम्बित थे, कई देशों के व्यापारियों के आवास-भवन स्थित थे। कार्यव्यस्त शुल्काधिकारियों व बंदर में जहाजों पर माल लादने व उतारने वालों की अधिक चहल-पहल थी।[1] बंदर में धान के बदले श्वेत नमक उतार कर लौटी नावों की पंक्ति की तुलना पट्टिनप्पालै[2] के लेखक ने एक पंक्ति में बँधे युद्ध के अनेक घोड़ों से की है। पुहार के विस्तृत बाजारों में भव्य और विशाल भवन कुर्सियों पर बने थे जिनमें ऊँची सीढ़ियों द्वारा पहुँचा जाता था। ये स्वभावतः कला, संस्कृति और नवीन वेषभूषा के केन्द्र थे।[3] नगर के सब भागों में कई आकार के अनेक रंगों के ध्वज हवा में लहराते थे। कुछ ध्वज ऐसे थे जिनकी पूजा बहुतों द्वारा महत्त्वपूर्ण देवताओं की तरह की जाती थी और उनके पास पहुँचने के प्रवेश द्वार फूलों से सगग रहते थे। कुछ श्वेत ध्वज खंभों के सहारे खड़े ढाचों पर स्थित थे और उनके नीचे कीमती माल से भरे सन्दूकों को चावल और शक्कर के नैवेद्य चढ़ाये जाते थे। और कुछ ऐसे भी ध्वज थे जो विविध-विद्या-निष्णात प्रमुख और प्रख्यात विद्वानों के आह्वान की तथा अन्य पंडितों के साथ खुले शास्त्रार्थ करने के लिए सदा सजग रहने की घोषणा करते थे। पुहार के इस बंदरगाह में स्थित जहाजों के मस्तूलों के साथ लहराते ध्वज अपने बाँधने के खम्भों पर कुपित विशाल हाथियों के समान डोलते भी थे।

जहाँ मछली और मांस काटे व तौले जा रहे थे और जिनकी देहली पर ताजी रेत व फूल बिछे हुए थे, ऐसी दूकानों पर लहराते अन्य ध्वज उनके असंख्य ग्राहकों को बढ़िया शराब की बिक्री की सूचना दे रहे थे। सुरापान बड़े-छोटे सबका एक सामान्य सुखभोग था। विदेशों से आई शराबों का राजकीय भोजों में प्राधान्य रहता था तो छोटे लोग देसी ताड़ी और दूसरे हलके पेयों से

1. मदुरैक्काञ्जी, 11, 536-44।
2. 11, 29-32।
3. 11, 142-80।

ही अपना संतोष कर लेते थे। इनमें से खमीर उठे धान से तैयार की हुई तोप्पि की बड़ी प्रशंसा की गई है।[1] संगीत में निपुण वेश्याएँ भी नागरिक जीवन का एक विशेष आकर्षण होती थीं किन्तु कवियों ने दिखाया है कि उनके कपटपूर्ण प्रेम की तुलना विवाहित नारी के गहरे अनुराग से नहीं की जा सकती।

हमारे कवियों ने जीवन के अन्य पहलुओं के भी सुन्दर चित्र हमारे सामने रखे हैं। नारियल और आम के वृक्षों से अलंकृत तथा खेती की विविध हल-चलों से विशिष्ट ग्रामीण प्रदेश का बहुधा बड़ा ही अलंकारपूर्ण वर्णन हुआ है। शिकारियों के जीवन के रोचक अंगों का भी उनके कुत्तों, शिकार फाँसने के जाल आदि उपकरणों-सहित कई स्थानों पर उल्लेख आया है। पुहार के मछुओं के जीवन का विशद वर्णन हमें उपलब्ध है—वे किस प्रकार समुद्र तट पर मछली पकड़ते और पकाते थे, कैसे अपना खाली समय भयानक कुश्तियों में बिताते थे, परंपरागत देवताओं की पूजा किस प्रकार करते थे और अपनी रातें किस तरह गाने-बजाने और प्रेम की बातों में बिता देते थे यह सब हमें प्राप्त है। ऐसे अग्रहार ग्रामों के सात्त्विक और सरल वातावरण का चित्रण भी उतनी ही सफलता से किया गया है, जिनमें धार्मिक विद्वान् ब्राह्मणों की सीधी सादी कुटियों में शुक-सारिकाएं तक वेद-मन्त्रों का गान किया करतीं थीं। और अंत में कवियों ने अपने आश्रयदाता राजाओं से प्राय: मिलने वाले स्नेह और विनयपूर्ण सत्कार का चित्तहारी वर्णन करने में कुछ भी कमी नहीं छोड़ी है। वे राज-प्रासादों में अपना समय आनन्दपूर्वक उत्कृष्ट संगीत सुनने, मधुर मदिराओं के आस्वाद अथवा निरामिष या सामिष षटरस व्यंजनों का हृदय की तृप्ति पर्यंत उपभोग करने में 'जब तक उनके दाँतों के सिरे सूखी भूमि को जोतने के बाद हलों की फालों की तरह कुंद न पड़ जाते थे' बिता देते थे। राजा भी अपने इन चारण अतिथियों के स्वागत की स्वयं देखरेख करते थे। उनके

1. परुम्बान आरुप्पडै 1, 142।

ऐसा करने का पर्याप्त उचित कारण भी था, क्योंकि वे जानते थे कि असन्तुष्ट और कुपित कवियों द्वारा उनके विरुद्ध कटाक्ष किये जायेंगे।

2. प्रारम्भिक पल्लव

दूसरी शती ई० के अन्त या तीसरी के प्रारम्भ में सातवाहन साम्राज्य लड़खड़ाकर समाप्त हो गया। दक्षिण में महान् मौर्यों के उत्तराधिकारियों के रूप में सातवाहनों के अधिकार में वह सब प्रदेश अवश्य ही रहे होंगे जो कभी अशोक के सामाज्य के अंग थे। इस प्रकार पश्चिम में वनवासी और पूरब में तोण्डैमण्डलम् निश्चय ही कुछ काल तक सातवाहनों के शासन में थे। हम देख चुके हैं कि पश्चिम में नन्नन और पूर्व में तिरैयर वंश तमिल-ग्रंथों में वर्णित हैं जिन्हें सातवाहनों का दक्षिण से शासन उठ जाने के समय में रखना उचित है। इसका अर्थ यह हो सकता है कि तमिल राज्यों की स्वाभाविक शक्ति दक्षिण से उन शासकों के हट जाने पर खाली प्रदेशों में पहुँची हो; अथवा सम्भव है कि एक समय तक शासन-तले दबे रहने के बाद उन्हीं प्रदेशों के तमिल राज्य वहां स्वतन्त्र सत्ताओं के रूप में प्रकट हो गये हों। जो भी हो, शीघ्र ही मूलतः उत्तर से आये और वहाँ से सम्बद्ध शासकों ने फिर इन प्रदेशों पर अधिकार कर लिया और कई पीढ़ियों तक इन पर शासन किया। इनमें से पश्चिम में चूटु व कदम्ब और पूरब में पल्लवों का शासन था।

पुरालेख शास्त्रीय प्रमाणों से सिद्ध है कि तेलुगु देश के इक्ष्वाकु और बृहत्फलायनों की तरह उपर्युक्त तीनों राज-वंशों ने भी अपने शासन में सातवाहन परम्परा को जारी रखा। पहली दृष्टि में वे ऐसे प्रबल स्थानीय शासकों के उदाहरण हैं जिन्होंने उत्तर की केन्द्रीय शासक शक्ति की, जिसके वे पहले अधीन रहे थे, दुर्बलता व विनाश के साथ-साथ अपना स्वतन्त्र राज्य खड़ा कर लिया था। इन नये राजवंशों के शासनपत्र सब जगह सातवाहनों की भाषा, लिपि व उन्हीं की सरकारी उपाधियों का प्रयोग करते हैं। बाद के युग में भाषा संस्कृत हो जाती है और लिपि का विकास नये रूपों में हुआ दिखाई पड़ता है। विकासक्रम में इसके भी बाद की अवस्था में अभिलेख द्विभाषी हो जाते हैं,

एक अंश में उनमें संस्कृत और दूसरे में स्थानीय तमिल, तेलुगु या कन्नड़ का प्रयोग मिलता है। यह अंतिम अवस्था हमारे युग की काल-सीमा की परिधि में नहीं आती।

पल्लवों की उत्पत्ति के विषय में बड़ा विवाद रहा है। कुछ उन्हें पार्थियन (पह्लव) मूल का मानते हैं और कल्पना करते हैं कि सुराष्ट्र के शासक रुद्रदामा के पल्लव-अमात्य सुविशाख की तरह पल्लव वंश का संस्थापक भी सातवाहनों का कोई उच्च अधिकारी होगा जो मूलतः विदेशी रहा होगा। उपलब्ध प्रमाणों के प्रकाश में इस स्थापना की पुष्टि या प्रत्याख्यान संभव नहीं, किन्तु ठीक कहें तो व्यापक पृष्ठभूमि पर विचार करते हुए यह प्रश्न ही अनावश्यक है। इसका कारण यह है कि पल्लव और कदम्ब और उनसे पहले के चूटु भी कुछ अंश तक, स्थानीय अनुश्रुतियों व परंपराओं को अपने उपयोग के लिए अपनाते तथा उन्हें अपने शासनपत्रों तक में स्थान देते थे। उदाहरण के लिए, वनवासी का शासक चूटुकुल का सातकर्णि मलवल्ली के देवता की पूजा करता है और उनके मन्दिर के लिए अग्रहार का दान भी करता है।[1] जिस स्तंभ पर यह लघुलेख अंकित है, उसी पर इसके ठीक नीचे किसी कदम्ब राजा का, जिसे वहाँ **वैजयन्तीधम्म महाराज** कहा गया है, एक बड़ा अभिलेख खुदा है। यह राजा भी सातकर्णि की तरह मलवल्ली देवता का पूजक था। कुछ समय बाद कदम्ब-वंशी अपने को स्वामी महासेन का, जो तमिल-परम्परा के अनुसार कडम्बु वृक्ष का अधिष्ठाता देवता है, भक्त प्रकट करने लग गये। इसी प्रकार काञ्चीपुरम् के राजवंश का नाम पल्लव भी उस देश के तथा वहाँ के शासकों के वाचक तमिल नाम तोण्डैका प्राकृत-संस्कृत परिवर्त्तित रूपान्तर ही समझना चाहिए। विचित्र संयोग है कि 12वीं शती ई० का कवि ओट्टक्कूत्तन जब स्थानीय देवता से अधिष्ठित पवित्र आम (स्थल-वृक्ष) को **चूत-पल्लव** कहता है तो वह उत्तर और दक्षिण के पारस्परिक संगम के इन प्रारम्भिक प्रयत्नों का अस्पष्ट रूप से पुनः स्मरण करता प्रतीत होता है।[2]

1. ए० क० VII, 263।
2. तक्क यागप्परनि, 5,625।

सातवाहन साम्राज्य का पूर्वी और दक्षिण-पूर्वी भाग इक्ष्वाकु, बृहत्फलायन और पल्लवों के हाथ आया। पहले दोनों वंशों का इतिहास अध्याय 4 में लिखा जा चुका है अतः यहाँ हम तीसरे, अर्थात् पल्लवों के सम्बन्ध में वर्णन करेंगे।

काञ्ची के पल्लवों का प्रारम्भिक इतिहास प्राकृत भाषा के उन ताम्र-दान पत्रों में खोजा जा सकता है जिनमें सर्वत्र स्कन्दवर्मा का नाम भिन्न-भिन्न विशेषणों के साथ आया है।[1] इनमें से दो दानपत्र काञ्चीपुरम् से जारी किये गये हैं। नाम के पहले लगे विशेषण-क्रम से **युवमहाराज** शिव, **धम्ममहाराजाधिराज** शिव और सिरीविजय हैं। शिव और विजय शब्द सिरी के समान ही विशेष सम्मान के वाचक हैं और हमारी इस संभावना के विरोधी नहीं कि तीनों शासनपत्रों का स्कन्दवर्मा एक ही व्यक्ति है। अभिलेखों की लिपि की समानता उक्त संभावना की प्रबल समर्थक है। इससे स्पष्ट है कि इनमें से पहला दानपत्र उसने युवराज की स्थिति में और शेष दोनों शासक राजा बन जाने पर जारी किये। पिछले दोनों में से प्रथम पर उसके शासन के आठवें वर्ष की तिथि है किन्तु दूसरे की तिथि कालांतर में लुप्त हो गई है।

युवराज की स्थिति में स्कन्दवर्मा को भरद्वाज गोत्र का और पल्लववंशी कहा गया है। राजा बनने पर इसके अतिरिक्त उसका वर्णन अग्निष्टोम, वाजपेय और अश्वमेध यज्ञों के अनुष्ठाता तथा एक धर्मनिष्ठ महाराजाधिराज के रूप में हुआ है। इन अभिलेखों से प्रतीत होता है कि पल्लव राज्य की राजधानी काञ्ची थी और उसकी राज्य-सीमा तुङ्गभद्रा और कृष्णा नदियों तक पहुँचती थी। पश्चिमी सीमा के ज्ञान के लिए कोई सीधा प्रमाण नहीं है किन्तु निम्नलिखित दो बातों से अधिक संभव यही प्रतीत होता है कि पल्लव राज्य अपने इस प्रारम्भिक समय में ठीक पश्चिम समुद्र तक पहुँचता होगा। एक तो यह अनुश्रुति कि कदम्बवंशी मयूरशर्मा ने एक पल्लव राजा से पश्चिम

---

1. मयिदवोलु, ए० इं० IV, 84-9; हीरहडगल्ली, वहीं, I, 2; वहीं II, 480-5 चारुदेवी के ब्रिटिश म्यूजियम-स्थित शासनपत्र, वही VIII, 143-6।

समुद्र और प्रेहरा के बीच का प्रदेश पाया; और दूसरे यह कि गंग राजा कुछ पीढ़ियों तक बराबर पल्लवों के सामन्त बने रहे। वे अवस्थाएँ जिनसे होकर यह साम्राज्य खड़ा हुआ था, आज ज्ञात नहीं है; किन्तु उसकी विस्तृत सीमाएँ प्रकट करती हैं कि स्कन्दवर्मा महान् राजाओं की उस स्थिति का न्यायतः अधिकारी था जिसका उसने अपने **धम्म महाराजाधिराज** विरुद द्वारा संकेत किया है। उसने अश्वमेध यज्ञ का अनुष्ठान भी किया। स्पष्ट है कि वह काञ्ची का प्रथम पल्लव शासक नहीं, मयिदवोलु शासन-पत्रों में उल्लिखित युवमहाराज शब्द से यह निर्विवाद है। किन्तु, हमें अभी उसके पूर्वजों के सम्बन्ध में स्पष्ट रूप से कुछ भी पता नहीं। स्कन्द वर्मा का एक पुत्र बुद्धवर्मा था जो उस समय युवराज था, यह हमें उसकी रानी चारुदेवी के दानपत्र से ज्ञात होता है जिसमें वह अपने को बुद्ध्यङ्कुर की माता कहती है। स्कन्दवर्मा तीसरी शती के उत्तरार्ध में हुआ। उसके किसी उत्तराधिकारी के शासन अथवा पराक्रम के विषय में हमारे पास कोई ऐतिहासिक सूचना नहीं है।

स्कन्दवर्मा के समय के उपलब्ध लेखों के बाद के लगभग एक सौ साल बिल्कुल अंधकारमय हैं, और इस युग में काञ्चीपुरम् में पल्लव शासन जारी था। इसकी एकमात्र ज्ञात स्पष्ट साक्षीय समुद्रगुप्त की प्रयाग प्रशस्ति में काञ्ची का सुपरिचित नाम निर्देश हो है। समुद्रगुप्त का दक्षिण का अभियान चौथी शती ई० के मध्य के आसपास हुआ। उसका प्रतिस्पर्धी विष्णुगोप, काञ्ची का पल्लव शासक था, इस स्थापना में कोई युक्ति-युक्त संदेह तो नहीं हो सकता; किन्तु पल्लव वंश के संस्कृत में लिखित दानपत्रों में वर्णित इस नाम के राजाओं में से किसी को भी इतना पहले रखना संभव नहीं कि उसकी समुद्रगुप्त के शत्रु के साथ समरूपता बताई जा सके। इसका भी कोई प्रमाण नहीं कि समुद्रगुप्त दक्षिण में सुदूर काञ्ची तक पहुँचा ही था, यद्यपि उसने काञ्ची के शासक के साथ कहीं न कहीं युद्ध अवश्य किया।[1]

पल्लव शासन के इतिहास की इससे बाद की ज्ञात दशा का ज्ञान तांबे

1. दे० ऊपर पृ० 147।

के दश शासनपत्रों[1] और दरसी के खण्डित लेख से होता है जो सब संस्कृत में हैं। इनके अतिरिक्त अभी हाल में गुण्टूर से सिंहवर्मा का एक प्रस्तर अभिलेख प्राप्त हुआ है जो प्राकृत में है और अपने ढंग का अकेला ही है। सभी दानपत्रों पर दान-समय के शासक राजाओं के राज्यवर्ष अंकित हैं, कोई प्रसिद्ध संवत् नहीं दिया गया है। अतः इस युग के तिथिक्रम के लिए हमें मुख्यतः पुरालिपि शास्त्र का ही आश्रय लेना पड़ता है। इन्हीं की तरह की प्राचीन लिपि के एक पश्चिमी गंगों के तिथियुक्त ताम्रपत्र में दो-तीन पल्लव शासकों की समकालिकता का ज़िक्र है और एक जैन पाण्डुलिपि में शक संवत् मिला है जिससे ऊपर कहे अपेक्षाकृत धुंधले संकेतों की पुष्टि होती है।

संस्कृत के शासन लेखों में से चेण्डलूर और उदयेन्दिरम् ताम्रपट्टों को छोड़ कोई भी काञ्चीपुरम् से जारी नहीं हुआ है। बहुत से लेखकों का मत है कि इस युग में काञ्ची पल्लवों के हाथ से निकल गई थी। इस मत का समर्थन उन्हे वेलूर पलैयम पट्टों के इस कथन में मिलता है कि काञ्चीपुरम् पर कुमारविष्णु ने अधिकार कर लिया था, और उनका कहना है कि कुछ समय

1. ये क्रमशः इस प्रकार हैं—(1-2) ओमगोदु—अ और ब दो श्रेणियों में विभक्त ए० इं० xv, 246-55; (3) उरुवपल्ली, इ० ए० v, 50-53 (4) नेडुङ्गराया, **भारती**, (वृस) ज्येष्ठ, पृ० 699-713; (5) माँगदुर इ० ए० v, 154-57; (6) पिकिरा, ए०इ० vii, 159-63; (7) बुचिरेड्पिलेम, ज० मद्रास युनि० xii, 129; (8) चेण्डलूर, ए० इं० viii, 233-36 (9) उदयेन्दिरम्, ए० इं० iii, 142-47; (10) चर, ए०इं० xxiv, 137-43। अन्तिम तीन प्राचीन लिपि शास्त्र के आधार पर संदिग्ध कोटि में आते हैं। यदि वे एकदम जाली नहीं तो अधिक से अधिक आज हमें अनुपलब्ध मूल शासनपत्रों की प्रतिलिपि ही हो सकते हैं। अतः उनकी साक्षी पर बहुत अवलंबित होना कठिन हैं। पल्लव लेखों के उस काल की साँस्कृतिक अवस्था के संबन्ध में प्राप्त सामग्री का उपयोग हमारे युग के शासन-प्रबंध, धर्म, सामाजिक तथा अर्थिक इतिहास का सामान्य विवरण देने वाले अध्यायों (14, 18, और 19) में हुआ है।

तक काञ्ची चोळों, करिकाल और उसके उत्तराधिकारियों के हाथों में चली गई थी। हमने करिकाल को इससे पहले युग में रक्खा है, और उसने कभी काञ्चीपुरम् जीता, इस बारे में कोई स्पष्ट प्रमाण नहीं मिलता। काञ्ची से प्रचारित पल्लवों के चेण्डलूर और उदयेन्दिरम पट्टों को उनकी प्रामाणिकता में सन्देह होने के कारण यदि छोड़ भी दें तो भी वेलूर पलैयम पट्टों की संकुल अनुश्रुतियाँ चार या पाँच शताब्दी पहले हुई घटनाओं के विषय में विश्वसनीय मार्गदर्शक नहीं हो सकतीं। इसलिए यह मत कि काञ्चीपुरम् कुछ समय के लिए पल्लव राजधानी नहीं रहा, अधिक स्पष्ट प्रमाण के अभाव में स्वीकार नहीं किया जा सकता।

संस्कृत के दान-पत्रों में उल्लिखित पल्लवों का वंशक्रम और तिथिक्रम निम्नलिखित रूप में रक्खा जा सकता है। इसके निर्माण में सन्दिग्ध आलेखों को छोड़ते हुए शेष सब ज्ञात लेखों को प्रामाणिक मान कर आधार के रूप में स्वीकार किया गया है।

कुमारविष्णु प्रथम (ओम० अ) 325-50
|
स्कन्दवर्मन प्रथम 350-75
|
वीरवर्मन (वीरोर्चवर्मन, दर्शी दानपत्र का), 375-400
|
स्कन्दवर्मन द्वितीय (ओम० अ) 400-436
|

सिंहवर्मन प्रथम (436-60)	युवमहाराज विष्णुगोप वर्मन प्रथम (उरुवपल्ली, नेडङ्गराय)	कुमारविष्णु द्वितीय
|	|	|
स्कन्दवर्मन तृतीय 460-80	सिंहवर्मन द्वितीय (ओम० ब मंगळूर, पिकिर, बुचिरेतिपलेम) 480-500	बुद्धवर्मन
|	|	|
नन्दिवर्मन (उदयेन्दिरम्)	विष्णुगोपवर्मन द्वितीय (चूर)	कुमारविष्णु तृतीय (चेण्डलूर)

राजाओं के नामों के सामने दी तिथियाँ अनुमानाश्रित हैं और लोक विभाग तथा गंग समकालिकता को आधार मान कर प्रत्येक के शासन के लिए मोटे तौर पर बीस से पचीस वर्ष लगाने से बनी हैं।[1] इस योजना से यह प्रकट होता है कि यह संभव है कि समुद्रगुप्त का प्रतिद्वन्द्वी या तो कुमारविष्णु प्रथम स्वयं था अथवा उसका भाई विष्णु गोप। सबसे अधिक संख्या में दानपत्र प्रचारित करने के कारण मानना होगा कि सिंहवर्मा द्वितीय का शासनकाल समृद्धिपूर्ण रहा। युवराज विष्णुगोपवर्मा प्रथम को चूर दानपत्रों में यद्यपि महाराज कहा गया है तो भी कह नहीं सकते कि उसने शासन किया अथवा नहीं; संभावना है कि नहीं किया। सिंहवर्मा द्वितीय के बाद क्या हुआ इसका हमें निश्चित कुछ पता नहीं। इस काल के सभी दानपत्र सन्दिग्ध कोटि के माने गये हैं क्योंकि उनकी लिपि उस काल की नहीं जिसके विषय में उनमें कहा गया है। इस योजना में पल्लव राजवंश के संस्थापक और सिंहविष्णु के पिता सिंहवर्मा के लिए कोई स्थान नहीं है, क्योंकि पल्लव शासकों का इतिहास छठी शताब्दी ईस्वी के अन्त से ही ठीक-ठीक मिलता है। वंश-परम्परा में यह स्थान भी अभी छूँछा है जिसे फिलहाल भरा नहीं जा सकता।

इस युग के पल्लव राज्य के राजनीतिक इतिहास को बिलकुल अन्धकारमय समझना होगा क्योंकि उनमें वर्णित परम्परागत प्रशस्तियों का इतिहासकार के लिए

---

1. माधववर्मा द्वितीय के पेनुकोंडा ताम्रपत्रों के अनुसार जिनके लिए 475 ई० एक बहुत उचित तिथि समझी गई है, माधव जिसका दूसरा नाम सिंहवर्मा भी था, पल्लव महाराज स्कंदवर्मा द्वारा स्वयं अभिषिक्त किया गया था और उससे पहले उसका पिता अय्यवर्मा पल्लव महाराज सिंहवर्मा (इसे प्रायः सिंहवर्मा द्वितीय समझा जाता है) द्वारा अभिषिक्त किया गया था। **लोक विभान** की पाण्डुलिपि से सूचित होता है कि सर्व नदी ने ग्रंथ का लिखना या नकल करना ऐसे दिन समाप्त किया जो 25 अगस्त 458 ई० मिलता है और जो कांची के शासक सिंहवर्मा के बाईसवें राज्यवर्ष में पड़ा था।

विशेष मूल्य नही और न वे विस्तृत विवेचन के ही योग्य हैं जो भिन्न-भिन्न राजाओं के प्रति भिन्न-भिन्न दानपत्रों में उनके यज्ञ करने, अनेक युद्धों में विजय पाने, देव-ब्राह्मणों को पूजने और अपनी प्रजाओं की रक्षा के कारण प्रयुक्त हुई हैं। किन्तु कदम्बों और गगों के समकालिक अभिलेख कुछ तथ्यों का उल्लेख करते हैं जिनसे इन वंशों के पल्लवों से सम्बन्ध पर प्रकाश पड़ता है और इन पर इन्हीं वंशों के शासकों के इतिहास के साथ विचार करना उत्तम रहेगा।

३. कदम्ब-वंश

कदम्बों की उत्पत्ति की कथा तालगुंड स्तम्भ अभिलेख[1] में कुछ विस्तार से वर्णित है। वह स्तंभ-लेख उस पर वर्णित घटनाओं के एक शताब्दी के अंदर ही उत्कीर्ण हुआ था। एक ब्राह्मण-परिवार था जो अपना मूल पुरुष हारीती को और गोत्र मानव्य बताता था। वह वेद-स्वाध्याय और यज्ञ-अनुष्ठान में निरत, और नित्य-नमित्तिक विधि-विधान का नियमित पालक था। अतिथियों के स्वागत के लिए उसके घर का द्वार सदा खुला रहता था। अपने निवास के निकट उसे एक अनुपम शोभा वाले विकसित कदम्ब वृक्ष की सावधानी से सेवा करने के कारण उस परिवार का नाम कदम्ब पड़ गया था। इस परिवार में मयूर शर्मा का जन्म हुआ जिसने अच्छी शिक्षा प्राप्त करने के बाद अपने गुरु वीरशर्मा के साथ पल्लव राजा की राजधानी में पहुँच साङ्गोपांग वेदाध्ययन के लिए घटिका (कालेज) में प्रवेश किया। वहाँ उसका एक घुड़सवार रक्षक (अश्वसंस्थ) से बुरी तरह झगड़ा हो गया और क्रोध में उसने विचारा: 'हा शोक! इस कलिकाल में क्षत्र के आगे ब्राह्मणत्व इतना बेबस क्यों है; नहीं तो इससे अधिक दयनीय क्या होगा कि गुरुजनों का संतोष करने, अपनी शाखा का पूरे यत्न से अध्ययन करने और अपने आध्यात्मिक ध्येय की प्राप्ति के बाद भी मुझे एक राजा पर आश्रित रहना पड़े?' इसलिए कुश, समिध और यज्ञ की अन्य सामग्री के प्रयोग में दक्ष भुजाओं में उसने विश्वविजय की इच्छा से युद्ध के चमकते आयुध धारण किये। उसने शीघ्र ही सीमा के पल्लव सरदारों को

1. ए० इ० viii, 28-36।

लड़ाई में परास्त कर दिया और श्रीपर्वत (कर्नूल ज़िले में) के पास के घने जंगलों को अधिकार में कर लिया। उसने बृहद् बाण और अन्य शासकों से, अपनी प्रतिज्ञात योजना की पूर्त्ति और पल्लव राजाओं का कोप उभाड़ने के लिए, कर भी उगाहा। जब ये कांची के शासक अपनी बड़ी सेनाएँ ले उससे लड़ाई में मुठभेड़ करने आये तो उसने मैदान की खुली लड़ाई छोड़ उनकी छावनियों पर रात में धावे मार उन्हें चकित कर दिया और बार-बार के हमलों से उन्हें तंग करना जारी रक्खा। पल्लव शासकों ने उसके युद्ध-कौशल की प्रशंसा की और यह सोच कर कि ऐसे कुशल योद्धा के विनाश से कोई भलाई न होगी, शीघ्र ही उससे मित्रता कर ली और अपने युद्धों में उसे सेनापति नियत किया तथा कुछ समय बीतने पर अपने हाथों पश्चिम समुद्र से प्रेहरा के बीच प्रदेश का पूर्ण आधिपत्य उसे सौंप दिया। इस प्रकार कदम्ब राज्य की पूर्वी सीमा बने प्रेहरा प्रदेश को अभी तक पहचाना नहीं जा सका; इसे प्रायः तुंगभद्रा या मलप्रभा में से कोई नदी समझा जाता है; किन्तु अभी यह संभावित अटकल से अधिक कुछ नहीं है।

उक्त वर्णन में अविश्वसनीय कुछ भी नहीं; एक अपमान, वास्तविक या कल्पित, सफल विद्रोह का कारण बनता है जो अंततः परस्पर के आदर और मित्रता के आधार पर स्थापित शांति में समाप्त होता है। किन्तु वर्णन बहुत अस्पष्ट है; मयूरशर्मा के घटिका में प्रविष्ट होने के बाद हुए मूल झगड़े का प्रकार, उसका पहला निवास जहाँ उसने शिक्षा पाई और जहाँ से वह कांची गया, पल्लवों के विरुद्ध आक्रमणों के लिए श्रीपर्वत प्रदेश को आधार चुनने का कारण, अथवा पल्लवों का अपने राज्य का पश्चिमी प्रदेश मयूर शर्मा को देने का कारण—सभी अज्ञात हैं और ऐसा प्रतीत होता है कि मयूर शर्मा के वंश का मानव्य गोत्र के हारीती पुत्रों के रूप में वर्णन, जिन्हें कदम्ब वृक्ष के पालन के कारण वह वंश-नाम मिला, एक पुराण कथा है जो इस वंश को इस प्रदेश के प्राचीन शासकों चूटु और अन्य राजवंशों की प्रख्यात स्थानीय अनुश्रुतियों से जोड़ती है। ऐसी अनेक पुराण कथाएं कालांतर में मयूर शर्मा और उसके वंश के नाम के साथ जुड़ गईं, और एक तीन आँखों और

चार भुजाओं वाले कदम्ब नाम के मूल पुरुष की कहानी भी गढ़ ली गई। इन सब किस्सों को यहाँ कहने की कोई आवश्यकता नहीं किन्तु एक नमूना दिया जा सकता है; 1189 ई० के एक अभिलेख[1] में वर्णित है कि कदंब-वन में जन्म लेने के कारण वंश-संस्थापक कदम्ब रुद्र कहलाया और उसके अंगों पर मयूरपुच्छ की सी प्रतिच्छवि होने के कारण उसका नाम पड़ा मयूर वर्मा—इसमें शर्मा की जगह वर्मा परिवर्त्तन पर ध्यान दें।

कदम्ब-इतिहास के तिथिक्रम के लिए केवल पुरालेख शास्त्र ही हमारा पथ-दर्शक है। तालगुण्ड स्तम्भलेख को हम पांचवीं शती के मध्य का मान सकते हैं। इससे मयूरशर्मा का समय चौथी शताब्दी के मध्य पड़ेगा। एक सुझाव है कि इसी समय के लगभग हुए समुद्रगुप्त के दक्षिण अभियान ने पल्लव-शक्ति को झकझोर दिया होगा और फलतः प्रकट कमजोरी और गड़बड़ी का लाभ मयूरशर्मा ने पश्चिम में अपना राज्य स्थापित करने में उठाया। यह संभव हो सकता है, और इस तथ्य से कि सबसे पहला ज्ञात कदम्ब-अभिलेख[2] प्राकृत में है और हीरहडगल्ली दानपत्रों से कई बातों में समता रखता है, प्रकट होता है कि कदम्ब शक्ति की स्थापना का समय चौथी शती के पूर्वार्ध के अनन्तर नहीं हो सकता। यह अभिलेख मलवल्ली में चुटुओं के एक छोटे लेख के नीचे उत्कीर्ण है। अभिलेख में कदम्ब नृपति का नामोल्लेख नहीं है किन्तु इसे उस वंश के प्रथम शासक का माना जा सकता है क्योंकि इसमें मानव्य गोत्र के हारीतीपुत्र और वैजयन्ती के शासक शिवस्कन्दवर्मा—स्पष्टतः एक चूटु राजा—के एक पहले दान को पुष्ट और स्पष्टतर किया गया है; कदम्ब शासक (**कदम्बानां राजा**) का वर्णन **वैजयन्तीधर्ममहाराजाधिराज** और वेद-स्वाध्याय में निरत—**पतिकत-सोज्झायि-चच्छापरो** के रूप में किया गया है जिसका प्रयोग कदम्बों के बाद के संस्कृत अभिलेखों की प्रथानुकूल प्रशस्तियों के एक अंश का स्मरण कराता है। चन्द्रवल्ली[3] से प्राप्त एक दूसरे प्राकृत

1. ए० क० viii, संस्कृत 179।
2. वहीं, vii संस्कृत 294; इ० ए० xlvl, 154-55।
3. मै० आ० रि० 1929 सं० 1 पृ० 50 प्र०।

अभिलेख में, जो मलवल्ली अभिलेख से काफी छोटा है, मयूरशर्मा का नाम दिया है और लिखा है कि उसने एक तालाब (तटाकम्) खुदवाया तथा उसके त्रैकूट, आभीर, पल्लव, परियात्रिक, शक-स्थान, सयिन्दक, पुनात, मोकरि में विजयों का उल्लेख करने के बाद लेख एकाएक समाप्त हो जाता है। यह असम्भव अभिलेख आधुनिक जालसाजी की सब विशेषताएँ रखता है, और इसकी साक्षी इतिहास के रूप में स्वीकार किये जाने से पहले विद्वानों द्वारा पुष्टि की अपेक्षा रक्खेगी।

अभिलेखों द्वारा प्राप्त कदम्ब-वंशावली नीचे लिखे अनुसार है; इसमें ही सभी प्रत्येक शासक की तिथियाँ जोवो-दुब्रियुल द्वारा किये गये अनुमान पर निर्धारित हैं।

- मयूर शर्मा (345-60) ई०
  - कंगवर्मा (360-85)
    - भगीरथ (385-410)
      - रघु (410-25)
      - काकुत्स्थवर्मा (425-50)
        - शान्तिवर्मा (450-75)
          - मृगेशवर्मा (470-488)
            - रविवर्मा
              - हरिवर्मा (538-50)
            - भानुवर्मा
        - कुमारवर्मा
          - मान्धातृवर्मा (488-500)
            - शिवरथ
        - कृष्णवर्मा प्रथम
          - विष्णुवर्मा
            - सिंहवर्मा
            - कृष्णवर्मा द्वितीय (55 -65)
              - अजावर्मा इत्यादि
          - देववर्मा

पल्लवों से मत्री के बाद और उनके द्वारा वनवासी (वैजयन्ती) के राज्य का स्वतन्त्र और पूर्ण अधिकार उसे सौंपने से पहले मयूरशर्मा ने उनकी क्या सेवाएँ कीं, यह तालगुण्ड स्तंभ अभिलेख अथवा अन्यत्र कहीं वर्णित नहीं। किन्तु उक्त अभिलेख के अनुसार मयूरशर्मा षडानन और मातृकाओं द्वारा सेनापति नियुक्त किया गया था, यह कथन इसके पश्चात् सदा इन शब्दों में कदम्बों की प्रधान प्रशस्ति में स्थायी स्थान पाता रहा : **स्वामि महासेन मातृगणानुध्याताभिषिक्तानाम्।** हम पहले ही दिखा चुके हैं कि यह नये शासकों द्वारा स्थानीय पुराणकथाओं और परम्पराओं को अपना लेने का ही एक उदाहरण है। मयूरशर्मा को, जिस नाम से वह बाद में प्रसिद्ध हुआ, मध्यकाल के अभिलेखों में अठारह अश्वमेधों का कर्त्ता और आद्य युग के ग्राम—**अनादि अग्रहार** स्थानकुण्डुर (तालगुण्डू) के 32,000 ब्राह्मणों में 144 गाँवों का दान देने वाला प्रसिद्ध किया गया है किन्तु समसामयिक लेखों में अठारह का क्या कहना मयूरशर्मा को एक अश्वमेधकर्ता भी नहीं कहा गया है। मयूरशर्मा के प्रपौत्र युवराज काकुत्स्थवर्मा के हलसी के दानपत्रों में एक बिना नाम के संवत् के 80वें वर्ष का उल्लेख है; इसकी वर्षगणना का आरम्भ मयूरशर्मा के राज्याभिषेक से माना जा सकता है किन्तु यह संवत् किसी और अभिलेख में उपलब्ध नहीं होता।

तालगुण्डु अभिलेख में कंगवर्मा और भगीरथ के विषय में हमें कुछ ज्ञात नहीं होता। कहते हैं कि कंग ने भीषण युद्धों में कीर्ति पाई। बसीम शाखा के वाकाटक शासक विन्ध्यसेन (लग० 340-90 ई०) ने कुन्तल-विजय की थी, और यह संभावना प्रकट की गयी है कि कंगवर्मा को वाकाटक राजा के आक्रमण का सामना करना पड़ा। इस आक्रमण से कदम्ब राज्य की सैनिक शक्ति की परीक्षा हो गई होगी पर इसका कोई स्थायी फल निकला प्रतीत नहीं होता।[2] विक्रमादित्य द्वारा कुन्तलेश्वर के दरबार में कालिदास को दूत रूप में

---

1. इ० ए० vi. 22-4।
2. ज० रा० ए० सो० 1914, पृ० 324-5, 328, ए० इ० xxvi. 148।

भेजने की बात भगीरथ के शासनकाल में रक्खी जा सकती है।[1] भगीरथ के ज्येष्ठ पुत्र ने, जो उसका उत्तराधिकारी हुआ, 'अपनी वीरता से शत्रुओं को वश में किया; उसका छोटा भाई काकुस्थ उसके अधीन युवराज था और उसकी राजसभा शायद पलाशिका (हलसी) में लगती थी; उस नगर से जारी किये गये उसके एक दानपत्र में एक सेनाध्यक्ष श्रुतकीर्ति को कुछ भूमि वहाँ के पूज्य अर्हतों के लिए सौंपने का उल्लेख है जिससे राजा को परलोक में आत्मिक सुख हो (**आत्मनस्तारणार्थम्**)।[2] रघु के अनन्तर काकुत्स्थवर्मा राजा हुआ; तालगुण्डु स्तंभलेख में उसकी बड़ी प्रशंसा है और उसके शासन में देश की समृद्धि तथा गोपुरों से शोभित उसके अनेक प्रसादों के ठाठ-बाट का वर्णन है। यह भी कहा गया है कि उसने **गुप्त** और उन जैसे अनेक राजवंशों को अपनी कन्याओं से आनन्दित किया। गुप्तों से विवाह-सम्बन्ध का कोई विशेष वर्णन उपलब्ध नहीं है, केवल कुन्तल नरेश की सभा में कालिदास के ऊपर निर्दिष्ट दौत्य की बात से इस विषय का अनुमान कर कुछ सम्बन्ध जोड़ा जा सकता है। किन्तु अजितभट्टारिका नाम की एक कुन्तल राजकन्या वाकाटक नरेन्द्रसेन की रानी पृथ्वीषेण द्वितीय की माता कही गई है। बहुत संभव प्रतीत होता है कि वह काकुस्थवर्मा की कन्या रही हो। काकुस्थ ने तालगुण्डु के विख्यात शिवमन्दिर के घेरे में ताजे पानी का एक विशाल ताल

---

1. दौत्य की बात अपेक्षाकृत बाद के दो ग्रंथों, राजशेखर की काव्य मीमांसा और क्षेमेन्द्र की औचित्य बिचार चर्चा, द्वारा पुष्ट होती है; किन्तु कुन्तल राजा की पहचान के विषय में विद्वानों में एकमत नहीं है।
2. इ०ए० 6, 23. ऊपर उद्धृत किये वाक्यांश को फ्लीट ने गलत समझा और उसके अशुद्ध अनुवाद से मोरेस ने अपने **कदम्बकुल** पृ० 23 में नया ही इतिसास गढ़ डाला है।
3. इ ए० ix. 271, vv 30-1 कील्हौर्न द्वारा बालाघाट दानपत्रों की निर्धारित तिथि स्पष्टतः बहुत पीछे है। जो० दुब्रियुल ए० हि० डे० पृ० 75 100 नु० अध्याय 5 ऊपर।

बनवाया था, इस बात को उसके पुत्र और उत्तराधिकारी शान्तिवर्मा ने एक स्तंभ अंकित कराया और यही अभिलेख कदम्ब इतिहास के हमारे अब तक के विवरण का पथदर्शक रहा है।

तालगुण्ड के एक अभिलेख में भटारिवंश के एक का कुत्थ नामक राजकुमार का उल्लेख है जिसे एक सुन्दरी कदम्ब राजसुता का पुत्र कहा गया है। उस लेख में इस राजकुमार के दस माण्डलिकों पर प्रभुत्व और चुंगी पर अधिकार पाने की बात कही गई है—यह एक रोचक उक्ति है क्योंकि जैसा हम आगे देखेंगे वैजयन्ती का चुंगी की आय का प्रबंध अठारह माण्डलिकों के अधिकार में था। यह असंभव प्रतीत नहीं होता कि यहाँ जिस कदम्ब राजकुमारी का उल्लेख है वह भी प्रसिद्ध कदम्ब राजा काकुस्थ की कन्या थी और भटारिवंश का काकुस्थ नामी राजकुमार उसका पोता था।

शान्तिवर्मा का वर्णन एक बहुत विख्यात शासक के रूप में किया गया है जिसके सुन्दर शरीर की कान्ति तीन मुकुटों (**पट्टत्रय**) के धारण से विशेष बढ़ी हुई थी; इसमें किसी नये प्रदेश के विजय का संकेत प्रतीत होता है, किन्तु इसकी घटनाओं का विवरण उपलब्ध नहीं है। उसके बेटे मृगेश के हलसी से प्राप्त एक अभिलेख में भी बिना विशेष विवरण के इतना उल्लेख है कि शान्तिवर्मा ने अपनी शक्ति द्वारा रिपु-प्रसादों से लक्ष्मी को अपनी ओर आकृष्ट कर लिया।[1] उसका छोटा भाई कृष्णवर्मा अपने पुत्र विष्णुवर्मा के साथ स्पष्टतः अधीन रूप में उसकी सेवा में था। किन्तु कृष्णवर्मा का पद क्या था, यह रहस्यावृत ही है। सीधे उसके खुदवाये कोई अभिलेख प्राप्त नहीं है पर उसके बेटे के अभिलेखों में उसे दक्षिण देशों का बड़ी योग्यता और लोकप्रियता से शासन करने वाला तथा अश्वमेध यज्ञ का अनुष्ठाता कहा गया है।[2]

---

1. इ० ए० vi, 24-5।
2. विष्णुवर्मा का बिरूर शासनपत्र, ए क० 6, KD. 162; उसी का हेब्बट दानपत्र मै० आ० रि० 1925, पृ० 98; देववर्मा के देवगिरि शासन पत्र, ए० ए० vii, 33।

देववर्मा अपने को युवराज कहता है और त्रिपर्वत नामक स्थान से, जिसकी पहचान अभी नहीं हुई है, अपना दानपत्र जारी करता है, उसका जेठा भाई विष्णुवर्मा अपने दानपत्रों में अपने राज्य वर्षों (तीसरा और पाँचवाँ) की तिथियाँ देता है। एक दानपत्र में वह दान करने में अपने पितृव्य शान्तिवर्मा की अनुज्ञा लेता है और उसका वर्णन "अपने पिता के ज्येष्ठभ्राता, सम्पूर्ण कर्णाट देश के, जिसकी वैजयन्ती अपने अठारह माण्डलिकों के साथ तिलक थी, अधीश्वर" के रूप में करता है, किन्तु दो वर्ष बाद एक दूसरे दानपत्र में शान्तिवर्मा का कहीं उल्लेख नहीं है और विष्णुवर्मा घोषित करता है कि वह पल्लव शासक शान्तिवर्मा-महाराज द्वारा मूर्धाभिषिक्त हुआ था।

उलझन में डालने वाले इस तथ्यसमूह के विषय में उस समय के दो अन्य अभिलेखों से कुछ प्रकाश पड़ता है। कृष्णवर्मा द्वितीय[1] (हमारे वर्त्तमान विचार के विषय कृष्णवर्मा प्रथम के प्रपौत्र) के बर्नहल्ली शासनपत्रों से हमें ज्ञात होता है कि उसकी रानी एक केकय राजकुमारी थी जो विष्णुवर्मा की माता थी। दूसरे, अनजी[2] (मैसूर के चित्तलद्रुग जिले में देवनगर तालुक़) से प्राप्त एक अभिलेख में महत्त्वपूर्ण कथन है कि प्रसिद्ध केकय वंश के एक वंशज शिवनन्दवर्मा ने पल्लव राजा नाणक्कास और कृष्णवर्मा में हुए युद्ध के समय वर्त्तमान देश की दुर्दशा को अपनी आँखों देखा था, कृष्णवर्मा की सेना इस युद्ध में तहस-नहस हो गई थी; लोगों के अपार कष्टों के इन दृश्यों ने शिवनंद की आत्मा को इतनी गहराई तक कँपा दिया कि उसने सब सांसारिक लालसाओं को छोड़ने और अपने मन की शान्ति तथा अपने वंश की स्थायी कीर्त्ति पाने के निमित्त आमरण अनशन का निश्चय किया। यहाँ यह बहुत संभव प्रतीत होता है कि शिवनन्द कृष्णवर्मा की केकय रानी का भाई था।

उक्त तथ्यों के प्रकाश में घटनाक्रम लगभग नीचे लिखे ढंग से पुनर्ग्रथित किया जा सकता है। शान्तिवर्मा के शासनकाल में पल्लवों के विरोध के कारण

1. इए० 6, 16-20।
2. ए० क० 6, 16-20।

कदम्बशक्ति को विपत्ति का सामना करना पड़ा; स्थिति को सँभालने के लिए राज्य का दक्षिण भाग कृष्णवर्मा और उसके बेटों के अधिकार में देकर एक पृथक् और स्वतन्त्र इकाई बना दी गयी। कृष्णवर्मा ने अश्वमेध यज्ञ के अनुष्ठान से इस विभाजन को वास्तविक बना दिया; किन्तु इसी समय पल्लवों की भारी चोट से इस अभिमानी शासक को शायद अपनी जान देनी पड़ी, और अपनी रानी के पितृगृह केकय राज्य का विनाश भी देखना पड़ा। पल्लवों ने अपनी विजय के फलस्वरूप विष्णुवर्मा से अपनी अधीनता मनवाई और उसे पल्लवों के हाथों अधिकार-ग्रहण स्वीकार करना पड़ा। यदि यह घटनाक्रम ठीक हो तो मानना होगा कि इस काल में कदम्बों की स्थिति को गहरा धक्का लगा, उनके प्रदेश का एक भाग और राजवंश की एक शाखा, कम से कम कुछ समय के लिए, पल्लव-आधिपत्य में चली गयी। सम्बद्ध पल्लव शासकों नाणक्कास और शान्तिवर्मा के नाम इसके अतिरिक्त और किसी प्रसंग में ज्ञात नहीं हैं। यह एक तीव्र चेतावनी है कि आज हम उस युग के इतिहास के विषय में कितना कम जानते हैं।

शान्तिवर्मा के बाद उसका बेटा मृगेशवर्मा गद्दी पर बैठा, जिसके अनेक अभिलेख उपलब्ध हैं।[1] वह वैजयन्ती में शासन करता था, पलाशिका उसके अधीन थी, गंगों और पल्लवों के विरुद्ध युद्धों में उसने सफलता पाई; हलसी शासनपत्रों में उसे विख्यात गंग वंश का विनाशक और पल्लवों के लिए **प्रलयानल** कहा गया है। किन्तु इन युद्धों का कोई सविस्तर वर्णन नहीं मिलता। उसकी विद्या और बुद्धि, अश्व-गज-चालन तथा पुरुषोचित अन्य व्यायामों में उसके कौशल, योद्धा के रूप में योग्यता और जन-शासक के रूप में कार्यशक्ति की उसके चतुर्थ वर्ष में लिखित देवगिरि दानपत्रों में विशेष प्रशंसा की गई है। अपने पिता की स्मृति में उसने पलाशिका में एक जैन मन्दिर बनवाया और

---

1. देवगिरि दानपत्र वर्ष 3 इ०ए० vii, 35-7; देवगिरि दानपत्र वर्ष 4 इ०ए० vii, 37-8; हित नहेब्बागिलु वर्ष 7 ए० क० iv, Hs 18; हिरेसकुन वर्ष 8 ए० क० viii, Sb. 33; हलसी दानपत्र वर्ष 8 इ० ए० 6, 24-5।

उसमें प्रभूत दान दिया (हलसी दानपत्र)। मृगेश की रानी का नाम प्रभावती था; वह केकय-वंश की थी जिनसे कदम्बों के अनेक विवाह-सम्बन्ध थे, और वह रविवर्मा की माता थी।[1]

इसके बाद का शासक मान्धातृवर्मा है जिसके बारे में हम अब विचार करेंगे। इसके दो अभिलेख प्राप्त है, इनमें से एक का सम्पादन करते हुए कीलहौर्न ने लिखा है कि मान्धाता कदम्ब के किसी अन्य शासक की अपेक्षा मृगेश से अधिक सम्बद्ध है, और वह शान्तिवर्मा का अथवा स्वयं मृगेश का छोटा भाई हो सकता है और इस प्रकार मृगेश का निकट पूर्वाधिकारी या उत्तराधिकारी होगा। किन्तु शिमोग दानपत्रों[2] की प्राप्ति से यह सिद्ध हो गया है कि मान्धाता के पिता का नाम कुमारवर्मा था; और वह काकुत्स्थ का तीसरा बेटा रहा होगा। मान्धाता को उसके द्वितीय वर्ष के कुडिगेरे दानपत्रों में वैजयन्ती का शासक कहा गया है, जब कि दूसरा दानपत्र उछङ्गी (उच्छृंगि) से उसके पाँचवें राज्यवर्ष में जारी किया गया है। संभवतः मान्धातृवर्मा (मृगेश के बेटे) के वयस्क होने से पूर्व शासन करता रहा और रविवर्मा ने उसके बाद लगभग चालीस बरस के लम्बे समय तक राज्य किया।

रविवर्मा के शासन के बहुसंख्यक लेख उपलब्ध हैं जो उसके पाँचवें से पैंतीसवें राज्यवर्ष तक के हैं, और एक भग्न शिलाभिलेख शिमोग जिले[3] के सोरब तालुके के कवया स्थान से प्राप्त हुआ है जिसमें उसकी मृत्यु पर उसकी रानी के सती होने का उल्लेख प्रतीत होता है। हलसी[4] से प्राप्त दो अतिथिक अभिलेखों में से एक हलसी में एक जैन उत्सव के सम्पन्न होने से सम्बन्ध रखता है, और दूसरे में महत्त्व के कथन हैं कि युद्ध में विष्णुवर्मा और अन्य

1. मै. आ रि० 1911, पृ० 33, 35।
2. वहीं पृ० 32।
3. ए० क० viiiS, B. 523।
4. इ० ए० vi, 25-7, 29-30।

राजाओं को मार कर उसने समग्र पृथिवी को जय कर लिया था और चण्डदण्ड नाम से प्रख्यात काञ्चीश्वर को पलाशिक से भगा कर उसे अधिकृत किया। प्रायः संभावित है कि चण्डदण्ड के साथ लगा काञ्चीश्वर विशेषण केवल पल्लव का पर्यायवाची है जो आवश्यक रूप से इसका साधक नहीं कि वह काञ्ची में भी शासन करता था, और चण्डदण्ड पल्लवों की उसी शाखा का रहा होगा जिसमें शान्तिवर्मा हुआ जिसने विष्णुवर्मा को अधिष्ठित किया था। जो भी हो यहाँ हम कदम्बों और पल्लवों के संघर्ष को स्पष्टतः एक नई भूमिका में पाते हैं, और इस दौर में कदम्बों का पलड़ा भारी रहा प्रतीत होता है। अभिलेख के शब्दों से अनुमान होता है कि चण्डदण्ड और संभवतः विष्णुवर्मा ने भी वनवासी राज्य पर आक्रमण किया था और हलसी तक घुस आये थे, किन्तु रविवर्मा ने अपने सगोत्रीय चाचा को लड़ाई में ही मार डाला और पल्लव-आक्रान्ता को खदेड़ दिया। इस युद्ध ने कदम्बों को उनकी प्रारंभिक एकता और पुरानी राज्य सीमा शायद पुनः प्राप्त करा दी। नीलम्बुर दानपत्र पाँचवें राज्य वर्ष में अंकित और वैजयन्ती (वनवासी)[1] से जारी है, इसी प्रकार का 53वें वर्ष का सिरसी दानपत्र भी है,[2] जो राजा के एक प्रिय अमात्य द्वारा महादेव का मन्दिर स्थापित किये जाने का वर्णन करता है। नीलकण्ठ राज्य, यूनानी लेखकों का नेलचिण्ड के एक विभाग देश का अमात्य था।

रविवर्मा के बाद उसका बेटा हरिवर्मा हुआ जो, जैसाकि उसके आठवें राज्य वर्ष के संगोली दानपत्रों से प्रकट है,[3] वैजयन्ती से शासन करता था। दानपत्रों में उल्लिखित ज्यौतिषिक विवरण से उसके राज्यारोहण की तिथि सन् 528 ई० ज्ञात होती है। उसके चौथे वर्ष के हलसी दानपत्रों[4] में उल्लेख है कि वह बिना किसी विघ्न-बाधा के राज्यलक्ष्मी का (**निरुपद्रवां राज्यश्रियम्**)

1. ए० इ० viii, 146-9।
2. वहीं xvi, 264।
3. ए० इ० xiv, 163-8।
4. इ० ए० vi, 30-2।

उपभोग करता था, यह बात हलसी से ही अगले वर्ष में प्रचारित एक दूसरे दानपत्र की ध्वनि से भी पुष्ट होती है जिसमें एक सेन्द्रक शासक भानुशक्ति का, सामन्त के रूप में वर्णन हुआ है। किन्तु उसके शासन का अन्त वैसा सुखपूर्ण या शन्तिमय नहीं था। 455 ई० के लगभग पुलकेशि प्रथम ने बादामी में अपनी शक्ति स्थापित कर ली; और इसका अर्थ यह था कि न केवल कदम्ब के उत्तरी भाग उससे छिन गये प्रत्युत एक स्वतन्त्र राज्य के रूप में वनवासी को भी एक नया खतरा पैदा हो गया। और कदम्ब कदापि एक प्रबल और संघटित शक्ति नहीं थे। रविवर्मा की प्रत्युद्घोषित सफलताओं के पश्चात् बड़ी और छोटी शाखाओं का विरोध कुछ समय के लिए दब गया और विष्णुवर्मा के बेटे सिंहवर्मा ने अपने पिता के परिणाम से चेतावनी लेकर अप्रसिद्धिपूर्ण अधीनता में रहने में ही संतोष माना। किन्तु उसका लड़का कृष्णवर्मा द्वितीय वैसा न था। उसने अपने पड़ोसियों से मैत्री स्थापित कर शक्ति संग्रह किया और वस्तुतः ही वैजयंती पर चढ़ाई की, जैसा कि उसके बेन्नूर शासनपत्र से हमें मालूम होता है—**वैजयंतीविजययात्रामभिप्रस्थितः**।[1] हमारा यह अनुमान करना संगत होगा कि इस चढ़ाई ने बड़ी शाखा के अन्तिम ज्ञात शासक हरिवर्मा का शासन समाप्त कर दिया और कृष्णवर्मा द्वितीय ने वैजयन्ती की गद्दी पाई। सातवें वर्ष में जारी उसके बन्नहल्ली शासनपत्र[2] उसकी प्रगति के इस विचार की पुष्टि करते हैं क्योंकि उनमें उसके पिता की अप्रसिद्धि और अपनी प्रमुखता का संकेत है और कहा गया है कि उसने महाराज का पद अपनी बुद्धि और बाहु के बल से प्राप्त किया। उसके 19वें राज्यवर्ष का एक अभिलेख माता-पिता के परलोक में सुख के लिए और उनकी स्मृति में दान का उल्लेख करते हुए अंकित है। चालुक्य पुलकेशि प्रथम की वनवासी विजय, जिसमें कोई संदेह नहीं, के समय या तो कृष्णवर्मा द्वितीय स्वयं अथवा उसका बेटा अजवर्मा अवश्य ही वहाँ शासन करता होगा।

---

1. ए० क० v, Bl-245।
2. ए० इ vi, 16-20।

छिटफुट अभिलेखों में प्रारम्भ के कई अन्य कदंब राजाओं का उल्लेख है, जैसे तडगनि अभिलेख[1] का मधुवर्मन और दामोदर जिसका नाम कोन्नूर में घटप्रभ के जलप्रपात के पास एक चट्टान पर दो बार राजा की उपाधि के साथ उत्कीर्ण हुआ है। यह भी कदंब राजा ही रहा होगा। किन्तु राज-वंश में इनका स्थान अनिश्चित है और इनके नाम हमें बलात् बतलाते हैं कि इस काल के इतहास का हमारा ज्ञान अधूरा ही है।

4. गंग

अब हम गंगों के इतिहास का वर्णन कर इस काल के दक्षिण भारत के इतिहास की मोटी रूपरेखा पूर्ण करेंगे। गंगों का प्रदेश मैसूर के दक्षिण में कदंबों और पल्लवों के राज्यों के मध्य में पड़ता है। गंगों से सुदीर्घ सम्बन्ध रखने के कारण इस प्रदेश का नाम ही गंगवाड़ी पड़ गया था। गंगों के प्राचीन इतिहास में दोष प्रचुर मात्रा में वर्त्तमान है। संदेह और अतिप्रत्यय दोनों ही कारणों से ऐसा हुआ है। यह बात तो स्पष्ट है कि वे अनेक अप्रत्याशित ताम्रपट्ट जिन पर शक संवत की तिथियाँ हैं निश्चय ही जाली हैं। 1915 ई० में जब फ्लीट ने पेनुकोंड़ा के ताम्रपट्टों की परीक्षा कर उन्हें असली घोषित किया, उसके पूर्व सब कुछ संदेहास्पद ही था और इनका सारा इतिहास ही उलझा हुआ था। तब से सारी स्थिति पर पुनर्विचार की प्रवृत्ति बढ़ी है और कतिपय असली ताम्रपट्ट प्रकाश में आये हैं। इससे इस काल के इतिहास का पुनर्निर्माण करने में मदद मिली है। किन्तु अभी तक राजवंशावली के बारे में भी विभिन्न मतों की गुंजाइश शेष है। अतः हमें इस स्थिति में बड़ी सतर्कता से आगे बढ़ना होगा। अभी तो हम निश्चित प्रमाण-सामग्री के आधार पर भी कतिपय अनंतिम निष्कर्षों की उम्मीद ही कर सकते हैं।

अन्य राजवंशों की भाँति गंगों ने भी कालान्तर में अपने प्राचीन पुरखों के सम्बन्ध में पुराण-कथाओं का निर्माण कर लिया था। इन आदिम राजाओं के

---

1. ए० क० vii, 66।

बारे में इनके प्रारम्भिक अभिलेखों में कुछ भी ज्ञात नहीं। अतः इन राजाओं का जो इतिहास आगे लिखा जा रहा है उसमें इस दृष्टि से प्राचीन गंग अभिलेखों को आधार बनाया गया है। भिन्न-भिन्न राजाओं के बारे में बाद की कथाओं को भी संक्षेप में कह दिया जायगा। ऐसी कथाओं में एक सबसे प्राचीन-सी कथा है जिसमें वंश के आदि पुरुष के बारे में कहा गया है कि उसने अपनी तलवार के एक ही झटके से एक पत्थर के खंभे के दो टुकड़े कर दिये। अतः ऐसी बातें लिखने वाले अभिलेखों को उन अभिलेखों से अलग करके ही विचार करना होगा जिनमें ऐसे उल्लेख नहीं हैं।

वंश का प्राचीनतम अभिलेख दूसरे राजा माधववर्मन प्रथम का एक दान-पत्र है जो कोंकणिवर्मन का पुत्र था। यह ससनकोट ताम्रपट्टों के रूप में सुरक्षित हैं जिसके सम्बन्ध परु **विषय** के **ब्रह्मदेय** से हैं।[1] अगला असली अभिलेख माधववर्मन द्वितीय के पेनुकोंड ताम्रपट्ट हैं। जिसमें परुवि **विषय** के **ब्रह्मदेय** का उल्लेख है।[2] यह माधव वर्मन माधव प्रथम का पौत्र था। परु और परुवि एक ही नाम के दो रूप हैं जिनका आधुनिक प्रतिनिधि परिगि है, जो अनन्तपुर जिले में हिन्दुपुर से सात मील उत्तर में स्थित है। इन दोनों अभिलेखों के आधार पर निम्नखित वंश वृक्ष बनता है :

कोंकणि-वर्णन धर्ममहाधिराज (400 ई०)
|
माधव महाधिराज (425 ई०)
|
गंगराज आय्य-वर्मन (450 ई०)
|
माधव महाधिराज, अपर नाम सिंह-वर्मन (47० ई०)

ये तिथियाँ फ्लीट के वंश-क्रम के आधार पर हैं। स्वयं फ्लीट ने पेनुकोंड अभिलेख को आधार माना है।

---

1. ए० इ० xxiv, 234-9।
2. वही xiv, 331-6।

गंगों का उद्भव तो पल्लवों और कदंबों से भी अधिक अंधकार में है। प्रारंभिक अभिलेखों में वर्णन है कि वंश का प्रथम राजा कोंकणिवर्मन जाह्नवेय कुल और काण्वायन गोत्र का था। उसने अपने बाहुबल से एक समृद्ध राज्य का निर्माण किया। उसने अनेक समर विजित किये थे। उसके शरीर पर अनेक आघातों के चिह्न थे। सभी गंग-पट्टों के प्रारंभ में इस नई बात का उल्लेख आता है कि वे वैष्णव थे। धर्म महाधिराज की उपाधि से लगता है कि कोंकणिवर्मन एक स्वतंत्र राजा था। किन्तु ऐसी बात थी, तो भी वह अधिक समय तक स्वतंत्र न रह सका। गंगों के सात या आठ सौ वर्षों के इतिहास में उन्हें दक्षिण के किसी न किसी प्रतापी वंश का आधिपत्य स्वीकार करने को बाध्य होना पड़ा।

तत्कालीन अभिलेखों में गंगों की राजधानी का कहीं उल्लेख नहीं। मैसूर और कलिंग के गंगों में बाद में प्रचलित एक परम्परा के अनुसार राजधानी पहले कुवलाल (आधुनिक कोलार) में थी और बाद में तलकाड में। तलकाड कदंबों की सीमा के समीप था। कदंबों और गंगों में इस काल में सतत संघर्ष चल रहा था। इस संघर्ष में गंगों के सहायक पल्लव थे। परिभि में गंगों की एक शाखा का शासन था—इस मत का आधार इसके अतिरिक्त और कुछ भी नहीं है कि ऊपर उल्लिखित दो ताम्रशासनों का सम्बन्ध जिस सम्पत्ति से है वह वहीं स्थित थी।

प्राचीन दानपत्रों के अनुसार माधव प्रथम में पिता के सभी गुण विद्यमान थे। वह सुधी और शास्त्रों में पंडित था, विशेषतः नीतिशास्त्र (राजनीति) में तो वह पारंगत था। बाद की परंपरा में इसके अतिरिक्त उसे दत्तक सूत्र पर एक वृत्ति का रचयिता भी कहा गया है।[1] अगला राजा आय्यवर्मन (आर्य

1. माधव द्वितीय के करगूळर पट्टों में यह आया है (मै० आ० रि० 1930 पृ० 113 सं० 3) जिसमें अवनि प्रस्तर अभिलेख (ए० क० v 263) की ही कथा है। ऐसे अभिलेखों की प्रामाणिकता उतनी नहीं है जितनी सामान्य प्रकृति के अभिलेखों की जिनके आधार पर हमने यह लेख तैयार किया है।

वर्मन)[1] शूरवीर इतिहास और पुराण का पंडित था। इसे पल्लव सिंहवर्मन ने राजा बनाया था। हमारी वंशतालिका में इस नाम का यह पहला राजा था जिसने कांँची में राज्य किया। पल्लवों ने इसका राजतिलक क्यों किया—इसका पता नहीं। संभव है कि गंगों ने कदंबों के भय से ही पल्लवों से अधीनता की संधि की होगी और उनकी शरण में गये होंगे। या इससे अधिक संभावना इस बात की है कि आय्यवर्मन और उसके भाई कृष्णवर्मन में उत्तराधिकार को लेकर संघर्ष हुआ हो। कृष्णवर्मन का पता हमें तीन आदिम अभिलेखों से होता है।[2] पेनुगोंड़ पट्टों का कथन है कि आय्यवर्मन का यथा विधि अभिषेक सिंह वर्मन ने किया था और बाद के दानपत्रों में जहाँ उसका नाम हरिवर्मन आया है, कहा है कि उसने तलकाड में राजधानी बदल ली। तलकाड कावेरी तट पर मैसूर में है। इसलिए हो सकता है कि भाइयों में संघर्ष रहा हो और सिंहवर्मन ने उनके बीच पंचायत करके उसका शमन किया हो और राज्य दोनों भाइयों में बाँट दिया हो। कृष्णवर्मन के पुत्र सिंहवर्मन ने चुकुट्टर दानपत्र में स्वयं को महाधिराज कहा है और वीरगति को प्राप्त अपने अनुज युवराज वीरवर्मन की स्मृति में दान अंकित कराया है। यह भी मार्के की बात है कि आय्य वर्मन और कृष्णवर्मन दोनों अपने पुत्र का नाम सिंहवर्मन बतलाते हैं। संभवतः यह पल्लवों से राजनैतिक सम्बन्ध के फलस्वरूप हुआ।

बाद की वंशावलियों में हरिवर्मन के पुत्र विष्णुगोप का नाम भी मिलता है। इनमें विष्णुगोप के एक पुत्र माधव का भी वर्णन है। यह एक जाल-सा ही प्रतीत होता है। इसका उद्देश्य एक और पल्लव नाम की वृद्धि कर पल्लवों से निकट संबन्ध पर जोर देना है। पेनुकोंड पट्टों में इस विष्णुगोप का

---

1. गुडलूर ग्रांट मै० आ० रि० पृ० 259 सं० 88।
2. इसके प्रथम वर्ष का बेंडिगलि शासन मै० आ० रि० 1915 पृ० 40; कुडिटिट्यन शासन उसी के दूसरे वर्ष का, वही 1932, पृ० 124; उसके पुत्र सिंहवर्मन का चुकुट्टर दानपत्र, वही 1924 पृ० 79।

नामोनिशान नहीं। राइस ने इस अभाव को आकस्मिक या भूल से हुआ बताकर समझा देने का प्रयत्न किया है, पर यह विश्वसनीय नहीं है।

इस प्रकार आय्यवर्मन के शासन के प्रारम्भ से ही गंग राज्य के दो हिस्से हो गये थे और इनमें दो शाखाएँ शासन करती थीं। एक शाखा तलकाड से शासन करती थी और दूसरीकुवलाल से। ऐसा प्रतीत होता है कि यह समझौता आय्यवर्मन और कृष्णवर्मन के पुत्र और उत्तराधिकारियों, जैसे माधव द्वितीय अपरनाम सिंहवर्मन और चकुट्टूर दानपत्र के सिंहवर्मन के समय में ही लागू रहा। इसमें माधव का अभिषेक पल्लव स्कंदवर्मन ने किया था, जिसका उल्लेख कोडलूर दान पत्र में प्रमुख रूप में हुआ है। दानपत्र का प्रारम्भ ही स्कंदवर्मन की आशंसा से होता है। उसके कुल और गोत्र का विधिवत वर्णन है। माधव द्वितीय जिसे बाद के अभिलेखों में तडंगील माधव कहा गया है, की रानी कदंब कृष्णवर्मन प्रथम की बहिन, अर्थात् ककुस्थ वर्मन की पुत्री थी। ककुस्थ वर्मन ने अपनी कन्याओं का विवाह गुप्त आदि अनेक राजवंशों में किया था। बाद के अभिलेखों के अनुसार अविनीत इसी विवाह का पुत्र था।

गंग इतिहास के बारे में संक्षेप में हम अपना मत अगले पृष्ट के वंश-वृक्ष में रख सकते हैं :

- कोंकणिवर्मन (400 ई०)
  - माधव प्रथम—सासन कोट ताम्रपट्ट, प्रथम वर्ष (425 ई०)
    - आय्यवर्मन, सिंहवर्मन् द्वारा अभिषिक्त (450 ई०)
      - माधव द्वितीय, अपरनाम सिंहवर्मन=कृष्णवर्मन कदंब की बहिन स्कंदवर्मन द्वारा अभिषिक्त, पेनुगोंड पट्ट (475 ई०)
        - अविनीत (माता की गोद में शिशु रूप में ही अभिषिक्त) (500 ई०)
    - कृष्णवर्मन, बेडिगन्हल्लि पट्ट, प्रथम वर्ष; कुडिट्टिय पट्ट (450 ई०)
      - सिंह वर्मन चुकुरट्टू दानपत्र (475 ई०)
      - वीरवर्मन युवराज

अध्याय 13

लंका का इतिहास

लंका द्वीप के सिंहली राजाओं का पहला वंश यसलालक तिस्स की मृत्यु के साथ समाप्त हुआ। इसकी समाप्ति से साहसी व्यक्तियों को राजगद्दी के लिये संघर्ष करने का अवसर मिल गया। सभ[1] नामक एक धूर्त्त ने छः वर्ष तक शासन किया किन्तु इसे वसभ[2] (66-110) नामक राजकुमार ने निष्कासित कर दिया, वसभ ने न केवल अपनी ही गद्दी सुरक्षित की, अपितु वह एक ऐसे राजवंश की स्थापना करने में भी सफल हुआ जो तीन सौ वर्षों से अधिक समय तक टिका रहा।

जैसा कि नये वंश स्थापित करने वालों के साथ प्रायः होता है, इस राजकुमार के संबन्ध में रोमांचक कथायें कही गयी हैं। कहा जाता है कि दैवज्ञों ने उसके भावी बड़प्पन की भविष्यवाणी की थी और भयंकर संकटों से दैव ने उसकी रक्षा की थी। वह लम्बकण्ण नामक वंश का था, इस वंश के लोगों ने वसभ के राज्यारोहण से पहले भी गद्दी पाने के लिये प्रयत्न किया था।[3] इस वंश के उद्गम के संबन्ध में निश्चित रूप से कुछ भी ज्ञात नहीं है। परवर्ती लेखक भारत के मौर्य सम्राटों के साथ इसका संबन्ध जोड़ते हैं और कहते हैं कि लम्बकण्ण वंश वाले अशोक के उन सम्बन्धियों में थे, जो लंका में पवित्र बोधिवृक्ष

---

1. **महावंश** में सुभनाम आता है किन्तु अभिलेखों में इसे सब कहा गया है (एपि० जै० III, 166)।
2. व्यक्तिवाची नाम **महावंश** में दिये पालि रूपों के अनुसार हैं। तिथियों के लिये अध्याय के अन्त में तिथिक्रम की टिप्पणी देखिये।
3. **महावंश** अध्याय 35, श्लोक 16 प्र० में इळनाग के राज्य का वर्णन देखिये।
4. एपि० जै० 4, 214 प्र०।

की शाख के साथ आये थे किन्तु **महावंश** तथा अन्य पुराने पालि-इतिहास की कथाएं लम्बकण्णों के उद्गम के संबन्ध में मौन हैं। वसभ का मूल चाहे कुछ भी हो, किन्तु जैसाकि लंका के विविध भागों में पाये गये उसके राज्यकाल के बहुत से अभिलेखों से प्रमाणित होता है—वह लंका द्वीप में अपनी सत्ता सर्वमान्य कराने में सफल हुआ। उसका राज्यकाल सुदीर्घ और समृद्धियुक्त था और बौद्धों को उसने खूब दान दिये, फलस्वरूप संघ ने भी उसके शासन का विरोध नहीं किया।

बसभ की मृत्यु के बाद कई शासकों में एक साथ राज्य किया। इतिहासों में यह उल्लेख है कि उसके बाद कुटिकनास' तिस्स गद्दी पर बैठा; किन्तु अभिलेख इस तथ्य की साक्षी देते हैं कि जब वह अनुराधापुर में राज्य कर रहा था, उस समय द्वीप के विभिन्न हिस्सों में तिस्स के दो भाइयों ने अलग-अलग अपनी सत्ता स्थापित कर ली थी। इस अवस्था से उत्पन्न दुर्बलता का चोलराजा करिकाल ने लाभ उठाया। उसने द्वीप पर आक्रमण किया और हजारों सिंहलियों को बन्दी बना कर दक्षिण भारत ले गया; पर शीघ्र ही तिस्स के पुत्र गजबाहु प्रथम (113-135) ने राज्य का एकीकरण किया और अपने को इतना शक्तिशाली बना लिया कि चोल देश पर प्रत्याक्रमण करके पराभव का कलंक धोकर सिंहल के सम्मान की सन्तुष्टि की। कहते हैं कि इस साहसिक कार्य में, जो अब दन्तकथा का रूप धारण कर चुका है—वह अत्यन्त सफल हुआ। पिछले शासन में बन्दी बना कर ले जाये गए सिंहलियों को मुक्त करके ही वह सन्तुष्ट नहीं हुआ, कहा जाता है कि वह अपने साथ चोल प्रजा की तुल्य संख्या को लंका लाया।

गजबाहु का वैयक्तिक नाम गामणी अभय था, द्वीप के विभिन्न भागों में पाये गये उसके अनेक अभिलेखों में उसका इसी नाम से निर्देश है। सिंहली साहित्य में तथा ऐतिहासिक ग्रन्थों में जिस उपाधि के साथ उसका सर्वत्र वर्णन है, वह केवल एक अभिलेख में पायी जाती है।[1] उसके ऐसी उपाधि धारण

---

1. **एन्शेण्ट इंस्क्रिप्शन्स आफ सीलोन** (ए० इं० सी०) सं 5।

करने का तथ्य यह सूचित करता है कि अपने जीवन-काल में वह अपनी शूरता के लिये प्रसिद्ध था। अतः हम मान सकते हैं कि दक्षिण भारत के बारे में उसके शौर्यपूर्ण कृत्यों की कथाओं में तथ्य है, यद्यपि ये कथाएँ काल्पनिक और चमत्कारपूर्ण ढंग के ब्यौरों से भरी पड़ी हैं, अपेक्षाकृत अर्वाचीन ग्रन्थों में पायी जाती हैं और उनका **महावंश** तथा अन्य आरम्भिक ग्रंथों में कोई वर्णन नहीं है। तमिल कविता **सिलप्पदिकारम्** में कन्नगी के लिये बनाये देवस्थान के प्रतिष्ठापन के अवसर पर चेर राजा के दरबार में उपस्थित राजाओं में गजबाहु का उल्लेख है, कन्नगी इस कविता की नायिका है जिसे पतिव्रता और सती साध्वी पत्नी के आदर्श रूप में देवता बना दिया गया है। पट्टिनी नामक इस देवी की पूजा अब दक्षिण भारत में लुप्त हो चुकी है किन्तु सिंहली ग्रामीणों में इसका इस समय भी व्यापक रूप से प्रचलन है, इसने पर्याप्त लोक-साहित्य की सृष्टि की है, इसमें गजबाहु का ऐसे शासक के रूप में प्रधान स्थान है जो इस देवी को इस द्वीप में प्रवेश कराने में निमित्त बना था। सिंहलियों के लोक साहित्य में गजबाहु से ऊँचा स्थान केवल राष्ट्रीय महापुरुष दुठ्ठगामणी का ही है।

गजबाहु के राज्यकाल में स्थापित प्रशान्त अवस्था उसकी मृत्यु के बाद आधी शती से अधिक समय तक बनी रही। उसके बाद उसका मातुल पुत्र महल्लक नाग (135-141) गद्दी पर बैठा, यह उसका साला भी था।[1] महल्लक नाग के दो बेटों—भाटिक तिस्स (141-165) और कनिठ्ठ तिस्स (165-193) ने एक दूसरे के बाद शासन किया। इन तीन राजाओं के शासन-कालों में सिंचाई के अनेक बांध बने तथा बड़ी संख्या में बौद्ध विहारों की स्थापना हुई और उन्हें दान मिले। बौद्ध धर्मस्थानों को दिये गये दानों का उल्लेख करने वाले इन राजाओं के बीसियों अभिलेख द्वीप के विभिन्न भागों में पाये गये हैं।

---

2. इन दोनों राजाओं के बीच के संबन्ध के लिये देखिये ज० रा० ए० सो० सीलोन ब्रांच xxx, 452।

कनिठ्ठ तिस्स की मृत्यु के बाद राजपरिवार में फूट पड़ गयी, किन्तु यह देर तक नहीं रही। कनिठ्ठ तिस्स के बाद उसका पुत्र खुज्ज नाग गद्दी पर बैठा। दो वर्ष के शासन के बाद उसे उसके छोटे भाई कुञ्चनाग ने मरवा डाला। कुञ्चनाग को भी उसके सेनापति सिरिनाग ने निष्कासित कर दिया। सिरिनाग प्रथम (196-215 ई०) को **महावंश** में कुञ्चनाग का साला कहा गया है। किन्तु अभिलेखों से हम यह अधिक सूचना प्राप्त कर सकते हैं कि वह भाटिक तिस्स का पुत्र था और इसलिए अपने दो पूर्वगामियों की अपेक्षा गद्दी पर उसका पूर्वतर अधिकार था।[1] सिरिनाग प्रथम के बाद उसका बेटा तिस्स गद्दी पर बैठा। न्याय के उचित प्रबन्ध की चिन्ता करने के कारण, उसने वोहारिक (सं० **व्याहारिक**) की उपाधि प्राप्त की।

वोहारिक तिस्स (215-237) के शासनकाल में लंका के ऐतिहासिक ग्रन्थों में पहली बार एक ऐसे बौद्ध सम्प्रदाय का वर्णन मिलता है, जिसे **महावंश** में वेतुल्लक और दीपवंश में वितण्डावादी कहा गया है। इसमें बहुत कम संदेह है कि वेतुल्लक महायान सम्प्रदाय वाले विशेषतः माध्यमिक मत के थे।[2] ऐसा प्रतीत होता है कि वेतुल्लकों को अपने प्रचार में पर्याप्त सफलता मिली और अभय गिरिविहार-वासी उनकी बातों को सम्मान के साथ सुनने के लिये प्रस्तुत थे। किन्तु महाविहार के कट्टर पन्थी संघ को उनके साथ कोई समझौता सह्य नहीं था, उन्होंने राजा को उनके सिद्धान्तों की जाँच के लिये प्रेरित किया। राजा ने यह कार्य कपिल नामक विद्वान् मन्त्री को सौंपा, उसने उचित अन्वेषण के बाद यह घोषणा की कि बेतुल्लकों के विचार बुद्ध की सभी शिक्षाओं के साथ मेल नहीं खाते। अतः उनको द्वीप से निर्वासित कर दिया गया किन्तु वे देर तक बाहर नहीं रहे क्योंकि हम इन्हें बारम्बार कट्टर-पंथी महाविहारीय भिक्षुओं की शान्ति को भंग करता हुआ पाते हैं।

---

1. एपि० जै० iv, 220।
2. देखिये परनवितान, महायानिज्म इन सीलोन जर्नल आफ् साइन्स (सी० ज० सा०) सेक्शन जी खण्ड भाग II।

न्यायपूर्ण शासन तथा संघ की शुद्धता के लिए उसकी चिन्ता के बावजूद भी वोहारिक तिस्स का अन्त सुखद नहीं हुआ। उसके छोटे भाई अभयनाग ने रानी के साथ एक षड्यन्त्र किया, जब यह बात राजा को ज्ञात हुई तो वह (अभय) विदेश भाग गया। अभयनाग के पक्षपातियों ने छलपूर्ण उपायों से प्रजा को वोहारिक तिस्स से विरक्त कर लिया और जब अभयनाग को विश्वास हो गया कि समय अनुकूल है तो वह द्वीप लौटा और उसने विद्रोह का झण्डा खड़ा किया, उसे तमिल सैनिकों में विपुल समूह का समर्थन प्राप्त था, जिन्हें उसने अपनी सेना में भर्त्ती किया था। वोहारिक तिस्स ने जब यह अनुभव किया कि एक सशस्त्र संघर्ष में उसके विजयी होने की कोई संभावना नहीं है तो उसने रानी के साथ पहाड़ों में भाग जाना चाहा, किन्तु उसका पीछा किया गया, वह पकड़ा गया और अभयनाग द्वारा मरवा दिया गया। अभयनाग ने अब उस स्त्री से विवाह किया, जो भ्रातृकलह का कारण थी। वह अनुराधपुर में सिंहासनारूढ़ हुआ। अभयनाग का 8 वर्ष का शासनकाल किन्हीं विशिष्ट घटनाओं के लिये उल्लेखनीय नहीं है। उसके दो उत्तराधिकारियों वोहारिक तिस्स के पुत्र तथा प्रपौत्र—सिरिनाग द्वितीय और विजय के लघु राज्य-काल भी ऐसे थे।

विजय के बाद रोहण से आने वाले दो राजकुमार अनुक्रम से गद्दी पर बैठे। इतिहास-कथाओं में उनके पूर्वगामियों के साथ उनके संबन्ध को नहीं बताया गया है। किन्तु उन्हें लम्बकण्ण वंश का कहा गया है। इस काल में लंका के सब राजा इस वंश से संबद्ध थे। इन दो अनधिकारी प्रवेशकों में से पहले संघतिस्स ने चार वर्ष तक शासन किया और उसका अकाल अन्त हुआ। उसके बाद सिरि-संघबोधि गद्दी पर बैठा, बोधिसत्त्व आदर्श के प्रति उसकी अतिभक्ति ने उसे राज्य के कर्तव्यों तथा चिन्ताओं के अयोग्य बना दिया। सेना के प्रधान सेनापति गोठाभय ने विद्रोह किया और सिरिसंघबोधि रक्तपात के परिहार के लिये राज-महल छोड़ वन में चला गया, जहाँ उसने भिक्षु जीवन स्वीकार किया। गोठा भय खाली गद्दी पर बैठा और उसे यह आशंका थी कि प्रजा कहीं सिरिसंघ-

बोधि को पुनः राजा न बनाये, क्योंकि उसके दुर्लभ गुणों के कारण वह उसमें प्रीति रखती थी, अतः गोठाभय ने संघबोधि के सिर के लिये बड़े परितोषिक की घोषणा की। ऐसी कथा है कि जब सिरि संघबोधि को एक किसान से यह बात ज्ञात हुई तो उसने स्वयं किसान को अपना सिर प्रदान किया ताकि इससे किसान, नया राजा तथा वह स्वयं, सभी लाभ उठा सकें, किसान उसके सिर पर रखे इनाम को लेकर नया राजा गद्दी पर सुदृढ़ रूप से प्रतिष्ठित होकर तथा वह स्वयं सर्वोच्च आत्मात्याग के शील के पालन से भविष्य में अपने बुद्धत्व के योग्य बनाकर। जिस स्थान को सिरि संघबोधि के इस वीर कृत्य के सम्पन्न करने का घटना स्थल कहा जाता है, वहाँ उसके सम्मान में गोठाभय द्वारा बनवाया मन्दिर है और यह अब भी तीर्थ यात्रियों का लोकप्रिय स्थान है। इसमें कोई संदेह नहीं कि आधुनिक ऐतिहासिक सिरि संघबोधि को असफल समझेंगे किन्तु प्राचीन लंका की जनता का यह निर्णय नहीं था। वह राजा लंका की राजवंशावलि को अति प्रकाशित करने वाला समझा जाता है और उसकी मृत्यु के बाद एक हजार वर्ष तक लंका का प्रत्येक एकान्तर (एक को छोड़कर दूसरा) शासक उसके नाम को उपाधि के रूप में धारण करता रहा।

इतिहास कथाओं से ऐसा प्रतीत होता है कि गोठाभय (254-267) एक साहसी व्यक्ति था, उसने निंद्यप्राय उपायों से राजगद्दी पर अधिकार किया। किन्तु उसके एक अभिलेख[1] से प्रतीत होता है कि वह सिरिनाग द्वितीय का पुत्र था और इसलिये राजगद्दी पर उसका अधिकार न्याय्य था। उसके शासन काल में भिन्न तीर्थिक वेतुल्लक (महायानी) फिर प्रबल हुए और वे अभयगिरि संघ में अपने अनेक अनुयायी बनाने में सफल हो गये। वोहारिक तिस्स के उदाहरण का अनुसरण करते हुए, गोठाभय ने उन्हें निर्वासित किया। वह वोहारिक से आगे बढ़ा, उसने उसके साठ बड़े सदस्य चुन लिये, उनके शरीर दाग़ कर उन्हें देश निकाला दे दिया। अपमानित वेतुल्लक भिक्षु दक्षिण भारत में कावेरी पट्टन चले गये, यहाँ उनमें से एक का संघमित्त नामक शिष्य था,

1. एपि० जं० v, 223-28।

उसे जब अपने गुरु तथा उस पन्थ के अन्य व्यक्तियों के साथ किये बर्बर बर्ताव का ज्ञान हुआ तो उसने लंका जाने का निश्चय कर लिया ताकि वह महाविहार के उन भिक्षुओं को एक पाठ पढ़ा सके जिनकी प्रेरणा से राजा ने ऐसा व्यवहार किया था। संघमित्त राजकृपा प्राप्त करने में सफल हुआ और वह राजा के दो पुत्रों का शिक्षक नियत किया गया। बड़ा राजकुमार जेठ तिस्स उसकी शिक्षाओं से प्रभावित नहीं हुआ किन्तु छोटा राजकुमार महासेन झट उसका अनुगामी बन गया। संघमित्त ने अनुभव किया कि वह यथा काल महासेन के गद्दी पर बैठने पर अपनी योजना पूर्ण कर सकता है।

ऐसा प्रतीत होता है कि जब गोठाभय की मृत्यु हुई तब राज्याधिकारियों में एक असन्तुष्ट दल था। किन्तु जेट्ठ तिस्स (267-277) ने प्रभावशाली, पर कठोर पग उठाया और अपने विरुद्ध संभाव्य योजनाओं को उसने पनपने से पहले ही कुचल दिया। जेठ्ठ तिस्स के बाद उसका छोटा भाई महासेन (227-304) गद्दी पर बैठा, यह प्राचीन लंका के विशिष्ट शासकों में से है। महासेन के राज्यारोहण के साथ ही संघमित्त जो जेठ्ठ तिस्स के शासनकाल में इस द्वीप को छोड़कर चला गया था—वापिस लौट आया और उसने कट्टरपन्थी संघ के विरुद्ध अपना प्रचार कार्य अविलंब शुरू कर दिया। राजा ने उसकी सलाह पर आचरण करते हुए महाविहार के भिक्षुओं को आज्ञा दी कि वे वेतुल्ल या महायान सिद्धान्त स्वीकार करलें। उन्होंने इन्कार किया और इस पर राजा ने यह आज्ञा निकाली कि नगर निवासी उन्हें भिक्षा न दें। महाविहार के भिक्षुओं ने आध्यात्मिक मामलों में राजा के आगे सिर नहीं झुकाया, उन्होंने विहार छोड़कर रोहण में शरण ली। राजा ने उनकी जायदादें जब्त करलीं, उनके बहुत से विहार नष्ट कर दिये और उसी निर्माण-सामग्री से अभयगिरि विहार को सजाया। द्वीप के सबसे महत्वपूर्ण धार्मिक समुदाय के इस उत्पीडन से जनता में रोष उत्पन्न हो गया और कट्टरपन्थियों के समर्थकों ने महाविहार विरोधी दल के नेताओं को मार डाला। महासेन और विद्रोही सेनाओं के नेता के बीच वैयत्रिक मैत्री थी। अतः एक गृह-युद्ध शुरू होते-होते बचा; किन्तु राजा

को अपनी धार्मिक नीति बदलने के लिए बाध्य होना पड़ा और महाविहार के साथ शान्तिपूर्ण सम्बन्ध रखने पड़े।

तथापि बाद में महासेन ने जेतवनाराम का नया विहार स्थापित किया तो प्राचीन संस्था की भूमि पर भी अतिक्रमण करने के कारण, महाविहार के साथ इसका पुनः झगड़ा हो गया। जेतवन विहार लंका के तीन सम्प्रदायों में से— जिनमें प्राचीन लंका का संघ विभक्त था—तीसरे महान् सम्प्रदाय के मुख्य स्थान के रूप में विकसित हुआ। इस विहार में महासेन द्वारा बनवाया स्तूप लंका में सबसे बड़ा था और संभवतः विश्व भर के इस श्रेणी के किसी अन्य स्मारक से आकार में बड़ा था। महासेन ने सिंचाई के कुछ बड़े जलाशय भी बनवाये, इनमें से एक-भिन्नेरी ने लगभन 5000 हजार एकड़ का क्षेत्र घेर रखा है। धान के खेतों की सिंचाई के लिये जल की नियमित व्यवस्था द्वारा भूमि को लाभ पहुँचाने के अभिप्राय से उसने अनेक निर्माण कराये। इन निर्माणों से अपनी विशालता से जनता को इतना अधिक प्रभावित किया कि मृत्यु के बाद उसे देवता ही बना दिया गया।

महासेन के पुत्र तथा उत्तराधिकारी सिरि मेघवण्ण (304-332) का राज्यकाल कलिंग में दन्तपुर से बुद्ध के पवित्र दांत के लंका में आगमन के लिये उल्लेखनीय है। कालान्तर में यह सिंहली राजाओं का रक्षक देवता हो गया, इस समय यह काण्डी में प्रतिष्ठित है और अब भी द्वीप के बौद्धों की परम भक्ति का पात्र है। सिरि मेघवण्ण, उत्तरी भारत के महान् गुप्त सम्राट् समुद्र गुप्त का समकालीन था और हमें चीनी स्रोतों से ज्ञात होता है कि इस सिंहली राजा ने भारतीय महाराज के पास दूत भेजे थे तथा लंका से बुद्ध गया की यात्रा करने वाले तीर्थयात्रियों की सुविधा के लिये वहाँ एक विहार बनवाने की अनुज्ञा प्राप्त की थी।[1]

सिरिमेघवण्ण के छोटे भाई जेठ्ठ तिस्स द्वितीय ने—जो हाथी दांत की नक्काशी में अपनी निपुणता के लिए प्रसिद्ध था—नौ वर्ष तक शासन किया।

---

1. देखिये ऊपर पृ० 150।

उसके बाद उसका बेटा बुद्धदास (341-370) गद्दी पर बैठा। यह राजा चिकित्सा तथा शल्यकर्म में अपनी दक्षता के लिये प्रसिद्ध था, उसे अनेक चमत्कार करने वाला कहा जाता है। उसने सारे द्वीप में न केवल मनुष्यों, अपितु पशुओं के लिये भी अस्पताल स्थापित किये और उनकी व्यवस्था के लिये चिकित्सक रखे। उसने जनता के लिये धर्म की व्याख्या करने वाले प्रचारकों को नियुक्त कर अपनी प्रजा के मानसिक उन्नयन के लिये भी व्यवस्था की। बुद्धदास का पुत्र उपतिस्स द्वितीय (370-412) एक परोपकारी स्वभाव का व्यक्ति था और यद्यपि उसने मुकुट धारण कर रखा था किन्तु फिर भी वह बोधिसत्व के शीलों का आचरण करता था। किन्तु इस आचरण ने उसकी अपने छोटे भाई महानाम से रक्षा नहीं की। महानाम ने यद्यपि धार्मिक जीवन अंगीकार कर लिया था, तथापि वह रानी के साथ भी फँसा हुआ था। महानाम ने रानी को उभाड़कर उपतिस्स को मरवा डाला और स्वयं राजगद्दी पर बैठ गया।

महानाम का राज्यकाल (412-434) महान् पालि टीकाकार बुद्धघोष के लिये प्रसिद्ध है, इसके ग्रन्थों ने बौद्ध धर्म के उन सिद्धान्तों को निश्चित कर दिया, जो आजकल लंका, बर्मा, स्याम और कम्बोडिया में प्रचलित हैं। बुद्धघोष के साहित्यिक ग्रन्थों की इयत्ता ने पिछली पीढ़ियों को इतना अधिक प्रभावित किया कि उसके नाम के साथ अनेक दन्तकथायें चल पड़ीं जिनमें अब उसके जीवन के वास्तविक ऐतिहासिक विवरण प्राप्त करना कठिन है। सिंहली अनुश्रुति दावे के साथ कहती है कि वह उत्तरी भारत का ब्राह्मण था, जब उसने बौद्धप्रबज्जा ली तो उसके आचार्य ने उसे थेरवाद-सम्प्रदाय के उस समय सिंहली में उपलब्ध टीका साहित्य का पालि में अनुवाद करने का कार्य सौंपा। बुद्धघोष ने स्वयं तामिल देश के साथ अपना सम्बन्ध बतलाया है और कांची में कुछ समय तक अपने निवास का वर्णन भी किया है।[1] बुद्धदत्त नामक एक अन्य पालि टीकाकार बुद्धघोष का समकालीन माना जाता है, उसने कावेरी-

1. मनोरथपूरणी की पुष्पिका देखिये।

पट्टन में उस समय ग्रन्थ लिखे जब कलभ्र राजा अच्युत चोल-देश पर शासन कर रहा था।[1] बुद्धघोष के ग्रन्थों में उसके समय के सिंहली राजा को सिरिपाल, सिरिनिवास या सिरिकुड्ड कहा गया है। महानाम के कुछ अभिलेखों में उसका सिरिपली के नाम से निर्देश है, यह पालि के सिरि पालित के तुल्य है।[2] चीनी इतिहासों में उल्लेख है कि उस देश में 428 ई० में लंका के मोहनान राजा द्वारा भेजा दूत आया था। नि:सन्देह इसमें निर्दिष्ट राजा महानाम ही है।

महानाम की मृत्यु के बाद वह वंश समाप्त हो गया जिसकी वसभ ने स्थापना की थी और जो द्वीप पर तीन सौ वर्षों से अधिक समय तक शासन करता रहा। उसका तामिल पत्नी से उत्पन्न सोत्थिसेन नामक एक पुत्र गद्दी पर बैठा, किन्तु राज महिषी से उत्पन्न कन्या के पति को राजा बनाने के लिये उसे फौरन निकाल दिया गया। एक वर्ष बाद इसकी मृत्यु हो गयी और इतने ही थोड़े समय के लिये मित्रसेन नामक वंचक ने राजछत्र धारण किया, इसी समय दक्षिण भारत से एक आक्रमण हुआ जिसके फलस्वरूप 25 वर्ष तक लंका विदेशी शासन के आधीन रही।

ऐसा प्रतीत होता है कि इस तामिल आक्रमण के नेता पाण्ड्य देश से आये थे, क्योंकि उनमें से लंका में राज करने वाले पहले शासक का नाम पाण्डु था। उसके बाद उसके पाँच साथी पारिन्द, खुद्द पारिन्द, तिरीतर, दाठीय और पीठीय बारी-बारी से गद्दी पर बैठे। यद्यपि ये शासक दक्षिण भारत के थे किन्तु उन्होंने बौद्ध धर्म को संरक्षण दिया तथा सिंहली प्रथायें ग्रहण कीं। इनमें से तीन के—पारिन्द, खुद्द पारिन्द और दाठीय के अभिलेख द्वीप के विभिन्न भागों में पाये गये हैं। ये लेख[3] पुरानी सिंहली में हैं और बौद्ध संघों को

1. **विनय विनिश्चय** (पलि टेक्स्ट सोसाइटी) की पुष्पिका देखिये पृ० 229
2. सी. ज. सा. सेक्शन जी II, 18
3. सी. ज. सा. सेक्शन जी. II, 181

दिये गये दानों का उल्लेख करते हैं। खुद्द पारिन्द ने बुद्धदास की उपाधि धारण की थी।[1]

किन्तु अनेक सिंहली राजाओं ने द्रविड शासन के आगे सिर नहीं झुकाया और उन्होंने द्वीप के ऐसे विभिन्न हिस्सों में अपने को स्वतन्त्र बनाये रखा जहाँ तामिल प्रवेश करने में असमर्थ थे। तामिलों के विरुद्ध राष्ट्रीय आन्दोलन को धातुसेन के रूप में एक नेता मिला, जिसे मौर्यवंश से संबद्ध बताया जाता था। उसने अपना बचपन एक विहार में बिताया था, जहाँ उसके एक चाचा ने—जो भिक्षु था—उसकी अनेक संकटों से रक्षा की थी। ऐसे ही एक हिस्से में धातुसेन ने अपने चारों तरफ राष्ट्रीय शक्तियां को बटोरा और जब खुद्द पारिन्द शासन कर रहा था, उस समय अपनी जनता की मुक्ति के लिये आन्दोलन प्रारम्भ किया। खुद्द पारिन्द के बाद गद्दी पर बैठने वाले तीनों तामिल शासक युद्ध में धातुसेन द्वारा मार डाले गये। अनेक युद्धों में अपने शत्रुओं को परास्त करने के बाद वह 463 ई० के लगभग अनुराधपुर की गद्दी पर बैठा।

धातुसेन बौद्ध धर्म का उदार संरक्षक था। उसने अनेक विहारों की स्थापना की तथा बहुत से भग्न विहारों का जीर्णोद्धार कराया। किन्तु उसकी सबसे बड़ी यादगार वे निर्माण हैं जो उसने लंका की आश्चर्यजनक सिंचाई के क्षेत्र में प्रदान किये। उसके द्वारा बनवाये जलाशयों में से कलावाव उसकी एक अतिबृहत कृति है, यह 4000 एकड़ का क्षेत्र घेरे हुए है और धान के खेतों के विशाल प्रदेश को सींचता है।

धातुसेन का अन्त दुःखपूर्ण था। उसके दामाद के भड़काने पर कस्सप ने जो उसकी हीन रानी का पुत्र था गद्दी पर बलात् अधिकार कर लिया और वृद्ध राजा को उस कमरे की दीवार में चुनवाकर मरवा डाला, जिसमें वह कैद किया गया था। गद्दी का वास्तविक उत्तराधिकारी राजकुमार मोग्गलान इस जघन्य अपराध का बदला लेने की प्रतिज्ञा लेकर भारत भाग गया। पितृघाती कस्सप प्रथम

1. एपि. जै. IV. 113।

(479-497) सीगिरि की अजेय गिरि-दुर्ग में रहने लगा, इसके शिखर पर उसने भव्य प्रासाद बनाया और 18 वर्ष तक शासन किया। गिरि शिला के ढालू पार्श्व को उसने जिन चित्रों से अलंकृत किया, उनके अवशेष सुप्रसिद्ध हैं और भारत तथा लंका की प्राचीन चित्रकला के सर्वाधिक मूल्यवान् अवशेष समझे जाते हैं। अन्त में मोग्गलान एक सेना के साथ भारत से लौटा, कस्सप अपने महादुर्ग में आक्रान्ता की प्रतीक्षा करने के स्थान पर अपनी सेनाओं के साथ लड़ने के लिये आगे बढ़ा। इसके बाद जो लड़ाई हुई, उसमें कस्सप की सेना-व्यूह पक्तियाँ तोड़कर भाग निकलीं और जब पितृघाती ने यह अनुभव किया कि सब कुछ समाप्त हो चुका है तो उसने युद्ध-क्षेत्र में ही आत्महत्या कर ली।

मोग्गलान प्रथम (497-515) ने उन सब व्यक्तियों को कत्ल कर अपना गुस्सा उतारा जिन्होंने कस्सप का पक्ष लिया था या जिनका उसके पिता की मृत्यु में हाथ था। 18 वर्षों के शासन के अनन्तर, उसका पुत्र कुमारदास (515-534 ई०) गद्दी पर बैठा। कई सदियों तक इसे ही **जानकीहरण** का[1] रचयिता कवि मानते रहे, यद्यपि इस कीर्ति पर उसका कोई अधिकार नहीं है। कुमारदास के पुत्र कित्तिसेन की नौ मास के राज्य के बाद अकाल मृत्यु हुई और उसके साथ धातुसेन की सीधी वंश-परम्परा समाप्त हो गई।

उत्तरी भारत के आर्य भाषा-भाषी प्रवासी पाँचवीं-छठी शती ई० पू० में संस्कृति के जो तत्त्व अपने साथ लाये थे और अशोक के प्रचारक-उत्साह के द्वारा जो धार्मिक और कलात्मक आन्दोलन तीसरी श० ई० पू० में लंका पहुंचे थे, उनका चरम प्रस्फुटन इस अध्याय में वर्णित काल में ही हुआ। इसी युग में द्वीप में सबसे बड़ा स्तूप बना और इस समय बने सिंचाई के जलाशयों और प्रणालियों

1. कुछ वर्ष पहले मलाबार में उपलब्ध इस ग्रन्थ की एक हस्तलिखित प्रति में ऐसी साक्षी है जो प्रदर्शित करती है कि लेखक कुमारदास सिंहली राजकुल का एक वंशज था, किन्तु वह इस नाम के राजा से भिन्न व्यक्ति था।

ने आधुनिक इंजिनियरों से भी प्रशंसा प्राप्त की है। इस काल की बनाई जाने वाली मूर्त्तिकला उच्च कोटि की है तथा अमरावती और नागार्जुनीकोंडा की शैलियों की मूर्त्तियों के साथ समानता रखती है। चित्रकला किस उच्च कोटि तक पहुँची थी, इसका निर्णय सीगिरिया के भित्तिचित्रों से किया जा सकता है।

प्रायः होने वाले प्रासाद-षडयन्त्रों—जिन्होंने जनता के जीवन पर कोई प्रभाव नहीं डाला—तथा केवल एक चौथाई शती के तामिल-शासन के व्यवधान के बावजूद भी, इस काल में द्वीप की सामाजिक और आर्थिक अवस्था व्यवस्थित-सी प्रतीत होती है। इस द्वीप तथा भारतीय महाद्वीप के विविध भागों के बीच तथा और उससे आगे तक व्यापार बढ़ता रहा, सिंहली राजाओं ने शक्तिशाली भारतीय राजाओं के दरबारों में, रोम में तथा चीन में भी अपने दूत भेजे। लंका तथा भारतीय बौद्धों के बीच में घनिष्ट सम्पर्क था, बुद्ध गया और नागार्जुनीकोंडा में सिंहली विहार बने और इन शतियों में पूर्वी एशिया में बौद्ध धर्म के प्रचार में सिंहली भिक्षुओं तथा भिक्षुणियों का भी कुछ हिस्सा था। थेरवादी बौद्ध धर्म के केन्द्रों के रूप में अनुराधपुर के महाविहारों की ख्याति ने दूर देशों से सत्यान्वेषियों को अपनी ओर आकृष्ट किया और इस युग में अनुराधपुर के महाविहार में रचित टीकात्मक व्याख्यात्मक पालि वाङमय प्रचुर मात्रा में विद्यमान है।

परिशिष्ट

तिथिक्रम पर टिप्पणी

ऊपर दी गयी तिथियाँ **महावंश** के एल० सी० विजेसिंह के अनुवाद के साथ संलग्न तिथिक्रम की तालिका के अनुसार हैं। लंका में प्रचलित 543 ई० पू० से शुरू होने वाले बुद्ध-संवत् के आधार पर इनकी गणना की गयी है, इतिहासों में दिये राज्य कालों की लम्बाइयाँ इनमें जोड़ दी गयी हैं और कुछ महत्वपूर्ण घटनाओं के लिये साहित्यिक स्रोतों में दी आनुश्रुतिक तिथियों को भी ध्यान में रखा गया है। विक्रमसिंह (एपि. जै. III 1-47) तथा गीगर (**चूळवंश**, अनुवाद खण्ड 2, पृ० 1-47) दोनों ने तिथिक्रमीय तालिकायें इस कल्पना के आधार पर तैयार की हैं कि लंका के इतिहास के आरम्भिक काल में वहाँ 483 ई० पू० से शुरू होने वाला बुद्ध संवत् प्रचलित था। विक्रमसिंह का मत है कि इस अध्याय में वर्णित सारे युग में इस प्रकार के संवत् का प्रयोग था, किन्तु गीगर की सम्मति है कि इसका व्यवहार महासेन के राज्य के अन्त तक ही रहा।

इस सिद्धान्त ने इन दोनों विद्वानों को एक बुद्ध संवत् से दूसरे संवत् का संक्रमण करने में काफी कठिनाइयों में डाल दिया है। सिल्वां लेवी द्वारा प्रकाशित पाँचवीं से आठवीं शतियों के बीच के लंका संबन्धी चीनी निर्देश (जू० ए० 1900, पृ० 297 ..., 401 ...) हमें यह सिद्ध करने के लिये निर्विवाद साक्षी देते हैं कि विक्रमसिंह और गीगर की तिथियों की अपेक्षा विजेसिह की तिथियाँ अधिक ग्राह्य हैं। **पियेन-ए-तियेन** (अध्याय 66) यह उल्लेख करता है कि इउतकिया के पाँचवें वर्ष (428 ई०) में मो-हो-नान नामक लंका के राजा ने चीनी दरबार में एक दूत-मण्डल भेजा। मो-हो-नान को महानाम मानने में कोई कठिनाई नहीं है और इस नाम वाला लंका में एक

ही राजा हुआ है। विजेसिंह की तालिका के अनुसार महानाम ने 412 से 434 ई० तक शासन किया। चीन जाने वाले दूतमंडल की तिथि ठीक इस काल के बीच में पड़ती है। 483 ई० से प्रारम्भ होने वाले बुद्ध संवत् की गणना के आधार पर विक्रमसिंह महानाम को 468 में उसके दूतों के चीन पहुँचने के 40 वर्ष बाद गद्दी पर बिठाता है।

14वीं शती का ग्रन्थ **निकायसंग्रह** महासेन के राज्यारोहण की तिथि 818 बुद्ध-संवत् देता है। **महावंश** में दिये अन्तर्वर्त्ती राज्य कालों की लम्बाइयाँ जोड़ने पर महानाम का प्रथम वर्ष 953 बु० सं० अर्थात् 410 ई० में पड़ेगा, जिससे वह 428 ई० में गद्दी पर हो सकता है, जबकि उसके दूत चीनी सम्राट् के यहाँ पहुँचे। इसी गणना के आधार पर सिरिमेघवण्ण को 845 बु० सं० (302 ई०) तक राज्यारूढ़ हो जाना चाहिये और इससे इस तथ्य का विरोध नहीं होता है कि वह समुद्रगुप्त का समकालीन था, जैसा कि हमें चीनी लेखक वांग-ह्यून-त्से से ज्ञात होता है।

महानाम के राज्य काल से तीन या चार शती पूर्व के इतिहास की सामान्य शुद्धता में संदेह करने का कोई प्रबल आधार नहीं है। इस युग के अधिकांश राजाओं का समकालीन अभिलेखों में वर्णन है और जब इनमें राज्य काल के वर्ष दिये होते हैं तो वे इतिहासों द्वारा प्रस्तुत सामग्री के विरोधी नहीं होते। सिल्वाँ लेवी ने पाँचवीं से आठवीं शती की बहुत-सी तिथियों की चीनी निर्देशों द्वारा जाँच कर यह परिणाम निकाला है कि "इस कसौटी पर सिंहली इतिहासों की शुद्धता पूरी-पूरी खरी प्रमाणित हुई है।" सिंहली इतिहास का विन्सेण्ट स्मिथ से अधिक कठोर आलोचक दूसरा कोई न था, किंतु वह भी स्वीकार करता है कि "मेरा विश्वास है कि 161 ई० पू० के लगभग दुठगामणी से पूर्वतर समय के लिये भी सिंहली तिथियों की वास्तविक शुद्धता में संदेह करने का कोई कारण नहीं है (इं० ए० xxxi, 195)।" यह प्रश्न नहीं है कि बुद्ध का परिनिर्वाण वस्तुतः 683 ई० पू० में हुआ या 543 ई० पू० में, किन्तु

प्रश्न यह है कि 483 ई० पू० से प्रारम्भ होने वाला बुद्ध संवत् लंका में कभी प्रचलित था या नहीं। प्राप्त साक्षी न केवल विक्रमसिंह, गीगर तथा अन्य विद्वानों के इस पक्ष का खण्डन ही करती है कि इस अध्याय में वर्णित काल में ऐसे संवत् का प्रचलन था, अपितु यह स्थापित भी करती है कि इस काल में 453 ई० पू० से शुरू होने वाले लंका के पराम्परागत बुद्ध-संवत् में ही तिथियों की गणना होती थी।

अध्याय १४

शासन-प्रणाली

किसी देश की समृद्धि तथा उसके निवासियों का सुखी रहना बहुत कुछ उस देश के शासन की कुशलता तथा उन आदर्शों पर निर्भर हैं, जो इस शासन को प्रेरणा देते हैं। अतः आइये, अब हम इस युग के प्रशासन के यंत्र का निरीक्षण करें और यह पता लगायें कि यह कहाँ तक सुविकसित और कुशल था और कहाँ तक देश की जनता को नैतिक और भौतिक प्रगति की ओर बढ़ाने में सफल हो सका था।

वाकाटक-गुप्त युग में देश में दो प्रकार के राज्य थे—एकतन्त्रीय राज्य और गणतन्त्रीय राज्य। एकतन्त्र सारे देश में विद्यमान थे, किन्तु गणतन्त्र केवल उत्तरी भारत के कुछ हिस्सों में फल-फूल रहे थे। प्रजातन्त्र ग्राम-शासन के क्षेत्र में उत्तर भारत की अपेक्षा दक्षिण में अधिक विकसित हुआ था; अतएव यह बात आश्चर्यजनक है कि शासन के ऊँचे क्षेत्रों में प्रजातन्त्र के प्रयोग से विन्ध्याचल के दक्षिण में वैसे गणतन्त्रों का विकास नहीं हुआ, जैसा इसके उत्तर में हुआ।

1. गणतन्त्र राज्य[1]

आइये, पहले हम अपने युग के एकतंत्रेतर राज्यों पर विचार करें। इनमें मध्य पंजाब के मद्र, कांगड़ा घाटी के कुणिन्द, दक्षिण पूर्वी पंजाब के यौधेय,

---

1. राजनीति विज्ञान **रिपब्लिक** (गणतन्त्र) का लक्षण ऐसा राज्य करते हैं जहाँ सर्वोच्च शक्ति एकतन्त्र की भाँति एक व्यक्ति में नहीं अपितु कम या अधिक संख्या वाले व्यक्तियों के एक समूह या संघ में निहित होती है।

(अगले पृष्ठ पर)

आगरा-जयपुर प्रदेश के आर्जुनायन और मध्य राजस्थान के मालव प्रधान थे। मध्य भारत में भी प्रार्जुन, सनकानीक,[1] काक और आभीर जैसे छोटे-छोटे एकतंत्रेतर राज्य थे। उनका इसके पहले का इतिहास ज्ञात नहीं है। प्रारम्भिक समय से इन जातियों की शासनप्रणाली एकतंत्र से भिन्न थी और इनमें अधिकांश में यह चौथी शती ई० के अन्त तक प्रचलित रही।

समुद्रगुप्त के प्रयाग-अभिलेख में इन राज्यों के प्रधानों के रूप में राजाओं का कोई उल्लेख नहीं है। इसमें यह वर्णन है कि किस प्रकार मालव और यौधेय आदि, न कि उनके राजा महान् गुप्त सम्राट् के पास अपनी अधीनता प्रकट करने आये। अतः यह स्पष्ट है कि इनमें कोई राजा न था और ये एक-तन्त्र से भिन्न राज्य थे। किन्तु सर्वोच्च शक्ति समूची जनता में निहित नहीं मालूम पड़ती है। आरम्भिक बौद्धसाहित्य की साक्षी तथा यूनानी लेखकों के वर्णन यह प्रदर्शित करते हैं कि चौथी शती ई० पू० के एक तन्त्रेतर राज्यों में केन्द्रीय सभा का निर्माण मुख्य रूप से क्षत्रिय वर्ण वाले जमीन्दार सैनिककुलों के सदस्यों द्वारा ही होता था। गुप्त-युग में भी संभवतः यही दशा थी।

(जारी)

अल्पतन्त्रों, कुलीनतन्त्रों और प्रजातन्त्रों सबको गणतन्त्र का नाम दिया गया है। इस प्रकार राजनीति के लेखकों ने—स्वार्टा, एथेन्स, कार्थेज रोम मध्ययुगीन वेनिस, संयुक्त नीदरलैण्डस् (हालैण्ड) और पोलैण्ड—सब को गणतन्त्र कहा है, यद्यपि इनमें से किसी में भी वह पूर्ण प्रतिनिध्यात्मक विशेषता नहीं थी जिसे कुछ व्यक्ति गणतन्त्र का भेदक चिह्न समझते हैं। इस सैद्धान्तिक पृष्ठ-भूमि तथा ऐतिहासिक साक्षी के साथ हम प्राचीन भारत के इन राज्यों को भलीभाँति गणतन्त्र (रिपब्लिक) कह सकते हैं क्योंकि इनमें प्रभु-शक्ति-सम्पन्न समूहों की संख्या पर्याप्त थी जो कार्यकारणी का निर्वाचन करते थे। हमारे पास विभिन्न गणराज्यों के शासन विधानों के ठीक वर्णन करने के लिए पर्याप्त सामग्री नहीं है, तथापि ऐसा प्रतीत होता है कि ये विधान एक दूसरे से पर्याप्त भिन्न थे।

2. किन्तु मिला० ऊपर पृ० 144।

किन्तु नगरों और गाँवों की अपनी सभायें होती थीं; इनमें सब वर्गों और पेशों के वृद्ध जन होते थे।

गणतन्त्रों की केन्द्रीय कार्य-समिति प्रारम्भ में केन्द्रीय सभा द्वारा निर्वाचित होती थी, किन्तु गुप्त युग में यह आनुवंशिक होने लगी थी। नन्दसा यूप-अभिलेख यह प्रदर्शित करता है कि संकट कालों में मालवों का शासन अभिजात कुलों के द्वारा होता था। इनके मुखिया युद्ध के समय राजकीय सेनाओं का नेतृत्व करते थे और शान्तिकाल में नागरिक प्रशासन की व्यवस्था करते थे। ये मुखिया आनुवंशिक थे। फिर भी, वे **राजा** या **महाराजा** जैसे राजकीय पद धारण नहीं करते थे।[1] सनकानीक राज्य में प्रधान का पद आनुवंशिक हो चुका और इसके साथ महाराज की उपाधि भी जुड़ चुकी थी।[2] यौधेय राज्य के मुखिया को, जो उनका प्रधान सेनापति भी था---**महाराज** उपाधि का अधिकार प्राप्त था किन्तु उसका पद निर्वाचनात्मक[3] था और उसे सिक्कों पर अपना नाम अंकित करने की अनुमति नहीं थी।[4] हम यह नहीं जानते कि किस ढंग से यौधेय अपने महाराज का, जो उनका प्रधान सेनापति भी होता था, चुनाव करते थे। संभवतः केवल उनके कुलीनवर्ग के सदस्य और संभवतः नगरसभाओं और ग्राम पंचायतों के सभापति निर्वाचन में भाग लेते थे और चुनाव कुछ कुछ मुख्य परिवारों के प्रतिद्वंद्वी उम्मीदवारों तक ही मर्यादित होता था।

---

1. फिर भी यह उल्लेख करना मनोरंजक है कि मालव-शासक-कुलों ने यह दावा करना शुरू किया था कि उनका वंश इक्ष्वाकु राजवंश की तरह प्रतिष्ठित है, मि० **इक्ष्वाकुप्रथितराजर्षिवंशे मालववंशे प्रसूतस्य, नन्दसा** यूप अभिलेख, (अप्रकाशित)।
2. का० इं० इं० iii, 25
3. **यौधेयगण पुरस्कृतस्य महाराजमहासेनापतेः**, का० इं० इं० iii, 252।
4. सिक्कों पर **यौधेयगणस्य जयः**, का ही लेख है; इसमें कभी किसी राजा का उल्लेख नहीं हुआ है।

संभवत: लग० 200 ई० में कुणिन्दों, यौधेयों और आर्जुनायनों ने एक संघ बना लिया था। सैनिक तथा विदेशी मामलों की देखरेख त्रिमूर्तियों द्वारा होती थी जो संघ की तीन इकाइयों के पृथक्-पृथक् प्रतिनिधि होते थे। पांचवीं शती ई० से हम इनके सम्बन्ध में आगे कोई बात नहीं सुनते। उनकी विशेष गणमुद्राओं का भी लग० 400 ई० तक अन्त हो जाता है।

उत्तरी भारत से इन गणतन्त्रों का लोप किन परिस्थियों में हुआ यह अब तक पूर्ण रूप से ज्ञात नहीं है। डा० जायसवाल ने इसका कारण गुप्तों के साम्राज्यवाद को ठहराते हुए कहा है "समुद्रगुप्त ने सिकन्दर की भाँति देश की स्वतन्त्र भावना की हत्या की। उसने मालवों और यौधेयों को जो स्वतन्त्रता के पोषण स्थान थे, तथा इस वर्ग के अन्य अनेक गणों को नष्ट किया।"[1] किन्तु यह सत्य नहीं प्रतीत होता। मालवों, आर्जुनायनों यौधेयों और मद्रों ने सामान्यरूप में समुद्रगुप्त को सम्राट स्वीकार कर लिया था वे उसे कर प्रदान करते थे किन्तु अपनी स्वतन्त्रता बनाए रखते थे। उनके प्रदेशों पर गुप्तों का सीधा शासन कभी नहीं हुआ और इसलिये उनकी शासन-प्रक्रिया तथा संस्थायें बहुत प्रभावित नहीं हुई होंगी। यह स्मरण रखना चाहिये कि मौर्यों और कुषाणों के समय उनकी स्वतन्त्रता पूर्ण रूप से लुप्त हो गई थी, किन्तु जब उपर्युक्त साम्राज्यों का ह्रास हुआ तो एक बार फिर गणतन्त्रता के रूप में वे खड़े हो गये। गुप्त साम्राज्यवाद ने उनकी स्वतन्त्रता में कोई हस्तक्षेप नहीं किया, अतः यह बात समझ में नहीं आती कि गुप्तों का साम्राज्य उनकी प्रजातन्त्रीय संस्थाओं के लिये कैसे घातक हुआ।

नन्दसा अभिलेख यह प्रदर्शित करता है कि तीसरी शती ई० के प्रारम्भ में मालवों का नेतृत्व ऐसे आनुवंशिक परिवारों में जा रहा था जो इक्ष्वाकु राजर्षियों की भाँति प्रतिष्ठित होने का दावा कर रहे थे। यौधेयों तथा सनकानीकों के नेताओं ने चौथी शती ई० में **महाराज** और **महासेनापति** की उपाधियाँ धारण कर ली थीं। लिच्छवियों के प्राचीन राज्य की भी संभवत: यही दशा थी, क्योंकि

1. **हिस्ट्री आफ् इंडिया**, जायसवाल पृ० 210।

कुमारदेवी इसके प्रदेशों की उत्तराधिकारिणी थी। जब इन गणों के राष्ट्रपति आनुवंशिक होने लगे और वे सैनिक नेता ही न थे, अपितु **महाराज** की उपाधि भी धारण करते थे, तो एकतंत्रों से इन्हें पृथक् करने वाली सीमारेखा अधिक काल तक न चल सकी। हम यह नहीं जानते कि राष्ट्रपति के पद को आनुवंशिक बनाने की अनुमति देकर प्रजातन्त्रीय परम्पराओं को क्यों दुर्बल बनने दिया गया। इस काल में एकतन्त्र को दिव्य समझने की प्रवृत्ति बढ़ रही थी। संभवतः इसीसे गणतन्त्रों को आनुवंशिक राष्ट्रपतियों के नेतृत्व को स्वीकार करने के लिये प्रेरणा मिली हो और इन राष्ट्रपतियों की उपाधि महाराज होने लगी। संभवतः यह भी अनुभव किया गया था कि सुगमता से साम्राज्य में विकसित होने वाला एकतन्त्र राज्य गणतन्त्र की अपेक्षा बाह्य आक्रमण से बचने के लिये अधिक अच्छा साधन है, क्योंकि गणतन्त्र प्रायः अपनी मातृभूमि से अधिक आगे विस्तीर्ण नहीं हो सकता था।

2. एकतन्त्रीय शासन : राजा की स्थिति

हमारे युग में वंशानुगत एकतन्त्री शासन अधिक प्रचलित था। दक्षिण में बड़े राजा भी **महाराज** की उपाधि से प्रायः सन्तुष्ट रहते थे[1] किन्तु उत्तर में शकों का **राजातिराज** पद **महाराजाधिराज** में परिवर्तित हो गया[2] और यह शीघ्र ही महान् विजेताओं तथा सम्राटों में लोकप्रिय हो गया। हमारे युग में राजा के देवत्व का सिद्धान्त जो हिन्दू विचारकों तथा शक शासकों के[3] संयुक्त

1. बहुत विरल अवसरों पर ही कुछ दक्षिणी शासकों **महाराजाधिराज** और **धर्म महाराजाधिराज** के पदों का प्रयोग किया है। देखि० यही पृष्ठ 100
2. इसमें कोई संदेह नहीं कि ब्राह्मण-साहित्य में **महाराजाधिराज** पद आता है, किन्तु उत्तर भारत में इसकी लोकप्रियता का कारण शक शासकों द्वारा व्यवहार में लाया गया **राजातिराज** का सजातीय पद था।
3. मथुरा के कुषाण शासकों के **देवकुल** और उनकी **देवपुत्र** की उपाधि प्रदर्शित करती है कि वे दिव्यता के सिद्धान्त को मानते थे, इसे **मनुस्मृति** ने भी प्रच्छन्न रूप में स्वीकार किया है, अध्याय vii, 4-7

तत्वावधान में पहले ही प्रचलित हो चुका था—अधिकाधिक लोकप्रिय हो रहा था। समुद्रगुप्त का पृथ्वी पर निवास के लिये अवतीर्ण देवता के रूप में वर्णन किया गया है,[1] कदम्ब और शालंकायन शासक पाँचवें **लोकपाल** कहे गये हैं।[2] किन्तु राजा की दिव्यता को शासकों तथा शासितों द्वारा नितांत शाब्दिक अर्थ में नहीं ग्रहण किया जाता था। राजाओं में कोई भी अपनी सैद्धान्तिक दिव्यता के कारण अपनी या अपने आदेशों की अमोघता का खुल्लमखुल्ला दावा करने के लिये आगे नहीं बढ़ा। राजनैतिक विचारकों तथा राजनीतिज्ञों ने राजा की दिव्यता के सिद्धान्त को मर्यादित स्वीकृति देते हुए राजा तथा लोकपालों के बीच में केवल एक कार्य-साहश्य ही माना था। वे स्पष्ट रूप से यह बताते हैं कि देवत्व से राजा निर्भ्रान्त नहीं हो जाता। गुप्त युग की स्मृतियों तथा अभिलेखों दोनों में इस पर बल दिया गया है कि राजा तभी सफल शासक हो सकता है जबकि वह गुरुजनों की सेवा करे, राजधर्मों का अध्ययन करे, धार्मिक आचरण करें तथा लोकपालों के तुल्य योग्यता से प्रजा का संरक्षण करे।[3] उसे राजनीति शास्त्र पर अधिकार पाने के लिए धैर्य के गुण को विकसित करने तथा नेतृत्व की प्राप्ति के लिए उग्र प्रयत्न करने चाहियें; अन्यथा वह अपने कार्य में असफल होगा। अभिमानी, अधार्मिक, अनाचारी और अत्याचारी राजाओं को कभी दैवीय नहीं समझा गया; न ही उनके प्रजा-पीड़न के अधिकार को कभी स्वीकार किया गया। हमारे युग के अभिलेखों में ऐसे राजा सार्वजनिक निन्दा के पात्र ठहराये गये हैं।[4]

---

1. **लोकधाम्नों देवस्य** प्रयाग प्रशस्ति का० इं० इ० iii, 8
2. इं० ए० v, 151; एपि० इं० viii, 234; एपि० कर्ना० v, बेलूर नं० 245
3. इं. ए० v, 155; एपि० इं० vii, 161, 235 इं०।
4. **आविर्भूतावलेपैरविनयपटुभिर्लंघिताचारमार्ग—र्मोहादैदेयुगीनैरपशुभरतिभिः पीड्यमाना नरेन्द्रैः॥ का० इं० इं० iii** 146।

स्मृतियाँ पहले की भाँति इस युग में भी राजकुमारों के राजधर्म तथा सैनिक कलाओं के सिखाने की आवश्यकता पर बल देती हैं और अभिलेख यह प्रदर्शित करते हैं कि उनके विचारों का प्रायः व्यवहार में अनुसरण होता था। उदाहरणार्थ एक लेख में कदम्ब राजा मृगेन्द्रवर्मा का ऐसे शासक के रूप में वर्णन किया गया है जिसकी बुद्धि अनेक शास्त्रों के अध्ययन से तीव्र तथा दृष्टिकोण विशाल हो गया था। जिसका शरीर सवारी तथा घोड़ों और हाथियों के दमन आदि विविध व्यायामों से (सुदृढ़) हुआ था।[1] गुप्त, वाकाटक या पल्लव राजकुमारों के शिक्षण के सम्बन्ध में हमें इस प्रकार का व्यौरा नहीं मिलता, किन्तु हम भलीभाँति यह कल्पना कर सकते हैं कि उनमें भी इसी पद्धति का अनुसरण किया गया होगा। साहित्यिक शिक्षा प्रायः युग के अति प्रसिद्ध विद्वानों को सौंपी जाती थी; इसी प्रकार ऐसा प्रतीत होता है कि वसुबन्धु समुद्रगुप्त के तथा कालिदास प्रवरसेन द्वितीय के शिक्षकों में से थे। संगीत जैसी ललितकलायें भी राजकुमारों को पढ़ायी जाती थीं, समुद्रगुप्त संगीत का अच्छा पारखी था और कदम्ब राजा सिंहवर्मा को भी ऐसी ही ख्याति थी।[2]

3. राजकुल के अन्य सदस्य

प्रायः राजगद्दी ज्येष्ठ पुत्र को मिलती थी, बालिग होने तथा शिक्षा समाप्त कर लेने पर उसे युवराज के पद पर अधिष्ठित किया जाता था। फिर भी, कई बार जब पिता को यह विश्वास हो जाता कि राज्य के हितों के लिये ऐसा आवश्यक है तो वह किसी छोटे लड़के को भी अपना उत्तराधिकारी होने के लिये विशेष रूप से चुन लेता था।[3] तथापि ऐसे उदाहरण

---

1. अदेकशास्त्रार्थतत्वविज्ञानविवेचनविनिविष्टविशालोदारमतिः हस्त्यश्वारोहणप्रहरणादिसु व्यायामिकोषु भूमिषु यथावत्कृतश्रमः। इं० ए० vii, 37।
2. एपि० इं० vi, 18।
3. अधिक सम्भावना है कि समुद्रगुप्त के साथ ऐसा ही हुआ दे० यहीं० पृ०

विरल और अपवाद स्वरूप ही हैं। किन्तु पश्चिमी क्षत्रपों में लगभग 200 ई० से उत्तराधिकार की एक विचित्र परम्परा चली। राजगद्दी बड़े भाई के बाद अनुक्रम से छोटे भाइयों को मिलती थी। इस प्रकार क्रम से जब सबसे छोटा भाई अपने शासन की बारी समाप्त करके मर जाता था तो उसके बाद सबसे बड़े भाई का जीवित ज्येष्ठ पुत्र राजगद्दी पर बैठता था।[1]

युवराज के छोटे भाइयों को प्राय: प्रान्तीय शासकों के पद पर नियुक्त किया जाता था। कुमारगुप्त प्रथम का अनुज गोविन्दगुप्त इसी प्रकार अपने भाई के अधीन मालवा का शासक था। पल्लवों के नीचे भी ऐसे ही राजकुमार शासकों के रूप में शासन करते थे।[2] यदि राजा का कोई पुत्र न होता तो उसका छोटा भाई युवराज बनता था। इस प्रकार के उदाहरण बहुत कम हैं कि राज्यों को राजकुमारों से इसलिये विभक्त किया गया हो कि उनके प्रतिस्पर्धी दावों को पूरा किया जा सके। प्रवरसेन प्रथम की मृत्यु पर वाकाटक वंश में ऐसा जरूर हुआ था कि उसका साम्राज्य उसके चार पुत्रों में बांटा गया। प्रतीत होता है कि गुप्त वंश में भी इसकी सत्ता के अन्तिम दशकों में राज्य का विभाजन हो गया था। इन दोनों अवसरों पर इसके परिणाम हितकर नहीं हुए। इसमें कोई सन्देह नहीं कि इस प्रकार प्रतिस्पर्धी राजकुमारों की वैयक्तिक महत्वकांक्षायें तो पूर्ण हुई, किन्तु इन राजवंशों की प्रतिष्ठा और शक्ति की बलि देकर ही। अत: इसमें कोई आश्चर्य नहीं कि हमारे वाकाटक-गुप्त युग के राजनैतिक सिद्धान्त और व्यवहार ने इस पद्धति को नापसन्द किया था।

प्राय: **युवराज** को प्रबन्ध-सम्बन्धी अनेक अधिकार दिये जाते थे किन्तु इनका ठीक-ठीक विस्तार ज्ञात नहीं है। सम्भवत: वे व्यक्तियों के अनुसार विभिन्न अवस्थाओं में बदलते रहते थे। गुप्तों में युवराज का पृथक सैनिक कार्यालय होता था,[3] कदम्बों में वह महत्त्वपूर्ण पदों पर नियुक्तियाँ भी करता

---

1. यहीं पृ० 42
2. एपि० इं० 1, 5
3. वैशाली में युवराज के कार्यालय से संबन्ध रखने वाले एक सेनापति की मुहर मिली है, आ० स० इं० 1903-4 पृ० 108।

था ।[1] पल्लव शासन में हम उसे भूमि दान करते तथा स्पष्टत: अपनी जिम्मेवारी पर प्रान्तीय अफसरों को आदेश जारी करते पाते हैं ।[2] यदि राजा वृद्ध होता तो युवराज पर शासन-प्रबन्ध के कार्य का काफी भार आ पड़ता था, जैसाकि गुप्त सम्राट् कुमारगुप्त प्रथम के राज्य-काल के अन्त में अथवा कदम्ब राजा कृष्णवर्मा के समय हुआ ।[3]

ऐसा प्रतीत नहीं होता कि वाकाटक-गुप्त-युग में शासन करने वाले राजाओं की रानियों या राजकुमारियों ने प्रबन्ध में कोई सक्रिय भाग लिया हो। चन्द्रगुप्त प्रथम की पत्नी कुमारदेवी, जिसकी अपने पति के सिक्कों पर मूर्ति अंकित है—संभवत: शासिका रानी थी; किन्तु ऐसी कोई साक्षी नहीं जो यह प्रदर्शित करे कि वह गुप्त शासन प्रबन्ध में सक्रिय भाग लेती थी। चन्द्रगुप्त द्वितीय की प्रसिद्ध रानी ध्रुवदेवी की भी यही दशा प्रतीत होती है। आन्ध्रदेश के इक्ष्वाकु लेखों में कई रानियों और राजकुमारियों का वर्णन है, किन्तु ऐसा नहीं प्रतीत होता कि उन्हें कोई शासन-प्रबन्ध-संबन्धी कर्त्तव्य सौंपे गये हों। कोसल के राजा महासेनदेव की एक रानी ने ताम्र-शासन जारी किया था किन्तु इसकी संपुष्टि उसके पति द्वारा की गई थी। किन्तु पल्लववंश की **युवराज्ञी** चारुदेवी अपने पति या श्वशुर की अनुमति के बिना एक दानपत्र जारी करती मिली है ।[4] इस उदाहरण में इस अनुमति का छूट जाना आकस्मिक हो सकता है अथवा यह भी संभव है कि द्राविड दक्षिण में रानियां इस युग में भी शासन प्रबन्ध में सक्रिय भाग लेती रही हों, जैसाकि वे चालुक्यों के समय असंदिग्ध रूप से लेती थीं। तथापि विधवा रानियाँ वाकाटक युग में उत्तरी भारत में भी प्राय: शासनसूत्र संभाल रही थी; इस संबन्ध में वाकाटक रानी प्रभावतीगुप्ता का उदाहरण सुप्रसिद्ध है।

---

1. पि० इं० vii, 34 ।
2. वही vi, 84 ।
3. वही ix, 102 ।
4. वही viii, 146 ।

4. राजा के अधिकार

राजा प्रायः सारे सैनिक, राजनैतिक शासन तथा न्याय संबन्धी अधिकारों के केन्द्र होते थे। इस में कोई संदेह नहीं कि वे मन्त्रिमण्डल की सहायता से शासन करते थे, किन्तु अन्तिम निर्णय का उत्तरदायित्व उन पर ही होता था। वे प्रायः स्वयं अपने प्रधान सेनापति होते थे और महत्त्वपूर्ण सैनिक युद्धों में सेना का नेतृत्व करते थे। राजा ही सभी राजप्रतिनिधि (वाइसरायों), राज्यपालों और महत्त्वपूर्ण सैनिक और असैनिक अधिकारियों की नियुक्ति करता था और ये इसी के प्रति ज़िम्मेवार होते थे। राजधानी में सचिवालय उनके वैयक्तिक संचालन और निरीक्षण में कार्य करता था तथा राज्यपाल और उनके अधीनस्थ अधिकारी राजाओं के नियन्त्रण और पथप्रदर्शन में रहते थे। श्लाघ्य सेवा तथा प्रसिद्ध साहित्यिक कलात्मक कृतियों के लिये वे उपाधियां देते और अनुग्रह प्रदान करते थे। इस प्रकार राजा लगभग निरंकुश शासक होते हैं, किन्तु वास्तविक अवस्था इससे काफी भिन्न थी। वे अपनी शक्तियों का मन्त्रियों तथा अन्य ऊँचे अधिकारियों[1] के साथ मिलकर प्रयोग करते थे, जो यद्यपि सैद्धान्तिक रूप से जनता के प्रति उत्तरदायी तो नहीं थे, किन्तु इन से आशा रखी जाती थी कि यदि राजा चिराचरित विधि-विधानों और आचारों के विरुद्ध काम करे तो ये राजा का नियन्त्रण करेंगे। विधायी-शक्ति राजा के हाथों में नहीं थी। उनसे यह आशा की जाती थी कि वे अपने द्वारा नहीं अपितु अतीत युगों के बुद्धिमान ऋषियों द्वारा बनाये हुए नियमों और कानूनों का पालन करेंगे और ग्राम-पंचायतों तथा नगरपरिषदों जैसी स्थानीय संस्थाओं को भी बड़े अधिकार दिये गये थे। सेना संघटित करने, विदेशी नीति का निश्चय करने तथा युद्ध की घोषणा करने तथा उसे चलाने के अतिरिक्त, सरकार के लगभग सभी कार्य

1. प्रारम्भिक तामिल साहित्य में **पुरोहित, सेनापति,** मंत्रियों, दूतों और गुप्तचरों के 'महापंच समूह' का निर्माण करने वाला कहा गया है—मुदरैक्कञ्जी 2, 499, 510। स्पष्टतः, वे राजा पर पर्याप्त प्रभाव डालते होंगे।

उन स्थानों पर स्थानीय संस्थाओं के माध्यम से किये जाते थे, जहाँ उस स्थान के प्रतिनिधियों की आवाज शक्तिशाली होती थी। इसमें कोई संदेह नहीं कि वर्त्तमान संसद की भाँति कोई केन्द्रीय जन-सभा नहीं होती थी; तथापि स्थानीय संस्थाओं को उपर्युक्त बड़े अधिकार प्राप्त होने के कारण जनता निरंकुश एकतन्त्र के कुपरिणामों से पीड़ित नहीं होती थी। इस युग की स्मृतियाँ और अभिलेख इस बात पर बल देते हैं कि उत्तम राजा को प्रजा की इच्छाओं का मान रखकर, उनके कल्याण का प्रयत्न कर, उनमें लोकप्रियता प्राप्त करने के लिये विशेष रूप से सावधान रहना चाहिये[1]; और यह विश्वास करने के लिये सभी कारण हैं कि शासक सामान्य रूप से इस आदर्श का पालन करते थे। चीनी यात्री फाहियान जब यह वर्णन करता है कि गुप्त शासन में जनता धर्म-परायण, सुखी और समृद्ध थी तथा उसके लिये सरकार की निरंकुशता या अत्याचार के विरुद्ध शिकायत के कोई अवसर न आते थे[2] तो वह उस युग के कुछ अभिलेखों की शब्दान्तर से विस्तृत व्याख्या करता सा प्रतीत होता है।

५. मन्त्रि-मण्डल

जैसा पहले कहा जा चुका है, राजा मन्त्रि-मण्डल की सहायता से शासन प्रबन्ध करता था। स्मृतियों और अभिलेखों में प्रायः मन्त्री या सचिवों का उल्लेख है किन्तु इनमें हमें मन्त्रियों की संख्या या मंत्रिमंडल के विभिन्न

---

1. मि० प्रजासंरंजनपरिपालनोद्योग सतत सत्रव्रत दीक्षितस्य, इं० ए० v, 51; और भी देखिये एपि, इं० viii, 235।
2. मि० लेगी; ए रेकर्ड आफ् बुद्धिस्ट किंगडम्ज़, अध्याय 16 तथा स्कन्दगुप्त के जूनागढ़ अभिलेख के श्लोक 6, 21-23, का० इं० इं०, iii, 58। इस युग के लेखों में मन्त्री के अर्थ में सामान्य रूप से अमात्य शब्द का प्रयोग नहीं हुआ। शालंकायन, गुप्त और परिव्राजक लेखों में अमात्य निचले दर्जे के अधिकारियों को व्यक्त करता है। दे० आ० स० इं० 1911-12, पृ० 52, का० इं० इं० iii,96; इं० ए० v,126।

सदस्यों के विभागों के संबन्ध में कोई सूचना नहीं मिलती। हमारे लेखों में केवल विदेशमन्त्री का ही बार-बार उल्लेख है। फिर भी हमारी यह कल्पना गलत नहीं हो सकती कि धार्मिक, सैनिक, राजस्व भूमि और व्यापार विभाग मन्त्रिमण्डल के विभिन्न सदस्यों के अधीन थे। ऐसा प्रतीत होता है कि विभिन्न विभागों के अध्यक्षों को प्रायः मन्त्रियों से भिन्न नहीं समझा जाता था और न ही मन्त्रि पद सदैव विभागीय अध्यक्षों के पद से ऊँचा माना जाता था। उदाहरणार्थ पृथ्वीषेण पहले कुमारगुप्त प्रथम का मन्त्री था; बाद में उसे महाबलाधिकृत अर्थात् जनरल का ऊँचा पद दिया गया।[1] मन्त्री के लिये एक महत्वपूर्ण योग्यता सेनानायक होना था। समुद्रगुप्त का विदेशमन्त्री हरिषेण एक महाबलाधिकृत था। चन्द्रगुप्त द्वितीय के नीचे इसी पद को धारण करने वाले शाब के साथ की भी संभवतः यही बात थी। पश्चिमी क्षत्रपों के विरुद्ध युद्ध में सम्राट् के साथ उसका जाना ज्ञात है। वाकाटकों और इक्ष्वाकुओं के राज्यपाल सेनापति होते थे और संभवतः मन्त्रियों के साथ भी यही बात रही हो। सैन्यकला में निपुणता के अतिरिक्त मन्त्रियों से यह आशा भी की जाती थी कि राजनीति में भी पारंगत होंगे, उनमें से शाब और हरिषेण जैसे कुछ कवि और लेखक भी थे। प्रायः ऐसी प्रवृत्ति थी कि मन्त्री का पद आनुवंशिक हो जाता था। ऊपर निर्दिष्ट शाब[2] और पृथ्वीषेण के कुल एक पीढ़ी से अधिक काल के लिये मन्त्रि पद पर अधिष्ठित थे। परिव्राजकों में 482 ई० में सूर्यदत्त विदेश मन्त्री था और 28 वर्ष बाद उसका पुत्र विभुदत्त[3] भी विदेश-मंत्री हुआ। उच्छकल्प प्रशासन में 496 ई० गल्लु विदेश मन्त्री था और 512 ई० में उस का छोटा भाई मनोरथ[4]। पाण्डित्य और योग्यता प्रायः एक दो पीढ़ियों तक प्रायः उसी मात्रा में संक्रान्त होती हैं और इसलिये उसी कुल में कभी-कभी पद का बना रहना प्रायः राज्य के लिए लाभकर होता है।

1. पृथ्वीषेणः मंत्री···अनन्तरंच महाबलाधिकृत : एपि० इं० x, 71।
2. मि० अन्वयप्राप्तसाचिव्यः का शाब का विशेषण, का० इं० इं० iii, 35।
3. वही, पृ० 104 व 108।
4. वही, पृ० 128।

केन्द्रीय सरकार का शासनतंत्र और विभाग

यह बड़े दुर्भाग्य की बात है कि गुप्तों, वाकाटकों या पल्लवों में किसी की केन्द्रीय सरकार के सम्बन्ध में हमें प्रत्यक्ष और विस्तृत ज्ञान नहीं है। फिर भी हम तत्कालीन मुहरों और अभिलेखों से गुप्तों के जिला-प्रशासन का जो ब्यौरा तथा कुछ अन्य साक्ष प्राप्त करते हैं, वह हमें कुछ सीमा तक इस युग में केन्द्रीय प्रशासन के चित्र का पुर्नानिर्माण करने में समर्थ बना देता है। राज्य को राजधानी में केन्द्रीय सचिवालय का प्रधान कार्यालय होता था। इसका मुख्य अधिकारी पल्लव, वाकाटक और कदम्ब अभिलेखों[1] में **सर्वाध्यक्ष** (प्रशासन का सामान्य अधीक्षक) कहलाता था। यह अधिकारी केन्द्रीय सरकार के आदेशों को प्रान्तीय व जिला अफसरों के पास संदेशहरों तथा निरीक्षकों के द्वारा पहुंचाता था। इन्हें प्रायः राजाज्ञाओं (शासन) का वाहक बताया गया है।[2]

केन्द्रीय सचिवालय में विभिन्न मन्त्रियों तथा विभागाध्यक्षों के कार्यालय होते थे। प्रत्येक कार्यालय की अपनी मुहर होती थी, जो उसके पत्र-व्यवहार को प्रमाणित करने के लिये उस पर सदैव अंकित की जाती थी। प्रत्येक मन्त्री अपनी जिम्मेवारी पर नेमी कार्य व्यवहार करता था, किन्तु महत्वपूर्ण मामले मंत्रिमण्डल में भेजे जाते थे, जिसकी अध्यक्षता राजा स्वयं करता था। यदि राजा बैठक में अनुपस्थित होता था तो परिषद् का निर्णय राजा के पास उसके अनुमोदन तथा फैसले के लिये भेजने की परिपाटी थी।[3] राजा प्रायः निरीक्षण के लिये दौरों पर जाया करते थे, इस समय कई बार उनसे धार्मिक प्रयोजनों के लिये दान की प्रार्थना की जाती थी। ऐसे ही अवसरों पर ताम्रपट्टों में उल्लिखित कतिपय आदेश मौखिक रूप से दिये गये थे।[4] तथापि इस में कोई

1. इं० ए० v, 155; vi, 25; एपि० इं० xxii, 172।
2. **सर्वाध्यक्षवलभशासनसंचारिणः**। एपि० इं० viii, 162।
3. मालविकाग्निमित्र अंक 5।
4. एपि. इं० vi, 38 का० इं० इं० iii, 155।

संदेह नहीं कि ये आदेश उनके निजी-सचिवों द्वारा लिख लिये जाते थे तथा केन्द्रीय सचिवालय को लिखित प्रमाण के रूप में सुरक्षित रखने और आवश्यक कार्यवाही के लिये दिये जाते थे।[1] निजी सचिवों को **रहसिनियुक्त** कहा जाता था, इंगलिश शब्द प्राइवेट सेक्रेटरी तत्तुल्य संस्कृत संज्ञा का लगभग शाब्दिक अनुवाद है।

इस युग के लेखों में वर्णित **प्रतिहार** और **महाप्रतिहार** राजदरबार में महत्वपूर्ण अधिकारी थे। वे दरबारी शिष्टाचार के नियामक थे तथा राजा के दर्शन के लिये आवश्यक अनुज्ञा दिया करते थे। प्रतीत होता है कि प्रशासन में उनका भाग था।

केन्द्र में सैनिक विभाग निःसन्देह सबसे महत्वपूर्ण विभाग था। इस युग के सब राज्यों में अवयस्कता की अपवादत्मक दशा को छोड़कर राजा इस विभाग का अध्यक्ष होता था। यदि राजा इतना वृद्ध होता कि उसे इस उत्तरदायित्व के वहन में कठिनाई होती तो युवराज उसकी सहायता करता था। गुप्त-साम्राज्य में राजा के नीचे कई **महासेनापति** होते थे और यह सर्वथा संभव है कि उन्हें तथा उनकी सेनाओं को पड़ोसी शत्रुओं तथा संभावित स्थानीय शत्रुओं को डराने के लिये साम्राज्य के विभिन्न प्रान्तों में रखा जाता था। **महादण्डनायक महासेनापतियों** के अधीन प्रतीत होते हैं।[2] सेना के विभिन्न स्थानों में विभिन्न कटकाधिपति (क्वार्टर मास्टर) थे। इनमें कुछ की मुहरें पाई गई हैं।[3] लड़ने वाली सेना पदाति, अश्वसेना और हस्तिसेना में बंटी हुई थी। प्रत्येक अंग के अफसरों की विभिन्न श्रेणियाँ होतीं और वे **अश्वपति, महाश्वपति, पीलुपति** और **महापीलुपति** (अश्व तथा हस्तिसेनाओं के कप्तान और ब्रिगेडियर) के महत्वपूर्ण पद धारण करते थे। धनुष, वाण, तलवारें,

1. **स्वमुखाज्ञयाभिलिखितः रहसिनियुक्तेनचुल्लेन** एपि० xix, 103।
2. आ० स० इं० 1911-12, पृ० 52।
3. वही 1903-4. पृ० 108।

परशु कुन्त, प्रास और बर्छे आदि सेना में व्यवहृत होले वाले शस्त्र थे और सैनिक कवचों तथा शिरत्राणों से सन्नद्ध होते थे।[1]

पुलिस विभाग का अपना अध्यक्ष अवश्य रहा होगा किन्तु उसका नाम ज्ञात नहीं है। बसाढ़ से मिली मुहरों में निर्दिष्ट **दण्डपाशिक** संभवतः पुलिस के आधुनिक जिला सुपरिण्टेण्डेण्टों के दर्जे के थे। पुलिस के साधारण सिपाही **चाट** और **भट** कहे जाते थे।

राजस्व-मन्त्री करों तथा राजस्व की वसूली का निरीक्षण करता था। ये कुछ तो धान्य और कुछ हिरण्य (नकद) के रूप में दिये जाते थे और इसलिये सरकार को अपने अन्नागारों के उचित प्रबन्ध के लिये आयाससाध्य व्यवस्थायें करनी पड़ती थीं। जंगल, नमक और धातुओं की खानें राजकीय सम्पत्ति थीं, और उनका प्रबन्ध भी संभवतः राजस्व विभाग के हाथ में था। परती ज़मीनों पर राज्य का स्वामित्व था, इनका प्रबन्ध नगरपालिका या ग्राम-पंचायत के अधिकार में था। जिसके अधिकार क्षेत्र में ये जमीनें अवस्थित होती थीं।[2]

हिन्दू परम्परा के अनुसार राजा जब राजधानी में हो तो उसे न्याय-कार्य स्वयं करना चाहिये। अस्वस्थ या अन्यथा व्यस्त रहने की स्थिति में मख्य न्यायाधीश न्यायालय का अध्यक्ष होता था और धर्मशास्त्रज्ञों की सहायता से मामलों का फैसला करता था। सर्वोच्च न्यायालय में महत्वपूर्ण स्थानीय अभियोगों का निर्णय करते थे तथा मुफस्सिल की निचली अदालतों के निर्णयों के विरुद्ध अपीलें सुनी जाती थीं। **नारद** और **बृहस्पति** जैसी तत्कालीन स्मृतियों की साक्षी यह प्रदर्शित करती है कि गुप्तयुग में न्याय-पद्धति का बहुत अच्छा विकास हो चुका था। हम यह कल्पना अच्छी तरह कर सकते हैं कि इन स्मृतियों में आसेध (restraint) पूर्वनिर्णीत विषय (judicate) मौखिक और लिखित साक्षियों की सापेक्ष महत्ता इत्यादि के संबन्ध में जो नियम बताये गये हैं, उनका गुप्त, वाकाटक और पल्लव न्यायालयों में विकास

---

1. **रघुवंश** vii, श्लोक 48-9।
2. एपि० इं० xv, 130।

हुआ था। उस समय तक पेशेवर वकीलों के वर्ग का जन्म नहीं हुआ था। धर्मशास्त्रज्ञों (जूरी में बैठे व्यक्तियों) से यह आशा की जाती थी कि मामले का विश्लेषण कर, वे दोनों पक्षों के लिये अनुकूल बातों का निर्धारण करेंगे तथा उचित निर्णय पर पहुँचने से पहले उनकी निष्पक्ष रूप से जाँच पड़ताल करेंगे। **नारदस्मृति** (4, 5) पर असहाय ने अपनी टीका में उत्तमर्ण के विरुद्ध प्रतिवादी के पक्ष की वकालत के लिये पाटलिपुत्र से जाने वाले ब्राह्मण दुर्धर का उल्लेख किया है। निःसन्देह यह वकील का काम करता है; किन्तु फीस के बदले में एक तीसरे पक्ष का समर्थन करने लिये वह न्यायाधीश द्वारा झिड़का जाता है। अत. 8वीं शती में भी वकील वर्ग को एक प्रतिष्ठित स्थिति नहीं प्राप्त हुई थी।

धर्म विभाग के मन्त्री के हाथ में राज्य के धर्म तथा विनय का प्रबन्ध होता था। प्रान्तों तथा जिलों के मुख्य स्थानों में उसके अधीनस्थ अफसर होते थे, इन्हें **विनयस्थितिस्थापक** (नैतिक मानदण्ड के संस्थापक) कहा जाता था।[1] यह विभाग राजा को विभिन्न रूपों में धर्मोन्नति के संबन्ध में परामर्श देता था तथा दान के लिये उपयुक्त पदार्थ और मौके सुझाता था। शिक्षा का कार्य करने वाले विद्वान् ब्राह्मणों तथा बौद्ध और जैन विहारों को दान देकर ज्ञानोन्नति करना संभवतः इसी विभाग का विषय था। इस प्रकार दिये गाँवों का प्रबन्ध जिन अफसरों को सौंपा जाता था वे **अग्रहारिक** कहलाते थे।

इस युग में व्यापार और धन्धे खूब उन्नति कर रहे थे, ये राजकोश में पर्याप्त राजस्व दे रहे थे। इनके कार्य संभवतः एक पृथक् मंत्री के पास थे, यद्यपि इस मंत्री का हमारे लेखों में कोई वर्णन नहीं है। वलभी तथा अन्य अभिलेखों[2] में वर्णित द्रांगिक या द्वारदेय (चुंगी) के अफसर इसके नीचे काम करते होंगे तथा उसकी देखरेख में करों का संग्रह करते होंगे। संभवतः इस विभाग के पास सड़कों की भी व्यवस्था थी, इन सड़कों पर स्थान-स्थान पर

1. का० इं० इं० iii, 50।
2. वही पृ० 165, एपि० इं० xii, 339।

धर्मशालाएं बनी हुई थीं, जिसकी फाह्यान ने बड़ी प्रशंसा की है, उनका प्रबन्ध इसीके अधीन रहने वाले कर्मचारी करते थे।

महासान्धिविग्रहिक (विदेश मंत्री) राजा तथा सैन्यविभाग के साथ घनिष्ठ सहयोग से कार्य करता था। प्रारम्भिक गुप्तयुग में वह सब से व्यस्त अफसरों में रहा होगा, जबकि समुद्रगुप्त उत्तर और दक्षिण में अपने प्रसिद्ध अभियानों की योजना बना रहा था। किन को साम्राज्य में सम्मिलित करना है तथा किन्हें सामन्त राज्यों के रूप में रहने देना है इसका फैसला यही विभाग करता था। उत्तर कालिक दक्षिण राज्यों के संबन्ध में यह ज्ञात है कि इनमें कई सान्धि-विग्रहिक होते थे जिनमें प्रत्येक के पास एक निश्चित प्रदेश होता था। संभवतः वाकाटकों और गुप्तों ने भी ऐसा किया था। विदेश मन्त्रियों के लिये बड़ा कूटनीतिज्ञ होना आवश्यक था, यदि वे युद्ध द्वारा प्राप्य प्रतीत होने वाले परिणाम संधिवार्त्ता द्वारा उपलब्ध कर लेते थे तो उनकी कीर्ति दूर-दूर तक फैल जाती थी।

7. सामन्त

पल्लवों और गुप्तों की प्रभुता स्वीकार करने वाले अनेक सामन्त राज्य थे, विदेशमन्त्री तथा उसके सहायक अधिकारियों का अधिकांश समय अवश्यमेव इन राज्यों के शासकों की नीति तथा योजनाओं के अवलोकन में बीतता होगा क्योंकि इनमें से अनेक साम्राज्यवादी जुए को उतार कर किसी दिन स्वतंत्र होने की गुप्त अभिलाषा प्रायः मन में रखते होंगे। पिछले समयों में प्रभु-शक्ति तथा सामन्तों द्वारा एक दूसरे के दरबारों में अपने प्रतिनिधि रखने का ज्ञान है; संभवत इस युग में भी यही दशा थी। विदेश विभाग में प्रायः बड़ी संख्या में गुप्तचरों की नियुक्ति होती थी।

यहाँ सम्राट् तथा सामन्तों के बीच के संबन्धों का वर्णन सुविधाजनक होगा। विभिन्न राज्यों के साथ में सम्बन्ध बदलते रहते थे। उन सामन्तों को बहुत कम आन्तरिक स्वाधीनता थी जिन्हें करारी हार के बाद शासन करने की अनुमति दी जाती थी या जो साम्राज्य के केन्द्र के बिल्कुल निकट थे या

जिनके साधन और शक्तियाँ तुच्छ थीं, वे अपने राजस्व के भी पूरे स्वामी न थे। वाकाटक सामन्तों—नारायण महाराज और शत्रुघ्न महाराज—को वैन्यगुप्त के सामन्त रुद्रदत्त को और कदम्बों के वशवर्ती सेन्द्रकराजा अनुशक्ति को अपने राज्यों का कुछ राजस्व दान द्वारा दूसरों को देने के लिये सम्राट् की स्वीकृति पाने की आवश्यकता अनुभव हुई।[1] किन्तु परिव्राजकों, उच्छकल्पों तथा (मन्दोर के) वर्मनों, जैसे बड़े सामन्त सम्राट की अनुमति के बिना भी भूमि-दान कर सकते थे। इनमें उच्छकल्प जैसे कुछ तो अपने लेखों में अपनी प्रभु-शक्ति का उल्लेख भी नहीं करते, किन्तु परिव्राजकों तथा (मन्दसोर के) वर्मनों जैसे अन्य सामन्त सामान्य संकेत मात्र कर देते हैं। महत्व-पूर्ण और शक्तिशाली सामन्तों के अधीन उनके छोटे सामन्त भी होते थे। एरण का मातृविष्णु सुरश्मिचन्द्र का वशवर्ती था और सुरश्मिचन्द्र स्वयं बुद्ध-गुप्त का सामन्त था।[2] परिव्राजकों के भी अपने सामन्त थे।

विदेश विभाग इस बात का आग्रह करता था कि सामन्तों द्वारा सम्राट् की आज्ञाओं का उचित पालन हो। सामान्य रूप से उन्हें कर देना पड़ता था तथा वैयक्तिक प्रणाम करने के लिये उपयुक्त समयों पर शाही दरबार में आना पड़ता था। गुप्त-शासन-प्रबन्ध में जिन राजाओं को विजय के बाद सामन्त बना दिया जाता था, सम्राट् की आज्ञा से उनके अपने प्रदेशों का ऐसी शर्तों के साथ पुनर्दान किया जाता जो दोनों पक्षों की सहमति से तै होतीं या विजेता द्वारा विजित पर लगायी जातीं। उन्हें सम्राट् को विवाह में अपनी कन्याएं भी देनी पड़ती थी, बशर्ते कि सम्राट् उन्हें स्वीकार करने के लिये इच्छुक हों। ऐसा प्रतीत होता है कि गुप्त अपने सामन्तों को अपने सिक्के चलाने की अनुमति नहीं देते थे।[3] यह भी जान पड़ता है कि उन पर गुप्त-संवत के प्रयोग की प्रेरणा के लिये कूटनीतिक दबाव भी डाला जाता था।

1. का० इं० इं० iii, 236 प्र०, इं० हि० क्वा० vi, 53; इं० ए० vi, 31-2
2. का० इं० इं० iii, 89।
3. गुप्त सामन्तों की मुद्राएं नहीं पाई गईं किन्तु उनके स्वतन्त्र समकालीनों वाकाटकों और पल्लवों की भी यही दशा है।

8. **कुमारामात्य**

केन्द्रीय सरकार का सर्वेक्षण समाप्त करने से पहले हमें अधिकारियों के उस वर्ग पर विचार करना है जिन्हें **कुमारामात्य** कहते थे। इनका गुप्त युग की मुहरों और अभिलेखों में बड़ी प्रमुखता के साथ उल्लेख है। एक समय यह माना जाता था कि कुमारामात्य किसी राजवंशी कुमार का जो युवराज या राज प्रतिनिधि नियत किया जाता था, मंत्री होता था। पर अभिलेखीय साक्षी का सूक्ष्म निरीक्षण यह प्रदर्शित करता है कि ऐसी बात नहीं थी। हरिषेण समुद्रगुप्त का विदेश मन्त्री था, शिखरिस्वामी और पृथ्वीषेण सम्राट् चन्द्रगुप्त द्वितीय तथा कुमार गुप्त के मन्त्री थे, इन सब को **कुमारामात्य** कहा गया है।[1] ये अधिकारी सीधे सम्राटों के नीचे सेवा करने वाले मन्त्री थे, अतः यह शब्द निश्चित रूप से राजकुमार या युवराज के मन्त्री का ज्ञापक नहीं था। प्रायः **कुमारामात्य** जिला अफसर के रूप में कार्य करते हुए देखे जाते हैं,[2] और कई बार वे **महादण्डनायकों** के भी आधीन होते हैं।[3] इसमें सदेह नहीं कि **महाबलाधिकृत** या **महादण्डनायक** का पद **कुमारामात्य** से ऊँचा होता था क्योंकि कुमारामात्य **पृथ्वीषेण** को कुछ श्लाध्य सेवा के बाद यह उन्नत पद दिया गया।[4] ऐसा प्रतीत होता है कि कुमारामात्य, वर्तमान इंडियन सिविल सर्विस के अफसरों से पर्याप्त मात्रा में मिलते थे जो कभी जिले में काम करते हैं, कभी प्रान्तीय या केन्द्रीय सचिवालय में और कभी स्वयं सरकार के सदस्य हो जाते हैं। मन्त्रियों और सेनापतियों के ऊँचे पद उसी संवर्ग के व्यक्तियों के ओहदे बढ़ाकर भरे जाते थे। मुहरों में **युवाराजपादीय-कुमारामात्यः परमभट्टारक पादीय-कुमारामात्यः** का निर्देश मिलता है, ये युवराज या सम्राट्

---

1. एपि० इं० x, 52।
2. वही xv, 133।
3. आ० स० इं० 1911-12 पृ० 32।
4. एपि० इं० x, 52।

के दफ्तर में काम करने वाले या उससे संबद्ध **कुमारामात्य** प्रतीत होते हैं।[1] कालांतर में कुमारामात्य की पद संज्ञा काफी लोकप्रिय हो गई; हम वलभी के मैत्रकों तथा कलिंग और उड़ीसा के कुछ स्थानीय राजवंशों में इस नाम के अफसरों को पाते हैं।[2] पल्लवों के अधीन अमात्य संभवतः **कुमारामात्यों** जैसे कार्य करते थे।

9. प्रान्तीय शासन

आइये, अब हम प्रान्तीय तथा जिलों के प्रशासन का अवलेकन करें। पहले उस युग में प्रचलित विविध प्रादेशिक इकाइयों का ज्ञान आवश्यक होगा। हमारे अभिलेख यह प्रदर्शित करते हैं कि उनकी संज्ञायें तथा विस्तार विभिन्न राज्यों के अनुसार बदलते रहे। गुप्तों के से बड़े साम्राज्य पहले सुराष्ट्र और मालव जैसे प्रान्तों में बाँटे जाते थे। संभवतः वे **देश** नाम से प्रसिद्ध होते थे।[3] गुप्त साम्राज्य के सब प्रान्तों के नाम अभी तक प्रकाश में नहीं आये, और न हम उन अफसरों का नाम जानते हैं जिन्हें इनका शासन भार सौंपा जाता था। प्रान्तीय प्रशासन की केवल थोड़ी बातें ही ज्ञात हैं।

प्रान्तों के **राजप्रतिनिधि** (वाइसराय) संम्राट् द्वारा नियुक्त होते थे, और वे अपने प्रदेशों की वाह्य आक्रमणों से रक्षा तथा आन्तरिक शान्ति के लिये उत्तरदायी होते थे। वे अपने प्रदेशों में अवस्थित सामन्तों की सहायता करते और उनपर निगरानी रखते। वे सिंचाई के तालाबों जैसी सार्वजनिक हित की कृतियों के निर्माण या जीर्णोद्धार द्वारा अपने प्रान्तों का विकास करते और

---

1. आ० स० इं० 1903-4 पृ० 107 प्रोफे० रा० दा० वैनर्जी ने इन शब्दों की भिन्न प्रकार से व्याख्या की थी। दे० **एज आफ् इम्पी० गुप्ताज** पृ० 72-5 किन्तु उनका मत आमान्य है।
2. का० इं० इं० iii, 165; एपि० इं० xxiii, 201; xi, 28।
3. का० इं० इं० iii, 66 मि० **सर्वेषु देशेसु** विधाय गोप्तृन।

सुशासन और सार्वजनिक विश्वास को बढ़ाकर साम्राज्य की नींव सुदृढ़ करते थे। वे अपने अधीन अफसरों को नियत कर सकते थे। लगभग वे सब विभाग जो साम्राज्य की राजधानी में होते थे, सम्भवतः प्रान्तीय राजधानियों में भी होते थे।

प्रान्त **भुक्तियों** में विभक्त थे, इनका आकार प्रायः वही होता था जो आधुनिक युग में कमिश्नरी का होता है। **भुक्तियाँ** विषयों में विभक्त थीं। ये विषय मोटे तौर से वर्तमान जिलों से मिलते थे। **तीरभक्ति** वर्तमान दरभंगा डिवीजन के लगभग बराबर थी, इसमें सम्मिलित जिलों में वैशाली का भी जिला था। उत्तरी बंगाल में पुण्ड्रवर्धन **भुक्ति** में दिनाजपुर, बोगरा, राजशाही के जिले सम्मिलित थे और मगध **भुक्ति** में गया, राजगृह और पाटलिपुत्र के जिले भुक्तियाँ **उपरिक** नामक अफसरों के अधीन होती थीं, इनकी नियुक्ति सम्राट् द्वारा होती थी और ये उसी के प्रति उत्तरदायी होते थे।[1] विषयों का शासन **विषय-पतियों** द्वारा किया जाता था। इनकी नियुक्ति प्रायः **उपरिकों** द्वारा, कभी-कभी सीधे सम्राट् द्वारा भी होती थी, प्रायः इनका **महाराजा** का दर्जा होता था। **भुक्तियों** और **विषयों** के दफ्तरों की अनेक मुहरें पायी गयी हैं, इनके दफ्तरों से भेजे जाने वाले गोपनीय पत्रों पर ये मुहरें लगायी जाती थीं। ऐसा नहीं प्रतीत होता कि गुप्त साम्राज्य में **विषय** तथा नगरों और गाँवों के बीच में कोई और प्रशासनिक इकाई भी थी।[2]

---

1. यह कहना कठिन है कि राजप्रतिनिधियों का भुक्ति के अधिकारियों पर क्या नियन्त्रण होना था, क्योंकि भुक्ति अधिकारी सीधे सम्राट् के प्रति-जिम्मेवार होते थे।
2. समुद्रगुप्त के कूट दानपत्र दान दिये गाँवों का उनके **विषयों के** जिनमें वे अवस्थित थे—एक दम बाद उल्लेख करते हैं, (वहाँ) किसी मध्य वर्ती खंड का उल्लेख नहीं है। उपरिक, विषयपति के सरकारी अभिधान उत्तर गुप्त युग में तथा बंगाल और कलिंग में भी चलते रहे ज० ए० सा० बं० vii, 476-77, एपि० इं० iii, 45।

वाकाटक लेखों में मिलने वाली प्रादेशिक प्रशासनिक इकाइयाँ **राष्ट्र**, **राज्य** और **भुक्ति हैं**। उनका विस्तार ज्ञात नहीं है किन्तु चूँकि उनमें तथा उनके सीमाक्षेत्र में दान किये गाँवों के बीच में प्रायः किसी अन्य प्रादेशिक इकाई का वर्णन नहीं है अतः हम यह कल्पना अच्छी तरह कर सकते हैं कि ये सब विभिन्न नाम एक ही प्रशासनिक इकाई का बोध कराने के लिये प्रयुक्त होते थे। यह प्रायः आकार में वर्त्तमान जिले के बराबर होता था। जिले प्रायः पूर्वी और पश्चिमी भाग में बाँटे जाते थे;[1] कई बार इनके अन्तवर्मी ग्राम समूह उस प्रदेश में अवस्थित महत्त्वपूर्ण नगरों के नाम से प्रसिद्ध होते थे।[2]

आरम्भिक पल्लवराज्य **राष्ट्रों**, **मदवों** (?) तथा **देशों** में विभक्त था, ये विस्तारों के घटते क्रम में प्रादेशिक इकाइयाँ प्रतीत होती हैं। किन्तु उनका यथार्थ विस्तार ज्ञात नहीं है।

इस युग के कदम्बों, शालंकायनों जैसे छोटे राज्यों में जिलों से बड़े प्रशासनिक विभाग नहीं थे। जिले कभी **राष्ट्रों** के, कभी **विषयों** के और कभी **आहरणियों** के नाम से प्रसिद्ध होते थे। इनके उप-विभाग (तहसीलों) काठियावाड़ में **स्थाली** तथा गुजरात और मध्य भारत में **पाठक या पेठ** के नाम से प्रसिद्ध थे।[3]

10. गैर-सरकारी जिला परिषद्

आइये, अब हम देखें कि गुप्तों के अधीन जिलों का प्रशासन कैसे होता था ? इसका अध्यक्ष केन्द्रीय सरकार का एक अफसर होता था, जिसे **विषयपति** कहा जाता था। वह प्रायः **कुमारामात्यों** के संवर्ग का होता था। उसका कार्यालय सुसंघठित होता था और वह सावधानी से रिकार्डों तथा फाइलों को सुरक्षित रखता था। इन रिकार्डों को संभाल कर रखने वाला अधिकारी

---

1. बेन्नाकट जिले की यही अवस्था थी, एपि० इं० xxii, 172।
2. वही, xxiv, 264।
3. का० इं० इं० iii, 136, 173।

पुस्तपाल कहलाता था। उसके रिकार्डों में जिले के भीतर अवस्थित कृष्ट तथा अकृष्ट भूमियों के यथावत् परिमाणों का ठीक-ठीक दर्शन किया जा सकता था। मुफ़स्सिल में **पुस्तपाल** के अधीनस्थ कर्मचारी **अक्षपटलिक** कहलाते थे।

इतना निश्चित है कि गुप्तों में शासन का अति-केन्द्रीकरण नहीं था। जिला प्रशासन को पर्याप्त अधिकार प्राप्त थे। यहाँ तक कि जब केन्द्रीय सरकार के स्वामित्व वाली परती जमीने बेची जाने लगतीं, तो जिला अधिकारियों से परामर्श लेना पड़ता था। कुछ अवस्थाओं में इस प्रकार की भूमियों को दान करने वाले ताम्रपत्रों पर जिला-प्रशासन के अनुमोदन के प्रमाणस्वरूप उनकी मुहर भी अंकित है।

ज़िला प्रशासन में लोकतत्व की बड़ी आवाज थी। लगभग 450 ई० में बंगाल में कोटिवर्ष के **विषयपति** को सहायता देने वाली परिषद् में, प्रथम श्रेष्ठि प्रथम सार्थवाह, प्रथम शिल्पी और प्रथम **कायस्थ** मुख्य थे। इस परिषद् के सदस्य **विषयमहत्तर** के नाम से प्रसिद्ध थे। किन्तु यह कल्पना नहीं करनी चाहिये कि जिलों के प्रशासन में बड़े व्यापारियों की प्रधानता थी; ऊपर बताये व्यक्ति जिला परिषद् के केवल प्रथम अर्थात् प्रमुख सदस्य थे, इसमें अन्य सदस्यों की भी एक बड़ी संख्या होती थी। फरीदपुर का तृतीय ताम्रपत्र यह प्रदर्शित करता है कि ज़िला परिषद् में लगभग बीस सदस्य होते थे, इनमें कुल स्वामी और शुभदेव जैसे कुछ ब्राह्मण और घोष चन्द्र तथा गुणचन्द्र जैसे अब्राह्मण भी होते थे।[1] नालन्दा में **विषयमहत्तरों** की भी मुहरें मिली हैं। विष्णु कुण्डियों के आधीन भी वे ज़िला परिषदों में कार्य करते थे।[2]

ऐसी कोई प्रत्यक्ष साक्षी नहीं है जो यह प्रदर्शित करे कि अन्य तत्कालीन

---

1. इं. ए. xxxix, 195.
2. ज. आ. हि. रि. सो. vi, 17 (शंकरगढ़ के एक लेख में वर्णित **राष्ट्र ग्राममहत्तराधिकारियों** में राष्ट्रमहत्तर भी हैं, जिनकी राष्ट्र के मुख्य स्थान में एक परिषद् होती थी का. इं. इं. iii, 216।

राज्यों में जिलों के मुख्य स्थानों में इस प्रकार की लोकपरिषदें थीं ; किन्तु संभवतः हमारी यह कल्पना भ्रान्त न होगी कि आलोच्य युग में ऐसी परिषदें काम करती रहीं।

दुर्भाग्यवश हमें इस बात का कोई ज्ञान नहीं हैं कि ज़िला परिषद् के सदस्य किस प्रकार चुने जाते थे या निर्वाचित होते थे। जहाँ तक श्रेष्ठियों और सार्थवाहों का सम्बन्ध है, स्पष्टतः उनकी श्रेणियों के चौधरी इनका प्रतिनिधित्व करते थे जैसा कि **प्रथम श्रेष्ठिन** और **प्रथम सार्थवाह** की संज्ञाएं प्रदर्शित करती हैं। **कायस्थों** की श्रेणी की भी यही दशा थी। जहाँ तक परिषद् के बाक़ी सदस्यों का सम्बन्ध है, हमारी यह कल्पना भ्रान्त न होगी कि अपनी आयु, अनुभव और चरित्र से चौधरी बनने वाले विभिन्न वर्गों के व्यक्ति उस वर्ग की सामान्य सम्मति से परिषद् में ले लिये जाते थे। अधिक संभावना इस बात की है कि जिला परिषद् में नगर-हित प्रधान होता था। यह संभव नहीं प्रतीत होता कि इसमें उस ज़िले में अवस्थित गाँवों का कोई प्रतिनिधि सम्मिलित था।[1]

11. ज़िलों का प्रशासन

ज़िलों के अधिकारी कानून और व्यवस्था के परिपालन तथा सरकारी कर और राजस्व के संग्रह के लिये उत्तरदायी होते थे। इन कार्य में विविध योग्यताओं वाला कर्मचारियों का एक बड़ा मण्डल उनकी सहायता करता था। गुप्तों के अधीन राजस्व विभाग के छोटे अधिकारियों के नाम ज्ञात नहीं हैं किन्तु गुजरात में इन्हें ध्रुव कहा जाता था और उन्हें यह देखते रहना पड़ता था कि प्रत्येक खेत में खड़ी फसल में से राज्य को अपना भाग मिलता है कि नहीं। अधिक सम्भावना इस बात की है कि हमारे कुछ लेखों में आने वाले **युक्त, आयुक्त, नियुक्त, व्याकृत** और **अधिकृत** भी छोटे राजस्व अधिकारी थे जो ज़िला प्रशासन तथा गाँव के बीच में कड़ियों का काम करते थे। यह निश्चित

1. गांवों में प्रधान स्थान रखने वाली परिषदों के संघटन भिन्न होते थे मि. हिस्ट्री आफ् बंगाल (सं.) रमेशचन्द्र मजुमदार खं. 1 पृ. 268।

रूप से ज्ञात है कि ज़िला प्रशासन परती ज़मीनों की व्यवस्था करता था; अतः बहुत संभव है कि हमारे अभिलेखों में प्रायः वर्णित वन के अधिकारी ज़िला अफसरों की अध्यक्षता में कार्य करते थे। भीटा में **दण्डनायक** की मुहरें बड़ी संख्या में पायी गई हैं, वृहत्फलायन[1] लेखों में भी इनका वर्णन है। ये सम्भवतः कानून और व्यवस्था की रक्षा में स्थानीय अधिकारियों की सहायता के लिये विभिन्न जिलों में रखे फौजी दस्तों के नायक (कप्तान) होते थे। इस युग के अधिकांश उत्तरी राजवंशो के अभिलेखों में **दण्डपाशिकों**, **चोरोद्धरणकों** और पल्लव लेखों में **आरक्षाधिकृतों** और **गौल्मिकों** का वर्णन है, ये स्पष्टतः अपराधियों को पकड़ने तथा उन्हें न्यायालय के समक्ष लाने के लिये नियत पुलिस तथा गुप्तचर विभाग के अधिकारी थे[2]। इनके तत्वावधान में काम करने वाले **चाट** और **भट** पुलिस के सिपाही थे। महत्वपूर्ण कस्बों और नगरों में, विशेष रूप से नियुक्त अधिकारी **धर्मशास्त्र** विधि में निष्णात व्यक्तियों की सहायता से न्याय प्रशासन का संचालन करते थे। नालन्दा और वैशाली में **नयाधिकरण**, **धर्माधिकरण** और **धर्मशास-नाधिकरण** की जो मुहरें पायी गयीं हैं, वे स्पष्टतः ऐसे महत्वपूर्ण प्रान्तों तथा जिला केन्द्रों में कार्य करने वाले न्यायालयों की मुहरें हैं।[3]

देश के कुछ भागों में जिले के उपविभाग (तहसील) का बोध-कराने वाले **पाठक**[4] के प्रशासनिक-तंत्र के संबन्ध में हमारे पास कोई ज्ञान नहीं है। किन्तु संभवतः इसका प्रशासन भी ऊपर बताये जिले के प्रशासन जैसा ही था।

---

1. एपि० इं० vi, 38।
2. यह उल्लेख करना मनोरंजक है कि इस विभाग के अफसरों की मुहरों पर प्रायः अपने हाथ में डण्डा लिये एक खड़े पुलिस के सिपाही का चिह्न होता था, आ० स० इं० 1903-4, पृ० 108।
3. मे० आ० स० इं० नं० 66, पृ० 53-3; आ० सा० इं० 1913-14 पृ० 128, एपि० इं० xi, 107।
4. उदा० गुजरात और मध्यभारत, का इं० इं० iii, 136, 173।

12 पंचायतें

जिलों और प्रान्तों के प्रधान स्थानों में सरकारी न्यायालयों के अतिरिक्त इस युग में अनेक पंचायतें भी थीं जो न्याय कार्य करती थीं। व्यापारियों और सार्थवाहों की श्रेणियों की अपनी अदालतें होती थीं, जो इनके सदस्यों के आपसी झगड़ों का विचार करती थीं। कस्बों और गांवों में न्याय-पंचायतें भी थीं, ये सब दीवानी और छोटे फौजदारी के मामलों को देखती थीं। पहली बार सभी को अपने मामले इन पंचायतों में लाने पड़ते थे। राज्य तब तक इनके निर्णयों को नियमपूर्वक लागू करता था जब तक कि राज्य न्यायालयों में अपील द्वारा इनको न पलटा जाय। विकेन्द्रीकरण की इस नीति से सरकारी न्यायालयों में कार्य बहुत कम हो जाता था। इससे प्रमुख नागरिकों तथा गांव वालों को अपने प्रदेश में उठने वाले झगड़ों को शान्तिपूर्वक निपटाने का अवसर मिलता था। सदैव उस अवस्था में सचाई का पता लगाना आसान होता है जबकि स्थानीय जूरी की सहायता से मामले पर उसी स्थान पर विचार होता है, जहां अपराध हुआ हो।

13. ग्रामों और नगरों का प्रशासन

आइये, अब हम ग्रामों के जो प्रशासन की धुरी थे, शासन तंत्र का विचार करें। ग्राम के अधिकारियों का अधिकार क्षेत्र घरों, सड़कों, बाजारों, श्मशानों, मन्दिरों, कुओं, तालाबों, परती भूमियों, जंगली और कृष्ट भूमियों पर था। विभिन्न गांवों का क्षेत्रफल स्थानीय परिस्थितियों के अनुसार बदलता रहता था। कृष्ट और अकृष्ट सभी भूमियां **सीमाकर** नामक अधिकारियों द्वारा बड़ी सावधानी से नापी जाती थीं जो दक्षिणी और उत्तरी भारत में उपलब्ध अभिलेखों द्वारा प्रस्तुत सामग्री से स्पष्ट हो जता है।[1] गांवों की वस्तियां प्रायः दीवारे और खाइयों से संरक्षित होती थीं,। ग्राम सीमाओं में प्राय

1. इं० ए० v, 53 (पल्लव शासन प्रबन्ध के लिये); एपि० इं० xv, 130 (गुप्त शासन प्रबन्ध के लिये), वही xvii, 53 (पिछले गुप्त युग के लिये); का० इं० इं० iii, 236 (वाकाटक राज्य के लिये)।

परिखाओं का वर्णन है।[1] गांवों में प्रधान पेशा कृषि था, किन्तु प्रत्येक गांव में अपने जुलाहे, कुम्हार, बढ़ई, तेली, और सुनार होते थे।

कुछ स्थानों में **ग्रामेयक** तथा अन्य स्थानों में **ग्रामाध्यक्ष** की संज्ञा वाला गांव का मुखिया गांव के प्रशासन का अध्यक्ष होता था।[2] पल्लव-प्रशासन में, उसके नीचे काम करने वाले **वल्लभ** और **गोवल्लभ** नामक अन्य अधिकारी भी होते थे किन्तु उन का ठीक कार्य ज्ञात नहीं है। एक स्थानीय गैर सरकारी परिषद भी मुखिया की सहायता करती थी। पल्लव और वाकाटक प्रशासनों में इसके सदस्य प्रायः **महत्तर** नाम से प्रसिद्ध थे।[3] पश्चिमी भारत में भी यह पद-संज्ञा प्रचलित थी। गुप्त प्रशासन में यह परिषद् विद्यमान थी, और मध्य भारत में **पंचमण्डली** तथा बिहार में **ग्रामजनपद** के नाम से प्रसिद्ध थी।

ग्राम परिषद् सरकार के प्रायः सभी कार्य करती थी। यह गांव की रक्षा की देख भाल करती, गांव के झगड़ों का निपटारा करती, सार्वजनिक हित के कार्यों का संगठन करती, नाबालिगों के ट्रस्टी का काम करती, सरकारी राजस्व का संग्रह करती तथा उसे केन्द्रीय कोश में पहुंचाती थी। पिछले गुप्त युग से संबन्ध रखने वाली ग्राम **जनपदों** की मुहरों की एक बड़ी संख्या नालान्दा में पायी गयी है।[4] ये मुहरें प्रदर्शित करती हैं कि बिहार में गांवों की लोक परिषदें ग्राम **जनपदों** के नाम से प्रसिद्ध थीं, गांव का कार्य करने के लिये उन की बैठक नियमपूर्वक होती थी। अपने निर्णयों को सूचित करने वाले तथा बाहर वालों को भेजे गये पत्र सदैव उनकी सरकारी मुद्राओं से अंकित होते

---

1. एपि० इं० xix, 130।
2. इं० ए० v, 155; का० इं० इं० iii, 256; शालंकायनों में मुखिया को मुनुद या मिलुद कहा जाता था; एपि० इं० ix, 58; ज० आ० हि० रि० सो० i, 101।
3. एपि० इं० viii, 145 (पल्लवों के लिये); xix, 102 (वाकाटकों के लिये)।
4. मेमा० आ० स० इं० सं० 66, पृ० 45-49।

थे।[1] हमारे पास इसकी कोई सूचना नहीं है कि ग्राम परिषदों के सदस्य किस प्रकार निर्वाचित होते थे या ग्रहण किये जाते थे। अभिलेखों में वर्तमान ढंग के चुनावों का कोई संकेत नहीं है और **महत्तर** की संज्ञा यह सूचित करती है कि अपनी आयु, अनुभव और चरित्र से प्रधान स्थान पा लेने वाले विभिन्न वर्गों के बुजुर्ग व्यक्तियों को सब लोगों की सामान्य सहमति से नगर परिषद् का सदस्य बनाया जाता था।

नगर का प्रशासन प्रायः **पुरपाल** नाम से प्रसिद्ध अधिकारी किया करता था। गुप्तों के अधीन उसका प्रायः **कुमारामात्य** का दर्जा होता था। यदि कस्बा या नगर जिले का प्रधान स्थान हुआ तो संभवतः **विषयमहत्तरों** की परिषद् जिले की परिषद् के साथ मिलकर प्रशासन करती थी। जब ऐसी दशा न हो तो हम तर्कसंगत रूप से यह कल्पना कर सकते हैं कि गांवों की भांति नगरों में भी अपनी लोक परिषदें होती थीं जो प्रबन्ध कार्य में नगराध्यक्ष (**पुरपाल**) की सहायता करती थीं। नगर परिषदें ग्राम परिषदों के अधिकांश कार्य करती थीं। नागरिक स्वाभाविक रूप से इस बात का विशेष ध्यान रखते थे कि उन के शहरों में जल का उत्तम प्रबन्ध हो, सुन्दर उद्यान तथा प्रभावशाली मन्दिर हों, सार्वजनिक सभाओं और शास्त्रार्थों[2] के लिये विस्तृत भवन हों। नगर परिषदों को इस विषय में आवश्यक पग उठाने पड़ते थे। अधिकांश कस्बे और शहर दीवारों और खाइयों से सुरक्षित होते थे।

ग्राम तथा नगर परिषदों के आय के स्त्रोतों की हमारे पास कोई सूचना

1. इस युग की ग्राम परिषदें शासन प्रबन्ध करने वालीं थीं। इनका आरम्भिक तामिल साहित्य में वर्णित **मनग्रमों** और **पोदियिलों** से भेद करना चाहिये, ये मुख्य रूप से धार्मिक तथा सामाजिक प्रयोजनों से इकट्ठा होने वाले लोक समूह थे, और कभी-कभी (अकस्मात्) आ पड़ने वाले कुछ प्रशासन संबन्धी कार्य भी करते थे। किन्तु इसमें कोई संदेह नहीं कि वे दक्षिण भारत में पिछले (प्रकार) से विकसित हुए थे।

2. का० इं० इं० iii, 75।

नहीं है । बहुत संभव है कि केन्द्रीय सरकार इनकी विभिन्न योजनाओं तथा स्थानीय प्रशासन के सामान्य व्यय की पूर्त्ति के लिये इन परिषदों को भूमि कर का पर्याप्त अंश प्रदान करती थी । यह भी संभव है कि स्थानीय संस्थायें दुकानों और मकानों पर कर लगाती हों तथा अपने अधिकार क्षेत्र की चुंगी (द्वारदेय) का जो अधिकांशतः अन्न के रूप में लिया जाता था—पर्याप्त भाग प्राप्त करती हों । कुछ पल्लव अभिलेख यह प्रदर्शित करते हैं कि नाइयों, धातु का काम करने वालों तथा अन्य कारीगरों पर भी कर लगाया जाता था ।

14. कराधान

आइये, अब हम केन्द्रीय कराधान के प्रश्न पर विचार करें । कुछ अभिलेखों से यह प्रतीत होता है कि करों की परम्परागत संख्या 18 थी ।[1] किन्तु इन के नाम कहीं भी नहीं दिये गये हैं । निःसन्देह इनमें भूमि-कर सबसे अधिक महत्वपूर्ण था । कुछ प्रदेशों में यह **भागकर** कहलाता था तथा अन्यत्र **उद्रंग** और इसकी मात्रा जमीन की किस्म के अनुसार 16 से 25 प्रतिशत तक होती थी । जैसाकि **भागकर** संज्ञा स्पष्ट रूप से सूचित करती है, प्रायः यह अन्न के रूप में लिया जाता था और इसलिये फसलें खराब होने पर माफी देने का प्रश्न कुछ हद तक अपने-आप हल हो जाता था । यदि उपज कम होती थी तो सरकारी हिस्सा, जो इस का एक निश्चित भाग होता था स्वयमेव कम हो जाता था ।

राजकीय आय का अगला महत्वपूर्ण स्रोत चुंगी था जो इस युग की स्मृतियों तथा अभिलेखों में द्वारदेय के नाम से वर्णित है इन में से कुछ जिसों के रूप संग्रहीत होता था जो गांव तथा नगर के अफसरों को उनके वेतन के कुछ हिस्से के रूप में दे दिया जाता था । ये हमारे लेखों में **भोग करों** के नाम से निर्दिष्ट प्रतीत होते हैं ।[2] वाकाटक और पल्लव अभिलेखों में फूलों, दूध, दही

1. एपि० इं० 1,6; xv, 25 ।
2. का० इं० इं०, iii, 193 xxii, 198 ; एपि० इं० 22,23 ।

और बैलों पर कर का निर्देश है। हम यह कल्पना कर सकते हैं कि शहरों और गांवों में लाये जाने वाले इन पदार्थों तथा अन्य महत्वपूर्ण वस्तुओं पर चुंगी देनी पड़ती थी। इस बात की अधिक संभावना है कि राज्य में तैय्यार किये जाने वाले पदार्थों पर निर्माण कर लगाये जाते थे; कुछ मैत्रक और त्रैकूटक अभिलेखों में आने वाला **भूत प्रत्यय** (जो वस्तु अस्तित्व में आयी है, उस पर कर) संभवतः इसी का निर्देश करता है।

राज्य परती भूमि, बनों, चरागाहों और नमक की खानों पर स्वामित्व का दावा रखता था और इनको इजारे पर उठाकर अथवा इन की उपज को बेचकर पर्याप्त आय प्राप्त करता था।

गांव तथा शहरवालों को उस समय उपकर भी (Imports) देने पड़ते थे, जब केन्द्रीय सरकार के अधिकारी दौरे पर आते थे। उन्हें अफसरों को भात, दही, दूध, सब्जी, घास, ईंधन, फल तथा जीवन की अन्य आवश्यक अथवा विलास की वस्तुयें बिना मूल्य देनी पड़तीं थीं और उनके यातायात के लिये आवश्यक मजदूर, बैल और गाड़ियों का इन्तजाम करना पड़ता था।[1] जब पुलिस और सेना के अधिकारियों को किसी स्थान पर अपराधों के अन्वेषण या अपराधियों की गिरफ्तारी के लिये जाना पड़ता था तो उस स्थान के रहने वाले उन के व्यय का भार वहन करते थे; अनेक उदाहरणों में **ब्रह्मदेय** दानों के ग्रहीता इस उपकर से मुक्त देखे जाते हैं।

यह बड़े दुर्भाग्य की बात है कि हमारे पास गुप्त साम्राज्य के कराधान का कोई भी ब्योरा नहीं है।[2] इनके सब अभिलेख इस प्रश्न पर मौन हैं। फिर भी, हम यह कल्पना कर सकते हैं कि उपर्युक्त करों तथा राजस्व के स्रोतों में से अधिकांश गुप्त प्रशासन में भी विद्यमान थे।

---

1. एपि० इं० 1,6; vi, 14।
2. समुद्रगुप्त के कूट दानपत्र साधारण रूप से परम्परागत देयों **समुचितग्राम प्रत्याय**' का निर्देश करते हैं किन्तु उनका परिगणन नहीं करते।

15. **सामान्य सिंहावलोकन**

प्रशासन तथा इस की अवाप्तियों के सामान्य सिंहावलोकन के साथ हम इस अध्याय को समाप्त करेंगें। आलोच्य युग के गंगों तथा कदंबों जैसे छोटे राज्यों में प्रशासन का यन्त्र निःसन्देह बहुत सरल था। किन्तु पल्लवों या गुप्तों के से बड़े राज्यों में यह पर्याप्त जटिल और सुविकसित था। हमारे पास गुप्त शासन तथा इसकी अवाप्तियों के सम्बन्ध में काफी विस्तृत ज्ञान है और हम यह परिणाम अच्छी तरह निकाल सकते हैं कि यह केन्द्र तथा प्रान्तों दोनों में बहुत सुसंघटित था। केन्द्रीय सचिवालय बड़ी योग्यता से कार्य करता था और जिलों तथा गांवों में हो रही घटनाओं के सम्बन्ध में अच्छा ज्ञान रख सकता था। जब राजाओं की आज्ञायें मौखिक होती थी तो ये उन के निजी सचिवों द्वारा लिख ली जातीं तथा उचित रेकर्ड के लिये केन्द्रीय सचिवालय में भेज दी जाती थीं। हमारे युग के बहुत से दान पत्र यह प्रदर्शित करते हैं कि उत्कीर्ण किये जाने के बाद वे सरकारी अधिकारियों द्वारा प्रमाणित किये जाते थे। विशेष रूप से सुशिक्षित कर्मचारियों द्वारा जमीनें बड़ी सावधानी से नापी जाती थीं और गांव तथा जिले के प्रधान स्थानों में इनकी सीमाओं और स्वामित्व के सम्बन्ध में विस्तृत लेखे रखे जाते थे।

सरकार दीर्घकाल तक विदेशी आक्रमणों तथा आन्तरिक उपद्रवों—दोनों से प्रजा की रक्षा करने में समर्थ थी। किन्तु वह जनता की गतिविधियों पर कोई प्रतिबन्ध नहीं लगाती थी, बशर्ते कि उनका उद्देश्य धोखा देकर कर बचाना न हो।[1] अपराधियों को फौरन दण्ड दिया जाता था, किन्तु दण्ड अमानुषिक नहीं थे।

किन्तु कानून और व्यवस्था का परिपालन ही सरकार की चिन्ता का एकमात्र विषय नहीं था। वह देश के आर्थिक स्रोतों का विकास करने के लिये भी उत्सुक थी। निःसन्देह इसका व्यापार विभाग चुंगी लेता था, किन्तु वह सड़कों को सुरक्षित रखकर तथा अन्तर्राष्ट्रीय मानदण्ड की स्वर्ण मुद्राओं के प्रचलन द्वारा वाणिज्य की उन्नति भी करता था। खानों और वनों का

1. एपि० इं० xxv, 52; फाहियान पृ० 43।

भी विकास किया जाता है। कृषि को तालाबों तथा जलाशयों के निर्माण तथा जीर्णोद्धार द्वारा उन्नत किया जाता था और राज्य परती भूमि को कृषि योग्य बनाने के लिये सुविधायें प्रदान करता था।

किन्तु सरकार अपने नागरिकों की भौतिक समृद्धि की उन्नति से ही सन्तुष्ट न थी; वह विशेष धर्म निरीक्षकों की नियुक्ति कर उनके नैतिक और आध्यात्मिक कल्याण को बढ़ाने का प्रयत्न करती थीं। **ब्रह्मदेय** ग्रहीताओं से विशेष रूप से यह अपेक्षा रखी जाती थी कि वे नैतिक मानदण्ड ऊँचा रखकर दूसरों के लिये उदाहरण बनेंगे। राज्य बिना किसी भेद भाव के हिन्दू, बौद्ध, जैन धर्मों को अपना संरक्षण प्रदान करता था।

राजा और मन्त्रियों के नियंत्रण के लिये कोई केन्द्रीय संसद नहीं थी, किन्तु अर्धधार्मिक ग्रन्थों द्वारा उनके सामने रखे गये शिष्ट आचरण के उच्च आदर्श उनकी अत्याचारपूर्ण प्रवृत्तियों के दमन के लिये काफी प्रभावशाली थे। अन्यंच, सरकार का अद्भुत् विकेन्द्रीकरण था, इसके अधिकांश कार्य ज़िला प्रशासन को दिये गये थे। ज़िलों के प्रधानस्थानों में, **महत्तरों** की लोक परिषदें केन्द्रीय सरकार के अधिकारियों की सहायता तथा नियन्त्रण करती थीं; यदि राज्य अपनी परती ज़मीन बेचना चाहता तो उसके लिये भी इनकी स्वीकृति आवश्यक थी। गांवों की अपनी परिषदें होती थीं। ये सामूहिक संस्थाओं के रूप में काम करती थीं तथा झगड़ों के निपटारे तथा कर ग्रहण आदि तक प्रशासन की सब शाखाओं की व्यवस्था करती थी।

जनता धार्मिक, धनी और समृद्ध थी, नगर जनाकीर्ण थे। अस्पतालों तथा खैराती संस्थाओं में निर्धन तथा दरिद्र लोगों को निशुल्क सहायता तथा दवा दी जाती थी। सरकार ने जो शक्ति और समृद्धि स्थापित की वह, जैसाकि अगले अध्यायों में बताया जायगा, कला साहित्य, दर्शन और विज्ञान के साथ और आश्चर्यजनक विकास का कारण बनी। अतएव हम गुप्तप्रशासन पर अच्छी तरह अभिमान कर सकते हैं जो तत्कालीन तथा पिछले राज्यों के लिये आदर्श बना रहा।

पन्द्रहवां अध्याय

मुद्राएं

इस अध्याय में हम इस युग में प्रचलित मुद्राओं पर विचार करेंगे। स्थानाभाव के कारण यह संभव नहीं कि इस युग के विभिन्न शासकों द्वारा प्रचारित सब मुद्रा-प्रकारों का विस्तार से वर्णन किया जा सके। हम प्रत्येक वंश द्वारा प्रचलित मुख्य प्रकारों का उनके लिये प्रयुक्त विभिन्न धातुओं का, उनके द्वारा अनुसरण किये गये तोलमानों का तथा विभिन्न मानों के सिक्कों के आपेक्षिक मूल्य का ही निर्देश कर सकते हैं। विभिन्न प्रकारों के उद्‌गम और विकास पर विशेषतः यदि उन पर कोई विदेशी प्रभाव हो तो उस पर हम विशेष ध्यान देंगे। महत्व-पूर्ण नमूनों से तत्कालीन इतिहास पर पड़ने वाले प्रकाश का भी संक्षिप्त निर्देश किया जायगा।

1. पंजाब और अफगानिस्तान के सिक्के

पंजाब में पिछले कुषाण शासक कनिष्क तृतीय और वासुदेव द्वितीय स्वर्ण मुद्रायें निकालते रहे (फलक I, 1 और 2), ये सिक्के पहले के कुछ कुषाण नमूनों से घनिष्ट साम्य रखते थे। सीधी ओर राजा वेदी पर बलि प्रदान कर रहा है, इसके साथ ही यूनानी में लेख है जो उत्तरोत्तर अधिकाधिक भ्रष्ट होता जाता है। इन पर ब्राह्मी अक्षरों का प्रवेश हो जाता है, जिसकी संभाव्य महत्ता पर पहले विचार किया जा चुका है (देखि पृ. 1-4)। उल्टी ओर के दो रूप मिलते हैं, एक में शिव अपने नन्दी के पास खड़े हैं (फलक I. 2) जैसा कि वासुदेव प्रथम के सिक्कों पर है और दूसरे में अर्दोक्षो सिंहासन पर बैठी है जैसा हुविष्क के सिक्कों पर है (फलक I, 1)। पहले प्रकार का काबुल घाटी में आम चलन था और दूसरे का चलन पश्चिम पंजाब में।

जब पिछले कुषाणों के हाथ से अफगानिस्तान सासानियों के हाथ में चला गया तो सासनियों ने इस प्रान्त में मुद्राओं की एक नयी श्रृंखला का प्रारम्भ

किया जिसे शक-सासानी मुद्रा कहा जाता है। नई शृंखला की मुद्रायें पतली और बड़ी हैं; उनकी सीधी ओर खड़े राजा की मूर्ति है और उल्टी ओर नंदी के साथ खड़े शिव की। सीधी ओर यूनानी तथा उल्टी ओर का पहलवी—दोनों लेख भ्रष्ट हैं (फलक I, 3)। इन सिक्कों की तोल लगभग 120 ग्रेन है।

पिछले कुषाणों के शक उत्तराधिकारियों ने मध्य और पश्चिमी पंजाब में अर्दोक्षो के नमूने को उसी तोल-मान के साथ जारी रखा। उनकी मुद्राओं पर यूनानी लेख इतना विकृत और भ्रष्ट हो गया कि वह पढ़ा नहीं जा सकता। अतः राजाओं के नाम उनकी बायीं भुजा के नीचे ब्राह्मी अक्षरों में लिखे जाने लगे। सिक्कों पर कई ब्राह्मी अक्षर दिखाई देते हैं, इनकी महत्ता प्रथम अध्याय में बतायी जा चुकी है। पिछली कुषाण और शक मुद्राओं का तोल-मान आरम्भिक शाही कुषाण सिक्कों जैसा ही है। औसतन् उनकी तोल 120 ग्रेन हैं किन्तु वे घटिया धातु के बने हैं।

350 ई० में शक्ति प्राप्त करने वाले किदार कुषाणों या छोटे कुषाणों की मुद्राओं का प्रकार पूर्णरूप से सासानी है। सीधी ओर राजा की आवक्ष मूर्त्ति है, उसने मुकुट पर एक ग्लोब धारण किया है। उल्टी ओर एक अग्निवेदी है, इसके दोनों ओर एक-एक सेवक हैं। लेख पहलवी अक्षरों में है (फलक I, 5)

2. पश्चिमी क्षत्रपों की मुद्राएं

इस काल में पश्चिमी भारत के शक क्षत्रपों ने अपने पुराने मुद्रा प्रकार को जारी रखा। इस युग में दो क्रान्तियाँ हुईं, एक 304 ई० में और इसकी 40 वर्ष बाद। इससे प्रतिद्वंदी शक राजा गद्दी पर बैठे, किन्तु उन्होंने चालू मुद्रा प्रकार में कोई परिवर्तन नहीं किया। आभीर शासक ईश्वरदत्त ने लगभग दो वर्ष तक क्षत्रप राज्य पर अस्थायी अधिकार पाया। हम उसे पारस्परिक नमूने के साथ पर्याप्त सादृश्य वाली मुद्रायें प्रचलित करते हुए देखते हैं। 400 ई. में क्षत्रपों को निकाल कर उनका स्थान लेने वाले गुप्तों ने भी यही किया।

शक रजत-मुद्राओं में सीधी ओर राजा की आवक्ष मूर्ति होती है। इससे

पहले काल में आवक्ष मूर्ति में शासक का वास्तविक चित्र होता था यहाँ तक कि आयु बढ़ने के साथ आकृति में आने वाले परिवर्तन तक विभिन्न मुद्राओं पर प्रदर्शित हुए हैं (फलक II. 3, 4)। बाद में यह मूर्ति स्थिर सी हो गयी। उल्टी ओर वृत्ताकार यूनानी लेख निरर्थक चिन्ह हैं, यह लेख उन इंडोबैक्ट्रियन सिक्कों की नकल है जिसके नमूने पर ये सिक्के ढाले गये थे। क्षत्रप शासकों में एक विलक्षण ऐतिहासिक बुद्धि थी। इनके सिक्कों के उल्टी ओर वृत्ताकार ब्राह्मी लेख है जिसमें बड़ी सावधानी से न केवल शासक के किन्तु उसके पिता के भी नाम और उपाधि का उल्लेख है, किन्तु यही सब कुछ नहीं है। जीवदामा के राज्यकाल (लग० 175 ई०)[1] में टकसाल से निकली प्रत्येक मुद्रा पर राजा की आवक्ष मूर्ति के पीछे उसके जारी होने की तिथि दी होती थी। इससे आधुनिक इतिहास लेखक अधिकांश क्षत्रप राजाओं के राज्यकालों का बड़ी शुद्धता के साथ निश्चय कर सका है। यहाँ इस बात का उल्लेख किया जा सकता है कि प्राचीन भारत के किसी भी भारतीय या विदेशी राजवंश तिथि-युक्त मुद्राओं की इतनी लम्बी परम्परा नहीं छोड़ी।

क्षत्रप सिक्कों पर उल्टी ओर त्रिकूट पहाड़ी है, जिस पर दूज का चन्द्रमा प्रदर्शित है। पहाड़ी के एक ओर सूर्य तथा दूसरी ओर चन्द्रमा है। कुछ समय बीतने के बाद, केन्द्र की पहाड़ी बाकी दो से बड़ी होने लगी, शेष दोनों बिल्कुल नाममात्र रह गयीं। पश्चिमी क्षत्रपों के चाँदी के सिक्कों की औसत तोल लगभग 35 ग्रेन है। स्पष्टतः वे ईरानी तोल-मान के आधे द्रम्म हैं। गुप्तों और हूणों के चांदी के सिक्के क्षत्रपों के नमूने पर आधारित हैं, इनका तोलमान भी वही है। इन चाँदी के सिक्कों की क्रयशक्ति 1930 ई० में दो रुपये के बराबर थी।

कुछ क्षत्रप शासकों ने ताम्र मुद्रायें भी चलाई थीं; किन्तु प्रायः इन पर राजा का कोई नाम नहीं है। सामान्यतः इन पर सीधी ओर हाथी है और उल्टी ओर त्रिकूट पहाड़ी जिसके एक ओर सूर्य तथा दूसरी ओर चन्द्रमा है;

1. जीवदामा की मुद्राओं के लिये देखिए फलक ii का 3 और 4।

नीचे इसके जारी करने की तिथि है इससे हम इन मुद्राओं को शक क्षत्रपों की ही कह सकते हैं।

3. गणतन्त्रों की मुद्रायें

पंजाब के पिछले कुषाण और शक शासकों ने ताम्र मुद्रायें नहीं चलाई। कुषाण शासकों की प्रचुर ताम्रमुद्राओं की सर्राफे में इतनी बाढ़ आ गई थी कि मुद्राओं के निकालने की कोई आवश्यकता ही न थी। कुषाण आधिपत्य को उलटने तथा अपनी स्वतन्त्रता प्राप्त करने वाले बहुत से गणतन्त्रों ने लग० 200 ई. तक अपने सिक्के फिर से चालू कर दिये थे। इनमें यौधेय सबसे अधिक शक्तिशाली और प्रभाव वाले थे तथा उनके सिक्के सबसे विस्तृत प्रदेश में मिलते हैं और प्रचुर हैं। जैसी कि आशा की जा सकती है, यौधेय ताम्र मुद्राओं की तोल और रचना दोनों में कुषाणों के सिक्कों के साथ घनिष्ठ सादृश्य है। उनके सीधी और उल्टी ओर बनी मूर्तियाँ कुषाण सिक्कों की मूर्तियों से मिलती जुलती हैं, किन्तु इनमें कुषाण मूल प्रकार के खड़े राजा का स्थान कार्तिकेय ने ले लिया है जो यौधेयों का इष्टदेव था। उल्टी ओर की मूर्ति निःसन्देह कुषाण मुद्राओं की होलियास या माओ मूर्ति का स्मरण दिलाती है किन्तु इसके साथ बने कलश और शंख के चिह्न यह स्पष्ट कहते हैं कि यह लक्ष्मी की मूर्ति है (फलक I, 6)। नई यौधेय मुद्रायें विदेशी यूनानी और खरोष्ठी अक्षरों को छोड़ स्वदेशी ब्राह्मी का प्रयोग प्रारम्भ करती हैं। इनमें सीधी ओर **यौधेय गणेस्य जयः** का लेख निःसन्देह इन को जारी करने वालों की उनके भूतपूर्व अधीश्वरों पर विजय का संकेत करता है।

लग० 200 ई० में कुणिन्द गणतन्त्र के सिक्के भी पुनः मिलने लगते हैं। तोल और रचना में कुषाण सिक्कों के साथ इसका सामान्य सादृश्य है। इनमें सीधी ओर राजा की खड़ी मूर्ति का स्थान त्रिशूलधारी शंकर की मूर्ति ने ले लिया है। उल्टी ओर प्राक् कुषाण कुणिन्द सिक्कों में पाये जाने वाले मृग, षट्कूट पहाड़ी, जंगले में पेड़, पताका, सर्पाकार रेखा आदि के अधिकांश प्रतीक हैं। खरोष्ठी और यूनानी का स्थान ब्राह्मी लिपि ले लेती है।

यौधेयों और कुणिन्दों की ताम्रमुद्राओं का औसत तोलमान लगभग 160 ग्रेन है।

मध्य राजस्थान के मालवों ने इस काल में लगभग 400 ई. तक अपने सिक्के जारी रखे। पहले की भाँति उन्होंने केवल ताम्रमुद्रायें ही निकालीं और ये आश्चर्यजनक रूप से लघु और क्षुद्र हैं। उनमें भारी से भारी मुद्रा का भार 40 ग्रेन से अधिक नहीं है और हल्की से हल्की 1.7 ग्रेन की हैं इनका औसत भार लगभग 10 ग्रेन है जो ब्रिटिश युग की चांदी की दुअन्नी के आधे भार से भी कम है। पहले सिक्कों पर **मालवानां जयः** का पुराना लेख अपनी सत्ता बनाये रखता है (फलक I, 7) और कुछ सिक्कों का साँचा काटने वाले की गल्ती से यह उल्टा हो गया है। इस युग की पिछली मालव मुद्राओं पर **मजुप, मपोजय, मगजश** आदि रहस्यमय लेख हैं, इनकी अब तक सन्तोषजनक व्याख्या नहीं हो सकी।[1] यह युक्ति नहीं दी जा सकती कि ये विदेशी कुल के राजाओं के नाम हैं क्योंकि तत्कालीन अभिलेख यह प्रदर्शित करते हैं कि इस समय मालवकुल इक्ष्वाकुओं के वंश के समान प्रतिष्ठित माना जाता था।[1]

पंजाब के मद्रकों ने भी संभवतः अपने पड़ोसी यौधेय और कुणिन्द गणतन्त्रों की भांति सिक्के निकाले थे, किन्तु वे अब तक प्रकाश में नहीं आये। इस युग के आर्जुनायन सिक्के भी नहीं पाये गये हैं। मध्यभारत के काकों और सनकानीकों ने संभवतः कोई सिक्के नहीं निकाले, क्योंकि उनके प्रदेशों में सिक्कों का सामान्य प्रचलन न था।

4. वीरसेन और अच्युत के सिक्के

उत्तरी उ० प्र० में वीरसेन नामक एक राजा के सिक्के पाये गये हैं, इनमें सीधी ओर जंगले में पेड़ है और उल्टी ओर राजा के नाम के साथ लक्ष्मी की

---

1. एक मत यह है ये शब्द **मालवगणस्य जयः** के संक्षेप हैं, इनमें आद्यक्षरों को ही लेना चाहिये इससे मगज जैसे कुछ लेखों की व्याख्या तो हो जाती है, पर **मपोजय, भपम्यन** या **मपय** जैसे अन्य लेखों की नहीं होती। वह रहस्य भावी खोजों से ही खुल सकता है।

भद्दी मूर्त्ति (फलक II, 1) अहिच्छत्रा (बरेली जिले) में चौथी शती ई० के मध्य में राजा अच्युत शासन कर रहा था। उसने प्रचुर ताम्रमुद्राएं प्रचारित कीं। इनके एक ओर अच्यु के अक्षर हैं और दूसरी ओर चक्र (फलक II, 2)।

इसकी कुछ दुलभ मुद्राओं पर केन्द्र में उसकी आवक्ष मूर्ति है, जिसके दोनों ओर क्रमशः अ और च्यु के अक्षर हैं। लग० 350 ई० में समुद्रगुप्त ने इस राजा का उच्छेद किया।

5. नाग सिक्के

पद्मावती के[1] नागराजाओं ने जो अभिलेखों के भारशिव हैं—ताम्र मुद्राओं की एक मनोरंजक शृंखला छोड़ी है। ये सिक्के मालवों की मुद्राओं की भांति आकार में छोटे और भार में हल्के हैं। इनके सीधी ओर राजा का नाम देने वाला लेख है और उल्टी ओर मयूर, त्रिशूल, पार्श्वशायी वृष और चक्र जैसे विभिन्न प्रतीक हैं, जो अधिकांशतः शैव हैं (मिला० भवनाग की मुद्रा, फलक I, 8) समुद्रगुप्त द्वारा उच्छिन्न अन्तिम नाग राजा गणपति के सिक्के विपुल मात्रा में मिलते हैं। अब भी मथुरा के मुद्रा विक्रेताओं के पास उसके सैंकड़ों सिक्के देखे जा सकते हैं। नाग मुद्राओं का भार 19 से 36 ग्रेन के बीच में है।

6. मघों के सिक्के

कौशाम्बी के मघों ने ताम्बे के सिक्के प्रारम्भ किये जो भद्दे और कलाहीन हैं। सिक्कों के आकार अनियमित हैं और उनके प्रतीक भद्दे ढंग से बने हुए हैं। जैसी कि आशा की जा सकती है, इन मुद्राओं के चिह्न कौशाम्बी के पुराने सिक्कों के संकेतों से लिये गये हैं। ये वृष, त्रिकूट पहाड़ी और जंगले के भीतर पेड़ हैं। अब तक भद्रमघ, शिवमघ, वैश्रवण, भीमवर्मा, विजयमघ और शतमघ के सिक्के पाये गये हैं।

---

1. पद्मावती आधुनिक पदमपवाया है, यह मथुरा से लगभग 130 मी० दक्षिण में है।

7. **वाकाटक सिक्कों का अभाव**

सातवाहनों के बाद वाकाटक दक्षिणापथ के अधीश्वर हुए, किन्तु उन्होंने उनकी मुद्रा प्रचारित करने की परम्परा को नहीं जारी रखा। अब तक वाकाटकों के कोई सिक्के नहीं पाये गये।[1]

8. **गुप्त सम्राटों के सिक्के**

अब हम गुप्तों के सिक्कों पर विचार प्रारम्भ करते हैं। महाराजाधिराज का पद ग्रहण करने के साथ चन्द्रगुप्त प्रथम ने सोने के सिक्के शुरू किये। एलन

---

1. डा० जायसवाल का यह मत सर्वथा अग्राह्य है कि वीरसेन के बताये जाने वाले सिक्के वास्तव में प्रवरसेन प्रथम के हैं। जैसा कि जायसवाल कहते हैं; वैसा **प्र** अक्षर इन मुद्राओं के बायें कोने पर बिल्कुल नहीं पाया जाता है। कई नमूने इसे बिल्कुल स्पष्ट कर देते हैं कि शीर्ष पर का लेख **वरसेन** नहीं किन्तु **वीरसेन** है (फलक III. 1) इसी प्रकार कृश दीर्घ वृष के नमूने को जायसवाल द्वारा रुद्रसेन प्रथम का ठहराना भी अग्राह्य है। जिसे उन्होंने **रुद्र** पढ़ा है, वह वास्तव में त्रिरत्न चिन्ह का भाग है, यह बात अधिक अच्छे सुरक्षित नमूनों से बिल्कुल स्पष्ट हो जाती है मि० फलक II, 5)

   अपरंच, यह बात उल्लेखनीय है कि वीरसेन की मुद्रायें केवल मथुरा के पास पाये जाते हैं और कृशदीर्घ वृष के नमूने केवल कौशाम्बी के निकट; वे वाकाटक राज्य की सीमाओं में कहीं भी नहीं पाया जाता। यह बात इन सिक्कों के वाकाटक राजाओं के होने के ठीक विपरीत ठहरती है। वह पक्ष भी तुल्यरूप से अमान्य है कि अब तक जो सिक्के **पवत** के बताये जाते थे, पृथ्वीषेण प्रथम की मुद्रायें समझी जानीं चाहिये। **प व** और **त** अक्षर बिल्कुल स्पष्ट हैं और उन्हें पृथ्वीषेण नहीं पढ़ा जा सकता (मि० फलक II, 6) अधिक विवाद के लिये देखिये ज० न्यू० सो० इं० v, 130-34

का यह मत अग्राह्य है कि सीधी ओर चन्द्रगुप्त की और उसकी रानी कुमार देवी की मूर्ति वाले सिक्के चन्द्रगुप्त के पुत्र समुद्रगुप्त द्वारा बनवाये स्मृति-पदक हैं।[1] चन्द्रगुप्त की सम्राट्-उपाधि पाने का कारण काफी मात्रा तक वह मूल्यवान् सहायता थी जो उसे अपनी पत्नी के लिच्छवी-संबन्धियों से मिली थी। अतः उसके लिये यह स्वाभाविक था कि वह अपने समूचे राज्यकाल में ऐसी संयुक्त मुद्रायें निकालता जो लिच्छवियों की बहुमूल्य सहायता का आभार उपयुक्त ढंग से स्वीकार करती हों। यदि इन सिक्कों को समुद्रगुप्त ने स्मृति-पदक के रूप में निकाला होता तो इन पर स्मारक बनवाने वाले का नाम स्वभावतः अंकित होता जैसा कि अगथोक्लीज और यूक्रेटाइडीज़ की स्मारक स्वीकार की जाने वाली मुद्राओं पर है। किन्तु परिस्थिति यह है कि इन मुद्राओं पर समुद्रगुप्त के अपने नाम का सर्वथा अभाव है।[2]

चन्द्रगुप्त प्रथम की मुद्राओं के सीधी ओर राजा और रानी कुमार देवी की खड़ी मूर्त्ति है जिसमें वे एक दूसरे की ओर मुंह किये हुए देख रहे हैं। इसमें संभवतः राजा रानी को विवाह मुद्रिका प्रदान कर रहा है। दोनों के नाम उनके पार्श्वों पर उत्कीर्ण है। उल्टी ओर सिंहवाहिनी दुर्गा है (फलक II, 7), (इस पर) लिच्छवय का लेख है जो संभवतः उस सहायता का आभार स्वीकार है जो गुप्तों ने अपने सम्बन्धी लिच्छवियों से प्राप्त की थी।[3]

मुद्रा-शास्त्र के क्षेत्र में प्राचीन काल में रूढ़िवाद बड़ी जबर्दस्त शक्ति थी; अतएव गुप्तों के सोने के आरम्भिक सिक्के उन पिछले कुषाणों के सिक्कों से घनिष्ठ साम्य रखते थे, जिनके साम्राज्य के उत्तर भारत में उत्तराधिकारी बने। खड़े होकर वेदी पर धूप दान करते हुए राजा कुषाण सिक्कों के ऊपर चित्रित था। गुप्तमुद्राओं की आरम्भिक अवस्था में इससे मिलता जुलता चित्रण हुआ है।

---

1. कैट० क्वा० गुप्त डायनैस्टीज़ पृ० lxiv—lxviii
2. इस विवाद के विस्तृत विचार के लिये दे० न्यूमि० सप्ली० xlvii, 105-11 में अल्तेकर का लेख।
3. देखिये यहीं पृ० 126-27 ।

हिन्दू राजा कुषाण कोट तथा पाजामा धारण किये हुए देखा जाता है। उसका नाम कुषाणों के सिक्कों की भांति, जिनकी वे नकल हैं, भुजा के नीचे लम्बरूप में लिखा होता है। उल्टी ओर भी कुषाण नमूने की पूरी प्रतिकृति है जिसमें अर्दोक्षो ऊँची पीठ वाले राज्यासन पर बैठी हुई है। कुषाण मोनोग्राम केवल थोड़े परिवर्तनों के साथ पुनः प्रकट होते हैं (मिला० काच प्रकार फलक II, 8)।

फिर भी, बाद में शीघ्र ही इसे हिन्दू बनाने का निश्चित उपक्रम हुआ। कुषाण मूल प्रकार के यूनानी लेख का स्थान प्रारम्भ से ही ब्राह्मी के लेख ने ले लिया था। गुप्त सम्राटों के सिर पर ऊँची कुषाण टोपी कभी नहीं रखी गई, प्रायः उल्टी ओर की अर्दोक्षो को पद्मासना लक्ष्मी के रूप में बदल कर उसे हिन्दू बना दिया गया। इस प्रकार सिक्कों के उल्टी ओर अब जिस लक्ष्मी का प्रवेश हुआ उसका चित्रण अगले एक हज़ार वर्ष से अधिक समय तक सोने के सिक्कों पर होता रहा, हम उसे न केवल चेदियों और गाहडवालों के, अपितु मुहम्मद बिन साम के कुछ सिक्कों पर भी पाते हैं (फलक II, 9)।

वेदी पर धूप-दान करते राजा का कुषाण मूल प्रकार कुछ दशकों तक बना रहा, किन्तु इसके साथ-साथ गुप्त टंकाध्यक्षों ने अनेक मौलिक कलापूर्ण नमूनों की शुरूआत की। समुद्रगुप्त क नये नमूने उधनुर्वरा प्रकार, कृतान्त परशु प्रकार, शंख प्रकार, व्याघ्रहता प्रकार और अश्वमेव प्रकार के थे (फलक III, 1) चंद्रगुप्त द्वितीय ने इसमें सिंहहंता (फलक III, 2), अश्वारोही और छत्र प्रकार जोड़े। इन अधिकांश प्रकारों की मुद्रायें अपनी कल्पना में सर्वथा मौलिक हैं। इनमें कोई भी विदेशी प्रभाव लक्षित नहीं होता। इनकी गढ़न सामान्य रूप में बहुत सुन्दर है। हिन्दू मुद्राकला की पराकाष्ठा समुद्रगुप्त के अश्वमेध प्रकार तथा चन्द्रगुप्त द्वितीय के सिंहहंता प्रकार में देखी जा सकती है (फलक III, 1 और 2)। ये प्राचीन भारत में ढाली गई मुद्राओं के सर्व श्रेष्ट उदाहरण हैं। कुमारगुप्त प्रथम के समय से इस कला का ह्रास होने लगता है। निस्सन्देह, उसने दो नये प्रकार प्रारम्भ किये—मयूर प्रकार और गजारोही प्रकार। किन्तु उसकी मुद्रायें एक निश्चित कलात्मक ह्रास को प्रदर्शित करती हैं, जो बाद में साम्राज्य

की क्षयिष्णु दशा से और अधिक बढ़ गया। स्कन्दगुप्त ने केवल दो, राजा लक्ष्मी तथा धनुर्धट प्रकारों की मुद्रायें प्रचलित कर सन्तोष किया। उसके सोने की मुद्राओं में बहुत खोट है, लम्बे युद्धों के कारण साम्राज्य के कोश की रिक्तावस्था का यह स्वाभाविक परिमाण था[1]। स्कन्दगुप्त के उत्तराधिकारी प्रायः एक ही प्रकार की स्वर्णमुद्रायें निकाल कर सन्तोष करते रहे, उनका प्रिय प्रकार धनुर्धर प्रकार था।

गुप्त स्वर्ण मुद्राओं ने पहले 120 ग्रेन के कुषाण तोल मान का अनुसरण किया, किन्तु चन्द्रगुप्त द्वितीय के राज्यकाल में इसे बढ़ाकर 124 ग्रेन कर दिया गया। कुमारगुप्त प्रथम के कुछ नमूनों का भार 132 ग्रेन तक है। स्कन्दगुप्त ने इस भार को 144 ग्रेन तक पहुंचा दिया और इस प्रकार अपनी स्वर्णमुद्राओं को 80 रत्ती के परम्परागत भारतीय मान वाले सुवर्णों में परिवर्त्तित किया।

गुप्त युग में होने वाली काव्य की पुनर्जागृति मुद्रालेखों में प्रतिबिम्बित दिखाई देती है। इनमें अधिकांश छन्दोबद्ध हैं और काव्य का पर्याप्त गुण रखते हैं। इनमें से एक जिसे कुमारगुप्त प्रथम ने शुरु किया था—**विजितावनिखनिपतिःकुमारगुप्तो-दिवं जवति** दो शतियों से अधिक काल तक जीवित रही। व्यक्तिवाची नाम के आवश्यक परिवर्तन के साथ इसका न केवल स्कन्दगुप्त और बुधगुप्त जैसे पिछले गुप्त राजाओं ने अपितु हूण-आक्रान्ता तोरमाण तथा ईश्वरवर्मा और अवन्तिवर्मा जैसे मौखरि राजाओं ने भी अनुसरण किया। यहां तक कि महाराज हर्ष ने भी अपने मुद्रालेख के लिये इसी पंक्ति को ग्रहण किया।

गुप्तों ने चाँदी के सिक्के चन्द्रगुप्त द्वितीय के राज्य काल के अन्तिम भाग में उस समय ढालने शुरु किए जब वे पश्चिमी क्षत्रपों के चाँदी के सिक्कों के सम्पर्क में आये। इन सिक्कों का आकार, तोल और रचना क्षत्रप सिक्कों के आकार,

1. आधुनिक मुद्राशास्त्री डा० अल्तेकर के इस मत से सहमत नहीं। वस्तुतः स्कंदगुप्त की मुद्राओं में खोट के बावजूद उनमें सोने की मात्रा उतनी ही है जितनी पूर्वकालीन अन्य मुद्राओं में। स्कदगुप्त के काल में सिक्कों की तोल बढ़ा दी गई। इस वृद्धि की पूर्ति सिक्कों में खोट करके की गई अनु०।

तोल और रचना से घनिष्ठ साम्य रखती है; और इसमें कोई आश्चर्य नहीं कि ये सिक्के प्रारम्भ में उन्हीं प्रान्तों के लिये बनाये थे जो कभी क्षत्रप-राज्य में सम्मिलित थे। अतएव उन पर सीधी ओर क्षत्रप आवक्ष मूर्ति तथा किसी समय सार्थक यूनानी लेख के निरर्थक निशान भी हैं। किन्तु उनके प्रचारित होने का वर्ष गुप्त संवत् में दिया गया है और विजेता के वंश लांछन गरुड ने उल्टी ओर त्रिकूट पहाड़ी का स्थान ले लिया है (फलक III x.)

कुमारगुप्त प्रथम के राज्यकाल में गुप्त-साम्राज्य के मूल प्रान्तों के लिए भी चाँदी के सिक्के चलाये गये और एक नया प्रकार शुरु किया गया जो स्वभावतः सब विदेशी प्रभावों से मुक्त था। यूनानी अक्षरों के निरर्थक चिह्न हटा दिये गये, क्षत्रप आवक्ष मूर्ति भी बन्द कर दी गयी। उल्टी ओर के गरुड का स्थान मयूर ने लिया (फलक III 4), जो कुमार (कार्त्तिकेय) का वाहन है और जिस पर स्वयं कुमारगुप्त का नाम रखा गया था। पाँचवीं शती के मध्य में आर्थिक तंगी ने गुप्तों को रजत मण्डित मुद्रायें प्रचारित करने के लिए बाध्य किया; इनके उल्टी ओर त्रिशूल है। पिछले गुप्त शासकों में केवल स्कन्दगुप्त और बुधगुप्त ने मयूर प्रकार के चाँदी के सिक्के जारी किये। जैसा कि पहले कहा जा चुका है हूणों, मौखरियो तथा पुष्पभूतियों ने इसके प्रकार और लेख दोनों को जारी रखा।

9. हूणों की मुद्रायें

हूणों ने चाँदी सोने की कई की मुद्राएं, चलायीं किन्तु उनमें कोई भी मौलिकता न थी। उनकी सबसे पहली मुद्रायें सासानी साम्राज्य के विजित प्रान्तों में प्रचलन के लिए ढाली गई थीं। अतः वे सासानी मूल प्रकार का गहरा अनुसरण करती हैं। ये पतली और बड़ी हैं और इनके सीधे ओर सासानी आवक्ष मूर्ति तथा उल्टे ओर वेदी तथा अग्नि सेवक हैं। जब हूणों ने अफगानिस्तान जीता, और वे पंजाब में प्रविष्ट हुए तो इस नमूने में शंख, चक्र, और त्रिशूल जैसे हिन्दू चिह्नो को प्रविष्ट कर, इसे शनैः शनैः भारतीय बनाया गया जिस पर लेख पहलवी के स्थान पर ब्राह्मी में लिखा जाता था (फलक III, 5)।

जब हूणों ने पंजाब और कश्मीर जीता, तो उन्होंने सीधी ओर खड़े राजा तथा उल्टी ओर बैठी देवी के कुषाण मूल प्रकार का गहरा अनुकरण करती हुई ताम्र मुद्रायें भी निकालीं। यह प्रकार कश्मीर में उत्तरोत्तर क्षीयमाण रूप में हिन्दू युग के अन्त तक चलता रहा। मध्य भारत की विजय के साथ हूण गुप्तों की मुद्राओं के सम्पर्क में आये। उन्होंने कोई स्वर्णमुद्रा नहीं निकाली। वे चाँदी और ताम्बे के, गुप्तों का गहरा अनुकरण करने वाले सिक्के चलाकर सन्तुष्ट रहे। रजत मुद्राओं पर सीधी ओर राजा की आवक्ष मूर्त्ति है और उल्टी ओर मयूर। लेख बुद्धगुप्त के सिक्कों जैसा ही है, केवल व्यक्ति वाचक नाम बदल दिया गया है (मि० तोरमाण की मुद्रा, फलक III, 6)। तांबे के सिक्कों में सीधी ओर राजा की आवक्ष मूर्त्ति है, उल्टी ओर ऊपर के आधे हिस्से में एक प्रतीक दिखाया गया है और निचले आधे में राजा का नाम है। (फलक III, 7)।

सासानी प्रकार के नमूने के पतले चौड़े टुकड़ों को जिन पर शाहिजबुल का लेख है, प्रायः तोरमाण का बताया जाता है। तोरमाण के उत्तराधिकारी मिहिरकुल ने गुप्त सिक्कों का अनुकरण करने वाले कोई सिक्के नहीं चलाये। यह इस बात की स्पष्ट साक्षी है कि गुप्त प्रान्तों पर उसका देर तक अधिकार नहीं रहा। उसकी ताम्र मुद्राओं का उल्टा पार्श्व उसकी शैव धर्म में आस्था का प्रमाण हैं; इनके उपरले अर्धभाग में वृष है और निचले भाग में **जयसु वृषः** लेख।

10. दक्षिण भारत की मुद्रायें

आलोच्य युग में, दक्षिण भारतीय राज्यों में मुद्रायें वस्तुतः अज्ञातप्राय थीं। इससे पहले युग के सातवाहनों ने अपने राज्यों में कुछ मुद्रायें प्रचलित की थीं। रोम के कुछ सिक्के भी ज्ञात हैं जो वहाँ से इस देश में आते थे। ऐसा प्रतीत होता है कि इस देश में बसे हुए कुछ रोमन व्यापारी असली रोमन मुद्राओं के निकृष्ट प्रतिरूप निकाला करते थे,[1] किन्तु इस युग के दक्षिणी राज्यों ने कोई भुजायें निकालने की चिन्ता नहीं की। अब तक हमें पल्लवों, गंगों, इक्ष्वाकुओं या कदम्बों की कोई मुद्रा नहीं मिली। इस संबन्ध में एक मात्र

---

1. ज० रा० ए० सो० 1904 पृ० 609-614

अपवाद रूद्र शालंकायन वंश है, जिसका आन्ध्र प्रदेश में एक या दो जिलों पर शासन था। इसके केवल एक राजा चन्द्रवर्मा को छः ताम्र मुद्रायें अब तक प्रकाश में आयी हैं।[1]

दक्षिण भारतीय राज्यों द्वारा अपनी मुद्रायें निकालने के प्रति उदासीनता के प्रदर्शन से हमें कोई आश्चर्य नहीं होना चाहिये, क्योंकि मुद्रायें सामान्य दैनिक व्यवहारों के लिये आवश्यक नहीं थी। उत्तर भारत की मण्डियों में भी, जहां के राज्यों की अपनी मुद्रायें होती थीं-सिक्कों का अधिक प्रयोग न था। विवेच्य युग में, 1930 की अपेक्षा वस्तुयें आठ गुना सस्ती थीं।[2] $\frac{2}{3}$ तोला भारवाली गुप्तस्वर्ण मुद्रायें स्वभावतः उस समय मण्डी में उससे दुगनी विरल थीं जितना (युद्ध पूर्व तक) सौ रुपये का नोट। चांदी के सिक्के (लगभग 35 ग्रेन भारवाले) और ताम्र मुद्रायें दैनिक व्यवहार में बरती जा सकती थीं किन्तु उत्तरी भारत के राज्य भी उन्हें प्रचुर मात्रा में ढालने की चिन्ता नहीं करते थे। गुप्तों की ताम्र मुद्रायें उनके सोने के सिक्कों से विरलतर हैं।

छोटे सिक्कों या रेजगारी के अभाव से जनता को असुविधा नहीं होती थी क्योंकि दैनिक लेन-देन गांवों में विनिमय द्वारा तथा कस्बों और नगरों में कौड़ियों द्वारा होता था।[3] चीजें बहुत सस्ती थीं, मुट्ठी भर कौड़ियां जीवन की दैनिक आवश्यकताओं के पदार्थ क्रय करने के लिये पर्याप्त थीं। अत्यन्त धनी व्यक्तियों को छोड़कर, सब व्यक्तियों के लिये 16वीं शती तक मण्डी के दैनिक व्यवहार के लिये वे कौडियां एक मात्र सिक्का थीं। वस्तुतः हमारे लेखों में भूमि क्रय या स्थानीय दाननिधियों के निर्माण जैसे बड़े व्यवहारों में ही मुद्राओं का उल्लेख है।

11. विभिन्न सिक्कों के आपेक्षिक मूल्य

आइये, अब हम विभिन्न धातुओं के सिक्कों के विभिन्न प्रकारों के आपेक्षिक

---

1. दे० रा० भण्डारकर वाल्यूम पृ० 213-16।
2. अभी हाल ही में हुए एक सर्वे से प्रकट हुआ है कि इस समय सन् 1937 की अपेक्षा मँहगी दसगुनी हो गयी है। अन०
3. फाहियान पृ 43

मूल्य के प्रश्न पर विचार करें। इस समस्या का प्रतिपादन बहुत कठिन है, इसका पहला कारण तो यह है कि इस विषय की सामग्री बहुत कम है, दूसरा कारण यह है कि किसी निश्चित तोलमान का अनुसरण नहीं किया जाता था, यह बात ताम्रमुद्राओं के संबन्ध में विशेष रूप से लागू होती है।

हमारे युग की औसत स्वर्ण और रजत भुजाओं का भार क्रमश: 120 और 30 ग्रेन था। पांचवीं शती के मध्य में गुप्तों ने स्वर्ण मुद्राओं का भार 148 ग्रेन तक पहुंचा दिया था और इस समय का एक लेख बताता है कि 16 चांदी के सिक्के एक सोने के सिक्के के मूल्य के बराबर होते थे।[1] यह प्रदर्शित करता है कि उस समय सोने और चांदी के दामों में 7:2 का ऊंचा अनुपात था। किन्तु 148 ग्रेन की गुप्त मुद्राओं में बहुत खोट होती थी और इसमें केवल 50 फीसदी सोना ही होता था। दोनो धातुओं के दामों में वास्तविक अनुपात 7:1 प्रतीत होता है, जो सातवाहन युग के अनुपात से कुछ ऊंचा था, जब यह 9:1 था।

हमारे युग की कुछ स्मृतियां बतलाती हैं कि 144 ग्रेन भार बाले 16 ताम्र प्रण मूल्य में 16 चांदी के **कार्षापणों** के तुल्य थे, जिनका भार 56 ग्रेन होता था। फिर भी हमारे युग में क्षत्रपों और गुप्तों द्वारा प्रचारित साधारण चांदी के सिक्कों का भार केवल 30 ग्रेन ही है और वे 16 ताम्र पणों के तुल्य हो सकते हैं जिनका भार लगभग 80 ग्रेन होता था। किन्तु गुप्तों ने स्पष्टत: 100, 90, 75, 60, 50, 40, 30, 20, और 10 ग्रेन भार वाली ताम्र मुद्रायें निकालीं। नागों की ताम्र मुद्रायें 20 से 40 ग्रेन तक है और मालवों की दो से चालीस तक। दूसरी ओर यौधेयों की मुद्रायें 160 ग्रेन जितनी भारी थीं। इस समय यह कहना संभव नहीं कि इन विभिन्न प्रकारों की कितनी ताम्र मुद्रायें 30 ग्रेन की स्वर्ण मुद्रा के बराबर थीं। चांदी और ताम्बे के दामों का अनुपात 50:1 से 70:1 के बीच में बदलता रहता था।[2]

---

1. एपि० इं० xxi, 81-82
2. इस विषय के विस्तृत विचार के लिये ज० न्यू० सो० इं० II 1-15

अध्याय 16

औपनिवेशिक और सांस्कृतिक प्रसार

परले हिन्द में औपनिवेशक प्रसार

1. औपनिवेशिक हिन्दू राज्य

ईस्वी सन् की पहली शतियाँ भारत के समुद्रीय और औपनिवेशिक उत्क्रम के आधिक्य से, विशेषतः पूर्वीय द्वीप समूह की दिशा में चिन्हित हैं। इसका प्रारम्भ इससे भी बहुत पहले हो चुका था, किन्तु 200 और 550 ई० के बीच में-जो वर्त्तमान खण्ड का विषय है—हमारे पास इसके हेतु और स्वरूप के संबन्ध में स्पष्ट साक्षी है और पहली बार हम इस स्थिति में होते हैं कि प्रसार के मार्ग का निश्चय और कुछ विस्तार के साथ अनुसरण कर सकें।

भारतीय साहित्य में, विशेषतः बौद्ध जैनग्रन्थों में वर्णित नीति—कथाओं में व्यापार के प्रयोजनों से पूर्व की ओर जहाजों में बैठकर जाने वाले व्यापारियों के संकेत प्रायः मिलते हैं।[1] इनमें वर्णित विभिन्न द्वीपों तथा अन्य स्थानों की सदा पहिचान नहीं की जा सकती। किन्तु इन कथाओं का सामान्य प्रभाव यह पड़ता है कि बंगाल की खाड़ी के पूर्वी तट तथा पूर्वीय द्वीप समूह को प्राचीनकाल में 'स्वर्ण देश' कहा जाता था जो साहसी व्यापारियों को अनन्त सम्पत्ति की आशा दिलाता हुआ उन्हें निरन्तर अपनी ओर आकृष्ट कर रहा था। इस विस्तृत भूखण्ड के लिये सामान्य संज्ञा के रूप में बरते जाने वाले **सुवर्ण द्वीप** या **सुवर्ण-भूमि** के नाम में भी यही विचार प्रतिबिम्बित है।[2]

---

1. चम्पा पृ० XI सुवर्ण द्वीप 1, 37 पिछले काल के जैन-ग्रन्थों में उदाहरणार्थ हरिभद्र (लग० 750 ई०) कृत समराइच्च कथा में भी इस प्रकार की कथा पायी जाती हैं।
2. सुवर्णद्वीप 1, 37

दूसरी श० ई० तक इस व्यापारिक सम्पर्क से न केवल सुवर्ण द्वीप के विभिन्न भागों में भारतीयों की बस्तियाँ बस गयीं, अपितु कुछ प्रदेशों में भारतीयों की राजनैतिक प्रभुत्व की स्थापना भी हो गयी, क्योंकि चीनी इतिहास और अभिलेखों के प्रमाण दूसरी शती ई० में मलाया प्रायद्वीप, जावा, कम्बोडिया और अनाम में भारतीय नाम धारण करने वाले शासकों के राज्यों के अस्तित्व का निर्देश करते हैं।

हम इस प्रदेश में हिन्दू उपनिवेश का एक अधिक स्पष्ट परिचय एक या दो ऐसे विशेष राज्यों के वर्णन से प्राप्त कर सकते हैं जिन्होंने अपने पीछे हिन्दू संस्कृति और सभ्यता के सुनिश्चित स्मारक छोड़े हैं।

2. फूनान[1]

इस प्रदेश में एक प्राचीनतम हिन्दू राज्य कम्बोडिया में अवस्थित था। इसमें कोचीन-चीन के साथ लगभग सारा कम्बोडिया सम्मिलित था। चीनी इसे फूनान कहते हैं और उन्होंने इसके आरम्भिक इतिहास की अनेक बातें सुरक्षित रखी हैं। चीनी वर्णनों के अनुसार, इस देश के आरम्भिक निवासियों में सभ्यता के कोई तत्व न थे, स्त्री-पुरुष दोनों नंगे घूमते थे। ब्राह्मण (हिन्दू) धर्म के अनुयायी हुएन तियेन (कौण्डिन्य) ने इनमें सबसे पहले सभ्यता का प्रवेश कराया। विशेषतः, उसने स्त्रियों को वस्त्र पहनवाये।

हुएन तियेन के वंशज लगभग एक शती तक शासन करते रहे। इसके बाद फान-चे-मान द्वारा स्थापित राजवंश ने शासन किया। फान-चे-मान पिछले राजवंश के अन्तिन राजा का सेनापति था। इस राजकीय नाम के मूल रूप का उद्धार नहीं किया जा सकता, यद्यपि फान संभवतः **वर्मन** के लिये ही है। फान-चे-मान ने फूनान की महत्ता की नींव डाली। उसने शक्तिशाली नौसेना बनायी और पड़ोस के दस राज्य जीते। लगभग सारा स्याम और लाओस तथा मलय

---

1. कम्बुज देश, पृ० 26

प्रायद्वीप के कुछ भाग फूनान राज्य के आधिपत्य में आ गये। इस प्रदेश में यह पहला हिन्दू साम्राज्य था।

फूनान ने भारत और चीन दोनों के साथ राजनयिक-संबन्ध स्थापित किये। चौथी शती ई० के अन्त में या पांचवीं शती के प्रारम्भ में कौण्डिन्य नामक एक ब्राह्मण भारत से फूनान आया और प्रजा द्वारा राजा चुना गया। भारत से सीधे आने वाली उपनिवेशकों की इस दूसरी धारा ने यहाँ उस हिन्दू संस्कृति को पूर्ण बनाया, जो तीन सौ से अधिक वर्ष पहले यहाँ प्रविष्ट हुई थी।

कौण्डिन्य के एक उत्तराधिकारी जयवर्मा ने 484 ई० में नागवर्मा को राजदूत के रूप में चीन भेजा। इस राजदूत की चीनी इतिहास-कथाओं में सुरक्षित रिपोर्ट से यह प्रतीत होता है कि फूनान का प्रधान मत शैव धर्म था, किन्तु अनेक व्यक्ति बौद्ध धर्म के भी अनुयायी थे। जयवर्मा के शासन काल में फूनान के दो बौद्ध भिक्षु चीन में बस गये और उन्होंने बौद्ध ग्रन्थों का अनुवाद किया।

जयवर्मा की पटरानी कुलप्रभावती थी। उसने तथा उसके पुत्र ने अनेक संस्कृत अभिलेख छोड़े हैं। यह तथ्य यह प्रदर्शित करता है कि इस सुदूर उपनिवेश में भारतीय संस्कृति और धर्म का पौधा यहाँ कितनी पूर्णता के साथ लगा था। अभिलेख शैव और बौद्ध धर्मों के अतिरिक्त वैष्णव धर्म के प्रचलन का भी संकेत करते हैं।

जयवर्मा का बड़ा बेटा रुद्रवर्मा उसका उत्तराधिकारी हुआ। उसका एक संस्कृत अभिलेख उपलब्ध है। 517–539 ई० के बीच उसने चीन को कई दूतमण्डल भेजे। चीनी ग्रन्थों में निर्दिष्ट वह फूनान का अन्तिम राजा है। उसके शासन काल में या उसके कुछ समय बाद कम्बुज के शासकों ने फूनान पर आक्रमण किया। कम्बुज मूलतः उत्तरी कम्बोडिया में एक अधीन राज्य था, किन्तु योग्य शासकों के नेतृत्व में यह बड़ा शक्तिशाली हो गया था, और उसने फूनान की दासता का जुआ उतार फेंका था। छठी श० ई० की समाप्ति से पहले ही कम्बुज ने फूनान जीत लिया और अब प्रधान शक्ति के रूप में फूनान का स्थान ले लिया।

3. चम्पा[1]

कम्बोडिया के पूर्व में, उससे सटे हुए प्रदेश में एक अन्य शक्तिशाली हिन्दू राज्य की स्थापना हुई थी। हिन्दू इसे चम्पा कहते थे । 19वीं शती तक यह देश इसी नाम से प्रसिद्ध रहा, उस समय अनामियों ने अंततोगत्वा चम्पा के अन्तिम राजा को दक्षिण में अपने अन्तिम दुर्ग से खदेड़ दिया और सारा देश उनके नाम पर अनाम कहलाने लगा।

अब तक ज्ञात चम्पा का प्रथम ऐतिहासिक हिन्दू राजा श्रीमार था, इस का एक संस्कृत अभिलेख में वर्णन है और संभवतः इस ने दूसरी श० ई० में शासन किया। इस समय चीनी साम्राज्य चम्पा के एकदम उत्तर टोंकिन तक फैला हुआ था। चम्पा के आरम्भिक हिन्दू राजाओं ने चीनी प्रान्त पर समुद्री हमले किये और टोंकिन को जीतते हुए उन्होंने शनैः शनैः अपने राज्य की उत्तरी सीमा का विस्तार किया।

चम्पा में हिन्दू शासन की पहली शती टोंकिन में चीनी सम्राट के अधिकारियों के साथ अनवरत संघर्ष में बीती। यद्यपि इस संघर्ष के इतिहास के लिये हमें पूर्ण रूप से चीनी इतिहास-कथाओं पर आश्रित रहना पड़ता है, फिर भी यह भारत के वीर पुत्रों की महती कीर्त्ति को प्रकट करता है । 340 ई० में चम्पा के राजा ने (चीनी इसका नाम फान-वेन बताते हैं) चीनी सम्राट के पास एक दूत भेजकर यह मांग की कि दोनों राज्यों की सीमा होन सोंह के पर्वत माने जायं। चीनी सम्राट के लिये इसका मतलब था न्हुतनाम जिले से हाथ धोना जो एक विस्तृत उर्वर भूखण्ड था। अतः चीनी सम्राट् ने उसकी मांग अस्वीकृत कर दी, किन्तु 347 ई० में फान-वेन ने उस पर चढ़ाई की और न्हुतनाम को जीत लिया। 349 ई० में उसने पुनः एक विशाल चीनी सेना को पराजित किया। यद्यपि यह स्वयं लड़ाई में घायल हुआ और उसी वर्ष मर भी गया, किन्तु मृत्यु से पहले उसे इस बात का सन्तोष था कि उसने चम्पा की उत्तरी सीमाओं को उत्तर में सुदूर तक पहुंचा दिया है।

---

1. **चम्पा,** अध्याय 1-3

फान वेन के पुत्र फान-फो (349-80) और पौत्र फन-हु-त (380-413) के राज्य कालों में चीन के साथ निरन्तर युद्ध होते रहे। चीनियों को पहले कुछ सफलता अवश्य मिली और उन्होंने न्हुतनाम को पुनः प्राप्त कर लिया, किन्तु फान्-हु-त ने न केवल इसे पुनः जीत लिया, अपितु उत्तर में और भी आगे थन्-होआ तक के प्रदेश तक घुस गया। यह राजा प्राय: निश्चित रूप से वही राजा है जिसका उसके संस्कृत अभिलेखों में पूरा नाम धर्म-महाराज श्री भद्रवर्मा दिया गया है। वह बड़ा विद्वान् और वेदों का पण्डित था। उसने शिव मन्दिर की स्थापना की और प्रसिद्ध भारतीय परिपाटी का पालन करते हुए, अपने नाम पर र्त्ति को मूभद्रेश्वरस्वामी का नाम दिया। मिसोन में यह शिव मन्दिर चंपों का राष्ट्रीय तीर्थ बन गया। चंपा वासी को चम कहते हैं।

भद्रवर्मा की मृत्यु के बाद अशान्ति का काल शुरू हुआ, जो 420 ई० के लगभग इस वंश के पतन के साथ समाप्त हुआ। इस काल में गंगाराज नामक एक राजा ने राजगद्दी इसलिये छोड़ दी ताकि वह अन्तिम दिन गंगातट पर बिता सके।

नये राजवंश ने चीनी प्रदेश पर हमले जारी रखे। अन्त में चीनी सम्राट ने बड़े पैमाने पर अभियान सेना भेजने का निश्चय किया। इसकी तैयारी में तीन साल लगे और 446 ई० में चीनी सेना ने चम्पा पर आक्रमण किया। चमों ने वीरता पूर्वक चीनियों का मुकाबला किया। प्रारम्भ में उन्हें कुछ सफलता भी मिली, किन्तु विशाल चीनी सेना ने सारे विरोध को कुचल डाला, और अन्त में राजधानी चम्पापुरी पर भी उन्होंने अधिकार कर लिया।

चीनी लूट के पर्याप्त माल के साथ वापिस लौटे। चम्पा के राजा ने अब शान्ति की नीति का अनुसरण किया। चीनी सम्राट के पास बहुमल्य भेंटों के साथ दूत मंडल भेजे, सम्राट इन भेंटों को कर समझता था।

कुछ आन्तरिक झगड़ों के बावजूद अगली शती तक चम्पा का चीन के साथ

1. र० च० मजूमदार--हिन्दू कोलोनीज इन दी फार ईस्ट पृ० 222

शान्तिपूर्ण संबन्ध बना रहा। अन्तिम दो राजा—विजयवर्मा (527 ई०) और रुद्रवर्मा (534 ई०) भेंटों के साथ नियमित दूत मण्डल भेजते रहे।

4. अन्य राज्य

अनाम और कम्बोडिया के दो राज्यों के अतिरिक्त हिन्दचीन प्रायद्वीप में ईस्वी सन् की पहली पांच शतियों में अन्य अनेक हिन्दू राज्य थे। दुर्भाग्यवश उनका इस आरम्भिक युग का राजनैतिक इतिहास निश्चित विवरणों के साथ ज्ञात नहीं है। अतः हम सामान्य रूप से ही उनका निर्देश कर सकते हैं।

उत्तर पश्चिम से शुरू करें तो वर्मी अनुश्रुतियों में ईस्वी सन् के आरम्भ होने से बहुत पहले, ऊपरी और निचले बर्मा में हिन्दू प्रवासियों द्वारा राज्यों की स्थापना का उल्लेख है। यद्यपि इसके समर्थन के लिये हमारे पास कोई असंदिग्ध साक्षी नहीं किन्तु पुरातत्वीय व अन्य साक्षियां इसमें कोई संदेह नहीं रहने देतीं कि ईस्वी सन् की आरम्भिक शतियों में विभिन्न भागों में महत्वपूर्ण हिन्दू बस्तियां थीं। इनमें श्री क्षेत्र का राज्य एक महत्वपूर्ण हिन्दू राज्य था, इसकी राजधानी वर्त्तमान प्रोम के निकट थी, इसका तीसरी श० ई० के चीनी इतिहासों में उल्लेख है। स्याम में द्वारावती का हिन्दू राज्य भी शक्तिशाली था और यह ऐसा केन्द्र था जहां से हिन्दू संस्कृति प्रायद्वीप के अन्तर्भाग में प्रविष्ट हुई। यह फूनान के अधीन था। जिसके पतन के बाद इसको प्रधानता मिली। किन्तु संभवतः यह अधिक प्राचीन काल से विद्यमान था। दक्षिण मलाया प्रायद्वीप में कई हिन्दू राज्यों के होने के निश्चित उल्लेख हैं। दूसरी शती ई० में स्थापित इनमें से एक राज्य को चीनी लंग्-किया-सू कहते हैं। चीनी इतिहासों के अनुसार राजा का रोष भाजन होकर एक राजकुमार या राज परिवार का व्यक्ति भारत भाग गया, वहां उसका एक राजा की कन्या के साथ विवाह हुआ। जब लंग-किया-सू का राजा अकस्मात् मर गया तो राज्य के बड़े अधिकारियों ने राजकुमार को वापिस बुलाया और उसे राजा बनाया। वह 20 वर्ष तक शासन करने के बाद मर गया, उसके बाद उसका बेटा

भगदतो (भगदत्त) राजा बना, उसने 515 ई० में चीन को दूत भेजा। जिसका नाम आदित्य था।[1]

ईस्वी सन् की आरम्भिक शतियों में पूर्वीय द्वीप समूह के विविध टापुओं में भी हिन्दू राज्य स्थापित किये गये थे।

जावा[2] में स्थानीय अनुश्रुति पहली श० ई० में पहली हिन्दू बस्ती का निर्देश करती है, किन्तु इसमें संदेह नहीं कि दूसरी शती ई० के प्रारम्भ तक एक हिन्दू राज्य वहाँ स्थापित हो चुका था; क्योंकि हमें चीनी इतिहास कथाओं से ज्ञात होता है कि जावा के राजा देववर्मा ने 132 ई० में एक दूत मंडल चीन भेजा था। पश्चिमी जावा में पाये गये चार संस्कृत अभिलेखों में एक राजा पूर्णवर्मा तथा उसके दो उत्तराधिकारियों का निर्देश है। अभिलेखों पर तिथि नहीं दी गयी है, किन्तु पुरालिपिशास्त्रीय आधारों पर इन्हें छठी शती का कहा जाता है, यद्यपि कुछ विद्वान् इन्हें चौथी शती का भी समझते हैं। इस प्रकार हमारे पास पश्चिमी जावा में एक ऐसे राज्य की स्थिति का प्रमाण है जो पूर्ण रूपेण हिन्दू रंगों में रंगा था। भारत से लौटते हुए फाहियान 414-15 ई० में जावा में पांच महीने रहा, उसने भी इस देश का ब्राह्मण (हिन्दू) धर्म के गढ़ के रूप में वर्णन किया है।

जावा का पड़ोसी टापू बाली[3] भी एक समृद्ध हिन्दू राज्य था। इस के एक राजा ते 518 ई० में चीन को एक राजदूत भेजा था।

सुमात्रा में श्री विजय[4] के हिन्दूराज्य की स्थापना चौथी शती ई० से पहले या उसी शती में हुई। बाद में यह बताया जायगा कि सातवीं शती ई०

---

1. **सुवर्णद्वीप** 1, 73
2. वही, अध्याय 6 पृ० 91
3. वही, अध्याय 9, पृ० 132
4. वही, अध्याय 7, पृ० 116

में यह बड़ा शक्तिशाली और प्रमुख राज्य बना, किन्तु इस के आरम्भिक इतिहास के संबन्ध में अधिक ज्ञान नहीं है। मनुष्यों का शिकार करने वाले दयाकों की भूमि बोर्नियो[1] में भी यदि पहले नहीं तो चौथी शती ई० में हिन्दुओं ने एक राज्य की स्थापना की थी। चार संस्कृत अभिलेखों में—जिन्हें 400 ई० के लगभग का बताया जाता है—अश्ववर्मा के पुत्र तथा राजा कुण्डुग (कौण्डिन्य) के पौत्र मूलवर्मा के प्रचुर दानों तथा यज्ञों का उल्लेख है। जिन पाषाण स्तम्भों पर अभिलेख खुदे हुए हैं वे यूप (यज्ञीय स्तम्भ) थे, इन्हें राजा मूलवर्मा द्वारा किये गये **बहुसुवर्णकम्** नामक महायज्ञ की तथा वप्रकेश्वर के तीर्थ में राजा द्वारा किये ब्राह्मणों के 20 हजार गौओं के दान की स्मृति सुरक्षित रखने के लिये ब्राह्मणों ने खड़ा किया था।

पूर्वी द्वीप समूह तथा हिन्दचीन प्रायद्वीप के विविध भागों में हिन्दुओं द्वारा राज्यों की स्थापना से यह नहीं समझना चाहिये कि वह किसी भारतीय राज्य या राज्यों द्वारा राजनैतिक प्रभुत्व का सुविचारित विस्तार था। ऐसा कोई तथ्य नहीं जो यह सूचित करे कि किसी भारतीय राजा ने इन दूरवर्त्ती प्रदेशों को जीतने के लिये योजना बनायी या कोई सेना तैय्यार की। ये राज्य वैयक्तिक साहस के परिणाम प्रतीत होते हैं, जो उत्कृष्ट योग्यता वाले व्यक्तियों के सफल प्रयत्न थे। इन्होंने अपनी उच्चतर संस्कृति और सैनिक दक्षता के कारण वहाँ की आदिम जातियों पर अपना प्रभुत्व स्थापित किया। ऐसी भी कोई बात नहीं है जो यह प्रकट करे कि भारतीय राज्यों ने इस विशाल उपनिवेशन से कोई राजनैतिक लाभ उठाया हो। ये औपनिवेशिक शक्तियाँ भारत की राजनैतिक शक्तियों के साथ कोई नियमित संबन्ध रखती थीं, यह भी संदेहास्पद ही है, यद्यपि समुद्रगुप्त के इन दावों में कि सब द्वीपों पर उसका आधिपत्य है—इस बात का संकेत है कि कुछ उपनिवेशों का भारत के साथ संबन्ध था। इन हिन्दू उपनिवेशों की स्थापना का सबसे बड़ा प्रभाव इन प्रदेशों में हिन्दू संस्कृति और सभ्यता का प्रसार था।

---

1. वही, अध्याय 8, पृ० 125

5. सुवर्णद्वीप में हिन्दू सभ्यता[1]

यह लगभग सार्वभौमिनियम प्रतीत होता है कि जब निकृष्ट कोटि की कोई सभ्यता किसी उत्कृष्टि कोटि की सभ्यता के सम्पर्क में आती है तो निकृष्ट सभ्यता दूसरी में विलीन हो जाती है। इस प्रक्रिया की मात्रा और सीमा शुद्ध रूप से इसी बात से निश्चित होती है कि एक में आत्मसात करने और दूसरी में विलीन होने का कितना सामर्थ्य है। जब हिन्दू पहली बार मलयेशिया में प्रकट हुए और वहाँ की जातियों के साथ घनिष्ठ संपर्क में आये तो एकदम यह प्रक्रिया प्रारम्भ हो गयी और इसने वे ही परिणाम उत्पन्न किया जो अपरिहार्य थे।

बोर्नियो, जावा, अनाम, कम्बोडिया और मलाया प्रायद्वीप से मिले अभिलेख अनिवार्य रूप से इस परिणाम की ओर ले जाते हैं कि भारत की भाषा, साहित्य, धर्म और राजनैतिक तथा सामाजिक संस्थाओं ने इन दूरवर्त्ती देशों की पूर्ण विजय की थी और एक बड़ी सीमा तक इन क्षेत्रों में देशीय तत्वों को या तो समाप्त कर दिया या अपने में मिला लिया।

फूनान और चम्पा के अभिलेख पौराणिक धर्म और देवगाथाओं के साथ पूर्ण परिचय प्रदर्शित करते हैं। मूलवर्मा के अभिलेख हमारे सामने एक ऐसे दरबार और समाज का चित्र उपस्थित करते हैं जो हिन्दू संस्कृति से पूर्णतः संपृक्त था। पश्चिमी जावा में मिले अभिलेख भी हमारे सम्मुख जो चित्र उपस्थित करते हैं उस पर हिन्दू समाज और दरबार का रंग काफी गाढ़ा है। हमें विष्णु और इन्द्र जैसे हिन्दू देवताओं और इन्द्र के हाथी ऐरावत के निर्देश मिलते हैं। भारतीय मास और तत्संबन्धी ज्योतिष विषयक ब्यौरे तथा दूरी को नापने

---

1. नीचे बताये किसी विशेष उपनिवेश से संबन्ध रखने वाले तथ्या '**चम्पा**' या **सुवर्णद्वीप** से उस उपनिवेश का इतिहास प्रतिपादन करने वाले अध्यायों में मिलेंगें, जिनका निर्देश ऊपर दिया जा चुका है। तुलना कीजिये **सुवर्णद्वीप** 1,138।

की भारतीय पद्धति वहाँ सर्वथा परिचित थी। इसके अतिरिक्त चन्द्रभागा और गोमती के नदी नामों में हम नये उपनिवेशों में भारतीय भौगोलिक नामों के स्थानान्तरनयन की परिचित परिपाटी का श्रीगणेश पाते हैं।

बोर्नियों और मलाया प्रायद्वीप से मिली विविध देवी देवताओं की मूर्त्तियां अभिलेखों की साक्षी की पुष्टि करती हैं। बोर्नियो में विष्णु, ब्रह्मा, शिव, गणेश, नन्दी, स्कन्द और महाकाल की तथा मलय प्रायद्वीप में दुर्गा, गणेश, नन्दी और योनि की मूर्त्तियाँ पायी गयी हैं। जावा में तुक मस के अवशेषों से भी हिन्दूधर्म के पौराणिक रूप की पूर्ण प्रभुता सिद्ध है। यहाँ हम विष्णु के लक्षण शंख, चक्र, गदा और पद्म को तथा शिव के आयुध त्रिशूल को पाते हैं। इसके अतिरिक्त इस अभिलेख में गंगा की पवित्रता का संकेत है।

मूर्त्तियां और अभिलेख यह सिद्ध करते हैं कि हिन्दूधर्म के अतिरिक्त बौद्धधर्म ने भी इन प्रदेशों को प्रभावित किया। समूह रूपेण अभिलेख यह सिद्ध करते हैं कि संस्कृत भाषा और साहित्य का पूरा-पूरा अभ्यास किया जाता था। अधिकांश लेख उत्तम तथा लगभग निर्दोष संस्कृत में लिखे गये है। सर्वत्र भारतीय लिपियाँ अपनायी गयीं। मूर्त्तियाँ भारतीय कला के पूर्ण प्रभाव को प्रदर्शित करती हैं।

चीनियों के लेखों द्वारा पुरातत्वीय साक्षी की पुष्टि और परिपूर्त्ति होती है। सर्वप्रथम, हमारे पास फाहियान का स्पष्ट कथन है कि यवद्वीप में हिन्दूधर्म उन्नति कर रहा था, और वहाँ बौद्धधर्म का बहुत कम चिह्न था। फाहियान के साथ जहाज पर चढ़ने वाले सभी 200 व्यापारी हिन्दूधर्म के अनुयायी थे। इस उक्ति का यह ध्वनितार्थ भी लिया जा सकता हैं कि भारतीय उपनिवेश का मुख्य प्रोत्साहक तत्त्व अब तक वाणिज्य और व्यापार था। अधिकांश व्यापारी हिन्दूधर्म से संबन्ध रखते थे, इससे हमें इस द्वीपसमूह में बौद्धधर्म पर हिन्दूधर्म की प्रभुता का कारण ज्ञात हो जाता है।

किन्तु जावा में शीघ्र ही बौद्धधर्म का प्रभाव बढ़ने लगा, यह 519 ई० में संकलित चीनी ग्रन्थ में सुरक्षित गुणवर्मा की कथा से स्पष्ट प्रतीत होता है। कश्मीर (कि-दिन)का राजकुमार गुणवर्मा बचपन से धार्मिक प्रवृत्ति का था।

जब वह तीस वर्ष का हुआ तो काश्मीर के राजा की मृत्यु हो गयी, उसे राज गद्दी दी गयी किन्तु उसने इसे अस्वीकार कर दिया और वह लंका चला गया। बाद में वह जावा आया, उसने राजमाता को बौद्ध बनाया। शनैः-शनैः राजा को भी माता ने वही धर्म स्वीकार करने की प्रेरणा की। इसी समय जावा पर शत्रु सेनाओं द्वारा आक्रमण हुआ, राजा ने गुणदर्मा से पूछा कि शत्रुओं से लड़ना क्या बौद्धधर्म के प्रतिकूल होगा ? गुणवर्मा ने उत्तर दिया दस्युओं को दण्ड देना प्रत्येक व्यक्ति का कर्त्तव्य है। इसके बाद राजा युद्ध करने गया और उसे महान् विजय प्राप्त हुई। शनैः-शनैः बौद्धधर्म सारे देश में फैल गया। अब राजा भिक्षु बनना चाहता था, किन्तु मन्त्रियों ने इस शर्त पर उसे विरत किया कि सारे राज्य में किसी जीवित प्राणी की हिंसा नहीं की जायगी।

गुणवर्मा का नाम और कीर्त्ति अब सब दिशाओं में फैल गयी। 424 ई० में चीनी भिक्षुओं ने अपने सम्राट् से गुणवर्मा को चीन बुलाने की प्रार्थना की। तदनुसार, चीनी सम्राट् ने गुणवर्मा तथा जावा के राजा के पास दूत भेजे। गुणवर्मा नन्दी नामक हिन्दू व्यापारी के जहाज पर सवार हुआ और 431 ई० में नानकिंग पंहुचा। कुछ मास बाद, 65 वर्ष की आयु में वह दिवंगत हुआ।

धर्म के अतिरिक्त, यहाँ के राजनैतिक और सामाजिक विचारों तथा शासन-पद्धति पर हिन्दू सभ्यता का बड़ा स्पष्ट प्रभाव था। इस संबन्ध में हम तन-तन राज्य का निर्देश कर सकते हैं। इसके ठीक स्थान का निर्णय करना कठिन है। इस राज्य ने चीन को 530, 535 और 666 ई० में राजदूत भेजे थे। चीनी इतिहासों में इसका निम्नलिखित वर्णन मिलता है—"इसके राजा का वंशाभिधान क्चसत्रिय (क्षत्रिय) है और वैयक्तिक नाम सिलिंगकिआ (शृंग)। वह प्रतिदिन राजकार्य की देखभाल करता है। उसके आठ मंत्री है। ये **अष्टस्थान** कहलाते हैं। सब ब्राह्मणों में से चुने जाते हैं। राजा सुगन्धित द्रव्यों का लेप कराता है, एक बहुत ऊंचा मुकुट और विभिन्न प्रकार के रत्नों का हार धारण करता है। वह मलमल के कपड़े और चमड़े के जूते पहनता है। थोड़ी दूर के लिये वह पालकी में बैठता है किन्तु लम्बी दूरियों के लिये हाथी पर चढ़ता है। युद्ध में वे सदैव शंख बजाते और ढोल पीटते हैं।"

चीनियों द्वारा निर्दिष्ट क-ल के निम्नलिखित रिवाज भी मूलतः भारतीय हैं —"जब वे विवाह करते हैं तो वे सुपारी के अतिरिक्त कोई अन्य भेंट नहीं देते। इसकी मात्रा कई बार दो सौ तश्तरियों तक हो जाती है। पत्नी अपने पति के परिवार में प्रविष्ट होती है। उनके वाद्ययन्त्र एक प्रकार की सितार, एक बांसुरी, ताम्बे के झांझ और लोहे के ढोल होते हैं। उनके मुर्दे जलाये जाते हैं। भस्म एक स्वर्णपात्र में रखकर समुद्र में निमज्जित की जाती है।"

ऊपर निर्दिष्ट फूनान के तीन अभिलेखों में[1] दो काफी लम्बी रचनायें हैं और इन उपनिवेशों में भारतीय साहित्यिक शैली, भारतीय सामाजिक और धार्मिक विचारों की प्रभुता को किसी अन्य वस्तु की अपेक्षा अधिक अच्छी तरह प्रकट करते हैं। इन में वेदों, उपवेदों और वेदांगों में पारंगत ब्राह्मणों की बड़ी बस्तियों का, क्षत्रियों तथा उनके ऊंचे आदर्शों का निदश है। वे जीवन और समाज पर भारतीय दृष्टिकोण को सचाई के साथ प्रतिबिम्बित करते हैं। इन्हें इन दूरवर्त्ती उपनिवेशों में हिन्दू सभ्यता की विजय के अमर स्मारक मान सकते हैं।

6. मलय प्रायद्वीप[2]

ऊपर वर्णित समुद्रीय और औपनिवेशिक क्रियाशीलता में, मलय प्रायद्वीप ने बहुत आरम्भिक काल से महत्वपूर्ण भाग लिया। वस्तुतः इसकी भौगोलिक स्थिति ने इसे चीन और पश्चिमी जगत् के मध्य होने वाले व्यापार का केन्द्र बना दिया था। भारत को बहुत प्रारम्भिक काल से, संभवतः ईस्वी सन् के बहुत पहले से, अवश्यमेव इसका ज्ञान रहा होगा।

मलय प्रायद्वीप में आरम्भिक हिन्दू सभ्यता के वास्तविक अवशेष यद्यपि

---

1. ये अभिलेख कोइदे द्वारा सम्पादित किये गये हैं; पहले दो बुले० इको० फ्रांके० एक्स० ओरि० 31, 1 में हैं ओर तीसरी ज० ग्रे० ई० सो० 4,117 में प्रकाशित हुई हैं।
2. सुवर्णद्वीप 1, अध्याय 5, पृ० 65 प्र०

बहुत कम हैं, तथापि उनका सर्वथा अभाव भी नहीं है। सुंगैबतू रियासत में गुनोंगजरें (केद्दा चोटी) के दामन में एक हिन्दू मन्दिर के अवशेष तथा कुछ मूर्त्तियां हैं। इसके पड़ोसी स्थान केद्दर में ईंटों से बने बौद्ध मन्दिर के अवशेषों को इसमें पाये गये संस्कृत अभिलेख के आधार पर लगभग चौथी या पांचवी शती का बतलाया गया है। इसी प्रकार कभी बौद्ध मन्दिरों को अलंकृत करने वाले स्तम्भों के अवशेष वेलेजली प्रान्त के उत्तरी भाग में पाये गये हैं। इन पर उत्कीर्ण लेखों के आधार पर इन्हें चौथी या पांचवीं शती का समय दिया जा सकता है। सेलिर्नसिंग (पेराक) में गरुडारुड विष्णु की मूर्त्ति वाला एक स्वर्णभूषण निकला था और एक पेड़ के गिरने पर उसकी जड़ों से बने एक छेद में से लाल गोमेद की एक मुहर मिली थी, जिस पर पांचवीं शती ई० के अक्षरों में एक हिन्दू राजकुमार श्री विष्णुवर्मा का नाम उत्कीर्ण था।

तकुआ-पा के चारों ओर के प्रदेश में मन्दिरों के अवशेष हैं, इसे टालमी के तक्कोल से मिलाया गया है। पूर्वी तट पर, तकुआ पा के सामने बन्दोन की खाड़ी के चारों ओर विशेषतः तीन स्थानों—चैया, नखोन श्री धम्मपट और वींग स्रा—में आरम्भिक बस्तियों के अवशेष हैं। इन स्थानों के मन्दिर और मूतियां कुछ बाद की तिथि की हो सकती हैं, किन्तु लिगोर और तकुआपा से मिले अभिलेख तथा चैया में एक स्तम्भ का संस्कृत अभिलेख यह प्रदर्शित करता है कि ये बस्तियां चौथी या पाँचवीं शती ई० से बाद की नहीं हो सकतीं।

मलाया के विभिन्न भागों से अनेक अभिलेख मिले हैं। वे संस्कृत भाषा तथा चौथी या पांचवीं शती के आसपास की भारतीय लिपियों में लिखे हुए हैं। इनमें से दो पर बौद्धधर्म का एक प्रसिद्ध सूत्र उदृत है, जो इस प्रदेश में बौद्धधर्म के प्रसार को सिद्ध करता है। ये अभिलेख स्पष्ट रूप से इस तथ्य को प्रमाणित करते हैं कि कम से कम चौथी या पांचवीं शती ई० तक भारतीयों ने मलाया प्रायद्वीप के उत्तरी, पश्चिमी और पूर्वी भागों में उपनिवेश स्थापित कर लिये थे और ये उपनिवेशक उत्तरी और दक्षिणी भारत के थे।

इनमें से एक अभिलेख में रक्तमृत्तिका निवासी महानाविक बुद्धगुप्त का उल्लेख है। रक्तमृत्तिका का अर्थ लाल मिट्टी है। मुर्शिदाबाद के दक्षिण में अब

भी रंगामाटी (लाल मिट्टी) कहलाने वाले स्थान से रक्तमृत्तिका की शिनाख्त की गयी हैं।

मलय प्रायद्वीप के पुरातत्वीय अवशेष साहित्यिक साक्षी से सामान्य आधारों पर निकाले परिणाम की पुष्टि करते हैं। तक्कोल (वर्त्तमान तकुआ-पा) भारतीय व्यापारियों और उपनिवेशकों के उतरने का पहला पड़ाव था। इस बन्दरगाह से कुछ व्यापारी पर्वत शृखला को लांघकर बन्दोन की खाड़ी के इर्दगिर्द दूसरे किनारे पर उर्वर और चौड़े मैदान में पंहुच जाते थे। इस केन्द्र से वे स्थल या समुद्र मार्ग से स्याम, कम्बोडिया अनाम या और भी पूर्व में जा सकते थे। प्रायद्वीप के आरपार जाने वाला यह मार्ग भारतीय बस्तियों के अवशेषों से चिह्नित है। ऐसे अनेक यात्री इसका अनुसरण करते थे जो मलक्का के जलडमरुमध्य से होकर जाने वाली लम्बी और संकटपूर्ण जल यात्रा से बचना चाहते थे। यह दूसरा मार्ग भी बड़ा लोकप्रिय था और इसका खूब प्रयोग होता था, यह बात वेलेजली प्रान्त में मिले अवशेषों से प्रकट होती है। ऐसे व्यापारी जो जहाजों से सामान उतारने चढ़ाने की परेशानी से बचना चाहते थे, यह पूरा समुद्री मार्ग स्वभावतः पसन्द करते थे। जावा और सुमात्रा के लिये यह छोटा रास्ता भी था। समग्ररूपेण, मलाया प्रायद्वीप को सुदूरपूर्व के भारतीय औपनिवेशिक साम्राज्य का मुख्य द्वार समझा जा सकता है। मलाया प्रायद्वीप में पुरातत्वीय मिशन की रिपोर्ट में, इस प्रदेश में हिन्दू उपनिवेशन के संबन्ध में मनोरंजक कथन हैं। इनका संक्षेप निम्नलिखित है—"बस्तियों की संख्या बहुत थी और वे बहुत दूरवर्त्ती केन्द्रों में जैसे पूर्वी तट पर चुम्फोन, चैया बन्दोन नदी की घाटी, नखान स्रिधम्मरट (लिगोर) येल (पटनी के निकट) और सेलेनसिंग (पहाड़ में); और पश्चिमी तट पर मलक्का, वेलेजली प्रान्त, तकुआ-पा और लन्या तथा तनासरिम नदियों के सामान्य डेल्टा में स्थित थे। निःसन्देह इनमें सबसे अधिक महत्वपूर्ण नखोन स्रिधम्मरट का केन्द्र था। वस्तुतः यह एक बौद्ध बस्ती थी, जहाँ के निवासियों ने संभवतः नखोन स्रिधम्मरट के महान् स्तूप तथा इसको घेरने वाले पचास मन्दिरों के कुछ भाग को बनवाया। इससे कुछ उत्तर में चैया की बस्ती थी। ऐसा प्रतीत होता है कि यह पहले हिन्दू थी और

बाद में बौद्ध बनी। बस्तियों के ये दो समूह मुख्यतः कृषिजीवी थे। सेलेनसिंग, पंग, पुकेल और तकुआ पा की बस्तियां रोंगे और साने की खानों के उपयोग से समृद्ध हो रही थीं।

"उपलब्ध साक्ष्य से इस कल्पना की सचाई प्रकट होती है कि बन्दोन खाड़ी के चारों ओर का प्रदेश सुदूरपूर्वीय संस्कृति का पालना था, जो तकुआ पा के रास्ते से फैल रहे भारतीय प्रभाव की लहरों से अनुप्राणित था। एक प्रबल स्थानीय अनुश्रुति पश्चिम से इस मार्ग द्वारा भारतीयों के एक आरम्भिक प्रवास के पक्ष में हैं। तकुआ पा के निकट पश्चिमी तट पर भारतीय ढंग की सूरत शक्ल वाले व्यक्ति आमतौर पर मिलते हैं। नखोन स्त्रिधम्मरट और पटलुंग में भारतीय वंश के ब्राह्मण अब तक बचे हुए हैं और वे भारत से अपने पूर्वजों का मलाया प्रायद्वीप के आरपार आगमन एक स्थल मार्ग से मानते हैं।"

II पूर्वी तुर्किस्तान और चीन के साथ सांस्कृतिक संबन्ध[1]

चौथी श० ई० के प्रारम्भ तक काशगर से चीन को सीमा तक समूचा पूर्वी तुर्किस्तान एक प्रकार के बृहत्तर भारत में विकसित हो चुका था। इस क्षेत्र में, पूर्वगामी शतियों में मन्दगति से किन्तु नियमित रूप में पूर्वी तुर्किस्तान के मार्गों द्वारा भारत और चीन के बीच के निरन्तर सम्पर्क से इस प्रदेश के लगभग सभी कोनों में भारतीय सभ्यता का प्रवेश हो गया। प्रदेश के दक्षिणी भाग में पश्चिम से पूर्व की ओर ये राज्य थे—शैलदेश (चीनी शू-लेई, काशगर), कोक्कुक (चीनी सो-किड, यारकन्द), खोतम्न (चीनी यु-तियेन, खोतन)

---

1. इस विषय के लिये निम्नलिखित का सामान्य संदर्भ ग्रन्थों के रूप में उपयोग किया जा सकता है—
   (i) हार्नली—**मैनुस्क्रिप्ट रिमेन्स आफ् ईस्टर्न तुर्किस्तान**
   (ii) **ट्रेवल्स आफ् फाहियान**—एच० ए० गाइल्ज द्वारा अनूदित
   (iii) प्र० च० बाग्ची—**लकेनों बौद्धीक् अन् चीन** खण्ड 1
   (iv) प्र० च० बाग्ची—**इंडिया एण्ड चायना**

और कलमद (चीनी ये-मो-तंग-ना, शान-शान); और उत्तरी भाग में—भरुक (चीनी पओ-लू-किया, उच-तुरफान), कूची (चीनी क्यू-त्से-कुचार), अग्निदेश (चीनी येन-कि, कराशहर) और कओ-चअंग (तुरफान)। इन राज्यों में से, दक्षिण में खोतन तथा उत्तर में कूची मध्य एशिया और चीन में भारतीय संस्कृति के प्रसार में महत्वपूर्ण भाग ले रहे थे।

इनमें से कुछ बस्तियों में, विशेषतः दक्षिण में स्थानीय जनता में एक जबदस्त भारतीय तत्व था। इसका प्रधान कारण आरम्भिक युग में एक नियमित रूप से भारतीयों का इस प्रदेश में आकर बसना और इसके परिणाम स्वरूप भारतीय बस्तियों की स्थापना थी। उत्तरपश्चिमी भारत और इस प्रदेश के कुछ राज्यों के बीच त्वरित व्यापारिक संबन्धों से भी भारतीय औपनिवेशिक प्रसार हुआ। इस प्रकार की बस्तियों की सत्ता की साक्षी न केवल पूर्वी तुर्किस्तान के दक्षिणी भाग के कुछ प्रदेशों में पैशाची प्राकृत से मिलती-जुलती एक प्राकृत बोली के प्रचलन से प्राप्त होती है, अपितु समूचे पूर्वी तुर्किस्तान में भारत के गहरे सांस्कृतिक प्रभाव से भी परिलक्षित होती है।

ईस्वी सन् की प्रारम्भिक शतियों में बौद्धधर्म के प्रवेश से यह प्रभाव और अधिक प्रबल हुआ। गुप्तयुग के प्रारम्भ में पूर्वी तुर्किस्तान के सब राज्यों में बौद्धधर्म प्रतिष्ठित हो चुका था। इसने अनेक स्थानीय जातियों को पहली बार एक धर्म और साहित्यिक संस्कृति प्रदान की। काशगर, खोतन, शान-शान, कुचार और कराशहर आदि अधिकांश बस्तियों में भारतीय लिपि ग्रहण कर ली गयी। इससे पहले के युग में दक्षिणी प्रदेश में खरोष्ट्री लिपि प्रचलित हुई थी किन्तु गुप्तयुग में दक्षिण और उत्तर-दोनों प्रदेशों की सब बस्तियों में उत्तर भारतीय ब्राह्मी अपनायी गयी। इस प्रदेश में गुप्तलिपि का जो रूपान्तर हुआ उसे सामान्य रूप से **कुटिल गुप्त** लिपि कहा जाता है। अनेक स्थानों में संस्कृति की भाषा भी संस्कृत थी। फाहियान पहला व्यक्ति है जिसने इस संबन्ध में कुछ कहा है। वह लिखता है—"यहां (लोन प्रदेश) से पश्चिम जाते हुए कोई यात्री जिन राज्यों में से गुजरता है, वे इस विषय (भारत के धर्म का पालन करने) में समान हैं और जिन्होंने परिवार का परित्याग कर दिया है। (अर्थात भिक्षु और

अन्तेवासी बन चुके हैं), वे भारतीय ग्रन्थों तथा भारत में बोली जाने वाली भाषा का अध्ययन करते हैं।" पूर्वी तुर्किस्तान के बौद्ध भिक्षु संस्कृत का गम्भीर अनुशीलन करते थे, यह बात इस प्रदेश के विविध भागों में पायी गयी बौध ग्रन्थों की एक बड़ी संख्या से भो सिद्ध होती है। भारतीय लिपि में द्विभाषी ग्रन्थ भी हैं, इनमें संस्कृत मूल के साथ स्थानीय भाषाओं में उनके अनुवाद हैं। ये द्विभाषी लेख कुछ ऐसी प्राचीन स्थानीय भाषाओं के प्राचीनतम और कई बार एकमात्र अवशेष हैं, जिनका अब तक कोई अन्य चिह्न नहीं पाया गया।

उन दिनों में भारत के विशेषतः, काश्मीर के बौद्ध विद्वानों में यह परिपाटी थी कि वे पूर्वी तुर्किस्तान की यात्रा किया करते थे। इनमें अनेक इस प्रदेश के मुख्य नगरों के विहारों में बस भी जाते थे। संस्कृत बौद्ध ग्रन्थों के ज्ञान का प्रसार मुख्य रूप से इन्हीं द्वारा हुआ। वे न केवल स्थानीय भिक्षुओं के लिये, अपितु चीनियों के लिये भी आकर्षण और प्रेरणा के स्रोत थे। चीनी लोग बौद्ध शास्त्रों का प्रत्यक्ष ज्ञान पाने की आशा से इनकी ओर आकृष्ट होते थे। 260 ई० में चू-शे-हिंग नामक चीनी बौद्ध भिक्षु—जो संभवतः बौद्ध शास्त्रों की शिक्षा के लिये चीन से बाहर आनेवाला पहला व्यक्ति था—खोतन में गोमती विहार के भारतीय विद्वानों से संस्कृत और बौद्धशास्त्र पढ़ने के लिये आया। यह विहार खोतन की प्रधान धार्मिक बस्ती थी। जब फाहियान खोतन से गुजरा तो उसने इसे बौद्ध संस्कृति के केन्द्र के रूप में उतना ही महत्वपूर्ण पाया। 5वीं शती के मध्य में बौद्ध धर्म स्वीकार करने वाले एक चीनी कुलीन त्सि-किउ-किंगशेंग ने भारतीय विद्वानों के साथ संस्कृत अध्ययन करते हुए खोतन के गोमती विहार में कुछ समय व्यतीत किया था। अतएव विदेशी से बौद्ध धर्म के लिये किसी भारतीय केन्द्र जैसा ही उत्तम समझते थे।

न केवल बौद्ध धर्म, अपितु इसके साथ भारतीय संस्कृति के अन्य तत्व भी तुर्किस्तान पहुंचे। आरम्भिक गुप्त युग के अनेक चिकित्सा संबन्धी भारतीय ग्रन्थों तथा स्थानीय भाषाओं, विशेषतः कुचार की प्राचीन भाषा में अनूदित अन्य चिकित्सा संबन्धी ग्रन्थों के खण्डितांशों की उपलब्धि स्पष्ट रूप से यह प्रमाणित करती है कि इस प्रदेश में भारतीय आयुर्वेद पद्धति प्रचलित थी।

इससे भी अधिक महत्वपूर्ण भारतीय प्रभाव कला के क्षेत्र में देखा जा सकता है। इस प्रदेश के विविध भागों में बौद्ध मूर्त्तियों, विहारों और गुफाओं के प्रचुर अवशिष्टांशों में भारतीय मूर्ति और चित्रकला के अवशेष पाये जाते हैं। यदि पश्चिमी एशियाई, ईरानी और चीनी जैसे अन्य प्रभावों के साथ आये भारतीय प्रभाव के प्रश्न को छोड़ दें तो भी कला की शुद्ध भारतीय परम्परा के पूर्वी तुर्किस्तान तक ले जाने की समस्या बनी रहती है। कुछ स्थानों पर कला के अवशेष खालिस गन्धार शैली के प्रसार को सूचित करते हैं। गुप्तकला का प्रभाव भी कम नहीं है, यह विशेषतः बौद्ध गुफाओं के भित्तिचित्रों में है। मूर्त्ति कला में भी इस परिपक्व भारतीय कला का प्रभाव कई बार प्रमुखता प्राप्त कर लेता है।

पूर्वी तुर्किस्तान के कुछ मुख्य राज्यों का यत्किंचित् विस्तृत विवरण इस स्थिति को अधिक स्पष्ट कर देगा। विचाराधीन युग में, दक्षिण में खोतन तथा उत्तर में कुचार की कम से कम दो बस्तियों ने उपरले हिन्द की संस्कृति के इतिहास में सबसे प्रबल प्रभाव डाला। फाहियान ने खोतन में बौद्ध धर्म का व्योरेवार वर्णन लिखा है। वह कहता है—"उन सब ने (बौद्ध) धर्म को ग्रहण कर लिया है, धार्मिक संगीत में उन्हें आनन्द मिलता है। कई हजार श्रमण यहां रहते हैं, इनमें अधिकांश महायान सम्प्रदाय के हैं। वे सब एक ही भंडार से अपना भोजन प्राप्त करते है, लोग इधर-उधर बिखरे हुए निवास करते हैं और घर के दरवाज़े के आगे छोटे स्तूप बनवाते हैं, इनमें छोटे से छोटा लगभग बीस फुट ऊंचा होता है।" इसके बाद फाहियान हमें यह बताता है कि खोतन में अपने निवास काल में उसे गोमती विहार में ठहराया गया था। इस विहार के श्रमण भी महायान के अनुयायी थे। इसमें तीन हजार भिक्षु रहते थे। "घटा बजने पर तीन हजार भिक्षु खाने के लिये इकट्ठा होते हैं, जब वे भोजनालय में प्रविष्ट होते हैं तो उनका व्यवहार गम्भीर और अति सभ्य होता है, वे नियमित क्रम में बैठ जाते हैं, सब मौन रहते हैं, वे अपने बर्त्तन भी नहीं खटखटाते, अधिक भोजन परोसने के लिये वे नौकरों को नहीं पुकारते, अपितु अपने हाथों से केवल संकेत कर देते हैं"। खोतन में अनेक छोटे विहारों के अतिरिक्त, चौदह बड़े विहार

थे। उन दिनों खोतन में भारतीय **रथयात्रा** के समान प्रतिवर्ष मूर्त्तियों का जलूस निकाला जाता था। इस अवसर पर सड़कें साफ की जातीं थीं और सब घर सजाये जाते थे। इस जलूस में गोमती विहार का प्रथम स्थान होता था। "नगर से तीन चार मील दूरी पर 30 फुट ऊंचा चार पहियों का रथ बनाया जाता है, जिस पर बुद्ध की मूर्त्ति रखी रहती है। यह चलता फिरता 'बुद्ध प्रासाद' सा दिखाई देता था, सप्त महार्घ मणियों, लहराती पताकाओं, और कामदार चंदवों से सजा होता था, बुद्ध की मूर्त्ति रथ के मध्य में रखी जाती है, उसके पीछे चर्यारत **बोधिसत्व** और **देव** की मूर्तियां होती हैं। इनमें सुन्दर ढंग से सोने चांदी की नक्काशी होती है और ये हवा में झूलती रहती हैं। जब मूर्त्तियां नगर के द्वार से सौ पग रह जाती हैं तो राजा अपना मुकट उतारता है, नये वस्त्र धारण करता है; नंगे पांव फूल और धूप हाथ में लिये हुए, प्रत्येक पार्श्व में सेवकों से परिवेष्ठित वह द्वार से बाहर निकलता है। मूर्त्ति के पास जाकर वह साष्टांग प्रणाम करता है, फूल अर्पित करता है और धूप जलाता है।" इसके बाद फाहियान नगर के दूसरे बड़े विहार का वर्णन करता है, इसे वह 'राजा का नवविहार कहता है। इसके निर्माण में अस्सी वर्ष लगे थे और तीन पीढ़ियों के राजाओं ने इसके निर्माण में सहायता दी थी। यह 250 फुट ऊँचा था, इस पर सुन्दर खुदाई थी और यह सोने चांदी के पत्रों से मढ़ा था। इसके पीछे बुद्ध के मन्दिर में बड़े ऊंचे दर्जे का अलंकरण था। "इसकी धरनें, स्तम्भ, संवृत होने वाले द्वार और खिड़कियां सब स्वर्णमण्डित हैं। इसके अतिरिक्त, यहां भिक्षुओं के कमरे हैं, ये सुन्दर तथा उनके अनुरूप अलंकृत हैं, इनकी शोभा वर्णनातीत है। बोलोरताग शृंखला (अर्थात पूर्वी तुर्किस्तान) के पूर्व के छः देशों के राजा अपने निजी उपयोग के लिये बहुत कम धन रखते हैं उनके पास जो कुछ भी मूल्यवान् सम्पत्ति होती है वे उसे बुद्ध और विहार को चढ़ा देते हैं।"

चौथी श० ई० के अन्तिम वर्षों का फाहियान का वर्णन उन दिनों खोतन में प्रचलित बौद्ध धर्म का सच्चा चित्र उपस्थित करता है। यह प्रदर्शित करता है कि राजा और प्रजा इस धर्म के कट्टर अनुयायी थे, वे संघ के पोषण के लिये खूब धन खर्च करते थे और सार्वजनिक त्योहारों के अवसरों पर वैयक्तिव

सम्मान प्रदर्शित करते थे, श्रमण भी अब तक अपने धर्म की सच्ची परम्पराओं के अयोग्य न थे, वे विनय के बौद्ध नियमों का कड़ाई के साथ पालन करते थे। इसके अतिरिक्त, विहार अब भी ज्ञान के केन्द्रों के रूप में उच्च गौरव का उपभोग कर रहे थे। जो भारतीय बौद्ध पंडित चीन गये थे, उनके तत्कालीन चीनी विवरण हमें यह भी बताते हैं कि खोतन के बौद्ध विहारों में ऐसी संस्कृत पोथियां भी थीं जो भारत में नहीं मिल सकती थीं। पांचवी शती ई० के प्रारम्भ में चीन में काम करने वाले एक भारतीय पंडित धर्मक्षेम ने 433 ई० में महायान के **महापरिनिर्वाण** सूत्र को पोथी की खोज के लिये खोतन जाने का प्रस्ताव दिया क्योंकि यह पोथी केवल वहीं मिल सकती थी।

प्राचीन बौद्ध संस्कृति के अवशेष वर्त्तमान खोतन के पड़ोस में मुख्य रूप से योतकन, रावक, दन्दान उइलिक और निया के वीरान स्थानों में पाये गये हैं। पोथियों के अंश, मूर्त्तियां और चित्र आदि सभी अवशेष इस तथ्य की पुष्टि करते हैं कि इस क्षेत्र में भारतीय बौद्ध संस्कृति आठवीं शती तक जीवित रही। इसकी चरम उन्नति का काल गुप्त युग था।

खोतन से यह संस्कृति दक्षिणी मार्ग के साथ-साथ शानशान (लोव प्रदेश) होती हुई पूर्व दिशा में चीन की सीमा तक चली गयी थी। तारिम मरुस्थल में से होकर जाने वाले एक मार्ग से खोतन करसह्र से भी जुड़ा हुआ था, किन्तु यात्री विरले ही इसका अनुसरण करते थे। फाहियान करसह्र से खोतन इसी मार्ग से आया था। खोतन से पूरब की ओर जाते हुए भारतीय यात्रियों ने संभवतः इसीका अनुसरण किया होगा, किन्तु कम से कम पिछले काल में अधिक प्रचलित मार्ग काशगर से प्राचीन भरुक (उचतुरफान) के रास्ते कुचार जाने वाला था।

दक्षिण में खोतन के राज्य के समान, उत्तर में कूची के राज्य ने सांस्कृतिक प्रसार में महत्वपूर्ण भाग लिया। इस देश में एक श्वेत जाति से लोग देर में बसे थे और हिन्द योरोपीय भाषा परिवार की एक भाषा बोलते थे। पुराने बौद्ध ग्रन्थों की सहायता से यह लुप्त भाषा अब पढ़ ली गयी है और इसकी व्याख्या भी हो चुकी है। विद्वानों ने इसे तुखारी, कूचीय, आर्षी आदि अनेक नाम दिये हैं।

कूची की जनता ने बहुत पहले बौद्ध धर्म स्वीकार कर लिया था। चीनी लेख हमें यह बताते हैं कि चौथी श० ई० के प्रारम्भ में देश में स्तूपों और मन्दिरों की संख्या लगभग दस हजार थी। इस संख्या को पूरे शाब्दिक रूप में ग्रहण नहीं किया जा सकता। संभवतः इसका आशय यह है कि संख्या बहुत अधिक थी। प्रथम त्सिन वंश का इतिहास चौथी-पांचवीं शती ई० में कूची में बौद्ध धर्म की अपदशा का अधिक सच्चा वर्णन देता हैं।

वर्णन यह बताता है—'कूची के राज्य में बहुत अधिक विहार हैं। उनकी सजावट बड़ी भव्य है। राजप्रासाद में भी विहार की भांति बुद्ध की खड़ी मूर्त्तियां थीं। वहाँ त-यू नामक विहार में 70 भिक्षु थे, उत्तरी पहाड़ी पर चे-लि नामक विहार में 50 भिक्षु थे। कि-येनमू नामक राजा के नये विहार में 60 भिक्षु थे, वेन -सू के राजा के विहार में 70 थे। ये चारों विहार बुद्ध स्वामी के संचालन में हैं। इन विहारों के भिक्षु प्रति तीन मास बाद अपने निवास स्थान बदलते हैं। उपसम्पदा के बाद पांच वर्ष पूरे करने से पहले उन्हें एक रात के लिये भी राजा के विहार में रहने की अनुमति नहीं दी जाती। इस मठ में 90 भिक्षु हैं। वहाँ कियु-कियु (? मो) लो (कुमारजीव) नामक एक तरुण भिक्षु है, वह बड़ा योग्य और विद्वान् है, उसने महायान का अध्ययन किया है, उसका गुरु बुद्ध स्वामी है किन्तु अब उस (कुमारजीव) के विचार बदल चुके हैं क्योंकि बुद्ध स्वामी आगम सम्प्रदाय का है।

"अ-ली के विहार में 180 भिक्षुणियां हैं, लिउन-जो-कन में 50 और अ-लि-पो में 30। ये तीनों विहार बुद्ध स्वामी के संचालन में हैं। भिक्षुणियां नियमित शिक्षा पद ग्रहण करती हैं; विदेशों में यह नियम है कि भिक्षुणियों को स्वयं अपने पर शासन नहीं करने दिया जाता, इन तीनों विहारों की भिक्षुणियां प्रायः पामीर के पूर्व के राजाओं और राजकुमारों की कन्यायें और स्त्रियां हैं। वे धर्म के लिये बहुत दूर-दूर से आती हैं। वे अपने आचार-व्यवहार पर नियन्त्रण रखती हैं। उनका शासन बड़ा कठोर है, प्रति तीन मास में वे एक बार अपना निवास स्थान बदलती हैं। तीन मुख्य भिक्षुणियों के अतिरिक्त और कोई बाहर नहीं जाती। ये विनय के 500 शिक्षा पदों का पालन करती हैं।"

उत्तर कूची बौद्ध संस्कृति का एक गढ़ था। राजा और प्रजा दोनों इस धर्म के कट्टर उपासक थे, प्राचीन कूची के साहित्यिक अवशेष इस कल्पना की संपुष्टि करते हैं। कूची की जनता ने बौद्ध धर्म और कला के अतिरिक्त, भारतीय संस्कृति के अन्य तत्वों को भी अपना लिया था। राजाओं ने स्वर्णत (स्वर्णदेव), अर्ते (हरदेव), सुवर्णपुष्प, हरिपुष्प जैसे भारतीय नाम ग्रहण किये थे। कूची में संगीत की भारतीय पद्धति ज्ञात थी और इस देश के संगीतज्ञ इसे वहाँ से चीन ले गये। यह संभव है कि भारतीय परिवार अपने देश से निकलकर कूची में आ बसे हों और इन्होंने स्थानीय जनता के साथ अन्तर्विवाह किया हो। इस प्रकार के अन्तर्विवाह का कम से कम एक उल्लेखनीय उदाहरण है जिसका परिणाम उपरले हिन्द के साथ संपर्क के एक प्रकार के प्रतीक के रूप में उपस्थित है। क्योंकि इस व्यक्ति की जीवनी इस बात पर पर्याप्त प्रकाश डालती है कि कम से कम चौथी शती ई० में यह सम्पर्क किस प्रकार हो रहा था। अतः इसका कुछ विस्तार के साथ वर्णन किया जा सकता है।

इस प्रसिद्ध व्यक्ति का पिता कुमारायन था। उसका जन्म भारत में मन्त्रियों के एक कुल में हुआ था, जब उसके उत्तराधिकारी बनने की बारी आयी तो उसने अपने दावे को छोड़ दिया और धार्मिक जीवन अंगीकार कर वह विदेशों की यात्रा के लिये चल पड़ा। कूची के राजा ने उसका हार्दिक स्वागत किया और उसे अपना राजगुरु बनाया। यह राजा पोशुन नरेश था। किन्तु कुमारायन के भाग्य में वैखानस जीवन विताना न बदा था। कूची के राजा की जीवा नामक बहिन कुमारायन पर आसक्त हो गयी और दोनों का विवाह हो गया। इस विवाह की पहली सन्तान एक बालक था, इसे पिता और माता के नामों पर कुमारजीव का नाम दिया गया। जीवा ने दूसरे पुत्र के जन्म के बाद जिसका नाम पुष्पदेव रखा गया बौद्ध धर्म अंगीकार किया और भिक्षुणी बनी। कुमार जीव उस समय सात वर्ष का था, फिर भी वह असाधारण बुद्धि वाला बालक था। शीघ्र ही, उसने अपनी माता से पवित्र धर्म ग्रन्थों का पाठ करना सीख लिया। उसकी माता ने उसे अगली शिक्षा के लिये भारत ले जाने की आवश्यकता शीघ्र ही अनुभव की। नौ वर्ष की आय में बालक माता के साथ चला और विभिन्न

स्थानों की यात्रा करने के बाद अन्त में कश्मीर पंहुचा। उसे बन्धुदत्त नामक एक प्रसिद्ध आचार्य के पास पढ़ने के लिये रखा गया. बन्धुदत्त कश्मीर के राजा का चचेरा भाई था। कुमारजीव ने इसकी देखरेख में आगम तथा अन्य ग्रन्थ पढ़े।

कश्मीर में तीन वर्ष के अध्ययन के उपरान्त कुमारजीव अपनी माता के साथ वापिस लौटा। बीच में कुछ समय के लिये वे काशगर ठहरे, यहाँ कुमारजीव ने चार वेद, पंच विद्याएं, हिन्दू दर्शन और ज्योतिष पढ़ी। फिर वे कोक्कुक (यारकन्द) गये। यहाँ कुमारजीव को महायान बौद्ध धर्म में दीक्षित किया गया, उसने नागार्जुन, आर्यदेव जैसे महायान के प्रसिद्ध आचार्यों के ग्रन्थों का अध्ययन किया। कुछ अन्य स्थानों की यात्रा करने के बाद, वे अन्त में कूची लौटे, यहां कुमारजीव ने 'राजा के नव विहार' में अपना निवास स्थान बनाया।

इस समय तक कुमारजीव की कीर्ति पूर्वी तुर्किस्तान के विभिन्न भागों तक फैल चुकी थी, और शीघ्र ही अभिजात व्यक्ति एवं साधारण जनता धर्म की शिक्षा पाने के लिये उसके चारों ओर एकत्र होने लगी। वह कूची के सबसे बड़े त्सि अओ-ली विहार में **सूत्रों** का पाठ करता था और बौद्ध ग्रन्थों की व्याख्या किया करता था। इस प्रकार उसने पूर्वी तुर्किस्तान में बौद्ध धर्म के प्रसार और व्याख्या का महत्वपूर्ण कार्य प्रारम्भ किया। इसी समय कूची को चीनी आक्रमण का सामना करना पड़ा। कूची के पश्चिम के सब राज्यों ने चीनी आक्रमण की सहायता की थी और कूची मुकाबले के लिये अकेला खड़ा रहा। राजा ने आत्म समर्पण के प्रस्ताव को ठुकरा दिया और वीरता पूर्वक युद्ध किया। किन्तु नगर आक्रन्ता के हाथ पड़ा। 383 ई० में चीनी सेनापति ने एक नये राजा को गद्दी पर बिठाया और वह अनेक कैदियों के साथ चीन लौटा। इनमें कुमारजीव भी था। किन्तु चीनियों को उसकी योग्यता का ज्ञान था, उसे कानसू में 398 ई० तक कु-त्सांग के स्थानीय नरेश के साथ रहने के लिये बाध्य होना पड़ा।

सम्राट् से बार-बार निमन्त्रण आने के बावजूद भी कुमारजीव को 401 ई०

से पहले राजधानी की ओर बढ़ने की अनुमति नहीं दी गई। उसके राजधानी में आने पर ऐसे, कई विद्वान् उसके नीचे रखे गये जो उसे संस्कृत ग्रन्थों के चीनी भाषा में अनुवाद करने के कार्य में सहायता दे सकें। चीन के विभिन्न भागों से उसके पास विद्वान् अध्ययन करने के लिये आने लगे। उसका चीनी और संस्कृत का ज्ञान पूर्ण था और इसी कारण उसके अनुवाद उच्च साहित्यिक महत्व रखते हैं। थोड़े वर्षों के भीतर ही उसने लगभग 106 संस्कृत ग्रन्थों का चीनी अनुवाद किया, इनमें से कुछ ग्रन्थ काफी बड़े थे। वह पहला व्यक्ति था जिसने चीनियों के लिये महायान दर्शन की व्याख्या की। 412 ई० में कुमारजीव का देहावसन हुआ किन्तु चीन में बौद्ध धर्म की उसने जो सेवा की थी, वह स्थायी थी। उसके चीनी शिष्यों ने धर्म को नयी दिशा प्रदान की। उनकी व्याख्या ने बौद्धधर्म को चीनियों के लिये स्वीकरणीय बना दिया और इसका विदेशी धर्म की दृष्टि से देखा जाना बन्द हुआ।

कुमारजीव को इस बात का भी श्रेय प्राप्त है कि उसने श्रेष्ठ भारतीय पण्डितों को चीन की ओर आकृष्ट किया। उससे पहले चीन जाने वाले भारतीय पण्डितों की संख्या अधिक नहीं थी। उस समय तक विदेशी जातियों के बौद्ध प्रचारक अधिक क्रियाशील थे। कुमारजीव का काश्मीर के बौद्ध विद्वानों के साथ प्रत्यक्ष सम्बन्ध था और उसके माध्यम से कश्मीर के कुछ विद्वानों को पहले कूची और फिर चीन जाने की प्रेरणा मिली। इसमें से एक पुण्यजात था, इसके 403 ई० में चीन आने की सर्वाधिक संभावना है। यह कुमारजीव का सहयोगी बना। दूसरा बुद्धयशस् था। यह भी काशगर में बसा हुआ कश्मीरी विद्वान् था। यह संभवतः यहीं कुमारजीव के सम्पर्क में आया। इसका कुमारजीव से इतना अधिक प्रेम था कि जब कूची पर चीनी सेना ने आक्रमण किया तो बुद्धयशस् ने काशगर के राजा पर अपना सारा प्रभाव डाला तथा उसे प्रेरणा की कि वह कूची की सहायता के लिये अपनी सेना के साथ कूच करे। किन्तु इसमें पहले ही बहुत देर हो चुकी थी और उसके कुछ सहायता दे सकने से पूर्व ही नगर का पतन हो चुका था। बाद में बुद्धयशस् कूची गया और फिर

कुमारजीव की विशेष प्रार्थना पर चीन की राजधानी में आया। चीन में अपने निवास काल में इसने अनुवाद कार्य में कुमारजीव को सहयोग दिया। पाँचवीं शती ई० में चीन जाने वाले अन्य कश्मीरी विद्वानों में गौतम संघदेव, धर्मयशस् गुणवर्मा, गुणभद्र और बुद्धवर्मा का उल्लेख किया जा सकता है। इस काल में भारतवर्ष के अन्य भागों के भी कुछ विद्वान् चीन पंहुचे। इनमें अधिकांश चीन में रहे और वहीं मरे। वे संस्कृत त्रिपिटिक विशेषतः सर्वास्तिवादी सम्प्रदाय के त्रिपिटक के धर्म ग्रन्थों के अनेक अनुवाद करते रहे। उस समय इस सम्प्रदाय का सबसे बड़ा केन्द्र कश्मीर में था। इन विद्वानों ने भारतीय संस्कृति की चीनियों के लिये व्याख्या करने में तथा दो देशों के बीच उस प्रेम संबन्ध की स्थापना में अधिकतम सहायता प्रदान की जिसने कई शतियों तक एक फलपूर्ण परिणाम उत्पन्न किया।

सत्रहवां अध्याय

पश्चिमी जगत् के साथ सम्पर्क

अब यह बात पुष्ट प्रमाणों के आधार पर सिद्ध हो चुकी है कि अत्यन्त प्राचीन काल से स्थल और जल दोनों मार्गों से पश्चिमी देशों के साथ भारत के व्यापारिक संबन्ध थे। स्थल मार्ग खैबर से चलकर ऊपरी काबुल घाटी से गुजरता था, वहाँ से हिन्दूकुश पार कर बलख पंहुचता था। बलख पूर्व और पश्चिम को मिलानेवाले महा मार्ग पर अवस्थित था। बलख से पूर्व का ओर मध्य एशिया और चीन जाने वाले तथा पश्चिम की ओर भूमध्य और कृष्ण सागर की ओर जाने वाले कई मार्ग थे। एक पश्चिमी मार्ग आमू (वंक्षु) नदी के साथ नीचे जाते हुए कास्पियन तक पंहुचता था। उस समय माल अंशत: स्थल से और अंशत: नदी द्वारा कृष्ण सागर के बन्दरगाहों तक पंहुचाया जाता था। दूसरा मार्ग कर्मानिया मरुस्थल के उतरी छोर होता हुआ, "कास्पायिन दरवाजों" में से गुजरकर क्तेसीफोन और हिकाटोम्पिलोस के मार्ग से एंटीओक पंहुचता था।

प्राचीन काल में पश्चिम की ओर जाने के लिये एक समुद्र मार्ग भी था। यह सिन्ध के मुहाने से फरात के मुहाने तक समुद्र तट के साथ जाता था। इसके बाद जहाज़ या तो फरात नदी में ऊपर चढ़ जाते थे और उस बिन्दु पर स्थलपथ को स्पर्श करते थे, जहाँ वह फरात नदी को पार करता था अथवा ये अरब की खाड़ी के साथ अपनी तटीय जलयात्रा जारी रखते हुए, रक्तसागर में से होते हुए, स्वेत के निकट इसके सिरे तक पंहुचते थे। इस स्थान से माल पश्चिम में स्थलमार्ग से मिश्र और उत्तर में टायर और सिडोन जैसे प्रसिद्ध बन्दरगाहों तक ले जाया जाता। तथापि यह नहीं समझना चाहिये कि भारतीय व्यापारी इन मार्गों की आदि से अन्त तक सीधी यात्रा करते थे क्यों कि प्राय: महत्वपूर्ण नगरों और बन्दरगाहों पर माल के मालिक बदल जाया करते थे।

किन्तु जब सीधी समुद्र यात्रा भी की जाती थी तो नाविकों को तट के निकट

से ही चलना पड़ता था। 45 ई० के लगभग हिप्पलास ने "भारत महासागर के आर-पार नियमित रूप से चलने वाली मानसून हवाओं के अस्तित्व" की महान् खोज की, इससे जहाज सीधे हिन्द महासागर के आर-पार जाने में समर्थ हुए[1]। रक्तसागर के मुख पर स्थित ओकेलिस के बन्दरगाह से मानसून हवायें एक जहाज को चालीस दिन में या इससे भी कम समय में मुजिरिस (मलाबार तट पर कुडनोर) तक ले जाती थीं। इस प्रकार सिकन्दरिया अब भारतीय तट से तीन महीने से भी कम का रास्ता रह गया। इसके बाद दक्षिण भारत से जाने वाले जहाज लम्बी तटीय यात्रा से बच सकते थे।

रोमन साम्राज्य की स्थापना ने भारतीय व्यापार को बड़ा प्रोत्साहन प्रदान किया। **शान्तिमय रोमन साम्राज्य** से मार्ग सुरक्षित हो गये। रोम में भारत से जाने वाली विलास-सामग्री की बड़ी मांग थी। अतएव व्यापार का परिमाण अभूतपूर्व मात्रा तक बढ़ गया। प्लिनी के कथनानुसार इस व्यापार में भारत रोम को अधिक माल बेचता था। इस व्यापार के फलस्वरूप प्रति वर्ष रोम से 5 करोड़ सेस्टर्स का प्रवाह भारत की ओर बहता था। यह कथन भारतीय भूमि से निकले रोमन सिक्कों के विशाल ढेरों से भी पुष्ट होता है। इन मुद्राओं का विशेष अध्ययन करने वाले श्री सेवेल की सम्मति है कि भारत और रोम का व्यापार साम्राज्य के आरम्भिक काल में उन्नत रहा, 68 ई० में मरने वाले नीरो के समय पराकाष्ठा तक पंहुचा, फिर कम होने लगा, करकल्ला (217 ई०) के बाद लगभग बन्द ही हो गया। बैजन्टाइन सम्राटों के समय अल्प मात्रा में इसका फिर पुनरुज्जीवन हुआ।[2]

पहली श० ई० में भारत और रोम के बीच में व्यापार के विशाल परिमाण के संबन्ध में सेवेल के सामान्य निष्कर्ष में कोई संदेह नहीं। किन्तु विविध कालों में

1. यह सामान्य मत है किन्तु केनेडी यह मानता है कि मानसूनों का ज्ञान आद्यसम कालों से अवश्य रहा होगा (ज० रा० ए० सो० 1898 पृ० 272-73)
2. ज० रा० ए० सो० 1904 पृ० 591

व्यापार की अवस्था पर उसकी अधिक विस्तृत उक्तियाँ वैसे सुदृढ़ आधार पर अवस्थित नहीं क्योंकि वे केवल भारत में रोमन मुद्राओं की अभावत्मक साक्षी पर ही आश्रित हैं। अधिकांशतः दक्षिण भारत से उपलब्ध ये मुद्रायें निःसन्देह रोमन साम्राज्य और भारत के बीच में सीधे समुद्री व्यापार का परिणाम हैं। किन्तु (इनके अतिरिक्त) अन्य मुद्रायें भी ज्ञात हैं,[1] और हमें स्थल मार्ग के व्यापार का भी विचार करना चाहिये। यद्यपि कुछ समय के लिये पार्थियन तथा सासानी राज्यों के अभ्युत्थान के कारण इस व्यापार का कुछ मार्ग बदल गया और इसका परिमाण भी कम हो गया था, फिर भी यह कई शतियों तक महत्वपूर्ण घटना बना रहा। ईसा की चौथी शती में यह इतना उन्नत हुआ कि "जो रेशम आरेलियन काल में सोने के साथ तुलकर बिकता था, और धनिक तथा कुलीन वर्ग का विलास साधन था, जूलियन के शासन काल में ऐसे दाम पर बिकने लगा जिससे यह प्रत्येक व्यक्ति की पहुँच में आ गया"[2]

ईरान और मेसोपोटामिया होकर जाने वाले पुराने मार्गों के अतिरिक्त हम पलमायरा और पेट्रो के दो प्रसिद्ध व्यापारिक केन्द्रों को जाने वाले दो नये मार्गों को प्रचलन में आता हुआ पाते हैं। पहले मार्ग में माल भारत से ईरान की खाड़ी के सिरे तक समुद्र द्वारा लाया जाता था, फिर फरात के साथ-साथ वोलोगेसिया तक और वहां से स्थल मार्ग द्वारा पलमायरा तक जाता था। दूसरे मार्ग में, भारतीय जहाज़ रक्त सागर पहुँचकर, उसके अरब तटवर्ती ईलान (प्राचीन इजियोन गबर) और ल्यूके कोमे नामक दो बन्दरगाहों पर

---

1. कनिंघम के कथनानुसार कदकल्ला के समय तक की रोमन स्वर्ण मुद्रायें प्रचुर हैं (ज० ए० सो० बं० lviii, 158) हाल में बिलासपुर और विजगापट्टम ज़िलों से चार रोमन मुद्रायें उपलब्ध हुई हैं, इनमें से एक कम्भोउस (189-90 ई०) की है और दूसरी मैक्सिमस (216-18 ई०) के एक सिक्के की नकल (ज० न्यूमिस्मैटिक सोसायटी आफ़ इंडिया v, 171)
2. प्रिय उल्रस-दी इंडियन एम्बेसीज टू रोम पृ० 252

अपना माल उतार देते थे । यहां से स्थल द्वारा यह माल पेट्रा जाता और वहां से गाजा तथा र्हिनो को लुए के भूमध्य सागरीय बन्दरगाहों तक इसे पहुँचाया जाता था । पहले की भांति बढ़िया मलमल, मोती, वैदूर्य, महार्घ मणियां, धूप और दवाइयां व्यापार के मुख्य पण्य थे । 150 ई० में पेट्रा के नबती राज्य के पतन के बाद रोम-साम्राज्य और भारत के प्रधान स्थल मार्ग पर पलमायरा ने व्यापारिक प्रधानता प्राप्त की और 273 ई० में आरेलियन द्वारा लूटे जाने तक इसने यह स्थिति बनाये रखी । पलमायरा के बिध्वंस के बाद भारतीय व्यापार कुछ समय तक बतने से होकर जारी रहा, यह फरात के निकट और एडेस्सा से एक दिन का सफर था । तीसरी श० ई० के अन्त के लगभग सिकन्दरिया का ह्रास होने लगा और भारतीय व्यापार अरब जहाजों द्वारा होने लगा । अफ्रीका के तट पर एड्यूल का छोटा गांव व्यापार के एक बड़े केन्द्र के रूप में विकसित हुआ । कास्टेण्टाइन (306-337 ई०) के समय पूर्व के साथ रोमन व्यापार पुनरुज्जीवित हुआ किन्तु इस समय भी रोमन जहाज़ ईथियोपिया के उस समय के मुख्य बन्दरगाह एड्यूल से आगे नहीं जाते थे। अब भारत और पश्चिमी जगत् के बीच में व्यापार करने वाले अधिकांश अरब और भारतीय थे। चीनी इतिहासों के अनुसार छठी शती ई० में भी भारत और रोमन साम्राज्य के बीच बड़ा व्यापार होता था।

यदि हम भारत और रोम-साम्राज्य के बीच चालू व्यापार की दो मुख्य मंडियों पलमायरा और सिकन्दरिया के संक्षिप्त विवरण को ध्यान में रखें तो हम यह परिणाम निकाल सकते हैं कि यह तीसरी श० ई० तक उन्नत रहा और इसकी अवनति सेवेल द्वारा सुझाये समय से काफी देर बाद में शुरू हुई। प्रिय उलूक्स ने लिखा था–"सेवरस और उसके पुत्र करकल्ला और कृतक एण्टोनाइन के राज्यकालों में सिकन्दरिया और पलमायरा सबसे समृद्ध थे और रोम से सम्पर्क अपनी पराकाष्ठा पर था"[1]। सेवेल इस मत का खण्डन

1. वही, पृ० 132

करता है किन्तु विन्सेण्ट ए स्मिथ ने इसे पूर्ण रूप से पुष्ट किया था[1]। प्रियंउलूक्स अपने पक्ष की पुष्टि में बड़ी सचाई के साथ यह लिखता है कि इस काल में "रोमन साहित्य ने भारतीय विषयों की ओर अपना अधिक ध्यान दिया और भूतकाल की भांति सिकन्दर के ऐतिहासिकों के या सिल्यूकी राजदूतों के वर्णनों के उद्देश्यों तक अपने को सीमित नहीं रखा, अपितु अन्य स्वतन्त्र स्रोतों से अपनी जानकारी प्राप्त की"। जब हम इस प्रकरण में इस विषय का आगे विचार करेंगे तो इस युक्ति की सत्यता स्पष्ट हो जायेगी। रोम आने वाले भारतीय दूतमण्डलों के परिगणन तथा एक अन्य महत्वपूर्ण ऐतिहासिक तथ्य से भी उक्त परिणाम की पुष्टि होती है। वह तथ्य यह है कि ईसा की तीसरी शती में रोमन सम्राट अपने पूर्वी अभियानों के माध्यम से भारत के घनिष्ठ और कई बार लगभग प्रत्यक्ष सम्पर्क में आये।

भारत और रोम के बीच बढ़े व्यापार से दोनों में राजनैतिक सम्पर्क भी स्थापित हुआ। जब आगस्टस गृहयुद्ध में अन्ततः विजयी हुआ और उसने प्रिन्सिपेट की स्थापना की तो एक या अनेक भारतीय राजाओं ने दूत-मण्डल भेजे ईस्वी सन् की पहली चार शतियों में अन्य भारतीय दूत मण्डल भी रोम गये, ट्राजन (98-117 ई०), हेड्रियन (117-138), एण्टोनिनस पियस (138-161), हेलियोगेबलुस (218-222), आरेलियन (270-75), कास्टैण्टाइन (323-353) और जूलियन (361-363) को भेजे गये सात दूत मण्डलों का स्पष्ट निर्देश है। संभवतः दो अन्य दूत-मण्डल जस्टीनियन को 530 और 532 ई० में भेजे गये थे।

व्यापारिक और राजनैतिक सम्पर्क के कारण भारतीय और रोम नागरिक दोनों बड़ी संख्या में अवश्य ही एक दूसरे के देश की यात्रा करने लगे होंगे। सिकन्दरिया लगभग केन्द्र में स्थित था, और पूर्व और पश्चिम के सम्मिलन का महान स्थल था। अवश्य ही भारतीयों ने बड़ी संख्या में इसकी यात्रा की होगी। टालमी के युग में भी, इस प्रकार की यात्रा की मनोरंजक साक्षी नीलनदी के

1. ज० ए० सो० ब० lviii, 158

निकट डेडेसिया में एक मन्दिर पर उत्कीर्ण लेख में सुरक्षित है, इसमें एक भारतीय का नाम है।[1] 470 ई० जैसे पिछले काल में भी कुछ ब्राह्मण सिकन्दरिया गये और वे कान्सल सेवेरस के घर पर ठहरे। भारतीयों और पश्चिमी जनता के बीच ऐसे प्रत्यक्ष संबन्धों ने दोनों के पारस्परिक ज्ञान को अवश्यमेव बढ़ाया होगा।

ईसा की तीसरी शती० के पश्चिमी साहित्य में भारत का अधिक शुद्ध ज्ञान प्रतिबिम्बित हुआ है। सिकन्दरिया का क्लेमेण्ट जिस की मृत्यु 220 ई० के लगभग हुई—ब्राह्मणों और बौद्धों—दोनों के अत्यन्त रोचक विवरण देता है। विशेषत: वह ब्राह्मणों के पुनर्जन्म के विकास तथा बौद्धों के धातुस्तूपों की पूजा का संकेत करता है। बेबीलोनिया के बार्डेसेनीज़ (तीसरी श० ई०) ने भारतीय दिगम्बर दार्शनिकों पर एक बड़ा रोचक ग्रन्थ लिखा। यद्यपि यह ग्रन्थ लुप्त हो चुका है। किन्तु उद्धरण रूप में सुरक्षित इसके संदर्भ भारत के विशेषत: इस देश के ब्राह्मण और बौद्ध—दो धार्मिक सम्प्रदायों विलक्षण प्रगाढ़ ज्ञान को प्रदर्शित करते हैं। कर्रह का अर्कलओस (278 ई०) और सेण्ट जेरोम (340 ई०) दोनों बुद्ध के नाम का उल्लेख करते हैं तथा उसके जन्म की अनुश्रुति का वर्णन करते हैं।[2]

अन्य लेखकों में फिलोस्ट्रेटस, कैलिस्ट्रेटस और डियो कैसियस का उल्लेख किया जा सकता है। यह उल्लेख भी मनोरंजक है कि रोमन-कला भारतीय विषयों का उपयोग करने लगी थी जैसा कि हमें एक शराब पिये और लड़खड़ाते हिन्दू की मूर्त्ति के कैलिस्ट्रेटस् के वर्णन से ज्ञात होता है।

---

1. रालिन्सन—**इण्टर कोर्स बिटवीन इंडिया एण्ड दि वेस्टर्न वर्ल्ड**, पृ० 99 तुलना कीजिये वार्मिगटन **कामर्स बिटवीन दि रोमन इम्पायर एण्ड एण्डिया।**
2. जिन लेखकों का यहाँ नाम लिया गया है, उनके विवरण के लिये मिलाइ जे डब्ल्यु० मैक्रिडल—**एशेन्ट इंडिया एज़ डिस्क्राइब्ड इन क्लासिकल लिटरेचर।**

भारत और पश्चिमी जगत् के बीच घनिष्ठ सम्पर्क ने स्वभावतः दोनों की संस्कृतियों को प्रभावित किया। एक दूसरे पर पड़े उनके प्रभाव के क्षेत्र और स्वरूप का अन्दाज लगाना कठिन है, किन्तु मोटे तौर पर इनके कुछ पहलुओं के संबन्ध में कहा जा सकता है।[1] इसमें कोई संदेह नहीं कि भारतीय कला और मुद्रानिर्माण पर पश्चिम का गहरा प्रभाव पड़ा। भारतीय ज्योतिष की प्रगति पर रोमन ज्योतिष का प्रभाव भी निर्विवाद है। वराहमिहिर ने **रोमक सिद्धान्त** का खूब निर्देश किया है और **पौलिश सिद्धान्त** सिकन्दरिया के पाल (लग० 378 ई०) के ज्योतिष संबन्धी ग्रन्थों पर आश्रित है। दूसरी ओर, पश्चिमी देशों ने भारतीय चिकित्सा-शास्त्र, ज्योतिष परिभाषाओं और अंकों की पद्धति को ग्रहण किया। **पंचतन्त्र** जैसी कुछ भारतीय पुस्तकें वहाँ बड़ी लोकप्रिय थीं और इनका अनेक भाषाओं में अनुवाद हुआ।

धर्म और दर्शन के क्षेत्र में वही पारस्परिक प्रभाव देखा जाता है। सामान्य रूप से माना जाता है कि भारतीय दर्शन ने नव प्लेटोवाद के विकास पर गहरा प्रभाव डाला। ईसाइयत के अभ्युत्थान ने उस भारतीय धर्म को प्रभावित किया जिसका उस समय तक पश्चिम में प्रभाव था। शामी लेखक जेनोब हमें ईसाई मिशनरियों के उस मूर्त्तिभंजक उत्साह का अत्यधिक मनोरंजक विवरण देता है, जिससे तरोन (वान झील के पश्चिम में ऊपरी फरात) के परगने में दो हिन्दू मन्दिरों का विध्वंस हुआ। कहा जाता है कि दूसरी शती ई० पू० में इस प्रदेश में बसी एक भारतीय बस्ती ने इन मन्दिरों को बनवाया था। 304 ई० के लगभग सेंट ग्रेगोरी इन मन्दिरों के समक्ष उपस्थित हुआ, भारतीयों द्वारा वीरतापूर्ण रक्षा के बावजूद, उसने उन्हें हराया और 12 से 15 हाथ ऊंची दो मूर्त्तियों को तोड़ दिया।[2] इस प्रकार महमूद गज़नवी और उसके उत्तराधिकारियों का

---

1. ज० ए० सो० बं० lviii, 107 ; ज०, बाम्बे ब्रान्च आफ रा० ए० सो० xxiii, 217,
2. ज० रा० ए० सो० 1904 पृ० 309

अग्रदूत सेंट ग्रेगोरी पर्शिया में भारतीय धर्म के चिह्नों को बहुत बड़ी मात्रा तक नष्ट करने में अवश्यमेव साधन बना होगा। किन्तु यह तथ्य सुप्रतिष्ठित है कि हिन्दू और बौद्ध दोनों धर्म उस प्रदेश में उस समय तक भी जीवित शक्ति थे जहां ईसाइयत का उत्थान हुआ और जहाँ इसका आरम्भिक कार्य क्षेत्र था। यह इस विश्वास को पुष्ट करता है कि दोनों धर्मों की समानतायें आकस्मिक नहीं हैं किन्तु प्राचीन धर्म का नवीन धर्म पर प्रभाव है। बौद्ध चैत्य के साथ ईसाई चर्च के आन्तरिक भाग का सादृश्य, थोबीय वैखानस जीवन जैसे प्रारम्भिक ईसाई सम्प्रदायों के तपस्या के अतिवर्त्ती और मर्यादातिक्रामी रूप, पुनर्जन्मवाद, अवशेष पूजा और माला का प्रयोग—ये सब ईसाइयों ने भारतीय धार्मिक विचारों से ग्रहण किये। यह भी बहुत संभव है कि मानीमतावलम्बी और अधिज्ञानवादी (ग्नास्टिक) भारतीय विचारों से प्रभावित हुए। यह निश्चय है कि पश्चिम के कई धार्मिक नेताओं ने बुद्ध का नाम लिया है।

इसमें कोई संदेह नहीं कि एक धर्म के दूसरे धर्म पर पड़े प्रभाव की इयत्ता का यथार्थ निर्धारण सदैव कठिन होता है किन्तु ईसाइयत पर भारतीय विचारों के सामान्य प्रभाव के संबन्ध में कोई संदेह संभव नहीं रहता। भारत पर ईसाइयत के प्रभाव का अन्दाज़ करना अधिक कठिन है। यह बात सुगमता से मानी जा सकती है कि आरम्भिक काल से ही ईसाई मिशनरी भारत आते रहे और यहाँ कुछ ईसाई समुदाय बस गये। दक्षिण भारत में ईसाइयत की प्रगति का निर्देश 'भारत की जातियां (नेशन्स) तथा **कास्मस इंडिकोप्ल्यूस्टेस** की **क्रिश्चियन टोपोग्राफी** में है। 'भारत की जातियां' कृतक कैलिस्थेनेस (5वीं शती) के **रोमान्स हिस्ट्री आफ् एलेक्जेण्डर'** में सम्मिलित पुस्तिका है और कास्मस 6ठी श० ई० के पूर्वार्ध में भारत की यात्रा करने वाला एक ईसाई परिव्राजक था।

ऊपर हमने 200 से 500 ई० के मध्य भारत और पश्चिमी जगत् के बीच में संबन्धों की अत्यन्त संक्षिप्त रूपरेखा दी है। निश्चित रूप से ज्ञात तथ्य बहुत कम हैं, अतः चित्र अस्पष्ट और अपूर्ण है। किन्तु जो थोड़ी बातें हम

जानते हैं वे यह प्रदर्शित करने के लिये काफी हैं कि भारत दूसरे देशों से अलग-अलग पृथक जीवन नहीं बिता रहा था, अपितु वाणिज्य और व्यापार द्वारा उसका पश्चिम की महान् सभ्यताओं के साथ संपक था और इसके कारण राजनैतिक और सांस्कृतिक संबन्ध भी हुए। ऐसे संबन्ध बहुत पहले प्रारम्भ हुए थे, परवर्त्ती युगों में भी जारी रहे और वाकाटक-गुप्त-काल में ये काफी स्थिर और सक्रिय थे।

अध्याय 18

सामाजिक और आर्थिक अवस्थायें

1. सामाजिक अवस्था

भारतीय इतिहास के प्रायः सभी युगों में किसी न किसी रूप में वर्ण-व्यवस्था हिन्दू समाज की विशेषता रही है; अतः स्वाभाविक यह इस ही युग के समाज में भी विद्यमान थी। फिर भी, उस समय तक इसमें उतनी कठोरता नहीं आयी थी जैसी आजकल हम अन्तर्विवाह, अन्तर्भोज या पेशों के मामलों में देखते हैं। विवाह प्रायः वर्ण के अन्दर ही होते थे, किन्तु उच्च वर्ण के साथ निम्न वर्ण की वधुओं के परिणय—जिनको शास्त्रीय परिभाषा में **अनुलोम विवाह** कहा जाता है—प्रायः होते थे। इस युग की स्मृतियां ऐसे विवाहों की वैधता स्वीकार करते हुए भी उन्हें प्रशस्त मानने के लिये प्रस्तुत न थीं। किन्तु हमारे युग का एक अभिलेख–जिसमें ब्राह्मण वर के क्षत्रिया वधू के साथ विवाह का संकेत है —इसे **श्रुति** और **स्मृति** द्वारा विहित बतलाता है।[1] इन अवस्था में हमें इस बात पर आश्चर्य नहीं होना चाहिये कि एक कट्टर ब्राह्मण कुल में उत्पन्न वाकाटक राजा रुद्रसेन ने कैसे वैश्य वर्ण के गुप्त कुल की प्रभावती गुप्ता से विवाह किया होगा। यह उल्लेख मनोरंजक है कि तत्कालीन स्मृतियां सवर्णा भार्या न होने की दशा में, निम्नवर्ण पत्नी को धार्मिक कर्मकाण्ड में भाग लेने की अनुमति प्रदान करती हैं।[2]

उच्चवर्ण की वधुओं के साथ निम्नवर्ण के वरों के **प्रतिलोम विवाह** याज्ञवल्क्य ने धर्ममय ठहराये है[3] और ये प्रायः समाज में होते थे। इस प्रकार

---

1. आर्कि० स० वेस्टर्न ई० 4,139—

सोमस्ततः सोम इवापरोळ भूत्स ब्राह्मण क्षत्रिय वंशजासु।

श्रुति स्मृतिभ्यां विहितार्थकारी द्वयोसु भार्यासु मनो दधार॥

2. **याज्ञ०** 1, 88

3. वही 1, 93

कदम्ब शासकों ने—जो ब्राह्मण थे—अपनी कन्याओं का गुप्तों के कुल में विवाह किया जो वैश्य थे।

भिन्न नस्लों में अंतर्जातीय (Inter racial) विवाह भी हो रहे थे। कट्टर ब्राह्मण इक्ष्वाकु राजाओं को उज्जयिनी के शक राज-परिवार से वधू ग्रहण करने में कोई आपत्ति न थी। इससे पहले युग में सातवाहनों ने भी ऐसा किया था। जिन उपायों से विदेशी जातियां हिन्दू समाज में विलीन कर ली गयीं, उन में एक उपाय अन्तर्विवाह भी प्रतीत होता है।

इस युग के स्मृतिकारों ने शूद्रा कन्या के साथ विवाह को गर्हित माना है। तथापि ऐसे विवाह भी तत्कालीन समाज में होते थे क्योंकि वही स्मृतिकार जो इन को निषिद्ध ठहराते हैं—ऐसे विवाह से उत्पन्न पुत्रों को दाय-भाग की व्यवस्था भी करते हैं। याज्ञवल्क्य शूद्रा स्त्री के पुत्र को ब्राह्मण पिता की सम्पत्ति का उत्तराधिकारी बनने की अनुमति देता है (2,134) यद्यपि इसी युग का बाद का स्मृतिकार बृहस्पति इस अधिकार को मानने से इन्कार करता है (पुत्र विभाग, प्रकरण 44)। ज्यों-ज्यों काल बीतता गया, अन्तर्विवाह जनता द्वारा अधिकाधिक नापसन्द किये जाने लगे किन्तु फिर भी अंतर्जातीय विवाह कई शतियों तक समाज में प्रचलित रहे।

जब तक अन्तर्विवाह अनुज्ञात थे, स्वाभाविक ही अन्तर्भोजों का समाज में विरोध नहीं था। इस काल की स्मृतियों को केवल शूद्रों के साथ भोजन करने पर आक्षेप था किन्तु शूद्रों में भी अपने हलवाहे, नाई, ग्वाले तथा कुल के मित्र को इसका अपवाद ठहराया गया था (याज्ञ० 1, 166)

2. वर्ण व्यवस्था

इस युग में व्यवसाय भी बड़ी कड़ाई के साथ, जाति से बंधे नहीं होते थे। तत्कालीन स्मृतियों में यह प्रदर्शित करने के लिए पर्याप्त सामग्री है कि ब्राह्मण ब्राह्मणेतर वृत्तियों का अनुसरण कर रहे थे। स्मृतियों की साक्षी अभिलेखों से भी संपुष्ट होती है। अभिलेखों से पता चलता है कि कुछ ब्राह्मण

व्यापारी, कुछ वास्तुक[1] और कुछ अन्य सरकारी नौकर भी थे। समाज में वाकाटक और कदम्बवंशों के संस्थापक विन्ध्यशक्ति और मयूरशर्मा जैसे अनेक ब्राह्मण थे जो स्रुवा के स्थान पर खड्ग धारण करते थे। मध्य भारत में गुप्तों के सामन्त मातृविष्णु का उदाहरण यह बताता है कि महत्वाकांक्षी ब्राह्मण कुल किस प्रकार शनैः शनैः राजगद्दी के निकट पहुँच रहे थे। इस अभिलेख में दाता के प्रपितामह और पितामह इन्द्रविष्णु और वरुण विष्णु को धर्मनिष्ठ ब्राह्मण बताया गया है, वे धार्मिक यज्ञों में अपना समय यापन करते थे। इसमें दाता के पिता को कुल की महत्ता का कारण कहा गया है; स्पष्ट है कि उसीने पुरोहित जीवन का परित्याग कर सेना में प्रवेश किया, जहाँ उसने अन्ततोगत्वा नाम कमाया, इससे वह एक लघु राज्य की स्थापना में समर्थ हुआ। दाता के बारे में यह बताया गया है कि उसने रण-क्षेत्र में अपने शत्रुओं का पराभव कर चर्तुदिक में अपनी कीर्ति-पताका फहराई है।[2] यदि अभिलेखों में वर्णित सैनिक अधिकारियों के वर्णों का निर्देश होता तो संभवतः यह पाया जाता कि सैनिक उत्साह और महत्वाकांक्षा रखने वाले कुछ वैश्य और शूद्र भी सैनिक वृत्ति को अपनाया करते थे। गुप्त सम्राट् वैश्य थे। संभवतः पदाति सेना का बहुलांश शूद्र ही होता था।

क्षत्रिय भी प्रायः व्यापार और उद्योग में लगे देखे जाते हैं। इन्दोर की तेलियों की एक श्रेणी के मुख्य अधिकारियों को पांचवीं शती के एक अभिलेख में स्पष्ट रूप से क्षत्रिय कहा गया है।[3] अधिक संभावना इस बात की है कि क्षत्रियों द्वारा संकटपूर्ण सैनिक वृत्ति की अपेक्षा अधिक आसान व्यापारिक वृत्ति को अधिक पसन्द करने का यह उदाहरण अपवाद-रूप नहीं था।

वैश्य पहले युग में भी कभी पूर्णरूपेण एक जातीय वर्ण नहीं थे। हमारे काल में भी यही अवस्था थी। कृषक, व्यापारी, पशुपालक, लुहार बढ़ई, तेली,

---

1. का० इं० इ० iii, 119
2. वही, पृ० 89
3. वही, पृ० 60

जुलाहे और माली आदि वर्गों ने अपनी पृथक-पृथक जातियाँ बना ली थीं। सैद्धांतिक रूप से ये वैश्य जाति के ही सदस्य थे, पर वैश्य की अपेक्षा अपनी बिरादरी का अंग होने की चेतना उनमें अधिक थी। इन विरादरियों में संभवतः कभी-कभी अन्तर्विवाह होते थे, पर इस विषय में हमारे पास कोई निश्चित साक्षी नहीं है।

तत्कालीन स्मृतियों में मूर्धावसिक्त, अम्बष्ठ, पारशव, उग्र, करण जैसी अनेक संकर जातियों का वर्णन है।[1] मनोरंजक बात यह है कि इनमें केवल करण का ही हमारे युग के अभिलेखों में वर्णन है और यह सर्वथा संभव है कि इस शब्द का प्रयोग वहाँ जाति-नाम के रूप में नहीं, बल्कि पदनाम के द्योतन के लिये किया गया हो। यह स्पष्ट है कि उस समय तक स्मृतियों का यह विचार समाज में प्रचलित नहीं हुआ था कि अन्तर्विवाह हीन-कोटि की संकर जातियों को उत्पन्न करते हैं। और इसमें कोई आश्चर्य नहीं कि जैसा कि ऊपर बताया जा चुका है, अन्तर्विवाह प्रायः सामान्य ब्राह्मण कुलों में भी हो रहे थे। एक वाकाटक अभिलेख यह प्रदर्शित करता है कि ब्राह्मण पिता और क्षत्रिया माता की सन्तान क्षत्रिय ही कहलाते थे,[2] न कि **मूर्धावसिक्त**, जैसा कि **मनुस्मृति** में एक स्थान पर कहा गया है।[3] संकर जातियों की स्मृतिवर्णित संज्ञायें शनैः-शनैः हमारे युग के अन्त में उस समय लोक प्रचलित होने लगीं जब कि अन्तर्विवाहों का प्रचलन कम होने लगा।

पेशेवर लेखकों के रूप में कायस्थों का तत्कालीन अभिलेखों में प्रायः उल्लेख है। फिर भी यह संशयास्पद है कि उस युग में कायस्थों की एक पृथक जाति बन चुकी थी। तत्कालीन स्मृतियों में उनका जाति के रूप में निर्देश न होने का यही कारण हो सकता है।

---

1. याज्ञ० 1, 91
2. आ० स० वे० इ० 4, 140
3. 10, 5

शूद्र द्विजों के सेवक बने रहने पर सन्तुष्ट रहें, यह प्रागैतिहासिक विचार न तो सिद्धान्त रूप में स्वीकार किया जाता था और न ही इसका कार्य-रूप में पालन होता था। याज्ञवल्क्य जैसी इस युग की स्मृतियां उन्हें व्यापारी, शिल्पी और कृषक होने की अनुमति देती हैं और इसमे कोई संदेह नहीं कि उन्होंने इस सुविधा का लाभ उठाया। उनमें अनेक सेना में भर्त्ती हुए और सेनापतियों के पदों तक पहुँचे।

तत्कालीन स्मृतियां तथा फाहियान का विवरण यह प्रकट करता है कि समाज में अस्पृश्यता न्यूनाधिक मात्रा में अपने वर्त्तमान रूप में विद्यमान थी। अंत्यज मुख्य बस्तियों से बाहर रहते थे और इनमें प्रविष्ट होने पर वे लकड़ी बजाया करते थे ताकि लोग उनके आगमन को जान जाएं और उनके सम्पर्क से बचें। वे आखेट, मछली पकड़ना, भंगी और इसी प्रकार के हीन पेशों में थे।

उपरि निर्दिष्ट जातियों में, ब्राह्मणों और क्षत्रियों का दर्जा सबसे ऊँचा था। यद्यपि कुछ ब्राह्मण सांसारिक तथा अब्राह्मणार्ह वृत्तियां करते थे, तथापि धार्मिक तथा साहित्यिक वृत्तियों का अनुसरण करने वालों की संख्या काफी अधिक थी। अतः समग्ररूपेण यह वर्ग प्राचीन काल की भांति सम्मान प्राप्त करता रहा। अपने सम्मान और शक्ति के कारण क्षत्रियों को ऊँची प्रतिष्ठा थी। इन दोनों जातियों के संबन्ध प्रायः प्रीतिपूर्ण थे; हम इस जमाने के अनेक क्षत्रिय राजाओं को अपने को ब्राह्मणोपासक बताता हुआ पाते हैं।[1] फिर भी कई बार धन और शक्ति अपना स्वाभाविक परिणाम उत्पन्न करती और राजा या उनके अधिकारी दरिद्र ब्राह्मणों का तिरस्कार करते थे। पल्लव सरकार के उद्धत क्षत्रिय अफसरों द्वारा किये गये अपमान ने ही ब्राह्मण मयूरशर्मा को स्रुवा के स्थान पर फौलाद की तलवार ग्रहण करने की प्रेरणा दी थी।[2]

ब्राह्मण विभिन्न शाखाओं में विभक्त थे, ये उनके द्वारा अध्ययन किये जाने वाले वेदों पर आश्रित थीं। अभिलेखों से हमें पर्याप्त शुद्ध रूप में पता चलता है कि कौन सी शाखा देश के किस भाग में थी। इस बात की पर्याप्त साक्षी है

1. इ० ए० v, 155; एपि० इं० viii, 161; का० इं० इं० iii, 96
2. एपि० कर्ना० vii, 200

कि उड़ीसा, तेलंगाना[1] कोशल[2] और मध्य प्रदेश में[3] **यजुर्वेदी** ब्राह्मणों के गढ़ थे, यद्यपि हमारी साक्षी अधूरी है किन्तु संभवतः उत्तर प्रदेश भी यजुर्वेदी ही था। उपर्युक्त प्रान्तों के ब्राह्मणों को दिये गये अधिकांश दान पत्रों के प्रतिग्रहीताओं को **यजुर्वेद** की किसी न किसी शाखा का अनुयायी बताया गया है। काठियावाड़ सामवेद का गढ़ था क्योंकि हमारे युग के वलभी के अनेक दानपत्रों के प्रतिग्रहीता सामवेदी बताये गये हैं।[4] इस वेद के अनुयायी कभी-कभी किन्तु बहुत कम इन्दौर (म० प्र०) बेलूर (कर्नाटक) और मंगुदर (तेलंगाना)[5] में भी पाये जाते हैं। हमारे युग में अथर्ववेदियों का उल्लेख बहुत कम है और हम यह कल्पना कर सकते हैं कि इनकी संख्या अधिक नहीं थी। हमें इस वेद का एक अनुयायी मैसूर में दिखाई देता है, दूसरा बेलगांव ज़िले में, तीसरा वलभी में, और चौथा कांगड़ा घाटी में।[6] एक स्थान पर इकट्ठे रहने वाले चारों वेदों के ब्राह्मणों का बहुत ही कम उल्लेख है। वैदिक यज्ञों के बन्द हो जाने का यह स्वाभाविक परिणाम था, क्योंकि इनमें प्रायः सब वेदों के ब्राह्मणों के सहयोग की आवश्यकता पड़ती थी।

यह उल्लेख करना मनोरंजक है कि हमारे लेखों में ऋग्वेदियों का बहुत कम वर्णन है। संप्रति इसके कारण की सन्तोषजनक व्याख्या नहीं की जा सकती।

क्षत्रिय द्विजों के दर्जे का उपभोग करते रहे और उन्हें **उपनयन** तथा वेदाध्ययन का विशेषाधिकार प्राप्त था। संभवतः अधिकांश वैश्यों का भी यही हाल था। उनमें से सभी अभी तक शूद्र के दर्जे तक नहीं पँहुचा दिये गये थे। यह उल्लेख

---

1. इं० ए० v, 155; एपि० इं० xii, 135
2. वही viii, 287, ix, 173-75
3. का० इं० इं० iii, 96, 103, 193
4. एपि० इं० xi, 108, xvii, 107, 110, 348; xv, 257
5. का० इं० इं० iii, 70; एपि० कर्ना० v बेलूर 245; इं० ए० v, 155
6. एपि० कर्ना० iv, सं० 18 एपि० इं० x, 74; xiv, 165

करना मनोरंजक है कि कम से कम कुछ उदाहरणों में वे अपना गोत्र और प्रवर जानते थे।[1] भारतीय इतिहास के लगभग सभी कालों की भांति इस युग में भी महान वैश्य समाज अपनी दान संबन्धी प्रवृत्तियों के लिये प्रसिद्ध था। पाटलिपुत्र और मगध के अस्पतालों का, जहां दरिद्र रोगियों की निःशुल्क सेवा की जाती थी—व्यय इस समाज के दान से चलता था। अनेक मन्दिरों, मठों और सदाबर्त्तों की भी यही स्थिति थी। वैश्य श्रेणियों में संघटित थे, श्रेणियाँ देश के व्यापार और उद्योग पर प्रभुत्व जमाये हुए थीं। नगर सभाओं में इन की प्रतिष्ठापूर्ण और उत्तरदायित्वसम्पन्न स्थिति थी।[2]

3. दास-प्रथा

तत्कालीन विदेशी लेखकों ने दास-प्रथा का निर्देश नहीं किया है, किन्तु इस युग में होने वाले नारद ने इसका सूक्ष्म विस्तार के साथ वर्णन किया है।

युद्ध-बन्दी प्रायः दास बना लिये जाते थे, अपना ऋण चुकाने में असमर्थ अधमर्णों (कर्जदारों) और अपने दाँवों का धन देने में अशक्त जुआड़ियों को अपने उत्तमर्णों का गुलाम बनना पड़ता था। कई बार जब भंयकर दुर्भिक्ष पड़ता था तो लोग स्वेच्छया अपने-आप को धनियों के पास बेच देते थे, जो उन्हें खिलाने की जिम्मेवारी लेते थे। फिर भी भारत में कोई आजीवन दास नहीं रहता था। जुआड़ी, कर्जदार और दुर्भिक्ष में बने दास अपनी स्वतन्त्रता प्राप्त कर सकते थे, बशर्ते कि वे स्वयं या उनके संबन्धी या मित्र उनके देयांशों को चुका दें। युद्धबन्दी भी अपना एक प्रतिनिधि देकर मुक्ति पा सकते थे। यदि कोई दास स्वामी की प्राण रक्षा करता तो वह न केवल मुक्त हो जाता, अपितु उसे पुत्र का अंश भी मिलता। यदि कोई दासी अपने स्वामी के लिये सन्तान उत्पन्न करती तो वह स्वतन्त्र हो जाती। अतः दासों के लिये आपेक्षिक रूप से स्वतन्त्रता प्राप्त करना बड़ा सुगम था; पश्चिम की अपेक्षा उनके साथ अधिक अच्छा

---

1. वही vi, 1918
2. यही xv, 129 दे० पू० पृ०

बर्त्ताव होता था। ये परिस्थितियां इस बात की व्याख्या करती हैं कि यूनानी लेखकों और यात्रियों जैसे विदेशी भारत में दास-प्रथा की सत्ता देखने में क्यों असफल हुए।

दासों के मुक्त होने की प्रक्रिया भी रोचक थी।[1] स्वामी अपने सेवक के कन्धे से एक घड़ा उठाकर उसे फोड़ देता था; इसके बाद वह उसके सिर पर चनों और फूलों वाला पानी छिड़कता था और उसे तीन बार स्वतंत्र व्यक्ति घोषित करता था।

4. परिवार

आइये अब हम परिवारिक जीवन की ओर दृष्टिपात करें।

पहली शतियों की भांति संयुक्त परिवार हिन्दू समाज की एक विशेषता रही। उस युग की स्मृतियां पिता के जीवन काल में बंटवारे को नापसन्द करती हैं और अभिलेख भी प्रायः आठ युवापुत्रों तथा अनेक पौत्रों के साथ रहने वाले पितामहों तथा पिता की मृत्यु के बाद भी इकट्ठा रहने वाले भाइयों का वर्णन करते हैं।[2] एक लेख में हम एक दानी को अपनी, अपनी माता, पत्नी, एक पुत्र, एक पुत्री, अपने भाई दो भतीजों के सामुहिक कल्याण के लिये दान करता हुआ पाते हैं।[3] इस प्रकार यह प्रतीत होगा कि पिता की मृत्यु के बाद भी भाई, उनके लड़के-लड़कियां प्रायः इकट्ठे रहा करते थे। भूमि के दानपत्रों में पिता और पुत्रों का पृथक्-पृथक् अंश दिये जाने के उदाहरण बहुत कम हैं।

पारिवारिक सम्पत्ति का स्वामित्व पिता में निहित था किन्तु विभिन्न प्रकार के पुत्रों और भाइयों के पृथक् अंशों पर अधिकार माने जाते थे, कुछ दानपत्रों में उनका पृथक् उल्लेख है। बाद में जो व्यवस्था मिताक्षरा पद्धति के

---

1. नारद, अध्याय 5, 25-43
2. एपि० इं०, 1, 6; 12, ii; 19, 120
3. इं० ए० xi, 258

नाम से प्रसिद्ध हुई, वह उस समय प्रचलित थी; स्मृतियां ऐसे ब्राह्मण को श्राद्ध में अपांक्तेय समझती हैं जिसने पिता की इच्छा के विरुद्ध उससे दाय-विभाग करवाया हो। इसमें पहले से ही यह मान लिया जाता है कि पैतृक सम्पत्ति में जन्म से ही पुत्र का अधिकार है और यह दायभाग की दाय-व्यवस्था में संभव नहीं है।

प्रारम्भिक धर्मशास्त्रों में वर्णित द्वादश गौण पुत्रों में से अधिकांश का प्रचलन उत्तरोत्तर कम हो रहा था। इनमें से पुत्रिकापुत्र (दौहित्र) सबसे अधिक लोक-प्रचलित था।[1] यह उल्लेख मनोरंजक है कि जो अपने-आप को दत्तक पुत्र बनने के लिये प्रस्तुत करता था, वह इस युग में घृणित समझा जाता था। बृहस्पति कहता है "जो अपना कुल छोड़ता है और दूसरे कुल में जाता है, वह निःसन्देह पापी है।"[2] **नियोगज** पुत्र अब तक उससे उत्कृष्ट समझा जाता था। फिर भी **नियोग** के प्रश्न पर मतभेद था। याज्ञवल्क्य और नारद को इस पर कोई आपत्ति नहीं थी किन्तु बृहस्पति इस प्रथा का विरोधी था। वह सुधारवादी सम्प्रदाय का प्रतिनिधित्व करता था।

सभी पुत्रों का परिवार की सम्पत्ति में समान अंश का अधिकार था जो उन्हें जन्मना प्राप्त था। बहुत कम अवसरों पर हम कुछ पहली स्मृतियों द्वारा प्रतिपादित नियम के अनुसार ज्येष्ठ पुत्र को बृहत्तर अंश लेता हुआ देखते हैं।[3] फिर भी ऐसे उदाहरण अपवाद रूप थे। हमारे युग में इस प्रश्न पर मतभेद था कि क्या विधवा को अपने पति का अंश उत्तराधिकार में ग्रहण करने का अधिकार है। मृत्यु के समय यदि पति संयुक्त कुटुम्ब का सदस्य था, तो विधवा केवल निर्वाह मात्र ले सकती थी, किन्तु यदि वह अलग हो चुका हो तो याज्ञवल्क्य और बृहस्पति का यह मत था कि उसे अपने पति की जायदाद यावज्जीवन

---

1. **याज्ञ०** 2, 128
2. **दायभाग**, श्लोक 75
3. श्री वापिका...ज्येष्ठ इतिकृत्वा नागवत्स स्वानिने ग्रामार्द्धस्याधिका दमा— का० इं० इं० iii, 199

भोगने का अधिकार दिया जा सकता है। किन्तु सुधारवादी सम्प्रदाय का यह मत अभी तक लोक-सम्मत नहीं हुआ था और हमारे युग के नारद जैसे अन्य स्मृतिकार इसके विरुद्ध थे। सुधारकों को अभी तक समाज में बहुत सफलता नहीं मिली थी, यह बाल शाकुन्तल के छठे अंक से स्पष्ट प्रतीत होती है जहाँ हम अपुत्र विधवा की सम्पत्ति को राजगामी होने योग्य पाते हैं। भ्रातृमती कन्याओं का पिता की सम्पत्ति में कोई हिस्सा न होता था। भाइयों से यह आशा रखी जाती थी कि वे बहिनों की शादी पर उदारतापूर्वक प्रायः पुत्र के हिस्से के चौथे भाग तक खर्च करेंगे।

आलोच्य युग में प्राक्रजोदर्शन विवाह समाज में प्रचलित हो गये थे। मनु जसे आरम्भिक युग के शास्त्रकारों ने उपयुक्त वर न मिलने पर पिता को कन्या को किसी भी उम्र तक कुमारी रखने की अनुमति दी थी; याज्ञवल्क्य और नारद जैसी इस युग की स्मृतियां रजोदर्शन से पूर्व अपनी कन्या का विवाह न करने वाले पिता को नरकगामी बताती हैं। जब कन्यायें 12 या 13 वर्ष की छोटी आयु में ब्याही जाने लगीं तो स्वभावतः विवाह के निश्चय में उनकी कोई राय का प्रश्न ही नहीं रहता।[1] जल्दी विवाहों के कारण उनका उपनयन संस्कार भी असंभव हो गया। याज्ञवल्क्य स्पष्ट रूप से यह घोषणा करता है कि स्त्रियों को उपनयन और वेदाध्ययन का अधिकार नहीं है। शुद्ध रूप से उनके लिये अभिप्रेत कर्मकाण्ड में वैदिक मन्त्र भी नहीं पढ़े जाने चाहियें। अतः इस युग ने स्त्रियों से वैदिक अध्ययन का अधिकार छीन लिया। फिर भी सम्पन्न परिवारों में, कन्याओं को साहित्यिक और सांस्कृतिक शिक्षा दी जाती थी और इस युग में कई स्त्रियाँ लेखिका और कवयित्री हुईं। नारद और पराशर विधवाओं के पुनर्विवाह की अनुमति देते हैं और संभवतः चन्द्रगुप्त द्वितीय ने लग० 375

1. जब कालिदास या कुछ अभिलेखों के लेखक स्वयम्वर का निर्देश करते हैं, उस समय उनके आगे स्पष्ट रूप से पुरानी अनुश्रुति होती है, न कि तत्कालीन परिपाटी।
2. अल्तेकर - **पोजीशन आफ् वीमेन इन हिंदू सिविलिजेशन** पृ० 19-20

ई० में अपनी विधवा भौजाई के साथ विवाह किया था। किन्तु समाज का शुद्धतावादी दल विधवा-विवाह पर नाक भौं चढ़ा रहा था और युग के आगे बढ़ने के साथ समाज की उच्च श्रेणियों में इसका प्रचलन अधिकाधिक घटता चला गया।

पुनर्विवाह न करने वाली विधवाएं सरल और तपस्वी जीवन बिताती थीं, आभूषण नहीं पहनतीं थीं, आंजन या लेप नहीं लगाती थीं, अपने केशों का शृंगार नहीं करती थीं किन्तु इन्हें मुंडाया भी नहीं जाता था। इसमें कोई संदेह नहीं कि इस युग में सती-प्रथा ज्ञात थी। भास, कालिदास तथा शूद्रक ने अपने ग्रन्थों में इनका कहीं-कहीं संकेत भी किया है। फिर भी, हमारे पास सती-प्रथा का एक ऐतिहासिक उदाहरण है, जब 510 ई० में गोपराज की रण-क्षेत्र में मृत्यु हुई तो उसकी पत्नी ने पति की चिता पर अपने आप को भस्म किया।[1] अत: यह प्रतीत होता है कि इस युग में दुर्लभ अवसरों पर ही विधवाएं सती होती थीं। इस युग के स्मृतिकारों में केवल बृहस्पति ही चिता पर पति का अनुसरण करने की संभावना का संकेत करता है; अन्य उस तपस्वी जीवन के विस्तृत नियमों का प्रतिपादन करते हैं जिसके यापन की विधवा से आशा रखी जाती थी और वे उसके सती होने की संभावना पर बिल्कुल मूक हैं। अत: यह परिपाटी उस समय तक न तो लोकप्रिय हुई थी और न ही इसे धार्मिक अनुमोदन प्राप्त हुआ था।

हमारे युग की मूर्त्तियां और चित्र यह प्रदर्शित करते हैं कि स्त्रियां समाज में स्वच्छन्द रूप से विचरण कर सकती थीं, वे अन्त:पुरों में अवरुद्ध नहीं रहती थीं। फिर भी कुलीन परिवारों की स्त्रियाँ यात्रा के लिये प्रस्थित होने पर अपने मुख पर पर्दा डाल लेती थीं।[2]

4. भोजन और पेय

इस युग में हिन्दू समाज का कुछ भाग निरामिषहारी और कुछ भाग

---

1. का० इं० इं० iii, 92
2. **शकुन्तला**, अंक 5

मांसाहारी था। लग० 400 ई० में फाहियान जब मध्य देश में मांस की दुकानों के अभाव का संकेत करता है तो यह स्पष्टतः जनसंख्या के बौद्ध भागों का निर्देश करता है। इस युग की **बृहस्पति** जैसी स्मृतियां प्रोषितपतिका स्त्रियों के लिये यह विधान करती हैं कि वे मांस और मद्य के सेवन से विरत रहें। स्मृतिकार रुग्ण व्यक्तियों के लिये मांस-भक्षण की अनुमति देते हैं और श्राद्ध के समय इसका विधान भी करते हैं। दक्षिण भारत में राजदरबारों और शौकीन समाज में मांस भोजन का प्रचलन था। भक्ति और महायान आन्दोलनों के परिणामस्वरूप, जिन्होंने मांस-भक्षण का विरोध किया, इस युग के बौद्धों और ब्राह्मणों ने श्राद्ध और यज्ञों के अवसर के अतिरिक्त मांस का शनैः-शनैः त्याग प्रारम्भ किया।

शकुन्तला का प्रमाण यह प्रदर्शित करता है कि अब्राह्मणों को शराब पीने में कोई संकोच न था।[1] दक्षिण भारत के राज-दरबारों में पश्चिमी देशों से मंगायी गयी बढ़िया शराब राजकीय भोजों में परसी जाती थीं, और दरिद्र व्यक्तियों द्वारा देशी शराब पी जाती थी।[2] फिर भी ब्राह्मण मदिरा से दूर रहते थे, युआन च्वांग की यह उक्ति कि ब्राह्मण शरबत पीते थे, जबकि क्षत्रिय मदिरा पान करते थे संभवतः इस युग के लिये भी सत्य थी।[3]

भोजन के बाद ताम्बूल के सेवन का पर्याप्त प्रचलन था।

6. वेषभूषा और आभूषण

उत्तरीय और **धोती** वाली पुरानी भारतीय पोशाक—जिसमें दोनों में किसी में भी सीने की कोई आवश्यकता नहीं पड़ती थी—पुरुषों के अधिकांश भाग की पोशाक बनी रही। फिर भी शकों द्वारा कोट, ओवरकोट और पाजामों का प्रवेश हुआ और गुप्त सम्राटों की कुछ मुद्राओं पर बनी उनकी मूर्त्तियों से

---

1. अङ्क० 6
2. पोरुनर 2, 84-93; 102-21
3. वाटर्स, 1, पृ० 178

अनमान किया जा सकता है कि भारतीय राजा भी इन्हें धारण करते थें। फिर भी राजाओं की औपचारिक दरवारी पोशाक प्राचीन राष्ट्रीय परिधान ही था और हम गुप्त राजाओं को धोती और उत्तरीय पहने सिंह और चीते का शिकार करते पाते हैं। शिरोवस्त्र मांगलिक अवसरों पर पहने जाते थे। जूनों का रिवाज अधिक नहीं था; अधिकांश जनता इनके बिना ही रहती थी।

स्त्रियों की पोशाक न्यूनाधिक रूप में लगभग आजकल जैसी ही थी। देश के कुछ भाग में नीचे घागरा (पेटीकोट) और उसके ऊपर साड़ी पहनी जाती थी; अन्य भागों में एक लम्बी साड़ी से दोनों प्रयोजन पूरे किये जाते थे, साड़ी के नीचे छाती को ढकने के लिये चोली पहनी जाती थी, प्रायः इसके दोनों सिरों को उरोजों के बीच में बांधा जाता था। शक स्त्रियां जाकेट, ब्लाउज और फ्राक का व्यवहार करती थीं। ये वस्य नर्त्तकी कन्याओं के अतिरिक्त हिन्दू समाज में लोकप्रिय नहीं हुए। दैनिक व्यवहार के लिये सूती वस्त्रों का प्रयोग होता था किन्तु धनी और शौकीन व्यक्ति आनन्द के उतसवों पर रेशमी परिधान भी धारण करते थे।

तत्कालीन मूर्त्तियां और चित्र हमें स्त्रियों के विविध आभूषणों की विभिन्नता और चारुता का सुस्पष्ट परिचय देते हैं।[1] इनमें अधिकांश मस्तक पर धारण किये जाते थे। कान की बालियों की डिजाइने बहुत चारु थीं। सोने और मोतियों के कण्ठहारों की विभिन्नता आश्चर्यजनक थी। मेखलाओं के आध दर्जन से अधिक प्रकार प्रचलित थे। उरोंजो और जंघों पर एक झीना, पारदर्शक मोती का गहना पहना जाता ता। भुजायें केयूरों से अलंकृत की जाती थीं, जिनके कई प्रकार थे। प्रायः मोतियों और रत्नों से जड़ी बहुत सी चूडियां बांहों पर पहनी जाती थीं। अंगूठी का प्रयोग सामान्य था, किन्तु नथ अभी तक अज्ञात थी। पैरों पर कड़ों की संख्या कम नहीं थी। आभूषणों के अनुराग में पुरुष स्त्रियों से बहुत पीछे नहीं थे।

केशों को संवारने के प्रकार जितने अधिक थे उतने ही चारु भी थे।[2]

---

1. अल्तेकर—पोजीशन आफ वोमेन—पृ॰ 358
2. वही, फलक 8

वर्त्तमान पीढ़ी की जो सबसे फैशनवाली स्त्रियाँ हैं, यदि वे भी अजन्ता के चित्रों का अवलोकन करें तो उनकी आंखें खुल जाएं। वेणी का परिमाण बढ़ाने के लिये प्रायः उसमें नकली बालों का प्रयोग होता था ताकि वेणी को विभिन्न कलात्मक आकार प्रदान किये जा सकें। रंगों, चूर्णों तथा ओष्ठरंजिका का प्रयोग भी अज्ञात नहीं था।

सरकारी दफ्तरों, मन्दिरों, विहारों तथा सुसंस्कृत परिवारों में दिन का समय जानने के लिये जल-घड़ियों, (नाडिकाओं) का व्यवहार होता था। इस घड़ी में पानी से भरे एक बड़े बर्त्तन में एक छोटा बर्त्तन तैरता रहता था, छोटे बर्त्तन की तली में बने एक छेद से शनैः शनैः आने वाले पानी से यह बर्त्तन 24 मिनट में (घटिका) में भरा जा सकता था। जब यह भर जाता, तो इसे खाली करने और फिर तैराने के लिये एक सेवक आवश्यक था।

जुआ और शतरंज घरों के अन्दर खेली जानेवाली प्रिय क्रीणाएं थी और बाहर के मुख्य मनोविनोद मृगया, मेंढ़ें और मुर्गे की लड़ाई थी। गेंद का खेल (कन्दुक क्रीड़ा) बच्चों और स्त्रियों में बड़ा लोकप्रिय था; स्त्रियां इकट्ठा मिलकर आनन्दोत्सवों पर इसे खेला करती थीं। इनमें अन्य कई प्रकार के शारीरिक खेल भी प्रचलित थे। मेलों, प्रदर्शन और नाटकों से भी अनेक प्रकार का मनोरंजन होता था।

II आर्थिक दशा

1. श्रेणी

आइये, अब हम इस युग की आर्थिक अवस्था का अवलोकन करें। बहुत प्रारम्भिक काल से, श्रेणियों में व्यापार और उद्योग का संगठन प्राचीन भारतीय आर्थिक जीवन की एक विशेषता थी और यह इस युग में भी वैसी ही बनी रही। तत्कालीन अभिलेख और मुहरें न केवल व्यापारी और महाजनों की, अपितु जुलाहों, तेलियों, संगतराशों[1] जैसे हाथ का काम करने वालों की भी श्रेणियों का

1. आर्कि० स० इं० 1903-4 पृ० 101; का० इं० इं० iii, 81, एपि० इं० xxiv, 56।

निर्देश करती हैं। इस प्रकार यह स्पष्ट है कि उच्च और निम्न, सभी व्यापार तथा उद्योग श्रेणियों में संघटित थे। पूंजी प्राप्त करने के लिये ये बैंक का व्यवसाय भी करती थीं, स्थायी निक्षेप ग्रहण करतीं तथा इसके बदले उन विशेष धर्मार्थ उद्देश्यों के उपयोग के लिये ब्याज की नियमित अदायगी की गारण्टी देती थीं, जो दानी की दृष्टि में होते थे। एक श्रेणी के सदस्य यदि समूह रूप से ऐसे अन्य स्थान पर जहाँ व्यापार की अच्छी आशा होती—प्रवास कर जाते तो भी जनता को पूरा विश्वास होता था कि वे अपनी जिम्मेदारियों से नहीं टलेंगे।[1] एक सभापति तथा चार या पांच सदस्यों की एक कार्यवाहक समिति श्रेणी के मामलों की व्यवस्था करती थी।

हमारे युग में जो शक्ति और समृद्धि थी, उसने अन्तःप्रान्तीय और अन्तदेर्शीय व्यापार को महावेग प्रदान किया और श्रेणियों के विकास पर इसका अपना प्रभाव पड़ा। बसाढ़ (प्राचीन वैशाली) गुप्तों के अधीन प्रान्तीय शासन का केन्द्र था, यहां से महाजनों, व्यापारियों और माल की ढुलाई करने वाले वणिकों की संयुक्त श्रेणी की 274 मुहरें पायी गयी हैं, इस श्रेणी के सदस्य उत्तरी भारत के बहुत से कस्बों और नगरों में फैले हुए थे।[2] ईसा की चौथी शती की ये मुहरें वैशाली की प्रान्तीय सरकार को इस महान् संगठन की विविध शाखाओं से आने वाले पत्रों को मुहरबन्द करतीं थीं। किसी भी मृत्पट्टिका पर केवल श्रेणी की ही मुहर नहीं है, इसके साथ सदा किसी अन्य व्यक्ति की मुहर भी होती थी। चूंकि इस महान् श्रेणी की शाखायें कई शहरों में थीं, अतः इसकी मुहर के प्रतिरूप कई स्थानों पर होंगे; अतः यह आवश्यक समझा गया कि किसी शाखा के पत्रों को प्रामाणिक बनाने के लिये साधारण मुहर उस शाखा के सभापति या मन्त्री की मुहर के साथ बरती जाय। यह उल्लेख मनोरंजक है कि 75 उदाहरणों में महाश्रेणी की मुहर के साथ ईशानदास की मुहर है, 38 उदाहरणों में मातृदास की और 37 उदाहरणों में गोभिस्वामी की। ये तीनों

---

1. का० इं० इ० iii, 70
2. आ० स० इं० 1903-4, पृ० 101

व्यापारी अवश्यमेव पाटलिपुत्र, गया या प्रयाग जैसे नगरों में इस श्रेणी की महत्वपूर्ण शाखाओं के सभापति या मन्त्री रहे होंगे। घोष हरिगुप्त, भवसेन आदि की मुहरें केवल पांच या छः बार महाश्रेणी की मुहर के साथ संयुक्त रूप से पायी जाती हैं, संभवतः ये कम महत्वपूर्ण कस्बों मे इस श्रेणी की शाखाओं के प्रबन्धक थे, इन कस्बों को वैशाली के प्रान्तीय शासक के साथ अधिक पत्र व्यवहार करने के मौके नहीं आते थे। कुछ स्थानों पर इस श्रेणी की शाखायें स्थानीय मन्दिरों के प्रबन्ध की व्यवस्था करती थीं।[1] श्रेणी की बड़ी ख्याति और ऊँची हैसियत थी; क्योंकि यह प्रायः महान् गुप्त साम्राज्य के युवराज के दफ्तर के साथ मिलकर संयुक्त रूप से व्यापारिक व्यवहार किया करती थी।[2] यदि अन्य स्थानों पर खुदाइयां की जायं तो यह बहुत संभव है कि व्यापक क्षेत्रों में कार्य करने वाली अन्य बड़ी श्रेणियों की भी मुहरें उपलब्ध हों।

श्रणियाँ स्वतन्त्र संस्थायें थीं, उनके अपने नियम उपनियम होते थे। प्रायः राज्य द्वारा ये नियम स्वीकृत और प्रतिष्ठित होते थे।[3] श्रेणियों के सदस्यों के झगड़े राजकीय न्यायालयों द्वारा नहीं, अपितु इनकी अपनी कार्यवाहक समिति द्वारा निपटाये जाते थे। उनकी अपनी निधियाँ और जायदादें होती थीं। उनमें से बहुत-सी इतनी सम्पन्न होती थीं कि वे गुफाएं खुदवातीं या मन्दिर बनवाती थीं।[4] श्रेणियों के सदस्य धनी और सुसंस्कृत होते थे; इस प्रकार मध्य भारत में

---

1. कुछ उदाहरणों में श्रेणी की मुहर के साथ **जयत्यनन्तो भगवान, जितंभगवता, नमः पशुपतये** जैसे लेख भी होते हैं। स्पष्टतः ये उन वैष्णव या शैव मन्दिरों की मुहरें होंगी, जो वैशाली में अपने अर्थ व्यवहार महाश्रेणी द्वारा कराना चाहते होंगे।
2. एक उदाहरण में श्रेणी की मुहर के साथ **युवराजपादीयकुमारामात्याधिकरणम्** की मुहर है।
3. याज्ञ० ii, 191-92
4. का० इं० इं० iii, 81, आर्कि० स० इं० 1937-38 पृ० 38

दशपुर अर्थात् मन्दसोर के तन्तुवासी की श्रेणी के कुछ सदस्य लोककथाओं में, कुछ फलित ज्योतिष में और कुछ सैनिक पेशों में निष्णत थे। ऐसा प्रतीत होता है कि अकस्मात् संकट उपस्थित होने की अवस्था में, श्रेणी अपने सदस्य के शरीर, सम्पत्ति और माल की रक्षा के लिये अपने सदस्यों और कर्मचारियों में से सेना खड़ी कर सकती थी।

गुप्त युग में साझीदारी के व्यापारिक व्यवहार भी खूब प्रचलित थे। वैशाली में दो व्यापारियों की संयुक्त मुहरों वाले पत्र प्रायः आया करते थे, ये विविध व्यवहारों में उनकी साझीदार को स्पष्ट रूप से प्रमाणित करते हैं। वैश्यवर्ग का बड़ा सम्मान था। उनके पास धन भी खूब होता था। इसके वृद्ध सदस्य प्रायः कस्बे और जिले की सभाओं में मुख्य भाग लेते थे।

2. व्यापार

दुर्भाग्यवश हमारे पास व्यापारियों और श्रेणियों द्वारा किये जाने वाले व्यापार की मुख्य वस्तुओं के संबन्ध में कोई साक्षी नहीं है। अधिक संभावना इस बात की है कि आन्तरिक व्यापार के मुख्य द्रव्य विभिन्न किस्मों के कपड़े, खाद्य पदार्थ, मसाले, नमक, सोना, चांदी और बहुमूल्य मणियाँ थीं। यातायात स्थल और जल दोनों मार्गों से होता था। भरुकच्छ (भड़ोच) उज्जयनी, प्रतिष्ठान, (पैठन) विदिशा, प्रयाग, वाराणसी, गया, पाटलिपुत्र, वैशाली, ताम्रलिप्ति, कौशाम्बी, मथुरा, अहिच्छत्रा पुरुणापुर (पेशावर) आदि मुख्य कस्बें और नगर सड़कों द्वारा जुड़े हुए थे, गुप्त शासन काल में सड़कें काफी अच्छी तरह रक्षित थीं। माल का परिवहन बैलगाड़ियों में या जानवरों की पीठों पर होता था। जानवरों में जहां हाथी सुलभ होता तो उसका भी उपयोग होता था। गंगा, ब्रह्मपुत्र, नर्मदा, गोदावरी, कृष्णा और कावेरी के नदी मार्ग से व्यापार होता था। वस्तुतः नदियों से व्यापार अधिक सुविधाजनक और कम खर्च वाला था। पोतनिर्माण में अच्छी उन्नति हुई थी और भारतीय महासमुद्रों में 500 मनुष्यों को ले जाने वाले जहाज़ बना सकते थे।

ताम्रलिप्ति (आधुनिक तामलुक) जो इस समय स्थलवेष्टित है—बंगाल का

मुख्य बन्दरगाह था, इसका चीन, लंका, जावा और सुमात्रा के सांथ विस्तृत व्यापार था। गोदावरी और कृष्णा के मुहानों पर आन्ध्रदेश बन्दरगाहों से भरा पड़ा था, टालमी ने इनमें से कडूर और घण्टशाल का वर्णन किया है। चोलदेश के मुख्य बन्दरगाह कावेरी पट्टनम् (कावेरी के मुहाने पर वर्त्तमान पुहर) और तोन्दे थे। पाण्ड्य देश के कोरके और सलियुर और मलाबार तट के कोट्टयम और मुज़िरिस (वर्त्तमान क्रंगनोर) थे। ये पूर्वीय द्वीपसमूह के साथ क्रमशः वर्धमान व्यापार कर रहे थे, इस व्यापार ने पूर्वी एशिया में भारतीय संस्कृति के प्रसार में बड़ी सहायता प्रदान की।

इनमें से अधिकांश बन्दरगाहों के पश्चिम के साथ भी अच्छे व्यापारिक संबन्ध थे। यह प्रदर्शित करने के लिये पर्याप्त साक्षी है कि कई बार व्यापारिक व्यवहारों को सुकर बनाने के लिये रोमन तथा अन्य विदेशी जन बन्दरगाहों में बस जाया करते थे। आरम्भिक तामिल साहित्य ने हमारे लिये पुहरबन्दर के कुछ सजीव वर्णन सुरक्षित रखे हैं—किस प्रकार यवन पोत अपने शिखरों पर हंसाकृति प्रदीपों के साथ इस बन्दरगाह में प्रविष्ट होते थे, किस प्रकार वे अपना बहुमूल्य भार उतारा करते थे, किस प्रकार 'सूर्य के घोड़ों के समान जागरूक' चुंगी के अफसर राजा की व्याघ्रलक्ष्म मुद्रा से इसे तटकर निर्णय होने तक के समय के लिये रोक रखते थे, और बाद में किस प्रकार यह माल बड़ी दुकानों में बेचा जाता था, जिनकी इमारतों पर उनके विशेष झण्डे फहराते थे। राजा व्यापार को सुकर बनाने के लिये आवश्यक स्थानों पर प्रकाश-गृहों के निर्माण और प्रबन्ध की व्यवस्था करते थे और समुद्री मार्गों को खुला और सुरक्षित भी रखते थे। हमारे पास इसका मनोरंजक वर्णन है कि किस प्रकार चेर शासक इमैय वरम्बन् नेटुञ्जरल जैसे राजा यवनों तथा अन्य समुद्रीय डाकुओं को पकड़ने और दण्ड देने के लिये प्रभावशाली कदम उठाया करते थे।

दक्षिण और गुजरात के मुख्य बन्दरगाह कल्याण, चैल, भड़ोच और खम्भात थे किन्तु इनकी क्रियाशीलता का कोई तत्कालीन वर्णन हमें उपलब्ध नहीं होता। इनसे तथा अन्य बन्दरगाहों से होने वाले बाह्य व्यापार का

एक वर्णन पहले दिया जा चुका है। वहीं पश्चिम जाने वाले स्थल और जलपथों का वर्णन हो चुका है। मुख्य निर्यात-द्रव्य मोती, बहुमूल्य मणियाँ, कपड़ा, सुगन्धित द्रव्य, धूप, मसाले, नील, दवाइयां, नारियल और हाथी दांत की वस्तुयें थीं। और मुख्य आयात-पदार्थ पिण्ड तथा मुद्रा रूप में सोना, चांदी, ताँबा, रांगा, सीसा, रेशम, कपूर, मूंगा, खजूर और घोड़े थे।

3. देश की सम्पत्ति

तत्कालीन स्रोतों से हमें अपने युग की प्राकृतिक सम्पत्ति तथा देश की पैदावार के संबन्ध में बहुत कम ज्ञान मिलता है। फिर भी हम यह कल्पना निःशंक रूप से कर सकते हैं कि चावल, गेहूं, गन्ना, पटसन, तिलहन, कपास, ज्वार, बाजरा, मसाले, सुपारी, ताम्बूल, दवाइयां, धूप और नील कृषि-संबन्धी मुख्य पैदावारें थीं। वन भी राष्ट्रीय सम्पत्ति को पर्याप्त मात्रा में बढ़ाने वाले थे, इनसे सागौन, चन्दन और आबनूस की लकड़ी मिलती थी। ऐसा प्रतीत नहीं होता कि हमारे देश की खानों से अधिक सोना-चांदी निकलता था; अधिकांशतः दोनों धातुएं विदेशों से मंगाई जाती थीं और आयात द्रव्यों पर निर्यात पदार्थों के आधिक्य सूचित करती थीं। महार्घ मणियों को संभवतः दक्कन, मध्य भारत और छोटा नागपुर की खानों से निकाला जाता था।

वस्त्रनिर्माण देश का मुख्य उद्योग था, इससे देश के लाखों नर-नारियों को आजीविका मिलती थी। कपड़ा सारे देश में तैयार किया जाता था, किन्तु इसके मुख्य केन्द्र गुजरात, बंगाल, दक्कन और तमिलनाड के विभिन्न कस्बों और नगरों में थे। मूर्त्तिनिर्माण, जड़ाई, हाथीदांत का काम, चित्रकला, लुहारी और पोतनिर्माण अन्य ऐसे शिल्प और उद्योग थे जिनसे हजारों व्यक्तियों को वृत्ति मिलती थी।

4. जीवन निर्वाह का व्यय

कर्जदार की ऋणशोधन क्षमता के अनुसार ब्याज की दर 12 से 24 प्रतिशत के बीच में बदलती रहती थी। यदि हम यह मान लें कि स्थायी दानों पर पहली दर लागू होती थी तो यह परिणाम निकलता है कि एक भिक्षु

को वर्ष भर खिलाने के लिये एक दीनार (सोने के तोले का $\frac{3}{4}$ भाग) पर्याप्त था[1]। इस प्रकार एक व्यक्ति के बढ़िया भोजन का मासिक व्यय दो रुपये था। अतः गुप्त युग में जीवन निर्वाह बहुत सस्ता था और हम यह अच्छी तरह समझ सकते हैं कि कौड़ियां दैनिक लेन-देन के प्रयोजन को किस प्रकार पूरा करती थीं। वस्तुविनिमय का भी, विशेषतः देहात में, व्यापक रूप से पचलन था। हमारे युग की इक्ष्वाकु, वाकाटक और पल्लवों जैसी सरकारों ने कोई मुद्रायें नहीं प्रचारित कीं; संभवतः दैनिक व्यवहारों के लिये इसकी आवश्यकता नहीं थी।

5. **कृषि संबन्धित समस्यायें**

आइये अब हम कृषि-संबंधी समस्याओं पर विचार करें। यह नहीं प्रतीत होता कि बंगाल और उत्तर प्रदेश की जमीन्दारियों जैसी कोई पद्धति उस समय देश में विद्यमान हो। इसका न तो अभिलेखों में और न ही स्मृतियों में निर्देश है। कभी-कभी ब्राह्मणों, मन्दिरों या विहारों को पूरे गाँव दिये जाते थे किन्तु ग्रहीताओं को राजकीय राजस्व पाने का ही अधिकार प्राप्त हो जाता था और वे कृषकों को बेदखल नहीं कर सकते थे। ग्रहीताओं के लिये प्रायः यह आवश्यक होता था कि वे प्रदत्त गांवों में ही रहें। इससे अनुपस्थित स्वामित्व की पद्धति को प्रोत्साहन नहीं मिलता था।

अपनी जमीनों को न जोतने वाले जमीन्दार इन्हें किसानों को पट्टे पर दे देते थे; किसान अपनी मेहनत के बदले एक हिस्सा लिया करते थे, यह कुल पैदावार के 33 से 50 फीसदी के बीच में होता था।[2]

हमारे युग में **भूमि, पाटक, पट्टिका, द्रोणबाप, कुल्यवाप, खण्डुकावाप, निवर्त्तन** और **वेलि** नामक विभिन्न भूमिनापों का निर्देश है, किन्तु इनमें अधिकांश का ठीक विस्तार अज्ञात है। ऐसा प्रतीत होता है कि कुल्यवाप एक एकड़ से कुछ बड़ा था और निवर्त्तन ढाई एकड़ के लगभग था। धान की लगभग एक हजार **कलम** उत्पन्न करने वाले एक वेलि के संबन्ध में अधिकतम संभावना यह है कि वह छः एकड़ के बराबर होता था।

---

1. का० इं० इं० iii, 261

1. याज्ञ० i, 166; बृह० स्मृ० xvi, 13; एपि० इं० ix, 59

भूमि के स्वरूप के अनुसार उसका मूल्य बदलता रहता था, बंगाल में परती भूमि का एक कुल्यवाप दो से तीन दीनारों (240 रु० से 360 रु०)तक को दर से बेचा जाता था[1], कृष्ट भूमि 35 प्रतिशत अधिक मंहगी थी।[2]

भूमि सम्पत्ति का बहुत मूल्यवान् रूप माना जाता था। इसका स्वामित्व-परिवर्त्तन साथ रहने वाले गाँव वालों की सहमति अथवा गाँव या कस्बे की परिषद् की अनुमति से ही हो सकता था।[3] स्वामित्व का वास्तविक परिवर्त्तन ग्रामवृद्धों की उपस्थिति में होता था, ये लोग उस टुकड़े की विधिवत् हदबन्दी करते थे।

आइये अब हम अति संक्षेप में भूमि के स्वाम्य के प्रश्न पर विचार करें। परती तथा बंजर (खिल) प्रदेश राज्य के होते थे, किन्तु इनका वास्तविक विक्रय स्थानीय ग्राम पंचायत या कस्बे की परिषद् के माध्यम तथा स्वीकृति से होता था।

कई गाँवों में कृष्ट भूमि के कुछ छोटे टुकड़ों पर राज्य का स्वामित्व होता था। हमारे कुछ लेखों में इन्हें स्पष्ट रूप से राज्य वास्तु[4] अर्थात् राज्य की सम्पत्ति कहा गया है। ये खेत प्रायः उत्तराधिकारियों के अभाव के कारण या भूमि कर प्रदान करने में असमर्थता के कारण राज्य के स्वाम्य में आ जाते थे। राजा प्रायः इनका दान देते हुए दिखाई देते हैं।[5] इन अवस्थाओं में ग्रीहिताओं को इस प्रदेश के भूमिकर का नहीं किन्तु इस पर स्वाम्य का पूरा अधिकार प्राप्त होता था वस्तुतः प्रायः वे भूमिकर मुक्त नहीं किये जाते थे। तथापि जब सारे गांव का दान किया जाता था तो उस समय उन्हें जो वस्तु दान की जाती थी वह राजकीय देयों को प्राप्त करने का अधिकार था। इन

1. एपि० इं० xv, 129 प्र०
2. इं० ए० xxxix, 200
3. वहीं
4. एपि० इं० viii, 235
5. इं० ए० ix, 103; 36

गावों के निवासियों को ग्रहीता के लिये अपनी निजी जमीन छोड़ कर जाने का कभी उपदेश नहीं दिया गया किन्तु उन्हें ग्रहीता को विभिन्न कर देने तथा उसके प्रति उचित विनय दिखाने के लिये कहा गया है; भावी राजाओं से यह प्रार्थना की गयी है कि वे वैयक्तिक स्वामियों को बेदखल करने से नहीं किन्तु राजदेयों को वसूल करने से विरत रहें।[1] लेखों में ऐसे उदाहरण भी हैं जहाँ एक पूरा गांव इसके विशेष खेतों या टुकड़ों के साथ ग्रहीता को दिया गया।[2] यह स्पष्ट है कि ऐसे उदाहरणों में राज्य इन गांवों में केवल छोटे टुकड़ों का ही स्वामी था, इन्हें यह सुगमता से ग्रहीता को दे सकता था। जहाँ तक कृष्ट भूमि का ताल्लुक था, उस पर व्यक्तियों का निजी अधिकार था; राज्य उन्हें बेदखल नहीं कर सकता था किन्तु उन्हें केवल यही आदेश दे सकता था कि वे सामान्य कर ग्रहीता को दिया करें। इस प्रकार प्राप्य साक्षी यह स्पष्ट करती है कि कृष्ट भूमि पर राज्य का नहीं किन्तु व्यक्तियों या कुलों का निजी स्वाम्य होता था।

---

1. का० इं० इं० iii, 118; एपि० इं० ii, 364
2. एपि० कर्ना० vii, 33, वही vi कडुर, 162

अध्याय 19

धर्म और दर्शन

1. सामान्य पृष्ठभूमि

भारतीय धर्म और दर्शन के इतिहास में वाकाटक-गुप्त काल एक महत्त्वपूर्ण और मनोरंजक युग है। मौर्य युग में संवेग प्राप्त करने वाले जैन और बौद्ध मतों के सुधारवादी आन्दोलनों ने हिन्दुओं में प्रतिसुधारण को जन्म दिया। हिन्दू शीघ्र ही पूरे मनोयोग से परिस्थिति को सँवारने में लग गये। "लग० 100 ई० पू० तक **भारत महाभारत** में प्रवर्धित किया जा चुका था। महाभारत के रूप में हिन्दू समाज को धर्म, दर्शन और नीतिशास्त्र का एक ऐसा विश्वकोश मिला जिस में नव हिन्दू धर्म के मुख्य सिद्धान्तों को एक लोकप्रिय तथा आकर्षक रूप में उपस्थित किया गया था। कुछ समय बाद हिन्दू धर्म का दार्शनिक पक्ष इसके विविध सम्प्रदायों की शिक्षाओं की व्यवस्थित व्याख्या से—जो **मीमांसा, ब्रह्म**, (वेदान्त) **योग**, और **न्यायसूत्रों** में की गयी थी—सुदृढ़ किया गया।

मुक्ति को केवल आत्मा-प्रयत्न द्वारा संभव मानने वाले अज्ञेयवादी और निरीश्वरवादी बौद्धों के प्रतिकूल हिन्दुओं ने ऐसा धर्म प्रस्तुत किया जिसमें कृष्ण, विष्णु या महादेव के रूप में भगवान अपने सभी सच्चे भक्तों के उद्धार के लिए सन्नद्ध और उत्सुक रहता है जो अपने को उसकी कृपा पर छोड़ देते हैं। इसके फलस्वरूप ईस्वी सन् के प्रारम्भ के आसपास बौद्धों में भी महायान आन्दोलन के रूप में एक नये सम्प्रदाय का जन्म हुआ। इस सम्प्रदाय ने भी दृढ़तापूर्वक यह कहना शुरू किया कि गौतम बुद्ध **धर्मकाय** के केवल एक अवतार थे, **धर्मकाय** जितनी बार आवश्यक हो, उतनी बार अपने आप पुनः अवतार ग्रहण करेंगे। इतना ही नहीं, यह भी माना जाने लगा कि बोधिसत्व सदैव वर्त्तमान तथा दुर्बल सत्त्वों की सहायता के लिये उद्यत रहते हैं, वे उनकी मुक्ति के लिये स्वेच्छापूर्वक अपने पुण्य उन्हें दे डालते हैं।

ऊपर निर्दिष्ट सुधारवादी आन्दोलनों ने 200 ई० पू० से 200 ई० तक के काल में धर्म और दर्शन के क्षेत्र में पर्याप्त विचार किण्व उत्पन्न किये और यह प्रक्रिया विवेच्य युग (200 ई०-550 ई०) में भी उसी वेग से जारी रही। इतना ही नहीं, इस युग में हम पहली बार प्रतिद्वन्द्वी आन्दोलनों के वादविवादों को धार्मिक और दार्शनिक वाङ्मय में प्रतिबिम्बित पाते हैं। हीनयान के आगमों में हिन्दू मतों के व्यवस्थित खण्डन का यत्न नहीं पाया जाता, न ही **महाभारत** बौद्ध सिद्धान्तों पर सीधे आक्रमण करता है। फिर भी, हमारे युग में **ब्रह्मसूत्र योगसूत्र** तथा **न्यायसूत्रों** के परिवृंहित प्रकरणों में विभिन्न बौद्ध और जैन सम्प्रदायों के दार्शनिक विचारों का खण्डन है और इस में तीक्ष्णता है। वात्स्यायन अपने **न्यायभाष्य** में नागार्जुन के विचारों के निराकरण का प्रयत्न करता है उधर बौद्ध पक्ष का उपासक दिङ्नाग वात्स्यायन की आलोचना करता है। फिर भी, वात्स्यायन को उद्योतकर के रूप में शीघ्र ही एक समर्थक मिल गया, जिसने दिङ्नाग के मत का खण्डन करने का यत्न किया। यदि इस युग में रचित समूचा विस्तृत बौद्ध साहित्य अपने मूल रूप में सुरक्षित होता तो हमें मस्तिष्क का मस्तिष्क के साथ और विचारों का विचारों के साथ संघर्ष के अधिक उदाहरण मिलते।

2. सहिष्णुता और समरसता की भावना

हमारे युग में हिन्दू और बौद्ध धर्मों का न्यूनाधिक मात्रा में पलड़ा समान था। अतः दोनों पद्धतियों के अनुयायियों में प्रायः **शास्त्रार्थ** होते थे। उत्कीर्ण लेखो में इनके अनेक निर्देश हैं। बुद्धगया में महानामन् का अभिलेख बतलाता है कि बुद्ध के विचारों का विरोध करने वाले विमतवादी दार्शनिकों का किस प्रकार पूर्ण पराभव हुआ।[1] अजन्ता के एक अभिलेख में इसका सोल्लास निरूपण है कि बौद्ध मत की प्रगति से कृष्ण, शंकर तथा अन्य देवताओं ने द्रुतगति से पलायन

1. का० इंस्क्रि० इंडि० iii । 276

किया ।[1] इसमें कोई संदेह नहीं कि विभिन्न धर्मों के अनुयायियों के बीच शास्त्रार्थों में काफी गर्मी पैदा हो जाती थी, किन्तु ऐसी कोई साक्षी नहीं है जो यह प्रदर्शित करे कि उसने इन धर्मों के सामान्य अनुयायियों के जीवन की पद्धति को ज्ञातरूपेण विक्षुब्ध किया हो। उत्तरवर्त्ती युग (550-950 ई०) में दक्षिण भारत में बौद्ध, जैन, शैव और वैष्णव कुछ हद तक पारस्परिक अत्याचार से पीड़ित हुए किन्तु आलोच्य युग में इन सम्प्रदायों के अनुयायियों के संबन्ध सारे देश में काफी प्रीतिपूर्ण रहे।

विभिन्न सम्प्रदायों के महत्वाकांक्षी दार्शनिकों के बीच होने वाले शास्त्रार्थों[2] के बावजूद समाज समग्ररूपेण यह सामान्य बुद्धिक विचार मानने लगा था कि उनके आधारभूत सिद्धान्तों के मूल में तात्विक एकरूपता है; कोई भी व्यक्ति अपने स्वभाव के अनुकूल विभिन्न सिद्धान्तों का समन्वय कर सकता था और बिना किसी भेदभाव के सब को संरक्षण प्रदान कर सकता था। आनन्दवंश का राजा दामोदर बर्मा (लग० 375 ई०) बौद्ध था, फिर भी वह पौराणिक नव हिन्दू धर्म के इस कथन में विश्वास रखता था कि हिरण्यगर्भ यज्ञ के विधान से मनुष्य अगले जन्म में दिव्य योनि प्राप्त करता है।[3] ब्राह्मण नाथशर्मा और उसकी पत्नी पुण्ड्रवर्धन (बंगाल) की रामी कट्टर हिन्दू थी किन्तु उन्हें यह विश्वास था कि जैन अर्हतों[4] की विधिवत पूजा की स्थायी व्यवस्था के लिये भूमिदान करने से उनका आध्यात्मिक कल्याण बढ़ेगा।[5] इसमें कोई

---

1. बर्जेस एण्ड इन्द्र जी, इन्स्क्रिप्शन्स फ्राम दि केव टेम्पल्स आफ् वेस्टर्न इंडिया, पृ० 77
2. दक्षिण भारत के कुछ स्थानों में यह रिवाज था कि प्रसिद्ध विद्वानों की ओर से शास्त्रार्थ के स्थायी आह्वान की घोषणा करने वाली स्थिर पताकायें लगायी जाती थीं। पेरुम्बान 1, 142
3. एपि० इं० xvii, 328
4. वही xx, 62
5. वही पृ० 16

संदेह नहीं कि सम्राट समुद्रगुप्त एक कट्टर हिन्दू था, उसने **अश्वमेध** यज्ञ को पुनरुज्जीवित करने में विशेष गर्व का अनुभव किया था, किन्तु उसने अपने पुत्र की शिक्षा-दीक्षा वसुबन्धु को सौंपी जो एक प्रसिद्ध और प्रकाण्ड बौद्ध पण्डित था। इक्ष्वाकुवंश का राजा शान्तमूल वैदिक धर्म का उत्साही अनुयायी था किन्तु उसकी बहिन, कन्यायें और पुत्रवधुएं सब बौद्ध थीं; फिर भी उसमें से कुछ ने ब्राह्मणों को भी दान दिये थे।[1] कदम्बवंश में राजा कृष्णवर्मा और मृगेशवर्मा ने वैदिक धर्म में श्रद्धा भाव के कारण तो **अश्वमेध** यज्ञ किया और महावीर के प्रति भक्ति के कारण एक जैन मन्दिर को दान भी दिये।[2] इस युग में ऐसे अनेक प्रमाण हैं जो यह प्रदर्शित करते हैं कि जैन हिन्दुओं और उनके आचार्यों की प्रतिष्ठा किया करते थे।[3] गुप्त कट्टर हिन्दू थे किन्तु उनके शासन की सर्वोतम प्रशंसा तत्कालीन जैन लेखों में की गयी है। यह प्रसिद्ध ही है कि नालन्दा के बौद्ध महाविहार की अधिकांश समृद्धि का कारण गुप्तवंशी हिन्दू सम्राटों से प्राप्त होने वाला संरक्षण था। गुप्त सम्राटों के अधिकारियों में कुछ बौद्ध भी थे, उसमें से एक ने अपने वैष्णव सम्राट् चन्द्रगुप्त द्वितीय के आध्यात्मिक कल्याण के लिये सांची के बौद्ध मन्दिर को दान दिया।[4] एक पिछला गुप्त राजा वैन्य गुप्त शैव था किन्तु उसने वैवर्तिक संघ के नाम से प्रसिद्ध एक महायान बौद्ध मन्दिर को दान दिया।[5] यह सर्वथा संभव हैं कि इस महायान

---

1. इं० ए० vi, 24
2. का० इंस्क्रि० इंडि० iii, 47
3. वही, पृ० 258. **श्रीसंयुतानां गुणतोयधीनां गुप्तान्वयानांनृपसत्तमानाम्** वही, पृ० 67 **गुप्तानां वंशजस्य प्रविस्तृतयशसस्तस्यसर्वोत्तमर्धेः राज्येशक्रोपमस्य क्षितिपशतपतेः स्कन्दगुप्तस्यशान्ते ।**
4. वही, पृ० 31
5. इं० हि० क्वा० vi, 53। डा० दत्त का यह मत है कि **संघ** का नाम अवैवर्त्तिक है और इसका वही अर्थ है जो अवैवर्त्तिक समाधि और अवैवर्त्तिक बोधिसत्व के शब्द-गुच्छों का। (वही, पृ० 572) कित्तु यह मत अमान्य (अपूर्ण)

संघ का यह मनोरंजक नाम इसलिये रहा हो क्योंकि यह वैवर्त या माया के सिद्धान्त का प्रचार करता था। यदि ऐसी अवस्था थी तो बौद्ध वैवर्त्तिक दर्शन के अनुयायियों को दिये गये इस दान ने बंगाल में इसे लोकप्रिय होने में सहायता प्रदान की। इस संबन्ध में हमें यह नहीं भूलना चाहिये कि हिन्दू दार्शनिकों में **मायावाद** के एक आद्यतम प्रतिपादक गौड़पाद के संबन्ध में अधिकतम संभावना यही है कि वे बंगाल के थे।

जब आस्तिक और नास्तिक सम्प्रदायों के अनुयायियों में भी इतनी समरसता थी तो इसमें कोई आश्चर्य नहीं है कि हिन्दू धर्म के विभिन्न पंथ पूर्ण शांति से रहे हों। अपने आरम्भिक काल में भागवत धर्म वैदिक यज्ञों के प्रति प्रच्छन्न विरोध के कारण कट्टर क्षेत्रों में अपने लिये विरोध पैदा करता था। फिर भी हम इस युग में कुमार गुप्त प्रथम जैसे कट्टर भागवत को वैदिक अश्वमेध यज्ञ करता हुआ पाते हैं। ईसा की तीसरी शती में एक अन्य शासक राजमित्र ने अनेक वैदिक यज्ञ किये और एक शैव मन्दिर के लिये दान के साथ इनकी परिसमाप्ति की।[1] ये उदाहरण इस बात को प्रदर्शित करते हैं कि ईसा की चौथी शती तक वैदिक, भागवत और शैव सम्प्रदायों के अनुयायियों में पूर्ण समरसता स्थापित हो चुकी थी। यह बात पारस्परिक तालमेल और निर्वाह की भावना से ही संभव हुई। पूर्व युग का कोई कट्टर भागवत धर्मावलम्बी कुमारगुप्त प्रथम की भाँति अश्वमेध यज्ञ कदापि न करता क्योंकि इसमें घोड़े की हत्या होती है और न ही काशकृत्स्न जैसा कोई पक्का वैदिक दक्ष के वैदिक यज्ञ का विध्वंस करने वाले महादेव के मन्दिर को यज्ञीय सत्र की समाप्ति पर दान देता। किन्तु

(चालू)

है। एक वैयक्तिक बोधिसत्व को या उसकी समाधि को अवैवर्त्तिक या निर्भान्ति माना जा सकता है; आध्यात्मिक प्रगति की विविध अवस्थाओं वाले भिक्षुओं का एक समूचा संघ इस अभिमानपूर्ण पद का दावा नहीं कर सकता।

1. एपि० इं० xxiv, 245

इस युग के हिन्दू धर्म में एक परम भागवत भी वैदिक यज्ञ कर सकता था और एक कट्टर वैदिक भी शैवमन्दिर के दान से यज्ञीय सत्र की समाप्ति को स्मरणीय बना सकता था।

पौराणिक देवताओं के अनुयायियों में पूर्ण समरसता थी। परिवारों में वैयक्तिक रुझानों के अनुसार मुख्य आराध्य देवता बदलते रहते थे। पहले तीन वलभी राजा माहेश्वर थे, चौथा भागवत था और पांचवां आदित्यभक्त (सूर्य का पूजक)। नल राजा भवत्तवर्मा एक शैव था, किन्तु विष्णु का मन्दिर निर्माण कराने वाला उसका पुत्र भागवत था।[1] परिव्राजक वंश में हस्ती शैव था किन्तु उसका पुत्र संक्षोभ वैष्णव था।[2] मैसूर से मिले 5वीं शती के एक अभिलेख के प्रथम श्लोक से यह बात स्पष्ट हो जाती है कि किस प्रकार सामान्य जनता ब्रह्मा, विष्णु और शिव को एक ही ईश्वर के भिन्न भिन्न रूप समझती थी।[3]

3. वैदिक धर्म

लग० 200 ई० में महाभारत और मनुस्मृति ने वैदिक यज्ञों की रक्षा का प्रबल प्रयत्न किया। इसी समय के आस-पास इसी उद्देश्य के प्रचार और व्याख्या के लिये जैमिनि के **मीमांसा सूत्र** भी रचे गये। इस युग में इस वकालत का प्रभाव पड़ा। द्राविड़ दक्षिण में भी वैदिक कर्मकाण्ड का यज्ञीय यूप (वेळ वित्तुण) लोकप्रिय तमिल साहित्य में साधारण ज्ञान की वस्तु है। लग० 400 ई० तक समाज में वैदिक धर्म काफी लोकप्रिय था। इस युग के राजाओं ने अनेक वैदिक यज्ञ किये, इनमें अश्वमेघ बहुत लोकप्रिय था। इसे प्रवरसेन प्रथम (लग० 275 ई०) समुद्रगुप्त (लग० 375 ई०) और कुमारगुप्त प्रथम (लग० 430 ई०) जैसे बड़े सम्राट् ही नहीं करते थे, अपितु

---

1. वही xix, 102; xxi, 155
2. का० इंस्क्रि० इं० iii, 106, 114
3. हरनारायण ब्रह्मत्रितयाय नमः सदा। एपि० कर्ना० vi कदिर, 162

इक्ष्वाकुवंश के शान्त मुल (लग० 250 ई०), शालंकायन कुल के विजय देववर्मा (लग० 320 ई०) और त्रैकूटक घराने के दह्लसेन (लग० 460 ई०) जैसे छोटे-मोटे राजा भी करते थे। यहां तक कि कदम्ब शासक कृष्णवर्मा ने भी—जो केवल एक सामन्त था—इस यज्ञ का अनुष्ठान किया था। इसमें कोई आश्चर्य नहीं कि शक्तिशाली शासक होने का दावा करने वाले भारशिवों और पल्लवों ने कई अश्वमेध किये। प्राप्त सामग्री यह प्रदर्शित करती है कि हिन्दूधर्म के पुनरुज्जीवन के बाद से वैदिक यज्ञ कभी इतने लोकप्रिय नहीं रहे जितने तीसरी-चौथी शती ई० में हुए। महान् वाकाटक सम्राट् प्रवरसेन ने न केवल चार अश्वमेध यज्ञों का अनुष्ठान किया, अपितु उसने **अग्निष्टोम, आप्तोर्याम**, **उक्थ्य**, **षोडशिन्**, **बृहस्पतिसव** और **वाजपेय** यज्ञ भी किये। अन्तिम यज्ञ का अनुष्ठान वाकाटक-राजाधिराज द्वारा सम्राट् की पदवी के विधिवत् ग्रहण की घोषणा के लिये सम्पन्न किया गया था। आरम्भिक पल्लवों ने इतने अधिक यज्ञ किये कि वे **शतक्रतुकल्प** अर्थात इन्द्र तुल्य हो जाने का दावा करते हैं।[1] लोक विश्वास के अनुसार सौ यज्ञों के सफल अनुष्ठान से इन्द्र ने अपने पद को प्राप्त किया था और उपर्युक्त उक्ति का ध्वन्यार्थ यह है कि पल्लव लगभग उस सीमा तक पंहुच गये थे। उनके तथा इक्ष्वाकुओं द्वारा अनुष्ठित यज्ञों में **अग्निष्टोम**, **वाजपेय** और **अश्वमेध** प्रधान है।[2] गया का मौखरियों का कुल एक क्षुद्र राजवंश था, किन्तु चौथी शती में उन्होंने अनेक वैदिक यज्ञ किये। उनकी हवियों को स्वीकार करने के लिये इन्द्र को इतनी अधिक बार नीचे आना पड़ा कि इन्द्राणी सुदीर्ण विरह के कारण क्षीण और कृश हो गयी।[3] कोटा राज्य में बडवा के मौखरी वैदिक धर्म के विषय में कम उत्साही न थे। उनमें से चार राजाओं द्वारा किये **त्रिरात्र** यज्ञों के स्मारक यज्ञीय यूप

---

1. इं० ए० v, 155
2. एपि० इं० xx, 16; xv, 251
3. का० इं० इं० iii, 224 **यस्याहूतसहस्रनेत्र विरहक्षामा सदवाध्वरे पौलोमी चिरमश्रुपात विरह धत्ते कपोलश्रियम्** ॥

हाल में ही खोजे गये हैं।[1] जयपुर क्षेत्र में दो अन्य सरदारों ने ईसा की तीसरी श० के अन्त में यही यज्ञ किया।[2] 226 ई० में जब मालव सरदार ने अपने को पुनः स्वाधीन किया तो उसने इस घटना को एक **षष्टिरात्र सत्र** के अनुष्ठान से स्मरणीय बनाया, यह यज्ञ उस अवसर के लिये सर्वथा उपयुक्त था।[3] 372 ई० में भरतपुर (राजस्थान) में एक अन्य स्थानीय शासक ने पुंडरीक यज्ञ किया।[4]

4. पौराणिक हिन्दूधर्म की बढ़ती हुई लोकप्रियता

इस युग में वैदिक यज्ञों की लोकप्रियता निःसन्देह उनके पक्ष में **महाभारत, मनुस्मृति,** और मीमांसा सम्प्रदाय द्वारा की गयी विशेष वकालत के कारण थी, जो बौद्धों और जैनों द्वारा यज्ञों की निन्दा की प्रतिक्रिया थी। फिर भी यह स्थिति देर तक नहीं रही। जनता शनैः-शनैः **भगवतद्गीता** के इस विचार की ओर मुड़ रही थी कि वैदिक यज्ञ उत्तम होने पर भी आध्यात्मिक उन्नति और ईश्वरीय कृपा प्राप्त करने का सर्वश्रेष्ठ साधन नहीं है। ईसा की प्रायः पांचवीं शती से यज्ञ निश्चित रूप से ह्रासोन्मुख थे। वाकाटक सम्राट् प्रवरसेन और इक्ष्वाकु राजा शान्तमूल ने कई वैदिक यज्ञ किये; समुद्रगुप्त और कुमारगुप्त प्रथम केवल एक ही यज्ञ से सन्तुष्ट थे। दूसरी तीसरी और

---

1. एपि० इं० xxii, 52
2. वही xxvi, 118
3. देवताओं ने पहली बार इस यज्ञ को तब किया था, जब उनके चारों ओर प्रत्येक वस्तु नीरस हो गयी थी, पेड़ों की ताज़गी और पशुओं की शक्ति जाती रही थी; यज्ञ के परिणामस्वरूप प्रकृति ने अपनी मूलशक्ति और दीप्ति को पुनः प्राप्त कर लिया और सर्वतोमुखी समृद्धि का वैसा ही युग प्रारम्भ हुआ जैसा विदेशी शासन से स्वतन्त्रता पाने के बाद मालवा में अवश्य शुरू हुआ होगा।
4. का० इंस्क्रि० इं० iii, 253

चौथी शतियों में इन यज्ञों के स्मारक पाषाण यूप काफी संख्या में मिलते हैं; बाद में ये लुप्त हो जाते हैं।

फिर, इस बात पर भी ध्यान देना चाहिये कि वैदिक यज्ञ समाज के धनाढ्य वर्ग में ही प्रचलित थे। इस यज्ञ की स्मृतियां स्पष्ट रूप से कहती हैं कि उन्हीं व्यक्तियों को यज्ञों का अनुष्ठान करना चाहिये जिनके पास अपने भण्डारों में तीन वर्ष के लिये पर्याप्त खाद्य सामग्री हो।[1] हम क्वचित् ही साधारण व्यक्तियों को यज्ञ करते पाते हैं। साधारण जनता निश्चित रूप से भक्तिप्रधान स्मार्त्त धर्म की ओर झुक गयी थी। इसका श्रेय भगवद्गीता की शिक्षाओं को है। भीटा, नालन्दा और वैशाली में पायी गयी निजी मुहरों पर शंख, चक्र, त्रिशूल और नन्दी जैसे वैष्णव और शैव चिह्न बहुलता से मिलते हैं; यज्ञवेदी और यूप का चित्रण दुर्लभ है। विष्णु, शिव जैसे पौराणिक देवता वैदिक देवताओं की अपेक्षा साधारण जनता का हृदय अधिक आकृष्ट कर रहे थे। इसमें संदेह नहीं कि भारशिवों ने दस अश्वमेध किये किन्तु वे अपने देह पर सदैव यूप का नहीं किन्तु शिव का चिह्न धारण करते थे। कुमारगुप्त प्रथम ने अश्वमेध यज्ञ किया किन्तु वह अपने को परम वैदिक नहीं अपितु **परमभागवत** कहलाने के लिये उत्सुक था। वाकाटक रुद्रसेन द्वितीय ने अपनी समृद्धि का श्रेय चक्रपाणि को दिया; नल राजा भवत्तवर्मा ने यह अनुभव किया कि उसके राज्य की पुनः प्राप्ति का कारण महासेन की कृपा है। हम ऐसे एक भी व्यक्ति का उदाहरण नहीं पाते जिसने अपनी महत्ता या सौभाग्य का कारण किसी वैदिक देवता की कृपा को बताया हो। यह स्पष्ट है कि वैदिक देवता दूरवर्त्ती और विप्रकृष्ट हो गये थे, उन्हें यज्ञों और धार्मिक कार्यों में यथाविधि आहूत तो किया जाता था, पर सामान्य व्यक्ति के लिये उनका आकर्षण समाप्त हो चला था।

प्राप्य साक्ष्यों की प्रवृति यह प्रदर्शित करने की ओर है कि आलोच्य युग में वैष्णव धर्म लोकप्रिय हो रहा था। दक्षिण में यह सरोयोगिन्, भूतयोगिन्

---

1. याज्ञ० 1, 123-25

और महद्योगिन् नामक पहले तीन आळवारों के कार्य का परिणाम था। इनके भावावेशपूर्ण भक्ति से पूर्ण तमिल गीतों ने जिन्हें साधारण मनुष्य तक भी समझ सकते थे स्वाभाविक रूप से वैष्णव धर्म को बड़ा लोकप्रिय बना दिया। उत्तरी भारत में वैष्णव धर्म की बढ़ती हुई लोकप्रियता का श्रेय लोकभाषा में लिखी भक्तिरस की किसी कविता को नहीं दिया जा सकता। ऐसा प्रतीत होता है कि इसका कारण पुराणों के पुनः संस्कर्त्ताओं के प्रयत्न थे, इनका बहुमत विष्णु को उच्चतम देवता मानता है। हमारे युग के उत्कीर्ण-लेखों की बड़ी संख्या विष्णु के मन्दिरों का निर्देश करती है।[1] अभिलेखीय साक्षी यह प्रदर्शित करती है कि दशावतारों में बराह[2] और कृष्ण सबसे लोकप्रिय थे। संभवतः इसका कारण यह था कि देश हाल ही में विदेशी दासता के जुए से मुक्त हुआ था। हमारे अभिलेखों में उपमाओं के रूप में कृष्ण के कार्यों का वर्णन है, बंगाल में पहाड़पुर से कृष्ण की बाललीलाओं को प्रदर्शित करने वाली मूर्तियां भी पायी गयी हैं।

मनोरंजक बात यह है कि हमारे युग में राम की पूजा अभी लोकप्रिय नहीं हुई थी। इसमें कोई संदेह नहीं कि कालिदास ने राम का विष्णु के अवतार के रूप में निर्देश किया है और नागपुर के निकट रामटेक में एक राम मन्दिर भी था, किन्तु ऐसा कोई प्रमाण नहीं जो यह प्रदर्शित करे कि छठी शती के अन्त तक राम लोक प्रचलित पूजा के पात्र बन गये थे। इस युग का कोई राजा

---

1. मेहरौली अभिलेख में **विष्णु-ध्वज** की स्थापना का निर्देश है; गंगधर और एरण के लेखों में विष्णु के मन्दिरों का वर्णन है और जूनागढ़ तथा भितरी अभिलेख चक्रभृत् और शार्ङ्गी के मन्दिरों के निर्माण का वर्णन करते हैं। नगरी में विष्णुपाद का एक मन्दिर था।
2. उदयगिर में एक सुन्दर गुप्त मूर्त्ति वराहावतार में विष्णु द्वारा धरणी के उद्धार को परिस्फुट रूप में चित्रित करती है। पुण्ड्रवर्धन और एरण में वराह के मन्दिर थे।

या मन्त्री अपने को राम का भक्त नहीं बताता, न ही अमरकोश में उनका देवता के रूप में वर्णन है। इस युग में राम के मन्दिर बहुत दुर्लभ थे।

इस युग में कई पुराणों में—यद्यपि आपेक्षिक रूप से इनकी संख्या कम है—शिव को सबसे बड़ा देवता ठहराया गया है और हम शैवधर्म को वैष्णव धर्म के समान लोकप्रिय पाते हैं। यदि गुप्त, पल्लव और गंग राजा अधिकांशतः वैष्णव थे तो भारशिव, वाकाटक, नल, मैत्रक, कदम्ब और परिव्राजक राजवंशों के राजा प्रायः शैव थे। शाब और पृथिवीषेण वैष्णव गुप्तों के आधीन अधिकारी थे, किन्तु स्वयं शैव थे।

इस युग में अपने या अपने पूर्वज के नाम को स्मरणीय बनाने के लिये शिव मन्दिर की स्थापना की प्रथा काफी प्रचलित थी। गुप्त और पल्लव राजाओं के सेनापति पृथवीषेण और विष्णुवर्मा दोनों ने अपने नामों को स्मरणीय बनाने के लिये मन्दिरों की स्थापना की।[1] पंजाब में भी यह प्रथा प्रचलित थी। जालन्धर के क्षुद्र शासक चन्द्रगुप्त की पत्नी ईश्वरा ने अपने पति की स्मृति में एक शिव मन्दिर बनवाया और मिहिर लक्ष्मी ने कांगड़ा जिले में मिहिरेश्वर के एक मन्दिर की प्रतिष्ठा की।[2] इस युग में शिव विभिन्न रूपों में पूजित थे। पिछली कुषाण मुद्राओं पर शिव की मानवीय मूर्त्ति देखी जा सकती है। शिव का आद्यतम चिह्न लिंग सुदूर प्राचीन काल का है। गुप्त युग की अधिकांश शिव मूर्त्तियों में लिंग के साथ मानवीय रूप का मिश्रण है इन पर शिव का एक या चार मुख उत्कीर्ण है, वे या तो एक मुख लिंग या चतुर्मुख लिंग हैं। त्रिशूल, नन्दी जैसे इस देवता के अन्य आयुध साधारण मुहरों पर प्रायः मिलते हैं।

मथुरा में पाशुपतों का लकुलीश सम्प्रदाय काफी लोकप्रिय था। ऐसा प्रतीत होता है कि इसका संस्थापक लकुलीश के चार प्रधान शिष्यों में से एक कुशिक था, जो लग० 150 ई० में इस स्थान पर अपने को अधिष्ठि करत

1. एपि० इं० x, 60; इं० ए० v, 32

2. एपि० इं० 1, 13; का० इंस्क्रि० इंडि० iii, 289

चुका था। इस स्थान पर उसने तथा उसके शिष्यों ने 10 पीढ़ियों तक पाशुपत सिद्धान्त का प्रचार किया। इस सम्प्रदाय के अनुयायी प्रत्येक दिवंगत आचार्य की स्मृति में मन्दिर बनवाया करते थे, मृत्यु के बाद आचार्य को भगवान् की दिव्य उपाधि से विभूषित किया जाता था। गुप्त काल में पराशर, उपमित, कपिल और उदित नामक पाशुपत आचार्य हुए।[1] उनकी शिक्षाओं के परिणाम-स्वरूप लकुलीश की पूजा लोकप्रिय हुई। मथुरा के एक उपान्त में, 1945 ई० में इस देवता की एक मूर्त्ति पायी गयी थी जो गुप्त युग की है।

हम मथुरा के पाशुपतों द्वारा समर्थित शिवोपासना के शुद्ध स्वरूप को नहीं जानते। किन्तु मथुरा में इस युग की एक मूर्त्ति में भक्त द्वारा शिव को अपने सिर की भेंट देते हुए प्रदर्शित किया गया है। स्थाण्वीश्वर (थानेसर) के राजा प्रभाकरवर्धन का रोग जब चिन्ताजनक हो गया तो उसके संबन्धियों और दरबारियों ने राजा के स्वास्थ्य-लाभ के लिये अपने मांस की बलि देना प्रारम्भ किया। अतः प्रतीत होता है कि मथुरा प्रदेश का पाशुपत धर्म इस सम्प्रदाय से संबद्ध कुछ अतिगामी पद्धतियों का उपदेश कर रहा था। यह असंभव नहीं कि इस सम्प्रदाय के धर्मान्ध व्यक्तियों द्वारा मानवीय बलियां भी दी गयी हों। दुर्गा के सम्मुख युआङ् च्वाङ् का बलिदान किया ही जाने वाला था कि अद्भुत रूप से अप्रत्याशित झंझावात के आकस्मिक आविर्भाव से उसका परित्राण हुआ। महिषासुरमर्दिनी दुर्गा के मन्दिर या मूर्त्तियाँ मध्य प्रदेश में उदयगिरि और भुमरा में मिली हैं।[2] शिव के कार्त्तिकेय और गणेश दो पुत्र थे। गुप्तयुग में हम कार्त्तिकेय का एक मन्दिर पाते हैं किन्तु गणेश का कोई मन्दिर अब तक नहीं मिला। पर गुप्तयुग की कुछ गणेश मूर्त्तियां अवश्य मिली हैं।

आज कल सूर्य के मन्दिर अत्यन्त दुर्लभ हैं। किन्तु आलोच्य युग में यह अवस्था न थी। एक सूर्य मन्दिर मन्दसोर (मालवा) में था, दूसरा ग्वालियर

1. एपि० इं० xxi, 8
2. आर्कि० स० कनि० x, 50

में, तीसरा इन्दौर (उत्तरी उत्तर प्रदेश और चौथा आश्रमक (बघेलखण्ड) में। बंगाल में सूर्य देवता की प्रतिमायें भी पायी गयी हैं। आन्ध्रदेश के शालंकायनों का एक अधिष्ठाता देव चित्ररथ या सूर्य था। अभिलेखीय संकेत यह प्रदर्शित करते हैं सूर्य का आह्वान विशेष रूप से बीमारियों से मुक्ति के लिये होता था। सूर्य के उपासक अपनी मुहरों पर या तो सौरबिम्ब या अग्निकुण्ड रखा करते थे।[1]

जनता की निम्न श्रेणियों में नागों और यक्षों की पूजा काफी प्रचलित थी। ग्वालियर के पास पद्मावती में एक यक्ष मन्दिर था और राजगिर में मणिनाग का था।

गुप्त युग में सार्वजनिक मन्दिरों में पूजा का काफी प्रचार हो चला था। इस युग के कई मन्दिरों के अवशेष मध्य भारत में पाये गये हैं। शनैः-शनैः मन्दिर हिन्दू धर्म और संस्कृति के केन्द्र बन रहे थे। उनके निर्माण तथा अलंकरण की प्रवृत्ति ने मूर्त्तिकारों, वास्तुकों तथा चित्रकारों को प्रोत्साहन दिया; सार्वजनिक पूजा में गवैयों और नर्त्तकों की भी आवश्यकता पड़ी, सायंकाल पण्डालों में दिये जाने वाले उपदेशों ने पौराणिकों और दार्शनिकों के लिये उनकी सेवाओं का क्षेत्र प्रस्तुत किया। यह स्वाभाविक ही था कि इस प्रकार धर्म और संस्कृति के कार्य में सहयोग देने वाले मन्दिरों को खूब दान दिये जाएँ। यह देखकर प्रसन्नता होती है कि मन्दिरों के अधिकारी सदावर्त्तों की स्थापना कर अपनी आय का कुछ भाग दरिद्रों की सेवा में व्यय करते थे, उदाहरणार्थ उत्तर प्रदेश में बिलसड़ के कार्त्तिकेय मन्दिर में तथा मध्यभारत में मनपुर के पिष्टपुरी मन्दिर में ऐसे सदावर्त्त थे।[2] तथापि अब तक हिन्दू मन्दिर शिक्षा के वैसे केन्द्र नहीं बने थे जैसे वे बाद में हो गये।[3] मन्दिरों में पूजा की विधि लगभग वही थी जो आजकल है।

1. आर्कि० सर्वे० रि० वेस्टर्न सर्किल, 1919 फलक 26
2. का० इंस्क्रि० इंडि० iii, 44, 115, एपि० इं० xvi, 19
3. काञ्ची के एक मन्दिर में अवस्थित घटिका (महाविद्यालय) एक अपवाद प्रतीत होता है

5. लोक विश्वास

आइये, अब हम इस युग के जनसाधारण में प्रचलित धार्मिक विचारों की ओर मुड़ें। दक्षिणी और उत्तरी भारत से पाये गये इस युग के अनेक अभिलेख इसे कलियुग कहते है, जिसमें धर्म का ह्रास और अधर्म की वृद्धि होती है। धर्मात्मा राजाओं का प्रायः ऐसा वर्णन किया गया है कि वे **कृतयुग** को लाने का प्रयत्न करते थे।[1] प्रयाग को पवित्र स्थान माना जाता था, इस स्थान पर मृत्यु पुण्य-प्रदायिनी समझी जाती थी। असाध्य रोगों से पीड़ित व्यक्ति प्रायः अपनी इच्छा से गंगा और यमुना के संगम पर प्राण विसर्जित करते थे।[2] दक्षिण के राजा प्रायः इसकी तीर्थयात्रा करते थे और इस घटना की स्मृति चिरस्थायी बनाने के लिये उपयुक्त दान किया करते थे।[3] इस युग के लेखों में काशी की तीर्थ यात्रा का उल्लेख होना संभवतः सांयोगिक ही है।

इस युग का सामान्य ब्राह्मण अपने दैनिक जीवन में याज्ञवल्क्य और बृहस्पति[4] जैसी तत्कालीन स्मृतियों में विहित धार्मिक विधियों और कर्मकाण्ड का पालन किया करता था। प्रातःकाल और सायंकाल वह **सन्ध्योपासना** करता था, मध्याह्न की **सन्ध्या** का भी समर्थन होने लगा था[5], किन्तु संभवतः

---

1. इं० एण्टी० v, 57, एपि० इं० viii, 163, 235; का० इंस्क्रि० इं० iii, 44, 145
2. का० इ इं० iii, रघु० viii, श्लोक 95
3. एपि० इं० xix, 102
4. हमारे युग के 532 ई० के एक अभिलेख में आदर्श राजाओं द्वारा **स्मार्त्त वर्त्म** (स्मृतियों से मार्ग) के अनुसरण का वर्णन है। का० इं० इं० iii, 59
5. याज्ञ० iii, 307

यह अब तक लोकप्रिय नहीं हुई थी। सन्ध्या के मुख्य अंग **प्राणायाम**, **सूर्योपासना** और **गायत्री-जप** थे,[1] यह बात संशयास्पद है कि इस में आजकल इसके साथ संबन्ध आधुनिक पौराणिक श्लोक सम्मिलित थे। जब हम यह स्मरण करते हैं कि हमारे युग में वैष्णव धर्म ने कितनी उन्नति की थी तो यह अनुमान न्याय्य ही ठहरता है कि विष्णु के जिन चौबीस नामों से वर्त्तमान सन्ध्या प्रारम्भ होती है, वे इसके साथ गुप्त युग में जोड़े गये। प्रातःकाल की **सन्ध्या** के बाद **देवपूजा** अर्थात् कुल देवताओं की उपासना, और **पितृपूजा** अर्थात् पितरों को पिण्डदान होता था। तत्कालीन स्मृतियों तथा अभिलेखों के अध्ययन से ज्ञात होता है कि धर्मात्मा व्यक्ति पंचमहायज्ञों जैसे स्मार्त्त यज्ञ प्रतिदिन किया करते थे,[2] यद्यपि यह असंभव नहीं कि पुरोहित वर्ग से बाहर के अनेक व्यक्ति स्मार्त्त अग्नि प्रज्वलित रखते थे। सभी द्विज परिवारों में 16 संस्कारों का नियमित अनुष्ठान होता था और यह पितरों को वर्ष में नहीं किन्तु प्रतिमास एक बार पिण्डदान करने का पूरा ध्यान रखता था। **चातुर्मास्येष्टि** और **अग्रहायणष्टि** जैसे यज्ञ केवल पुरोहित कुलों में ही किये जाते थे।[3]

6. धार्मिक विधियाँ और संस्कार

पुराण अपने वर्त्तमान रूप में वर्ष में अनेक अवसरों पर अनेक व्रतों का उपदेश करते हैं और लगभग मास के प्रतिदिन एक या दूसरी धार्मिक विधि का विधान करते हैं। वे विशेषतः **ग्रहणों**, **सम्पातों** और **संक्रान्तियों** के पर्वों पर दान देने पर बहुत बल देते हैं। इसमें कोई संदेह नहीं कि पुराणों का गुप्त युग में पुनः संस्करण हुआ, किन्तु ऐसा प्रतीत होता है कि इस समय जो अध्याय बढ़ाये गये, उनमें उपर्युक्त विधियों का विधान नहीं था। उदाहरणार्थ तत्कालीन

---

1. वही 1, 22
2. वही 1, 126, एपि० इं० xv, 130, 133
3. याज्ञ० 1, 124-26

अभिलेखीय साक्षी यह प्रदर्शित करती है कि ग्रहणों और संक्रान्तियों के पर्वों पर किये गये दानों को विशेष पुण्यप्रद मानने का सिद्धान्त अभी तक समाज में बद्धमूल नहीं हुआ था। यह उल्लेख भी मनोरंजक है कि इस युग में दिये गये बीसियों दानों में केवल दो ग्रहणों[1] के अवसर पर और एक उत्तरायण[2] के मौके पर किया गया। यह कुछ आश्चर्यजनक है क्योंकि यह देखा जाता है कि 600 ई० के बाद अस्सी प्रतिशत दान ग्रहणों, सम्पात, और संक्रान्ति के दिनों पर किये गये। पुराण रथसप्तमी, महावारुणी, कपिलाषष्ठी आदि को दान के लिये विशेष रूप से उपयुक्त बताते हैं और ईसा की पहली सहस्राब्दी के उत्तरार्ध में दानियों ने उनके परामर्श का अनुसरण किया। किन्तु गुप्तयुग में ऐसे अवसरों पर किये गये दानों का हमें उल्लेख नहीं मिलता। पुराणों के सबसे पिछले संस्करणों में उल्लिखिन बीसियों व्रत अभी तक हिन्दू समाज में लोकप्रिय नहीं हुए थे। यह समाज स्मृतियों में वर्णित सरल और थोड़ी सी धार्मिक विधियों का अनुसरण कर रहा था। फिर भी इस युग के वैष्णवों में एकादशी का व्रत काफी लोकप्रिय हो गया था, वैष्णवों द्वारा अनेक दान इस अवसर पर अथवा इससे पहले या पिछले दिन किये गये थे।[3] कुछ दान पूर्णिमा के अवसर पर भी किये गये,[4] किन्तु अधिकांश दान ऐसे दिवसों पर किये गये जो न तो स्मृतियों में और न ही पुराणों में विशेष रूप से पवित्र बताये गये हैं। ज्यातिषिक एवं दैवज्ञीय विचारों ने अभी तक समाज में प्रभुता नहीं पायी

---

1. ओमगोडु दानपत्र लग० 350 ई० (एपि० ई० xv, 255) और पोलगुरुदान पत्र लग० 550 ई० (ज० आन्ध्र हिस्टारिकल रिसर्च सोसा० vi, 17
2. का० इस्क्रि० इं० iii, 198
3. वही पृ० 75, 246, एपि० इं० xxiii, 174; xxiv, 261 वृहस्पति स्मृति आचार श्लोक 66-70, यह बड़े बल से इस व्रत का विवान करती है।
4. एपि० इं० x, 75; इं० एण्टी० vii, 28

थी[1] और लगभग प्रत्येक दिवस को पुण्य कार्य करने या दान देने के लिये समान रूप से उत्तम समझा जाता था।[1]

600 ई० के बाद अनेक दान-पत्र इसका वर्णण करते हैं कि किस प्रकार दानी ने सांसारिक गौरव और समृद्धि की क्षणिकता का अनुभव कर यह दान किया। यह उल्लेख मनोरंजक है कि हमारे युग के अधिकांश दानों में इस उद्देश्य का सुस्पष्ट अभाव है।[2] यह इस बात को प्रदर्शित करता है कि यह युग एक ओर अर्थ और काम में तथा दूसरी ओर धर्म और मोक्ष में सन्तुलन रखने में समर्थ थी।

7. हिन्दू धर्म और विदेशी

इस युग के आरम्भ से बहुत पहले आर्य और द्रविड़ धर्म घुल मिलकर एक रूप हो चुके थे। वास्तव में लोक प्रचलित तमिल साहित्य में भी हमें प्राक् आर्य देवताओं या व्यवहारों के अवशेष विरले ही प्राप्त होते हैं।

इस युग में हिन्दू धर्म की दूसरों को आत्मसात् करने की शक्ति अक्षुण्ण बनी रही। हिन्दू अपने समाज में विभिन्न संस्कृतियों और धर्मों वाले विदेशियों को समेटते रहे। पिछली शतियों में इन्होंने यूनानियों, शकों, पहलवों और कुषाणों को अपने में पचा लिया था; हमारे युग में लगभग 450 से 550 ई० के बीच हूण इस देश में आक्रामकों के रूप में आये और फिर यहीं बस गये। इन

---

1. पुनर्निर्मित **बृहस्पति स्मृति** के **संस्कार प्रकरण** में विभिन्न संस्कारों के के लिये चुने जाने वाले दिनों के नाक्षत्र मांगल्य को बड़ी महत्ता दी गयी है। स्मृति का यह प्रकरण गुप्तयुग से बाद का प्रतीत होता है। वर्त्तमान काल क कुछ नाक्षत्र विचार वराहमिहिर के **बृहज्जातक** और **बृहत्संहिता** में हैं किन्तु ये ग्रन्थ हमारे युग के अन्तिम भाग में रचे गये थे।
2. इसका वर्णन केवल 405 ई० के नर वर्मा के मंदसोर अभिलेख में है। एपि० इं० xii, 320।

हूणों को भी हिन्दू समाज ने अपने में पचा लिया। पंजाब के कुषाण शासक 150 ई० तक हिन्दू बन चुके थे, पश्चिमी भारत के शकों की भी यही दशा थी। संशयास्पद है कि क्या वे हमारे युग में धार्मिक या सांस्कृतिक रूप से हिन्दूओं से भिन्न समझे जाते थे। हम यह देखते हैं कि कट्टर हिन्दू इक्ष्वाकु राजा शान्तमूल (लगभग 250 ई०) को इस शक कुल की राजकन्या के साथ अपने पुत्र के विवाह में कोई आपत्ति न थी। हूणों को भी एक पीढ़ी से कम समय में ही हिन्दू बना लिया गया। संभवतः तोरमाण तो जीवन और दर्शन के हिन्दू दृष्टिकोण, बहुत अधिक प्रभावित नहीं हुआ, किन्तु उसका उत्तराधिकारी मिहिरकुल एक पक्का शैव था। उसके शत्रु के एक लेख में यह कहा गया है कि उसने स्थाणु या शिव को छोड़कर कभी किसी व्यक्ति के आगे सिर नहीं झुकाया था। यह बात उसके सिक्कों की साक्षी से भी पुष्ट होती है। इन पर त्रिशूल और नन्दी के चिह्न और, जयतु वृषः (वृष अर्थात् शिव के वाहन की विजय हो) का लेख तथा कैलाश बने हुए हैं।

इस संबन्ध में एक बात और कही जा सकती है कि आलोच्य काल में जावा, सुमात्रा और बोर्नियो में हिन्दू धर्म का प्रचार था (देखि० अध्याय 16) और यह सर्वथा संभव है कि इस देशों के प्रथम प्रवासियों के वंशज ही नहीं अपितु उनके द्वारा हिन्दू बनाये व्यक्ति भी हों। पहले यह बताया जा चुका है कि चौथी शती ई० तक मेसोपोटामिया और सीरिया में हिन्दू मन्दिर किस प्रकार उन्नति करते रहे, इस शती में वे सैण्ट ग्रेगरी द्वारा विध्वस्त कर दिये गये (प्राक् पृ० 58) इस प्रकार भारतीय धर्म लगभग० 300 ई० तक पश्चिमी एशिया के कुछ भागों में जीवित शक्ति था और उसने कुछ हद तक ईसाई धार्मिक विश्वासों तथा अनुष्ठानों को प्रभावित किया होगा।

दुर्भाग्यवश हमें उस प्रक्रिया का ठीक-ठीक पता नहीं जिससे गैर हिन्दुओं को हिन्दू समाज में विलीन किया जाता था। संभवतः वे हिन्दू धर्म और दर्शन से आकृष्ट होकर हिन्दू देवताओं की पूजा प्रारम्भ करते थे। इस युग के ब्राह्मण यह नहीं [मानते थे कि हिन्दू धर्म केवल इस समाज में उत्पन्न व्यक्तियों के लिये ही है, उन्हें नवागन्तुकों का पुरोहित बनने में तथा उनके परिवारों

के विभिन्न सदस्यों के संस्कार कराने में भी कोई आपत्ति नहीं थी। नये हिन्दुओं को संस्कृत भाषा पढ़ायी जाती थी, **स्मृतियों** और **पुराणों** की व्याख्या सुनायी जाती थी; और इस प्रकार वे एक पीढ़ी में ही प्राय पक्के हिन्दू बन जाते थे। समाज में अब भी अन्तर्जातीय विवाह हो रहे थे और कट्टर हिन्दुओं को हिन्दू धर्म अंगीकार करने वाले व्यक्तियों के साथ वैवाहिक संबन्ध स्थापित करने में कोई आपत्ति न थी। इस प्रकार हिन्दू समाज में उनका पूर्ण विलय हो जाता था।

8. हिन्दू दर्शन

आइये, अब हम इस युग में हिन्दू दर्शन की प्रगति का निरीक्षण करें। यह कार्य बहुत सुगम नहीं है क्योंकि अनेक दार्शनिक ग्रन्थों का काल अब तक सन्तोषजनक रूप से निश्चित नहीं किया जा सका है। फिर भी प्रायः संकेत यह प्रदर्शित करते हैं कि छहों हिन्दू दर्शन हमारे युग में व्यवस्थित हुए और उनके अधिकांश प्रामाणिक ग्रन्थों को वर्त्तमान रूप इसी युग में मिला। इसमें कोई संदेह नहीं कि **जैमिनि** का **मीमांसा-सूत्र** इससे पहले युग में रचा गया था किन्तु उस पर प्रामाणिक टीका **शबरभाष्य** की रचना लगभग 300 ई० में ही हुई। इस ग्रन्थ में मीमांसा दर्शन की क्रमबद्ध व्याख्या है और मीमांसा के क्षेत्र में इसका वही स्थान है जो व्याकरण और अद्वैत वेदान्त के क्षेत्रों में क्रमशः पतञ्जलि और शंकर के **भाष्यों** का है। **शबरभाष्य** यह प्रदर्शित करता है कि मीमांसा दर्शन अब कर्म काण्ड के नियमों की व्याख्या तक सीमित रहना छोड़कर दर्शन के सारे के सारे क्षेत्र में प्रविष्ट हो गया। अब वह आत्मा, **ईश्वर**, **मुक्ति** आदि के संबन्ध में अपने स्वतन्त्र विचारों का प्रतिपादन करने लगा। शबर और शंकर दोनों द्वारा उद्धृत उपवर्ष संभवतः ईसा की तीसरी शती ई० के प्रारम्भ में हुआ। इस काल में वेदान्त के विकास का ठीक अनुमान नहीं लगाया जा सकता। वेदान्त तथा बौद्ध धर्म के नये समुदायों के अनुयायियों के बीच वाद-विवाद चल रहा था। यह माध्यमिक और योगाचार सम्प्रदायों के विचारों का खण्डन करने वाले **ब्रह्मसूत्रों** में बढ़ाये गये नये प्रकरणों में आंशिक

रूप से प्रतिध्वनित हुआ है। **उपनिषदों, ब्रह्मसूत्रों** और **गीता** की व्याख्या की समस्या ने इस युग में अवश्यमेव अनेक वादविवादों को जन्म दिया होगा जैसा कि परवर्त्ती कालों में हुआ। इन विवादों की परिणति **ज्ञानवाद, कर्मवाद,** और **ज्ञानकर्मसमुच्चयवाद** के समर्थन में हुई। किन्तु इन विषयों पर हमारे युग में रचे गये ग्रन्थ सुरक्षित नहीं बचे। यह असंभव नहीं कि उपवर्ष, भर्तृप्रपञ्च और बोधायन जैसे शंकर के कुछ पूर्वगामी वाकाटक-गुप्त युग में हुए हों।

चौथी श० ई० के प्रारम्भ में रचे गये **सांख्याकरिका** नामक अपने प्रसिद्ध ग्रन्थ में ईश्वर कृष्ण ने सांख्य दर्शन को परिपक्व रूप प्रदान किया। यह इस दर्शन पर सबसे प्राचीन, सबसे प्रामाणिक और सर्वाधिक लोकप्रिय ग्रन्थ है। इसने इस सांख्य के मुख्य रूप को सदा के लिये निश्चित कर दिया। योग के क्षेत्र में, हमारे युग में पतञ्जलि के **योगसूत्रों** पर लग० 300 ई० में **व्यास-भाष्य** की रचना हुई। इस ग्रन्थ ने पहली बार योगदर्शन की प्रामाणिक व्याख्या की यह ग्रंथ योग के मुख्य सिद्धान्तों को समझने के लिये अपरिहार्य है।

दर्शन का न्याय-वैशेषिक सम्प्रदाय भी हमारे युग में बहुत क्रियाशील था। यह बौद्धदर्शन के माध्यमिक और योगाचार सम्प्रदायों के साथ अविच्छिन्न वादविवादों में संलग्न था। इन दर्शनिकों के विचारों का खण्डन करने वाले गौतम के **न्यायसूत्रों** के प्रकरण संभवतः हमारे युग में बढ़ाये गये थे। काञ्ची के एक विद्वान् वात्स्यायन ने चौथी शती के अन्तिम भाग में न्यायदर्शन के सूत्रों पर सबसे प्रामाणिक टीका **न्याय भाष्य** की रचना की। वह माध्यमिक सम्प्रदाय के **अपेक्षा** (परस्पर संबध) और **शून्यता** के विचारों की आलोचना (अध्याय 4, 1, 39-40; 4, 1, 31-2) और योगाचार दर्शन के विज्ञानवाद के सिद्धान्त पर आक्रमण करता है (4, 2, 26-7) इसके कुछ समय बाद प्रशस्तपाद हुआ, इसने अपने **पदार्थधर्मसंग्रह** में **वैशेषिक-सूत्रों** पर टीका के बहाने वास्तव में हमें वैशेषिक दर्शन की सबसे प्राचीन, स्वतन्त्र और सुव्यवस्थित व्याख्या प्रदान की है।

न्याय के ग्रन्थों में इस युग में वास्तव में एक उल्लेखनीय परिवर्त्तन हो रहा था; वे प्रमाणों पंचावयव वाक्यों (न्याय) से संबन्ध समस्याओं के

विचार की ओर अधिकाधिक ध्यान दे रहे थे, सोलह पदार्थों में सम्मिलित अन्य विविध विषयों के विवेचन की शनैः शनैः उपेक्षा होने लगी।

9. बौद्ध धर्म

महायान धर्म और दर्शन का विकास ईसा की पहली शती से ही प्रारम्भ हो चुका था। इस युग में महायान और हीनयान-दोनों सम्प्रदायों ने उन्नति की। पूर्ववत् लंका हीनयान का गढ़ था। तीसरी शती ईस्वी में महायानियों ने इस द्वीप में अपने पांव जमाने का यत्न किया किन्तु वे अपने प्रयत्न में सफल नहीं हुए (देखि० **अध्याय** 13) लंकावासियों ने धर्म ग्रन्थों पर अपनी टीकायें लिखना प्रारम्भ किया। पहले ये सिंहली में लिखी गयीं, बाद में इसके स्थान पर पालि का व्यवहार होने लगा। लग० 350 ई० तथा 475 ई० में रचे गये **दीपवंश** और **महावंश** लंका और भारत के प्राचीन इतिहास के पुर्ननिर्माण के लिये बहुमूल्य हैं। इस युग में रचे गये धार्मिक और दार्शनिक वाङ्मय की मात्रा और भी अधिक आश्चर्यजनक है। अनुश्रुति के अनुसार गया के बौद्ध ब्राह्मण बुद्धघोष ने पांचवी शती के पूर्वार्ध में अनुराधपुर में अपना प्रसिद्ध ग्रन्थ **विसुद्धिमग्ग** रचा। इसमें शील और **समाधि प्रज्ञ** व्यक्ति को किस प्रकार निर्वाण की ओर ले जाती हैं इसकी बड़ी स्फुट व्याख्या है। उसने **त्रिपिटिक** पर अनेक बहुमूल्य टीकायें तथा कुछ अन्य ग्रन्थ लिखे। आलोच्य समय का न केवल लंका का, अपितु बर्मा, स्याम और कम्बोडिया का भी बौद्धधर्म बुद्धघोष द्वारा उसके विभिन्न ग्रन्थों में प्रतिपादित सिद्धान्तों और विचारों से काफी प्रभावित हुआ है। कुछ समय बाद, भारत से गये एक अन्य व्यक्ति बुद्धदत्त ने अभिधम्म और **विनय** पर **अभिधम्मावतार**, **रूपारूपविभाग** और **विनय विनिश्चय** नाम के विस्तृत ग्रन्थ लिखे।

लंकावासी बौद्धों ने इस युग में भगवान् बुद्ध की जन्म-भूमि में उसके उपदेशों का प्रचार करने के लिये अपने उपदेशक भेजकर भारत के प्रति अपने आध्यात्मिक ऋण को उतारना शुरू किया। ईसा की तीसरी शती में, अपितु

बंगाल, कश्मीर और गन्धार में भी क्रियाशील थे ।[1] लंका ने अपने प्रचारक चीन भेजे[2], जिन्होंने चीनी में हीनयान के कुछ ग्रन्थों का अनुवाद किया। धर्मपरायण लंकावासी तीर्थयात्री बड़ी संख्या में बौद्ध तीर्थों की यात्रा करते रहे और लंका के राजा मेघवर्ण ने उनकी सुविधा के लिये बुद्ध गया में लग० 350 ई० में एक धर्मशाला बनवायी ।

पांचवीं शती ई० तक कश्मीर, गन्धार और अफगानिस्तान **हीनयान** के गढ़ बने रहे । कश्मीर में इसका **सर्वास्तिवादी** सम्प्रदाय प्रबल था। इसके संस्कृत धर्मग्रन्थ हमारे युग में ही पूरे हुए। इस सम्प्रदाय की प्रचारक क्रियाशीलता के कारण हीनयान उत्तर पश्चिमी भारत में प्रबल बना रहा ।[3] अपने जीवन के आरम्भिक भाग में वसुबन्धु इस दर्शन का प्रामाणिकतम व्याख्याकार था। वैभाषिक सम्प्रदाय के दृष्टिकाण से लिखे उसके प्रसिद्ध ग्रन्थ **अभिधर्मकोष** में बौद्धधर्म के मूल सिद्धान्तों की इस उत्कृष्ट ढंग से व्याख्या है कि इसे बौद्धधर्म के सब सम्प्रदाय प्रामाणिक मानते हैं।

फिर भी, ज्यों-ज्यों यह युग आगे बढ़ता गया, धीरे-धीरे महायान संप्रदाय अधिक प्रबल होने लगा। यह बात बुद्ध की जीवनी के उस महायान रूप से प्रदर्शित होती है जो हमें **महावस्तु, ललितविस्तर, जातकमाला** और **दिव्यावदान** में देखने को मिलता है। इनमें से पिछले दो ग्रन्थ निश्चित रूप से इसी काल में रचे गये थे ।[4]

महायान की बढ़ती हुई लोकप्रियता का कारण कुछ तो उसके दार्शनिकों

1. एपि० इं० xx, 22
2. फरकुहार-**आउटलाइन्स**... पृ० 155
3. फाहियान पृ० 29-34
4. विन्टरनिट्ज-**हिस्ट्री** ii, 276, वसुबन्धु के शिष्य स्थिरमति ने **अभिधर्मकोश** तथा अपने गुरु के अन्य ग्रन्थों पर टीकायें लिखी हैं। वसुबन्धु के एक प्रतिद्वन्द्वी संघभद्र ने अपने ग्रन्थ **कोशकारक** में कोश के कुछ सिद्धान्तों पर चोट की है।

की महत्ता थी और कुछ इनके द्वारा प्रतिपादित दर्शन का आकर्षण था। नागार्जुन, आर्यदेव, असंग, बसुबन्धु और दिङ्नाग की कोटि के भारतीय दार्शनिक अधिक नहीं हैं। वे जिस मत का प्रचार करते थे, वह हीनयानी दर्शन की अपेक्षा साधारण जनता के चित्त को अधिक आकृष्ट करता था। निरीश्वरवाद का स्थान मनुष्यों के दैवीय सहायक बोधिसत्व के सिद्धान्त ने ले लिया था, **अनत्ता** (आत्मा की असत्ता) के सिद्धान्त से उत्पन्न आशंकाओं का **धर्मकाय** के सिद्धान्त से लगभग निराकरण कर दिया गया था, इस कार्य द्वारा एक व्यक्ति सनातन सत्ता प्राप्त कर सकता था। **निर्वाण** मानवीय अभिलाषाओं का उपशम नहीं था, अपितु मानवीय जीवन की पूर्णता थी। एक व्यक्ति जन्म मरण के चक्र में रहता हुआ भी बोधिसत्वों की भाँति इससे ऊपर उठा रह सकता है। ये सच्चे भक्तों के उद्धार के लिये सदा तैय्यार और उपस्थित रहते हैं, उन्हें मुक्ति दिलाने के लिए अपने सुकृतों को भी उन्हें प्रदान कर सकते हैं। इसमें **ज्ञान** की उतनी महत्ता नहीं थी जितनी सच्ची **भक्ति** की थी; श्रद्धालु भक्त द्वारा **स्तूप** या बुद्ध की मूर्त्ति के सम्मुख की गयी एक प्रणति अन्ततोगत्वा उसे मुक्ति दिलाने वाली थी। स्वभावतः आध्यात्मिक लक्ष्य की प्राप्ति के लिये इतना सरल मार्ग बताने वाला धर्म अपने ऐसे प्रतिद्वन्दी की अपेक्षा अधिक लोकप्रिय हो गया जिसका यह मन्तव्य था कि व्यक्ति को निर्वाण प्राप्त करने के लिये पूर्ण रूप से अपने प्रयत्नों पर अवलम्बित रहना चाहिये।

महायान धर्म ने हमारे काल में दर्शन के **माध्यमिक** और **योगाचार** नाम के अपने दो सम्प्रदायों का विकास किया। ईसा की दूसरी शती के अन्तिम भाग में नागार्जुन ने योगाचार की पहले ही व्याख्या कर दी थी। उसके शिष्य आर्यदेव ने इस काल में (लग० 250 ई०) **चतुःशतक** की रचना की; यह इस दर्शन पद्धति पर सबसे प्रामाणिक ग्रन्थों में एक है। **वज्रच्छेदिका प्रज्ञापारमिता** और **प्रज्ञापारमिता-हृदयसूत्र** नामक दो प्रसिद्ध प्रज्ञा ग्रन्थ संभवतः हमारे युग में रचे गये। ये दोनों अत्युच्च आध्यात्मिक महत्व के ग्रन्थ हैं और पिछला जापान में अत्यधिक व्यापक रूप से पढ़ा जाने वाला बौद्ध ग्रन्थ है।

निःसन्देह यह काल महायान दर्शन के योगाचार सम्प्रदाय का स्वर्ण युग है।

इसका संस्थापक मैत्रेयनाथ लग० 200 ई० हुआ। लग० 300 ई० में पेशावर में हिन्दू से बौद्ध बने एक ब्राह्मण असंग ने **महायान संपरिग्रह**, **योगाचार भूमि-शास्त्र** और **महायान सूत्रालङ्कार** की रचना की जो इस संप्रदाय की सबसे प्रामाणिक रचनाएं हैं। जैसा कि पहले बताया जा चुका है, असंग का छोटा भाई वसुबन्धु अपने जीवन में देर तक हीनयानी रहा। किन्तु जब उसके भाई ने उसे महायानी बनाया तो उसने विचारों की स्वतन्त्रता तथा पाण्डित्य की गम्भीरता की विशेषताओं से युक्त कुछ महत्वपूर्ण ग्रन्थ लिखकर महायान के सिद्धान्तों के प्रचार में सहायता दी। **विंशतिका** और **त्रिंशतिका** नाम के उसके दो ग्रन्थों में **विज्ञान** की सत्ता का समर्थन करते हुए वाह्य जगत् की सत्ता में विश्वास का अत्युत्कृष्ट खण्डन है। वसुबन्धु एक महान् तार्किक भी था, उसने **परमार्थ सप्ति** नामक अपने ग्रन्थ में ईश्वरकृष्ण के सांख्य सिद्धान्तों पर आक्षेप किया है। संभवतः ईसा की पांचवीं शती के प्रारम्भ में रचा गया **लंकावतारसूत्र** भी वादविवादात्मक ग्रंथ है[1] और यह प्रदर्शित करता है कि बौद्ध किस प्रकार सांख्य-वादियों, नैयायिकों, वैशेषकों और मीमांसकों के विचारों और सिद्धान्तों का खण्डन कर रहे थे। किन्तु इसकी मुख्य महत्ता **विज्ञानवाद** के अगले विकास में है जिसका इसमें उल्लेख है। इसका मत है कि विश्व की सारी नानारूपता और विभेद अज्ञान के कारण हैं। विज्ञान ही एक मात्र **सत्** है, यही **धर्मकाय** का तत्त्व है। जब एक बार इसका अनुभव कर लिया जाता है तो अनुभवगम्य जगत् के सब अन्तर इन्द्रजाल से अधिक वास्तविक नहीं प्रतीत होते। वाह्य जगत् की असत्ता को समझाने के लिये सूत्र ने इसकी **शशश्रृंग**, **वन्ध्यापुत्र** और **अलातचक्र** से तुलना की है, अद्वैतदर्शन के विकाश में इन सब विचारों को वड़ा स्थान मिला। जब यह इस बात की घोषणा करता है कि **जीवात्मा** (व्यक्ति की आत्मा) **तथागतगर्भ** (सृष्टि की आत्मा) से अभिन्न है तो यह सूत्र लगभग

1. 443 ई० में गुणप्रभ द्वारा किये गये इस ग्रन्थ के चीनी अनुवाद में पहला, नवां और दसवां अध्याय नहीं है, अतः यह स्पष्ट है कि इसमें ये बाद में—संभवतः पांचवीं श० ई० के अन्तिम भाग में बढ़ाये गये।

अद्वैत की स्थिति ग्रहण कर लेता है। इस प्रकार यह देखा जा सकता है कि हमारे युग में **विज्ञानवाद** के विकास ने लगभग दो शती बाद गौडपाद और शंङ्कर द्वारा अद्वैत वेदान्त के प्रतिपादन के मार्ग को प्रशस्त किया।

माध्यमिक और योगाचार सम्प्रदाय यद्यपि महायान की शाखायें थीं, किन्तु इस युग के अन्त में उनका अलगाव निरन्तर बढ़ता जा रहा था, कुछ बौद्ध विचारक इसे पसन्द नहीं करते थे। इनमें से एक तरुण अश्वघोष ने ईसा की पांचवीं शती में रचे अपने **महायान श्रद्धोत्पाद** में दोनों दृष्टिकोणों के समन्वय का यत्न किया।

वसुबन्धु ने अपने ग्रन्थ **तर्कशास्त्र** द्वारा हमारे युग में बौद्ध तर्कशास्त्र की नींव रखी। काञ्ची में ईसा की चौथी शती के अन्तिम भाग में होने वाले दिङ्नाग के ग्रन्थों में इसका अगला विकास देखा जा सकता है।[1] तर्क शास्त्र के अपने ग्रन्थों में दिङ्नाग ने यह माना कि पूर्णानुमान के गौतम और वात्स्यायन द्वारा माने गये पाँच नहीं, अपितु तीन अवयव ही होने चाहिये; पक्का विज्ञान-वादी होने के कारण उसने **प्रत्यक्ष** और **अनुमान** के अपने लक्षण दिये। हिन्दू नैयायिकों पर उसने जो आक्षेप किये उनका जवाब देने के लिये अगली शतियों में उद्योतकर और कुमारिल ने उसके मत पर प्रत्याक्षेप किये। वास्तव में भारतीय मध्ययुगीन तर्कशास्त्र की अधिकांश क्रियाशीलता दिङ्नाग के सिद्धान्तों के इर्द-गिर्द केन्द्रित रहीं, उसके कुछ उत्तराधिकारियों ने उन्हें माना और पूण बनाया। दूसरों ने उसका निराकरण और प्रत्याख्यान किया। इसमें कोई संदेह नहीं कि भारतीय दार्शनिक मे दिङ्नाग सर्वोच्च विचारकों में और उसका स्थान दार्शनिकों की प्रथम पंक्ति में है। यह बड़े में सन्ताप की बात है कि उसके ग्रन्थों में केवल **न्यायमुख** चीनी और तिब्बती अनुवादों के रूप में बचा है। फिर भी उसके शिष्य शंकराचार्य का **न्यायप्रवेश** नामक ग्रन्थ संस्कृत में बच रहा है और प्रकाशित भी हो चुका है।[2]

---

1. उदाहरणार्थ-**प्रमाण समुच्चय, प्रमाणशास्त्रन्यायप्रवेश** आदि,
2. कुछ विद्वान् इस ग्रन्थ का लेखक दिङ्नाग को ही मानते हैं।

10. बौद्धधर्म का विस्तार

बौद्धधर्म की दार्शनिक क्रियाशीलता तथा लिखे गये ग्रन्थों के उपर्युक्त सर्वेक्षण से इस सामान्य विचार का समर्थन नहीं होता कि गुप्त युग में गुप्त राजाओं के द्वारा हिन्दूधर्म के पुनरुद्धार के कारण बौद्धधर्म ह्रासोन्मुख था। यह बात कलात्मक साक्षी से भी पुष्ट नहीं होती। सारनाथ, पहाड़पुर, अजन्ता और नागार्जुनीकोंडा का कोई दर्शक यह बात सुगमता से मान जायगा कि वाकाटक-गुप्त-युग बौद्धकला का स्वर्ण युग था।[1] यह सत्य है कि जब फाहियान पांचवीं शती के प्रारम्भ में भारत आया तो बुद्ध के जीवन से संबद्ध कपिलवस्तु, रामग्राम, श्रावस्ती और वैशाली के महत्त्वपूर्ण स्थान उजड़ चुके थे, किन्तु संभवतः इस अवस्था का कारण इन स्थानों के चारों ओर के प्रदेश में बौद्धधर्म की अवनति नहीं, किन्तु आर्थिक और राजनैतिक केन्द्र का परिवर्तन था। इस बात को प्रदर्शित करने वाली स्पष्ट साक्षी है कि इस युग में काश्मीर, अफगानिस्तान और पंजाब बौद्धधर्म के गढ़ थे, फाहियान ने इन प्रान्तों में हज़ारों विहार और असंख्य भिक्षु देखे थे। गंगा के उपरले मैदान में हिन्दू और बौद्धधर्म समान रूप से लोकप्रिय प्रतीत होते हैं, संभवतः बिहार और बंगाल में भी यही दशा थी। मथुरा, कौशाम्बी और कसिया (भगवान बुद्ध के महापरिनिर्वाण का स्थान) में पाये गये अभिलेख यह प्रदर्शित करते हैं कि ये बौद्धधर्म के पर्याप्त महत्त्वपूर्ण केन्द्र थे। सारनाथ में उपलब्ध अनेक चढ़ावे वाले स्तूप और बुद्ध की मूर्तियां यह प्रदर्शित करती हैं कि यहां दूर-दूर से हज़ारों यात्री आते थे। बुद्ध गया का भी यही हाल था, यहां लंका वासी यात्रियों की सुविधा के लिये एक विशेष धर्मशाला बनवायी गयी थी। बंगाल में मृगशिखावन बौद्धधर्म और संस्कृति का

---

1. हमारे अभिलेखों में बौद्धधर्म को किये दान हिन्दू मन्दिरों, देवताओं या ब्राह्मणों को दिये गये दानों की अपेक्षा निःसन्देह कम है। ऐसा नहीं प्रतीत होता कि धनी श्रेणियों के एक वर्ग द्वारा संरक्षण हटा लेने से इस धर्म की लोकप्रियता पर कोई प्रभाव पड़ा हो, फिर भी पंजाब में जहां यह धर्म अधिक जनप्रिय था, कोई अभिलेख नहीं पाये गये।

एक प्रसिद्ध केन्द्र था। मध्य तथा पश्चिमी भारत में हिन्दू और बौद्धधर्मों की आपेक्षिक स्थिति के सम्बन्ध में हमारे पास कोई प्रमाणिक सूचना नहीं है। पश्चिमी महाराष्ट्र में भज, कुड़, महर, वेदस, जुन्नार, कण्हेरी आदि के बौद्ध गुहा मन्दिर और विहार कम से कम पांचवीं शती तक आवासित रहे। ये न केवल उच्चवर्ग द्वारा, अपितु लुहारों, बढ़इयों, मालाकारों, सुनारों, व्यापारियों और वैद्यों से भी संरक्षण पाते रहे।

अजंता और इलोरा की अनेक गुफायें यह प्रदर्शित करती हैं कि वे पूर्वी महाराष्ट्र में बौद्धधर्म के प्रसिद्ध केन्द्र थे, राज्य और समाज ने उन्हें खूब दान दिया था। आन्ध्र देश बौद्ध स्तूपों और विहारों से भरा पड़ा था, किन्तु इनमें सबसे अधिक प्रसिद्ध नागार्जुनीकोंडा था, इनका अन्वेषण और खुदाई वर्त्तमान शती के चौथे दशक में ही हुई है। अधिकतम संभावना इस बात की है कि प्रसिद्ध नागार्जुन इसी स्थान पर रहा। यहीं उसने उपदेश किया और लिखा और इसमें कोई आश्चर्य नहीं है कि यह स्थान बौद्धधर्म का एक अतिपूर्ण, उन्नत और बहु-जनाकीर्ण केन्द्र रहा हो। तीसरी शती में इसे इच्वाकु राजपरिवार के विभिन्न सदस्यों द्वारा खूब दान मिले थे और फाहियान द्वारा इसका वर्णन यह बताता है कि पांचवीं शती के प्रारम्भ तक इसकी समृद्धि कायम रही। तमिल क्षेत्र में काञ्ची ईस्वी सन् के प्रारम्भ से ही प्रसिद्ध बौद्ध केन्द्र था। इस युग में इसने प्रसिद्ध बौद्ध नैयायिक दिङनाग को उत्पन्न किया और धर्मपाल के रूप में नालन्दा को एक महास्थाविर दिया। काठियावाड़ में वलभी एक प्रसिद्ध बौद्ध केन्द्र था, यहां अनेक विहार थे जिन्हें मैत्रक शासकों ने खूब दान दिया था। इनमें कुछ विहार पुस्तकालय भी बनाने लगे थे।[1]

ऐसा प्रतीत होता है कि बौद्ध विहारों ने हमारे युग के उत्तरार्ध में अपने शिक्षा संबन्धी कार्य प्रारम्भ ही किये थे। फाहियान द्वारा इनका वर्णन यह नहीं प्रदर्शित करता कि उस समय तक इनमें कोई विश्वविद्यालय जैसा केन्द्र बना था। किन्तु उसके प्रस्थान के बाद शीघ्र ही नालन्दा और वलभी को जब खूब

---

1. इं० ए० vii, 67; ज० रा० ए० सो० 1895 पृ० 383

दान मिलने लगे तो उन्होंने विश्वविद्यालयों का रूप धारण करना प्रारम्भ कर दिया। इस दान से वे विद्यार्थियों की एक बड़ी संख्या को निःशुल्क, भोजन और निवास स्थान देने में समर्थ हुए। वे बौद्ध विद्या-केन्द्रों के रूप में किस प्रकार कार्य करते थे और किस प्रकार समूचे पूर्वी एशिया में धर्म के सिद्धान्तों का प्रसार करते थे, इसक वर्णन अगले खण्ड में होगा।

बौद्ध विहारों को प्रायः अच्छे दान मिलते थे और उनमें रहने वाले सामान्यतः संघ के नियमों का पालन करने में अत्युत्साही रहते थे। फाहियान जैसे विदेशी बौद्ध इन भिक्षुओं के आचार की धर्मनिष्ठा और व्यवहार की दृढ़ता से अच्छी तरह प्रभावित हुए थे। विहारों के अधिकारी वहां आने वाले परदेसियों और अतिथियों की आवश्यकताओं का ध्यान रखने में विशेष रूप से सावधान थे।

इस युग के प्रारम्भ में संघ में भिक्षुणियां भी प्रविष्ट होती थीं। पश्चिमी भारत में जुन्नार में भिक्षुणिओं का एक विहार था[1] और फाहियान का वर्णन यह प्रदर्शित करता है कि पंजाब तथा गंगा के मैदान में पाँचवी शती के प्रारम्भ में ऐसे अन्य विहार भी थे।[2] भिक्षुणियों को संघ में दीक्षित करने की प्रथा जनता द्वारा नापसन्द की जाने लगी थी और बुद्धघोष कहता है कि उसके जमाने (लगभग 500 ई०) में यह विहित नहीं है।

इस युग में ज्यों-ज्यों समय बीतता गया, हीनयान और महायान के बीच अन्तर अधिकाधिक सुस्पष्ट होने लगे। कभी-कभी तो दोनों सम्प्रदायों के अनुयायियों में प्रतिद्वन्दिता भी हो जाती थी। अतः प्रायः उनके विहार पृथक् होते थे। फिर भी छोटे स्थानों में दोनों सम्प्रदायों के अनुयायी इकट्ठे रहते थे।

महायान सम्प्रदाय की बढ़ती हुई लोकप्रियता के कारण, हमारे युग में बौद्धधर्म का आकर्षण बढ गया था। सारे देश में बुद्ध की मूर्ति बिलकुल सामान्य हो गयी, इनकी पूजा वैसी ही आडम्बरपूर्ण हुआ करती थी जैसी आजकल हिन्दू मन्दिरों में प्रचलित है। सर्वत्र शानदार स्तूप और चैत्य बने हुए थे, भगवान् बुद्ध के

1. आकि० स० वेस्टर्न इं०, iv, 23
2. फाहियान पृ० 43-45

जन्म और बुद्धत्व प्राप्ति की तिथि वैशाख पूर्णिमा के पहले सप्ताह में विशेष रथों पर बुद्ध की मूर्ति का जलूस निकाला जाता था। बौद्ध स्थानों को भगवान् बुद्ध के अन्तिम तथा आरम्भिक जीवन के दृश्यों को चित्रित करने वाली कलात्मक मूर्त्तियों तथा चित्रों से सजाया जाता था। इस युग में बौद्ध धर्म तान्त्रिक विधि विधानों से सर्वथा मुक्त, किन्तु इस युग के अन्त में सुवर्णप्रभास और समाधिराज जैसी पुस्तकों ने मन्त्रों और जादू-टोनों को शुरू किया। इन्होंने परवर्ती तन्त्रवाद के लिये मार्ग प्रशस्त किया।

सोलहवें अध्याय में वर्णन किया जा चुका है कि चीन में बौद्धधर्म का काफी प्रवेश हो चुका था। वहाँ से हम अपने युग में फाहियान जैसे यात्रियों को भारत आते देखते हैं। प्रायः इनके दो उद्देश्य हुआ करते थे—बौद्धधर्म तीर्थों की यात्रा और अपने पवित्र धर्मग्रन्थों की प्रामाणिक प्रतियां उपलब्ध करना। किन्तु यह संबन्ध एक पक्षीय नहीं था, क्योंकि भारतीय बौद्ध भी बड़ी संख्या में धर्म प्रचार और चीनी में संस्कृत ग्रन्थों के अनुवाद के लिये जा रहे थे। उनके कार्य तथा प्रवृत्तियों का वर्णन सोलहवें अध्याय में दिया जा चुका हैं।

11. जैनधर्म

वाकाटक-गुप्त युग जैनधर्म के इतिहास में निःसन्देह एक महत्त्वपूर्ण युग है। 300 ई० पू० में पाटलिपुत्र की परिषद् द्वारा निर्णीत अंगों और पूर्वों के ज्ञान के पुनः विस्मृत होने की आशंका थी। चौथी शती ई० के प्रारम्भ के एक दीर्घकालीन दुर्भिक्ष के कारण स्थिति और भी अधिक बिगड़ गयी। अतः वीर संवत् के 840वें वर्ष[1] (313 ई०) में एक ही समय में श्वेताम्बरों द्वारा दो

1. यदि हम कट्टर जैनमत को मानें कि महावीर का निर्वाण 520 ई० पू० में हुआ था तो यह 313 ई० होगा। किन्तु जैसा कि आजकल कुछ विद्वान् मानते हैं यदि हम इस घटना को 477 ई० पू० में रखें तो यह समय 50 वर्ष पीछे होगा।

परिषदें बुलायी गयीं—एक मथुरा में स्कन्दिल की अध्यक्षता में और दूसरी वलभी[1] से नागार्जुन (ये जैन थे) के सभापतित्व में। इन परिषदों ने पवित्र धर्मग्रन्थों के शुद्धपाठ निश्चित किये। इस प्रकार निश्चित पाठ वाले ग्रन्थों को बाद में देवर्धि क्षमा श्रमण के सभापतित्व में की गयी, वीरसंवत् 980 (453 ई०) की वलभी में हुई दूसरी पपिषद् में लिखित रूप दिया गया। गुप्तकाल को विशिष्ट बनाने वाली बौद्धिक प्रेरणा का यह परिणाम हुआ कि जैनों ने अपने धर्मग्रन्थों पर **निर्युवित और चूर्णी** नाम से प्रसिद्ध अनेक टीकायें लिखना शुरू किया। इस श्रेणी का सबसे महत्त्वपूर्ण लेखक भद्रबाहु द्वितीय था, इसने अधिकांश महत्त्वपूर्ण धर्मग्रन्थों पर निर्युक्तियां लिखीं।

इस युग में संस्कृत प्रबल हो रही थो और यह उल्लेख मनोरंजक है कि जैन भी इसकी मोहिनी के वशीभूत हो रहे थे। उमास्वाति का प्रसिद्ध ग्रन्थ **तत्वार्थाधिगमसूत्र** संस्कृत में लिखा गया है, प्राकृत में नहीं। सिद्धसेन के **न्यायावतार** और उसकी अनेक **द्वात्रिंशिकाएँ** भी संस्कृत में हैं।

इस युग में जैनों की अनुयातिता कितनी थी इसका ठीक-ठीक निश्चय करना कठिन है। मथुरा और वलभी श्वेताम्बर जैन सम्प्रदाय के गढ़ बने रहे। उत्तरी बंगाल में पुण्ड्रवर्धन दिगम्बर जैन सम्प्रदाय का प्रबल केन्द्र था। अभिलेख यह प्रदर्शित करते हैं कि गोरखपुर जिले (उ० प्र०) के कहोंम में तथा मध्य प्रदेश के उदयगिरि में जैनों के केन्द्र थे। इसमें कोई संदेह नहीं कि उत्तरी भारत में जैनों के अन्य अनेक स्थान थे, यद्यपि आज हम उनके बारे में कुछ नहीं जानते। दक्षिण भारत में कर्णाटक और मैसूर दिगम्बर जैन सम्प्रदाय के गढ़ थे; कदम्ब और गंग दोनों शासकों ने इस धर्म को खूब संरक्षण दिया था। तमिल देश में जैन धर्म ईसा की पहली शतियों में मजबूती से पैर जमा चुका था और **नलदियर, पलमोलो नमुरु जीवक** और **चिन्तामणि** जैसे महत्त्वपूर्ण

1. ये वलभी की पिछली **परिषदों** के समान इतनी सुप्रसिद्ध नहीं हैं। किन्तु जिनदास (578 ई०) की **नन्दिचूर्णी** और हेमचन्द्र (1140 ई०) की **योग-शास्त्रवृत्ति** से इनका सम्बन्ध प्रमाणित होता है।

ग्रन्थ प्रसिद्ध जैन विद्वानों द्वारा लिखे गये थे। हमारे युग में, 470 ई० में जैनों ने मथुरा में वज्रनन्दि की अध्यक्षता में अपने एक विशेष **संगम्** का संयोजन किया। दक्षिणी अरकाट जिले में पाटलिका ग्राम में एक प्रसिद्ध जैन विहार था, यहां 458 ई० में मुनि सर्वनन्दि ने **लोकविभंग** की रचना की।[1] काञ्ची भी जैन धर्म का प्रसिद्ध केन्द्र था और पल्लव तथा पाण्ड्य शासक इसके अनुयायी थे। एक ओर जैन धर्म तथा दूसरी ओर शैवधर्म में तीव्र प्रतिद्वन्द्विता थी किन्तु हमारे युग में इसकी परिणति किसी प्रकार के पारस्परिक अत्याचार में नहीं हुई।

जिन मन्दिरों में सार्वजनिक पूजा आरती काफी आडम्बरपूर्ण और व्यय साध्य थी। उग्रतमरूप में त्याग का उपदेश करने वाले महावीर की मूर्ति को सुवासित तैल और जल में स्नान कराया जाता, उस पर पुष्प मालायें और सुगन्धित द्रव्य चढ़ाये जाते, उसके आगे धूप और दीप जलाये जाते। विशेष अवसरों पर, खासकर कार्तिकी पूर्णिमा के पहले सप्ताह में जिनमूर्ति महावीर का बड़ा शानदार जलूस निकाला जाता। जैन विहारों को खूब दान दिया जाता था; प्राय: (इनकी) आधी आमदनी सार्वजनिक कर्मकाण्डों से संबद्ध व्ययों पर खर्च की जाती थी, और शेष आधा भाग भिक्षुओं और भिक्षुणियों के पालनपोषण में व्यय होता था।

राज्य और समाज द्वारा इस धर्म को प्रदान किया गया प्रचुर संरक्षण जैन मुनियों के एक वर्ग में शिथिलता उत्पन्न कर रहा था, इन्होंने यह तर्क करना शुरु किया कि उनके लिये यह आवश्यक नहीं कि वे वर्षभर परिभ्रमण करते रहें, वे स्थायी रूप से विहारों में बस सकते हैं। कुछ भिक्षुओं ने रंगीन और सुवासित वस्त्र धारण करने शुरू किये, अन्य साधुओं ने सवारियों तथा आरामदेह बिस्तरों का प्रयोग प्रारम्भ कर दिया। कुछ ने भविष्य-कथन का तथा जिन-मूर्त्तियों के बेचने का पेशा शुरू किया। जैन धर्म के नेता यथासमय इन प्रवृतियों

---

1. मूल प्राकृत ग्रन्थ उपलब्ध नहीं होता, काफी समय बाद इसका अनुवाद हुआ, इसमें इस ग्रन्थ की यह तिथि दी गई है।

की निन्दा करने के लिये आगे बढ़े, किन्तु उनके प्रयत्न केवल आंशिक रूप से ही सफल हुए।

यह विदित ही है कि दिगम्बर यह नहीं स्वीकार करते कि वलभी में जैन आगमों के पाठ अन्तिम रूप से निश्चित किये गये। उनके अनुसार **षट्खण्डागम, कषायपहुड** और **महाबन्ध** में ही द्वादशांगों के अवशिष्ट अंग सुरक्षित हैं। इन ग्रन्थों का—जो निःसन्देह प्राकृत में हैं—काल ध्रुवता के साथ निश्चित नहीं किया जा सकता किन्तु वे दूसरी शती के अन्त या तीसरी शती के प्रारम्भ में रचे गये प्रतीत होते हैं। अतः हमारा युग श्वेताम्बर साहित्य के इतिहास के लिये भी उतना ही महत्त्वपूर्ण है जितना दिगम्बर वाङमय के लिये। ऊपर निर्दिष्ट दिगम्बर ग्रन्थों में कर्म के सिद्धान्त तथा आत्मा को संसार के साथ बांधने वाले बन्धन के कारणों का प्रतिपादन है।

जैन धर्म और दर्शन आश्चर्यजनक रूप से रूढ़िरक्षक हैं। हम जैसा परिवर्त्तन या विकास हिन्दू या बौद्ध धर्मों में देखते हैं वैसा जैन धर्म में नहीं देखते। अतः इतिहासकार इस युग में विकसित किन्हीं धार्मिक अनुष्ठानों या दार्शनिक सिद्धान्तों का निर्देश नहीं कर सकता। फिर भी इस काल के प्रारम्भ में उमास्वाति ने अपने प्रसिद्ध ग्रन्थ **तत्वार्थाधिगमसूत्र** की रचना की (200 ई०); यह जैनों के धर्म, दर्शन, सृष्टि शास्त्र, सत्ता शास्त्र और नीति शास्त्र के मुख्य सिद्धान्त समझने के लिये अत्यन्त उपयोगी पुस्तक है। वास्तव में यह धर्म शास्त्रेतर ग्रन्थों में सब से अधिक महत्त्वपूर्ण है और इसमें बड़े स्पष्ट और प्रभावशाली ढंग में जैनधर्म के मूल सिद्धान्तों की व्याख्या करने की विशेषता है। इसे दिगम्बर और श्वेताम्बर दोनों स्वीकार करते हैं और इस पर बहुत अधिक टीकायें लिखी गयी हैं। यह उल्लेख मनोरंजक है कि हमारे युग में पहली बार जैन दार्शनिकों ने अपने धार्मिक सिद्धान्तों और मन्तव्यों की तर्कसंगत व्याख्यायें देना प्रारम्भ किया। निःसन्देह इनमें सबसे बड़ा सिद्धसेन दिवाकर था, यह पांचवीं शती ई० में हुआ। अपने प्रसिद्ध ग्रन्थ **सन्मति तर्क** में उसने शुद्ध रूप से न्याय शास्त्र पर आधारित प्रबल युक्तियों से धर्मशास्त्रों के **अनेकान्तवाद** के सिद्धान्त का समर्थन किया है,

निःसन्देह वह हम धर्म-विज्ञान-वेत्ता की अपेक्षा दार्शनिक के रूप में अधिक प्रभावित करता है।

इस युग की तर्कवादी प्रवृत्ति ने जैनों में तर्कशास्त्र की प्रगति को प्रवेग प्रदान किया। सिद्धसेन दिवाकर जैन तर्कशास्त्र का भी जनक है। उसका **न्यायावतार** इस विषय पर पहला सुव्यवस्थित ग्रन्थ है इसकी विशेषता यह है कि इसका दृष्टिकोण साम्प्रदायिक नहीं है। सिद्धसेन ने ही तर्कशास्त्र पर इस ढंग से लिखने की परिपाटी प्रारम्भ की जिसमें हिन्दुओं, बौद्धों या जैनों के धार्मिक सिद्धान्तों की टक्कर न हो। इस पद्धति का अनेक परिवर्त्ती बौद्ध ओर जैन लेखकों ने अनुसरण किया और इसने मध्ययुग में इस शास्त्र के विकास में सहायता प्रदान की।

12. सामान्य विचार

आइये, अब हम धार्मिक और दार्शनिक अवस्था का सामान्य सारांश प्रस्तुत करें। अभी तक आत्मसन्तोष हमारे धार्मिक आन्दोलनों तथा दार्शनिक विचार के नेताओं के मानसिक दृष्टिकोण की विशेषता नहीं बनी थी। वे सावधान थे और प्रधानता प्राप्त करने वाले नवीन सिद्धान्तों और आन्दोलनों के निरीक्षण और परीक्षण की खोज में लगे रहते थे। प्रत्येक दर्शन-पद्धति अद्यतन रहने के लिये उत्सुक थी और वह विरोधी सम्प्रदायों के सिद्धान्तों की आलोचना तथा खण्डन करने वाले नये प्रकरण अपने परम्परागत ग्रन्थों में जोड़ रही थी। इस काल में हम पहली बार भारतीय दर्शन के क्षेत्र में मस्तिष्क की मस्तिष्क से और सिद्धान्त की सिद्धान्त के साथ टक्कर देखते हैं, क्योंकि इससे पहले हिन्दू, बौद्ध और जैन धर्मों के अनुयायियों में एक दूसरे की पद्धति पर आक्षेप और खण्डन नहीं हुए थे। फिर भी, दार्शनिक विवाद शिष्टता के साथ होते थे, इनसे कटुता नहीं उत्पन्न होती थी; विविध धर्मों के अनुयायी मेल-मिलाप के साथ रहते थे।

हिन्दू धर्म अब तक यह जानता था कि अपने को कैसे नई परिस्थितियों के अनुरूप बनाया जा सकता है और अरक्षणीय स्थिति को किस प्रकार खूबसूरती

से छोड़ा जा सकता है। यह अब तक **कृष्वन्तो विश्वमार्यम्** के सिद्धान्त में विश्वास करता था, इस संबध में हिन्दचीन और पूर्वी द्वीप समूह में, हमारे युग में हिन्दूधर्म का प्रसार एक गौरवपूर्ण उदाहरण है। अपने घर में, यह विजेता के रूप में आयी शकों, हूणों जैसी विदेशी जातियों को शान्तिपूर्वक अपने में विलीन करता रहा।

हिन्दू धर्म अब भी एक ओर **धर्म** और **मोक्ष** में तथा दूसरी ओर **अर्थ** और **काम** में संतुलन रखे हुए था। इसमें इस काल तक अन्धविश्वासों की बाढ़ नहीं आयी थी। फलित ज्योतिष के विचारों ने सामान्य हिन्दू के मन को अभी तक प्रभावित करना शुरू नहीं किया था, और न ही उसके लिये वर्ष के लगभग प्रति दिवस पर अनुष्ठित किये जाते व्रतों की अनन्त शृंखला और कर्मकाण्ड का विधान किया गया था।

हमारे युग में दर्शन की हिन्दू पद्धतियों की अवाप्तियां अधिकांशतः आलोचनात्मक थीं। वे अपने में पारस्परिक अध्ययनों तथा वादविवादों के फलस्वरूप आवश्यक सुधार कर लेती थीं। यह युग बौद्धधर्म के महायान सम्प्रदाय के क्षेत्र में निःसन्देह अधिकतम उत्पादक था। हमारे युग में होने वाले इस सम्प्रदाय के विचारकों ने दर्शन की प्रगति में अपने सम्प्रदाय के सर्वाधिक मौलिक सर्वाधिक साहसिक और सर्वाधिक दूरगामी विचार प्रदान किये।

अध्याय 20

शिक्षा, साहित्य और विज्ञान

कोई व्यक्ति किसी युग की शिक्षा-संस्थाओं का अध्ययन किये बिना उस युग के साहित्य के स्वरूप को समझे बिना, विज्ञानों तथा ललितकलाओं की विविध शाखाओं में उसकी अवाप्तियों के ज्ञान के बगैर उस युग को आत्मा, महत्ता तथा विशेषताओं को नहीं समझ सकता। अतएव अब हम इस अध्याय में इस युग की शिक्षा, साहित्य और विज्ञानों के अध्ययन की ओर प्रवृत्त होते हैं; ललितकलाओं का विवेचन बाईसवें अध्याय में होगा।

1. शिक्षा

बहुत प्रारम्भिक काल से गुरु प्राचीन भारतीय शिक्षा पद्धति की धुरी था। वह अपने कर्तव्य के रूप में विद्यार्थियों को शिक्षा देता था और उस दक्षिणा से सन्तुष्ट रहता था जो उसे विद्यार्थियों के सरक्षक स्वेच्छापूर्वक देते थे। इस अनिश्चित आय के अतिरिक्त उसे पुरोहित के रूप में धन मिलता था तथा समय समय पर राज्य और धनाढ्य नागरिकों से विभिन्न प्रकार से दान भी प्राप्त होते थे। इस प्रकार तीर्थ स्थान और राजधानियाँ गुरु को अपनी अनिश्चित आय को उपर्युक्त स्रातों से परिपूर्ण करने के सर्वोत्तम अवसर प्रदान करती थी। अतः अत्यन्त प्राचीन से वहाँ ऐसे ब्राह्मणों की बस्तियाँ बढ़ने लगी थीं। इस प्रकार ऐसे नगर शिक्षा केन्द्र बनने लगे थे। हमारे युग में भी यही अवस्था थी। राजधानियों में पाटलिपुत्र और वलभी के संबन्ध में निश्चित रूप से ज्ञात है कि ये शिक्षा के प्रसिद्ध केन्द्र थीं और उज्जयिनी, पद्मावती, प्रवरपुर और वत्सगुल्म (बसिम) भी अवश्य ही ऐसे केन्द्र रहे होंगे। तीर्थों के संबन्ध में हम यह पाते हैं कि अयोध्या के ब्राह्मण **मंत्र, सूत्र** और **भाष्य** के प्रवचन में प्रवीणता के लिये प्रसिद्ध थे।[1] काशी, मथुरा, नासिक, कांची आदि तीर्थों की भी अवश्य ही

1. मि० **स्वाध्यायमंत्रसूत्रभाष्यप्रवचनपारग** एपि० इं० x, 72

यही अवस्था रही होगी। अन्तिम स्थान हिन्दू और बौद्ध दोनों विद्याओं का केन्द्र था और इसका एक प्रसिद्ध विद्वान् धर्मपाल छठीं शती में नालन्दा के विख्यात महा विहार (विश्वविद्यालय) का अध्यक्ष बना।

तक्षशिला की ख्याति घट रही थी। हमारे युग में इस पर शक राजा शासन कर रहे थे जो बर्बर तुल्य ही थे और शिक्षा के कार्य को प्रोत्साहित नहीं कर सकते थे। पांचवीं शती के प्रारम्भ में जब फाहियान ने इस स्थान की यात्रा की तो उसे यहां शैक्षणिक महत्व की कोई बात नहीं मिली थी।[1]

1. शिक्षा-केन्द्रों के रूप में अग्रहार ग्राम

अग्रहार गांवों में विद्वान् ब्राह्मण रहते थे। राज्य इनके पोषण के लिए इन गाँवों के राजस्व में से हिस्सा देता था। ये गांव इस युग में विद्या के प्रसिद्ध केन्द्र बन गये थे। कलिंग का राजा उपवर्मा इस बात का ध्यान रखता था कि उसके राज्य में अग्रहार ग्रामों की संख्या 36 से कम न हो।[2] यह लगभग निश्चित है कि इस युग के अन्य राजाओं ने भी धर्म ओर शिक्षा के कार्य को प्रोत्साहन देने के लिये ऐसी ही नीति का अनुसरण किया होगा। अग्रहार गांवों के ग्रहीता केवल अपने अध्ययन में ही तल्लीन नहीं रहते थे अपितु उन में से अनेक ऐसे प्रसिद्ध आचार्य थे जो दूर-दूर से विद्यार्थियों को आकृष्ट कर सकते थे। इस प्रकार पिष्टपुरम् (गोदावरी जिले में आधुनिक पीठापुरम्) के अग्रहार गांव के ब्राह्मण छठी शती में विद्वान् और गुरु दोनों रूपों में प्रसिद्ध थे।[3] पाण्डुरंगपल्ली दान (लग० 500 ई०) का ग्रहीता सैकड़ों ब्राह्मणों का अध्यापक था।[4] अतः इसमें कोई संदेह नहीं कि इस युग में अग्रहार ग्राम प्रायः उच्च शिक्षा के केन्द्र थे। यदि उपवर्मा जैसा छोटा राजा 36 अग्रहार गांवों का पालन

1. वाटर्स 2, 168-9
2. एपि० इं० xii, 5
3. **विद्याध्ययनप्रवचनव्याख्यानशीलिनः** तान्द्रीवाङ्गादानपत्र एपि० इं० 18, 98
4. **ब्राह्मणशतमध्यापकस्य** मे० आर्कि० र० 1929 पृ० 197

करता था तो वाकाटकों और गुप्तों जैसे अधिक बड़े राज्यों में उन की संख्या आसानी से 100 से अधिक रही होगी। इन राज्यों के अधिकांश शासक हिन्दू-धर्म के संरक्षक थे और इनमें समुद्रगुप्त, चन्द्रगुप्त द्वितीय और प्रवरसेन द्वितीय जैसे अनेक विद्याप्रेमी राजा भी हुए थे। अतः इस युग में अग्रहार ग्रामों की संख्या अवश्यमेव बहुत अधिक रही होगी और वे राजधानियों तथा तीर्थों के अतिरिक्त उच्च शिक्षा के मुख्य केन्द्र थे।

दक्षिण भारत में उच्च शिक्षा के केन्द्र घटिकाओं के नाम से प्रसिद्ध थे, हमारे पास इनके संबन्ध में इस युग का विस्तृत विवरण नहीं है, किन्तु ऐसा प्रतीत होता है कि ये स्नातकोत्तर महाविद्यालयों जैसे थे। कांची में एक घटिका थी, वहां दूर-दूर से विद्यार्थी आते थे।[1] यह संस्था एक मन्दिर में स्थित थी। अन्य घटिकाएँ भी संभवतः मंदिरों में ही थीं। हम यह परिणाम अच्छी तरह निकाल सकते हैं कि वे पिछले युग के मन्दिर महाविद्यालयों के अग्रगामी थे।

2. विहार में महाविद्यालयों का अभ्युदय

इस युग के बौद्ध विहारों ने शिक्षा संस्थाओं के रूप में विकास प्रारम्भ किया। 410 ई० में जब फाहियान नालन्दा पहुंचा, तो इस स्थान पर कोई शिक्षा संबंधी चहल पहल नहीं थी किन्तु पांचवीं शती के अन्त तक यह बौद्ध विहार प्रसिद्ध विश्वविद्यालय बन गया। इसके लिये गुप्तवंश के अनेक हिन्दू सम्राटों की उदारता का कृतज्ञ होना चाहिये। भिक्षु विद्यार्थियों की बढ़ती हुई संख्या के निवास के लिये यहां कई विहार बनाये गये। पुस्तकालय के विकास की ओर विशेष ध्यान दिया गया, हमारे युग की समाप्ति तक विश्वविद्यालय के अध्यापक अन्तर्राष्ट्रीय ख्याति प्राप्त करने लगे थे। यह संस्था महायान संप्रदाय की थी, अतः स्वाभाविक रूप से असंग, नागार्जुन, वसुबन्धु और दिङ्नाग के अध्ययन पर अवश्य जोर दिया गया होगा। किन्तु विश्वविद्यालय में हिन्दू और जैन दर्शन भी पढ़ाये जाते

---

1. मयूरशर्मा ने अपने गुरु के साथ कांची की घटिका के लिये प्रस्थान किया एपि० इं० viii, 31

थे ताकि शास्त्रार्थ करने वाला बौद्ध अपने प्रतिपक्षियों का उन्हीं के क्षेत्र में मुकाबला कर सके। इस विश्वविद्यालय के संघटन और प्रबन्ध का विस्तृत परिचय सातवें खण्ड में दिया जायगा।

हम यह कल्पना अच्छी तरह कर सकते हैं कि इस काल के उत्तरार्ध (लगभग 400-550 ई०) में अन्य महत्त्वपूर्ण बौद्ध विहार भी शिक्षा केन्द्र बनने लगे। इस संबन्ध में कोई प्रत्यक्ष प्रमाण नहीं है, किन्तु लग० 625 ई० में उन्होंने महाविद्यालयों का पद पा लिया था। अतः हम यह कल्पना कर सकते हैं कि यह रूपान्तर कम से कम एक शती पहले प्रारम्भ हुआ होगा।

आइये, अब हम इन विद्यालयों तथा महाविद्यालयों के पाठ्यक्रम का निरीक्षण करें। वैदिक विषयों का अध्ययन निश्चित रूप से पृष्ठभूमि में जा पड़ा था। इस काल में पुराणों का पुनः संस्करण हुआ, दर्शन की विभिन्न शाखाओं ने बड़ी तेजी से अपने साहित्य का विकास किया। अतः हम यह कल्पना अच्छी तरह कर सकते हैं कि इस काल के महाविद्यालयों में पुराणों, स्मृतियों, तर्कशास्त्र और अध्यात्म शास्त्र का अध्ययन बड़े उत्साह के साथ होता था। आधारभूत विषय होने से, संस्कृत व्याकरण का अवश्यमेव सर्वत्र अध्ययन किया जाता होगा। गणित तथा फलित ज्योतिष शनैः-शनैः लोकप्रिय विषय बन रहे थे।[1]

इस काल में अग्रहारों की संख्या काफी थी तथा इसमें बड़े मनोयोग से शिक्षा दी जाती थी। अतः ब्राह्मणों में संस्कृति और विद्वत्ता का सामान्य स्तर बहुत ऊंचा था। किन्तु क्षत्रियों और वैश्यों में यह अवस्था नहीं थी। उनका उपनयन शनैः-शनैः बन्द हो रहा था। इससे केवल उनके वैदिक अध्ययन को ही नहीं अपितु उनकी सांस्कृतिक शिक्षा को भी क्षति पहुंची। इस काल में कन्याओं के उपनयन का लोप होने के कारण स्त्री शिक्षा को भी निश्चित रूप में धक्का लगा। इनके विवाह की वय 12 हो जाने के कारण स्थिति और भी

1. इस विषय के विस्तृत परिचय के लिये दे० अल्तेकर, एजुकेशन इन एंशियंट इण्डिया (इसका प्राचीन भारती शिक्षणपद्धति नाम से हिन्दी अनुवाद छप चुका है।

बिगड़ गयी। अतः इन्हें कोई गम्भीर शिक्षा देना असंभव हो गया। फिर भी, सुसंस्कृत परिवारों में कन्याओं को उच्च शिक्षा के लिये विशेष शिक्षक रखे जाते थे, कुछ कन्यायें बाद में कवयित्री और लेखिका भी बनती थीं।

3. तकनीकी और प्राथमिक शिक्षा

तकनीकी शिक्षा प्रायः परिवार में ही दी जाती थी, क्योंकि अधिकांश पेशे अनुवंशिक हो गये थे। जब यह संभव नहीं होता तो तरुण विद्यार्थी कुछ निश्चित वर्षों की शर्तबन्दी के साथ शिल्प की शिक्षा देने वाले गुरुओं के पास शिशु बन कर रहते थे। इस काल के प्रारम्भिक भाग में वे शिष्य को निःशुल्क सिखाया करते थे किन्तु उत्तरार्द्ध में शिक्षण देने के कष्ट के प्रतिफल के रूप में इन्हें अपने गुरुओं के कारखानों में मुफ्त काम करना पड़ता था।[1]

प्राथमिक शिक्षा के संबन्ध में हमारे पास बहुत जानकारी नहीं है। इस इस युग में उपनयन और वैदिक अध्ययन का तात्पर्य पढ़ने-लिखने की योग्यता ही था। यह ब्राह्मणों के लिये आवश्यक था, अतः उनमें साक्षरता अवश्यमेव बहुत अधिक रही होगी। क्षत्रियों और वैश्यों में उपनयन क्रमिक लोप से उनमें निरक्षरता बढ़ने लगी। फिर भी हम यह कल्पना कर सकते हैं कि इस युग में द्विजों का 60% हिस्सा पढ़-लिख सकता था। अधिकांश शूद्र और अस्पृश्य निरक्षर थे।

प्राथमिक शिक्षा पांच वर्ष की आयु में प्रारम्भ होती थी और दारकाचार्य कहलाने वाले शिक्षक इसे प्रदान करते थे। प्रायः जो अध्यापक वैदिक मन्त्र पढ़ाते थे वे ही विद्यार्थियों को पढ़ना-लिखना और हिसाब भी सिखाते थे। कई गांवों में लिपिशालायें या प्राथमिक पाठशालायें थीं। धनी परिवारों के बच्चे तख्तियों पर किसी रंग से लिखा करते थे, निर्धन पाठशालाओं में रेत या बारीक मिट्टी से दबी ज़मीन पर उंगली से अक्षर लिखते थे। प्राथमिक पाठशालाओं के पाठ्यक्रम में मुख्य रूप से पढ़ना, लिखना और गणित सम्मिलित रहता था।

---

1. नारद, अध्याय 5, 16-21

बड़ी पाठशालाओं में विद्यार्थियों को संस्कृत व्याकरण की पहली पोथियां रटने के लिये प्रोत्साहित किया जाता था ।

2. संस्कृत साहित्य

आइये, अब हम इस युग के वाङमय का एक सर्वेक्षण करें। यह सिद्धान्त अब पूर्ण रूप से खण्डित हो चुका है कि अशोकोत्तर तथा प्राग् युग में संस्कृत भाषा को विराम दिया जा चुका था। बौद्धों और जैनों के आरम्भिक ग्रन्थ पालि और प्राकृतों में लिखे गये, किन्तु अन्ततोगत्वा लोकभाषाओं के प्रति उनकी आस्था मन्द हो गयी। शब्दकोश की सम्पन्नता, रूप की सुसंहति और मुहावरों की अभिव्यंजकता में संस्कृत पालि-प्राकृतों की अपेक्षा निश्चित रूप से बढ़कर थी। जब प्राकृतें विकसित होकर एक दूसरे से अधिकाधिक विभिन्न होने लगीं तो संस्कृत ने स्वाभाविक रूप से राष्ट्रभाषा की प्रतिष्ठा प्राप्त की और हम यह देखते हैं कि महायानी बौद्धों ने गुप्त साम्राज्य के उत्थान से एक शती से भी पहले अपने पवित्र धर्मग्रन्थों की भाषा के लिए संस्कृत को स्वीकार कर लिया था।[1] दूसरी शती में भी संस्कृत का आकर्षण इतना प्रबल हो गया था कि रुद्रदामा प्रथम जैसा विदेशी शासक अपना खाली समय इसके अभ्यास में बिताता था। यदि हम इसके राज-कवि पर विश्वास करें तो उसने इस भाषा में अनेक उत्तम और ललित पद्यों की भी रचना की थी।

फिर भी, इसमें कोई सन्देह नहीं कि गुप्त साम्राज्य के अभ्युदय के साथ संस्कृत की उन्नति को अधिक वेग मिला। सातवाहन राजा हिन्दू धर्म के कट्टर

1. परिपक्व काव्य शैली में बुद्ध के पूर्वजन्मों की घटनाओं का वर्णन करने वाली आर्यशूर की जातकमाला प्राग्गुप्त रचना है। संस्कृत में बुद्ध के जीवन का प्रतिपादन करने वाला **ललितविस्तर** इससे और भी पुराना ग्रन्थ है। ये दोनों पुस्तकें यह प्रदर्शित करती हैं कि बौद्ध लोग पालि की अपेक्षा संस्कृत को पहली या दूसरी शती में उन ग्रन्थों के लिए भी पसन्द करने लगे जो साधारण जनता के लिये अभिप्रेत थे।

अनुयायी भी थे और सम्भवतः वे ब्राह्मण भी थे। किन्तु अपनी राजसभा की भाषा के रूप में वे प्राकृत को संरक्षण दिया करते थे।[1] इक्ष्वाकुओं, आरम्भिक पल्लवों तथा दक्षिण में सातवाहनों के अव्यवहित उत्तराधिकारी वाकाटकों के साथ भी यही दशा रही। यद्यपि गुप्त वैश्य थे, किन्तु वे संस्कृत के इतने उत्साही प्रशंसक थे कि उनके सम्बन्ध में यह कहा जाता है कि उन्होंने अपने अन्तःपुर में भी इसके व्यवहार का विधान किया था।[2] निःसन्देह, इस प्रोत्साहन का परिणाम संस्कृत वाङ्मय के महान् और सर्वांगीण विकास में प्रस्फुटित हुआ।

जैसा कि पहले कहा जा चुका है, ईसा की दूसरी शती में भी काव्य (दरबारी कविता) काफी लोकप्रिय था। इसका विकास इस बात का सूचक है कि इससे पहले नाट्यकला और अलंकार-शास्त्र पर पर्याप्त ग्रंथ रहे होंगे। इससे पहले युग में रचे गये भरत के नाट्यशास्त्र ने हमारे काल के नाटककारों का पथप्रदर्शन जारी रखा; इस विषय पर कोई नया ग्रंथ नहीं लिखा गया। 200 ई० से 400 ई० के बीच में होने वाले रामशर्मा मेधावी और राजमित्र ने अलंकार शास्त्र के विकास में महत्त्वपूर्ण योगदान किये, किन्तु उनके ग्रन्थ सुरक्षित नहीं रहे। इस शास्त्र के आद्यतम विद्यमान ग्रन्थों की रचना इस काल के अन्तिम भाग में भामह, रुद्रट और दण्डी ने की।[3] फिर भी यह शास्त्र अपनी शैशवावस्था में था, इसका विषय केवल अलंकार थे, काव्य के

---

1. सातवाहन राजा हाल प्राकृत में शृंगार संबन्धी पद्यों के एक संग्रह **गाथा सप्तशती** का प्रसिद्ध संकलनकर्त्ता हैं, फिर भी यह संभव है कि इस ग्रन्थ को वर्तमान आकार में हमारे काल में ही विस्तृत किया गया हो। गुणाढ्य की **वृहत्कथा** की रचना भी सातवाहन दरबार में हुई थी।
2. **काव्य मीमांसा, पृ** 50
3. दे-**संस्कृत पोइटिक्स** 2, 40 तथा आगे एक अन्य मत के अनुसार भामह दण्डी का पूर्ववर्त्ती नहीं किन्तु उत्तरवर्त्ती था (कीथ-**हिस्ट्री आफ् संस्कृत लिटरेचर** पृ० 375) एसी अवस्था में वह हमारे युग में नहीं पड़ेगा।

तत्व के साथ अथवा ध्वनि या इसके सम्बद्ध वह आधारभूत समस्यायें अभी इस शास्त्र का ध्यान अपनी ओर नहीं खींच सकी थीं।

1. इस युग के लेखक : भास

संस्कृत लेखकों का तिथिक्रम अभी तक पर्याप्त मात्रा में अनिश्चित है, किन्तु यह निश्चित-सा प्रतीत होता है कि भास, शूद्रक, कालिदास, विशाखदत्त और भारवि आलोच्य काल में हुए। इस युग के अभिलेख कुछ अन्य कवियों के नाम भी प्रकट करते हैं, बाद में इनका निर्देश किया जायगा। यह बड़ी विचित्र बात है कि विद्वानों में इस पर उग्र मतभेद है कि क्या हम ने वास्तव में उस भास कवि के नाटकों को खोज़ लिया है जिसकी कालिदास और बाण ने इतनी अधिक प्रशंसा की है। एक पक्ष की मान्यता है कि त्रिवेन्द्रम वाले तेरह नाटक वास्तव में भास के नहीं अपितु किसी दूसरे दर्जे के नाटककार के हैं। यह पक्ष यह निर्देश करता है कि इनमें से किसी नाटक में भास को उसका लेखक नहीं बताया गया, मध्यकालीन पद्यसंग्रहों में जिन श्लोकों को भास की रचना कहा गया है वे इन नाटकों में नहीं पाये जाते। विरोधी पक्ष इस परिणाम में सन्देह प्रकट करता है, उसका मुख्य आधार यह है कि त्रिवेन्द्रम्-नाटकों के **स्वप्नवासवदत्ता** में वे अधिकांश विशेषतायें पायी जाती हैं, जिनका प्राचीन आलोचकों और कवियों ने भास के इस नाम के नाटक के बारे में उल्लेख किया है, और क्योंकि तेरह त्रिवेन्द्रम नाटकों की भाषा तथा नाटकीय पद्धति में इतना विलक्षण साम्य है कि इन सबका लेखक भास ही होना चाहिये। यह मत सत्य के अधिक निकट प्रतीत होता है।[1]

---

1. भास के नाटकों की प्रामाणिकता के पक्ष की युक्तियों के देखिये टी० गणपति शास्त्री **भासाज़ वर्क्स, ए क्रिटिकल स्टडी**; कीथ, **संस्कृत ड्रामा**; पुसल कर, **भास ए स्टडी**। विरोधी मत के लिये देखिये बार्नेट ज० रा० ए० सो० 1919, पृ० 233-34, लेवी...काणे-**विविधज्ञानविस्तार**, 1920 पृ० 97-102 और पिशरोटी इं० हि० क्वार्ट० v, 552-558।

भास का समय कालिदास से लगभग एक शती पहले जान पड़ता है, अतः उसका समय लगभग 300 ई० माना जा सकता है। अब तक उसके तेरह नाटक प्रकाश में आये हैं और वे हैं **मध्यमव्यायोग, दूतघटोत्कच, कर्णभार, ऊरुभंग, पंचरात्र, दूतवाक्य, बालचरित, प्रतिमा, अभिषेक, अविमारक, प्रतिज्ञा-यौगन्धरायण, स्वप्नवासवदत्ता** और **चारुदत्त**। इनमें से अधिकांश नाटकों के विषय रामायण-महाभारत से लिये गये हैं किन्तु भास ने इन्हें नाटकीय बनाने में पर्याप्त कौशल प्रदर्शित किया है। पात्रचित्रण बड़ा प्रभावजनक है और भाषा शैली सरस और सरल है।

2. **कालिदास**

संस्कृत साहित्य के सर्वाधिक प्रसिद्ध और प्रतिभावान् कवि कालिदास के संबन्ध में अधिकतम संभावना यह है कि वह चन्द्रगुप्त द्वितीय का समकालीन था और लग० 360 और 420 ई० के बीच में रहा होगा। दुर्भाग्यवश आधुनिक अनुसंधान अंतिम रूप से उसकी तिथि का निश्चय करने में सफल नहीं हो पाया है। एक पक्ष की धारणा है कि वह ई० पू० पहली शती में हुआ; दूसरे पक्ष की मान्यता है कि वह गुप्त युग में हुआ। पहला पक्ष इस बात का निर्देश करता है कि अनुश्रुति कवि को विक्रम का समकालीन प्रतिपादित करती है, कवि ने शुंगकाल के संबन्ध में इतना सूक्ष्म ब्यौरा दिया है जो एक समकालीन के लिये ही संभव है। किन्तु कालिदास का संरक्षक विक्रम चन्द्रगुप्त द्वितीय विक्रमादित्य भी हो सकता है और पिछले काल का भी एक कवि ऐसे ज्ञात स्रोतों से—जो अब हमें सुलभ नहीं रहे—पुराने ज़माने का सूक्ष्म ब्यौरा दे सकता है। पहले पक्ष के पोषक अश्वघोष और कालिदास के कुछ पद्यों के सर्वस्वीकृत सादृश्य पर विशेष बल देते हैं और कहते हैं कि यदि हम कालिदास को गुप्तयुग में रखते हैं तो हमें यह कल्पना करनी पड़ेगी कि संस्कृत के सबसे बड़े कवि ने अपने कुछ विचार बौद्ध लेखक से ग्रहण किये हैं। यह युक्ति भी बहुत निर्णायक नहीं हैं, सब देशों के अन्य महाकवियों की भांति कालिदास ने कुछ विचार अपने पूर्ववर्त्तियों से ग्रहण किये होंगे। फिर भी, लगभग प्रत्येक उदाहरण में कालिदास ने मूलभाव को अधिक उत्कृष्ट बना दिया है।

साहित्यिक अनुश्रुति कहती है कि कालिदास ने राजा प्रवरसेन के **सेतुबन्ध** काव्य का संशोधन किया था। हम पहले यह प्रदर्शित कर चुके हैं कि **सेतुबन्ध** का लेखक वाकाटक राजा प्रवरसेन द्वितीय के अतिरिक्त कोई नहीं है (प्राक् पृ० 111); यह बहुत संभव है कि कालिदास कुछ समय के लिये उसका अध्यापक रह चुका था, वाकाटकों द्वारा रामगिरि के रामगिरि स्वामी की बड़ी पूजा होती थी और यह सर्वथा सभव है कि राजपरिवार के साथ इस स्थान की यात्रा में कालिदास को यह विचार सूझा कि वह इस पर्वत को अपने मेघदूत के नायक के निर्वासन का स्थान बनाये। किन्तु फिर भी यह स्वीकार कर लेना चाहिये कि कालिदास को गुप्तयुग में रखने के लिये हमारे पास अब तक कोई निर्णायक, प्रत्यक्ष और निश्चित साक्षी नहीं है। किन्तु प्रमाणों का संतुलन यह सूचित करता है कि चौथी शती का अन्त इस कवि का संभाव्यतम काल है।

कालिदास के मुख्य ग्रन्थ **ऋतुसंहार, मालविकाग्निमित्र, कुमारसंभव, मेघदूत, शकुन्तला** और **रघुवंश** है, और ये संभवतः उक्तक्रम से ही रचे गये थे। **कुन्तलेश्वरदौत्य** भी जो संभवत: एक नाटक था—कालिदास का कहा जाता है, किन्तु यह अब तक प्राप्त नहीं हुआ। यह संभव है कि उसने प्रवरसेन के **सेतुबन्ध** का संशोधन किया हो। प्रायः सर्वसम्मति से कालिदास संस्कृत साहित्य में सर्वश्रेष्ठ कवि समझा गया है वह इस प्रतिष्ठा का अधिकारी भी है। उसकी कविता की विशेषता लालित्य, प्रसाद और रस है। वह अद्भुत अलंकारों से भूषित है। अपनी उपमाओं के लिये उसकी ख्याति उचित भी है। ये हमें अपने सौन्दर्य, उपयुक्तता और विभिन्नता से प्रभावित करती हैं। पात्र-चित्रण में बहुत कम कवि उसकी समानता कर सकते हैं। श्रृंगार और करुणरस की भावनाओं का चित्रण करने में वह अद्वितीय है। उसका प्रकृति, प्रेम-वर्णन करने की उसकी शक्ति की भांति अद्वितीय है। कालिदास की रचनायें अपने कलापूर्ण सौन्दर्य और कवितामय प्रभाव के लिये ही उल्लेखनीय नहीं है किन्तु वे उन आदर्शों के लिये भी तुल्यरूप से महत्वपूर्ण हैं जो वे समाज के सम्मुख प्रस्तुत करती हैं। उनका अध्ययन करने से पाठक समाज के विविध वर्गों तथा आश्रमों के व्यक्तियों के कर्त्तव्यों और जिम्मेवारियों के संबन्ध में हिन्दू आदर्शों को जान लेता है। उसकी

रचनायें सुन्दर भाषा में ग्रथित, हितकर उपदेश देने वाली ऐसी सारगर्भ सूक्तियों से भरी पड़ी हैं जिनसे जीवन के सब क्षेत्रों के व्यक्ति अनन्त लाभ उठा सकते हैं।

3. अन्य कवि

एसा प्रतीत होता है कि **मृच्छकटिक** का प्रणेता शूद्रक भी ईसा की चौथी शती में हुआ। नाटक के कथानुसार इसका प्रणेता एक राजा था, किन्तु अब तक इस असाधारण नामवाला कोई राजा ज्ञात नहीं हो पाया है। **मृच्छकटिक** संस्कृत साहित्य का एक अत्यन्त मनोरंजक नाटक है, भास के **चारुदत्त** के साथ इसके संबन्ध ने कई समस्यायें और विवाद खड़े कर दिये हैं, इनका अब तक संतोषजनक रूप से हल नहीं हुआ।

विशाखदत्त के संबन्ध में अधिकतम संभावना यह है कि वह भी चौथी शती में हुआ। किन्तु कुछ विद्वान् उसे कई शती बाद का बताते हैं।[1] उसके नाटक **मुद्राराक्षस** में उस क्रान्ति का नाटकीय वर्णन है जिससे चन्द्रगुप्त मौर्य मगध की गद्दी पर बैठा था। इन लेखक ने **देवीचन्द्रगुप्तम्** नामक एक अन्य राजनैतिक नाटक भी लिखा था। इसमें यह वर्णन है कि राजकुमार चन्द्रगुप्त ने किस प्रकार अपनी भाभी के वेष में शक राजा का वध किया और अन्त में गुत राजवंश की गद्दी पर अधिकार किया। पूरा नाटक अब तक नहीं मिला। नाट्यकला और अलंकार शास्त्र के पिछले ग्रन्थों में सुरक्षित कुछ उदाहरणों से हम इसके विषयों का अपूर्ण ज्ञान ही प्राप्त कर सकते हैं।

किरातार्जुनीय का प्रणेता भारवि छठी शती के मध्य में हुआ। सामान्य रूप से **भट्टिकाव्य** के नाम से प्रसिद्ध **रावणवध** के प्रणेता भट्टि का भी यही काल है। इसमें राम के जीवन का वर्णन करते हुए व्याकरण के नियमों का प्रतिपादन है। कुछ विद्वान् **शतकत्रय** के प्रसिद्ध लेखक भर्तृहरि और भट्टि को एक मानते हैं। यह अभी तक विवादास्पद प्रश्न है कि **वाक्यपदीय** के रचियता वैयाकरण

1. कीथ संस्कृत ड्रामा, पृ० 204

2. जर्नल एशितीक, 1923 पृ० 203 दे० प्राक् पृ० 163-64

भर्तृहरि को क्या भट्टिकाव्य और शतकत्रय के प्रणेता या प्रणेताओं से अभिन्न माना जाय।[1] हमारे काल के अन्य लेखक मातृगुप्त और भर्तृमेण्ठ हैं, किन्तु इनके ग्रन्थ सुरक्षित नहीं रहे। भर्तृमेण्ठ हयग्रीववध का प्रणेता था। अनुश्रुति है कि कश्मीर के कवि राजा मातृगुप्त ने इसे इतना अधिक पसन्द किया था कि उसने काव्य के नीचे रखवाने के लिये एक सोने की तश्तरी भेजी ताकि कहीं ऐसा न हो कि इसका रस खाली जमीन पर टपके। कालिदास के युग के लोकप्रिय नाटककार-सौमिल्ल और कुलपुत्र जो आज केवल नाम शेष रह गये हैं, संभवतः तीसरी शती ई० में हुए।

इस काल के कुछ अभिलेखों में परिपक्व कविता (काव्य) के सुन्दर नमूने सुरक्षित हैं। उनके लेखकों के संबन्ध में कुछ शब्द कहना आवश्यक है। निःसन्देह इनका सिरमौर हरिषेण है। यह समुद्रगुप्त का सेनापति और विदेशमंत्री था। प्रयाग में अशोकस्तम्भ पर उत्कीर्ण उसकी प्रशस्ति निःसंशय बड़ी गुणवाली कविता है। इसका कुछ भाग गद्य में और कुछ पद्य में होने से, यह चम्पू नामक काव्य भेद से संबन्ध रखती है। इसमें लेखक ने वैदर्भी (सरल) और गौडी (अलंकारमय) शैलियों पर अपना प्रभुत्व प्रदर्शित किया है, पहली का प्रयोग रचना के छन्दोमय तथा दूसरी का व्यवहार गद्यात्मक भाग के लिये हुआ है। शब्दों का चुनाव विवेक से किया है, अलंकार सुन्दर हैं। राजपदाभिलाषी राजकुमारों में से पिता के उत्तराधिकारी के रूप में समुद्रगुप्त के वरण जैसी नाजुक स्थिति का एक प्रभावोत्पादक तथा सुस्पष्ट शब्दचित्र उपस्थित करने की कवि की शक्ति वास्तव में आश्चर्यजनक है।

यशोवर्मा (लग० 540 ई०) की प्रशस्ति का प्रणेता वसुल भी ऐसा ही योग्य कवि था, यद्यपि उसकी एक छोटी कविता ही हमारे लिये अवशिष्ट है। मौखरि राजा की हरहा प्रशस्ति का लेखक रविशान्ति उसका लहुरा समकालीन था। कुमारगुप्त और बन्धुवर्मा की मन्दसोर प्रशस्ति का रचियता वत्सभट्टि-

1. कीथ-हिस्ट्री आफ् संस्कृत लिटरेचर पृ० 116, 176

2. राजतरंगिणी 2, 125, 260

ऊँचे दर्जे का कवि नहीं था, किन्तु हमें उसकी साफ-सुथरी कविता के लिये उसका कृतज्ञ होना चाहिये, यह हमें ऐसी मूल्यवान् सामग्री प्रदान करता है जिससे यह प्रकट होता हैं कि कालिदास लग० 475 ई० के बाद का नहीं हो सकता। तलगुण्ड **प्रशस्ति** का प्रणेता कुब्ज संस्कृत के जटिल छन्दों पर असाधारण अधिकार प्रदर्शित करता है। चन्द्रगुप्त द्वितीय के दरबार में शाब नामक एक अन्य कवि भी था, किन्तु उसका कोई ग्रन्थ नहीं मिला।

बड़े खेद का विषय है कि उपर्युक्त कवि अपने संरक्षकों तथा उनके पूर्वजों के विस्तृत और क्रमबद्ध इतिहास लिखने में अपने को लगाने की बजाय केवल लघु प्रशस्तियां लिखकर ही सन्तुष्ट हो गये[1]। निःसन्देह, गुप्तयुग प्राचीन भारतीय इतिहास का स्वर्ण युग है और यह बड़े दुःख की बात है कि हमारे पास इस युग की अवातियों का किसी तत्कालीन ऐतिहासिक द्वारा लिखा पर्याप्त और व्यापक विवरण नहीं है। इस युग में भारत में इतिहास पर कोई ग्रन्थ नहीं लिखा गया। किन्तु लंका में **दीपवंश** और **महावंश** लिखे गये। ये इस द्वीप के इतिहास पर और प्रासंगिक रूप से भारत के इतिहास की कुछ घटनाओं पर पर्याप्त प्रकाश डालते हैं।

4. कथा आख्यायिका

इतिहास से कथा की ओर मुड़ें तो हमें यह उल्लेख करना पड़ता है कि विष्णुशर्मा ने **पंचतन्त्र** की गुप्तयुग में किसी समय रचना की। इस ग्रन्थ का लोकप्रिय होना उचित ही है; यह अपनी चित्ताकर्षक कथाओं का सरल किन्तु मधुर शैली में वर्णन करता है और सांसारिक बुद्धिमत्ता तथा हितकर शिक्षाओं से परिपूर्ण है। विश्व के वाङ्मय में इस ग्रन्थ का महत्वपूर्ण स्थान है; विश्व की पचास से अधिक भाषाओं में इसके 200 के लगभग अनुवादों का पता लगा है, इनमें तीन चौथाई भारतीय भाषाओं से भिन्न भाषाओं में हैं। 570 ई० से पूर्व इसका पहलवी अनुवाद हुआ, ग्यारहवीं शती से पहले यह योरोप पहुंचा,

---

1. यह असंभव नहीं कि इनमें से कुछ कवियों ने ऐतिहासिक कवितायें लिखी हों, पर वे हमारे युगों तक बची नहीं; किन्तु यह बहुत दूर की संभावना है।

सोलहवीं शती के समाप्त होने से पूर्व ही यूनानी, लैटिन, स्पेनिश, इटालियन, जर्मन, इंगलिश और पुरानी स्वाल भाषाओं में इसके अनुवाद हो चुके थे।

5. शास्त्रीय साहित्य

यद्यपि इस युग में संस्कृत साहित्य की खूब उन्नति हुई, तथापि संस्कृत व्याकरण के ग्रन्थों की दृष्टि से यह काल निराशाजनक था। निःसन्देह इसका कारण पाणिनि, कात्यायन और पतंजलि के ग्रन्थों की बड़ी लोकप्रियता थी। इनके रहते किसी नये ग्रन्थ का जनता द्वारा स्वीकार किया जाना यदि बिलकुल असंभव नहीं तो अत्यन्त कठिन अवश्य था। फिर भी बंगाल के चन्द्रगोमिन् नामक बौद्ध विद्वान् अपने नाम पर **चन्द्रव्याकरण** कहे जाने वाले व्याकरण के एक ग्रन्थ की रचना की। इसके एक तिब्बती अनुवाद से इसका पुनरुद्धार हुआ है। ऐसा प्रतीत होता है कि यह पुस्तक बौद्धों में लोकप्रिय हुई। इसमें पाणिनि के वैदिक स्वर और व्याकरण के नियम छोड़ दिये गये हैं। उसके कुछ सूत्रों को नया रूप दिया गया है और कुछ नये सूत्र बढ़ाये गये हैं। यह लेखक छठीं शती के पूर्वार्ध में हुआ। संस्कृत के सब से अधिक लोकप्रिय कोश **अमरकोश** का प्रणेता अमरसिंह लगभग इसी समय हुआ। यह बौद्ध था, फिर भी हिन्दुओं में इसका ग्रन्थ अत्यधिक लोकप्रिय हुआ। छंद शास्त्र में **श्रुतबोध** का लेखक कालिदास को बताया जाता है, किन्तु यह बहुत संदिग्ध है। **बृहत्संहिता** के एक प्रकरण में वराहमिहिर ने भी छंदों का वर्णन किया है। **अग्निपुराण** का छंदों का प्रतिपादन करने वाला भाग संभवतः हमारे युग से संबन्ध रखता है। यही बात **विष्णुधर्मोत्तर पुराण** के उस अंश की है जिसमें चित्रकला का वर्णन है और जहाँ भित्तिचित्रों की सतह तैयार करने और उनमें विभिन्न रंगों के प्रयोगों के संबन्ध में विस्तृत हिदायतें दी गयी हैं।

6. धार्मिक और दार्शनिक साहित्य

अब हम धार्मिक और दार्शनिक साहित्य के संक्षिप्त सिंहावलोकन में प्रवृत्त होते हैं। भारत में पुराणों की सत्ता पिछले वैदिक युग से चली आ रही थी।

वे सृष्टि-प्रलय संबन्धी सिद्धान्तों और महत्वपूर्ण राजवंशों के इतिहास का वर्णन तथा प्रसिद्ध ऋषियों की जीवनियों तथा कार्यों का प्रतिपादन किया करते थे। गुप्तयुग के प्रारम्भ में पुराणों के रक्षणकर्ताओं ने लग० 350 ई० तक कलियुग के राजवंशों का समावेश कर उन्हें पूर्ण अद्यतन बना दिया। उन्होंने शिव और विष्णु की महिमा के कुछ अध्याय जोड़े और इस प्रकार भक्ति सम्प्रदाय को लोकप्रिय बनाने में सहायता की। यह बात हम पहले दिखा चुके हैं कि प्रमाणों व्रतों का विधान करने वाले अध्याय हमारे समय में नहीं जोड़े गये थे (प्राक् 397)

याज्ञवल्क्य, नारद, कात्यायन और बृहस्पति स्मृतियों के संबन्ध में अधिकतम संभावना यही है कि वे इसी काल से संबद्ध हैं। संभवतः **याज्ञवल्क्य स्मृति** इस कोटि के ग्रन्थों में सबसे व्यवस्थित और संतुलन ग्रन्थ है क्योंकि इसमें **आचार** (कर्मकाण्ड) **व्यवहार** (दीवानी क़ानून) और **प्रायश्चित्त** पर तुल्य ध्यान दिया गया है।[1] दीवानी क़ानून और क़ानून पद्धति हमारे ज़माने में तेजी से विकसित हो रही थी। नारद, कात्यायन और बृहस्पति के ग्रन्थ पूर्णरूप से इन्हीं का विचार करते हैं। अर्थशास्त्र के क्षेत्र में यह संभव है कि **कामन्दकीयनीतिसार** इसी युग में लिखा गया, संभवतः इसका लेखक गुप्तराजाओं का एक मंत्री था। फिर भी यह अधिकांश रूप में कौटिल्य के पुराने ग्रन्थ का संक्षेप था।

दार्शनिक ग्रन्थों के मुख्य लेखकों का उन्नीसवें अध्याय में वर्णन किया जा चुका है, वहां हिन्दू, बौद्ध और जैन अध्यात्म व तर्कशास्त्रों में उनके दत्तांशों का विचार किया जा चुका है। अतः यहां उनके पुनर्विचार की आवश्यकता नहीं है।

7. द्राविड़ साहित्य

आइये, अब हम द्राविड साहित्य की ओर मुड़ें। इसमें तमिऴ का ही साहित्य हमारे युग तक पहुँचता है। जैसा कि आशा की जा सकती है इसका

---

1. गायकवाड़ ओरियण्टल सीरीज़ (खण्ड 85) में प्रकाशित पुनर्निर्माण की हुई बृहस्पति स्मृति के भी ये तीनों विषय अंग हैं किन्तु यह संदेहास्पद है कि इन तीनों अंशों का लेखक एक ही व्यक्ति को बताया जा सकता है।

अधिकांश भाग पद्य में है, गद्य बिल्कुल अज्ञात है। छंदों की विशेषता यह है कि उनके रूपों में बड़ी सरलता है, न तो एक श्लोक की पंक्तियों की संख्या और न ही एक पंक्ति में पादों की संख्या अनुलंघनीय रूप से निश्चित है। संस्कृत कविता के जटिल छन्द उस समय तक लोकप्रिय नहीं हुए थे। सामान्य रूप से लय अच्छी है और अभिव्यक्ति सुसंयत और सुव्यक्त। कविता के मुख्य विषय प्रेम और युद्ध हैं। कवितायें साहित्यिक रूढ़ियों की चट्टानों से विलक्षण रूप से मुक्त हैं और ऐसी सरल यथार्थता से परिपूर्ण हैं जो कुछ सुस्पष्ट रेखाओं और शब्दों के दुर्लभ मित व्यक्ति से नगर और देहात के, दुकानों और खेतों के, मन्दिर और प्रासादों के दैनिक जीवन के तथा ब्राह्मण, गुहों तथा मछुओं की झोपड़ियों के अनेक दृश्यों का स्मरण कराने में सफल होती है। संगम युग का तामिल साहित्य इस सार्वभौम यथार्थता के लिये, संस्कृति साहित्य अनेक भाषाओं में भारत के साहित्य की समूची श्रेणी में एक अद्वितीय स्थान रखता है, किन्तु प्राचीन शब्दावली की कठिनाई के कारण तामिल लोग भी—जैसा कि एक व्यक्ति आशा रखता है—इसके सौन्दर्य से परिचित नहीं हैं।

रामायण और **महाभारत** का तामिल में अनुवाद करने का प्रथम प्रयत्न संभवतः इसी युग में हुआ; किन्तु फिर भी यह अवश्य स्वीकार करना चाहिये कि ये आरम्भिक अनुवाद वर्तमान काल तक सुरक्षित नहीं रहे।[1]

3. विज्ञान

अब हम इस युग में विज्ञानों की अवस्था और प्रगति का विचार करेंगे और ऐसा करते हुए हम इस क्षेत्र के महत्वपूर्ण लेखकों तथा उनके ग्रन्थों का भी निर्देश करेंगे। इस संबन्ध में मुख्य रूप से गणित, ज्योतिष, वैद्यक, रसायन, भौतिकी तथा धातु विज्ञान का विचार होगा।

(क) गणित

दुर्भाग्यवश इन विषयों पर पाठ्यपुस्तक अथवा क्रमवद्ध विस्तृत ग्रन्थ

---

1. तामिल साहित्य के सम्बन्ध में ऊपर दिये गये परिचय के लिये प्रोफेसर नीलकण्ठ शास्त्री का अनुगृहीत हूं—अ० स० अल्ते०

कहलाने योग्य कोई ग्रन्थ शेष नहीं है। कुछ पुस्तकें ही बची हैं। किन्तु वे प्रायः उच्च कक्षाओं को व्याख्यान देने वाले अध्यापक द्वारा कक्षा के लिये लिखी गयी संक्षिप्त टिप्पणियों जैसी ही हैं। अतः हमें विभिन्न विज्ञानों की दशा और प्रगति के सम्बन्ध में इन ग्रन्थों से अपने अनुमान लगाने पड़ते हैं। इसका एक उदाहरण यह है कि आर्यभट्टीयम् में वृत्तों और त्रिभुजों की कुछ महत्त्वपूर्ण विशेषताओं का संकेत है; अतः हमें यह परिणाम निकालना पड़ता है कि यूक्लिड की पहली चार पुस्तकों में समाविष्ट साध्य इस समय तक निकाल लिये गये थे। किन्तु अब कोई ऐसा ग्रंथ नहीं बचा है जो व्यवस्थित ढंग से सारी ज्यामिति का प्रतिपादन करता हो।

गणित में हमारे काल की सबसे युगप्रवर्तक अवाप्ति अंकलेखन में दशमलव-पद्धति की खोज थी, जो अब सारी दुनियां में यह स्वीकृत हो चुकी है और सर्वत्र इसका प्रयोग होता है। यह पहली नौ संख्याओं तथा शून्य के सिद्धान्त पर आधारित है। इस अंक-लेखन-पद्धति ने अंकशास्त्रीय गणनाओं और पद्धतियों को अत्यन्त सरल बना दिया और अब हम बड़ी कठिनता से यह कल्पना कर सकते हैं कि कभी ऐसा भी समय था जब सारी दुनियां में हमारे पूर्वज एक हज़ार एक सौ ग्यारह को 1,111 के रूप में नहीं किन्तु चार पृथक् और विभिन्न चिन्हों से प्रकट करते थे, इनमें अन्तिम एक का, तीसरा दस का, दूसरा सौ का और पहला एक हजार का वाचक होता था। दस, बीस, तीस, चालीस आदि के तथा सौ, हज़ार आदि के चिन्ह पृथक् और विभिन्न थे। बड़ी संख्याओं को प्रकट करने की यह पद्धति बड़ी बोझिल थी, किन्तु योरोप भी बारहवीं शती तक इसका अनुसरण कर रहा था, इस समय उसने अरबों से अंक-लेखन की दशमलव पद्धति सीखी। इब्नवशिया (9वीं शती) अल्मसूदी (दसवीं शती) और अल्बेरुनी (ग्यारहवीं शती) जैसे अरब लेखक नई पद्धति के आविष्कार का श्रेय हिन्दुओं को देते हैं।[1] अतः यह स्पष्ट है कि इस बात में सन्देह करने

---

1. बुलेटिन आफ् दी कलकत्ता मैथेमैटिकल सोसायटी xxiv, 194 में बी० बी० दत्त का लेख देखिये।

का कोई कारण नहीं है कि इस पद्धति के आविष्कर्ता कौन थे। काये का यह मत कि इस अंक-लेखन के आविष्कारक हिन्दू नहीं थे—सर्वथा अमान्य है।

हिन्दू गणितज्ञों ने यह युग-प्रवर्तक आविष्कार कब किया, इसका ठीक समय ज्ञात नहीं है। आविष्कर्ता का नाम भी सुरक्षित नहीं रहा। वराहमिहिर (550 ई०) ने अंकलेखन की नई पद्धति का अनुसरण किया है,[1] आर्यभट्ट (499 ई०) ने **आर्यभट्टीयम्** (ii, 2) में इसका संकेत किया है।[2] उसने ii, 4 और 5 में वर्गमूल और घनमूल निकालने की जिस विधि का निर्देश किया है, वह आज भी भारत में प्रचलित है, इसमें अंकों का दशमलव स्थान मूल्य पहले से ही स्पष्ट रूप से माना रहता है। अतः यह स्पष्ट है कि पांचवी शती के गणितज्ञों में अंकलेखन की नई दशमलव पद्धति अच्छी तरह मान्य हो चुकी थी और इसलिये हम इसकी खोज कम से कम एक या दो शती पहले की मान सकते हैं।[3]

यद्यपि गणितज्ञ अंकलेखन की नई पद्धति का पांचवीं शती से व्यवहार करने लगे, तथापि सारे समाज द्वारा इसे स्वीकार करने में कई शतियां लगीं।

---

1. वराहमिहिर 584 को वेद (=4), अष्ट (=8) और भूत (=5) के रूप में प्रकट करता है (**पंच सिद्धान्तिका** xviii : 1)। इसमें संदेह नहीं कि वर्णित अंकों को दांयी ओर से लिखा जाता था, 427 को **सप्ताश्विवेदसंख्यम्** के रूप में प्रकट किया गया है (वही, i, 8), **सप्त अश्वि** और **वेद** क्रमशः 7, 2 और 4 के लिये हैं।
2. **एकं दशं च शतं च सहस्रमयुते तथा प्रयुतम्।**
   कोट्यबदं च वृन्दं स्थानात्स्थानं दशगुणं स्यात्॥
3. वक्शली गणित (लगभग 300 ई०) दशमलव पद्धति का व्यवहार करती है। किन्तु वर्त्तमान हस्तलिखित प्रति नवीं शती ई० की है, हम इस सम्भावना का तिरस्कार नहीं कर सकते कि प्रतिलिपिकार ने अभ्यन्तर काल में लोकप्रिय हुई नई दशमलव पद्धति का इसमें समावेश कर दिया हो, इसके मूल लेखक ने इसका प्रयोग किया हो या न किया हो।

पहली बार अभिलेखों में इसका प्रयोग 695 ई० के (एपि० इं० ii, 20) संखेद अभिलेख में हुआ है। संभवतः साधारण जनता ने चिरकाल तक अंकलेखन की इस पद्धति को तिर्यक् दृष्टि से देखा जिसमें वही अंक-उदा०-सात अपने स्थान के अनुसार सात, सत्तर, सात सौ और सात हज़ार आदि का वाचक था। वे सभवतः पुरानी पद्धति को अधिक स्पष्ट करते थे जिसमें 7000, 700,7और 7 के सब चिन्ह पृथक् और स्पष्ट थे।

बक्शाली पोथी[1]—जो दुर्भाग्यवश अधूरी है—एक मात्र ऐसी पुस्तक है जो हमारे काल में गणित की अवस्था का काफी विस्तृत परिचय देती है। यह न केवल भिन्न, वर्गमूल, गाणितिक व ज्यामितिक श्रेणियों जैसे आरम्भिक विषयों का प्रतिपादन करती है किन्तु जटिल श्रेणियों के संकलन, यौगपदिक रेखीय समीकरणों और दूसरी कोटि के अनिश्चित समीकरणों जैसे उच्च विषयों का भी वर्णन करती है। यह इस बात को भी प्रदर्शित करती है कि वर्गेतर संख्या के वर्गमूल निकालने की दिशा में संख्याओं के सिद्धान्त पर कुछ काम किया जा रहा था।

विचार करने योग्य दूसरा ग्रन्थ **आर्यभट्टीयम्** है, यह पाटलिपुत्र में 499 ई० में आर्य भट्ट प्रथम द्वारा लिखा गया। इस महत्त्वपूर्ण ग्रन्थ में गणित के साध्यों का आनुसंगिक रूप से प्रतिपादन हुआ है। धातुक्रिया और मूलक्रिया के अतिरिक्त यह संख्याओं, उनके वर्गों और घनों की समांतार श्रेणी का वर्णन

---

1. यह पोथी खण्डित अवस्था में ही सुरक्षित रही है, इसका अधिकतर भाग नष्ट हो चुका है। 1881 ई० में पेशावर के निकट ज़मीन खोदते हुए एक किसान को यह उपलब्ध हुई थी, काये का यह मत बिल्कुल अमान्य हैं कि बक्शाली पोथी बारहवीं शती की है। यह संस्कृत और प्राकृत की जिस मिश्र बोली में लिखी गयी है, तीसरी शती ई० के बाद उसका प्रचलन बन्द हो गया। विस्तृत वादविवाद के लिए दे० **बुलेटिन आफ् दि कलकत्ता मैथमैटिकल सोसायटी** xxi, 1–60 के—**बक्शाली मैनुस्क्रिप्ट**।

करता है। ज्यामिति के क्षेत्र में यह ग्रन्थ वृत्त के अनेक गुणधर्मों का प्रतिपादन करता है, प्रक्षेपीय ज्यामिति से संबंधित प्रश्नों का विचार करता है, उस समय तक बताये गये π (पाई) के किसी भी मूल्य से अधिक शुद्ध मूल्य देता है। बीजगणित में चार अज्ञात राशियों वाले यौगपदिक समीकरण हल किये गये हैं, पहले दर्जे के अनिर्धारितों का सामान्य उपपत्ति ढूंढने की समस्या के हल का सफलतापूर्वक प्रतिपादन है। इस समय त्रिकोणमिति का भी विकास हो रहा रहा था, यह बात ज्योतिष की समस्यायें हल करने के लिये ज्यापिण्डों के प्रयोग से स्पष्ट है।

यह सर्वसम्मत है कि अंकगणित और बीजगणित में भारतीय अपने समकालीन यूनानी गणितज्ञों से आगे थे, ज्यामिति में हमारे युग में कोई अगली प्रगति नहीं हुई, सम्भवतः इसका कारण यह था कि कर्मकाण्ड या ज्योतिष की आवश्यकताओं ने इसके अध्ययन को प्रोत्साहन नहीं दिया। उदाहरणार्थ **शुल्वसूत्र** के लेखकों ने वृत्त को वर्ग बनाने की जिस समस्या के हल का यत्न किया था, उस समस्या को हमारे युग में नहीं उठाया गया।

(ख) ज्योतिष

अब हम ज्योतिष की दशा और उन्नति पर विचार करेंगे। तीसरी शती के आरम्भ तक **पैतामह सिद्धान्त** का व्यवहार था और इसकी ज्योतिष लगभग वही थी जो **वेदांग ज्योतिष** की थी। यह 366 दिनों का वर्ष मानता था, पांच वर्ष के एक **युग** में दो मलमास जोड़ता था और नक्षत्रों की गणना करता था, राशियों की नहीं।

वशिष्ठ सिद्धान्त (लगभग 300 ई०) ज्योतिष में और अधिक उन्नति को सूचित करता है। राशियां नक्षत्रों का स्थान ले लेती हैं और लग्न (किसी भी समय पूर्वी क्षितिज पर विमार्ग का बिन्दु) का विचार भी प्रतिबिम्बित है। इसका वर्ष 365.2591 दिनों का था और इस प्रकार **पैतामह सिद्धान्त** से अधिक शुद्ध था किन्तु इसे इस बात का ज्ञान न था कि ग्रहण की गणना किस प्रकार की जाती है।

पौलिश सिद्धान्त[1] (लगभग 380 ई०) ज्योतिष में अधिक उन्नति का द्योतक है क्योंकि इसमें चन्द्र और सूर्य-ग्रहणों के गणना का मोटा नियम दिया गया है।

रोमक सिद्धान्त (लग० 400 ई०) विज्ञान की उन्नति की अगली अवस्था को सूचित करता है। जैसा इसके नाम से ज्ञात होता है यह पश्चिम से भारत पहुंचने वाले ज्योतिष के सिद्धान्तों के आधार पर था। इसका 2850 वर्षों का युग स्पष्टत: 19 साल के काल को 150 से गुणा कर प्राप्त किया गया था। एथेन्सवासी ज्योतिषी मेटन ने इस काल में सात अधिमास माने थे। इसमें दिन की अवधि हिप्पार्कस की अवधि से अभिन्न है। इसके अपवाद की मात्रा टालमी के अपवाद का घनिष्ट अनुसरण करती है।

इसके बाद **सूर्य सिद्धान्त** पर विचार करना चाहिये। आर्यभट्ट के समय से पहले यह सर्वाधिक लोकप्रिय था। इसने ग्रहणों का हिसाब करने के लिये कुछ नियम बना लिये थे और गोलीय ज्योतिष की कुछ समस्याओं के हल भी खोज लिये थे। किन्तु अब इस सिद्धान्त का यथार्थ रूप समझना कठिन है क्यों कि पिछले कालों में इसमें प्रचुर परिवर्त्तन होते रहे हैं।

उपर्युक्त पाँच सिद्धान्तों के प्रणेता या तो अज्ञात हैं अथवा देवताओं या अर्धदिव्य व्यक्तियों को इनका रचयिता बताया जाता है। इनके सम्बन्ध में दिये परिचय का आधार उनके सिद्धान्तों का वह संक्षेप है जो छठीशती में बराहमिहिर ने दिया है। हमें ज्योतिष की प्रगति का निश्चित तथा प्रत्यक्ष ज्ञान आर्यभट्ट प्रथम के **आर्यभट्टीय** से मिलता है। यह ज्योतिष पर लिखने वाला प्रथम ऐति-

---

1. अलबेरूनी (1, 153) कहता है कि यह सिद्धान्त सिकन्दरिया नगरी के पौलिस (=पालस) के ग्रन्थों पर आधारित है किन्तु यह अनुमान केवल नामसाम्य पर आश्रित है। इसकी प्रामाणिकता का समर्थन या खण्डन नहीं किया जा सकता क्योंकि इस नाम के यूनानी लेखक की ज्योतिष की कोई पुस्तकें नहीं बच पायी हैं पौलिश शुद्ध संस्कृत नाम भी हो सकता है।

हासिक व्यक्ति हैं। वह 476 ई० में पाटलिपुत्र में उत्पन्न हुआ और उसने अपना प्रसिद्ध ग्रन्थ 23 वर्ष की आयु में लिखा। इसमें कोई सन्देह नहीं भारत ने जिन महान वैज्ञानिकों को जन्म दिया है उनमें यह है। उसे सिकन्दरिया के यूनानी ज्योतिषियों के सिद्धान्तों और परिणामों का काफी अच्छा ज्ञान था और उसने अपने भारतीय पूर्वसूरियों के ग्रन्थों और उनकी पद्धतियों का ध्यानपूर्वक अध्ययन किया था। फिर भी उसने इनमें से किसी का भी अन्धानुकरण करने से इन्कार किया। वह कहता है कि मैंने ज्योतिष संबन्धी सच्चे झूठे सिद्धान्तों के समुद्र में गहरा गोता लगाकर अपनी बुद्धिरूपी नौका के माध्यम से सद्ज्ञान की मूल्यवान् निमज्जित मणि का उद्धार किया है।[1] अतएव उसके परिणाम स्वतन्त्र तथा उसके अपने निरीक्षणों और अन्वेषणों पर आश्रित थे। इसमें कोई सन्देह नहीं वह श्रुति, स्मृति और पुराणों का आदर करता था किन्तु वह यह कहने से पराङ्मुख नहीं हुआ कि ग्रहणों का कारण राहु और केतु नहीं है जैसा कुछ ग्रन्थों में कहा हैं किन्तु ये चन्द्रमा के पृथ्वी की छाया के भीतर अथवा पृथ्वी और सूर्य के बीच में आने से होते हैं। उसने सिकन्दरिया के ज्योतिष के यूनानी सम्प्रदाय के परिणामों को आँख मीच कर स्वीकार नहीं किया, अपितु अपने निरीक्षणों और गणनाओं से उनका परिष्कार किया।

आर्यभट्ट पहला भारतीय ज्योतिषी था जिसने यह खोज की कि पृथ्वी अपने अक्ष के चारों ओर परिभ्रमण करती हैं (iv, 9) वह पहला व्यक्ति था जिसने जीवा के फलनों का पता लगाया तथा ज्योतिष में उनका उपयोग किया।[2] उसने दो क्रमगत दिवसों की अवधि की वृद्धि या कमी को नापने के लिये सटीक सूत्र निकाला, उसने स्तब्धिका के द्वारा ग्रह की कक्षा के लिये के लिये शुद्ध समीकरण उपलब्ध किया (III, 22-3)। उसके ग्रहीय गतियों के विवरण

1. iv : 49

2. टालमी ने इस प्रयोजन के लिये जीवाओं के स्थान पर चापकर्णो का उपयोग किया है। आर्यभट्टीयम् की खोज से पहले योरोपियनों का विश्वास था कि अरब ज्योतिषी अल्बलनी ने सर्व प्रथम जीवाओं का आविष्कार और उपयोग किया।

की व्याख्या के लिये अपने अविचक्रीय सिद्धान्त की स्थापना की (IIi, 21)। रविमार्ग पर किसी बिन्दु के विषुवांश और क्रान्ति को जानने के लिये गोलीय त्रिकोणमिति के उसके समीकरण भी शुद्ध हैं(IV, 25)। उसने चन्द्र की कक्षा में पृथ्वी की छाया के कोणीय व्यास को भी शुद्धता से प्रकट किया, वह यह भी जानता था कि किसी ग्रहण की अवधि के अर्धांश तथा पूर्ण ग्रास का किस प्रकार ज्ञान किया जा सकता है (iv, 41-2) उसने इस बात के निश्चय के भी नियम दिये हैं कि किसी ग्रहण में चन्द्रमा का कौनसा भाग तमोवृत होगा IV, 43-4। उसके वर्ष की 365.2586805 दिनों की लम्बाई टालमी द्वारा स्वीकृत (365.2631579) लम्बाई की अपेक्षा यथार्थ अवधि (365.2563604) के अधिक निकट है। सूर्य की पराकाष्ठा के देशान्तर तथा चन्द्रमा के पातों के नक्षत्र काल के सम्बन्ध में भी वह शुद्ध है।[1] ये सब ज्योतिष में विलक्षण उन्नति के ज्ञापक हैं और यह बड़े दुख की बात है कि हम उन पद्धतियों और परीक्षणों के सम्बन्ध में कुछ नहीं जानते जिनसे इनका ज्ञान संभव हुआ। आर्यभट्ट द्वारा ज्योतिषी के रूप में अत्युच्च प्रतिष्ठा का उपयोग उचित ही है। उसके कई शिष्य थे, जिनमें निश्शंक, पाण्डुरंगस्वामिन् और लाटदेव का यहां उल्लेख किया जा सकता है, इनमें से अन्तिम बड़ा प्रसिद्ध हुआ, वह सर्वसिद्धान्तगुरु के नाम से विख्यात था, वही पौलिश और रोमक सिद्धान्तों के व्याख्याता के रूप में भी प्रसिद्ध है।

हमारे युग में ज्योतिष पर अगला लेखक वराहमिहिर था। यह छठी श० ई० के दूसरे और तीसरे पादों में हुआ। उसने इस विज्ञान की उन्नति में अपना कोई मौलिक देयांश नहीं प्रदान किया किन्तु इतिहासकार उसकी पञ्चसिद्धान्तिका के लिये सदैव उसका कृतज्ञ रहेगा। इसमें तीसरी-चौथी श० ई० में प्रचलित पाँच सिद्धान्तों का संक्षिप्त वर्णन हैं। उसके अन्य ग्रन्थ बृहज्जातक-बृहत्संहिता और लघुजातक हैं किन्तु वे मुख्यरूप से फलित ज्योतिष से संबन्ध रखते हैं। अलबेरूनी ने इनमें से पिछले दो का अरबी में अनुवाद किया था।

---

1. पी० सी० सेनगुप्त-कल्चरल हेरिटेज आफ् इंडिया ii, 374-8

यूनानी ज्योतिष के प्रति भारत के ऋणी होने के वाद-विवाद के सम्बन्ध में यहां कुछ शब्द कहना आवश्यक है ।[1] इस युग में हिन्दू विद्या और बुद्धि का क्षितिज विस्तीर्ण था और हिन्दू विद्वान् अन्य देशों में समकालिकों तथा पूर्वसूरियों द्वारा की गयी प्रगतियों के निरीक्षण और अध्ययन के लिये उत्सुक रहते थे। वराहमिहिर ने यूनानी ज्योतिषियों की अच्छी स्तुति की है। वह कहता है कि इसमें कोई सन्देह नहीं कि वे म्लेच्छ हैं फिर भी वे ज्योतिष में प्रवीण हैं अतः वे प्राचीन काल के ऋषियों की भांति उच्च प्रतिष्ठा के पात्र हैं।[2] हिन्दू ज्योतिष में **केन्द्र हारिज, द्रेक्काण लिप्त** आदि शब्द स्पष्ट रूप से तत्सदृश यूनानी शब्दों κεντρον, οριζων, δεκανος, λεπτη से अपनाये गये हैं, किसी संस्कृत धातु से इनकी व्युत्पत्ति नहीं की जा सकती। **रोमक सिद्धान्त** के नाम और विषयों में यूनानी प्रभाव स्पष्ट रूप से झलकता है।

अतः यह सत्य है कि आर्यभट्ट और **सूर्य सिद्धान्त** के अज्ञात लेखक कुछ यूनानी निष्कर्षों और पद्धतियों को जानते थे, किन्तु वे उनके अन्धानुकरण से सन्तुष्ट न थे। एक ओर हिप्पार्कस् और टालमी के तथा दूसरी ओर आर्यभट्ट जैसे हिन्दू ज्योतिषियों के ज्योतिषक अचलों की तुलना यह प्रदर्शित करती है कि हिन्दू लगभग सब अवस्थाओं में स्वतन्त्र परिणामों पर पहुंचे हैं, प्रायः ये अधिक प्रमाणिक हैं।[3] सामान्य रूप से यह स्वीकार किया जा चुका है कि भारत में यूनानी ज्योतिष का बहुत ही अधूरा ज्ञान पंचांगों तथा स्थूल संक्षेपों के रूप में पहुंचा था। हमारे युग के ज्योतिषियों ने अतीत से पाये ज्ञान के प्रकाश में उसकी आलोचनात्मक परीक्षा और अपने निरीक्षण किये, स्वयं अपने द्वारा विकसित की गयी ज्यामिति और त्रिकोणमिति की सहायता से उन्होंने अपने अचल निश्चित किये, वे अपनी एक ऐसी पद्धति के बनाने में सफल हुए जो कुल मिलाकर तत्कालीन सिकन्दरिया में विकसित ज्योतिष से अधिक उत्कृष्ट थी।

---

1. थीबो और द्विवेदी (सम्पा०) **पञ्चसिद्धान्तिका-भूमिका। इंसाइक्लोपीडिया आफ् रेलीजन एण्ड एथिक्स, एस्ट्रानमी।**
2. **बृहत्संहिता** ii, 15
3. पी० सी० सेनगुप्त, पूर्व उद्धृत, पृ० 374-78

3. चिकित्सा-विज्ञान

अब हम चिकित्सा-विज्ञान की ओर मुड़ें। दूसरी शती के अन्त में अपना वर्तमान रूप ग्रहण करने वाली **चरकसंहिता** और **सुश्रुतसंहिता** हमारे युग में परम प्रतिष्ठा और विश्वास का उपभोग करती रहीं। इन ग्रन्थों का एक व्यवस्थित संक्षेप वाग्भट् प्रथम ने **अष्टांग-संग्रह** में उपस्थित किया। ऐसा प्रतीत होता है कि यह छठी श० ई० में हुआ। हमारे समय में रचा गया वैद्यक का एक अन्य ग्रन्थ **नावनीतकम्** है, 1890 में लेफ्टीनेण्ट बावर ने पूर्वी तुर्किस्तान के कुचार नामक स्थान में इसकी एक पोथी दैवयोग से प्राप्त की।[1] **नावनीतकम्** चिकित्साशास्त्र पर एक क्रमबद्ध और विस्तृत ग्रन्थ नहीं है किन्तु व्यस्त वैद्य के उपयोग के लिये अभिप्रेत योगों और नुस्खों की गुटिका मात्र है। इसके 12 योग **भेलसंहिता** से लिये गये हैं, 29 **चरक संहिता** से और 6 **सुश्रुत संहिता** से। इसके जो योग उपर्युक्त तीन **संहिताओं** से ग्रहण नही किये गये, वे संभवतः हारीत, जातूकर्ण, क्षारपाणि और पराशर की लुप्त **संहिताओं** के आधार पर हों, अनुश्रुति के अनुसार ये भी चरक औरसु श्रुत की भांति पुनर्वसु के शिष्य थे।

यद्यपि इस युग में चिकित्सा के क्षेत्र में नये और मौलिक ग्रन्थ नहीं लिखे गये, तथापि इसमें संदेह नहीं कि आयुर्वेद शास्त्र का तत्परतापूर्वक अनुशीलन इस काल में किया जाता रहा। इसकी उन्नति के लिये भारत की तत्कालीन जगत में बड़ी ख्याति थी, सुदुर तुर्किस्तान में **नावनीतकम** पाया जाना इसे स्पष्ट रूप से प्रदर्शित करता है। भारत के पाटलिपुत्र जैसे बड़े शहरों में सुव्यवस्थित अस्पताल थे, चीनी यात्रियों ने इनकी प्रशंसा की है। विद्यार्थियों को विकसित व्यवहारिक शिक्षा दी जाती थी। संवेदनाहारी पदार्थों की खोज न होने के कारण शल्यकर्म पर मर्यादाएं लगी हुई थीं तथापि इन, मर्यादाओं के भीतर इसका प्रयोग होता था। नालन्दा विश्वविद्यालय जैसी बौद्ध शिक्षा संस्थायें आयुर्वेद के अध्ययन में तीव्र अनुराग दिखा रही थीं क्योकि यह अनुभव कर लिया गया था कि शारीरिक चिकित्सा उतनी ही महत्वपूर्ण है जितनी आध्यात्मिक चिकित्सा।

---

1. **हर्नली-बावर मैनुस्क्रिप्ट।**

हमारे युग में पशुचिकित्सा शास्त्र की भी उपेक्षा नहीं की गयी। पालकाप्य का **हस्त्यायुर्वेद** संभवतः पिछले गुप्तयुग में रचा गया। यह 160 अध्यायों का विस्तृत ग्रन्थ है, इसमें हाथियों के मुख्य रोगों, उनके निदान तथा चिकित्सा संबन्धी और शल्यकर्म विषयक दोनों प्रकार के इलाजो का प्रतिपादन है।

4. रसायन और धातु विज्ञान

अब हम भौतिकी, रसायन और धातु-विज्ञान में भारतीय अवाप्तियों का संक्षिप्त अवलोकन करेंगे। दुर्भाग्यवश, इस युग में इन विषयों पर लिखी कोई पुस्तक आज तक सुरक्षित नहीं रही। युवाङ च्वाङ और तारानाथ के कथनानुसार प्रसिद्ध बौद्ध महायानी दार्शनिक नागार्जुन रसायन और धातु विज्ञान का महान् अध्येता था और यह असंभव नहीं कि नागार्जुनीकोंडा में उसके शिष्य इस युग में भी इस विषय में अभिरुचि प्रदर्शित करते रहे हों। इसमें कोई संदेह नहीं कि इस युग में रसायन और धातु-विज्ञान ने अद्भुत उन्नति की किन्तु दुर्भाग्यवश हमारे पास ऐसी पुस्तकें सुरक्षित नहीं रहीं जिनसे इसके स्वरूप का अन्दाज लगाया जा सके। इस क्षेत्र में कार्य करने वालों के नाम भी आज लुप्त हो चुके हैं। दिल्ली के उपकंठ में कुतुबमीनार के निकट का प्रसिद्ध लौह स्तम्भ इसी काल में बनाया गया. यह तत्कालीन हिन्दुओं की धातु-शोधन संबन्धी प्रवीणता का मूक साक्षी हैं। जिस समय पश्चिम में भी लोहा बनाने की विधि का अधूरा ज्ञान था, हिन्दू धातुशोधकों ने इस लौह स्तम्भ को इतनी निपुणता से बनाया कि यद्यपि यह पिछले 1500 वर्षों से धूप और वर्षा में खुला खड़ा है लेकिन इस पर जंग या क्षय का लेश चिह्न भी नहीं है। इस स्तम्भ के लोहे को इतनी कुशलतापूर्वक कैसे बनाया गया, यह अब तक एक रहस्य है क्योंकि आधुनिक वैज्ञानिकों ने यह स्वीकार किया है कि इस प्रकार का लोहा जंग द्वारा खाये जाने की क्रिया का मुकाबला नहीं कर सकता। स्तम्भ की ऊंचाई 24 फुट है और भार 6½ टन, न केवल उस समय किन्तु उसके बाद भी कई शतियों तक

इतने बड़े लौह स्तम्भ का निर्माण मानवीय विचार की पहुंच से बाहर था।

चरक-सुश्रुत ने कहीं-कहीं धात्वीय योगों का संकेत किया है किन्तु वे आयुर्वेदिक औषधि विज्ञान का नियमित अंग नहीं बने थे। वराहमिहिर जैसे इस ज़माने के कुछ लेखकों ने पारद और लोहे के प्रयोग का समर्थन किया था और यह संभव है कि चिकित्सा-शास्त्र और रसायन का वह घनिष्ठ साहचर्य जिसने पिछले समय में बड़ी उन्नति की थी--हमारे युग के अन्तिम भाग से प्रारम्भ हुआ हो।

यहां इस बात का अवश्य उल्लेख करना चाहिये कि वराहमिहिर विश्व कोशात्मक अभिरुचियों का वैज्ञानिक था और उसकी बृहत्संहिता यथार्थ में उपयोगी ज्ञान की खान है। ज्योतिषी, गणितज्ञ और दैवज्ञ होने के अतिरिक्त वराहमिहिर धातु-विज्ञान का भी विद्यार्थी था और उसने तलवारों को तेज़ करने की अपनी विधियां और प्रक्रियायें लिखी हैं (अध्याय 50) वह अच्छा जौहरी भी था और उसने हमें सोने, पन्ने, मोती, हीरे आदि के स्वरूप और मूल्य निर्धारण करने के संबन्ध में उपयोगी सूचनायें दी हैं (अध्याय 80-83)। वह वनस्पति शास्त्र का विद्यार्थी भी था और उसने बागवानी के विभिन्न विषयों पर जिनमें मौसम न होने पर भी पेड़ों से फल प्राप्त करने के उपाय हैं—अपने परामर्श दिये हैं (अध्याय 55)। वह प्राणि-जगत का सूक्ष्म निरीक्षक था, उसने अच्छे और बुरे घोड़ों, हाथियों, कुत्तों आदि की प्रकृति का निर्धारण करने के लिये उपयोगी सूचनायें दी हैं (अध्याय 62-64)। उसने नागरिक वास्तु का अध्ययन किया था और उसकी पुस्तक में छठी शती के मन्दिरों, महलों, भवन और घरों के स्वरूप और निर्माण के संबन्ध में बहुमूल्य सूचनायें हैं। भूमि के भीतर किस जगह पानी निकलेगा, इसका पता लगाने का भी उसे बड़ा शौक था, इस विषय में उसके ग्रन्थ में उपयोगी सूचनायें हैं (अध्याय 54)। मौसम-विज्ञान भी उसके ध्यान से बचा नहीं, किस प्रकार के बादल किस दशा से आने वाली हवा के साथ वर्षा लाते हैं—इनकी उसने बड़े विस्तार से व्याख्या की है (अध्याय 21-28)। यह बड़े दुख की बात है कि

वराहमिहिर विज्ञान की इन विविध शाखाओं के अध्ययन के लिये अपना एक सम्प्रदाय स्थापित करने में समर्थ न हो सका। यदि उसके बाद अपने गुरु के समान इन विभिन्न शाखाओं में तीव्र अनुराग वाले विद्यार्थियों और अनुयायिओं की परम्परा चलती रहती तो भारत मध्य युग और आधुनिक काल में विज्ञान की विविध शाखाओं की प्रगति में अपना योग देने में निश्चित रूप से पश्चिम से पीछे न रहता।

अध्याय 21

गुप्तयुग के पुरातत्वीय अवशेष

गुप्त-युग भारतीय इतिहास में स्वर्ण-युग माना जाता है। इस युग के पुरातत्त्व से यह दावा सत्य सिद्ध किया जा सकता है। उत्तर भारत में जिस प्रकार सर्वत्र इस युग के अवशेष बिखरे हैं, इस युग की छोटी-छोटी वस्तुएँ भी कलात्मक और अन्य युगों से एक दम अलग हैं, वास्तु के अनेक प्रकारों का जन्म इस युग में हुआ और इस युग के पकी मिट्टी के बर्त्तन अति सुन्दर और विविध रूप के हैं, ये सब बातें स्पष्ट बतलाती हैं कि यह युग धनधान्य से पूर्ण था और इसकी सभ्यता का मानदंड काफी ऊँचा था। यद्यपि अवनति का क्रम हर शताब्दी में साफ दीख जाता है, तथापि गुप्त-युग का प्रभाव परवर्ती युगों पर बराबर बना रहा। गुप्त-युग में संस्कृति की जो मशाल जली थी उसकी दीप्ति क्रमशः बुझती गयी, तथापि इस मशाल की रोशनी से उत्तर भारत का कोना-कोना भासित था।

उत्तर पूर्व से प्रारम्भ करें तो असम में गुप्त-काल से पूर्व का प्रायः कोई सांस्कृतिक दाय शेष नहीं। तेजपुर से नदी की धारा के नीचे कई मील दूर ब्रह्मपुत्र के तट पर दह परबतिया मंदिर है। इसके दरवाजे का चौखटा एकदम गुप्तकालीन है। नदी देवियाँ गंगा और यमुना क्रमशः दरवाजे के दोनो ओर हैं और चौखटे पर हंस चित्रित है। कलात्मक दृष्टि से ये चित्रण भारतीय कला के श्रेष्ठ नमूनों में हैं। मंदिर जिसका अब इस दरवाजे के अतिरिक्त कुछ शेष नहीं रहा है, पक्की ईंटों का बना था। इन ईंटों का आकार ठीक वही है जो इस युग में ईंटों का होता था। असम शेष भारत से काफी कटा हुआ है। शायद इसी कारण गुप्तयुगीन प्रभाव यहाँ दूसरे स्थानों की अपेक्षा काफी समय तक वर्त्तमान था। यहाँ नवीं शती तक गुप्त-संवत प्रचलित था, जब हरज्जर वर्मन ने अपने एक अभिलेख में इसका उपयोग किया। दोवपानी और गौहाटी में नदी के किनारे

की मूर्तियाँ इस प्रभाव के अन्य उदाहरण हैं। आधुनिक गौहाटी के पास प्रागजोतिष्पुर के जो अवशेष समय-समय पर खोज निकाले गये हैं वे अधिकांश में गुप्तकालीन हैं।

अब बंगाल की ओर आयें, तो यह स्पष्ट है कि यद्यपि यहाँ विभिन्न स्थानों में समय-समय पर गुप्त-पूर्वकाल की छिट-फुट वस्तुएँ मिलती रही हैं, तथापि गुप्त-पूर्वकाल की किसी इमारत आदि के अवशेष नहीं प्राप्त हुए हैं। बंगाल से और पश्चिम में ईंटों से मंदिर बनाने की जो शैली अस्तित्व में आयी थी उसका प्रवेश बंगाल में इसी युग में हुआ। यहाँ से जो अनेक छोटी-मोटी वस्तुएं सबसे पुरानी मिली हैं, उनमें अधिकांश गुप्तकाल की हैं। डेल्टा प्रदेशों में नदियों के मुहाने या जलोढ़ पट्टियों के निर्माण की प्रक्रिया सदा चालू रहती है। यह बात कल्पना से परे है कि ताम्रलिप्ति (मिदनापुर जिले में वर्त्तमान तामलुक) नगर से दक्षिण में कोई बड़ी बस्तियाँ बसी हो। यह नगर दीर्घकाल तक उत्तरी भारत का समुद्री बन्दरगाह भी था। जेस्सोर जिले की दलदली भूमि से घिरे हुए एक कोने में भरत भयन के ऊंचे टीले के स्मारक को यदि खोजा जाय तो यह संभव है कि यहाँ से नन्दनगढ़-पहाड़पुर नमूने के ऊंचे चबूतरेदार ईंट के मन्दिर का एक अन्य उदाहरण प्राप्त हो। उत्तरी बंगाल में प्राचीन स्थान दिनाजपुर, रंगपुर, राजशाही, बोगरा और मालदा जिलों में, बारिन्द मिट्टी के नाम से प्रसिद्ध पुरानी चिकनी मिट्‌टी के प्रदेशों में लगभग पूर्ण रूप से अवस्थित थे। गुप्त-युग में या तो इनकी स्थापना हुई थी अथवा ये समृद्ध स्थान थे। पुण्ड्रवर्धन (बोगरा के पास वर्त्तमान महास्थान) और देवकोट या कोटिवर्ष (दिनाजपुर जिले में आधुनिक बोगरा) जैसे बड़े शहरों के स्थानों की नींव निःसन्देह मौर्ययुग में अथवा उससे भी पहले डाली गयी होगी किन्तु इन शहरों से मिली सबसे महत्वपूर्ण कलात्मक प्राचीन वस्तुएँ निःसन्देह गुप्त-युग से संबन्ध रखती हैं। बनगढ़ और महास्थान के नगर-प्राकार लगभग गुप्त-युग से अथवा कुछ पिछले काल से संबद्ध हैं। उत्खनन से व्यक्त हुई वास्तु के विषय में यह कथ्य है कि महास्थान के दक्षिण में कुछ दूरी पर मेढ़ टीले ने ऊँचे चबूतरेदार मन्दिर के नमूने का एक उदाहरण प्रकट हुआ है, इसमें चबूतरे सुमर्यादित

नहीं हैं किन्तु भरे हुए कमरे निसेनियों में या चबूतरों में एक दूसरे के ऊपर उठे हुए हैं।

महास्थान के मुख्यनगर के उत्तर पूर्व में नदी के ऊपर खड़ा अकेला टीला (गोबिन्द भिटा) का प्राचीनतम मन्दिर भी गुप्त युग से संबन्ध रखता है। इसमें गर्भगृह कोष्ठों से घिरा हुआ है। गुप्तकालीन नगर के अवशेष खेतों की वर्त्तमान सतह से १० से १५ फुट की गहराई में हैं। बनगढ़ में सुविहित प्रणालिकाओं से संबद्ध अलंकृत ईंटों के जलाशयों की महायत्नसाधित विस्तृत व्यवस्था गुप्त युग की बतायी जाती है। पहाड़पुर के विशाल मन्दिर की योजना निःसन्देह पिछले गुप्त युग में हुई। अलंकृत ईंटों के सांचों सहित अलंकरण की पद्धत्ति और पत्थर की मूर्तियाँ गुप्त युग की हैं। रंगपुर जिले में, बिरट में केवल आंशिक रूप से साफ करवाये मन्दिरों के टीले ऊंचे चबूतरों वाले देवस्थानों के एक समूह को सूचित करते हैं। राजशाही जिले में बिहरोइल में गुप्त युग का एक स्थान है, यह संभवतः बौद्ध है, यहां से सारनाथ के नमूने की बलुये पत्थर की बुद्ध की एक मूर्ति निकली है। मुर्शिदाबाद के निकट रंगामाटी में प्राचीन कर्णसुवर्ण था। यहाँ पिछले गुप्त युग का एक बौद्ध बिहार खोदा गया है, यहां एक लम्बा हाल और कुछ बड़े कमरे जो संभवतः एक बिहार के अवशेष हैं—निकाले गये हैं।

बिहार प्रान्त में यह स्पष्ट है कि वर्त्तमान पटना के निकट पाटलिपुत्र को गुप्तों ने प्रधान नहीं तो गौण राजधानी के रूप में प्रतिष्ठित किया। यहाँ कुम्रहार और बुलन्दीबाग की खुदाइयों से गुप्त-युग तथा उससे भी पहले की कुछ वस्तुएं मिली हैं। ऐसा प्रतीत होता है कि इस स्थान पर मौर्यों के बाद गुप्त समय के अतिरिक्त कोई बड़ी बस्ती नहीं रही।

ऐतिहासिक युग में बुद्ध तथा उससे भी पूर्ववर्त्ती काल में राजगिर (प्राचीन राजगृह) सबसे प्राचीन राजधानियों में एक रहा है। पर्वत परिवेष्ठित घाटी के केन्द्र में उत्खनन से यहाँ मनियर मठ नामक एक बहुत मनोरंजक स्मारक प्रकाश में आया है। यह एक बेलनाकार देवस्थान है, इस के अगवाड़े के बाहरी तरफ बड़े ताकों में या चतुरस्र स्तम्भों से अलग किये खाली स्थानों में गुप्त-युग

की मसाले की मूर्त्तियाँ सुरक्षित हैं। एक लिंग, एक विष्णुमूर्ति, और एक गणेश के अतिरिक्त बाकी सभी मानवीय मूर्तियां हैं, उन के सिर नाग के एक या अनेक फणों से आवृत हैं, इनमें से एक प्रसिद्ध नागी प्रतिमा है। निस्संदेह यह मन्दिर नागों की, विशेषतः राजगिर के रक्षक मणिनाग की पूजा के लिये था, क्योंकि कई पकी मिट्टी के नाग-फण तथा विचित्र आवृति की बहुत टोंटियों वाले पात्र बड़ी संख्या में इस देवस्थान के बिलकुल निकट पाये गये हैं। निःसन्देह ये भक्तों की भेंट थे, उन्होंने मणि-नाग के इस देवस्थान पर वर्षा तथा अन्य कृपाओं की याचना की होगी। इसी घेरे में पायी गयी उत्कीर्ण पाषाण नाग प्रतिमा से मणिनाग के साथ संबन्ध का एक अन्य प्रमाण मिलता है। यद्यपि राजगिर के उत्कर्ष के दिन समाप्त हो चुके थे किन्तु फिर भी इस युग में यह वैसा उजड़ा शहर नहीं था जैसा यह गुप्त-युग के बाद से अब तक रहा है।

नालन्दा की स्थापना निश्चित रूप से गुप्त-युग में हुई। इस स्थान के सबसे पुराने अवशेष इसी समय से संबद्ध हैं। यह संभव है कि उस समय बोध-गया में बौद्ध बस्ती समृद्ध अवस्था में नहीं थी और पिरामिडीय शिखर युक्त मूल मन्दिर गुप्त-युग में बनवाया गया। इस प्रान्त में विशालतम गुप्त-नगरी वैशाली (उत्तरी बिहार में आधुनिक बसाढ़) थी, यह गुप्त-साम्राज्य की समृद्ध प्रान्तीय राजधानी थी। यहाँ हुए दो उत्खननों में कमरों को बनाने वाली ठोस किन्तु अलग रचनायें, ईंटों के चबूतरे और फर्श खोदकर निकाले गये थे। उत्खनित छोटी प्राचीन वस्तुओं में गुप्त मुहरों की एक बड़ी संख्या सम्मिलित है, इन से इस युग के जीवन पर काफी प्रकाश पड़ा है। मुहरों पर बनी कलात्मक तरहों में गज-लक्ष्मी, कलश, सिंह, वृक्ष और वेदियाँ हैं। ये सब पूजित देवताओं की प्रतीक हैं।

सारन जिले में घाघरा के तट पर अवस्थित माँझी, उसी जिले का बेलवा और जहांगीरा, भागलपुर के निकट सुल्तानगंज ऐसे अन्य महत्वपूर्ण स्थान हैं, जिनसे गुप्त-काल की वस्तुएँ मिली हैं। गुप्त काल की मांझी में अभिलिखित ईंटे और सुल्तानपुर में बुद्ध की वह प्रसिद्ध मूर्ति मिली थी जो अब बर्मिघम के संग्रहालय में सुरक्षित है।

मध्यदेश में गुप्त-साम्राज्य का हृदय अवस्थित था। मध्यदेश उसे ही कहते थे जो मोटे तौर पर उत्तर प्रदेश का क्षेत्र है। अतः यहां शहरों और कस्बों का अभूतपूर्व विस्तार हुआ था। इस प्रकार बनारस, कौशाम्बी, श्रावस्ती, अहिच्छत्र और मथुरा आदि प्रत्येक प्रान्तीय केन्द्र में नई संस्कृति ने अपने आप को असंदिग्ध रूप में सुव्यक्त किया। इस सारे प्रान्त में बिखरे हुए असंख्य टीले और जीर्ण स्थान इस बात की साक्षी हैं कि गुप्त-संस्कृति सारे प्रदेश पर किस प्रकार छायी हुई थी। इस युग की सामान्यतम वस्तुएँ वे हैं जो टीलों से निकली हैं। वास्तव में ऐसा बहुत कम हुआ है कि किसी पहले युग में स्थापित स्थान या बस्ती गुप्त-काल से पहले छोड़ दी गयी हो और यह भी बहुत कम स्थानों पर हुआ है कि ऊपरी सतह पर मध्ययुग की पुरानी वस्तुएँ प्रदर्शित करने वाला स्थान कम-से-कम गुप्त-युग तक पुराना न हो। अतः गुप्त-युग ने एक ओर तो प्रारम्भिक कला शैलियों की पराकाष्ठा को देखा और दूसरी ओर इस काल से उनका ह्रास प्रारम्भ होता है। सारनाथ में धमेख जैसे प्रसिद्ध स्तूप में स्तूप वास्तु ने नूतन रूप पाया; मुख्य पूजा स्थान तथा धामेख स्तूप के बीच के मार्ग में अलंकरणात्मक मन्दिर जैसे छोटे पूजा-स्थान बनाये गये, मुख्य पूजा-स्थान का पुनर्निर्माण हुआ, इस स्थान की लोक-प्रियता से आकृष्ट, श्रद्धालु यात्रियों द्वारा मनौती वाले स्तूप बनवाये गये। मूर्तिकला की प्रसिद्ध गुप्त-शैली सारनाथ में अपनी पराकाष्ठा पर थी। गंगा नदी के तट पर तत्कालीन नगर की पुरानी वस्तुएँ—जो हाल में राजघाट से खोद कर निकाली गयी हैं—इस युग की लघु कलाओं के अध्ययन के लिये अत्यधिक प्रचुर सामग्री प्रस्तुत करती हैं। संभवतः बनारस को गुप्त-युग का भौगोलिक केन्द्र माना जा सकता है तथा बनारस में वैराट तथा गाजीपुर ज़िले में मसाँव डिह और सैदपुर भितरी जैसे स्थानों पर अधिक क्रम बद्ध कार्य से इस युग के इतिहास के पुनर्निर्माण के लिये बहुत अधिक महत्वपूर्ण सामग्री निकलने की संभावना है। कौशाम्बी (प्रयाग के निकट वर्त्तमान कोसम) का नगर गुप्त युग के बाद उजड़ गया प्रतीत होता है, किन्तु ऐसा जान पड़ता है कि मौर्य से गुप्त-युग तक यह निरन्तर समृद्ध रहा, इन सब कालों से संबद्ध पक्की मिट्टी के सिक्के, खिलौने सांचे में ढले प्राणियों

तथा सिरों की आश्चर्यजनक संख्या ने इसे पुरानी वस्तुओं के लिये असाधारण रूप से समृद्ध, संभवतः भारत में सबसे समृद्ध स्थान बना दिया है। प्रयाग ज़िले में ही एक सम्पन्न व्यापारिक नगर—भीटा के ढूहों से भी गुप्त-कालीन घरों तथा वस्तुओं का पता चला है। गढ़वा किले से आरम्भिक गुप्त-काल के कई अभिलेख और मूर्तियाँ मिलीं हैं। गोंडा-बहराइच ज़िलों के श्रावस्ती नगर में ठीक ढंग से अन्वेषित स्थान जेतवन (अब सहेट) का विहार ही है, यहाँ हमें मन्दिर और स्तूप के साथ ईंटों से बने पाँच विहारों के अवशेष मिले हैं, इनमें सब से अधिक महत्वपूर्ण विहार का संबन्ध गुप्त-युग से है। कसिया (प्राचीन कुशीनगर) में बुद्ध के महापरिनिर्वाण से संबद्ध पूजा-स्थान, विशेषतः मठ कुवर का कोट नाम से प्रसिद्ध स्थान—इसी युग में पुनर्निर्मिति प्रतीत होता है।

पूर्वी उ. प्र. में इस युग के अन्य स्थान गोरखपुर जिले में कहोम (पुराना ककुभ), खुखुन्दु (पुराना किष्किन्ध्या) और सोहनग हैं। केन्द्रीय जिलों में, फर्रुखाबाद जिले के बिलसड और संकसिया के स्थान प्रधान रूप से गुप्त-काल के हैं। एटा जिले में अतरंजी का विशाल ढूह गुप्तकालीन एक बड़े समृद्ध नगर को सूचित करता है, यह कम-से-कम मौर्ययुग से चला आ रहा था। इटावा जिले के चन्द्रनगर और कुदरकोट (प्राचीनम गवीघुमत्) महत्वपूर्ण और गुप्त स्थान हैं। मैनपुरी जिले में पधम और फर्रुखाबाद जिले में कम्पिल अन्य प्राचीन स्थान हैं, जहाँ से गुप्त-युग के अवशेष मिलने की आशा है। कानपुर जिले में भितर गाँव में गुप्त-युग का ईंट का मन्दिर तथा फतहपुर जिले में संभवतः इसी युग से सबन्ध रखने वाले अन्य मन्दिर तत्कालीन बस्तियों को सूचित करने वाले नियमित टीलों के साथ संबद्ध हैं।

रामनगर (प्राचीन अहिच्छात्र) के विशाल स्थान पर यहाँ की बस्तियों के इतिहास में गुप्त युग सबसे समृद्धि का काल था। ऊंचे चबूतरेदार हिन्दू मन्दिरों के अवशेषों को सूचित करने वाले दो ऊंचे टीले अपनी योजना, निर्माण और अलंकरणों की पद्धति के ब्योरों के लिये उल्लेखनीय हैं। शैव पूजा से संबन्ध रखने वाले दृश्यों को दिखाने वाले इतने बड़े-बड़े आकार के पक्की मिट्टी के चौके पाये गये हैं, जितने बड़े पहले अज्ञात थे। इनका प्रयोग दीवारों को भूषति करने

के लिये होता था। विभिन्न चतबूरों तक सीढ़ियों से पहुँचा जाता था। आस-पास के मैदान से लगभग 60 फुट ऊँचे उठे सबसे ऊँचे मन्दिर में गुप्त वास्तुक की उतुंग भावना की अभिव्यक्ति मिलती है। प्राचीन अहिच्छत्रा की नगर-योजना में मन्दिर वह केन्द्र प्रतीत होता है, जहाँ नगर की मुख्य सड़कें मिलती थीं। अहिच्छत्रा में दूसरी शती ई० पू० से नवीं शती ईस्वी तक एक के ऊपर एक आठ स्तर निकले हैं, इनमें अत्यधिक ठोस निर्माण गुप्त-युग से संबन्ध रखते हैं। इस युग की एक धार्मिक चहार दिवारी के आंगन के भीतर तीन छोटे वर्गाकार मन्दिर पाये गये हैं, इनमें देवताओं की मूर्त्तियों को प्रतिष्ठित करने के लिये ताकों या छोटे पूजा-स्थानों की एक पंक्ति है। यहाँ काफी दूर तक पत्थर सुलभ नहीं है। यहाँ गुप्त वास्तुक पकायी मिट्टी की मूर्त्तियों व चौके के निर्माण में प्रवीणता के उच्चस्तर तक पहुँचे थे। गंगा के जलोट मैदानों के नागरिक ईंट बनाने वालों, कुम्हारों तथा मिट्टी के मॉडल तैय्यार करने वालों पर अपने दैनिक जीवन के लिये किस हद तक आश्रित थे, इसका विश्वास यहाँ की यात्रा किये बिना नहीं हो सकता किन्तु गुप्त-युग के शिल्पी इस अग्नि-परीक्षा में सफल हुए थे, वे इस युग के नागरिक की ऊंची, सौन्दर्य-प्रधान और सांस्कृतिक भावना में भागीदार थे और उसके लिये सदा नये-नये प्रकार की वस्तुएँ तैयार करते रहे।

अहिच्छत्रा से मिट्टी के बर्त्तनों को विभिन्न स्तरों के हिसाब से बड़ी सावधानी से व्यवस्थित किया गया है और उनका अध्ययन हुआ है। इन से प्राङ मौर्ययुग से आरम्भिक मध्य युग तक के सब प्रकार के मिट्टी बर्त्तनों का क्रम निर्धारित किया जा सकता है। अब आरम्भिक, कोरहीन नमूनों से पिछले युग की काननुमा हत्थे वाली हाँडियों तक खाना पकाने के बर्त्तनों का विकास तथा पानी के मटकों, प्यालों, चिलमचियों, ढ़क्कनों तथा मृत्पात्रों के अन्य नमूनों का अनुक्रम निश्चित किया जा सकता है। पांचाल और गुप्त युगों के मृत्पात्रों के विशेष लक्ष्यों को पहिचाना जा सकता है, प्राङ मौर्य या मौर्य युगों के रंगे या पालिशदार पुराने बर्त्तन नहीं पाये जाते और न ही शुंग काल के भूरे बर्त्तन गुप्त-युग तक बचे हैं। पांचालयुग की (दूसरी-तीसरी श० ई०) की मृत्पात्र-कला अपने पूर्ववर्त्तियों से तथा गुप्त-युग के उत्तरवर्त्तियों से स्पष्ट रूप

से पृथक् है। अहिच्छत्रा के अनेक स्थानों से पकी मिट्टी के पशु तथा मनुष्यों की लघु मूर्त्तियों के साथ अत्यधिक परिमाण में पायी गयी हैं। गुप्त-युग की हाथ की बनी वस्तुओं की विशेषता तरहों की परिष्कृति और लालित्य तथा अलंकरण की योजनायें हैं। तश्तरियों, प्यालों डिब्बों तथा संभवतः अन्य इस प्रकार के उद्देश्यों के लिये बरते जाने वाले लाल बर्त्तनों के ऊपर अंकित या खोद कर बनायी सैकड़ों प्रकार की तरहें हैं, इन में अधिकांश कमल, गुलाब तथा छोटी वनस्पतियों के नमूने हैं, ये तरहें गुप्त-युग के पकी मिट्टी के ठीकरों, ईंटों ओर मृत्पात्तों पर प्रचुर मात्रा में मिलती हैं।

खुदाई से पता चलता है कि प्रारम्भिक गुप्त-युग से ही कुम्हारों के उपयोग के लिये एक स्थान पृथक कर दिया गया था, यहाँ इन के बड़े बेलनाकार गढ़े मुख्य स्थान (main site) पर 10 फु० से 12 फु० तक गहरे हैं, निःसन्देह ये किन्हीं विशेष प्रयोजनों के लिये बनाये गये होंगे। संभवतः इन का उद्देश्य अलंकृत मृत्पात्र बनाना था क्योंकि इनके लिये विशेष भट्टियों की आवश्यकता पड़ती थी। ऐसा प्रतीत होता है कि विशेष प्रकार के—अलंकृत मृत्पात्रों की मांग पिछले गुप्त-युग तक बनी रही। इन गढ़ों को ढकने वाले मलबे के साथ मिले नमूनों से यह संभव प्रतीत होता है कि इस युग में काच रोगन वाली खपरैल और बर्त्तन बड़ी संख्या में बनाये जाते थे। गुप्त युग की मृत्पात्र कला की एक अन्य विशेषता बर्त्तनों की टोंटियों के लिये प्रयुक्त तरहों की विशाल संख्या है। अहिच्छात्रा और राजघाट की खुदाइयों से मकर, घोड़ा, सुअर, हाथी, सिंह आदि प्राणियों के सिरों की बड़ी संख्या मिली है। मृत्पात्रों की तरहों में प्यालों के हत्थों पर मिलने वाली गंगा की ललाम आकृतियों का उल्लेख किया जा सकता है। निःसन्देह इनकी रचना धार्मिक अभिप्रायों से की गयी थी क्योंकि पीने के बर्त्तन के साथ पवित्र नदी का साहचर्य पात्र में डाले किसी भी जल को गंगाजल के समान शुद्ध और पवित्र बना देता था। जयपुर क्षेत्र में सांभर झील के निकट नलियासर सांभर (शाकम्भरी) के स्थान पर ऐसी बहुत सी टोंटियाँ पायी गयी हैं।

दिल्ली-मथुरा प्रदेश में कुषाण शैली की कृतियों की तुलना में गुप्त-युग के

चिह्न उतने प्रचुर नहीं है, किन्तु यह लगभग असंभव है कि गुप्त शिल्पी ने इस प्रदेश में मूर्त्ति-निर्माण के लिये सुलभ प्रचुर सामग्री का लाभ न उठाया हो। बुद्ध की सर्वश्रेष्ठ ज्ञात प्रतिमाओं में कुछ ऐसी हैं जो गुप्त युग की हैं और मथुरा में बनी हैं, किन्तु इस युग की इमारतें बहुत कम बची हैं। सम्राट चन्द्रगुप्त द्वितीय के 61वें संवत का मथुरा का पाषाण-स्तम्भ तथा मेहरोली का लौहस्तम्भ—जो अपने ढंग का एक चमत्कार है—ही बचे हुए अवशेष हैं। पुराने किले या—इन्दरपत के किले के अन्दर पायी गयी कुछ ईंटों के आधार पर यह अनुमान किया गया है कि यह स्थान कम-से-कम गुप्त युग जितना प्राचीन है। तुगलकाबाद से दक्षिण में कुछ मील पर अकेले तिलतत (सं० तिलप्रस्थ) का स्थान ही प्रस्थ के साथ समाप्त होने वाले प्राचीन स्थानों में से ऐसा है जहाँ गुप्तयुग के कुछ अवशेष विद्यमान हैं।

पंजाब में तीसरी शती में कुषाण साम्राज्य का पतन हुआ, फिर भी उन के उत्तराधिकारी लघु कुषाणों की अधीनता में पंजाब उस समय तक फलता-फूलता रहा जब तक हूणों के प्रलयंकर आक्रमणों ने शक-पहलव-कुषाण युग की पृथग्विध संस्कृति के अवशिष्ट अंश का अन्त न कर दिया। यद्यपि पंजाब का बड़ा भाग गुप्त साम्राज्य में सम्मिलित नहीं था, किन्तु यह बहुत संभव है कि इस का प्रभाव उस प्रान्त में उतना ही व्याप्त था जितना सिन्ध में। पंजाब में बड़े पैमाने पर खोदा गया एक मात्र ऐतिहासिक स्थल तक्षशिला का बड़ा स्थान (Site) है। यहाँ एक के बाद एक कुल तीन नगर बसे जिनमें सिरसुख आखिरी है और इसी के साथ सब से कम छेड़छाड़ हुई है, यह नगर दूसरी शती में उस समय स्थापित हुआ था जब बिर और सिरकप शहर पहले ही खंडहर बन चुके थे। धर्मराजिका स्तूप की विशाल बौद्ध बस्ती ही इस नगर का एक मात्र ऐसा भाग था जो इस सारे युग में बना रहा और हम यहाँ यह देख सकते हैं कि भिक्षु-जीवन प्रारम्भिक शक-पहलव काल से पाँचवीं शती तक कैसे परिवर्त्तित होता रहा। जौलियान, मोहरा मोरदू, क़लवान और भमला जैसी दूर की पहाड़ियों में अनेक विहार विकसित हुए, यहाँ मसाले की सुन्दर तथा कामुक मूर्त्तियों वाली दूसरी गन्धार शैली गुप्त शैली के साथ सम्पर्क को सुनिश्चित रूप से प्रतिफलित करती थी।

इन सब बस्तियों में दाह के स्पष्ट चिह्न हैं, इनसे इनमें कोई संदेह नहीं रहता कि आक्रान्ताओं के हाथों इनका विध्वंस हुआ, ये तोरमाण और मिहिर कुल के वशवर्ती हूण थे। उत्तर-पश्चिम में उस समय बौद्धधर्म प्रचलित था, वे इस के विरोधी थे। विरोध के कारण उन्होंने इस हिस्से में केवल विध्वंस के ही चिह्न छोड़े, जबकि शैवधर्म के प्रति अनुराग के कारण उन्होंने मध्यभारत में कुछ निर्माण कार्य भी किया। ननकाना साहब के निकटवर्त्ती टीलों से लघु कुषाणों की कुछ स्वर्ण मुद्रायें मिलीं हैं। बहावलपुर राज्य में पट्टन मुनारा में ईंट के कुछ बुर्जों की खुदाई हुई है, ये दोनों इस बात के सूचक हैं कि उचित अन्वेषण से पंजाब में गुप्त युग के और अधिक अवशेषों का उपलब्ध होना संभव है। इन सब स्थानों का आंशिक रूप से ही अन्वेषण हुआ है—शाहपुर जिले में भेरा, मध्य पंजाब में सांगला और शोर कोट, लुधियाना के निकट सुनेत का बड़ा स्थान-जहाँ गुप्तयुग की पकी मिट्टी की बहुत सी मुहरें मिलीं हैं—अम्बाला जिले में यमुनातट से अनतिदूर सुध (प्राचीन स्रुघ्न) की जगह करनाल जिले में कैथल के निकट थेह पोलर और अभीन के दोनों स्थान, हिसार जिले में अगरोहा, रोहतक शहर के पास का खोकरा कोट नाम से प्रसिद्ध स्थान—इन सब जगहों में अभी अधूरी ही खोज हुई है किन्तु इन स्थानों में पहले ही जो कुछ पाया जा चुका है वह यह अच्छी तरह सिद्ध कर देता है कि गुप्त युग में ये सब स्थान फल-फूल रहे थे। सरढेरी (पेशावर घाटी), सहरी बहलोल, तख्ते-बाही, जमालगढ़ी और वाला हिस्सार जैसे पहले ही आंशिक रूप से अन्वेषित टीलों से कुषाणों के बाद के कई कालों के मृत्पात्रों, पकी मिट्टी तथा मसाले की वस्तुओं के अवशेष निकले हैं। यदि बन्नू के पास अकरा टीले तथा डेरा इस्माइल खां जिले में काफिर कोट जैसे टीलों की परीक्षा की जाय तो ये गुप्तयुग के पुरातत्त्व के हमारे ज्ञान को अवश्यमेव बढ़ाने वाले होंगें।

कश्मीर में, हरवान (षडर्हद्वन) में, पहाड़ी के पार्श्व पर विद्यमान बौद्ध अवशेष इस युग के अत्यधिक महत्वपूर्ण स्मारक हैं। दुस्कुर (प्राचीन हुविष्कपुर), परसपुर (परिहासपुर) पंडरेथान (पुराणाधिष्ठान) के आस-पास अन्य महत्वपूर्ण स्थान हैं जो ललितादित्य के गौरवपूर्ण युग—आठवीं शती से पहले के हैं।

राजस्थान में खुदाइयों से जयपुर के दक्षिण-पूर्व में रेंढ़ के व्यापारिक और धातुशोधक केन्द्र का पता चला है। सांभर झील के पास नलियासर के स्थान और नगर या कर्कोटनगर (दक्षिणी जयपुर में मालवों की एक प्राचीन राजधानी) जैसे स्थानों में खुदाइयों से कई बस्तियों की सत्ता प्रकट हुई है। अन्तिम स्थान पर खुदाइयों से यह पता चला है कि यद्यपि यह नगर दसवीं शती तक बना रहा किन्तु जैसा कि इस की उत्कृष्ट नगर योजना से ज्ञात होता है इसका समृद्धतम काल गुप्त युग ही था। इसी प्रकार सांभर (प्राचीन शाकम्भरी) का शहर नवीं, दसवीं शती तक बना रहा, किन्तु गुप्त युग से संबद्ध स्तर ही सबसे मजबूत इमारतों और अत्यधिक कलापूर्ण वस्तुओं को प्रदर्शित करते हैं।

जोधपुर में पोखरन (प्राचीन पुष्करण), भिनमाल (गुर्जरों का प्रारम्भिक स्थान) और मन्दोर (प्राचीन माण्डव्यपुर) जैसे प्राचीन स्थानों की वस्तियां अवश्यमेव गुप्त युग में बसी होंगी। बीकानेर में हनुमानगढ़ से बहुत सी मुहरों के साथ, पिछली कुषाण शैली की पक्की मिट्टी की बहुत सी अलंकृत खपरेलें निकलीं हैं। उदयपुर में नगरी (प्राचीन मध्यमिका) की खुदाइयों से मौर्य युग से गुप्त युग तक के अवशेषों की सत्ता प्रकट हुई है। कोटा राज्य में बडवा और अन्तह जैसे दूसरी तीसरी शती के कई प्राचीन स्थान हैं, झालावाड़ राज्य में गंगधर में एक स्तम्भ है। इस पर मालवा के शासक राजा विश्ववर्मा का 423-24 ई० का अभिलेख है, इस में सिंचाई के कुंओं, जलाशयों, मन्दिरों और सेतुबन्ध जैसे सार्वजनिक कार्यों का वर्णन है।

सिन्ध प्रान्त में गुप्तयुग के अतिरिक्त अन्य किसी ऐतिहासिक युग के अवशेष लगभग नहीं के बराबर हैं। इस प्रकार सिन्ध का सारा पुरातत्व तीन युगों में बांटा हुआ है प्रागैतिहासिक, गुप्त और मुस्लिम। सिन्धु घाटी की सभ्यता को गुप्त युग से पृथक करने वाला अन्तर तीन सहस्राब्दी का है, गुप्त युग ८वीं शती के प्रारम्भ में अरबों के आगमन के साथ एक दम समाप्त हो जाता है। इस प्रकार मीरपुर खास के स्तूप से प्राप्त मूल अवशेष संभवतः मौर्य युग के हैं किन्तु ऊपर की रचना, अलंकरण तथा मूर्त्तियों का शिल्प उस विशाल स्तूप को स्पष्ट रूप से गुप्त युग का बताता है। मोहेन्जोदड़ों में सबसे ऊँचे टीले की चोटी वाले स्तूप

और बिहार को तीसरी शती ई० का समय दिया गया है, यह गुप्त युग से थोड़ा ही पहले का है तथापि निर्माताओं ने निर्माण या सजावट के लिये नई ईंट बनाने का कोई प्रयत्न नहीं किया। दूसरी ओर, सिन्ध में गुप्त निर्माताओं ने प्रत्येक प्राचीन स्थान पर अपना चिह्न छोड़ा है। गुप्त-युग के प्रभाव के क्षीण या लुप्त होने से पहले ही अरबों ने सहसा सिन्ध को जीत लिया। अरब स्वयं कोई बड़े निर्माता भी नहीं थे। अतः गुप्त-युग की विरासत पूरे तौर से मलियामेट नहीं हुई। उत्तरी सिन्ध में ब्रह्मनाबाद-मन्सूरा का विशाल नगर गुप्त-युग में समृद्ध अवस्था में था, यद्यपि आरम्भिक अरबों के समय में यहाँ इमारतों में जिनकी संख्या काफी बड़ी थी लोग बसते थे तथापि ईंट के कुंएँ, नालियाँ, तर्पण शिलाएँ जो मिट्टी के नलकों द्वारा नालियों से जुड़ी हुई थीं मृत्पात्र, विशिष्ट तरहों वाली अलंकृत ईंटें, सीप के जड़ाऊ टुकड़े तथा गुरियां गुप्त प्रभाव की प्रमुखता को सूचित करती हैं। अरब बाशिंदों से गुप्त प्रभाव में बहुत कम बाधा पड़ी।

सिन्ध में गुप्त-कला के सर्वोत्तम उदाहरण मीरपुर खास से मिले हैं, यह सिन्ध की सीमावर्त्ती पूर्वी मरुभूमि के एक किनारे पर है। इस स्थान से निकली ब्रह्मा की मूर्त्ति--जो अब कराची संग्रहालय में है—कला का सुन्दर नमूना है; मीरपुर खास कस्बे के निकट कहु-जो-दड़ो के नाम से प्रसिद्ध स्तूप के वाह्य भाग को सजाने वाली पक्की मिट्टी की मूर्त्तियाँ मथुरा और सारनाथ की पाषाण प्रतिमाओं जैसा प्रभाव डालने वाली हैं। पकी मिट्टी के ये अधिकांश चौके बुद्ध को पद्मासन पर ध्यान-मुद्रा में बैठा हुआ प्रदर्शित करते हैं, पीछे एक बड़ा तकिया है, यह पद्म-दलों और बेलबूटों से सजा हुआ है। जो नक्काशीदार ईंटें अन्तरालों के उदग्रों (उभारों) और ताकों में लगायी जाती थीं, उनकी विशिष्ट तरहों में एकान्तर वर्ग, चारपत्री, सर्पिल मुड़ाव, परस्पर जुड़ी शृंखला, लतापत्रावली, खिले कुसम, निम्नाभिमुख पद्मावली और हीरे सबसे उल्लेखनीय हैं। मूर्त्तियों की तरहों में, वृत्ताकार पट्टिकाओं पर छोटी, नाटी पीवरतनु, पालथी मार कर बैठी हुई मूर्त्तियाँ, जिनका सोपानवत् अलकें दोनों ओर गिर रही हैं, कीर्त्तिमुख या सिंहों के चेहरे और बौने हैं। स्तूप के दिल्हों (panels) पर जाली के काम के कुछ वही नमूने हैं जो सारनाथ में धमेख स्तूप पर मिलते हैं—तिहरे कोष्ठ के साथ

मीरपुर खास के स्तूप की वर्गाकार योजना संभवतः वैसी ही थी जैसी मोहेन्जो दड़ो में रही होगी। अपने बाह्य अलंकृत उदग्रों को अक्षत सुरक्षित रखने वाला एक अन्य विद्यमान स्तूप थुल्-मीर-रुकन है, जिसमें चतुरस्रस्तंभ के शीर्ष अब तक इण्डो-कोरिन्थियन शैली की कुछ स्मृति रखे हुए हैं। टांडो मुहम्मद खान के पास सुधेरेन्जो-दड़ो के नाम से प्रसिद्ध स्तूप की कुर्सी का नक्शा वर्गाकार रहा होगा किन्तु ऊपर की रचना में मिट्टी के सूखे गिलावे की हद ही बची रही है। सफ़ाई करते हुए यहाँ मिली नक्काशीदार ईंटें इसे असंदिग्धरूप में गुप्त युगीन बताती हैं—ब्रह्मनाबाद के पास देवर-गंगरो के स्तूप का आधार 50 फुट वर्ग है, इसके काल का ज्ञान नक्काशीदार ईंटों से होता है किन्तु यह संभव है कि अधिक पहले के अवशेष नीचे दबे पड़े हों। टट्टा के निकट झेहंक भी गुप्त युग में एक महत्वपूर्ण स्थान रहा होगा, यह बात पहाड़ी की चोटी पर स्तूप के स्थान के आस-पास पायी गयी नक्काशीदार ईंटों के अलंकरण से सूचित होती है। सिन्ध में गुप्त अवशेषों के हमारे ज्ञान में नवीनतम वृद्धि झुकर नामक स्थान से हुई है, यहां सिन्धु सभ्यता के पिछले रूप के प्रदर्शक अवशेष गुप्त युग की बस्ती के नीचे दबे हुए थे। इन इमारतों में बहुत कम ठोस रचनायें हैं किन्तु इनमें कुछ उल्लेखनीय मिट्टी के बर्त्तन, सिक्के और मुहरें पायी गयी थीं।

कच्छ अब तक गुप्त काल के कोई निश्चित अवशेष नहीं मिले। काठियावाड़ में जहां के समृद्धशाली वलभी राज्य ने शुरू में गुप्त साम्राज्य की अधीनता स्वीकार की थी जितने ताम्रपत्र छोड़े हैं उतने अन्य किसी वंशने नहीं, किन्तु तुलनात्मक दृष्टि से उनके भौतिक अवशेष बहुत कम हैं। जूनागढ़ के निकट की सुदर्शन झील की अन्तिम बार मरम्मत गुप्तों की अधीनता में हुई थी, अब भूतल पर इस झील के चिन्हों को ढूंढ़ निकालना बड़ा कठिन है। गिरनार की मुख्य पहाड़ी को घेरने वाली पहाड़ियों के वलय में गुप्त-काल के कुछ स्थान हैं, इनमें बोरी का बौद्ध स्थान विशेष उल्लेखनीय है। मध्य-कालीन इतिहास के प्रत्येक विद्यार्थी को प्रभासपट्टन के सोमनाथ तीर्थ की ख्याति ज्ञात है, किन्तु पहले युगों के अवशेषों का अन्वेषण अभी शेष है। वल या प्राचीन वलभी से कभी-कभी इस की पुरानी महत्ता के स्मारक मिल जाते हैं और भावनगर

के निकट हथब (प्राचीन हस्तावप्र) गुप्त युग में एक महत्वपूर्ण स्थान था। पश्चिमी काठियावाड़ में गोप का मन्दिर एक विशिष्ट गुप्त कृति है, इस स्थान पर तथा गुमली में अब तक अज्ञात वंश के कुछ महत्वपूर्ण ताम्रपत्र और मनोरंजक मन्दिर मिले हैं, अतः इन दोनों स्थानों में और अन्वेषण की आवश्यकता है।

हमारे पास मालवा और उत्तर में उसके साथ लगे प्रदेश की समृद्धि की पर्याप्त साक्षी है। मन्दसोर (प्राचीन दशपुर) में वर्मन वंश से संबन्ध रखने वाले स्थानीय शासकों ने पांचवीं-छठी शती के अपने अनेक उल्लेख छोड़े हैं। भिलसा (प्राचीन विदिशा) और सांची में अवशेषों तथा खुदाइयों से पूर्वी मालवा में गुप्त कला और वास्तु के एक अति प्रबल केन्द्र के अस्तित्व का पता चलता है और पवाया (प्राचीन पद्मावती) की खुदाइयों से एक बड़ा मन्दिर और तीसरी चौथी शती की अद्वितीय पक्की मिट्टी की मूर्त्तियाँ प्रकाश में आयी हैं। अधिकांश विद्वानों ने महाकवि कालिदास को गुप्तयुग का ठहराया हैं, उसने मालवा के साथ घनिष्ठ परिचय प्रदर्शित किया है। उस समय के मिले पदार्थों से प्रमाणित साहित्यिक संकेतों से यह संभव है कि तत्कालीन नगरों, देशों और नदियों का स्थान-विनिश्चय तथा तत्कालीन जीवन का पुनर्निर्माण किया जा सके। उज्जैन की खुदाइयों से गुप्त युग की एक क़ब्रगाह निकली है, इसमें नियमित रूप से गाड़े गये कुछ अस्थिपंजर हैं, इनके साथ बिखरे पदार्थ यह बताते हैं कि ये निश्चित रूप से गुप्तयुग के हैं। मध्यभारत में बुन्देलखण्ड के पार्वत्य प्रदेश में, गुप्तों के दो समृद्धिशाली करद राज्यों ने अनेक अवशेष छोड़े हैं। भुमरा, नचना-कुठर, मझगाँवां कारी तलाई (ये सब मध्यभारत क्षेत्र में हैं), एरन (सागर ज़िला) जैसे स्थानों ने, स्तम्भों, पाषाण मन्दिरों और मूर्त्तियों आदि के रूप में इस युग के अनेक अवशेष प्रदान किये हैं। झाँसी ज़िले में देवगढ़ के मन्दिर ने तथा कोटा राज्य में दर्रा या मुकुन्दरा के भग्न देवालय ने मध्यभारत के विशिष्ट गुप्त मन्दिरों के नमूनों के मनोरंजक उदाहरण उपस्थित किये हैं। इन मन्दिरों का विशेष चिन्ह यह है कि इनमें एक उठी वर्गाकार कुर्सी होती है, इसकी मुंडेर मूर्तियों से सजी होती है और कुर्सी के केन्द्र में

एक वर्गाकार गर्भगृह होता है । देवगढ़ मन्दिर में रामायण-महाभारत के अनेक अलंकरणात्मक उच्चित्र हैं, अगले अध्याय में इनका वर्णन होगा ।

महाकोशल और विदर्भ का अधिकांश भाग शक्तिशाली वाकाटक वंश के अधीन था । यहाँ अजन्ता की विश्वविख्यात चट्टानों में काटी हुई गुहाओं जैसे स्मारक ही वर्त्तमान अवशेष हैं, यद्यपि महत्वपूर्ण अवशेष अब तक दबे पड़े हैं । रामटेक (प्राचीन रामगिरि) और इसके साथ लगा गुप्तयुग के विहारों ज्वाला मानसर (मानस-सरोवर) और आसन्नवर्त्ती पहाड़ियों पर शख लिपि के अभिलेखों की ठीक से जांच होनी चाहिए । दो नदियों के बीच में उच्चभूमि पर स्थित रमणीक पौनार (वाकाटक वंश की एक मुख्य राजधानी प्रवरपुर) की खुदाई अभी होनी है । दक्षिण में, चाँदा ज़िले में पओनी और भण्डक तथा भण्डारा जिले में देवटेक और पदमपुर अन्य ऐसे महत्वपूर्ण स्थान हैं, जहाँ वाकाटक युग के अवशेष निकलने चाहिये । महाकोशल प्रदेश में रायपुर ज़िले में सिरपुर और रजिम और विलासपुर जिले में मल्हार और चन्द्रपुर ऐसे प्रधान स्थान हैं जहाँ से इस युग के अवशेष पाये गये हैं । जबलपुर में भेड़ा घाट के पास से तीसरी शती की दो उत्कीर्ण लालबलुये पत्थर की मूर्तियाँ मिली हैं । ऐसा प्रतीत होता है कि त्रिपुरी (आधुनिक तेवर) का स्थान आरम्भिक काल का है यद्यपि बाद में यह कलचुरियों की राजधानी बना । बराट में इस युग का सबसे अधिक महत्वपूर्ण स्थान बसिम या प्राचीन वत्स गुल्म है । अमरावती ज़िले में वर्धा के तट पर कुण्डिनपुर में कई टीले हैं, अब ये अधिकतर नदी द्वारा कट चुके हैं । बुलडाना जिले का दक्षिणी भाग विशेषत: लोनार झील का समीपवर्त्ती प्रदेश एक अन्य आशाजनक प्रदेश है, यहाँ अश्मक देश की बस्ती के आरम्भिक काल के अवशेष मिल सकते हैं ।

उड़ीसा में, भुवनेश्वर के निकट शिशुपालगढ (संभवत: प्राचीन तोसली यही है) पुरातत्त्वीय दृष्टि से पिछले गुप्तयुग के लिये सबसे अधिक महत्वपूर्ण है । जयपुर की पहाड़ियों में उदयगिरि, ललितगिरि और रत्नगिरि के नाम से प्रसिद्ध बौद्ध स्मारकों के समूह से अनेक मूर्त्तियाँ मिली हैं, इन्हें छठी शती का समय दिया जा सकता है, मयूरभंज में खिर्यिग की पुरानी राजधानी भी इसी युग की

है। खण्डगिरि और उदयगिरि की पिछली गुहा में, भुवनेश्वर और जयपुर की आरम्भिक बस्तियाँ तथा बौद्ध आदि आरम्भिक स्थान भी संभवतः इसी प्राचीन काल के हैं। गुप्तयुग में उड़ीसा को जो प्रोत्साहन मिला, उसने उस नींव का काम किया जिस पर परवर्ती युगों में इस प्रान्त ने वास्तु-कला की ऊँचाइयाँ प्राप्त की।

दकन में तीसरी से शुरू होने वाली चार शतियों ने सातवाहन साम्राज्य के ह्रास और अन्त से, वाकाटकों, कलचुरियों और कदम्बों के युग तक तथा अन्त में चालक्यों के उत्थान तक महान् परिवर्त्तन देखे। पुरातत्त्वीय दृष्टि से हीनयान सम्प्रदाय की बड़ी बौद्ध गुहाओं का युग समाप्त हो चुका था, महायान सिद्धान्तों के आगमन से वर्त्तमान गुहाओं में अनेक परिवर्त्तन प्रारम्भ हुए थे, विशेषतः बुद्ध और तारा की उभरी मूर्त्तियों का प्रवेश हुआ। माना जाता है कि पहाड़ियों में खोदी गुहाओं के अतिरिक्त बहुत कम वास्तविक अवशेष बचे हैं, किन्तु ऐसा विचार इस विषय में उचित अन्वेषणों के अभाव के कारण ही है। बीदर ज़िले में कोण्डपुर और गोदावरी तट पर पैठन में और औरंगाबाद ज़िले में भोकरधन (प्राचीन भोगवर्धन) जैसे स्थानों की हाल की खुदाइयों से दकन में सातवाहनों और परवर्त्ती युगों के अध्ययन के लिये प्रचुर सामग्री निकली है। कोल्हापुर में पंचगंगा नदी के तटों पर पुराने ब्रह्मपुरी के स्थान से कुछ इमारती अवशेष मिले हैं, इससे ज्ञात होता है कि तीसरी शती में दक्षिण में तथा उत्तर में ईंटों की तहों के नीचे रोंदी मिट्टी की कठोर तहों की नींव देने की विशिष्ट पद्धति प्रचलित थी। वडगाँव माधवपुर के निकट बेलगाँव के पुराने स्थान से भी इसी बात की पुष्टि होती है। मैसूर के चित्तलद्रुग ज़िले में चन्द्रवल्ली और ब्रह्मगिरि नामक स्थानों की खुदाइयों से सातवाहन और कदम्ब युगों के अवशेष निकले हैं। बेलगाँव जिले में हलसी (प्राचीन पलाशिका) और कनारा जिले में वनवासी (प्राचीन वैजयन्ती) कदम्बों की दो राजधानियाँ थीं, इन दोनों में, विशेषतः पिछले स्थान के कुछ टीलों की खुदाई होनी चाहिये। कुल मिलाकर दकन में भौतिक संस्कृतियों के उचित अनुक्रम को स्थापित करने के लिये पर्याप्त कार्य की आवश्यकता है।

आन्ध्रदेश विशेषतः गुन्टूर और कृष्णा के आधुनिक ज़िलों वाली कृष्णा घाटी तीसरी शती के प्रारम्भ में इक्ष्वाकुओं के समृद्ध राज्य की राजधानी थी। धर्मनिष्ठ राजाओं, रानियों तथा उनके अन्य संबन्धियों ने सारी निचली कृष्णा घाटी में अपने धार्मिक उत्साह के पर्याप्त चिन्ह छोड़े हैं। अमरावती और नागार्जुनी कोंडा (प्राचीन श्रीपर्वत) उनके प्रधान केन्द्र थे, इन स्थानों से मिले संगमरमर पत्थर पर खुदे उच्चित्रों ने हमें उनके धर्म, कला और संस्कृति का विस्तृत परिचय दिया है। ऐसा प्रतीत होता है कि पालनाड प्रदेश में पूर्वी घाट के मुलायम, गुलाबी संगमरमर ने इक्ष्वाकु कलाकारों को उनके काम के लिये आदर्श माध्यम प्रदान किया, यह दक्षिण के प्रायद्वीप में अन्यत्र दुर्लभ था। जिन स्थानों से अवशेष (प्रायः बौद्ध स्मारक) निकले हैं और जो स्थान अब भी व्यवस्थित खुदाई की बाट जोह रहे हैं—वे ये हैं—पालनाड में गोली और रेष्टला, गुण्टुर के दक्षिण में चेब्रोलू, कृष्णा डेल्टा में जगय्यपेट्ट, घण्ट पल्ले और भट्टि-प्रोलु, कृष्णा के दांये किनारे पर रामिरेड्डिपल्ली (या गुम्मडिड्डुर्रु) और अल्लुरु। नरसराओपेट (गुण्टूर जिला) के निकट चेजर्ला एक अन्य स्थान है जहाँ अर्धवृत्ताकार मन्दिर का दुर्लभ नमूना है, बाद में इसे शैव मन्दिर में परिर्वात्तत कर दिया गया। गोदावरी घाटी में पीठापुरम् का स्थान है, इसकी, कोट्टुर, एरण्डपल्ल, देवराष्ट्र और वेंगि जैसे आन्ध्रदेश के अन्य स्थानों की भाँति इस युग के अवशेषों के लिये खुदाई होना बाकी है। विजगापट्टम ज़िले में शंकरम्, रामतीर्थम्, सलिहुण्डम् के अतिरिक्त प्राचीन काल में कलिंग नाम से प्रसिद्ध महत्व-पूर्ण समुद्री प्रान्त का प्राचीन अवशेषों के लिये बड़ा अपर्याप्त निरीक्षण हुआ है, यहाँ तक कि इस युग के विष्णुकुण्डिनों, पूर्वी गंगों जैसे विभिन्न छोटे राजवंशों की राजधानियों के स्थान भी निश्चित नहीं हुए।

इस देश के बिल्कुल दक्षिण—तमिलनाड—में, चिंगलपट ज़िले में कांची या कांजीवरम् ने सारे ऐतिहासिक काल में अपनी प्रधानता बनाये रखी, यह दक्षिण के पहले ऐतिहासिक वंश-पल्लव वंश की राजधानी थी। यहाँ पल्लवमेडु के नाम से प्रसिद्ध टीले हैं, ये संभवतः मध्य पल्लव युग के हैं, कांजीवरम् के प्रसिद्ध कैलासनाथ और वैकुण्ठ पेरुमाल मन्दिरों तथा सात पगोडा स्मारकों का भी यही

काल है। चोल तथा पिछले युगों के मन्दिर निर्माण के विशाल प्रोग्राम ने भीतरी भाग में पहले युग के शायद ही कोई अवशेष छोड़े हों किन्तु पाण्डिचरी के निकट अरिकमेडु और टोन्नेवल्ली ज़िले में कोरकई जैसी समुद्रतट की मण्डियों का रोमन साम्राज्य से संबन्ध था। यहाँ से दूसरी तीसरी शती की पुरानी वस्तुयें निकली हैं। वर्त्तमान समय में इन स्थानों का व्यस्थित अन्वेषण चल रहा है और यह संभव है कि शाही रोमन युग की सुनिश्चित तिथि वाली पुरानी वस्तुओं से ज्ञात समसामयिकता पुरातत्त्ववेत्ताओं को इस योग्य बना सके कि वे विविध स्थानों के परिणामों के तुलनात्मक अध्ययन से दक्षिण की भौतिक संस्कृतियों के अनुक्रम को स्थापित कर सकें।

अन्त में, यह कहा जा सकता है कि गुप्तयुग इस देश की समूची लम्बाई-चौड़ाई में पायी गयी बौद्धिक क्रियाशीलता के सब क्षेत्रों में स्वदेशीय प्रतिभा की पराकाष्ठा और चरमावस्था का प्रतिनिधित्व करता है। यदि मौर्य साम्राज्य ने भारतीयपन के उल्लेखनीय उत्कर्ष को प्रदर्शित किया तो यह प्रबल केन्द्रीय संचालन के प्रोत्साहन से हुआ, किन्तु गुप्तयुग में यह एक स्वतः स्फूर्त उद्रेक था, जो प्रत्येक क्षेत्र में परिव्याप्त था, जिसने न केवल सम्पूर्ण महाद्वीप को आप्लवित कर रखा था, अपितु जो समुद्र पार अन्य देशों में फैल रहा था।

अध्याय 22

ललित कलाएँ

इस अध्याय में हम लग० 200 ई० से 650 ई० तक की ललित कलाओं का सर्वेक्षण करेंगे। सुविधा के लिए यह काल दो भागों में बांटा गया है। 200-320 ई० तक प्राग्गुप्त है तथा 320-650 ई० तक गुप्तयुग। इसमें कोई संदेह नहीं कि उत्तरी भारत में, प्राग्गुप्त युग में कलात्मक क्रियाशीलता पुरानी परम्पराओं के अनुसार मथुरा और पेशावर जैसे प्रसिद्ध केन्द्रों में जारी रही होगी किन्तु इसके विशिष्ट नमूने सुरक्षित नहीं रहे। यह स्मरण रखना चाहिये कि कुषाण साम्राज्य के विघटन से पंजाब और उत्तर प्रदेश की अनिश्चित राजनैतिक अवस्था तथा अनेक छोटे राज्यों के आविर्भाव से (जैसा प्रथम और द्वितीय अध्याय में बताया जा चुका है) कला की प्रगति के लिये वातावरण बहुत ही कम अनुकूल रहा। अतः प्राग्गुप्त कला का अध्ययन केवल दक्षिण भारत में ही किया जा सकता है।

दक्षिण भारतीय कला (लग० 200 से 350 ई०)

1. मूर्तिकला

दक्षिण भारत ने अमरावती, नागार्जुनी कोंडा, घण्टसाल, गुम्मदिदुर्रु और गोली जैसे अनेक केन्द्रों में कला के कुछ महत्वपूर्ण और मनोरंजक स्मारक छोड़े हैं। सातवाहन-कला शक कला से घनिष्ठ सादृश्य रखती है, इसकी परम्परा अमरावती (फलक IV, 1) में जीवित देखी जा सकती है। यहां तृतीय शती के प्रारम्भ में हमें इसकी क्रियाशीलता के अन्तिम रूप का दर्शन होता है। इस समय निर्मित मानवीय मूर्तियाँ पूर्ववर्त्ती युग की प्रतिमाओं की अपेक्षा कुछ अधिक कृशांग हैं, किन्तु उनमें एक अपना ही सौन्दर्य है। इस युग की कुछ उल्लेखनीय नवीनतायें हैं—मोतियों के लम्बे और सुन्दर **यज्ञोपवीत** राजमुकुट में सिंहशीर्ष का अभिप्राय, नारियों की केश रचना में **मकरी** का अभिकल्प।

वैजयन्तीपुर के चुटूकुल सातकर्णियों की कला भी इसी युग से संबन्ध रखती है किन्तु नाग की एक उत्कीर्ण मूर्ति ही इसका एक मात्र उपलब्ध नमूना है।

अब हम नागार्जुनी कोंडा, घण्टसाला गुम्मदिदुरु और गोली[1] के धार्मिक स्मारकों का विचार करेंगे। इनमें अधिकांश इक्ष्वाकु वंश के राजाओं और रानियों के बनाये हैं। इस वंश को यह श्रेय प्राप्त है कि इसने अन्धकार के इस युग में कृष्णा घाटी में कला की ज्योति को प्रज्वलित रखा। उपर्युक्त स्थानों की मूर्त्तिकला में स्वभावतः प्रारम्भिक अमरावती शैली की परम्परा जीवित है। इसमें पर्याप्त गुणवत्ता और ओज है।

स्तूपों के शिला-केचुक पर खूब नक्काशी है। बुद्ध को कभी मानवीय रूप में दिखाया गया है और कभी प्रतीक से चक्र और त्रिशूल से अधिष्ठित अर्चिष्मान् स्तम्भ के रूप में। मानवीय रूप में उन्हें प्रायः बैठा हुआ दिखाया जाता है, अजंता की पिछली गुप्त वाकाटक युगीन प्रतिमाओं की भांति उनकी टांगें नीचे लटकती हुई तथा पादपीठ पर आश्रित होती हैं। **महाभिनिष्क्रमण**, (फलक IV, 2), संबोधि, जन्म, मार-विजय जैसे बुद्ध की जीबनी के दृश्यों का एक ऐसी शैली में खूब चित्रण हुआ है जो अमरावती की शैली से घनिष्ठ साम्य रखती है। इनमें अनेक के विषय जातक कथा से भी लिये गये हैं। गोली के अलंकरण में छद्दन्त जातक कुछ विस्तार से चित्रित है। मथुरा तथा कृष्णा घाटी का एक लोकप्रिय कथावस्तु नन्द और जनपदकल्याणी की गाथा थी। यह नागार्जुनी कोंडा में बड़े प्रभावशाली ढंग से उत्कीर्ण की गयी। अमरावती में पायी जाने वाली **शशजातक** की कथा नागार्जुनी कोंडा तथा गोली में दुहरायी गयी है। इन सब स्थानों की मूर्त्तियों में प्रायः मान्धाता की शक्ति की पूर्ण प्रफुल्लता पर बल दिया जाता है, नागार्जुनी कोंडा में इस सम्राट के पतन तथा प्रायश्चित्त को विशेष चित्रण के लिये चुना गया है। कभी-कभी इस प्रसिद्ध केन्द्र की कला में मथुरा की कला के साथ गहरी समानता के नमूने मिलते हैं। कुषाण मूर्त्तिकला का एक प्रिय विषय इन्द-

1. ये स्थान गुण्टूर और कृष्णा ज़िलों में हैं।

सेलगुहा में भगवान्बुद्ध के पास इन्द्र का आगमन था, नागार्जुनीकोंडा में इसका बड़े सुन्दर रूप में चित्रण हुआ है। बुद्ध से अजातशत्रु की भेंट का भरहुत वाला दृश्य अमरावती में भी उत्कीर्ण है। नागार्जुनीकोंडा में बड़ी सावधानी से इसका पुनरावर्त्तन है। विशेष रूप से उल्लेखनीय मूर्त्तियों में हम इनका निर्देश कर सकते हैं, घन्टसाल से प्राप्त मार-विजय का सुन्दर दृश्य, गुम्मदिदुरु से उपलब्ध स्तूपों की आकाशचारी सुन्दर कैंडे वाली मूर्त्तियां गोली में वेस्सन्तर की कथा को चित्रित करने वाले भव्य चौखटे (पेनल) तथा एक खिलौना—घोड़े गाड़ी को खींचता हुआ बालक, चौक के मध्य में मिथुन मूर्त्तियां और नागार्जुनी कोंडा में चौकों की लम्बी पंक्तियों के अन्त में यक्षी मूर्त्तियां।

नागार्जनीकोंडा में कोट तथा पाजामे पहने शक सैनिक की उत्तरी पोशाक किंचित वास्तविक बाह्य प्रभावों को प्रदर्शित करती हैं। यह भी आश्चर्य की बात है कि वज्रपाणि देवता के हाथ के वज्र में, अमरावती में तो दोनों सिरों पर तीन शूल हैं किन्तु नागार्जुनी कोंडा में गन्धार मूर्त्तिकला के शस्त्र की भांति इसके सिरे चपटे हैं।

तुलनात्मक अध्ययन यह बताता है कि कुछ अभिप्राय विशेष रूप से लोकप्रिय थे। इनमें से एक पेट पर सिर वाला बौने का चित्रण है। यह तीसरी शती में न केवल अमरावती और घण्टसाल में मिलता है, अपितु बाद में गुप्त-वाकाटक मूर्त्तिकला में तथा अजन्ता में भी पुनः प्राप्त होता है। यह अभिप्राय दक्षिण से वाकाटक राज्य में होता हुआ केवल गुप्त साम्राज्य के मूल प्रान्तों तक ही नहीं पंहुचा, (क्योंकि इसे हम सारनाथ में पाते हैं) अपितु इसने समुद्रों को पार किया और जावा के सुन्दर अलंकरण में भी स्थान पाया।

2. वास्तुकला

प्राग्गुप्त युग में कृष्णाघाटी का वास्तु प्रधान रूप से बौद्ध है और स्तूप में केन्द्रित है। स्वभावतः अमरावती में इसका आरम्भिक रूप इस कला का आदर्श था। उत्तरी भारत के स्तूपों की भांति दक्षिण के स्तूप चबूतरों पर

बने होते थे। चबूतरे तक पंहुचने के लिये सीढ़ियां होती थीं। कृष्णा घाटी में ठोस स्तूपों की योजना दो वृत्ताकार दीवारों को प्रदर्शित करती है, एक तो नाभि में होती थी और दूसरी बाहर की ओर। दोनों के बीच का अन्तर अरें जैसी दीवारों से विभक्त रहता था। दीवारों के बीच के खाली स्थान को मिट्टी के गारे से भरा जाता था। (स्तूप के) ढोल का बाहरी आवरण संगमरमर के खूब नक्काशीदार शिलाफलकों का होता था। ढोल का अर्धगोलाकार शिखर चूने तथा मसाले के काम से सजाया जाता था। चारों दिशाओं में चार आयताकार प्रक्षेप होते थे। इन पर पांच स्वतंत्र खड़े खम्भों की कतार टिकी रहती थी। इन पर उत्कीर्ण अभिलेखों में इन्हें आयक खम्ब (आयंक **स्तम्भ** अर्थात पूजार्थ खम्भा) का नाम दिया गया है। आयक खम्भे, आयक चबूतरे जिन पर खम्बे खड़े हुए हैं तथा सिहों से रक्षित सादे तौरपर बने तोरण आन्ध्रदेश के स्तूपों की ऐसी विशेषतायें हैं, जो अन्यत्र नहीं पायी जातीं। स्तूप तथा बाहरी जंगले के बीच के प्रदक्षिणापथ तक तोरण के पास की सीढ़ियों से पंहुचा जा सकता था। इनमें पहली अर्धवृत्ताकार होती थी, उसे **चन्द्र पाषाण** कहते थे। इसे जानवरों के झुण्डों तथा सुन्दर ढंग से बनायी बेल से सजाया जाता था। सोपान के निचले सिरे पर **चन्द्र पाषाण** लंका में गुप्त स्तूपों की एक नियमित विशेषता है। ये देवगढ़ के मन्दिर में भी पाये जाते हैं।

नागार्जुनीकोंडा के **चैत्य-अवशेष** यह बताते हैं कि इसकी योजना अर्धवृत्ताकार थी, इसके भीतर वाले दूरवर्त्ती सिरे पर चढ़ने का एक मनौती वाला स्तूप होता था जिसकी पूजा होती थी। बड़े स्तूपों की भांति चैत्यों में भी सोपानों से पंहुचा जाता था। यह **चन्द्र पाषाण** से प्रारम्भ होता था। ये परवर्त्ती भवन-चैत्य योजना और रूप में, पश्चिमी भारत में कार्ली तथा अन्य गुहाओं में चट्टानों में काटे चैत्यों से भिन्न नहीं हैं।

विहार अथवा भिक्षुओं के निवास कई कमरों से मिलकर बने होते थे। ये कमरे प्रायः एक आयताकार आंगन के चारों ओर होते थे। नागार्जुनी-कोंडा की खुदाइयों में ऐसे बिहारों की नींवें निकलीं हैं। इनसे यह ज्ञात हुआ

है कि कमरों और कुछ दरवाजों के मार्ग में चन्द्र पाषाण वाली छोटी सीढ़ियाँ और मकर के जंगले होते थे जिनकी ऊँचाई अधिक नहीं होती थी।

नागार्जुनीकोंडा में कई स्तम्भ पंक्तियों में हैं, जो अब गिर चुके हैं किन्तु पहले ये एक दालान (हाल) में लगे थे। दक्षिण भारत में यह दालानों का एक नमूना है। बाद में ये मन्दिरों के साथ जुड़ गये। कई बार इनमें एक हज़ार तक खम्भे होने लगे।

II. गुप्तयुग की कला

गुप्तयुग (लग० 350-650 ई०) की कीर्ति इस काल की कला की मूर्त्त रचनाओं में स्थायी बन गयी हैं। इस युग ने समूचे भारत में अभूतपूर्व कलात्मक क्रियाशीलता का साक्षात्कार किया, इसी युग में अति सुन्दर कला के लक्ष्यों का विकास तथा पूर्णता हुई। मूर्त्तिकला, चित्रकला, मृण्मूर्त्तिकला आदि कला के विविध रूपों ने ऐसी परिपक्वता, संतुलन और अभिव्यक्ति की नैसर्गिकता प्राप्त की जहाँ तक कोई पंहुच न सका। हमारे कुछ अत्यधिक सुन्दर स्मारक जो भारत की कलात्मक उन्नति के चरम उत्कर्ष के प्रतिनिधि हैं—गुप्तयुग की सांस्कृतिक विरासत हैं। इनमें अजंता के अमर भित्ति-चित्र अग्रणी हैं।

इस सर्वव्यापी कलात्मक क्रियाशीलता ने लगभग सारे देश को प्रभावित किया। अनेक नये केन्द्रों के अतिरिक्त मथुरा, वाराणसी और पटना जैसे प्रसिद्ध प्रान्तीय केन्द्र नवीन बौद्धिक और आध्यात्मिक आन्दोलन के पीठ स्थान बने, इस युग की आर्थिक समृद्धि ने जीवन को एक अह्लादक दृष्टि प्रदान की। समाज और राज्य की आदर्श अवस्थाओं में कला और संस्कृति का अभूतपूर्व उत्कर्ष हुआ। कला और जीवन के घनिष्ठ सम्बन्ध के कारण गुप्त जीवन के अनेक ब्योरे तत्कालीन कलावस्तुओं से जोड़े जा सकते हैं। वस्तुतः ये पदार्थ संस्कृति के मनोहर दस्तावेज हैं।

---

1. मूर्तिकला

गुप्तकला को जो उच्च प्रतिष्ठा दी जाती है, उसमें मूर्त्तिकला का भाग सबसे अधिक है कुशल शिल्पी की छेनी के आघात से मानों पाषाण मुलायम

मिट्टी बनकर चिरंतन सौन्दर्य और लावण्य की प्रतिमाओं में रूपान्तरित हो उठा। गुप्त मूर्तिकला की सफलता इसमें निहित है कि वह कुषाण प्रतिमाओं की बरबस ध्यान आकृष्ट करने वाली विषयालुता और आरम्भिक मध्ययुगीन प्रतीकात्मक निर्विकल्पकता के मध्य में संतुलित समन्वय है। मथुरा के जंगले के खम्भों की मूर्त्तियों का आक्रामक लावण्य गुप्तयुग की भावना के अनुकूल नहीं रहा, इस कला की इन्द्रियासक्ति एक सचेत नैतिक भावना से नियन्त्रित है। नग्नता गुप्तकला से निरस्त है। कुषाण कला के पारदर्शक परिधान का प्रभाव शरीर के आकर्षण को उभारता है; दूसरी ओर गुप्त कलाकार परिधान का प्रयोग उसी आकर्षण के प्रच्छादन के लिये करता है।

चाक्षुष रूप और आन्तरिक भावों का समन्वय इस युग की बुद्ध मूर्तियों में जितने अच्छे ढंग से व्यक्त हुआ है उतना और कहीं नहीं हुआ। इनके तीन अत्यधिक विशिष्ट उदाहरण सारनाथ से मिली बैठी बुद्ध की मूर्त्ति (फलक VI) मथुरा संग्रहालय में उत्थित बुद्ध की अभिलिखित मूर्त्ति (फलक V, 2) तथा सुल्तानगंज से मिली, और वर्त्तमान समय में बर्मिंघम संग्रहालय में विद्यमान बुद्ध की भीमकाय ($7\frac{1}{2}$ फीट ऊंची) ताम्र प्रतिमा है। सारनाथ की मूर्त्ति में बुद्ध वज्रासन लगाये उपदेश की मुद्रा में बैठे हैं। इसकी आध्यात्मिक अभिव्यक्ति, निश्चल स्मित, प्रशान्त ध्यान-मग्न मुद्रा हमें भारतीय कला की उच्चतम विजय प्रदर्शित करती है। यह अनुत्तर ज्ञान सम्पन्न लोकोत्तर पुरुष को चाक्षुष बनाने का प्रयत्न है। वह अनासक तथा अपने अनुशासन में कठोर है किन्तु दिव्य प्रभाव की किरणों के विकीर्ण करता सा लग रहा है। उपरि निर्दिष्ट अन्य दो बुद्ध मूर्त्तियां भी इसी प्रकार के कलात्मक गुणों की विशेषता से युक्त हैं।

बुद्ध की प्रतिमा के संबन्ध में गुप्त युग में हम कुछ नवीनताय देखते हैं। प्रायः इसमें सुन्दर, घुंघराले बाल होते हैं। मुण्डित सिर वाला कुषााण बुद्ध गुप्त युग में एक बार मानकुंवर (इलाहाबाद) में ही मिलता है। प्रत्यक्षतः इसे इसलिये छोड़ दिया गया कि यह इस युग की सौन्दर्य भावना को संतुष्ट नहीं कर सकता था। एक दूसरी नवीनता यह थी कि पहले युग में बुद्ध की मूर्त्ति

का प्रभामंडल[1] बिल्कुल सादा होता था, अब इसमें विभिन्न प्रकार के ललित अलंकरणों की पट्टियों का प्रवेश होने लगा। गुप्त कलाकार ने सादे या लहरदार रूप के पारदर्शी परिधान का प्रवर्त्तन किया। कुछ बुद्ध मुर्तियों की उंगलियां जालदार (जालांगुलिकर) हैं, वे मुद्राओं के भी अनेक विभेद प्रदर्शित करती हैं।

गुप्त शैली की बुद्धमूर्त्ति इस कला की ताजगी और सजीवता की महत्व-पूर्ण साक्षी उपस्थित करती है। स्मिथ ने सारनाथ की मूर्त्ति के संबन्ध में कहा है कि "गुप्त कालीन बुद्ध गन्धार शैली से पूर्ण रूप से स्वतन्त्र है।"[2] यह अपने आध्यात्मिक विचारों के साथ पूर्ण संवादिता रखते हुए मूर्त्ति-निर्माण की विशुद्ध भारतीय प्रतिमा की चरम परिणति को प्रकट करता है। इस युग के गन्धार शैली के मसाले और मिट्टी के बुद्ध भी नितान्त भारतीय बन गये हैं, विदेशी प्रभाव उनमें न के बराबर हैं। गुप्त युगीन बुद्ध मूर्त्तियों को विशेषता प्रदान करने वाली प्रेरणा पूर्व और उतर में बृहत्तर भारत में पहुंची, यहां यह आगामी शतियों की असख्य मूर्त्तियों में एक जीवनी-शक्ति की भांति वर्त्तमान है।

हम पहले उन्नीसवें अध्याय में देख चुके हैं कि गुप्तयुग में हिन्दू धर्म में किस प्रकार एक उल्लेखनीय पुनरुज्जीवन हुआ, यह स्वभावत: मर्त्तिकला में प्रतिफलित हुआ है। शैव और वैष्णव धर्म सामान्य रूप से लोकप्रिय थे। इस युग की मूर्त्ति कला और मन्दिर इस परिणाम को पुष्ट करते हैं। खोह के शिव-लिंग (फलक XII, 1) जैसी शिव की कुछ अत्यन्त सुन्दर मूर्त्तियां गुप्त युग से संबन्ध रखती हैं। कुषाण युग में शिव के दोनों रूप लिंग तथा मानवाकार

---

1. मथुरा में बुद्ध के प्रभा-मंडल में लता-पुष्पालंकरणा, और हंसाभिकल्प का जो चित्रण है वह कमल की नकल है और हमें रघुवंश V. 5 का स्मरण दिलाता है जहां कालिदास ने रघु के प्रभामंडल की तुलना पूरे खिले पद्मातपत्र से की है।
2. हिस्ट्री आफ फाइन आर्टस्, पृ० 170।

प्रतिमा विद्यमान थीं । किन्तु एकमुखी और चतुर्मुखी शिवलिंगों के रूप में इन दोनों का सम्मिश्रण गुप्त मूर्त्ति शास्त्र की एक प्रधान विशेषता थी । शिव के अर्धनारीश्वर रूप को भी जिसमें देवता को आधा नर तथा आधा नारी रख कर, सनातन विरोधी युगल में समन्वय प्रदर्शित किया जाता है, हमारे युग के कलाकारों ने अद्वितीय चातुर्य के साथ प्रकट किया था।

इस युग की मूर्त्तियां इस बात की पर्याप्त साक्षी हैं कि विष्णु तथा उनके विविध अवतारों की पूजा की लोकप्रियता बढ़ रही थी। संभवतः गुप्तयुगीन आकारदायी (प्लास्टिक) कला के सर्वोत्तम गुण मथुरा से प्राप्त विष्णु के अतिशोभन उदाहरण (फलक XII, 2) में अभिव्यक्त हुए हैं। सारनाथ संग्रहालय की आसीन बुद्ध मूर्त्ति की भाँति इसके मुखमण्डल पर एक अलौकिक परितृप्ति तथा निश्चल आध्यात्मिक समाधि का भाव झलक रहा है। गुप्तमूर्त्ति कला पहली बार विष्णु के विश्व रूप की प्रतिमा में प्रकट होती हैं। इनमें मानवीय शीर्ष के साथ एक वराह तथा सिंह का सिर जुड़ा होता है। ये नृसिंह वराह विष्णु की मूर्तियाँ हैं (म. म्यू. 2525, डी. 28)। इस युग में विश्वरूप के एक दूसरे प्रकार में केन्द्रीय मानव मूर्ति भास्वर मस्तकों से सब ओर से घिरी होती है जैसे गढ़वा[1] से मिले महान् मरगोल पर बनी अष्टभुज मूर्ति (तथा मथुरा से हाल में पाया गया उच्चित्र)।

विष्णु के शंख-चक्र आदि आयुध कुषाण मूर्तियों में अपने स्वाभाविक रूप में प्रकट हुए, किन्तु गुप्त मूर्तियों में इन्हें प्रायः आयुध पुरुष के रूप में मूर्त्तिमान् बनाया गया। सामान्यतः ये प्रतिमायें मुख्य प्रतिमा के ऊंचे कद की तुलना में बौनी हैं। यह बात कालिदास के 'वामनों' की सेवक मूर्त्तियों के निर्देश से मेल खाती है, वह यह भी कहता है कि प्रत्येक मूर्त्तिमान् सेवक अपने विशेष चिन्ह से लांछित था (रघु x, 60)।

उदयगिरि की विशाल वराहमूर्त्ति (लग० 400 ई०) के संबन्ध में यह ठीक ही समझा गया है कि वह गुप्त शिल्पयों की प्रतिभा का स्मारक है। इसका

1. आ० स० कनि० X, 13 फलक XII c।

परिमाण और ओजपूर्ण रचना इसकी पृष्ठिका बनाने वाले अल्प विस्तारी दृश्यों के साथ सुखद वैषम्य प्रस्तुत करती हैं। दो पार्श्ववर्त्ती दृश्य भी असाधारण महत्व के हैं। इनमें गंगा और यमुना नदियों के जन्म, प्रयाग में उनके संगम तथा अन्त में दोनों के सम्मिलित जलों के समुद्र में विलीन होने का (रघुवंश XIII-58) का चित्रण है। सारा दृश्य एक गीतिमय अनुभूति से ओतप्रोत है और संभवतः मध्य देश के आदर्श चित्रण को प्रकट करता है। यह प्रदेश इस युग में बने विस्तृत सांस्कृतिक साम्राज्य का हृदय था। इसकी प्रतीक दो नदी देवियाँ, गंगा और यमुना अपने मकर और कच्छप वाहनों पर खड़ी हुई हैं। गुप्त युग के वाङमय की भांति, गुप्तकला में ही पहली बार दोनों नदियाँ मन्दिर-वास्तु में प्रकट होती है। स्वाभाविक ही अनुमान करना पड़ता है कि कालिदास देवता के सेवकों के रूप में उनका विशेष निर्देश करता हुआ अपनी समकालीन कला की प्रधान विशेषता की ओर संकेत कर रहा है (मि० कुमारसंभव VII-42)।

इस काल से मिलने वाली अभिलेखीय साक्षो यह प्रदर्शित करती है कि सूर्य पूजा काफी लोकप्रिय थी। सूर्य की मूर्त्तियाँ यह बताती हैं कि उसे उत्तरी पोशाक पहनाया जाती थी, वह कोट, पाजामा और आधी पिण्डलियों तक पहुंचने वाले लम्बे बूट धारण करता था। देवता का यह रूप अफगानिस्तान से मथुरा और मध्यदेश तक पाया जाता है, ऐसा प्रतीत होता है कि इसे इस देवता के लोकप्रिय चित्रण के रूप में अपना लिया गया था। वह दण्ड और पिंगल नामक दो सेवकों के साथ भी मूर्त्तियों में प्रदर्शित किया जाता है।

पूर्ववर्त्ती कुछ शतियों में शिल्प विद्या की निरन्तर प्रगति हुई थी, अतः गुप्त शिल्पियों को सुनिश्चित परम्परायें तथा प्रतिमा-लक्षण प्राप्त थे। कला के ये रूप सुज्ञेय थे। इस दाय के साथ कलाकारों ने विष्णु और शिव के अनेक अवतारों की जटिल दन्तकथाओं और पौराणिक गाथाओं का सहज निपुणता के साथ निर्वहण किया। तष्टा ने धार्मिक और आध्यात्मिक आशय वाले महान् पौराणिक विचारों को जिस नैसर्गिक सरलता से चाक्षुष बनाया है उससे सभी प्रभावित होते हैं। इस युग से संबन्ध रखने वाले देवगढ़ मन्दिर

में राम और कृष्ण की पौराणिक कथाओं के मूर्त्तिगत चित्रण बड़ी सफलता के साथ अंकित किये गये हैं । यहाँ हम कृष्ण की कथा के व्यौरे को पूर्ण रूप से विकसित पाते हैं । अनेक दिल्हों में से कुछ में कृष्ण की बाल-लीला के दृश्य— उन्हें चोरी से गोकुल पहुंचाने, दुग्धशकर के दूध वाले वर्णन उलट कर उसे चाटने तथा कंस को बालों से पकड़ने के दृश्य हैं । एक दूसरे सुन्दर दिल्हे पर कृष्ण-रुक्मिणी और सुदामा को दिखाने वाला घरेलू दृश्य है । कृश ब्राह्मण अपनी कुबड़ी छड़ी पर झुका हुआ है, उसके सम्मुख श्री कृष्ण खड़े हैं, उनकी ललित मूर्ति के गौरव का प्रभाव सिर के चारों ओर प्रयत्न से विरचित और विभ्राजमान केश-रचना से अधिक बढ़ गया है, अपने मित्र की अभिलाषाओं को पूर्ण करने में अपने पति के अमित औदार्य से विस्मय विमुग्ध रुक्मिणी उनके पार्श्व में खड़ी है । इस युग की प्रतिमागत समृद्धि रामायण के उन दृश्यों से भी प्रकट होती है जो कभी इस मन्दिर के चबूतरों को सुशोभित करते थे । अहल्या का उद्धार, राम-लक्ष्मण और सीता का वनगमन, उनका अगस्त्य ऋषि के आश्रम में जाना और लक्ष्मण द्वारा शूर्पणखा का नासिका-कर्तन ऐसी प्रधान घटनायें हैं जो इन दिल्हों के उच्चित्रों में संरक्षित हैं। देवगढ़ मन्दिर में निर्मित गजेन्द्र मोक्ष, अनन्तशायी विष्णु (फलक VIII, 1), हिमालय के अपने तपोवन में नर और नारायण (फलक VIII, 2) हिन्दू मूर्ति कला के सर्वोत्तम नमूनों की श्रेणी में आते हैं ।

कला का समीक्षक दक्षिण की हिन्दू मूर्त्तियों में भी पूर्ण गुप्त प्रेरणा का दर्शन कर सकता है । यह बात मुगलराजपुर और उन्दवल्ली की गुहाओं की सुन्दर मूर्त्तियों के संबन्ध में विशेष रूप से सत्य है । पिछले स्थान की नक्काशियों में वराह के पृथ्वी के उद्धार, त्रिविक्रम के तीन डग भरने, विष्णु द्वारा गजेन्द्र के मोक्ष, कृष्ण के गोवर्धन-धारण आदि अनेक पौराणिक विषयों का चित्रण है । ये सब असंदिग्ध गुप्त प्रेरणा के प्रभाव को प्रदर्शित करते हैं ।

इस युग की मूर्तिकला मनोहारी अलंकरणात्मक अभिकल्प की दृष्टि से भी समृद्ध है । गढ़वा में पाये गये एक दरवाजे के पाखे पर कल्पलता अभिप्राय बड़ी कलात्मक शैली में बनाया गया है (फलक IX, 1) सारा लहरदार

सजीव गहरा खोदा गया है तथा बड़ी स्पष्टता और सावधानी से नक्काशा गया है। यह भारतीय वास्तु अलंकरण के अत्यधिक मंजुल और ललाम उदाहरणों में से है[1]। लतापर्णालंकरण गुप्तकला का विशेष लक्षण है। कलाकारों ने अपने श्लाघनीय कौशल को अधिगत करने के लिये दीर्घकालीन एवं कठोर शिक्षण का अभ्यास किया होगा। साहित्यिक वर्णनों में हमें इस प्रकार की कारीगरी के लिये **पत्रलता, पत्रांगुलि, पत्रभंगरंचना, अनेकभंगकुटिल पत्रावली** आदि अनेक नाम मिलते हैं। भंग और घुमाव निरन्तर गहरे होते हुए अन्त में चन्देलकला तथा दिलवाड़ा के संगमरमर वाले मन्दिर जैसे मध्य कालीन देवालयों (11-12वीं शती) की जबनिकाओं तथा उच्चित्रों में अपनी युक्ति-सिद्ध परम्परा में यहाँ तक पहुंच गये कि वे लगभग आविद्ध कृति हो गये हैं।

2. वास्तुकला

इस समय सर्जनात्मक उत्साह और उसके पीछे प्रचण्ड धार्मिक उद्देश्य की जिस लहर ने देश को आप्लावित किया था, उसका सर्वोत्तम रूप वास्तुकीय क्रियाशीलता में देखा जा सकता है, जिसने हिन्दू मन्दिरों को जन्म दिया। भवन-निर्माण कला में मौलिक महत्व के दो प्रगतिशील आन्दोलन दृष्टिगम्य हैं—एक सौन्दर्य संबन्धी पहलू से संबद्ध है, दूसरा निर्माण-पद्धति से। पहला एक नई चेतना के जन्म का ज्ञापक है। यह अधानुकरण से अनन्त रूपों की सृजनशीलता की ओर एक परिवर्त्तन है। अविकसित मन तथा अचतूर शक्तियों के अभिव्यंजक निरर्थक रूपों की अंध अनुकृति से वास्तुकीय रचनाओं के प्रारम्भिक सिद्धान्तों का बुद्धिपूर्वक प्रयोग होने लगता है। वास्तु में पहली बार गढ़े पत्थरों का प्रयोग होता है। भवन निर्माण की पद्धति में यह एक बड़ा कदम है, इसने कारीगर के हाथों में एक नई शक्ति रख दी। जब कला इस

---

1. **नारीदाशाखा** (मनोकामना पूरी करने वाली कुमुदिनियों से कन्याओं का प्रादुर्भूत होना) का अभिप्राय जातकों (**महावणिज जा०** IV, 352, **रामायण किष्किन्धा** (V, 43, 48) और **महाभारत** (**भीष्म** VII-9) जितना प्राचीन है। **मि० अग्रवाल ज० इं० सो० ओ० आ०**, 1943, **पृ०** 1-8।

प्रकार की निर्माण अवस्था में थी, ठीक उसी समय हिन्दू देवायतन का आद्यतम ज्ञात विचार प्रादुर्भूत हुआ। इस प्रकार की इमारत के आविर्भाव के के साथ पत्थर की चिनाई की वास्तुकला का प्रारम्भ हुआ।"[1]

गुप्तयुग के बचे हुए प्रधान मन्दिर निम्नलिखित हैं:—

(1) जबलपुर जिले में तिगवा का विष्णु मन्दिर

(2) नागोद (म० प्र०) में भुमरा का शिव मन्दिर

(3) अजयगढ़ (म० प्र०) में नचना-कुठरा में पार्वती मन्दिर

(4-5) सांची और बोध गया में बुद्ध मंदिर

(6) देवगढ़ में दशावतार मन्दिर

(7) असम के दर्रांग जिले में ब्रह्मपुत्र नदी के तटों पर दह पर्बतिया में पाया गया मन्दिर। यह भग्नावस्था में है किन्तु बड़े महत्त्व का है।

(8) नागोद की खोह में शिव का मन्दिर (इस मन्दिर से मिला सुन्दर एकमुखी लिंग तथा गणों की मूत्तियों की एक बड़ी मात्रा अब प्रयाग संग्रहालय में संगृहीत हैं)।

इनके अतिरिक्त हमें पूरे तौर से ईंट के बनाये मन्दिर मिलते हैं। कानपुर जिले में भितरगांव से बंगाल में पहाड़पुर और मध्य प्रदेश में सिरपुर में इनके अनेक उदाहरण पाये गये हैं। इनमें से भितर गांव विशेष रूप से उल्लेखनीय है। यह शिखर से मूल तक पकी ईंटों और पकी मिट्टी से बना है। इसमें चित्रकारी के अनेक रद्दे लगे हैं जो बड़े सुरक्षित हैं। ईंटें साचों में बनी हैं और उन पर तरह-तरह की डिजाइनें हैं। इनके कारण यह मंदिर बड़ा सुन्दर रहा होगा। मन्दिर की छत पिरामिडाकार है, इसकी दीवारें बाहर की ओर पक्की मिट्टी के चौकों से अलंकृत की गईं हैं। जिनमें पौराणिक दृश्य अंकित हैं। वास्तु शास्त्रीय दृष्टि से यह मन्दिर इस लिये महत्वपूर्ण है कि इसमें भारत में पाई गई सबसे पहली वास्तविक डाट (Arch) है।

---

1. पर्सीब्राउन, इं० आर्कि० बुद्धिस्ट एण्ड हिन्दू पृ० 45।

आइये, अब हम इस युग के हिन्दू पाषाण मन्दिरों की ओर लौट चलें। वे पत्थर से बने हिन्दू देवालयों के प्राचीनतम ज्ञात उदाहरण हैं और स्वभावतः पाषाण मन्दिरों की वास्तुविद्या के आदि रूपों और चिह्नों को प्रदर्शित करते हैं। वे छोटी तथा प्रभाव रहित इमारतें होती थीं। इनमें लगभग 10 फुट के आकार का वर्गाकार **गर्भगृह** होता था और इससे भी छोटा द्वार प्रकोष्ठ प्रत्यक्षतः वे भक्तों के एकत्र होने के स्थानों की अपेक्षा मूर्त्तियों के आयतन मात्र थे। छत प्रायः चपटी होती थी, पत्थरों को बड़े सुन्दर ढंग से तराशा जाता था, ये बिना किसी मसाले के एक साथ इकट्ठे पड़े रहते थे। गुप्तकालीन हिन्दू देवालय ऊंचे शिखरों तथा विस्तृत मण्डपों वाले परवर्ती हिन्दू मन्दिरों के साथ एक उल्लेखनीय वैषम्य रखते हैं। फिर भी, इस युग के अन्त में परवर्त्ती शैली की ओर संक्रमण प्रारम्भ हो चुका था और यह देवगढ़ के दशावतार मन्दिर में देखा जा सकता है। प्रारम्भ में इसका शिखर लगभग 40 फुट ऊंचा था। इसके पत्थर लोहे की मेखों से जोड़े गये हैं तथा इनके चार द्वार-प्रकोष्ठों में भक्तों को एकत्र होने के लिये अपेक्षाकृत अधिक स्थान था।

इस मन्दिर का **गर्भगृह** एक ऊचे चबूतरे पर था जो खुले आंगन के केन्द्र में वर्गाकार टुकड़े में था। इसका अन्तर्मार्ग सादा था किन्तु इसका अलिन्द (दरवाजा) अत्युत्तम नक्काशी वाला और अलंकृत था, पाखों पर गंगा यमुना की मूर्त्तियाँ खुदी हुई हैं (फलक XI; 2)। यह एक विशिष्ट गुप्त चिह्न है और यह संभव है कि द्वारों के पाखों के ऊपरी कोने को भरने वाली दो नदी देवियों का प्रादुर्भाव प्राचीन **शालभंजिका** मूर्त्तियों से हुआ हो जो कभी बौद्ध तोरणों की मरगोलें होती थी।

खूब नक्काशीदार अलिन्द के सम्मुख प्रायः एक ओछी ड्योढ़ी होती थी। पिछले गुप्त उदाहरणों में यह स्तम्भ-युक्त द्वार प्रकोष्ठ बन गयी तथा और बाद में यही पूर्ण विकसित **मुखमण्डप** बना। इनकी अन्य उल्लेखनीय विशेषतायें ये हैं—स्तम्भों की आकृति, और उनके **पूर्णकलश** के अभिकल्प वाले शीर्ष दरवाजे के प्रस्तरपाद की ऐसी माला बनाने की पद्धति जो सारी इमारत को व्याप जाय, सुन्दर चैत्य खिड़कियों का गवाक्ष वातायन नमूनों की

पंक्तियां जिनमें शोल पट्टियों पर देवों तथा देवियों की मूर्त्तियां या झांकने वाले स्त्री पुरुषों के वक्ष होते थे।

इनमें अधिकांश विशेषतायें सर्वोत्तम रूप में देवगढ़ के सुन्दर दशावतार मन्दिर में देखी जाती हैं। पर्सी ब्राउन ने कहा है कि जब यह मन्दिर अक्षत रहा होगा, तो निःसन्देह यह इस दृष्टि से दुर्लभ गुण वाला था कि इसके सब भाग ठीक व्यवस्थित थे, सब समान रूप से व्यावहारिक उपयोगिता का प्रयोजन पूरा कर रहे थे,'किन्तु फिर भी उच्चतम कलात्मक अनुमति से परिपूर्ण थे। देवगढ़ के गुप्त मन्दिर में मूर्त्तियों का प्रभाव इतना पूर्ण और सुरुचिकर था, साथ ही इसकी कारीगरी इतने ऊंचे दर्जे की थी जो शायद ही कहीं और मिले।

गुप्त-मन्दिर में आर्कषण का प्रधान केन्द्र गर्भगृह की ओर जाने वाला दरवाजा होता था, यह गर्भ में प्रतिष्ठित मूर्त्ति के बाहरी फ्रेम का काम करता था। विस्तार से देखें तो इसमें अलंकरण की नीचे लिखी विशेषतायें होती थीं—

सिरदल के केन्द्र में एक उभरी मूर्ति (द्वार-ललाट-बिम्ब), पाखों की ऊंचाई के निचले एक चौथाई भाग में सेवक (प्रतिहारी) प्रतिमायें, मांगल्य विहग—ये प्रायः उड़ते हुए हस होते थे, प्रायः एक शैली में बने मांगल्य वृक्ष (**श्री वृक्ष**), स्वस्तिक, पूर्ण घट या घट तथा लतापत्र अभिकल्प, मिथुन, पत्रवल्ली, बौने (**प्रमथ**)। मांगल्य विहंगों के अतिरिक्त ये सब अभिप्राय देवगढ़ मन्दिर के दरवाजे के चौखट पर पाये जाते है। पक्षी असम के दह पर्वतिया मन्दिर के दरवाजे के पाखों को अलंकृत करते हैं। अलंकरण की एक अन्य विशेषता शंख और पद्म के दो मंगल चिह्नों में थी। ये दरवाजे के पाखों पर उकेरे या उतारे जाते थे (मि० मेघदूत II. 17 **द्वारोपान्ते लिखित-वपुषौ शंखपद्मौ च दृष्ट्वा**)। देवगढ़ में तीन बाहरी दीवारों पर बने सुन्दर चौखटों के पाखों में ये दो चिह्न उभरी हुई अरबस्क के अभिकल्पों के साथ दिखाई देते हैं।

बाहरी दीवार के ताकों में ऐसे दिल्हो या मूर्त्तियों (**रथिकबिम्ब**) की

शैली मध्यकाल में एक सामान्य विशेषता के रूप में जारी रही। प्रारम्भ में यह स्तूप से ली गयी थी। स्तूप की चारों दिशाओं में प्रक्षिप्त बुद्ध मूर्त्तियाँ होती थीं। निर्माण संबन्धी दो अन्य विशेषतायें भी मन्दिर के बौद्ध स्तूपों के साथ संबन्ध का संकेत करती हैं। पहली तो यह है कि प्रत्येक पार्श्व के केन्द्र में सोपान वाले चबूतरों (मेधि) से मिलते-जुलते ऊंचे वर्गाकार प्लेटफार्म या मंच और दूसरी यह कि चारों कोनों पर चार छोटे मन्दिर या देवस्थान (मि० **दिव्यावदान** पृ० 243-44) भल्लर (तक्षशिला), मीरपुर खास (सिन्ध) या कृष्णाघाटी में नागार्जुनीकोंडा जैसे बहुत से आरम्भिक भारतीय स्तूप एक ही वर्गाकार या आयताकार मंच पर अवस्थित हैं। इनके अक्षीय मार्ग एक या चारों दिशाओं में होते थे।[1]

दक्षिण भारत में गुप्तयुग की बहुत कम इमारतें बच रही हैं। इनमें चतुर्थ शती के आनन्द राजाओं द्वारा चेज़र्ला में बनवाया कपोतेश्वर का मन्दिर अत्यधिक मनोरंजक है। यह सबसे पुराना ज्ञात हिन्दू मन्दिर है। इसका नक्शा कार्ली और नागार्जुनीकोंडा के बौद्ध चैत्यों के समान अर्धवृत्ताकार रहा होगा। विमान का मुख विशाल चैत्य जैसा है और पिछला शिखर अर्धवृत्ताकार योजना पर वक्र रेखात्मक है। ऐहोल का दुर्गा मन्दिर (लगभग छठी श० ई०) और तेर का वैष्णव मन्दिर—दोनों ही अर्धवृत्ताकार हैं। संभवतः इनकी प्रेरणा इन पुराने मन्दिरों से ही मिली होगी।

आइये, अब हम बौद्ध इमारतों की ओर मुड़ें। जौलियान, चारसद्दा तथा पुष्कलावती के निकट अन्य प्राचीन स्थानों पर स्तूप, चैत्य और विहार पाये गये हैं। मोहरा मरदू में एक धार्मिक इमारत के साथ सभाभवन, उपाहारशाला, रसोई, भंडार, स्नानागार और शौचालय बने हुए हैं। ये वहाँ निवास करने वाले भिक्षुओं की आनन्दमय जीवन-पद्धति को सूचित करते हैं। सारनाथ की खुदाइयों से एक बौद्ध मन्दिर तथा कुछ विहारों के अवशेष निकले हैं। विहार

1. हि० इं० इं० आ०, पृ० 205

प्राय: एक आंगन के चारों ओर कुछ कमरों के रूप में होते है । कई बार इनके अपने चैत्य होते थे ।

राजगिर में 'जरासन्ध की बैठक' के दो स्तूपों में से एक तथा सारनाथ का धमेख स्तूप हमारे युग के अन्तिम भाग से संबद्ध हैं । पिछला 128 फुट ऊंचा है, इसमें चारों दिशाओं में बुद्ध की मूर्त्तियों के चार ताके हैं । इसकी लहरदार सजावट (पत्रवल्ली) की कारीगरी ने उचित प्रशंसा प्राप्त की है और यह इमारत उन ज्यामितिक आकृतिथों की विभिन्नता के लिये उल्लेखनीय है जिनसे इसका कुछ भाग आवृत है ।

नरसिंहगुप्त बालादित्य ने नालन्दा में बुद्ध का ईंटों का एक शानदार मन्दिर बनवाया था । इसकी ऊंचाई 300 फुट थी । बाद में विश्वविद्यालय की नगरी (नालन्दा) में आने वाले चीनी यात्रियों ने इसकी प्रशंसा की थी । यह उत्तुंग रचना पूर्ण रूप से लुप्त हो चुकी है, पुरातत्वीय खुदाइयों से केवल इसका वृहत् आधार ही निकला है । यह मन्दिर संभवत: बोधगया के प्रसिद्ध बुद्ध मन्दिर के समान था ।

अब हम इस युग की गुहा-वास्तु की ओर आते हैं । 250 ई० पू० से उत्तरी भारत में तथा दक्खिन में गुफायें (लेण, संस्कृत लयन) खोदना भली भांति ज्ञात था, किन्तु घुरदक्षिण में छठीं शती तक लगभग अज्ञात था[1] । हमारे युग की मुख्य गुहा रचनायें अजंता और आन्ध्रदेश से संबन्ध रखती हैं।

इस युग में अजंताचैत्य और विहार दोनों प्रकार की गुहायें खोदी जाती रहीं[2]।

1. राजा महेन्द्र वर्मा अभिमानपूर्वक अपने गुहा मन्दिरों को—जो दक्षिण में एक नवीन वस्तु थी, बिना ईंट, लकड़ी, मसाले और धातु के बना हुआ (अनिष्टकम्, असुधम्, अलौहकम्, अद्रुमम् निर्मापितम्) कहता है (मण्डगपट्टु अभिलेख)
2. चैत्य गुहा एक गुहा मन्दिर होता है, इसमें पूजा के केन्द्रीय पदार्थ के रूप में एक स्तूप या बुद्धमूर्त्ति होती है । विहार गुहा मुख्य रूप से भिक्षुओं के निवास के लिये मठ होता था; कई बार इसमें एक छोटा मन्दिर भी होता था ।

सं० 16 और 17 की गुहायें विहार है जिन्हें वाकाटक राजा हरिषेण[1] के एक सामन्त तथा मन्त्री ने पाँचवीं शती की अन्तिम चौथाई में खुदवाया तथा सं० 19 की चैत्य गुहा कुछ समय बाद में पूरी हुई। इस युग की गुहाओं में ये अत्यधिक महत्व रखती हैं। कला और वास्तु की दृष्टि से ये शानदार स्मारक हैं। कोई भी दर्शक इनकी वास्तु, मूर्त्ति तथा चित्रकला से अपने मन पर पड़े भव्य प्रभाव को सुगमता से नहीं भुला सकता। निःसन्देह वे गुप्तयुग के सर्वोत्तम कलात्मक स्मारकों में से हैं, अतएव उनका यहाँ संक्षिप्त वर्णन होगा।

चैत्य गुहा सं० 19 अपने आरम्भिक पूर्वगामियों की भांति स्तम्भों की पंक्ति द्वारा दीर्घपक्षों (आइल) से पृथक् की जाने वाली नाभि से बनी हुई है, किन्तु यह कुछ नई विशेषतायें भी प्रदर्शित करती है। आरम्भिक चैत्य गुहाओं में मुख को पूरा करने के उद्देश्य से लकड़ी का काफी प्रयोग हुआ; यहाँ इसका बिल्कुल परित्याग कर दिया गया है। गुफा-मुख जंगले के अलंकरण का भी लोप हो जाता है और इसके स्थान पर चैत्य गवाक्ष के अभिप्रायों से सजी, कपोतों की दुहरी पंक्ति आ जाती है। प्रवेशद्वार चपटी छत वाला है, चार खम्भे इसकी टेकन हैं, इनके ऊपर चैत्य की विशाल खिड़की है जो कपोतों द्वारा खम्भों से पृथक् की गयी है (फलक X)। अन्तर्वर्ती दीर्घ पक्षीय स्तम्भ वंशाकार हैं, उनके शीर्ष घट और लतापत्र से युक्त हैं। किन्तु चैत्य की सबसे अधिक हृदयग्राही नई विशेषता बुद्ध की मूर्त्ति के प्रति उत्साह है। कार्ली और नासिक के प्रारम्भिक चैत्यों में भगवान् मानवीय रूप में कहीं भी दृष्टिगोचर नहीं होते; अजन्ता में वे चैत्य-मुख में, घोडियों के ऊपर ताखों की चित्रकारी में मानवीय रूप में देखे जा सकते हैं। पूजा की प्रधान वस्तु अन्तर्वर्त्ती एकाश्म स्तूप पर भी तराश कर बुद्ध मूर्त्तियाँ बनी हैं। नये महायानी विश्वास के कारण यह परिवर्त्तन हुआ। इस चैत्य का शिला में से काटा स्तूप एक ऊंचे

---

1. इनकी दीवारों पर उत्कीर्ण लेखों में दानियों तथा शासन करबे वाले राजाओं के नाम दिये हुए हैं।

बेलनाकार ढोल से बना है, यह ललाम मकर डाटों से मुकुटित चतुरस्त्र स्तम्भों के बीच में बैठी और खड़ी बुद्ध मूर्त्तियों से अलंकृत है। ढोल गोलाकार गुम्बद को टेकन देता है। इसमें सामान्य हर्मिका और एक के ऊपर एक तीन छत्र-त्रिछत्र हैं।

सं० 16, 17 की विहार गुहायें अपने चित्रों के लिये प्रसिद्ध हैं। चित्रों का कुछ समय बाद वर्णन किया जायेगा। ये गुहायें अपने वास्तु के लिये भी तुल्य रूप से मनोरंजक हैं। गुहा सं० 16 बीस स्तम्भों वाली, 65 फुट वर्ग की गुफा है, इसके दोनों ओर भिक्षुओं के निवास के छह कमरे हैं, दो बरामदों के दोनों सिरों पर और दो पीछे की ओर। इन दो कमरों के बीच में एक आयताकार देवालय है, इसमें प्रलम्बपाद मुद्रा (पैर लटकाये हुए) में आसीन बुद्ध की एक बड़ी मूर्त्ति है। स्तम्भों की शोभा उतनी ही अद्भुत है जितनी उनकी विभिन्नता। कोई दो खम्भे बिल्कुल एक जैसे नहीं हैं। फिर भी अभिकल्पों और रूप की सामान्य संवादिता विभिन्नता को हठात् ध्यान आकृष्ट करने से बचाती है। गुहा सं० 17 गुहा सं० 16 के लगभग बराबर है। यह चिरकाल तक राशि चक्रीय (Zodiac) गुहा के नाम से प्रसिद्ध थी क्योंकि इसके बरामदे की दीवारों पर 'भावचक्र' अर्थात् जीवन-चक्र बना हुआ है। प्रसिद्ध भित्तिचित्रों के कारण ये गुहायें एक ऐसा प्रभाव उत्पन्न करती हैं, जो वर्णन की अपेक्षा अनुभूति की वस्तु है। एक समय सब दीवारें बुद्ध के जीवन अथवा जातकों के दृश्यों के चित्रों से आवृत थीं, छत और खम्भे मोटी रूप रेखाओं और अभिराम रंगों के अरबस्क तथा अलंकरणात्मक अभिकल्पों से भूषित थे।

विष्णुकुंण्डिनों के संरक्षण में खुदवायी मोगलराजपुरम्, उन्दवल्ली, अक्कन्नमदन्न की गुहायें गप्तयुग से संबन्ध रखती हैं। यह एक मनोरंजक बात है कि इनकी योजना मध्य भारत की उदयगिरि गुहाओं के नमूने पर है न कि बेजवाडा के पास गुण्टुपल्ली में अपने घर के समीप प्रचलित नमूने पर। इन गुहाओं की वास्तु बड़ी सादी है। मोगुलराजपुरम् में गुफा-मुख के केन्द्र में दो खम्भे, दोनों ओर दो चतुरस्त्र स्तम्भ, और इनके पास प्रत्येक सिरे पर एक द्वारपालक है। खम्भे और चतुरस्त्र स्तम्भ सादे और वृहदाकार हैं, आधार

और शिखर में वर्गाकार और मध्यभाग में अष्टकोण हैं। टोड़े प्रत्येक सिरे पर वर्तुल हैं। कम घिसे उदाहरणों से प्रतीत होता है कि वे वंशाकार थे। खम्भों के ठीक ऊपर चैत्य गवाक्ष हैं। इनके शीर्ष इनमें घुसे हुए हैं। शिखरवर्त्ती शीर्ष के साथ चैत्य गवाक्षों के पार्श्ववर्त्ती बेल-बूटे पल्लव चैत्य खिड़कियों के इसी तरह के नमूने के अग्रगामी है। कई बार इसके ऊपर बड़ी सजीवता से तराशे हुए पशुओं की एक पंक्ति होती है। प्रवेश करते ही गुहा में एक बरामदा आता है। यह स्तम्भों की एक अतिरिक्त पंक्ति सहित या रहित होता है, इससे परे मन्दिर का एक कमरा या तिहरे कमरे होते हैं। उन्दवल्ली गुहाओं की वास्तुकीय विशेषतायें इसी प्रकार की हैं, किन्तु वे तिमंजिली हैं।

भोपाल के निकट उदयगिरि के हिन्दू गुहा मन्दिर के संबन्ध में भी कुछ निर्देश आवश्यक हैं। इसमें 401 ई० का एक अभिलेख है जिसमें चन्द्रगुप्त द्वितीय के राज्य का संकेत है। इस प्रकार यह अब तक ज्ञात तिथियुक्त आद्यतम हिन्दू मन्दिर है। देवालय का कुछ भाग शिला से काटा गया है और कुछ पत्थरों से बनाया गया है। खुदे हुए गर्भगृह के सम्मुख खोखली स्तम्भ-युक्त ड्योढ़ी बढ़ायी गयी है। यह शैली शुद्ध गुहा मन्दिर से इमारती देवालयों की ओर संक्रमण के श्रीगणेश को सूचित करता है। ड्योढ़ी, नक्काशीदार द्वार मार्ग और पूर्ण कलश शीर्षों वाले स्तम्भ गुप्तयुग के विशेष चिह्नों को प्रदर्शित करते हैं।

3. लौकिक वास्तु

दुर्भाग्यवश गुप्तयुग की लौकिक इमारतें सुरक्षित नहीं रही[1], किन्तु आरम्भिक प्रासादों की कुछ कल्पना अमरावती और नागार्जुनीकोंडा में

1. जूनागढ़ (गुज०) में उपरकोट में चट्टान में खोदे दुमंजिले स्तम्भ-युक्त हाल के संबन्ध में जैसाकि डा० कुमारस्वामी ने सुझाया है—यह संभव है कि यह एक महल का भूमि के भीतर का ग्रीष्म कालीन प्रकोष्ठ रहा हो। इसके साथ एक स्नानागार भी लगा हुआ है।

महलों के मूर्त्तीय चित्रणों के अध्ययन से की जा सकती है। वे कई मंजिल ऊंची भव्य इमारतें थीं। वातायनों के कई प्रकार थे। इनमें अलंकृत सिरे वाली डाटदार, आयताकार और जालीदार खिड़कियाँ थीं। कई प्रकार के जंगले दिखाये गये हैं, चतुरस्र तथा बहुकोणीय स्तम्भों के शीर्ष सुन्दर होते हैं। कुछ आधार में कलश अभिप्राय युक्त आरम्भिक घण्टाकृति स्तम्भों के आदर्श पर बने हैं। छत का आकार कई बार छकड़े की टोप जैसा होता था, कभी आयताकार कुटिया का सा। कई बार यह वक्र-रेखात्मक शिखर तथा क्रमशः पतले होने वाले एक ही सिरे के साथ वृत्ताकार होता था। महलों का दूसरा प्रकार शाला तथा तीसरा कूटागार के नाम से प्रसिद्ध था। ये दोनों प्रासादों के प्रारम्भिक रूप साहित्यक वर्णनों में ज्ञात और प्रतिपादित हैं। चबूतरे और छज्जे कभी खुले होते, कभी इन पर चंदवा तना होता था, पिछले को वलभी कहते थे। सांची के द्वारों की भांति इनमें पृथक् तथा सुन्दर, कमानीदार तोरण अलंकार से युक्त प्रवेश और निर्गमन मार्ग होते थे। ये उत्सवों पर ताजी पुष्पमालाओं से अलंकृत किये जाते थे। वर्त्तमान समय की ऊंचे दर्जे की कोठियों में जिस प्रकार सीमा दीवार को काटते हुए द्वार बने होते हैं वैसे ही ये प्रवेश मार्ग भी होते थे।

अजन्ता के चित्र प्रदर्शित करते हैं कि कई बार मध्यम प्रमाण राज मंडप चार बेलनाकार स्तम्भों (बाण के अनुसार मणिदण्डिका चतुष्टय) पर खड़े किये जाते थे। इन्हें सुनहरे बन्दनवारों से भूषित किया जाता था। सुरुचिपूर्ण ढंग से अलंकृत इस दरबारआम (दर्शन गृह) में राजा का आसन चंदवे के नीचे रखा जाता था। बाण ने राजा के वैयक्तिक व सार्वजनिक दर्शन देने के स्थानों (आस्थान मण्डप) का संकेत किया है। साहित्यिक साक्षी यह भी बताती है कि राजप्रसादों के कमरे प्रायः चित्रों से अलंकृत किये जाते थे; न केवल राजमहलों में, अपितु धनाढ्य नागरिकों के घरों में भी पृथक् चित्रशालायें (चित्रसद्म) और संगीतशालायें होती थीं।

4. मृण्मूर्त्तियां

पकी मिट्ठी की वस्तुयें गुप्तकला का एक अन्य महत्त्वपूर्ण अंग थीं। इस

तुच्छ माध्यम में प्रतिभावान् मृण्मूर्तिकारों ने वास्तविक सौंदर्य की वस्तुओं का सृजन किया तथा अपनी कला के लिये व्यापक लोकप्रिय आधार प्राप्त किया। मृण्मूर्तिकार स्थपति, चित्रकार और तष्टा (कारु) से किसी भाँति घटकर न था, बल्कि इनके तुल्य था।[1] मिट्टी की लघु मूर्तियाँ निर्धन व्यक्ति के लिये पाषाण-प्रतिमाओं का काम देती थीं। कला और संस्कृति को लोक व्यापी बनाने में ये बहुत सहायक हुईं। छोटी होने के कारण सांचों से यान्त्रिक रूप से इनकी प्रतिकृतियां बनाना सुगम था, अतः इनका बड़े पैमाने पर उत्पादन संभव था। ये धार्मिक व लौकिक दोनों प्रयोजनों के लिये प्रयुक्त होती थीं। सुन्दर आकृतियों के पुनः सृजन के अत्यनुरागी पुरुषों और स्त्रियों ने पक्व मृत्तिका के माध्यम का बड़े उत्साह और सफलता के साथ प्रयोग किया। घर में, बैठकखाने में और प्रणयी के शयनकक्ष में प्रणय दृश्यों को दिखाने वाली मूर्त्तियाँ तथा परम लावण्य वाली आकृतियां सजा कर रखी जाती थीं। घरों की बाहरी दीवारों पर, अलंकरण पट्टिकाओं में, देवता, वामन और पशु का या रामायण, महाभारत व पौराणिक कथाओं के वर्णनात्मक दृश्यों का चित्रण करने वाले चौखटे जड़े जाते थे। मन्दिरों और स्तूपों में भी मिट्टी के बड़े चौखटों और मूर्त्तियों का खुला प्रयोग होता था। पर्वों के मौकों पर मिट्टी की मूर्त्तियों की विशेष मांग रहती थी। राज्यश्री के विवाह के समय मूर्त्ति बनाने वालों के कई झुण्डों ने मछली, कछुए, मगर, नारियल, केले और ताम्बूल की मिट्टी की प्रतिमायें गढ़ीं[2]। वाण ने वेदी के पार्श्वों में गाड़ी जाने वाली मंगल-फल थामे अंजलिकातरिका नामक नारी की मृण्मूर्त्ति का भी वर्णन किया है।

---

1. वाणभट्ट कला की इन चार शाखाओं की पटुता पूर्वक तुलना करता है। मदन पीडित अवस्था में वैशम्पायन बुत बना बैठा है। उसके लिये यह कहा गया है कि वह ऐसा स्थिर है जैसे इमारत का खम्भा, चित्र की प्रतिमा, उत्कीर्ण मूर्त्ति या मिट्टी की मूर्त्ति (**स्तम्भितैव लिखितैव, उत्कीर्णैव पुस्तमयैव कादम्बरी 276**)।
2. **हर्ष चरित्र कावेल और थामस द्वारा अनूदित पृ० 124।**

मृण्मूर्त्तियों को तीन भागों में विभक्त किया जा सकता है—(क) देवी देवता (ख) स्त्री-पुरुष की आकृतियां (ग) पशुओं तथा विभिन्न पदार्थों की मूर्त्तियां। इस युग की मृण्मूर्त्तियों में अधिकांश हिन्दू देवताओं का चित्रण हुआ है। गंगा के सारे मैदान में पायी गयी विष्णु, कार्त्तिकेय, सूर्य, दुर्गा, गंगा और यमुना की मूर्त्तियां मिली हैं। अहिच्छत्रा के चबूतरेदार ईंट के मन्दिर से मिली गंगा-यमुना जैसी कुछ मूर्त्तियां लगभग आदमकद की हैं। इन्हें पकाना कठिन समस्या रहा होगा, उस युग के कुशल कुम्भकारों ने सफलतापूर्वक इसको हल किया।

पृथक् स्त्री पुरुषों की मूत्तियों का समूह रूपों की बड़ी विभिन्नता प्रदर्शित करता है। इसमें रईस स्त्री पुरुषों तथा ईरान और मध्य एशिया से आनेवाले विदेशियों के चित्र हैं। भारतीय जनता में इनके आगमन से नये प्रकार के चेहरों का प्रवेश हुआ। वे इतने सुस्पष्ट थे कि उनकी उपेक्षा नहीं हो सकती, साईस, महावत, विदूषक, बौने (**वामनक**) आदि उत्तरी भारत के प्राचीन स्थानों की अनेक खुदाइयों से निकली मृण्मूर्त्तियों के ढेरों में से विविध प्रकारों के चेहरों को पहचानने के लिये पहली शतियों में भारत में प्रवेश करनेवाली शक, पहलव, कुषाण, हूण तथा अन्य जातियों की मुखाकृतियों का वैज्ञानिक अध्ययन आवश्यक है।

बारीक तथा अच्छी पकाई मिट्टी से बनाये सिरों का समूह प्रारम्भ में छोटे चौकों से संबन्ध रखता था, जिन्हें सांचों से बाहर पूरा दबा दिया जाता था। वलयित केश-रचना के साथ[1] ललाम आकृतियों वाले चेहरे उस

1. कालिदास प्राय: अलक को सुन्दर मुख का चिन्ह समझता है। इंदुमती के बालों को वलीभृतः अर्थात् कुञ्चित या छोटी भिदुर मुद्रिकाओं में मुड़े हुए (रघु. VIII-53) कहा गया है। प्रसाधिकायें चक्राकार घुमाव का प्रभाव पैदा करने के लिये सुगन्धित चूर्ण तथा पिष्टातक का व्यवहार करती थीं। एक दूसरी शैली मोर के पंखों के आकार में बालों को कंघी करना था। कालिदास ने इसका **बर्हभार केश** के रूप में तथा दण्डी ने **बर्हिवर्हावली तथा लीलामयूर बर्हिभंगि केशपाश** के शब्दों में किया है।

कलानुप्राणित युग में प्रशंसित सुन्दर नमूनों के अध्ययन के लिये वास्तविक चित्रशाला ही हैं। सैकड़ों नमूने हमारे नेत्रों के सम्मुख अब भी नारी सौन्दर्य के उन मोहक आदर्शों को उपस्थित करते हैं जिन्हें कालिदास और बाण जैसे महाकवियों ने अमर बना दिया है क्योंकि ये कवि प्रायः अपने युग के स्त्री पुरुषों के लिये सुपरिचित लावण्य के दृश्यों के अंकन का यत्न करते थे। राजघाट की हाल को तथा अहिच्छत्रा की खुदाइयों से मिली मृण्मूर्तियां नेत्रों के सम्मुख लावण्य का पयोनिधि प्रस्तुत करती हैं। पटुतापूर्वक बनाये सर्वोतम नारी शीर्ष मृत्तिका में अभिव्यक्ति गीत प्रतीत होते हैं। वे दो दृष्टियों से उल्लेखनीय हैं, एक, केश-रचना की मनोरम विभिन्नता के लिये तथा दूसरे, रेखाओं और रंगों की चित्रकारी के लिये जो उनमें से कुछ पर अब तक सुरक्षित है। भीटा में पायी गयी मृण्मूर्त्तियों पर रंगाई के निशान पाये गये थे, अतः ऐसा प्रतीत होता है कि रंगी मृण्मूर्तियां असाधारण न थीं। लाल, बैंगनी, पीला और सफेद रंगों का प्रायः प्रयोग होता था।

अन्त में यह कहा जा सकता है कि गुप्त युग की मृण्मूर्तियों के काम का बड़ा हिस्सा उस समय प्रचलित सच्ची कला की भावना से ओतप्रोत है। गुप्त कलाकार के लिये यह दावा नितांत न्याय्य है कि उसने जिस वस्तु को छुआ, उसे ही सजा दिया। बाण भट्ट ने यह कल्पना की थी कि उसके युग में चारों दिशायें मिट्टी की मूर्त्तियों से चमकती प्रतीत होतीं थीं। (पुस्तमयै इव चकाशिरे ककुभाः) ऐसा जान पड़ता है कि मिट्टी व मसाले से वास्तव में बहुत अधिक कलापूर्ण पदार्थ तैयार किये गये थे, उन्हीं के आधार पर बाण ने उपर्युक्त कल्पना की है।

5. चित्रकला

गुप्तयुग में चित्रकला अपनी पूर्णता तक पहुँची। प्रतीत होता है कि चित्रकला का शिक्षण गुप्त नागरिक के सांस्कृतिक निर्माण का एक आवश्यक अंग था और प्रत्येक सुसंस्कृत स्त्री पुरुष इस युग में इस कला में प्रवीणता पाने का

यत्न करता था। संस्कृत नाटकों और उपन्यासों में शबीह-चित्रण के अभिप्राय का या तो मदन ज्वर पीड़ित व्यक्ति के मनोविनोद के लिये अथवा अपने प्रेम-पात्र को पाने के साधन के रूप में बहुत उल्लेख है।

जे० डुब्रेउइल द्वारा वर्णित वेडसा गुहाओं के कुछ चित्रों को तीसरी शती ई० का बताया गया है। इनके अतिरिक्त प्राग् गुप्तकालीन चित्र लगभग अज्ञात हैं। गुप्त चित्रकला के अत्यधिक प्रसिद्ध उदाहरण हैदराबाद में अजंता और ग्वालियर राज्य की बाघ गुहाओं के भित्ति चित्रों में तथा पुड्डुकोट्टै है राज्य में–सित्तन्नवासल मन्दिर में तथा लंका में सीगिरिया के शिलाओं से काटे प्रकोष्ठों में हैं।

प्रारम्भ में अजंता की अधिकांश गुहायें चित्रों से सजायी गयी थीं, किन्तु अब वे चित्र केवल छः में ही अर्थात् गुहा सं० 1, 2, 9, 10, 16, 17, में बचे हैं। गुहा सं 9 और 10 भारतीय चित्रकला के आद्यतम (लग० पहली शती) के नमूने प्रदर्शित करती हैं, इसके बाद हमारी साक्षी में लगभग 300 वर्षों का विच्छेद है। गुप्त युग में एक उल्लेखनीय पुनर्जागरण हुआ। इसी समय अजंता में गुहा सं० 1, 2, 16, 17 के अधिकांश प्रसिद्ध भित्ति चित्र अंकित किये गये।

इन चित्रों की निर्माण-पद्धति यह थी—चित्रों के लिये जमीन बहुत सादे ढंग से तैयार की जाती थी। चूर्णित शिला, गोबर, मिट्टी और भूसे को मिला दिया जाता था और मिश्रण को उद्गीर्ण शिला की सछिद्र सतह पर खूब रगड़ा जाता था। इसके बाद सतह को करनी से समतल किया जाता, इसके सूख जाने के बाद कलाकार सीधे गेरू से चित्र की टिपाई (धातुराग आलेखन) करता था। रंग भी सादे थे। गेरु, रामरज, नील, लाजवर्द, काजल और खड़िया का प्रयोग बड़े प्रभावात्मक ढंग से किया जाता था। आकृति घटन (मॉडलिंग) का कोई यत्न नहीं होता था, यद्यपि कई बार बिन्दुओं तथा आड़ी रेखाओं से प्रच्छाया की जाती थी। कई बार आभूषणों पर तथा नाक पर उनका प्राधान्य सूचित करने के लिये उन पर अधिक प्रकाश डाला जाता था।

अजन्ता के चित्रकला के आचार्यों को प्रकृति से प्रीति थी। पुष्पित वृक्षों,

शान्तभाव से प्रवाहित होनेवाली लघु सरिताओं तथा वन में विचरण करने वाले प्राणियों ने उनसे निर्व्याज सराहना पायी है। हाथियों, बन्दरों और खरगोशों का चित्रण अत्यधिक सहानुभूति से हुआ है। भारतीय मन के लिए वे केवल प्राणी नहीं हैं, अपितु सृष्टि की उस रचना के अंग हैं जिसे कलाकार, दार्शनिक तथा बुद्धिमान् नागरिक आदि सबने समान रूप से सहानुभूतिपूर्ण ढंग से समझना सीखा था।

जीवन के प्रति एक विस्तृत और व्यापक दृष्टिकोण ने चित्रकारों को समूचे विश्व को अपनी निधि के रूप में स्वागत करने की भावना से अनुप्राणित किया था। बाण भट्ट के शब्दों में भित्तिचित्र मानों सारे विश्व का रूप दिखाने वाले (**दर्शित विश्वरूप**) थे, यह विशेषण एक समकालीन आलोचक की टिप्पणी के भाव को यथार्थ रूप से प्रकट करता है। राथेन स्टाइन के शब्दों में "शिलाओं पर तराशे इन मन्दिरों की सैकड़ों भित्तियों और खम्भों पर, हमारे नेत्रों के आगे एक विशाल नाटक गतिमान् होता हैं, इसके अभिनेता राजकुमार, ऋषि-मुनि, वीर पुरुष तथा प्रत्येक स्थिति के नरनारी हैं। नाटक के दृश्य बदलते रहते हैं। वनों और उद्यानों में, राजदरबारों और शहरों में, विस्तृत मैदानों पर और सघन जंगलों में इसकी रंगभूमि है, ऊपर से स्वर्ग के देवयान आकाश में तेजी से उड़ते हैं। इन सबसे एक महान् आनन्द की सृष्टि होती है जो भूतल की प्रभा में, स्त्री पुरुषों के भौतिक आभिजात्य में, प्राणियों की शक्ति और शोभा में तथा पक्षियों और पुरुषों के सौन्दर्य तथा पवित्रता में है, यह भौतिक सुषमा के पट में विश्व के आध्यात्मिक मूल्यों का आदर्श (**संव्यूत**) तानाबाना है।"

इन चित्रों के विषय तीन प्रकार के हैं, अलंकरण, शबीह चित्रण और वर्णन। अलंकरण अभिप्रायों में पत्रावली, प्राणियों की मूर्त्तियां, पुष्प और वृक्ष हैं। ग्रिफिथ्स के कथनानुसार उनकी विभिन्नता अनन्त है, इनके छोटे से छोटे ब्यौरों में इतनी विभिन्नता है कि पुनरावृत्ति बहुत दुर्लभ है। सुपर्ण (इसका छाती तक का हिस्सा मानवाकार है, बाकी शरीर पक्षी का सा है, गरुड़, यक्ष,

गन्धर्व, अप्सरा जैसे काल्पनिक तथा पौराणिक प्राणियों की रुचिर मूर्त्तियों का प्रयोग खाली स्थानों को भरने के लिये हुआ है।

शबीहों में बुद्ध और बोद्धिसत्व ही प्रधान मूर्त्तियाँ हैं। गौतम बुद्ध के जीवन की घटनाओं का खूब चित्रण हुआ है। गुहा सं० 1 का महाबोधिसत्व पद्मपाणि अवलोकितेश्वर (फलक XII) शबीह चित्रण कला के उच्चतम कौशल का ज्ञापक है। हम इसे एशिया की चित्रकला के उत्कर्ष का चरम शिखर समझ सकते हैं। वर्णनात्मक दृश्य प्रायः जातकों के हैं जो शिल्पियों द्वारा पहले ही लोकप्रिय बनाये जा चुके थे।

सोलहवीं गुहा के चित्र लगभग 500 ई० से शुरू होते हैं और सत्रहवीं गुहा से कुछ पहले के हैं। सोलहवीं गुहा के 'मरणोन्मुख राजकन्या'[1] नामक दृश्य की ग्रिफिथ्स, बर्जेस और फर्गुसन ने मुक्तकंठ से प्रशंसा की है। रस और भाव तथा असंदिग्ध ढंग से कथा कहने में कला के इतिहास में कोई दूसरा चित्र इसकी तुलना नहीं कर सकता। हो सकता है कि फ्लोरेन्स के कलाकार ने इसका रेखांकन अधिक अच्छा किया होता, वेनिस के चित्रकार ने इसमें अधिक उत्तम रंग भरा होता किन्तु इन दोनों में कोई भी इससे अधिक अच्छी भावाभिव्यक्ति न कर सकता था।" सत्रहवीं गुहा में कथा-चित्रण का काफी भाग बच रहा है। इस गुहा को अक्षरशः सत्य एक चित्रशाला कहा गया है जो बुद्ध के जन्म, जीवन और **महापरिनिर्वाण** के कुछ अत्यधिक हृदयग्राही घटनाओं का प्रदर्शन करती है। इसकी कला में आलेखन अधिक है और रमणीयता कम है। सत्रहवीं गुहा में 'माता और शिशु' समुदाय (फलक XIII) निःसन्देह अजन्ता कला का अत्यधिक आकर्षक नमूना है। सिंह और कृष्ण-मृग के आखेट तथा हाथियों के दृश्य असाधारण रूप से सुन्दर हैं। श्रीमती हेरिंघम के मतानुसार ये तस्वीरें प्रकाश और छाया की ऐसी योजना में निर्मित की

---

1. यह दृश्य वास्तव में षड्दन्त जातक की अन्तिम घटना को चित्रित करता है, इसमें रानी जब अपने पूर्व जन्म के पति महागज के दन्त देखती है तो अनुताप से मर जाती है।

गयी हैं जिसकी इटली में सत्तरहवीं शती से पहले कहीं तुलना नहीं की जा सकती. इनका अंग विन्यास और समूहांकन अद्भुत रूप से नैसर्गिक और आधुनिक है।

पहली दूसरी गुहाओं के चित्र इनमें सबसे परवर्ती हैं और इन्हें लगभग सातवीं शती के आरम्भिक काल का कहा जा सकता है। दूसरी गुहा की वैयक्तिक मूर्तियों का विशेष गुण चतुर आलेखन में है। यह इस बात को बताता है कि कलाकार ने लीक से परे कुछ विशेष कठिन मुद्राओं का आविष्कार किया है। अपनी बांयी टांग ऊपर झुकाकर खड़ी हुई नारी की मूर्ति (फलक XIV) इरन्दती रमणी का दोलायमान चित्र बहुत मनोहारी है। पहली गुहा में (फलक XV) एक बड़ी तस्वीर संभवत: भारतीय राजा पुलकेशी द्वितीय द्वारा ईरानी राजा खुसरो परवेज के दूतमंडल के स्वागत का दृश्य प्रदर्शित करती है।[1] यह घटना अवश्यमेव 626 और 628 ई० के बीच में हुई होगी। पहली गुहा में कई मदिरा गोष्ठियां दूत महान् मंडल के चित्र के साथ संबन्ध को प्रदर्शित करती हैं। ये सम्भवत: खुसरो और उसकी पत्नी शीरीं के इकट्ठा शराब पीने के दृश्य हैं। चित्र के चेहरों, वेशभूषा तथा अन्य पदार्थों पर स्पष्ट ईरानी प्रभाव है।

मालवा में बाघ के चित्र अजंता शैली के विस्तार मात्र का प्रतिनिधित्व करते हैं। अभिकल्पों की विभिन्नता, शक्तिशाली निर्माण तथा अलंकरणात्मक गुण की दृष्टि से ये अजन्ता के चित्रों जैसी उच्चकोटि के प्रतीत होते हैं। इनमें से अधिकाश के विषय लौकिक हैं। इनके दो समूहों में विषय अत्यधिक रंगीला है, इसमें **हल्लीशक** (संगीतयुक्त नृत्य का अभिनय) दिखाया गया है, एक मनुष्य के नेतृत्व में स्त्रियों का दल यह नृत्य करता था। इन्होंने खूब सारे कपड़े पहिन रखे हैं। वे पर्याप्त स्वच्छन्दता से गा और नाच रही हैं।

पुड्डुकोट्टै राज्य में सित्तन्नवसल (**सिद्धानां वास**) के गुहामन्दिर के चित्र यद्यपि महेन्द्रवर्मा के समय बने थे, तथापि उनका वर्णन यहां उचित है, क्योंकि

---

1. अनेक विद्वान् इसे नहीं स्वीकार करते, वे इसे एक बौद्ध दृश्य का चित्र मानते हैं (ज. बा. रा. सो. XXX, 185 टि.)।

वे अजंता में पाये जाने वाली परिपक्व कला की सर्वोत्तम परम्परांओं के अनुरूप हैं। गुहा के अन्दर छत पर पद्मवन का चित्रण है, एक शोभमान सरोवर में हंस, मछलियां और भैंसें पूर्ण विकसित तथा मुकुलित पद्मों में क्रीड़ा कर रही हैं। कुछ युवक इनको इकट्ठा कर रहे हैं। चित्रों का रेखांकन बड़ी सावधानी और अनुभूति की सुकुमारता के साथ हुआ है। यहां के सर्वोत्तम चित्र एक राजा और उसकी रानी तथा दो नर्त्तकी अप्सराओं के हैं जिनका लालित्य और लावण्य अत्यधिक अभिराम है।

लंका में सीगिरिया में 600 फुट ऊंची बुर्ज के आकार की पहाड़ी पर बने शिलाओं से काटे दुर्ग की गैलरियों के चित्रों में कुलवधुओं के जलूस का दृश्य है। इन्होंने वहुमूल्य वस्त्र और अत्यधिक गहने पहन रखे हैं। ये बुद्ध के मन्दिर की ओर जा रही हैं, साथ में उनकी परिचारिकायें पूजा की सामग्री उठाकर चल रही हैं। चित्रकारों ने हमें शबीहों का आधा या तीन-चौथाई हिस्सा ही दिया है और उनका काम ऊंचे दर्जे का है। हम यह नहीं जानते कि वे लंका निवासी थे या भारत से आये व्यक्ति।

इस युग के चित्र सर्वोत्तम कला के निदर्शक हैं। रेखाएं इतने आत्म-विश्वास से खींची गई हैं; उनमें जितनी सुकुमारता है, उनके रंगों में ऐसी चमक है, प्लवनशील अनुभूति तथा स्पन्दन जीवन की अभिव्यक्ति इतनी सफलता से हुई है कि इस युग की कला सब कालों के लिये सर्वोच्च है।

6. सामान्य मूल्यांकन

गुप्तकला के विभिन्न पहलुओं के उपर्युक्त संक्षिप्त सर्वेक्षण ने पाठक को यह अवश्य वता दिया होगा कि सुसंस्कार या लालित्य, अभिव्यंजना की नैसर्गिकता और प्रविष्णु आध्यात्मिक प्रयोजन इसकी अपनी विशेषताएं हैं। समग्ररूपेण ये विशेषतायें गुप्तकला को एक व्यक्तित्व प्रदान करती हैं जो अब तक अतुलनीय रही है। पहली बात तो यह है उसमें सुसंस्कारिता और संयम हैं, ये चरम सीमा तक विकसित सांस्कृतिक रुचि तथा सुरुचिपूर्ण उपयोग के चिन्ह हैं। कलाकार अब गुरुता का प्रभाव देने के लिये परिमाण पर अवलंबित नहीं रहता, किन्तु लालित्य पर अपना ध्यान केन्द्रित करता है जो

अलंकरणों की अतिशयता में लुप्त नहीं होता। उसकी कला का मूल मन्त्र संतुलन और रूढ़ियों के गुरुभार से मुक्त है। इस उक्ति की यथार्थता तब एकदम प्रत्यक्ष होती है जब हम यशदिन्न के गुप्तकालीन बुद्ध की आदमकद मूर्ति की तुलना सारनाथ संग्रहालय के भीमकाय खड़े बोधिसत्व से करते हैं, दोनों मूर्तियाँ मथुरा से मिली हैं और लाल बलुये पत्थर की हैं।

गुप्त कलाकार के हाथों ने जो कुछ बनाया वह पूर्णरूप से स्वाभाविक प्रतीत होता है, वहां अधिक प्रयत्न का कोई स्थान नहीं है। यह काम कारीगर की यान्त्रिक दक्षता का फल नहीं, एक सच्चे कलाकार की विवेकमय रुचि का परिणाम है, जो अपने को जानता है और अपनी कला का आचार्य है। इस युग की कला-वस्तुयें वास्तव में उस **ललितकला** के वास्तविक उदाहरण बन गयी जिसका प्रयोग पहली बार कालिदास की रचना में (रघु० VIII-67) मिलता है।

गुप्तकला की एक अन्य विशेषता सौन्दर्य की कल्पना है, इसके लिये हमारे पास बड़ा उपयुक्त शब्द **'रूप'** है, इसका भी उसी महाकवि ने प्रयोग किया है। इस कलाप्रेमी युग में नर-नारी विविध रूपों में सौन्दर्य की उपासना में संलग्न थे, किन्तु सुरुचिपूर्ण संस्कृति ने विषयों की उन्मुक्त आराधना के सम्मुख नत होकर जीवन की सुदृढ़ रचना और सत्व को अपचित नहीं किया या जीवन के चरम लक्ष्य को निष्प्रभ नहीं बनाया था। कला की उपासना इसलिये होती थी कि वह आत्मा के ज्ञान को गम्भीर बनाये तथा इसमें आध्यात्मिक आनन्द और आभिजात्य की नूतन भावना उद्बुद्ध करे। इस युग की प्रतिभा और कवित्व का मेरु कालिदास के रूप में प्रकट हुआ था। कालिदास ने सौन्दर्य के प्रति समर्पित इसी मनोवृत्ति का शिव के मुख से यों वर्णन किया है: 'हे पार्वति, 'रूप पापाचरण के लिये नहीं है' यह लोकोक्ति निरपवाद रूप से सत्य है।[1] 'धर्म का मार्ग रूप का मार्ग है—यह गुप्त युग में जीवन की

---

1. **यदुच्यते पार्वति पापवृत्तये न रूपमित्यव्यभिचारि तद्वचः! कुमार सर्ग V 36**

पथप्रदर्शक प्रेरणा प्रतीत होती हैं। सुन्दर रूपों की सृष्टि करना तथा उच्चतर जीवन की आवश्यकताओं के लिये उनका विनियोग करना ही वह स्वर्णिम संवादिता थी जिसने गुप्त कला को इस प्रकार के शाश्वत और अक्षय आकर्षण की वस्तु बना दिया है।

यह बात हमें गुप्त काल की एक अन्य विशेषता की ओर ले जाती है। वह है इसकी गम्भीर धार्मिक और आध्यात्मिक अपील। एक उच्चतर स्रोत से इसकी आधार भूत प्रेरणा आती है, यह इसे न केवल महान आकर्षण ही नहीं सार्वभौम महत्ता से भी संवेष्टित करती है। जीवन के जिस महाकाव्य को पारंगत कलाकारों ने अजंता की गुहाओं में इतने बड़े परिमाण में चित्रित किया है, वह प्रत्येक काल, प्रत्येक व्यक्ति के जीवन में तथा सम्पूर्ण विश्व में अभिव्यक्त होने वाले शिव और अशिव के भव्य एवं सुव्यवस्थित उदाहरणों पर स्थायी टीका है। देवताओं, ऋषियों, राजाओं, मंत्रियों, रानियों और सेवकों के चित्र, जिनमें उनके शारीरिक सौंदर्य और विभूति का प्रस्फुटन हुआ है इस बात की सफल अभिव्यक्ति हैं कि दिव्य आध्यात्मिक सत्ता भूतल पर अवतरित होने पर कौन से रूप धारण करेगी। ऐसा प्रतीत होता है कि मानों कला का प्रयोजन अनुत्तर-ज्ञानावाप्ति के इस आदर्श को चाक्षुस बनाना था जिसे इस युग के लिखित ग्रन्थों में प्रायः जीवन का सर्वोच्च लक्ष्य घोषित किया गया है। फिर भी धर्म ने शुद्ध सौन्दर्यशास्त्रीय पक्ष में कला के स्वतन्त्र विकास को अवरुद्ध नहीं किया। अजंता के वर्णनात्मक चित्रों में तत्कालीन जीवन के मनोहारी तथा सुकुमार दृश्य स्वच्छन्दता से ढाले गये हैं। गृह तथा प्रासाद जीवन के, शृंगार और शिकार के, आमोदप्रमोद तथा जलूसों (यात्राओं) के दृश्यों ने इन चित्रों को स्थायी मूल्य और सौन्दर्य का लेख बना दिया है।

गुप्तकला की एक अन्य विशेषता इसकी शैली की सरलता तथा अभिव्यक्ति की वह प्रौढता है जिससे महान् भाव स्वाभाविक और सरल ढंग से मूर्तरूप ग्रहण करते हैं। यहाँ कला की 'टेकनीक' और विषयवस्तु का मनोहर सामंजस्य हुआ है। यहाँ रूप और भाव का वैसे ही सम्मिश्रण हुआ है जैसे शरीर और मन का होता है। कालिदास के शब्दों में अन्तर और बाह्य तत्वों

का यह संमिश्रण विचार और वाणी के उस स्वाभाविक और पूर्ण ढंग से सम्मिलन की भांति था जो अर्धनारीश्वर के आदर्श रूप में पार्वती और परमेश्वर के संगम के तुल्य है। शब्द और अर्थ की तरह संश्लिष्ट (वागर्थाविवसंपृक्तौ) का संक्षिप्त सूत्र इस युग में विचार और जीवन के अनेक क्षेत्रों में, विशेषतः कला के प्रदेश में अवाप्त संवादिता और समन्वय के आदर्श का प्रतिनिधित्व करता है।

गुप्तकला की मुख्य विशेषताओं का उपर्युक्त सर्वेक्षण यह प्रदर्शित करेगा कि यह स्वाभाविक ही है कि विद्वान तथा कला के आलोचक प्रायः एक मत है कि यह कला प्राचीन भारतीय कला के सर्वश्रेष्ठ रूप का प्रतिनिधि है। अपने देश में यह कला इतनी प्राणवान और प्रभाविष्णु थी कि सहज ही यह विदेशों में भी फैल गयी। भारत में इसका इतना आदर था और इसमें इतनी शक्ति थी कि यह एशिया के एक बहुत बड़े भाग को प्रभावित कर सके। भारत के बाहर के नये वातावरण में जब यह पहुंची तो उसने वहां वृहत्तर भारत में भारत का एक सांस्कृतिक साम्राज्य ही स्थापित कर दिया। उस कला के अवशेष मध्य एशिया के निर्जल रेगिस्तानों और पूरब के उपजाऊ द्वीपों से खोद निकाले गये है। भित्ति चित्रों की परम्परा के लिए मध्य एशिया और चीन की भूमि अनुकूल थी। वहां की अनेक जातियों ने जो बुद्ध धर्म की शरण में आ गयी थीं और संस्कृति, धर्म और साहित्य के क्षेत्रों में भारत से प्रेरणा लेती थी, इसे बड़े उत्साह से ग्रहण किया।

ग्रन्थ-सूची

अध्याय 1

पंजाब, सिंध और अफगानिस्तान

180 ई० से 450 ई० तक

1. बनर्जी, रा० दा० : नोट्स ऑन इंडोसीथियन क्वायंस (ज० ए० सो० बं०, न्यू० सि० 81-96)।
2. कनिंघम अ० : लेटर इंडोसीथियंस, लन्दन, 1893-94 (न्यूमिस्मैटिक क्रानिकल से पुनर्मुद्रित)।
3. हर्जफील्ड, ई० पैक्रुली : मान्युमेंट एंड इंस्क्रिप्शंस आफ अर्ली हिस्ट्री आफ सासानियन इम्पायर, खंड 2, बर्लिन, 1924।
4. —कुषानो-सासानियन क्वायंन्स (मे० आ० स० इं० सं० 38) कलकत्ता, 1930।
5. मार्टिन, एम० एफ० सी० : क्वायंस ऑफ किदार कुषानाज़ (न्यू० सप्ली० xlvii, 23-50—ज० रा० ए० सो० बं०, ले० iii, कलकत्ता, 1937।
6. पारुक, एफ० जे० : सासानियन क्वायंस, बम्बई, 1924।
7. स्मिथ, वी० ए० : कैटलाग आफ क्वायन्स इन इंडियन म्यूजियम, कलकत्ता, खंड 1, आक्सफोर्ड 1906।
8. ह्वाइटहैड, आर० बी० : कैटलाग ऑफ क्वायन्स इन द पंजाब म्यूज़ियम, लाहौर, खंड 1 आक्सफोर्ड 1914।

अध्याय 2

राजस्थान और मध्यदेश के भारतीय राज्य

1. एलन जे० : कैटलाग आफ द क्वायंस आफ एंशियंट इंडिया (इन द ब्रिटिश म्यूज़ियम) लंदन, 1936।
2. अल्तेकर, अ० स०; न्यू नाग क्वायंस एंड द आइडेन्टिटी आफ भवनाग (ज० न्यू० सो० इं० खंड v. 21-26)।
3. —सम —अलेज्ड नाग एंड वाकाटक क्वायंस (ज० न्यू० सो० इं०, खण्ड iii-34)
4. —नंदसा यूप इंस्क्रिप्शंस (ए० इं० xxvii)।
5. —मघाज आफ साउथ कोशल (जरनल आफ द गंगानाथ झा रिसर्च इंस्टीच्यूट, इलाहाबाद, I, 149-60)।
6. कनिंघम, अ०; आर्कलाजिकल सर्वे आफ इंडिया, रिपोर्ट्‌स, ii शिमला 1871।
7. —क्वायंस आफ मिडीएवल इंडिया, लंदन, 1894।
8. जायसवाल, का० प्र० : हिस्ट्री आफ इंडिया, 150-350 ई० लाहौर, 1933।
9. मोतीचंद : होर्ड आफ कोशाम्बी क्वायंस फ्राम फतेहपुर (ज० न्यू० सो० इं० II 95-108)।
10. पार्जिटर, एफ० ई० : डाइनेस्टीज़ आफ द कलि एज़, लंदन, 1913।
11. स्मिथ वी० ए० : कैटलाग आफ क्वायंस इन द इंडियन म्यूज़ियम, कलकत्ता खण्ड I आक्सफोर्ड, 1906।

अध्याय 3

पश्चिम भारत के शक शासक

1. आचार्य, जी० वी० : होर्ड्स आफ द क्वायंस आफ द वेस्टर्न क्षत्रपाज़ (न्यू० स० xlvii, 95 तथा आगे—ज० स० ए० सौ० ब्र० ले० iii) कलकत्ता, 1937।
2. अल्तेकर, अ० स० : वाज़ जीवदामन ए महाक्षत्रप मोर दैन वन्स ? (ज० न्यू० सो० इं० i, 18-19)।
3. —इंटर-रैग्नम् इन द रेन आफ महाक्षत्रप रुद्रसेन (ज० न्यू० सो० इं० vi)।
4. भंडारकर, दे० रा० : क्षत्रप क्वायंस फ्राम सर्वानिया (आ० स० रि० 1913-14, 227-4)।
5. पारुक, एफ० जे०; सासानियन क्वायन्स, बम्बई, 1924।
6. रैप्सन, इ० जे० : कैटलाग आफ द इंडियन क्वायन्स आफ द आंध्र डाइनेस्टी, द वेस्टर्न क्षत्रपाज़ इटेसे० (इन द ब्रिटिश म्यूजियम) लंदन, 1908।

अध्याय 4

पूर्वी दकन

1. गोपालाचारी, के० : अर्ली हिस्ट्री आफ द आन्ध्र कंट्री, मद्रास, 1941।
2. जे० द्रुब्रील : एंशियंट हिस्ट्री आफ द डेकन, पांडिचेरी, 1920।
3. कृष्णराव, बी० वी०; हिस्ट्री आफ द अर्ली डाइनेस्टीज आफ आन्ध्र-प्रदेश, लगभग 200-625 ई०, मद्रास, 1942 (ब्यौरों की दृष्टि से विश्वसनीय नहीं है)।
4. रायचौधुरी, हे० चं० : पोलिटिकल हिस्ट्री आफ एंशियंट इंडिया (चतुर्थ सं०) कलकत्ता, 1938।

5. सरकार दि० च० : सक्सेसर्स आफ द सातवाहनाज़ इन लोअर डेकन, कलकत्ता, 1939।

6. सुब्रामणियम, के० आर० :बुद्धिस्ट रिमेन्स इन आंध्र एंड द हिस्ट्री आफ आन्ध्र बिटवीन 225 एण्ड 610 ई०, मद्रास 1932।

अध्याय 5

वाकाटक-वंश

1. एलन, जे० : कैटलोग आफ द क्वायन्स आफ एंशियंट इंडिया (इन द ब्रिटिश म्यूज़ियम) लंदन 1936।

2. अल्तेकर, अ० स० : सम अलेज्ड नाग एण्ड वाकाटक क्वायंस (ज० न्यू० सो० इं० 111-34)।

3. " " वेअर द वाकाटकाज डिफीटेड बाई द गुप्ताज इन 350 ए० डी० ? (इं० क० ix 99-106)।

4. आयंगार, एस० के० : द वाकाटकाज एंड देयर प्लेस इन द हिस्ट्री आफ इंडिया (अ० भ० ओ० रि० इं० v. 31-54)।

5. जायसवाल, का० प्र०; हिस्ट्री आफ इंडिया, 150-350 ई०, लाहौर, 1933।

6. कृष्ण, एच०, मैसूर आर्कलाजिकल सर्वे रिपोर्ट्स, 1929, पृ० 197 तथा आगे।

7. मिराशि, वी० वी०; वाकाटक इंस्क्रिप्शंस इन केव xvi ऐट अजन्ता (हैदरा० आर्क० सर्वे० xiv), हैदराबाद, 1941।

8. पै, जी० : जिनयालौजी एंड क्रानालौजी आफ द वाकाटकाज़ (ज० इं० हि० xiv, 1-26, 165-204)।

9. पार्जिटर, एफ० ई० : डाइनेस्टीज़ आफ द कलि एज, लंदन, 1913।

10. स्मिथ, वि० ए० : द वाकाटक डाइनेस्टी आफ बरार इन द फोर्थ एंड फिफ्थ सेन्चुरीज़ (ज० रा० ए० सो० 1914 पृ० 317 तथा आगे।

अध्याय 2, 3 और 5 के लिए अभिलेखों की सूची

मालव और यौधेय

क्र०सं०	वष	प्राप्ति स्थान	संदर्भ
1.	282 वि०	नंदसा यूप	ए० इं० xvi
2.	428 वि०	विजयगढ़ यूप	का० इं० इं० iii, 251

बड़वा के मौखरी

1.	295 वि०	बड़वा यूप	ए० इं० xxiii, 42
2.	—	वही	ए० इं० xxiv, 251

मघ राजा

इनमें प्रयुक्त संवत को शक संवत मानते हैं। अन्य मतों के लिए दूसरा अध्याय देखिए।

भीमसेन

1.	52 शक सं०	गिंजा	ए० इं० iii, 306

भद्र मघ

2.	81 शक	कोसम प्रस्तर	ए० इं xxiv, 253
3.	86 —	कोसम प्रस्तर	ए० इं० xviii, 160
4.	87 —	प्रयाग संग्रहालय	ए० इं० xxiii, 245
5.	87 —	प्रयाग संग्रहालय	ए० इं० xxiii 245

शिवमघ

6.	—	कोसम प्रस्तर	ए० इं० xviii, 159

वंश्रवण

क्र०सं० वर्ष	प्राप्ति स्थान	संदर्भ
7. 107 शक सं०	कोसम प्रस्तर	ए० इं० xxiv 146

भीमवर्मन

8. 130 —	कोसम बौद्ध	इं० क० iii, 177

पश्चिमी क्षत्रप

रुद्रदामन I

1. 72 शक	जूनागढ़-प्रस्तर	ए० इं० viii, 36

जीवदामन I

2. —	जूनागढ़-प्रस्तर	ए० इं० xviii, 339

रुद्रसिंह I

3. 103 —	गुंडा-प्रस्तर	ए० इं० xvi, 233
4. —	जूनागढ़	ए० इं० xvi, 239

रुद्रसेन I

5. 122 शक०	मूलवासर	भावनगर अभिलेख, पृ० 2
6. 127 (6 ?) शक०	जसदन-स्तंभ	ए० इं० xvi, 236

रुद्रसिंह II

7. 228 शक०	वाटसन म्यूजियम	वटसन म्यू० रिपोर्ट फार 1919-20, पृ० 7
8. 232 शक०	मूलवासर-प्रस्तर	भावनगर अभिले० पृ० 23

शक श्रीधर वर्मन

क्र०सं०	वर्ष	प्राप्ति स्थान	संदर्भ
9.	241 शक० (?)	सांची म्यू०-प्रस्तर	ज० ए० सो० बं० xix, 341

चष्टन का एक दूर का वंशज

10.	—	मेवसा-प्रस्तर	वाटसन म्यू० रिपोर्ट फार 1923- 4, पृ० 12

महादेवी प्रभुदामा

11.	—	बसाढ़ की मिट्टी की मुहर	आ० स० रि० 1913-8 पृ० 136.

वाकाटक-वंश : मुख्यशाखा

रुद्रसेन I

1.	—	देवटेक-ब्राह्मण	प्रो० ओरि० कां० viii, 613

पृथ्वीषेण I

2.	—	नच्ने की तलाई-प्रस्तर	का० इं० इं० iii, 234
3.	—	गंज-प्रस्तर	ए० इं० xvii, 13

प्रभावती गुप्त और युवराज दिवाकर सेन

4.	13 राज्यवर्ष	पूना-ताम्रपट्ट	ए० इं० xv, 30

प्रवरसेन II

5.	2 —	कोठुराका-ता० प०	ए०इं० xxvi, 155
6.	13 —	बेलोरा-ता० प०	ए० इं० xxiv, 265

क्र०सं०	वर्ष		प्राप्ति स्थान	संदर्भ
7.	18	राज्यवर्ष	चम्मक-ता० प०	का० इं० इं iii, 236
8.	18	—	सिवनी-ता० प०	क० एं० इं० iii, 243
9.	19	—	रिद्धपुर-ता० प०	ज० ए० सो० के० xx, 56
10.	23	—	इंदोर-ता० प०	ए० इं० xxiv, 52
11.	23	—	दुदिया-ता० प०	ए० इं० iii, 258
12.	23	—	तिरोडी-ता० प०	ए० इं० xxii, 167
13.	27	—	पट्टन-ता० प०	ए० इं० xxiii, 81
14.	—	—	वेलोरा-ता० प०	ए० इं० xxiv, 260
15.	—	—	पटना संग्रहालय-ता०प०	ज० बि० उ० रि० सो० xiv, 465
16.	—	—	मनसार-ता० प०	नागपुर युनि० जर्नल सं० 3 पृ० 20

पृथ्वीषेण II

17.	—		बालाघाट-ता० प०	ए० इं० ix, 267

राजा का नाम नष्ट है

18.	—	—	द्रुग-ता० प०	ए० इं० xxii, 207

किसी व्यक्ति का वाकाटक लेख

19.	—	—	अमरावती-प्रस्तर	ए० इं० xv, 267,

वाकाटक-वंश : बसीम शाखा

विंध्यशक्ति II

1.	37	—	वसीम-ता०प०	ए० इं० xxvi, 137

देवसेन

2.	—	—	इंडिया आफिस ता०प०	न्यु० इं० ए० ii 176

हरिषेण

क्र०सं०	वर्ष		प्राप्ति स्थान	संदर्भ
3.	—	—	अजंता-गुफा	हैद० आ० स० xiv
4.	—	—	घटोत्कच-गुफा	आ० स० वे० इं० iv, 138

नाम अज्ञात

5.	—	—	अजंता-गुफा	आ० स० वे० इं० iv, 129

नलवंश

1.	11	राज्यवर्ष	रिथपुर-ता० प०	ए० इं० xix, 100

स्कन्दवर्मन

2.	12	—	पोदागढ़-प्रस्तर	ए० इं० xxi, 153

आभीर और त्रिकूटक

आभीर राजा ईश्वरसेन

1.	9	राज्यवर्ष	नासिक	ए० इं० viii, 88

त्रिकूटक राजा दहरसेन

2.	207	चेदि सं०	पर्दी-ता० प०	ए० इं० x, 51

त्रिकूटक राजा व्याघ्रसेन

3.	241	—	सूरत-ता० प०	ए० इं० xi, 219
4.	245	—	कण्हेरी-ता० प० बौद्ध	ज० वा० बा० रा० ए० सो० v, 32

सम्बंधित अभिलेख

भर राजा भगदत्त

1.	—		पौनी-प्रस्तर	ए० इं० xxiv 11

राजा शिवनंदी

क्र०सं०	वर्ष	प्राप्ति स्थान	संदर्भ
2.	—	पदम पवाय-प्रस्तर	आ० सा० इं० रि० 1915-6 पृ० 107

अध्याय 6 से 11

A. मूल-सामग्री

I. अभिलेख

1. फ्लीट, जे० एफ० : कार्पस इंस्क्रिपशनम् इन्डिकेरम् खण्ड iii (इंस्क्रिपशन्स आफ द अर्ली गुप्त किंग्स एंड देयर सक्सेसर्स) कलकत्ता, 1888

2. सरकार, दि० च०, : सेलेक्ट इंसक्रिपशन्स बियरिंग आन इन्डियन हिस्ट्री एंड सिवीलाइजेसन कलकत्ता, 1943।

इन युग के सभी अभिलेखों की सूची ग्रंथ-सूची के अंत में दी गयी है। इनके खुलासे के लिए निबंधों की सूचना प्रत्येक के साथ मिलेगी।

II सिक्के

1. एलन, जे० : कैटलाग आफ द कायन्स आफ द गुप्त डाइनेस्टीन एण्ड आफ शशांक किंग आफ गौड़ (इन द ब्रिटिश म्यूज़ियम); लन्दन 1914।

2. स्मिथ, वी० ए० : कैटलाग आफ क्वायन्स इन द इन्डियन म्यूज़ियम, कलकत्ता खण्ड I, आक्सफोर्ड 1906।

विंसेंट स्मिथ के गुप्त वंश के सिक्कों पर लिखे गये निबन्ध ज० रा० ए० सो० 1889, पृ० 1-158; 1893, पृ०-77-148 और ज० ए० सो० बं० lxiii, 164-209 में मिलेंगे। यद्यपि इनकी सामग्री अब काफी पुरानी पड़ चुकी है तथापि उनको पढ़ने से लाभ ही होगा।

III यात्रा विवरण और विदेशी ग्रंथ

1. बील, एस० : सा-यु-कि० बुद्धिस्ट रिकार्ड्स् आफ द वेस्टर्न वर्ल्ड फ्राम द चाइनीज़ युवाङ च्वाङ 2 खण्ड, लन्दन, 1906
2. —लाइफ आफ युवाङ, च्वाङ बाइ द शामन ह्युइली, लन्दन, 1911 ।
3. Chavannes, H. : Mémoire Composê a lépoque de la grande dynastie T 'an sur les Religieux Eminents qui allerent chercher a loi dans les pays d'Occident par I-tsing, Paris 1894 ।

   इस ग्रंथ का सार बील के 'लाइफ आफ युवाङ च्वाङ' की भूमिका में दे दिया है ।
4. लेगे, जे० एच० : रिकार्ड आफ द बुद्धिस्टिक किंगडम्स, बीइंग ऐन अकाउंट आफ द चाइनीज़ मान्क फाहियान्स ट्रैवल्स, आक्सफोर्ड, 1886 ।
5. तकाकुसू, जे० ए० : रिकार्ड आफ द बुद्धिस्ट रिलीजन ऐज़ प्रैक्टिज्ड इन इन्डिया एण्ड दी मलय आर्किपलागो, बाई इत्सिंग, आक्सफोर्ड, 1896 ।
6. वैटर्स, टी० : आन युवाङ च्वाङ ट्रैवल्स इन इंडिया, 2 खण्डों में लन्दन, 1908 ।

IV साहित्यिक ग्रंथ

1. आर्य मंजुश्री मूलकल्प, संपा० टी० गणपति शास्त्री, खण्ड iii, त्रिवेंद्रम, 1925 ।
2. देवी-चंद्रगुप्त ।
3. कौमुदीमहोत्सव ।

4. पार्जिटर, एफ० ई० : डाइनस्टीज आफ द कलि एज; ऑक्सफोर्ड, 1913।

आधुनिक कृतियां

I इतिहास-ग्रंथ

1. बैनर्जी, रा० दा० : एज आफ द इंपीरिअल गुप्ताज़, बनारस, 1933।
2. बसाक, रा० गो० : हिस्ट्री आफ नार्दर्न-ईस्टर्न इण्डिया, कलकत्ता, 1934।
3. दांडेकर, रा० ना० : हिस्ट्री आफ द गुप्ताज़; पूना, 1941।
4. जायसवाल, का० प्र० : हिस्ट्री आफ इण्डिया, 150-350 ई० लाहौर, 1933।
5. —इंपीरिअल हिस्ट्री आफ इण्डिया, लाहौर, 1934।
6. रायचौधरी, हे० च० : पोलिटिकल हिस्ट्री आफ एंशिएंट इण्डिया, (चतुर्थ संस्क०) कलकत्ता, 1938।
7. सैलेतौर आर० एन० : लाइफ़ इन गुप्त ऐज, बम्बई, 1943।
8. स्मिथ, विंसेंट : अर्ली हिस्ट्री आफ इण्डिया (चौथा संस्क०), आक्सफोर्ड, 1924।
9. उपाध्याय, वासुदेव : गुप्त साम्राज्य का इतिहास (हिन्दी), 2 खण्डों में, इलाहाबाद, 1939।

जायसवाल और सेलेतोर की पुस्तकें विशेष महत्व की नहीं। जायसवाल की अधिकांश स्थापनाओं को विद्वानों ने काट दिया है और सेलेतोर के ग्रंथ में राजनीतिक इतिहास से संबंध रखने वाले अध्याय गलतियों से भरे हैं। रायचौधरी की पुस्तक में गुप्तों का इतिहास बड़े अच्छे ढंग से दिया है। डा० रा० दा० बनर्जी और रा० ना० दांडेकर के ग्रंथों में अच्छी सामग्री है पर ब्योरे के बारे में उनका पूर्ण विश्वास नहीं किया जा सकता।

II चुने हुए निबंध

1. आयंगर, एस० के० : स्टडीज़ इन गुप्त हिस्ट्री (ज० इ० हि० v तथा vi) के परिशिष्ट के रूप में प्रकाशित।

2. अल्तेकर अ० स० : ऐट्रीब्यूशन आफ चंद्रगुप्त-कुमारदेवी टाइप।
(न्यू० सप्लि० xlvii). 105—ज० रा० ए० सो० ब० ले० III, कलकत्ता, 1937।

3. भंडारकर, दे० रा० : आइडंटीफिकेशन आफ द प्रिंसेज़ एंड टेरिटोरीज़ मेंशंड इन द इलाहाबाद पिलर इंस्क्रिप्शन आफ समुद्रगुप्त (इं० हि० क्वा० i, 250)।

4. बोस, एस० के० : स्टडीज़ इन गुप्त पेलिओग्राफी (इ० क० iv, 181, 325)।

5. दासगुप्त, एन० एन० : आन द सक्सेसर्स आफ कुमार गुप्त I (बी० सी० ला वाल्यूम पृ० 617)

6. गांगुली, दि० च० : अर्ली होम आफ द इंपीरिअल गुप्ताज़ (इं० हि० क्वा० xiv, 532)।

7. हेरास, जे० : रिलेशंस बिटवीन दि गुप्ताज़, कदम्बाज एंड वाकाटकस (ज० वि० उ० रि० सो० xii, 455)।

8. जायसवाल, का० : प्र० कल्कि (इं० ए० xlvi, 145)।

9. मजूमदार, र० च० : सक्सेसर्स आफ कुमारगुप्त I (ज० ए० सो० बं० न्यु० सिरी० xvii, 249)।

10. सरस्वती, एस० के० : गोल्ड क्वायन आफ बुद्धगुप्त (इं० क० i, 691-2)।

11. सेनगुप्त, पी० सी० : गुप्त एरा (ज० रा० ए० सो० बं० ले० viii, 41)।

कौमुदीमहोत्सव और देवी चंद्रगुप्त की ऐतिहासिक सामग्री का उल्लेख पाद टिप्पणियां में कर दिया गया है।

गुप्त अभिलेखों की सूची

[यदि अन्यथा उल्लेख न हो तो सभी संवत गुप्त संवत ही समझें। ये अभिलेख जिस सामग्री पर खुदे हैं उनका उल्लेख प्राप्ति स्थान के सामने मिलेगा।]

समुद्र-गुप्त

क्रम	वर्ष	प्राप्ति स्थान	संदर्भ
1.	5	नालंदा-ता० प० }	ए० इं० xxv, 50; xxvi, 135
2.	9	गया- ता० प० }	का० इं० इं० iii, 254, इं० क्वा० x, 77, xi, 225
3.	—	इलाहाबाद-स्तंभ	का० इं० इं० iii, 1, इं० हि० क्वा० i, 250, ज० बि० उ० रि० सो० xviii, 207; ज० ए० सो० 1935, पृ० 697, ए० इं० xxii, 35
4.	—	एरण-प्रस्तर	का० इं० इं० iii, 18, ज० इं० हि० xiv, 27, xix, 27

चंद्र-गुप्त II

क्रम	वर्ष	प्राप्ति स्थान	संदर्भ
5.	61	मथुरा-प्रस्तर	ए० इं० xxi, 1., इं० हि० क्वा० xviii, 271; अ० भं० ओ० रि० सो० xviii, 166
6.	82	उदयगिरि-गुफा	का० इं० इं० iii, 21
7.	88	गढ़वा-प्रस्तर	का० इं० इं० iii, 36
8.	93	सांची-प्रस्तर	का० इं० इं० iii, 29
9.	—	मथुरा-प्रस्तर	का० इं० इं० iii, 25
10.	—	उदयगिरि-गुफा	जा० इं० इं० iii, 34
11.	—	बसाढ़-मिट्टी की मुहरें (गोविन्द गुप्त)	आ० स० रि० 1903-4 पृ० 107

कुमार-गुप्त I

क्रम	वर्ष	प्राप्ति स्थान	संदर्भ
12.	96	बिलसड़-स्तंभ	का० इं० इं० iii, 42
13.	98	गढ़वा-प्रस्तर	का० इं० इं० iii, 40 मिला० 264, 267 भी
14.	106	उदयगिरि-गुफा	का० इं० इं० iii, 258
15.	113	धनाइदहा ता० पा०	ए० इं xviii, 347
16.	113	मथुरा-जैन	ए० इं० ii, 210
17.	116	तुमैन-प्रस्तर	ए० इं० xxvi, 115
18.	117	करमदंड-ब्राह्मण	ए० इं० x, 71
19.	120	कुलैकुरि-ता० प०	इं हि० क्वा० xix, 12
20.	124	दामोदरपुर-ता० प०	ए० इं० xv, 129
21.	128	दामोदरपुर-ता० प०	ए० इं० xv, 132; xvii, 193
22.	128	बेग्राम-ता० प०	ए० इं० xxi, 78
23.	129	मानकुंवर-बौद्ध	का० इं० इं० iii, 45
24.	—	गढ़वा-प्रस्तर	का० इं० इं० iii, 39
25.	—	बसाढ़ की मिट्टी की मुहरें (घटोत्कच गुप्त)	आ० स० रि० 1903-4, पृ० 107

स्कंद-गुप्त

26.	136-8	जूनागढ़-चट्टान	का० इं० इं० iii, 56
27.	141	कहांव-स्तंभ	का० इं० इं० iii, 65
28.	141	रेवा-स्तंभ	समरी आफ पेपर्स (पार्ट ii) 12वीं ओरि० कां० पृ० 39
29.	146	इंदौर-ता० प०	का० इं० इं० iii, 68
30.	—	भितरी-स्तंभ	का० इं० इं० iii, 52

गोविंद गुप्त और प्रभाकर

क्र०सं०	वर्ष	प्राप्ति स्थान	संदर्भ
31.	वि०सं०, 524 (467 ई०)	मंदसौर किले की दीवार	आ० स० रि० 1922-3 पृ० 187

नरसिंह-गुप्त

32.	—	नालंदा की मिट्टी की मोहरें	मे० आ० स० इं० 66, पृ० 65

कुमार-गुप्त II (या III)

33.	154	सारनाथ-बौद्ध	आ० स० रि० 1914-5 पृ० 124
34.	—	भितरी मुहर	ज० ए० सो० बं० lviii, 89
35.	—	नालंदा मुहर	मे० आ० स० इं० सं० 66 पृ० 66-67; इं० ए० xix, 225

बुध-गुप्त

36.	157	सारनाथ-बौद्ध	आ० स० इं० 1914-5, पृ० 125
37.	159	पहाड़पुर-ता० प०	ए० इं० xx, 61
38.	163	दामोदर पुर-ता० प०	ए० इं० xv, 134
39.	165	एरण-प्रस्तर	का० इं० इं० iii, 88
40.	—	दामोदरपुर ता० प०	ए० इं० xv, 138 इं० क० v, 432
41.	—	नालंदा मुहर	मे० आ० स० इं० 66, 64 इ हि० क्वा० xix, 119, 272

[इं० हि० क्वा० xix 123 में बनारस के एक स्तंभ पर उत्कीर्ण बुध-गुप्त के एक अप्रकाशित अभिलेख की चर्चा है ।]

अन्य गुप्त राजा

क्र०सं०	वर्ष	राजा का नाम	प्राप्ति स्थान	संदर्भ
42.	—	पुरु० गुप्त के उत्तराधिकारी	बिहार	का० इं० इं० III, 47, ज० बि० उ० रि० सो० xix, 377, इं० कं० x, 170
43.	169	—	नंदनपुर ता० प०	ए० इं० xxiii, 52
44.	—	विष्णु-गुप्त	नालंदा मुहर	ए० इं० xxvi, 235 इं० हि० क्वा० xix, 119
45.	188	वैन्य-गुप्त	गुणैघर ता० प०	इ० हि० क्वा० vi, 40
46.	—	वैन्य-गुप्त	नालंदा मुहर	मे० आ० स० इं० 66 पृ० 67; इं० हि० क्वा० xix, 275
47.	191	भानु-गुप्त	एरण-प्रस्तर	का० इं० इं० iii, 91; ए० इं० xxii, 16; इं० हि० क्वा० xix, 143
48	224	—	दामोदरपुर-ता०प०	ए० इं० xv, 142; xvii, 193 पा० टि० 1

तुल्यकालीन शासकों और वंशों के अभिलेख

49.	461 वि०	नरवर्मन	मंदसौर-प्रस्तर	ए० इं० xii, 315, xiv, 371

क्रम सं०	वर्ष	राजा का नाम	प्राप्ति स्थान	संदर्भ
50.	474 वि०	नरवर्मन	बिहार कोटरा-प्रस्तर	ए० इं० xxvi, 130 ज० वि० उ० रि० सो xxix, 127
51.	480 वि०	विश्ववर्मन	गंगधर-प्रस्तर	का० इं इं० iii, 72
52.	493 और 529 (वि०)	बन्धुवर्मन	मंदसोर-प्रस्तर	का० इं० इं० iii, 79; इं० क० iii, 379, iv, 110, 262, 361, vi, 110, 339, (एस० के० अयंगार स्मृति-ग्रंथ पृ० 69)
53.	156	हस्तिन	खोह-ता० प०	का० इं० इं० iii, 93
54.	163	हस्तिन	खोह-ता० प०	का० इं० इं० iii, 100
55.	191	हस्तिन	मझगांवा-ता० प०	का० इं० इं० iii, 106
56.	198	हस्तिन	नवग्राम-ता० प०	ए० इं० xxi 124
57.	199	संक्षोभ	बेतूल-ता० प०	ए० इं० viii, 284
58.	209	संक्षोभ	खोह-ता० प०	का० इं० इं० iii, 112
59.	—	हस्तिन और सर्वनाथ	भूमरा-ता० प०	का० इं० इं० iii, 110; इं० हि० क्वा० xxi, 137
60.	174	जयनाथ	कारीतलाई-ता० प०	का० इं० इं० iii, 117
61.	177	जयनाथ	खोह-ता० प०	का०इं०इं० iii, 121

क्रम सं०	वर्ण	राजा का नाम	प्राप्ति स्थान	संदर्भ
62.	191	सर्वनाथ	सोहवल-ता० प०	ए० इं० xix, 129
63.	193	वही	खोह-ता० प०	का० इं० इं० iii, 125
64.	197	वही	वही	का० इं० इं० iii, 132
65.	214	वही	वही	का० इं० इं० iii, 135
66.	—	वही	वही	का० इं० इं० iii, 129

[60-65 में प्रयुक्त संवत के बारे में देखिए० ए० इं० xxiii, 171, और भंडारकर की सूची पृ० 159 पा० टि० ।]

67.	—	चन्द्र	मेहरौली-लौह स्तंभ	का० इं० इं० iii, 139
68.	1 राज्यवर्ष	तोरमाण	एरण प्रस्तर	का० इं० इं० iii, 159
69.	15 (राज्यवर्ष)	मिहिरकुल	ग्वालियर-प्रस्तर	का० इं० इं० iii, 162
70.	—	यशोधर्मन	मंदसौर-प्रस्तर	का० इं० इं० 142, 150, इं० ए० xviii, 219
71.	589 (वि०)	यशोधर्मन	मंदसौर-प्रस्तर	इं० ए० xx, 188.

अध्याय 12

दक्षिण भारत

(क) मूल सामग्री

अभिलेख—इनके विस्तृत व्योरे अध्याय में दिये गये हैं।

(ख) आधुनिक सामग्री

1. गोपालाचारी, के० : अर्ली हिस्ट्री आफ दि आंध्र कंट्री, मद्रास, 1941।
2. गोपालन, आर० : हिस्ट्री आफ दि पल्लवाज आफ़ कांची, मद्रास, 1928।
3. जे० दुब्रील जी० : एंशियंट हिस्ट्री आफ दि डेक्कन, पांडिचेरी, 1920।
4. मीनाक्षी, सी० : एडमिनिस्ट्रेशन एण्ड सोशल लाइफ अंडर दि पल्लवाज़, मद्रास 1938।
5. मोरेस, जी० एम० : कदंबकुल, बंबई, 1931।
6. राइस, बी० एल० : मैसूर एंड कुर्ग फ्राम इन्स्क्रिप्शंस, लंदन, 1909।
7. सरकार, दि० च० : सक्सेसर्स आफ दि सातवाहनाज़ इन लोअर डेक्कन, कलकत्ता, 1939।

अध्याय 13

लंका का इतिहास

(क) साहित्यिक ग्रंथ : पालि

1. दाठा वंश, संपा० बी० सी० ला, लाहौर 1925।
2. दीपवंश, संपा० और अनु० एच० ओल्डनबर्ग, लंदन, 1879।
3. हाथवनगल्ल विहार-वंश, संपा० संजेम्स डी० अल्विस।
4. महावंश, इस कथा का शुरू का अंश महानाम कृत है, संपा० डबल्यू० गीगर, लंदन 1908; अंग्रेजी अनुवाद भी गीगर ने किया है, लंदन 1912।
5. महावंश, अपेक्षाकृत बाद का अंश जिसे चुल्लवंश भी कहते हैं, संपा० गीगर, लंदन 1925, अंग्रेजी अनुवाद भी उसी का है, लंदन, 1929।

6. महावंश, अध्याय 1-36, अनु० जी० टर्नोवर और 37-100 अनु० एल० सी० विजेसिंह, कोलंबो, 1909 ।

(ख) साहित्यिक ग्रंथ-सिंहली

1. अतंगलु-वंश, संपा० एम० कुमारणतुंग, कोलंबो, बुद्ध सं० 2466 ।
2. दळदापूजावलिय, सं० के० एम० पेरेरा, कोलंबो, 1893 ।
3. दळदासिरित, सं० ई० एम० राजशेखर, कोलंबो, 1920 ।
4. निकाय संग्रह, संपा० डी० एम० डे जेड विक्रमसिंह, कोलंबो, 1890 । अनु० सी० एम० फर्णांडो, डब्ल्यू० एफ० गुणवर्धन की भूमिका के साथ, कोलंबो, 1908 ।
5. पूजावलिय, अध्याय 34 संपा० एम० मेधाकर थेर और अनु० गुणशेखर जो 'ए कंट्रिब्यूशन टु दि हिस्ट्री आफ सीलोन' के नाम से प्रकाशित हुआ है, कोलंबो, 1895 ।
6. राजरत्नाकरय, संपा० साइमन डी सिल्वा, कोलंबो, 1907 ।
7. राजावलिय, संपा०, बी० गुणशेखर, कोलंबो, 1911, अनु० वही० कोलंबो 1900 ।

(ग) आधुनिक ग्रंथ

1. कार्डरिंगटन, एच० डब्ल्यू० : हिस्ट्री आफ सीलोन, लंदन 1926 ।
2. प्रीथम, सी० : हिस्टोरिकल, पोलिटिकल एंड स्टैटिस्टिकल अकाउंट आफ सीलोन एंड इट्स डिपेंडेंसीज, 2 खंडों में, लंदन 1849 ।

(घ) पुरातत्त्व, अभिलेखशास्त्र, मुद्रा और कला

1. आर्कलाजिकल सर्वे आफ सीलोन, एनुअल रिपोर्ट्स, 1890-1939 कोलंबो ।
2. आर्कलाजिकल सर्वे आफ सीलोन ममायर्स i-iv., कोलंबो ।

3. सीलोन जर्नल आफ साइंस, खंड i-ii।

4. कार्डरिंगटन, एच० डब्ल्यू० : सीलोन क्वायंस एंड करेंसी इन दि मेमाँयर्स आफ दि कोलंबो म्यूजियम, कोलंबो, 1924।

5. कुमारस्वामी, ए० के० : हिस्ट्री आफ इंडियन एंड इंडोनेसियन आर्ट, लंदन, 1927।

6. एपिग्राफिया जीलैनिका i-iv।

इस अध्याय के संबंध में निम्नलिखित अभिलेखों का विशेष महत्त्व है। ये सभी ए० जी० में प्रकाशित हुए हैं।

1. पेरामैयान कुळम राक इस्क्रिप्शन आफ वसभ, ए० जी० i, 66-73।
2. पाल्लु माकिच्चाव राक इंस्क्रिप्शन आफ गजबाहु I, वही, 208-11।
3. जेनवनाराम स्लैब इंस्क्रिप्शन आफ कणिट्ठ तिस्स, वही 252-59।
4. थूपाराम स्लैब इंस्क्रिप्शन आफ गजबाहु I, वही iii, 114,19।
5. रुनवालिसा पिलर इंस्क्रिप्शन आफ बुद्धदास, वही 120-6।
6. टू राक इंस्क्रिप्शंस एट विहारेगल, वही, 163-69।
7. तोणिगल राक इंस्क्रिप्शन आफ सिरिमेघवण्ण, वही, 172-88।
8. कटरगम इंस्क्रिप्शंस—वही, 212-25।
9. अनुराधपुर स्लैब इंस्क्रिप्शन आफ खुद्दपरिंद वही, iv, 111-15।
10. नागरिकंद राक इंस्क्रिप्शन आफ कुमारदास ii, वही, 115-28।
11. हबास्स राक इंस्क्रिप्शन, वही 213-17।
12. वेस्सगिरिय रॉक इंस्क्रिप्शन आफ सिरिनाग II, वही 218-22
13. राक इंस्क्रिप्शन आफ गोठाभय एट निर्बिरिवायु, वही 223-28
14. वल्लिपुरम् गोल्ड प्लेट इंस्क्रिप्शन आफ दि रेन आफ वसभ—वही 229-37
15. फ्रैग्मेंटरी इंस्क्रिप्शन फ्राम जेतवनाराम, (इस समय कोलंबो संग्रहालय में है)—वही 246-52

7. म्यूलर ई० : एंशियंट इंस्क्रिप्शंस इन सीलोन, लंदन, 1883.

च. पत्रिकाओं में प्रमुख निबन्ध

1. गीगर, विल्हम, Konigsnamen in den Brāhmi Inscriften Ceylons. Festschrift für M. Winternitz zum Siebsigsten Geburtstag. पृ० 313-21 लीपजिग 1933।
2. लेवी सिलवान, Les Missions de Wang Hiuen-Tse dans I' Inde (JA. 1900 पृ० 297; 410. लंका से संबंधित अंशों का अनुवाद जे० एम० सेनेविरत्ने ने प्रकाशित कराया है। देखिये xxiv, 74।
3. परनवितान एस०, गजबाहु I एंड महल्लक नाग देअर रिलेशनशिप (ज० रा० ए० सो० लंका शाखा xxx, 452)।
4. स्मिथ विंसेंट, इंस्क्रिप्शंस आफ महानाम एट बोधगया (इ० ए० xxx, 192-97)।

अध्याय 14

शासन-प्रणाली

इस अध्याय के लेखन में मुख्य रूप से अभिलेखों और सिक्कों के लेखों की सहायता ली गयी है। इनके उल्लेख यथा-स्थान पाद टिप्पणियों में कर दिये गये हैं। निम्नलिखित सामग्री का भी उपयोग हुआ है :

1. बनर्जी रा० दा० : एज आफ दि इम्पीरियल गुप्ताज़, बनारस 1933
2. ब्लाख, टी० : एक्सकेवेशन्स एट बसाढ़ (आ० स० रि०, 1903-04 पृ० 81-122)
3. **बृहस्पति स्मृति** (गाय० ओ० सि०, LXXXV) बड़ौदा 1941।
4. लेगे, जे० ए० : रिकार्ड आफ दि बुद्धिस्ट किंगडम्स, बीइंग एन अकाउंट आफ दि चाइनीज मांक फाहियान्स ट्रैवल्स, आक्सफोर्ड 1886।

5. **नारद स्मृति** (से० बु० ई० xxxiii), आक्सफोर्ड 1889।
6. सालेतोर, आए० एन० : **लाइफ इन दि गुप्त एज, बम्बई** 1943।
7. उपाध्याय वासुदेव, गुप्त साम्राज्य का इतिहास (हिन्दी) इलाहाबाद 1939।
8. **याज्ञवल्क्य स्मृति**, बंबई 1918।

अध्याय 15

मुद्राएं

1. एलन, जे : कैटलाग आफ दि क्वायंस आफ एंशियंट इंडिया (इन दि ब्रिटिश म्युजियम, लंदन 1936)।
2. —कैटलाग आफ दि क्वायन्स आफ दि गुप्त डायनेस्टीज़ एंड आफ शशांक, किंग आफ गौड़ (इन दि ब्रिटिश म्युजियम), लंदन 1914।
3. अल्तेकर, अ०स० : न्यू नाग क्वायंस एण्ड दि आइडेन्टिटी आफ भवनाग (ज० न्यू सो० इं०, v, 21-27)।
4. —सम अलेज़ड नाग एंड वाकाटक क्वायंस (ज० न्यू० सो० इं० v, 111-134।
5. कनिघंम, अले : क्वायंस आफ दि इंडोसीथियंस, लंदन 1888-92 (न्यूमिस्मैटिक, क्रानिकल से पुनर्मुद्रित)।
6. —लैटर इंडोसीथियंस, लंदन 1893-94 (न्यूमिस्मैटिक क्रानिकल से पुनर्मुद्रित)
7. —क्वायंस आफ मिडीवल इंडिया, लंदन 1894।
8. मार्टिन : क्वायंस आफ किदार एंड लेटर कुषाणाज (न्यू० सक्रि० xlvii, 23-30 ज० रा० ए० सो० बं० ले० iii), कलकत्ता 1937।
9. मोतीचन्द्र : होर्ड आफ कौशांबी क्वायंस फ्राम फतेहपुर (ज० न्यू० सो० इं० ii, 95-108)।
10. रैप्सन ई० जे० : इंडियन क्वायंस, स्ट्रासबर्ग 1898।

11. —कैटलाग आफ दि इंडियन क्वायंस आफ दि आंध्र डायनैस्टी, वेस्टन क्षत्रपाज एटसे० (इन दि ब्रिटिश म्यूजियम), लंदन 1908।

12. स्मिथ, विंसेंट : कैटलाग आफ क्वायंस इन दि इंडियन म्युजियम, कलकत्ता खंड I, आक्सफोर्ड 1906।

अध्याय 16

औपनिवेशिक और सांस्कृतिक प्रसार

I परले हिंद में प्रसार

1. चटर्जी, बी० आर० : इंडियन कल्चरल न्फलुएंस इन कंबोडिया, कलकत्ता 1928

2. मजुमदार, रमेशचंद्र : एशियंट इंडियन कालोनीज़ इन दि फार ईस्ट : खंड i चंपा. लाहौर 1927 ; खंड ii सुवर्णद्वीप, खंड i और 2, ढाका 1937-38।

3. —कांबुज देश, मद्रास 1944।

4. —हिन्दू कालोनीज़ इन दि फार ईस्ट, कलकत्ता 1944।

II पूर्वी तुर्किस्तान और चीन

1. बागची प्र० चं० : Le Canon Bouddhique en Chine: खंड I पेरिस 1927।

2. —इंडिया एंड चाईना, कलकत्ता 1944।

3. चक्रवर्ती, एन० पी० : इंडिया एंड सेंट्रल एशिया, कलकत्ता।

4. घोषाल, उ० ना० : एंशियंट इंडियन कल्चर इन अफगानिस्तान, कलकत्ता

5. स्टीन, ए० : एंशियंट खोतन, आक्सफोर्ड 1907।

6. —सैरिंडिया, आक्सफोर्ड 1921।

7. —इनरमोस्ट एशिया, आक्सफोर्ड 1928।

अध्याय 17

पश्चिमी जगत के साथ सम्पर्क

1. चार्ल्सवर्थ, एम० पी० : ट्रेड रूट कार्मस आफ दि रोमन इम्पायर, कैंब्रिज 1921 ।
2. कनेडी, जे० : अर्ली कामर्स विद बेबीलोन (ज० रा० ए० सो०, 1898, पृ० 250 ।
3. Priaulx, J., Osmond de Beauvoir : इंडियन ट्रवल्स आफ अपोलोनियस आफ तीना एंड दि इंडियन इम्बेसीज टु रोम, लंदन 1873 ।
4. रालिन्सन एच० जी० : इन्टरकोर्स बिटवीन इंडिया एंड दि वेस्टर्न वर्ल्ड, कैंब्रिज 1916 ।
5. —फारेन इन्फ्लुएंसेज इन दि सिविलाईजेशन आफ एंशियंट इंडिया (ज० बा० बा० रा० ए० सो० xxiii, 217 और आगे) ।
6. शास्त्री, नीलकठ : फारेन नोटिसेज़ आफ साउथ इंडिया, मद्रास 1939 ।
7. स्मिथ, विंसेंट : ग्रीको-रोमन इन्फ्लुएंसेज़ आन दि सिविलाईजेशन आफ एंशियंट इंडिया (ज० ए० सो० बं०, lviii, 107 तथा आगे) ।
8. टार्न, डब्ल्यू० डब्ल्यू : हेलनेस्टिक सिविलाईजेशन, लंदन 1930 ।
9. बारमिंगटन, ई० एच० : कामर्स वि वीन दि रोमन इम्पायर एंड डिया कैंब्रिज 1928 ।

अध्याय 18

सामाजिक और आर्थिक अवस्थायें

यह अध्याय मुख्य रूप से अभिलेखों की सामग्री को आधार बनाकर लिखा गया है, जिसका उल्लेख पादटिप्पणियों में कर दिया गया है। इनके अलावा निम्नलिखित सामग्री का भी उपयोग किया गया है :

1. अल्तेकर अं॰ स॰ : पोजिशन आफ वीमन इन हिन्दू सिविलाइजेशन बनारस, 1930 ।
2. ब्लाख, टी॰ : एक्स्केवेशंस एट बसाढ़ (आ॰स॰रि॰ 1930-04, पृ॰ 81-122) ।
3. **बृहस्पति-स्मृति** (गायक॰ ओ॰ सि॰ lxxxv) बड़ोदा, 1941 ।
4. **नारद स्मृति** (सै॰ बु॰ ई॰ xxxiii) आक्सफोर्ड, 1889 ।
5. सालेतोर, आर॰ एन॰ : लाइफ इन दि गुप्त ऐज, बंबई, 1943
6. सेवेल, आर॰, रोमन क्वायंस फाउन्ड इन इंडिया (ज॰ रा॰ ए॰ सो॰ 1904, पृ॰ 591-637) ।
7. उपाध्याय, वासुदेव : गुप्त साम्राज्य का इतिहास (हिंदी) इलाहाबाद, 1930 ।
8: वारमिंगटन, ई॰ एच॰ : कामर्स बिट्वीन रोमन एम्पायर एंड इंडिया, कैम्ब्रिज, 1928 ।
9. **याज्ञवल्क्य-स्मृति** बंबई, 1918 ।

अध्याय 19

धर्म और दर्शन

धार्मिकख्याति से सम्बन्ध रखने वाले अंश का आधार मुख्यतया वह सामग्री है जिसे तुल्यकालीन अभिलेखों से लिया गया है ।

1. भंडारकर, रा॰ गो॰ : वैष्णविज़्म शैविज्म एंड अदर माइनर रिलिजियस सिस्टम्स, स्ट्रासबर्ग, 1913 ।
2. बर्गेस तथा इंद्रजी : इंस्क्रिप्शंस फ्राम दि केव टेम्पुल्स आफ वेस्टर्न इंडिया, बंबई, 1881 ।
3. दास गुप्त, एस॰ एन॰ : हिस्ट्री आफ इंडियन फिलासफी, 3 खंडों में, केंब्रिज 1932-40 ।

4. फर्कुहर, जे० एन० : आउटलाइन आफ दि रिलिजियस लिट्रेचर आफ इंडिया, आक्सफोर्ड, 1920 ।
5. **लंकावतार सूत्र**, संपा, डी० टी० सुजुकी, लंदन 1932 ।
6. लेगे, जे० ए० : रिकार्ड आफ दी बुद्धिस्टिक किंगडम्स बीइंग एन एकाउन्ट आफ दि चाइनीज मांक फा-ह्यान्स ट्रेवल्स, आक्सफोर्ड, 1886 ।
7. राधाकृष्णनन, एस० : इंडियन फिलासफी, खंड II, लंदन, 1940 ।
8. रायचौधरी, हे० च० : मेटीरियल्स फार दि स्टडी आफ दि अर्ली हिस्ट्री आफ दि वैष्णव सेक्ट, द्विती० सं०, कलकत्ता, 1936 ।
9. सुजुकी, बी० एल० : आउटलाइंस आफ महायान बुद्धिज्म, लंदन 1907 ।
10. —**महायान बुद्धिज्म**, लंदन 1938 ।
11. **तत्वार्थाधिगम-सूत्र** उमास्वाति, संपा० जे एल जैनी० आरा ।
12. उपाध्याय, बलदेव : भारतीय दर्शन (हिंदी) बनारस, 1942 ।
13. विद्याभूषण, एस० सी० : हिस्ट्री आफ इंडियन लोजिक, कलकत्ता, 1921 ।
14. विन्टरनिट्ज़ एम० : हिस्ट्री आफ इंडियन लिट्रेचर (अंग्रेजी अनु०) खंड 1 कलकत्ता, 1933 ।

अध्याय 20

शिक्षा, साहित्य और विज्ञान

1. अल्तेकर अ० स० : एजूकेशन इन एंशियेंट इंडिया (द्विती० सं०) बनारस, 1944,
2. —प्राचीन भारतीय शिक्षण पद्धति, बनारस, 1950 ।
3. आर्यभट्ट की आर्यभट्टीयम्, अनु० क्लार्क 1930 ।
4. अनु० पी० सी० सेनगुप्त (जरनल आफ़ दी डिपार्टमेंट आफ लेटर्स, कलकत्ता युनिवर्सिटी, xvi, 1927) ।
5. बूहंलर, जी० : इंडियन इंस्क्रिपशंस एंड द एंटीक्विटी आफ इंडियन आर्टिफिशियल पोयट्री (अंग्रेजी अनु०) इं० एं० xli ।

5. दे एस० के० : संस्कृत पोयटिक्स, लंदन, 1925।
6. दत्त, वि० भू० और सिंह, अ० ना० : हिस्ट्री आफ हिंदू मैथेमेटिक्स 2 खंडों में, लाहौर, 1935-38।
7. दत्त, वि० भू० : वख्शाली मेन्युस्क्रिप्ट (बुलेटिन आफ दी कलकत्ता मैथेमेटिकल सोसायटी, xxi, 1-60)
8. एजर्टन, एफ० : पंचतंत्र रीकंस्ट्रक्टेड, 2 खंड, न्यू हेवेन, 1924।
9. हार्नली, ए एफ० आर० : बावर मैन्युस्क्रिप्ट, कलकत्ता, 1893-1912।
10. काणे, पी० वी० : हिस्ट्री आफ अलंकार शास्त्र बीइंग ए प्रिफेस टु साहित्य-दर्पण बंबई, 1923।
11. काये, जी० आर० : हिंदू मेथेमेटिक्स, लाहौर 1889।
12. —हिंदू एस्ट्रोनामी, कलकत्ता, 1924।
13. —वख्शाली मैन्यूस्क्रिप्ट, कलकत्ता, 1927।
14. कीथ, ए० बी० : हिस्ट्री आफ संस्कृत लिट्रेचर, आक्सफोर्ड, 1928।
15. —संस्कृत ड्रामा, आक्सफोर्ड, 1928।
16. मैकडोनल, ए० ए० : हिस्ट्री आफ संस्कृत लिट्रेचर, लंदन, 1913।
17. मिराशि, पी० वी०, कालिदास (मराठी), नागपुर, 1934।
18. पुसल्कर, ए० डी० : भास-ए स्टडी, लाहौर, 1940।
19. राय प्र० च० : हिस्ट्री आफ हिंदू कैमिस्ट्री, आदि, कलकत्ता, 1887।
20. सेन गुप्त, पी० सी० : हिंदू एस्ट्रोनामी (कल्चरल हेरिटेज आफ इंडिया III, 341-77)।
21. थीबो, जी० और द्विवेदी सु० : पंचसिद्धान्तिका आफ वराहमिहिर।
22. थीबो, जी : एस्ट्रोनामी, एस्ट्रोलाजी अंड मैथेमेटिक्स, स्ट्रासबर्ग, 1899।
23. वराहमिहिर, **बृहत्संहिता**, रत्नगिरि, 1874।
24. —विद द कमेंट्री आफ भट्टोत्पल, बनारस, 1895।
25. विटरनित्ज, एम० : Geschichte der Indischen Literature 3 खंडों में, लीपजिग 1909-22

अध्याय 21

गुप्त युग के पुरातत्त्वीय अवशेष

इस अध्याय में जिन स्थानों और पुरावशेषों का वर्णन है, उसके बारे में संदर्भ के रूप में निम्नलिखित का अवलोकन कर सकते हैं।

1. आर्कलाजिकल सर्वे आफ इंडिया, वार्षिक रिपोर्ट 1902-3।
2. आर्कलाजिकल सर्वे आफ इंडिया, रिपोर्ट्स (कनिघंम) 23 खंडों में।
3. आर्कलाजिकल सर्वे आफ इंडिया मेमायर्स।
4. आर्कलाजिकल सर्वे आफ इंडिया न्यू इम्पीरियल सिरीज़।
5. आर्कलाजिकल सर्वे आफ इंडिया रिपोर्ट्स आफ सर्कल्स।
6. बड़ौदा, ग्वालियर, हैदराबाद, जयपुर, मैसूर और अन्य रियासतों के पुरातत्त्व सर्वेक्षणों की रिपोर्ट :

अध्याय 22

ललित-कला

1. अग्रवाल, वा० श० : हैंड बुक टू दि स्कलपचर्स इन द मथुरा म्युज़ियम, मथुरा, 1939।
2. —गाइड टू द आर्कलाजिकल सेक्शंस आफ द प्राविंशियल म्यूज़ियम, लखनऊ, 1940।
3. राजघाट टेराकोटाज़ (जर्नल आफ द यू० पी० हिस्टारिकल सोसाइटी जुलाई 1941, पृ० 1-8।
4. बनर्जी, रा० दा० : ऐज आफ द इम्पीरियल गुप्ताज़, बनारस, 1933।
5. ब्राउन, पर्सी : इंडियन आर्किटेक्चर बुद्धिस्ट एंड हिंदू, बंबई 1942।
6. काडरिंगटन, के डे० बी० : एशियन इंडिया फ्राम दी अर्लिएस्ट टाइम्स टू द गुप्ताज़, लंदन, 1926.

7. कुमारस्वामी ए० के० : हिस्ट्री आफ इंडियन एंड इंडोनेशियन आर्ट, लंदन 1927 ।
8. कनिंघम, अ० आर्कलाजिकल सर्वे आफ इंडिया रिपोर्ट्स ।
9. ग्रिफिथ्स, जे० : पेंटिंग्स इन द बुद्धिस्ट केव टेम्पुल्स आफ अजन्ता, 2 खंडों में लंदन, 1896-97 ।
10. हैरिंघम, लेडी : अजंता फ्रेजकोज़, लंदन, 1915 ।
11. सरस्वती, एस० के० : टेम्पुल आर्किटेक्चर इन द गुप्त ऐज (जनरल आफ द इंडियन सोसाइटी आफ ओरियन्टल आर्ट, VIII, 1940) ।
12. स्मिथ विंसेंट, हिस्ट्री आफ फाइन आर्ट इन इंडिया एंड सीलोन, आक्स-फोर्ड, 1911 ।
13. —इंडियन स्कलपचर आफ द गुप्त पिरियड (Ostasiatische Zeischrift III, 1915 ।
14. सुब्रह्मणियम, के० आर० : बुद्धिस्ट रिमेन्स इन द आंध्र एंड द हिस्ट्री आफ आंध्र बिटवीन 225–610 ए० डी०, मद्रास, 1932 ।
15. विष्णुधर्मोत्तरम्, स्टला क्रामरीश द्वारा अनूदित अंश कलकत्ता 1928 ।
16. वोगल जे० फ० : बुद्धिस्ट आर्ट इन इंडिया सीलोन एंड जावा आक्स-फोर्ड, 1936 ।
17. यागदानी, जी० : अजन्ता खंड 1 और 2 लंदन, 1930-33 ।

अनुक्रमणिका

प

र

ल

व

श

पारिभाषिक शब्दावली

अंक लेखन	notation	अभिजन	homeland
अंतराल	recess	अभिप्राय	motif
अंतेवासिन	novice	अभिलेख	inscription
अक्षयनिधि	permanent endowment	अभिलेखशास्त्र	epigraphy
		अरबस्क	arabasque
अक्षांश	lattitude	अर्धद्रम्म	hemidrachm
अक्षीय	axial	अर्धवृत्ताकार	apsidal
अज्ञेयवादी	agnostic	अलंकार	figure of speech
अचल	constants		
अघमर्ण	debtor	अलंकार-शास्त्र	poetics
अधिकार पत्र	charter	अलिंद	doorway
अधिचक्रीय	epicyclic	अलौकिक	celestial
अधीनस्थ मित्र	subordinate ally	अल्पतंत्र	oligarchy
		अवगुंठन	veil
अधीश्वर	suzerain overlord	अवतार	incarnation
		अवनति	decline
अनासक्त	detached	अवशेष	relic
अनिश्चित	indeterminate	अश्वमेधयज्ञ	horse-sacrifice
अनुभव-जन्य जगत	empirical world	आकार	size
		आगम	canon
अभिकल्प	design	आदिपुरुष	dynast

आद्य अक्षर	initials	उष्णीष	coping stone
आनुवंशिक	hereditary	एकतंत्र	monarchy
आयुध	emblem, attribute of a god	एकतंत्रेतर	non-monarchical
आवक्ष मूर्ति	bust	एकाश्म	monolithic
आश्रयदाता	patron	ऐतिहासिकता	historicity
आसेध	restraint	ओजपूर्ण रचना	powerful execution
आस्तिक	orthodox		
आलंकारिक	rhetorician	कक्ष	cell
इंद्रियासक्ति	sensuousness	कक्षा	orbit
इतिहास-कथा	chronicle	कपोत	cornice
उच्चित्र	relief	कब्र	cemetry
उत्कीर्ण	engraved	करद	tributary
उत्तमर्ण	creditor	करनी	trowel
उथल पुथल	upheavel	कराधान	taxation
उदग्र (उभार)	moulding	कर्मकांड	ritual
उद्गीर्ण शिला	volcanic trap rock	कलश	vase
		कलावशेष	art relic
उद्धारक	resuscitator	कलाविद / कला समीक्षक	art connoisseur
उन्नति	ascendancy		
उपकर	impost	कल्पना	hypothesis
उपचार	treatment	कवच	armour
उपदेश	gospel	कालक्रम	chronology
उपराज	viceroy	काव्य शैली	court poetry
उपशम	tranquilisation	किंवदंती	legend
उपसंपदा	ordination	कुलदेव	tutelary deity
उलटी ओर	reverse	कुलीनतंत्र	aristocracy

कृशांग	attenuate
केशरचना	coiffure
क्रांति	(1) revolution
	(2) declination
क्षत्रप	satrap
खगोल ज्योतिष	astronomy
गढ़े पत्थर	dressed stone
गणतंत्र	republic
गर्भगृह	sanctuary
गुणधर्म	property (maths)
गुफा, गुहा	cave grottoes
गोलीय त्रिकोणमिति	spherical astronomy
ग्रहण	eclipse
ग्रहीय गति	planetary motion
घनमूल	cube root
घराना	house
चंद्रपाषाण	moon stone
चतुरस्र स्तभ	pilaster
चापकर्ण	sine
चारपत्री	quarter foil
चूर्णित शिला	pulverised rock
चैत्य	chapel
चौका	panel
चौखटा	door jamb
छज्जा	balcony
जंगले	balustrades, railings
जखीरा	hoard
जटिल	complex
जनतंत्र	democracy
जमीन	surface of the painting
जवनिका	screen
जाली	spurious
जाली का काम	trellis work
जालीदार	latticed
जीवा	chord
ज्ञेयवादी	gnostic
टोडे	corbel
डाट	arch
ड्योढ़ी	porch
ढेर	hoard
तन्नामधारी	name-sake
तथागत गर्भ	cosmic soul
तरह	design
ताका	nich
तिथिक	dated

तोरण	gateway
तोलमान	weight standard
त्रिक त्रिमूर्ति	triumvirate
त्रिशूल	trident
दानपत्र	grant
दाय	patrimony
दासप्रथा	slavery
दिग्विजय	world or universal conquest
दिलहा	panel
दीर्घपक्ष	aisle
देशांश	longitude
ार ल़लाट	lintel
धरन	beam
धर्ममंत्री	ecclesiastical minister
धातु	relic
धातु क्रिया	rules of revolution (maths)
धातुपूजा	relic worship
धार्मिक अत्याचार	persecution
धार्मिक विधियाँ	rites
नाभि	hub
नास्तिक	heterodox
निदान	diagnosis
नियोग	levirate
निरंकुश	autocracy
निरीश्वर वाद	atheism
निर्वचन	interpretation
निर्विकल्पता	abstraction
नीतिशास्त्र	ethics
नुस्खा	prescription
न्यायाधिकरण	tribunal
पंचांग	almanac
पट्टियां	medallions
पतन	decline, fall
परम्परा	tradition
परती	fallow land
परितृप्ति	content
परिधान	drapery
पशुचिकित्सा	veterinary science
पाखा, दरवाजे का	door jamb
पादपीठ	foot-stool
पारदर्शक	diaphanous, transparent
पिटक शीर्ष	box-headed
पुण्यशाला	rest-house
पुरावस्तु	antiquity
पुष्पिका	colophon
पूर्वनिर्णीत	res judicata

प्रकार	type
प्रकोष्ठ	portico
प्रक्षेपीय ज्यामिति	projective geometry
प्रतिमा	image
प्रतिमा-विधान	iconographic canons
प्रथम शिल्पी	chief artisan
प्रथम श्रेष्ठी	chief banker
प्रथम सार्थ	chief trader
प्रभा-मंडल	halo
प्रभु	liege, lord
प्रमाण सामग्री	data
प्रशस्ति	eulogy, panegyric
प्रसाद	simplicity
प्राक् रजोदर्शन	pre-puberty
फुल्ला	rosette
बंजर	waste-land
बनावट	fabric
विहार	monastry
बेताल साधना	goblin worship
बेलबूटे	flower pattern
भग	curve
भक्ति	allegiance, devotion
भक्ति काव्य	devotional poetry
भवचक्र	wheel of life
भांति	type
भिक्षु	monk
भिक्षुणी	nun
भित्ति चित्र	mural painting fresco
भिन्न	fraction
भूसा	chaff
मंडप	hall
मण्डली	entourage
मन्त्र	mystic formula
मनौती का स्तूप	votive stupa
मसाला	mortar, stucco
महार्घमणि	preciosity
मिथुन	amorous couple
मुद्रा	currency, coin, seal, hand poses
मुद्राप्रणाली	coinage
मुद्रालेख	legend
मुद्राशास्त्र	numismatics
मुलायम	malleable

मूल क्रिया	rules of involution
मूल स्थान	homeland, original home
मूर्त्ति	image, sculpture
मोक्ष	salvation
युगपत्	simultaneous
युवराज	crown prince
यूप	sacrificial pillar
रजत-मंडित	silver-plated
राजगामी	escheat
राजधर्म	duty of the king
राज प्रतिनिधि	viceroy
राजमुकुट	crown
राजवंश	dynasty
राज्य	dominion, realm
राज्यग्रहण	accession
राज्यत्याग	abdication
राज्यवर्ष	regnal year
राज्यसंरक्षता	regency
राशि	sign
रिक्थ	patrimony
विश्वरूप	cosmic aspect
रेखीय समीकरण	linear equation
लतापत्र	foliage
लतापत्रालंकरण	foliated scroll
ललितकला	fine arts
लहराती पताका	pennant
लालित्य	grace
लोकतंत्र	democracy
लौकिक	secular
वंदनवार	festoon
वंशावली	geneology
वकील	pleader
वर्गमूल	square root
वर्णन	account
वातायन	window
वास्तुकला	architecture
वाहन	vehicle, mount
विज्ञानवाद	theory of idealism
विघटन	disintegration
विचरण	variation
विधि	law
विनय	rules of decorum
विरुद	title
संघ	federation

विषयलोलुपता	sensuality
विषुवांश	ascention
बीजगणित	algebra
वेदिका	railing
शबीह	portrait
शासन-पत्र	charter
शास्त्रार्थ	philosophical tournament or conflict
शिखर	pinnacle
शिथिल संघ	confederation
शिरस्त्राण	helmet
शिलाकंचुक	casing stone
श्रेणी	(1) progression (2) series (3) trade organization
संकलन	summation
संगम	confluence
संगीतशाला	concert hall
संगीति	Buddhist council
	confed eration
संपर्क	inter course
संपात	equinox
संप्रदाय	sect
संवर्ग	cadre
संस्थापक	founder
सत्ताशास्त्र	ontology
सभ्य	juror, jury
समकालिकता	synchronism
समीकरण	equation
सरदार	chieftain
सर्पिल मुड़ाव	meader
सर्वोच्च	paramo unt
सामंत	feudatory
सिंहासनारोहण	accession
सूक्ति	pithy saying
सृष्टिशास्त्र	cosmography, cosmology
सोपान	stairway
स्थापक	founder
स्मारक	monument
स्वर्णमंडित	gilt
हर्मिका	pavilion

फलक I

कनिष्क तृतीय, वासुदेव द्वितीय, शक–सासानी, उत्तरकालीन शक,
किदार कुषाण, यौधेय, मालव और भवनाग

फलक II

बीरसेन, अच्युत, जीवदामन, वृष की आकृति वाला सिक्का, पवत, चंद्रगुप्त प्रथम और कुमारदेवी, समुद्रगुप्त—काच और महमूद बिन कासिम

फलक III

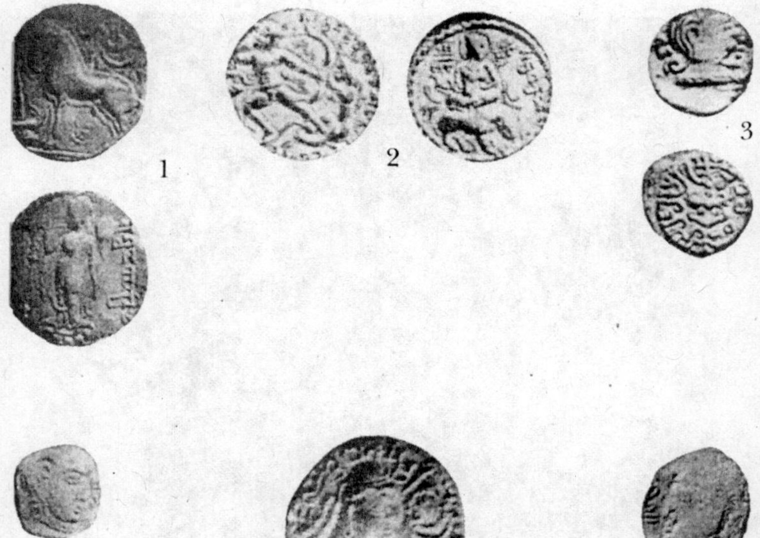

समुद्रगुप्त—अश्वमेध, चन्द्रगुप्त द्वितीय—सिहहंता, कुमारगुप्त प्रथम—पश्चिम भारत, कुमारगुप्त प्रथम—मध्यदेश, हूण सिक्का—मूलरूप सासानी, तोरमाण (चाँदी), तोरमाण (ताँबा), शाहि जावुल, मिहिरकुल

फलक IV

1. बुद्ध के जीवन का एक दृश्य—अमरावती

2. बुद्ध का महाभिनिष्क्रमण—नागार्जुनिकोंडा

फलक V

1. शक योद्धा—नागार्जुनिकोंडा

2. बुद्ध—मथुरा, मथुरा म्युजियम

3. बुद्ध—सुल्तानगंज

फलक VI

बुद्ध—सारनाथ, सारनाथ म्युजियम

फलक VII

1. मुखलिंग—खोह, मध्यप्रदेश

2. विष्णु—मथुरा, मथुरा, म्युजियम

फलक VIII

1. विष्णु, अनंतशायी, दशावतारमंदिर, देवगढ़

2. नर–नारायण, दशावतार मंदिर, देवगढ़

1. कल्पलता का अभिप्राय, गढ़ का

2. दरवाजे का चौखटा, दशावतारमन्दिर, देवगढ़

फलक X

गुफा सं. xix., अजंता, द्वारमुख के ब्योरे

1

2

3

4

राजघाट की मृण्मूर्तियाँ

फलक XII

अजंता में अवलोकितेश्वर का चित्र

माता और शिशु, अजंता का चित्र

फलक XIV

बायाँ पैर ऊपर उठाये नारी का अजंता में चित्र

फलक XV

ईरानी दूत मंडल का चित्र, अजंता (हैदराबाद पुरातत्त्व विभाग के सौजन्य से)